WUNDERLICH

Maria Fagyas

Der Leutnant und sein Richter

Roman

Deutsch von Isabella Nadolny

WUNDERLICH
TASCHENBUCH

Die Originalausgabe erschien unter dem Titel
«The Devil's Lieutenant» bei G. P. Putnam's Son's, New York

Neuausgabe April 2000
Veröffentlicht im Rowohlt Taschenbuch Verlag GmbH,
Reinbek bei Hamburg, Februar 1976

Umschlaggestaltung Cordula Schmidt
(Foto Archiv für Kunst und Geschichte, Berlin)
Innengestaltung Daniel Sauthoff, Hamburg
Satz DTL Fleischmann PostScript (PageOne)
Gesamtherstellung Clausen & Bosse, Leck
Printed in Germany
ISBN 3 499 26191 X

Die Schreibweise entspricht den Regeln
der neuen Rechtschreibung

Dem Andenken meines Vaters,
Oberleutnant Géza Fagyas,
bei der k. u. k. österreichisch-ungarischen Armee.
Gefallen am 9. Oktober 1914

Avancementliste

1. November 1909

Kaiserlich u. königliche österreichisch-ungarische Armee

Folgende Oberleutnants des Kriegsschuljahrgangs 1905 sind nach Absolvierung der Kriegsschule außertourlich zu Hauptleuten bzw. Rittmeistern ernannt und endgültig in den Generalstab übernommen worden:

Rang nach Kriegsschulqualifikation

Nr. 1 – Ahrens, Robert Stefan
2. Infanterieregiment, Eger

Nr. 2 – Einthofen, Ludwig Alexander
30. Infanterieregiment, Budapest

Nr. 3 – Schönhals, Karl-Heinz
13. Gebirgsjägerbrigade, Mostar

Nr. 4 ·⟡· Gersten, Johann Paul von
31. Infanteriebrigade, Brasso
Nr. 5 ·⟡· Widder, Franz August
3. Infanterieregiment, Graz
Nr. 6 ·⟡· Hohenstein, Rudolf Prinz
5. Dragonerregiment, Wiener Neustadt
Nr. 7 ·⟡· Dugonich, Titus Milan
5. Dragonerregiment, Wiener Neustadt
Nr. 8 ·⟡· Mader, Richard Emmerich
8. Ulanenregiment, Krakau
Nr. 9 ·⟡· Landsberg-Löwy, Baron Otto Ernst
4. Dragonerregiment, Enns
Nr. 10 ·⟡· Hrasko, Waclaw Jas
5. Infanterieregiment, Sarajevo
Nr. 11 ·⟡· Trautmannsdorf, Georg
28. Infanterieregiment, Nagykanizsa
Nr. 12 ·⟡· Moll, Karl Günther
13. Landwehrdivision, Wien
Nr. 13 ·⟡· Messemer, Gustav Johann
65. Infanteriebrigade, Györ
Nr. 14 ·⟡· Oblonsky, Zygmunt Alexander
3. Ulanenregiment, Bruck
Nr. 15 ·⟡· Hódossy, Zoltán Géza
13. Husarenregiment, Kecskemét

1

Am 17. November, dem letzten Tag seines Lebens, verließ Hauptmann Richard Mader nachmittags sein Büro im Kriegsministerium eine Stunde früher als sonst. Anna Gabriel hatte versprochen, gegen sechs bei ihm in der Wohnung zu sein, und er brauchte Zeit, da er sich, ehe sie kam, noch umziehen und ein bisschen ausruhen wollte. Hinter der Freude, Anna wieder zu sehen, schlummerte ein Hauch von Besorgnis. Mehrmals war er während des Tages versucht gewesen, einen Dienstmann mit einer Botschaft zu Anna zu schicken, hatte dann aber befürchtet, der Brief könnte ihrem Mann in die Hände fallen.

Normalerweise war Richard Mader von ausgeglichenem Wesen und hatte seine Gefühle völlig in der Gewalt. Er gefiel den Frauen, weil er rücksichtsvoll war und gut aussah, und den Männern, weil sie sich auf ihn verlassen konnten. Als Offizier besaß er jenen besonnenen Mut, der einen Mann unter gegebenen Umständen zum Helden werden lässt, aber nie zum Haudegen. Er hatte in seinem Leben wenig Schmerzen ertragen müssen, weder seelische noch körperliche, und recht beträchtliche Erfolge erzielt. Im Alter von dreißig bereits Hauptmann bei der kaiserlich und königlichen österreichisch-ungarischen Armee und zum Generalstab kommandiert zu sein war eine beachtliche Leistung für den Sohn eines obskuren Wiener Advokaten.

Enttäuschungen und schwere Entscheidungen, wie sie den Besten oft die Kraft nehmen, hatte das Schicksal ihm erspart.

Sein Liebesleben war befriedigend und unkompliziert. Die letzten Jahre über war er öfter verliebt gewesen: in Mädchen aus gutem Hause, in verheiratete Frauen, in kleine Schauspielerinnen und einmal – nur ein einziges Mal, mit sechzehn – in eine Prostituierte. Er gab seinen Gefühlen die romantische Bezeichnung Liebe, obwohl sie nichts anderes waren als die Begierden eines jungen Mannes, Neugier, bestenfalls Verliebtheit. Mit den Mädchen aus gutem Hause machte er lange Spaziergänge Hand in Hand, tauschte in dunklen Toreinfahrten oder wenn der Chaperon aus dem Zimmer ging, rasche Küsse mit ihnen; mit den übrigen unterhielt er leidenschaftliche, wenn auch meist flüchtige Liebschaften. Er verlor nie sein Herz dabei und war gescheit genug, eine derartige Beziehung sanft auslaufen zu lassen, sobald die Dame Eheabsichten bekundete. Die Heeresdienstvorschrift verlangte von einem Oberleutnant eine Heiratskaution von 30 000 Kronen und von einem Hauptmann im Generalstab 60 000. Mittellose Offiziere wie Mader konnten zwischen drei Möglichkeiten wählen: den Abschied nehmen, reiche Mädchen heiraten oder ledig bleiben. Hauptmann Mader wählte die dritte, zumindest für den Augenblick. Er war gern unabhängig und liebte den unkomplizierten, geordneten täglichen Trott. Es gab nichts Angenehmeres als einen stillen Abend in der Wohnung, wenn die Frau, mit der er am Nachmittag genussreich der Liebe gepflogen hatte, fortgegangen war. Nun aber verhieß ihm die Aussicht, mit einer Frau zu schlafen, zum ersten Mal seit seinen Jünglingsjahren nicht das gewohnte Vergnügen. Er fühlte sich im Gegenteil verkrampft und unsicher.

Vom Ministerium bis zur Hainburgerstraße, wo er wohnte, waren es gut dreißig Minuten zu Fuß. Er hätte einen Fiaker nehmen können – am Michaelerplatz war ein Standplatz –, überlegte es sich dann aber anders in der Hoffnung, die Bewegung in der frischen Luft würde seinen Nerven gut tun.

In einem Blumenladen am Schubertring kaufte er Chrysanthemen. Er hatte nach rosa Rosen gefragt, Annas Lieblingsblumen, aber der Blumenhändler hatte keine. Der November war für alle Blumen außer Chrysanthemen ein schlechter Monat. Es schien nur sie zu geben, ganz Wien war voll davon. Und an Allerseelen, dem Tag, an dem man der Toten gedachte und die Gräber schmückte, bewegte sich ein regelrechter Strom von Chrysanthemen zu den Friedhöfen, und der Anblick der Blumengebinde, so hübsch sie auch sein mochten, erinnerte einen an den Tod.

Schon die ganze Woche über war es neblig gewesen, und als er die Hainburgerstraße erreichte, wurden die Gaslaternen angezündet. Er hatte die Straße gern, hauptsächlich wegen ihres Vorortcharakters. Die Häuser, keines höher als drei Stockwerke, standen um rechteckige Höfe mit altmodischen Brunnen, Überreste aus einer nicht allzu fernen Vergangenheit, in der man sich in Wien noch ohne Toiletten und fließend Wasser behelfen musste.

Mader hatte eine Zweizimmerwohnung im ersten Stock des Hauses Nr. 56, ziemlich sparsam möbliert, da er erst vor wenigen Monaten aus Krakau hierher versetzt worden war und noch keine Zeit gefunden hatte, sich mehr als das Nötigste anzuschaffen. Seine Mutter hatte ihm ihre Hilfe angeboten, doch er hatte liebenswürdig, aber fest abgelehnt. Er wünschte sich eine Wohnung nach seinem Geschmack, luftig und modern, nicht zu voll gepfropft. Er hatte die Wände bereits tapezieren lassen, im Herrenzimmer blassgrün und im Schlafzimmer grau, beides in zarten Art-nouveau-Mustern, viel zu teuer, aber ganz besonders dekorativ. Es machte ihm großen Spaß, für die Wohnung einzukaufen, und das war einer der Gründe, warum er sich erst nach und nach einrichten wollte. Mit einer Einsicht, wie sie bei jungen Menschen selten ist, zog er es vor, seine Genüsse auszudehnen.

«Stinken tun sie wie die Begräbniskerzen», war der Kommentar seines Burschen József Boka, als der Hauptmann ihn anwies, die Blumen in eine Vase zu stellen.

Boka war ein stämmiger junger Mann aus der ungarischen Ebene, konnte praktisch weder lesen noch schreiben, war aber so gerissen und erfinderisch, wie nur ein Bauer es sein konnte, der in den ersten achtzehn Jahren seines Lebens gelernt hatte, die Natur zu überlisten, und in den folgenden acht das österreichisch-ungarische Militär. Ohne Zweifel war er der ideale Offiziersbursche: rasch, sauber, unermüdlich und zuverlässig. Ehe er den Dienst bei Mader antrat, hatte er bereits bei drei anderen Offizieren gedient, darunter bei einem tschechischen Grafen, der ihn zu dem Musterexemplar gedrillt hatte, das er jetzt war. Die Narbe unter seinem linken Auge war ein Andenken an einen Schuhspanner, der nach ihm geworfen worden war, als er dem Grafen ein Paar Reitstiefel nicht nach Wunsch gewichst hatte.

Ohne dass einer der beiden es erwähnt oder sich eingestanden hätte, verband den Hauptmann und den Soldaten Boka eine tiefe, männliche Sympathie, was Boka jedoch nicht davon abhielt, sich aus den Einkäufen für den Hauptmann einen kleinen Nebenverdienst abzuzweigen. Mader ahnte es, drückte aber beide Augen zu. Nur von Offizieren erwartete man absolute Unbestechlichkeit und hohe moralische Grundsätze, von einem einfachen Soldaten nicht.

Um Viertel nach fünf gab Mader Boka 5 Kronen und schickte ihn zu Wolf, einem Delikatessengeschäft am Stubenring, um ein halbes Kilo Prager Schinken, Semmeln, Patisserien und zwei Flaschen Gumpoldskirchner zu besorgen.

Es ist also wieder Frau Gabriel, dachte Boka, während er die Treppe hinunterging. Frau Gabriel – das war Prager Schinken und Wein; die dunkelhaarige, nervöse Frau eines Generals war Champagner und Gänseleberpastete; das kleine Ballettmädel vom Theater an der Wien war Schokoladentorte und Likör. Zwischen Boka und Mader bestand die stillschweigende Übereinkunft, dass der Bursche das Liebesleben des Hauptmanns zu ignorieren hatte. War bei Mader eine Frau zu Gast, so blieb Boka unsichtbar, konnte aber nicht umhin, das Kommen und Fortgehen der Dame wahrzunehmen, da das Fenster seines Kämmerchens aufs Treppenhaus hinausging. Männliche Solidarität und angeborenes Taktgefühl hinderten ihn daran, vor irgendjemand, den Herrn Hauptmann eingeschlossen, ein Wort über diese Besuche zu verlieren.

An diesem Nachmittag bemerkte Boka an Mader eine leichte Unruhe. Meistens war Mader vor einem Rendezvous sprühender Laune, besonders vor einem Rendezvous mit Frau Gabriel. Sie war eine jener Frauen, mit der auch er, Boka, gern geschlafen hätte – und nach allem, was er über ihr Liebesleben gehört hatte, keineswegs ein unerfüllbarer Traum. Obschon Tochter eines Kavalleriemajors, wäre sie vermutlich auch einer Affäre mit einem gemeinen Soldaten nicht abgeneigt gewesen. Einige Leute behaupteten steif und fest, ihr wahlloser sexueller Appetit sei der Grund dafür gewesen, dass ihr Vater sich in verhältnismäßig jungen Jahren aus dem aktiven Dienst zurückgezogen hatte.

Sie war eine schlanke Frau mit unmodern knabenhafter Figur, zartknochig, beinahe flachbrüstig. Ihre Haut war elfenbeinweiß, ihre mandelförmigen Augen kohlschwarz und ihr Mund zu groß für das schmale Oval ihres Gesichts. Das Anziehendste an ihr war eine kindliche Fröhlichkeit, eine ansteckende Freundlichkeit, der nur wenige zu widerstehen vermochten. Während der zwei Jahre, da Mader die Kriegsschule besucht hatte, war ihr Vater, Major Baron Johann von Campanini, der ranghöchste Reitlehrer gewesen. Anna, damals zwanzig, hatte ausgesehen wie eine scheue, hagere Fünfzehnjährige. Eine beachtliche Anzahl unter den Schülern ihres Vaters, darunter auch Mader, hatte die Erfahrung gemacht, wie sehr der äußere Anschein zu trügen vermag. Im Bett erwies sie sich weder als schüchtern noch als hager.

Trotz ihres Rufs konnte es nicht ausbleiben, dass früher oder später einer der jungen Offiziere ihrem Charme erlag und ihr einen Heiratsantrag machte. Oberleutnant Friedrich Gabriel, ein brillanter und viel versprechender Absolvent der Kriegsschule, war der Mann, der genügend Liebe und Entschlossenheit aufbrachte. Natürlich bedeutete seine Heirat mit Anna das abrupte Ende seiner Militärkarriere. Selbst wenn er die 30 000 Kronen Kaution, die verlangt wurden, irgendwo hätte auftreiben können, so durfte der Ehemann einer Anna von Campanini doch nicht erwarten, in den Generalstab berufen zu werden. Bestenfalls würde man ihn auf einen obskuren Posten in Galizien oder Dalmatien versetzen. Für Anna brachte Oberleutnant Gabriel das größte Opfer: Er nahm seinen Abschied. Da seine Ausbildung ihn zu nichts Lukrativerem und Gehobenerem befähigte, nahm er eine Stelle bei der Post an. Alle Welt fand das schrecklich schade und bedauerte ihn. Er war somit der zweite Offizier, dessen Karriere von der Tochter des Reitlehrers zerstört wurde.

Trotz aller anders lautenden Prophezeiungen wurde die Ehe äußerst glücklich. Zumindest stimmten alle diejenigen Freunde darin überein, die noch Beziehungen zu dem Paar unterhielten.

Mader verlor die Gabriels nach ihrer Heirat aus den Augen. Vier Jahre später stieß er eines Nachmittags im Oktober zufällig vor dem Patisserie-Büffet beim Hofkonditor Demel mit Anna zusammen. Er führte sie schnurstracks in seine Wohnung und in sein Bett.

Im November besuchte sie ihn zweimal. Ihr Liebesspiel war so raffiniert wie eh und je, wenn auch jetzt bedeutend anstrengender. Sie war von einer Unersättlichkeit, die Mader zuerst schmeichelte und dann beunruhigte. Es schmerzte ihn, feststellen zu müssen, dass er ihr nicht mehr gewachsen war. Diese Entdeckung bedeutete für ihn einen bösen Schock, besonders weil es nicht das erste Mal war, dass er seiner Rolle als Liebhaber nicht mehr wie früher zu entsprechen vermochte.

Im September hatte er einen kleinen Flirt mit der Frau eines Generals gehabt. Die Dame hatte eines Tages zu seinem größten Erstaunen die scherzhaft gemeinte Einladung, sich seine neuen Tapeten anzusehen, ernst genommen. Es war ein für die Jahreszeit ungewöhnlich heißer, schwüler Tag, und sie trug ein hochgeschlossenes, mit schwarzen Samtbändern besetztes weißes Spitzenkleid und duftete stark nach Maiglöckchen. Mader verabscheute schwere Parfums, ihm waren natürliche Gerüche lieber: der Duft sonnengetrockneter Wäsche oder gründlich mit Wasser und Seife geschrubbter Frauenhaut. Die Luft im Raum war drückend, und die Gegenwart der Frau drang bis in den letzten Winkel.

«Wie freundlich von Ihnen, dass Sie gekommen sind», murmelte er, da ihm nichts Originelleres einfiel.

Er ergriff ihre Hand, knöpfte den rechten, bis zum Ellbogen reichenden Glacéhandschuh auf und presste einen Kuss auf die rosige, feuchte Haut des entblößten Handgelenks. Dann streifte er ihr den linken Handschuh ab und wiederholte dieselbe Prozedur mit ihrer linken Hand. Das war immer ein wirkungsvolles Vorspiel, eine symbolische Ouvertüre zu dem Stück, das folgen sollte.

Gerade in diesem Augenblick begann sich Mader jedoch unbehaglich zu fühlen. Seinen Körper hätte ein erregtes Flattern durchziehen, von der Kehle bis hinab zu den Lenden hätte ein Beben ihn ergreifen sollen, das Signal, dass sein männliches Werkzeug funktionsbereit war. Es gab Zeiten, da erregte ihn bereits ein flüchtiger Blick auf die Waden eines in den Omnibus steigenden Mädchens. Jetzt, wo er sich in Gesellschaft einer sehr attraktiven Frau befand, die in der deutlichen Absicht, sich ihm hinzugeben, seine Wohnung betreten hatte, war er so kalt und leblos wie die Marmorplatte auf dem Grab eines alten Mannes.

Sie standen in der Mitte des Zimmers. Er hielt noch immer ihre Hand in der seinen. Sie lächelte ihn erwartungsvoll an. Sie hatte schöne, gesunde Zähne, ein wenig unregelmäßig stehende Schneidezähne und scharfe Eckzähne, die ihrem sonst so hübschen Gesicht etwas Wolfsartiges gaben. Ihr Haar war kohlrabenschwarz, und über ihren Lippen lag die Andeutung eines Damenbarts. Wegen ihres üppigen orientalischen Aussehens und ihrer Vorliebe für kräftige Farben und auffälligen Schmuck hatte sie in Militärkreisen den Spitznamen Odaliske. Ihr Vater war ein Bankier jüdischer Herkunft, der zum katholischen Glauben übergetreten war, als seine drei Töchter ins heiratsfähige Alter kamen. Die älteste war jetzt die Frau eines Kabinettsministers, eine andere Nonne.

Die dritte war Maders Besucherin: Lily Wencel.

«Möchten Sie sich nicht setzen?» Mader ließ ihre Hand los und zog einen Stuhl heran.

Ihr Gesichtsausdruck zeigte deutlich, dass sie bereit war, sich über die gesellschaftlichen Spielregeln hinwegzusetzen. Mader beschäftigte sich damit, die Flasche zu entkorken, die im Kühler lag, den Champagner einzugießen und die Gänseleberpastete anzubieten. Sie stürzte durstig zwei Gläser Champagner hinunter, lehnte jedoch die Pastete ab.

«Die Hitze ist unmenschlich.» Sie fächelte sich nervös mit dem kleinen Fächer, der an ihrem Handgelenk baumelte und aus der gleichen Spitze gefertigt war wie ihr Kleid. «Meinen Sie, dass es etwas nützt, wenn Sie das Fenster öffnen?» Und dann, als er sich erhob: «Nein, lassen Sie nur! Es würde nur noch schlimmer. Ich hätte dieses Kleid nicht anziehen sollen. Ihr Männer wisst gar nicht, wie gut ihr es habt.» Sie nestelte an den Haken hinten an ihrem Hals herum. «Ich glaube, alle Schneider sind Frauenhasser; überall tun sie Korsettstäbe hinein. Bestimmt ist meine Haut schon ganz wund. Würde es Sie sehr schockieren, wenn ich Sie bäte, mir die Haken aufzumachen?» Dann setzte sie kichernd hinzu: «Natürlich nur am Hals.»

Gehorsam ging er um ihren Stuhl herum und tastete unter dem schweren Haarknoten nach dem obersten Haken. Die Haut unter seinen Fingern fühlte sich heiß an. Sie stand auf und trat vor ihn hin. Langsam und pedantisch öffnete er einen Haken nach dem anderen bis herunter zur Taille. Das enge Gewand platzte auseinander wie eine überreife Melone.

Seine Berührung ließ sie erschauern, und ihr Atem beschleunigte sich. Ihre Erregung erschreckte ihn, weil er noch immer unfähig war, sie zu teilen. Dabei war es nicht ihre Schuld. Die samtweiche, nackte Haut ihres Rückens strömte einen warmen Tiergeruch aus. Er griff mit der Hand unter das dünne Seidenhemd und tastete nach ihren Brüsten. Sie waren voll und fest, und die Brustwarzen wurden unter seinen Fingern steif.

Richard Mader hatte stets mit Entzücken festgestellt, dass unter allen von der Mode diktierten Kleiderhüllen eine warme, lebendige Frau steckte: unter den langen Röcken, den hochgeschlossenen Blusen, Stiefeln, Strümpfen, Korsetts und Untertaillen. Jetzt aber, bei Lily Wencel, konnte er nicht die kleinste Regung einer Begierde in seinem Körper feststellen.

Er war bestürzt. Mit seinen dreißig Jahren vermochte er es im Laufen, Schwimmen und Reiten noch immer mit jedem seiner Kameraden aufzunehmen, sein Gehirn arbeitete mit der Präzision und Promptheit einer gut geölten Waffe. Es gab nicht den geringsten Grund, warum gerade er in der Blütezeit seines Lebens impotent werden sollte.

Schon das Wort jagte ihm Angst ein. Mit einer Heftigkeit, die Lily Wencel aufschreien ließ, riss er sie an sich und presste seine Lippen auf die ihren. Sie reagierte darauf, indem sie ihre Zunge durch seine geschlossenen Zähne zwang. Einen langen Augenblick standen sie so umarmt, sie keuchte, und er fühlte, wie kalter Schweiß ihm den Rücken hinunterlief. Doch plötzlich wurde ihm schmerzhaft klar, dass er dieses Theater aufgeben musste, wenn der Nachmittag nicht mit Schimpf und Schande für ihn enden sollte.

Er löste seinen Mund von dem ihren, ließ sie los und trat einen Schritt zurück. Sie verharrte mit leicht geöffneten Lippen und geschlossenen Augen in einer erstarrten Pose der Hingebung. Dann warf sie ihm einen erschrockenen Blick zu.

«Was hast denn?», fragte sie in heiserem Flüsterton.

Er überging die Frage, griff nach der Champagnerflasche, goss ihr ein und reichte ihr das Glas. Gehorsam nahm sie es entgegen, starrte es aber an, als habe sie noch nie ein Glas mit Champagner gesehen. Ihre Augen unter den schweren Lidern waren verschleiert von einem Durst, den kein Champagner stillen konnte.

«Was hast denn?», fragte sie noch einmal. «G'fall ich dir nicht? Es kam mir so vor!»

«O doch, sogar sehr. Sie sind immer so reizend zu mir gewesen. Sie beide.»

«Sie beide?» Sie runzelte die Stirn.

«Sie und der Herr General. Und ich bin Ihnen überaus dankbar.»

Sie fing an zu begreifen.

«Machen Sie sich nicht lächerlich», fauchte sie. «Sie hassen ihn. Alle seine Untergebenen hassen ihn. Als ob ich das nicht wüsste!»

Sie hatte Recht. Von allen, die je an der Spitze der Militärjustiz gestanden hatten, war General Wencel der am wenigsten beliebte.

«Sie irren sich», entgegnete Mader lahm. «Ich habe den allergrößten Respekt vor dem Herrn General.»

«Haben Sie mich deswegen hierher gelockt? Um mir das zu sagen?» Ihre Stimme wurde laut und schrill.

Sonderbarerweise stand ihr der Zorn gut. Sie sah faszinierend aus. Ihre Wangen waren gerötet, ihre Augen sprühten, und wo das aufgehakte Kleid ihren Hals und ihre Schultern bloßlegte, schimmerte ihre Haut so bleich und durchsichtig wie Milchglas.

Er sagte sich, dass sie verführerisch und begehrenswert war, doch es nützte nichts. Nur sein Verstand reagierte, nicht sein Körper.

«Der Herr General ist ein guter Offizier. Einer der besten», murmelte er beschämt.

Sie stellte das noch unberührte Glas ab. Der Champagner schwappte halb auf die Tischplatte.

«Wie rührend! Er würde sich bestimmt freuen, wenn ich es ihm erzähle. Wollen Sie das?»

«Das liegt bei Ihnen.» Er zuckte die Schultern.

«Auch noch impertinent!», sagte sie und sah sich suchend nach ihren Handschuhen um. Als sie den linken anzog, merkte sie, dass ihr Kleid am Rücken offen stand. «Haken Sie mich zu, zum Teufel!»

Er gehorchte. Aber er brauchte ziemlich lange, und sie warf ihm über die Schulter einen verächtlichen Blick zu.

«Das nächste Mal werde ich nicht versäumen, meine Zofe mitzubringen.»

Der hohe Kragen ihres Kleides war noch offen, als sie aus der Wohnung stürmte.

Er folgte ihr die Treppe hinunter und bot ihr an, sie nach

Hause zu begleiten, aber sie sagte ihm, nachdem er einen Fiaker herangewinkt hatte, sie führe lieber allein. Als das Klipp-Klapp der Hufe in Richtung Stubenring verklang, ging er niedergeschlagen und enttäuscht in seine Wohnung hinauf.

Die Kirchturmuhr an der Landstraßer Hauptstraße schlug halb sechs. Es war noch eine halbe Stunde Zeit, bis Anna Gabriel kam.

Die *Pillen*, dachte Mader und verwarf den Gedanken sogleich wieder. Es waren keine richtigen Pillen, sondern – soweit er das durch das sorgfältig zugeklebte rote Seidenpapier erkennen konnte – Kapseln. Er hatte sie mit der Morgenpost im Büro bekommen. Der Umschlag, in dem sie steckten, enthielt außerdem ein hektographiertes Zirkular, dessen Text selbst zu einer Zeit, da ähnliche Produkte ganz offen in den Zeitungen angepriesen wurden, recht unverblümt klang. Richard Mader war nicht prüde, aber das Wort «Coitus» schockierte ihn doch.

Beide Pillen sollten mit einem Glas Wasser eine halbe Stunde vor dem Coitus genommen werden, hieß es im Text. Und im nächsten Absatz: «Wirkung verblüffend!» Der Rest war in jenem pseudowissenschaftlichen Jargon gehalten, mit dem gewöhnlich derartige Mittel angepriesen wurden. Auf dem Absender stand: Charles Francis, Pharmazeut.

Maders erste Reaktion auf den Brief war ein Gefühl von Ärger gewesen, gemischt mit Verlegenheit. Vermutlich wollte ihm jemand einen dummen Streich spielen. Im Laufe des Vormittags erfuhr er, dass zwei Kameraden von ihm, Prinz Rudolf Hohenstein und Hans von Gersten, beide wie er Hauptleute im Generalstab, das Zirkular des Charles Francis ebenfalls zugeschickt worden war. Sie hatten es mit sichtlichem Vergnügen laut auf der Herrentoilette verlesen. Sie erzählten Mader, dass noch ein weiterer Offizier auf der Etage die Kapseln bekommen hatte. Diese Auskunft beruhigte Mader. Es war also doch kein übler Scherz gewesen, nur eine neue Methode, für ein Nerventonikum zu werben. Der Prinz hatte den Umschlag samt Inhalt in die Toilette geworfen und hinuntergespült. Er war auf die «verblüffende Wirkung», die die Kapseln verhießen, offenbar nicht neugierig.

Mader fragte sich, ob Anna wohl pünktlich sein würde. Er beschloss, den Brief, den er am Abend zuvor angefangen hatte und der an eine junge Frauensperson namens Ingrid Fiala gerichtet war, zu Ende zu schreiben.

Bei Ingrid handelte es sich um ein Mädchen, wie er es vermutlich geheiratet hätte, wäre nicht das Militär gewesen. Blond und blauäugig, mit einem reizvollen Stupsnäschen und engelsgut, wäre sie allen kleinen Maders, deren Bestimmung es war, ungeboren zu bleiben, weil ihr präsumtiver Vater zum Generalstab der k. u. k. österreichisch-ungarischen Armee gehörte, eine wunderbare Mutter geworden.

In den Augen Maders war die Armee mehr als eine Institution, eine Religion, eine Rasse oder eine Brüderschaft. Sie war ein fremdes, dem Körper der Monarchie eingepflanztes Organ, genährt von den Lebenssäften der Nation und dennoch völlig unabhängig funktionierend. Herzstück dieses Organs war der Generalstab. Ein Mann, der dazugehörte, war nicht länger Herr seines Schicksals. Für Mader war es undenkbar, dass er Ingrid Fiala zu seiner rechtmäßigen Gattin erwählte, denn Ingrid Fiala war eine Varieté-Künstlerin, war ein Drittel der «tanzenden Leonardo-Drillinge», die weder Leonardo hießen noch Drillinge waren, sondern drei ganz verschiedene Personen, die sich vorher nicht gekannt hatten und die zurzeit in einem Varieté in Frankfurt auftraten. Der Generalstab hatte natürlich nichts dagegen, dass seine Offiziere mit Ingrid Fiala schliefen – vorausgesetzt, dass diese Liaison nicht zum Skandal ausartete.

«Mein geliebter Engel», so begann der Brief. «Vor drei Wochen sind die Maler endlich mit dem Tapezieren der Wohnung fertig geworden. Es ist sehr schön geworden. Ich kann kaum erwarten, dass du es siehst. Ich weiß, dass du wegen des Musters für das Schlafzimmer Bedenken hattest, aber nachdem es fertig ist, wird es dir bestimmt sehr gut gefallen. Das Muster kommt auf der großen Fläche besser zur Geltung als auf der kleinen Probe. Ich habe den Schreibtisch gekauft, den wir zusammen bei Horn bewundert haben. Er ist vorige Woche geliefert worden, und jetzt sieht das Zimmer schon ganz wohnlich aus –»

Mader zündete die Kerze auf seinem Schreibtisch an und setzte sich. Er schrieb: «Gestern Abend war ich in einem Konzert von Lilli Lehmann, bin aber nach der Pause gegangen. Es macht mir keine Freude, allein in ein Konzert zu gehen. Lange halte ich es ohne dich nicht mehr aus. Du hast versprochen, gleich nach Beendigung deines Frankfurter Engagements zurückzukommen, das würde also bedeuten, nicht später als am 1. Dezember. Ich nehme keinerlei Entschuldigung an. Ich brauche dich, mein Engel, mehr als –»

Die Kirchturmuhr schlug drei viertel sechs. Mader legte die Feder aus der Hand und stand auf. Anna war immer pünktlich gewesen. Wenn er für die Präliminarien rund eine Viertelstunde veranschlagte – «Du siehst süß aus. Komm, ich nehme dir den Mantel ab.» – «Was gibt es Neues im Ministerium? Glaubst du, dass es zwischen England und Deutschland nächstes Jahr zum Krieg kommen wird? Ist das mit der Krankheit der Zarin nicht schrecklich?» –, würde es etwa 6 Uhr 15 sein, wenn Anna sich die Bluse aufknöpfte und den Rock zu Boden fallen ließ. Im Zirkular stand: «Circa eine halbe Stunde vor dem Coitus.» Wenn er diese verdammten Kapseln ausprobieren wollte, musste er sie unverzüglich einnehmen. Schlimmstenfalls enthielten sie bloß Puderzucker.

Vielleicht baute Charles Francis, wer immer das sein mochte, auf die psychologische Wirkung seines «Anregungsmittels». Vorausgesetzt, es war bei einem Mann körperlich alles in Ordnung und es fehlte ihm nur an Selbstvertrauen, dann war die Mixtur genauso gut wie irgendetwas anderes.

Der Umschlag steckte noch in der Tasche seines Mantels, in die er ihn morgens geschoben hatte. Er nahm die kleine, flache Schachtel heraus. Vorsichtig, wie die Gebrauchsanweisung es verlangte, riss er das rote Seidenpapier auf und ließ die Kapseln in die flache Hand gleiten.

Boka hatte die Gaslampen im Zimmer angezündet, aber im Flur und in der Küche brannte kein Licht. Mader musste sich im Dunkeln bis zum Küchenschrank tasten und von dort zur Wasserleitung. Er legte die Kapseln auf die Zunge und spülte sie rasch mit einem Glas Wasser hinunter. Gerade wollte er die Leuchte im Flur anzünden, da fiel ihm ein, dass das Zirkular noch auf dem Tisch im Herrenzimmer lag. Er ging hin und warf es samt Umschlag, rotem Einwickelpapier und Schächtelchen ins Feuer des großen Kachelofens.

Als er die flache goldene Uhr, ein Geschenk seines Vaters zur erfolgreichen Absolvierung der Kriegsschule, aus der Hosentasche zog, zeigte sie zehn Minuten vor sechs. Er beschloss, den noch nicht zu Ende geschriebenen Brief unter die Schreibmappe zu schieben. Nicht, dass er ihn vor Anna hätte verstecken wollen. Nein, sonderbarerweise war es eher umgekehrt. Er hatte das Gefühl, es sei unrecht, wenn der Brief zum Zeugen dessen wurde, was sich zwischen Anna und ihm in diesem Zimmer abspielen würde. Anna liebte ihn nicht, wohl aber Ingrid. Das war der Unterschied.

Er trat an den Schreibtisch, doch als er nach dem Brief griff, überkam ihn plötzlich ein Schwindelgefühl. Im nächsten Augenblick spürte er, wie sich ein schweres Gewicht auf seine Brust legte. Er rang nach Luft.

Ich ertrinke!, fuhr es ihm durch den Kopf.

«Boka!», wollte er rufen, doch kein Laut drang aus seiner Kehle. Sein Herz setzte aus, doch dann schlug es wieder. Der Druck auf seiner Brust wurde immer unerträglicher. Sein Herz schien den ganzen Brustkasten ausfüllen zu wollen. Ein grimmiger Schmerz durchwühlte seine Eingeweide, und sein Körper zuckte, als hinge er an Drähten, die ein wahnsinnig gewordener Puppenspieler handhabte.

«Boka!» Diesmal kam der Ton, doch es antwortete niemand.

«Hilfe! Hilfe!» Er schrie vor Entsetzen laut heraus, als der Schmerz ihm in die Kehle stieg und ihm den Mund verbrannte.

«Wasser –», flüsterte er und stürzte blindlings in Richtung Küche. Mit Wasser müsste sich der Brand löschen lassen, dachte er. Nur ein Brand, nichts Geringeres konnte einen so mörderischen Schmerz verursachen, der seinen ganzen Körper verzehrte.

«Gott! Mein Gott! Ich sterbe!» In aufblitzender Erkenntnis wurde ihm klar, dass die Kapseln Gift enthalten hatten.

Er gelangte nicht bis zur Küche, sondern brach im Flur zusammen, krümmte sich, keuchte in der Dunkelheit, und aus seiner Kehle drangen laute, durchdringende Schreie. Er versuchte sich zu erheben, es ging nicht. Im Todeskampf gruben sich seine Finger in die Fugen des Parketts. Splitter bohrten sich in das Fleisch unter seinen Nägeln, aber das Wühlen in seinen Eingeweiden war derart qualvoll, dass es ihn für geringere Schmerzen unempfindlich machte. Ehe er das Bewusstsein verlor, schrie er noch einmal auf, danach verlangsamte sich sein Pulsschlag zu einem schwachen Zittern und sein Atem zu einem regelmäßigen Pfeifen. Die Krämpfe dauerten noch ein paar Sekunden lang an. Nach völliger Lähmung trat rasch der Tod ein.

Der Soldat Boka war unten am Fuß der Treppe, als er den Schrei hörte. Es war ein schriller Ton, wie ihn eine Frau, ja auch ein Tier hätte ausstoßen können. Boka nahm sich nicht die Zeit, lange darüber nachzudenken, zumal er sich sowieso schon verspätet hatte. Bei Wolf war es ziemlich voll gewesen, und auf dem Heimweg hatte er einen Bekannten getroffen, der aus demselben Dorf wie er stammte und ebenfalls Offiziersbursche war, und sie hatten ein Schwätzchen gehalten. Als die Kirchturmuhr drei viertel sechs schlug, hatte er sich rasch verabschiedet und war nach Hause geeilt.

Er nahm drei Treppenstufen auf einmal. Da er mit Päckchen beladen war, bekam er den Schlüssel nicht gleich ins Schloss der Wohnungstür. Nachdem er den dunklen Flur durchquert hatte, legte er die Päckchen auf dem Küchentisch nieder. In der Wohnung war alles still, und Boka nahm an, dass der Besuch noch nicht gekommen sei. In der Absicht, den Herrn Hauptmann zu fragen, wie der Schinken serviert werden sollte, ging er wieder durch den Flur hinüber ins Herrenzimmer. Ein sonderbarer, bitterer Geruch lag in der Luft, etwas, das vorher nicht da gewesen war. Der Hauptmann war weder im Herrenzimmer noch im Schlafzimmer, noch im Bad. In beiden Räumen brannte das Gaslicht, und auf dem Schreibtisch stand eine brennende Kerze. Erstaunt sah Boka sich um, dann fiel ihm plötzlich der tierische Schrei ein, den er gehört hatte. Er griff nach der Kerze. Noch ehe er den Flur erreichte, spürte er, dass seinem Hauptmann etwas Entsetzliches zugestoßen sein musste.

Er fand die Leiche in einer Ecke neben der Küchentür. In embryonaler Haltung, die Beine an die Brust gezogen, sodass sie fast das Kinn berührten, lag Mader da. Nur die Hände nahmen eine andere Stellung ein als der Körper: Sie waren noch immer in die Parkettfugen gekrallt, und unter den geborstenen Nägeln quoll Blut hervor.

«Jesus Christus, Herr Hauptmann! Was ist denn passiert, Herr Hauptmann?»

Boka kniete neben dem Bündel aus Kleidern und reglosem Fleisch nieder und bemühte sich, den Körper aufzurichten. Das Gesicht war blaurot angelaufen, doch es fühlte sich heiß an. Boka suchte nach einem Pulsschlag. Er presste sein Ohr auf die Brust seines Hauptmanns, hätte aber nicht sagen können, ob das Klopfen, das er hörte, sein eigenes Herz oder das seines Hauptmanns war. Boka war ein kräftiger Mann, er hob den Körper mühelos auf. Er legte ihn im Schlafzimmer auf das Messingbett und deckte ihn mit der Steppdecke zu. Dann stürzte er aus der Wohnung, rannte die Treppe hinunter und lief quer über die Straße hinüber zu dem Haus, an dem ein Arztschild hing.

Im Wartezimmer saßen zwei Patienten. Nach einigem Hin und Her gelang es der Sprechstundenhilfe, Bokas verstümmeltem Deutsch ein paar konkrete Hinweise auf den Sachverhalt zu entnehmen, und sie rief den Arzt. Es war ein älterer Mann mit meliertem Bart und müden, rot geränderten Augen über einer hochgewölbten, runzligen Stirn. Ohne den Mantel überzuziehen, den die Sprechstundenhilfe ihm hinhielt, warf er einige Instrumente in seine schwarze Tasche und folgte dem ungeduldigen Boka aus dem Zimmer. Auf der Schwelle blieb er eine Sekunde lang stehen: «Benachrichtigen Sie die Polizei!», rief er der Sprechstundenhilfe zu und nach nochmaligem Überlegen: «Und das Platzkommando!»

Beim Überqueren der Straße mühte er sich, mit Boka Schritt zu halten. Vor der Nr. 56 trafen sie auf eine Ansammlung von Menschen, größtenteils Mieter, die sich um die Hausbesorgerin drängten. Offenbar hatte sie gesehen, wie Boka aus dem Haus gestürmt war und mit dem untrüglichen Instinkt aller Hausbesorgerinnen erraten, dass sich in der Wohnung des Hauptmanns etwas Ungewöhnliches abgespielt haben musste. Jetzt stellte sie sich Boka in den Weg und verlangte kraft ihrer Autorität als Stellvertreterin des Hausbesitzers zu wissen, was geschehen war.

In ebendiesem Moment näherte sich Anna Gabriel, in ein dunkelgrünes Wollkostüm gekleidet, der Rock in der modernen, verkürzten Länge, vom Ring her kommend der Nr. 56. Der breitkrempige Hut – unzählige samtige Blütenblätter – war von gleicher Farbe wie das Kostüm. Trotz der vier Hutnadeln, mit denen der Hut an ihrem Chignon befestigt war, hatte sie Mühe, ihn gegen den plötzlichen Windstoß, der die Straße herunterfegte, auf dem Kopf zu behalten. Sie war etwas außer Atem und in ausgezeichneter Stimmung. Ihre Wangen waren gerötet, und sie summte die neueste Melodie von Leo Fall vor sich hin. Als sie Boka und den ältlichen Herrn im weißen Kittel – umringt von einer Gruppe Frauen – erblickte, blieb sie unvermittelt stehen.

Boka sah sie ebenfalls. Er wollte gerade das Haus betreten; die Hausbesorgerin hatte er schroff beiseite gestoßen. Er vermochte später nie zu erklären, was ihn veranlasst hatte, auf der Schwelle stehen zu bleiben und Anna Gabriel zuzurufen: «Gehen Sie heim! Schauen Sie, dass Sie hier wegkommen, verdammt noch mal. Zurück!»

Dann ging er eilig ins Haus, und der Arzt folgte ihm.

Anna blieb wie versteinert stehen. Sie spürte, dass sich feindselige und forschende Blicke auf sie richteten. Das Kreuzfeuer dauerte nur einen Augenblick; die Leute gingen ins Haus, und sie hörte sie die Treppe hinaufschlurfen und vor der Wohnungstür des Hauptmanns stehen bleiben.

Sie hatte das wahnwitzige Gefühl, sie müsse ihnen folgen. Es bedurfte ihrer ganzen Willenskraft, umzukehren und davonzugehen. Ihr Schritt war weit weniger schwungvoll als vorher. Sie wusste, dass Hauptmann Mader etwas Fürchterliches zugestoßen war und dass die Worte des Soldaten Boka sie vermutlich vor dem gleichen Schicksal bewahrt hatten. Sie hatte am Rande eines Abgrunds gestanden, und er hatte ihr eine Warnung zugerufen, unmittelbar ehe der Fels unter ihren Füßen nachgab. Am nächsten Standplatz nahm sie sich einen Fiaker, nannte dem Kutscher ihre Adresse und trieb ihn zur Eile.

Dr. Bruck warf einen flüchtigen Blick auf das Gesicht, das auf dem weichen Kissen des Messingbettes lag, und wusste, dass seine Dienste hier nicht mehr gebraucht wurden. Der Mann war tot. Er beugte sich über den Leichnam, und als er die Steppdecke hochhob, schlug ihm der Brechreiz erregende Gestank von Exkrementen, gemischt mit dem Geruch nach bitteren Mandeln, entgegen. Aus einem Mundwinkel des Mannes floß ein dünnes Rinnsal Blut und befleckte den offenen Kragen seiner Uniformbluse. Ein gewaltsamer Tod war, wie Dr. Bruck wusste, eine unappetitliche Sache.

«Blausäure», sagte er vor sich hin.

Boka stand am Fußende des Bettes, die Hände um die Messingstange gekrampft, und sein Gesicht war so bleich wie die Knöchel seiner Fäuste.

«Keine dreißig Minuten war ich weg», berichtete er, «und wie ich weg bin, hat ihm nix gefehlt.»

«Natürlich nicht.» Der Doktor nickte. «Das Zeug wirkt äußerst rasch. Manchmal dauert es keine Minute.»

Plötzlich brach es aus Boka heraus: «Kruzitürken! Stehn Sie nicht bloß so da. Tun Sie halt was!»

Der Doktor war Zivilist, und Zivilisten durften angeschrien werden, es sei denn, sie waren größer und stärker als der, der eine Uniform anhatte, was hier nicht der Fall war.

Der Arzt heftete seine müden Augen auf das Gesicht des Burschen. Er las darin Verzweiflung und Kummer und verzieh ihm seine schlechten Manieren.

«Für mich bleibt hier nichts mehr zu tun.» Sein Blick kehrte zu dem Toten zurück. «Sie rufen wohl besser einen Geistlichen. Ich nehme an, der Herr Hauptmann war Katholik.» Als Boka sich nicht rührte, setzte der Doktor hinzu: «In einem solchen Moment, junger Mann, muss man weniger an die Toten denken als vielmehr an die Lebenden. Das heißt an die Familie.»

«Bleiben Sie bei ihm?», fragte Boka. Er war sich klar, dass er «beim Herrn Hauptmann» gesagt hätte, wenn Mader noch am Leben gewesen wäre. Jetzt war Mader nur mehr «er». Nicht aus mangelndem Respekt, sondern weil Boka unfähig war, in der zusammengeschrumpften Gestalt mit dem blutigen, schmerzverzerrten Gesicht denselben Menschen zu erkennen, den er vor einer halben Stunde lebend in der Wohnung zurückgelassen hatte.

«Ja, ich bleib hier», sagte der Doktor und setzte sich in einen Armsessel neben dem Bett. Er war neunundsechzig und fühlte sich, wenn der Tag herum war, immer wie hundert.

Als Boka fortging, traf gerade der Polizeileutnant Horn mit zwei seiner Männer ein. Die Sprechstundenhilfe – sie hatte von einem Unfall gesprochen – hatte ihm gesagt, dass der Verunglückte dem Generalstab angehörte, und so hatte der Polizeileutnant sofort das Kriegsministerium, das Sicherheitsbureau und die Standortkommandantur benachrichtigt. Er war keineswegs erpicht darauf, dass diese Leute sich einmischten, denn seiner Meinung nach konnte die Polizei allein viel wirksamer arbeiten, aber es war unmöglich, das Militär auszuschalten.

Auf den ersten Blick schien es sich um einen Selbstmord zu handeln: das rasch wirkende Gift, der angefangene Brief auf dem Schreibtisch, das Wegschicken des Burschen, bevor das Opfer das Gift nahm. Die Kerze, bei deren Licht der Tote den Brief geschrieben hatte, brannte noch immer. In einer Vase stand ein Strauß Chrysanthemen, und auf dem Küchentisch lagen mehrere ungeöffnete Päckchen mit Delikatessen.

«Ein Jammer», sagte der Doktor. «Ein so schöner junger Mann. Ich bin ihm ein paar Mal morgens auf der Straße begegnet. Gewöhnlich gehe ich um drei viertel acht aus dem Haus, um meine Patienten zu besuchen. Um diese Zeit ging er immer fort. Ich habe keine Ahnung, wo er arbeitete.»

«Im Kriegsministerium.» Der Leutnant nickte.

«Ja, richtig. Sein Bursche hat mir gesagt, dass er im Generalstab war. Warum er es wohl getan hat, Herr Leutnant?»

«Was getan?»

«Sich umgebracht. Wahrscheinlich wegen irgendeiner Frau. Wie töricht die Jugend doch ist. Ein unersetzliches Gut für etwas wegzuwerfen, was so überreichlich zu haben ist.»

Der Polizeileutnant antwortete nicht. Er ging ins Herrenzimmer und griff nach dem nicht zu Ende geschriebenen Brief. Er las ihn zweimal durch und legte ihn dann zögernd auf den Schreibtisch zurück. Einer der beiden Detektive untersuchte den Inhalt des Papierkorbs, der andere den Abfalleimer in der Küche. Der Leutnant zog die Schreibtischschubladen heraus. Stöße von Briefpapier, Photographien in Schachteln und eingeklebt in Alben, Federn, Bleistifte, Briefmarken, ein Päckchen Tabak, Zigarettenpapier, ein Zigarettenmaschinchen, ein schmaler Ordner mit Rechnungen, alle mit dem Vermerk «Bezahlt», Quittungen, mehrere Bündel Briefe, jeweils mit goldfarbenen Schnürchen zusammengebunden, die Dienstpistole des Hauptmanns. Alles sauber und ordentlich.

«Warum hat er sich nicht erschossen?», fragte der Arzt. «Warum auf so schmerzhafte Art?»

Die Letzte Ölung wurde dem Toten von Pfarrer Jellinek gespendet, dem hoch gewachsenen, muskulösen Geistlichen der

Kirche in der Landstraßer Hauptstraße. Der Ministrant hatte in aller Eile von einem unbebauten Grundstück, wo er vermutlich Fußball gespielt hatte, herbeizitiert werden müssen, denn an seinen Schuhen klebte frischer Lehm, und während der ganzen Zeremonie tropfte ihm die windgerötete Nase.

Boka kniete am Fußende des Bettes, den glasigen Blick auf eine handgemalte Kopie von Michelangelos *Heiliger Familie* an der Wand gerichtet. Hauptmann Mader hatte sie in Florenz gekauft, als er von einem Reitturnier in Rom kam. Er hatte Boka erzählt, wie er beim Besuch der Uffizien einen jungen Künstler beim Kopieren des Originals angetroffen habe und wie glücklich er, Mader, gewesen sei, als der Künstler sich bereit erklärte, ihm das Werk zu überlassen. Boka erinnerte sich noch daran, mit welcher Freude der Hauptmann das Bild ausgepackt hatte. Er schien darauf weit stolzer zu sein als auf den Preis, den er bei dem Reitturnier gewonnen hatte. Damals hatte Boka seinen Hauptmann nicht ganz verstanden, doch jetzt traten ihm bei der Erinnerung an jenen Augenblick die Tränen in die Augen.

«Um wie viel Uhr, hast du gesagt, hat der Herr Hauptmann dich ins Delikatessengeschäft geschickt?», fragte der Leutnant.

Der Geistliche und sein Messdiener waren fortgegangen. Der Polizeileutnant saß auf dem Sofa; der Soldat Boka stand vor ihm. Dr. Bruck hatte sich wieder in den Sessel neben dem Bett gesetzt, den er taktvoll geräumt hatte, als Pfarrer Jellinek die Letzte Ölung vornahm.

«So wie ich Ihnen gesagt hab, Herr Leutnant, ungefähr um viertel sechs», erwiderte Boka.

«Und wann bist du zurückgekommen?»

«Eine halbe Stunde später, Herr Leutnant.»

Boka sprach mit stark ungarischem Akzent, und sein

Wortschatz war begrenzt. Da seine Muttersprache kein «der, die, das» kannte, setzte er sich über die deutschen Artikel schlicht hinweg und beschränkte sich auf ein «er», ob er nun von dem Schinken sprach, den er gerade gekauft hatte, oder von dem Ladenmädchen, das ihn bediente, von der Straße, durch die er auf dem Rückweg gegangen war, oder von der Kirchturmuhr, die ihn daran erinnerte, dass er schleunigst nach Hause musste. Genauso wenig kümmerte er sich um die Konjugation der deutschen Verben und benutzte den Infinitiv Präsens, ob er nun von heute, gestern, morgen oder von vor hundert Jahren sprach. Als wahrer Kenner der deutschen Sprache erwies er sich nur auf einem Gebiet: beim Fluchen. Hier übertraf er jeden strengen Ausbilder bei der Infanterie und jeden Reitlehrer bei den Dragonern. Bokas Sprechweise verwirrte den Arzt, nicht aber den Polizeileutnant. Das Ohr eines Wiener Gendarmen war auf sämtliche Dialekte und grammatikalischen Absonderlichkeiten dieser zwei Millionen Einwohner zählenden Vielvölkerstadt eingestellt.

«Warum hat dich der Herr Hauptmann einkaufen geschickt?», fragte der Leutnant.

Boka zuckte die Achseln. «Wir haben nix mehr im Haus g'habt, Herr Leutnant.»

«Erwartete er Besuch?»

«Vielleicht, Herr Leutnant.» Wenn Boka meinte, auf schlüpfrigem Boden zu sein, spielte er den Bauerntölpel, und sein Gesicht wurde so ausdruckslos wie das eines toten Fischs.

«Ja oder nein?»

«Ich weiß nicht, Herr Leutnant.» Boka verachtete alle Zivilisten, einschließlich der Polizei, vermied es aber sorgfältig, sich mit der Letzteren zu entzweien.

«Hat er nichts zu dir gesagt?»

«Doch, Herr Leutnant», räumte Boka bereitwillig ein.

«Was denn?»

«Ein halbes Kilo Schinken hätt ich bringen sollen, zwölf Semmeln und zwei Flaschen Wein. Das hat er zu mir gesagt, Herr Leutnant.»

«Ist dir das als Abendessen für eine Person nicht ein bisschen viel vorgekommen?»

«Nein, Herr Leutnant. Der Herr Hauptmann war ein starker Esser. Und außerdem», er warf durch die offene Tür einen Blick auf die leblose Gestalt auf dem Bett, und ein nicht nur körperlicher Schmerz zog ihm die Kehle zusammen, «was er gegessen hat, hab ich auch gegessen. So hat er's haben wollen.»

Vom Treppenhaus her erklang das Geräusch sich nähernder Schritte und lauter Stimmen. Hauptmannauditor Kunze und der Regimentsarzt Dr. Ruppert betraten gleichzeitig die Wohnung. Während der Hauptmann im Herrenzimmer wartete, untersuchte Dr. Ruppert, ein schmächtiger, nervöser Mann mit Pincenez und dem Ausdruck eines misstrauischen Nagetiers, den Toten. Dr. Ruppert hatte Dr. Bruck einen eiligen Händedruck zugestanden, ihn dann aber betont ignoriert.

«Ich fürchte, wir werden auf die Ergebnisse der Obduktion warten müssen, ehe wir uns eine Meinung über die Todesursache bilden können», verkündete Dr. Ruppert. «Es kann ein epileptischer Anfall gewesen sein, eine Apoplexie, eine Embolie, ein Herzinfarkt, eine Lebensmittelvergiftung – alles Mögliche.»

Die dünne, müde Stimme von Dr. Bruck hinter ihm sagte: «Unsinn, Doktor! Es war Blausäurevergiftung.»

Dr. Ruppert fuhr herum und funkelte den Zivilisten streng an. «Wir wollen doch keine voreiligen Schlüsse ziehen!»

«Es war Blausäurevergiftung.» Dr. Brucks leise Stimme klang überzeugend und gebieterisch.

«Sie denken an Selbstmord?», fragte Ruppert.

«Das möchte ich offen lassen.»

Hauptmann Kunze hörte sich den Wortwechsel mit leichtem Stirnrunzeln an. Er war ein schlanker Mann mit dem Gesicht eines Hamlet, der die vergiftete Florettspitze überlebt hat und sich nun den mittleren Jahren nähert. Das Wort «Selbstmord» zusammen mit dem Wort «Blausäure» beunruhigte ihn. Er wusste, dass der Armee ein Schlaganfall oder eine Herzattacke lieber gewesen wäre. Von einem Offizier, noch dazu einem Mitglied des Generalstabs, wurde, wenn er seinem Leben ein Ende machen wollte, erwartet, dass er sich eine gut gezielte Kugel durch den Kopf jagte und so ordinäre Methoden wie Lauge, Rattengift, Rasiermesser und den Sprung aus hoch gelegenen Fenstern oder vor fahrende Lokomotiven den Zivilisten überließ.

«Danke, Herr Doktor, für Ihren raschen Beistand.» Er bot Dr. Bruck die Hand. «Was Ihr Honorar anbetrifft, so wird sich die Zahlmeisterei der Sache annehmen.»

«Das ist nicht nötig.» Der alte Mann schüttelte den Kopf. «Ich habe zwar nicht die Ehre gehabt, den Herrn Hauptmann Mader persönlich zu kennen, ich meine, solange er lebte, trotzdem – wir waren Nachbarn, und ich halte es für meine Pflicht, meinen Nachbarn in Notfällen zur Verfügung zu stehen. Ich wollte nur, ich hätte mehr für ihn tun können.»

Ein Gendarm meldete, dass die Ambulanz vorgefahren sei. Vom Kopf bis zu den Füßen mit einer schweren Decke zugedeckt, wurde Richard Maders Leiche auf einer Tragbahre ins Leichenschauhaus des Militärspitals geschafft, wo die Obduktion vorgenommen werden sollte. Hauptmann Kunze erteilte Leutnant Horn Anweisung, sich mit Polizeipräsident Brzesowsky und Polizeikommissar Dr. Weinberger, der zum Sicherheitsbureau der Polizeidirektion gehörte, in Verbindung zu setzen und beiden einen detaillierten Bericht zu erstatten. Boka wurde aufgefordert, sich in die Küche zurückzuziehen und auf weitere Befehle zu warten.

«Nun wir *entre nous* sind», wandte sich Hauptmann Kunze an Dr. Ruppert – die Leute von der Polizei waren gegangen, «halte ich es für meine Pflicht, Ihnen mitzuteilen, dass Mader nicht Selbstmord begangen hat.» Er nahm den angefangenen Brief an Ingrid Fiala zur Hand. «Diesen Brief hat Mader geschrieben, ehe er zusammenbrach. Das klingt nicht nach einem Abschiedsbrief. Der arme Kerl hat Zukunftspläne geschmiedet. Außerdem schreibt ein Mann, der eine tödliche Dosis Gift einnehmen will oder schon eingenommen hat, nicht an ein Mädchen über Tapeten und ein Konzert von Lilli Lehmann. Nein, Herr Doktor, ob es uns nun gefällt oder nicht – das ist kein Selbstmord!»

Dr. Ruppert rückte an seinem Kneifer.

«Es könnte auch ein Unfall gewesen sein», überlegte er. «Warum nicht? Jemand will ein Aspirin nehmen, greift nach dem falschen Röhrchen und erwischt eine Dosis Rattengift. Ich bin jedenfalls nicht bereit, die Vergiftungstheorie zu akzeptieren.»

Hauptmann Kunze ging nicht darauf ein. Es war nicht das erste Mal, dass er Dr. Ruppert in Aktion sah, und er hielt ihn für einen schlechten Arzt und aufgeblasenen Trottel. Vor dem Hintergrund des Entsetzens, dem Gestank nach gewaltsamem Tod und dem Anblick eines jungen Männerkörpers, zerquetscht wie ein übergroßes Insekt, reagierte Kunze auf die kleinliche Art des Doktors besonders empfindlich. Überhaupt war der ganze Fall scheußlich, und er hoffte, er würde nicht ihm übertragen werden.

Anna und Friedrich Gabriel wohnten im vierten Stock eines alten Hauses hinter dem Burgtheater. Die enge, steile Treppe – es gab keinen Lift – mit den ausgetretenen Stufen hinaufzuklimmen war beinahe so anstrengend wie eine Bergbesteigung in den Alpen, und als Anna vor der Wohnungstür ankam, war sie, wie gewöhnlich, außer Atem. Sie hatte gehofft, dass Fritz noch nicht zu Hause sei, doch als sie in den Flur trat und das Licht im Wohnzimmer sah, wusste sie, dass ihre Hoffnung getrogen hatte.

«Was ist denn los?», fragte er sie. «Ich denke, du bist bei Dr. Lorentz angemeldet.»

Sie hatte ihm am Morgen gesagt, sie würde erst später heimkommen, weil der Zahnarzt sie nicht vor sechs drannehmen könne.

«Ach, der ist zu einem dringenden Fall gerufen worden. Die Sprechstundenhilfe hat alle Leute weggeschickt und die Praxis geschlossen.» Sie log rasch und ohne nach Worten zu suchen. Bei Fritz brauchte man nicht vorsichtig zu sein, denn er zweifelte nie an dem, was man sagte. Nicht weil er dumm oder leichtgläubig gewesen wäre, sondern weil er ihr bedingungslos vertraute.

«Was hast du denn den ganzen Nachmittag über getrieben?», fragte er.

Es war ihre Gewohnheit, einander über die Stunden, die sie getrennt verbrachten, Rechenschaft abzulegen. Er arbeitete im Postamt an der Mariahilferstraße nahe dem Westbahnhof. Dort war immer etwas los, es kamen die verschiedenartigsten Menschen hin, und für gewöhnlich erzählte er von irgendeinem Ereignis, von dem er glaubte, dass es sie amüsieren könnte. Sie hörte ihm gern zu, obwohl sie nie den Verdacht loswurde, dass er sie davon überzeugen wollte, die Arbeit im Postamt mache ihm großen Spaß und er empfände keinerlei Bedauern darüber, ihr seine militärische Laufbahn geopfert zu haben.

Da er mittags zum Essen nach Hause kam, bestand das Abendessen gewöhnlich aus Resten, einer Platte mit Aufschnitt und einer Tasse Tee. Sie hatte nur eine Halbtagshilfe und verbrachte den Vormittag mit Einkaufen, Saubermachen und Kochen; von zwei Uhr nachmittags bis sieben Uhr abends war sie frei. Natürlich war ihr Rechenschaftsbericht über diese Stunden nicht annähernd so vollständig und wahrheitsgetreu wie der seine. Wie die zensierten Zeitungen in einem Polizeistaat wies er große Lücken auf.

Sie unterhielten kaum Verbindung zu ihrer ehemaligen Offiziersclique. Ihre gegenwärtigen Freunde waren Schriftsteller, Zeitungsleute, Musiker, die ihn gern hatten und sie bewunderten. Sie machte es sich zur eisernen Regel, nie mit Männern zu schlafen, die irgendwie mit ihrem jetzigen Kreis zusammenhingen.

«Du hast mir noch nicht erzählt, was du den ganzen Tag gemacht hast», erinnerte er sie.

Sie schien nervös zu sein, was sonst nicht ihre Art war. Die gemeinsamen Abende waren seit jeher die glücklichsten, erholsamsten Stunden des Tages, doch heute spürte er an ihr eine Ruhelosigkeit, die ihn störte.

«Oh, nichts Besonderes.» Sie zuckte die Achseln. «Ich war auf einen Sprung bei Mutter. Die Gicht macht Vater neuerlich wieder zu schaffen, Ach ja, und dann habe ich den Kaiser gesehen, gerade wie seine Kutsche von der Mariahilferstraße her in den Ring einbog. Er muss aus Schönbrunn gekommen sein. Ich hatte das Gefühl, dass er recht blass aussah. Aber ich kann mich irren, denn er fuhr in einer geschlossenen Kutsche.»

Auch ihre Redeweise war verändert, sprunghaft und zusammenhanglos. Irgendetwas muss sie aufgeregt haben, dachte er und wunderte sich, dass sie es ihm nicht erzählte. Er beschloss zu tun, als bemerke er ihre Stimmung nicht.

«Wir hatten heute richtig was zu lachen», sagte er, als das Schweigen anfing, bedrückend zu werden. «Ein Mann verlangte tausend Zehn-Heller-Marken. Da er wie ein einfacher Arbeiter aussah – irgendein Maurer oder Zimmermann –, hab ich ihn gefragt, wozu er denn tausend Briefmarken braucht. Du errätst es nie, was er darauf geantwortet hat! Er hätte gehört, das Porto würde auf zwölf Heller erhöht, und da wollte er sich einen Vorrat an Zehn-Heller-Briefmarken anlegen, um sie nach der Portoerhöhung mit Profit verkaufen zu können. Wie findest du das?»

Sie reagierte mit einem allzu beflissenen Lachen. Verzweifelt bemühte sie sich, den Aufruhr, der in ihrem Innern tobte, zu verbergen. Irgendetwas Beängstigendes war mit Mader passiert, doch nicht dieser Aspekt beunruhigte sie, sondern ihr knappes Entkommen. Wäre sie nur ein paar Minuten früher eingetroffen, so wäre sie in seiner Wohnung gewesen, vielleicht sogar in seinem Bett, als der Unfall – denn bestimmt handelte es sich um einen Unfall – passierte. Es war ihr immer geglückt, ihren Vergnügungen nachzugehen, ohne ihre Ehe zu gefährden. Das war nicht einmal schwierig gewesen, da Fritz so rührend vertrauensselig war. Sie war sorglos und kühn geworden und hatte ganz vergessen, dass ein Versprecher oder eine zufällige Begegnung ihre wunderbare Ehe für immer zerstören konnte.

«Ich liebe dich, Fritz», sagte sie.

Er warf ihr einen erstaunten Blick zu. Keiner von ihnen war von Natur aus überschwänglich veranlagt. Er nahm ihre Zuneigung genauso selbstverständlich hin wie sie die seine. Es war unnötig, darüber Worte zu machen. Sie küssten sich, wenn sie sich trafen oder sich trennten, und schliefen häufig miteinander. Sie waren nicht nur Mann und Frau, sondern auch gute Freunde.

«Ich weiß.» Es sollte gelassen klingen, und doch war ihm unbehaglich.

Ihre plötzliche Liebeserklärung hatte die gleiche Wirkung

auf ihn wie ihre vorhergehende Nervosität. Er ging zum Kachelofen hinüber und machte sich am Rost zu schaffen, doch sie blieb beim Thema.

«Ich liebe dich mehr als mein Leben», setzte sie hinzu. «Vergiss das nicht. Ganz gleich, was geschieht.»

Prinz Hohenstein war lang und mager und hatte das Gesicht eines von El Greco gemalten spanischen Granden. In seinen Bewegungen erinnerte er an ein Vollblutpferd. Näherte er sich einem Stuhl, so war man beinahe darauf gefasst, ihn mit einem Satz darüber wegspringen zu sehen, statt dass er sich darauf setzte. Er war höflich und bescheiden und von überragendem Verstand. Obwohl Mathematik seine Stärke war, verlangte die Familientradition von ihm als dem Zweitgeborenen, dass er, statt eine Universitätskarriere einzuschlagen, die militärische Laufbahn wählte. Es machte der Armee Ehre, dass sie seine Begabung erkannte und eine entsprechende Position im Generalstab für ihn fand.

«War die Begegnung auf der Herrentoilette das letzte Mal, dass du Mader gestern gesehen hast?», fragte Auditor Emil Kunze den Prinzen.

Sie saßen in Kunzes Büro im Garnisonsgericht am Hernalser Gürtel. Der Hauptmann hatte am Morgen den Befehl bekommen, den Fall Richard Mader zu übernehmen.

Hohenstein überlegte einen Augenblick.

«Nein. Ich bin ihm um ungefähr halb fünf nochmal auf dem Gang begegnet. Er war bereits in Mantel, Tschako und Handschuhen. Ich machte eine Bemerkung darüber, dass er schon so früh ginge, sagte, er wolle wohl schwänzen oder so was Ähnliches. Er grinste und meinte, er müsse eilig nach Hause, er bekäme Besuch.»

«Mann oder Frau?»

«Das hat er nicht gesagt.»

«Weißt du noch jemanden außer Gersten, der dieses Zirkular von Charles Francis bekommen hat?»

«Nein, aber das bedeutet nichts. Ich teile das Büro mit Gersten, und wir waren beide im Zimmer, als die Post kam. Was Mader betrifft – es war purer Zufall, dass er gerade in die Toilette kam, als Gersten und ich das Dreckszeug wegwarfen.»

«Ich wollte, du hättest es nicht getan», bemerkte Hauptmann Kunze. Obwohl sie einander nicht kannten, redeten sie sich mit Du an. Das war unter Offizieren vom gleichen Rang und bei Vorgesetzten, wenn sie mit Untergebenen sprachen, die Regel – es sei denn, die Situation verlangte eine förmlichere Anrede.

«Wir wissen bis zur Stunde noch nicht, ob zwischen dem Tonikum und Maders Tod ein Zusammenhang besteht», fuhr Kunze fort. «Nach allem, was ich über ihn höre, scheint er mir ein zu intelligenter Mensch gewesen zu sein, um auf einen derart billigen Trick hereinzufallen.»

«Ein Prachtkerl und ein wundervoller Kamerad. Wir im Generalstab werden ihn sehr vermissen», sagte der Prinz.

Nachdem er Hohenstein hinausbegleitet hatte, kehrte Kunze an seinen Schreibtisch zurück. Er schlug einen Aktendeckel auf und las die darin liegenden handgeschriebenen Blätter sorgsam durch. Diese Seiten enthielten den Bericht über das Leben des Hauptmanns Richard Mader, sämtliche Daten, die man in der Eile hatte zusammentragen können: sein alljährliches Gesundheitszeugnis, eine kurze Übersicht über seine Laufbahn, seine Conduite und einige vertrauliche Mitteilungen über sein Privatleben. Die Charakteranalyse auf der letzten Seite enthielt genau das, was ein Elternherz entzücken, einen Kriminalisten aber zur Verzweiflung bringen konnte. Keinerlei Hinweis auf fragwürdiges Tun oder fragwürdigen Umgang, sexuelle oder geistige Verirrungen,

Fehden, Feindschaften. *Ein Ritter ohne Furcht und Tadel.* Warum sollte jemand einen Mann umbringen wollen, der derart harmlos und freundlich war, dass man sich fragte, wie er überhaupt Mitglied des Generalstabs hatte werden können?

Im Laufe des Vormittags brachte ein Polizist Frau Czepa, die Hausbesorgerin der Hainburgerstraße Nr. 56, zu Kunze ins Büro. Sie war mager und dünnlippig und glich dem Aussehen nach dem Werkzeug ihres Berufs: einem langen Reiserbesen.

Eine Zeit lang plapperte sie Nebensächliches, und Kunze hörte sie schläfrig an, bis eine Bemerkung ihn hellwach werden ließ.

«... und da ist die junge Dame vorm Haus aufgetaucht. Und wie der Boka sie gesehn hat, da ist er ganz weiß im Gesicht geworden und hat ihr zugerufen, sie soll weggehen.«

«Wie meinen Sie das, weiß im Gesicht geworden?», fragte Kunze.

«So, wie ich's sag, Herr Hauptmann.» Sie zuckte die Achseln. «Weiß wie ein Leintuch.» Sie wartete eine Sekunde und senkte dann die Stimme zu einem Flüstern. «Es hat so ausg'schaut, als wollt er nicht, dass sie in der Nähe ist, wenn die Polizei kommt. Vielleicht hat sie was g'wußt, und er hat nicht wollen, dass sie's ihnen erzählt.»

Frau Czepa hegte einen heimlichen Groll gegen Boka. Schon bald nach Maders Einzug waren sie und Boka wegen des Abfalls, den die Hausbesorgerin beim Mieter abzuholen hatte, in Streit geraten. Boka, der unbeherrschte Sohn der ungarischen Puszta, hatte ein paar boshafte Bemerkungen fallen lassen: über die Österreicher im Allgemeinen und ihre negative Einstellung zu körperlicher Arbeit im Besonderen; woraufhin Frau Czepa bezweifelte, dass Bokas Eltern gesetzlich miteinander verbunden gewesen seien. Nur das rechtzeitige Eintreffen Hauptmann Maders hatte verhindert, dass der

Zwischenfall in Tätlichkeiten ausartete, doch die Feindschaft zwischen den beiden war geblieben.

«Sie haben den Ausdruck ‹junge Dame› gebraucht», sagte der Hauptmann. «Hat sie Ihrer Meinung nach wie eine richtige Dame ausgesehen?»

«Sie hat nicht ausg'schaut wie eine Hur, wenn der Herr Hauptmann das meinen.»

«Was für eine Beziehung könnte Ihrer Meinung nach zwischen ihr und dem Soldaten Boka bestanden haben?»

«Wenn Sie mich fragen, Euer Gnaden, dann sind die zwei ein Herz und eine Seele. Wie er ihr das hat zugerufen, da hat sie erst erstaunt geschaut, und dann hat sie kehrtgemacht und ist fortgerannt.»

«Haben Sie sie vor dem gestrigen Tag schon einmal gesehen?»

«Nur einmal. Auf der Treppe. Da ist sie aus dem Mader seiner Wohnung gekommen.»

«War der Herr Hauptmann um die Zeit daheim?»

«Ich weiß nicht. Kann schon sein. Es war so um sieben abends herum. Da war er gewöhnlich daheim.»

Wenn Mader zu Hause gewesen war, so war klar, dass die Frau ihn und nicht seinen Burschen besucht hatte, folgerte Kunze.

Am Morgen des gleichen Tages war sowohl die zuständige Polizeidienststelle wie auch die Militärjustiz vom Ergebnis der Obduktion unterrichtet worden. Der Tod war durch Blausäurevergiftung eingetreten. Die Untersuchung war zwar noch nicht abgeschlossen, doch die Pathologen waren sich schon jetzt darüber einig, dass die Dosis ausgereicht hätte, ein Dutzend Menschen umzubringen.

Hauptmann Kunze gab Befehl, den Soldaten Boka zum Verhör in sein Büro zu bringen. Während er auf ihn wartete, spürte er, wie eine Migräne sich gleich einer gefräßigen Ratte hinter seiner rechten Augenhöhle einnistete und anfing, ihm am Schädelknochen zu nagen. Im Magen verspürte er einen Druck, obwohl er den ganzen Tag noch keinen Bissen zu sich genommen hatte. Neuerdings kamen diese Kopfschmerzen häufiger, er wusste nicht, warum. Das Leben, das er führte, war angenehm und wohl geordnet und enthielt alle Voraussetzungen für jenen Zustand, den man gemeinhin als Glück bezeichnete: Gesundheit, Zufriedenheit im Beruf und ein harmonisches Heim.

Emil Kunze hatte die Offizierslaufbahn erst verhältnismäßig spät eingeschlagen. Die Gelegenheit dazu war ihm 1902 bei einem Manöver, an dem er als Leutnant der Reserve teilgenommen hatte, von General Hartmann geboten worden, einem alten Bekannten, praktisch einem Freund, obwohl die Art, wie sie zueinander standen, diese Bezeichnung nicht ganz rechtfertigte. Kunzes Mutter war fünfzehn Jahre lang Haushälterin bei den Hartmanns gewesen, und er, Emil Kunze, war in der geräumigen, komfortablen Villa der Hartmanns inmitten eines riesigen, verwahrlosten Parks groß geworden.

Wilhelmine Kunze, eine Lehrerstochter, war schlank und nicht ohne Reiz gewesen und glich mit ihrem unterernährten, geschlechtslosen Typ einer mittelalterlichen Heiligen. Sie war gut erzogen und hatte die Manieren einer Dame. Die Leute wunderten sich oft, warum sie es vorzog, im Haushalt einer fremden Frau zu arbeiten, statt sich einen Mann zu suchen, der ihr ein eigenes Heim bot.

Sie war fünfundzwanzig, als ihr Sohn Emil geboren wurde, und kurze Zeit mit dem Feldwebel Herbert Kunze vom Deutschmeister-Regiment verheiratet gewesen, der schon bald nach der Hochzeit ebenso leise aus ihrem Leben wieder verschwand, wie er darin aufgetaucht war.

«Fang bloß nicht an, nach ihm zu suchen», hatte sie zu ihrem Sohn gesagt, als der heranwachsende Emil sie nach dem geheimnisumwitterten Feldwebel fragte. «Er war ein anständiger Mensch und ein guter Soldat. Das ist alles, was du wissen musst. Der Name, den er dir gegeben hat, ist ein ehrbarer Name. Sollte irgendwer in Zukunft zu dir kommen und im Namen von Feldwebel Herbert Kunze Forderungen an dich stellen, so weise ihm die Tür. Du bist dem Feldwebel nichts schuldig, weder Geld noch Zuneigung. Denk immer daran.»

Das war eine sonderbare Art, einem Jungen von seinem angeblichen Vater zu sprechen, doch Emil Kunze war an die sonderbare Art seiner Mutter gewöhnt. Außerdem hatte er gelernt, ihren Wunsch nach Verschwiegenheit zu respektieren. Sie arbeitete schwer für jeden Groschen, den sie verdiente, und es war weit weniger als das, was andere Haushälterinnen bezahlt bekamen, die keine heranwachsenden Söhne bei sich wohnen hatten. Sie hatte im Haushalt eine einzigartige Stellung inne, war weder Bedienstete noch Familienmitglied. Dieses Verhältnis hatte sie selbst bestimmt. Ironischerweise war es die Dame des Hauses gewesen, die sich von der Haushälterin zutiefst abhängig gefühlt, ja sogar ein wenig vor ihr gefürchtet hatte, und keineswegs umgekehrt.

Kunze vermutete, dass seine Mutter noch über irgendwelche zusätzlichen Mittel verfügt hatte, von denen sie seine Erziehung, Kleidung, die Kosten für den Arzt und zweimal im Jahr eine große Porträtaufnahme bei einem teuren Photographen bestritt. Für sich gab sie keinen Heller aus. An ihren freien Sonntagnachmittagen machte sie lange Spaziergänge mit ihm durch die Wälder oder an der Donau entlang, und an seinem Geburtstag und noch ein weiteres Mal, an dem des Kaisers, ging sie mit ihm in den Wurstelprater. Zweimal im Jahr, wenn die Photographien fertig waren, erbat sie sich von Frau Hartmann einen Extranachmittag frei, zog sich besonders sorgfältig an und fuhr in die Stadt. Sie kam nach ein paar Stunden wieder und war am folgenden Tag noch schweigsamer als gewöhnlich. Die Gewohnheit, sich zweimal im Jahr zu absentieren, behielt sie bis zu ihrem Tode bei. Emil hatte damals bereits sein Jura-Examen hinter sich und war bei der hoch angesehenen Anwaltskanzlei Teller & Bauer angestellt. Trotz seines Drängens, sich doch zur Ruhe zu setzen, führte die Mutter noch immer den Haushalt der Hartmanns. Eine Herzattacke machte ihrem Dienstverhältnis und ihrem Leben ein Ende. Zu seiner großen Überraschung stellte Kunze fest, das sie fast 10 000 Gulden zusammengespart hatte. «Für meinen geliebten Sohn Emil», hieß es in ihrem Testament, «um ihn für seine unglückliche, vaterlose Kindheit zu entschädigen.»

Er wünschte sich oft, ihr sagen zu können, wie sehr sie Unrecht hatte. Er war nie unglücklich gewesen, hatte sich nie gewünscht, jemand anders zu sein als Emil Kunze, der Bub von der Frau Wilhelmine. General Hartmann, seine Frau, die Tochter und die beiden Söhne akzeptierten ihn als ein Mitglied der Familie. Auch gab es irgendwo einen Mann, der ihn ins Leben gerufen und ein wachsames Auge auf ihn hatte. Zweifellos war das Angebot der Kanzlei Teller & Bauer auf seine Protektion zurückzuführen und ebenso die Berufung ans Garnisonsgericht. Dieser Mann schien in olympischen Höhen zu thronen und es abzulehnen, zu den Sterblichen herabzusteigen. In jüngeren Jahren war Emil Kunze oft von dem ungeduldigen Wunsch eines Phaeton nach seinem Helios erfüllt gewesen. Eines jedoch schien klar: Feldwebel Herbert Kunze, dessen Namen er trug und den er nie von Angesicht gesehen hatte, war dieser Helios nicht.

Emil blieb Junggeselle, aber das Glück vergönnte ihm die Vorteile einer Ehe ohne deren Lasten. Die Frau, mit der er lebte, Rose von Siebert, verkörperte in hohem Maße alle weiblichen Tugenden. Sie liebte ihn zärtlich und war ihm eine treue, taktvolle, verständnisvolle Gefährtin und für alle Zeit zugetan. Er selber war der Meinung, er habe nichts Besonderes an sich, sei ganz gut erhalten für seine 38 Jahre, aber mit einem Gesicht, das in seiner blässlichen Weichheit eher zu einem Priester als zu einem Soldaten passte. Sein gelichtetes Haar war dunkelblond und wurde an den Schläfen bereits grau. Seine Augen waren wie die Wasser der Donau, in Liedern als Blau besungen, in Wirklichkeit von fahlem Grau. Er hatte sich nie viel darum gekümmert, welchen Eindruck er auf andere machte. Er war sauber und ordentlich, aber irgendwie distanziert, ein Knabe, den man in seiner Kindheit in einem fremden Haushalt geduldet hatte und der jetzt zum Mann herangereift war.

Rose kannte er seit drei Jahren. Damals hatte er in ihrer hohen, mit Luxusmöbeln überladenen Wohnung in der Zaunergasse zwei Zimmer gemietet. Ein Jahr lang hatte Rose ihm gut zureden müssen, ehe er mit ihr ins Bett ging. Als Untermieter, der zum Liebhaber avanciert war, bestand er auf der strikten Einhaltung geschäftlicher Abmachungen, zahlte eine hohe Miete für seine Zimmer sowie die Hälfte der anfallenden Haushaltungskosten und der Dienstbotengehälter. Dafür verlangte er, unbedingt ungestört zu bleiben. Sie durfte sein Reich nicht betreten, wenn sie nicht dazu aufgefordert war, und nicht erwarten, ihn ihren Freunden vorstellen oder auf ihre Gesellschaften einladen zu können. Zuerst versuchte sie, seine Vorschriften ins Wanken zu bringen, als er jedoch drohte auszuziehen, fügte sie sich.

Er hatte ihr gleich zu Beginn ihrer Liebschaft klar gemacht, dass er sie erst dann würde heiraten können, wenn er den Rang eines Obersten erreicht hatte, was eine Wartezeit von mindestens zwanzig Jahren bedeutete. Sie war die Witwe eines Kabinettsmitglieds und lebte von einer staatlichen Pension. Offiziere der k. u. k. Armee genossen Ruhm und Achtung, bekamen aber sehr bescheidene Gagen. Auch verlangte die Vorschrift bei einer Eheschließung eine hohe Kaution, und die konnte weder Rose noch er aufbringen. Erst vom Obersten aufwärts waren die Gagen so, dass die Offiziere heiraten konnten, ohne eine Sicherheit hinterlegen zu müssen, vorausgesetzt, die Braut hatte einen untadeligen Ruf. Rose war scharfsinnig genug, den Mietvertrag auf den Namen ihres Schwagers ausstellen zu lassen, sodass es kein Gerede geben konnte. Eine List wie diese war in der Monarchie allgemein üblich. Es amüsierte Kunze, dass der Ehrenkodex der Armee gegen eine wilde Ehe seiner Offiziere nicht das Geringste hatte, sondern nur dagegen, diese später zu legalisieren. Das war eine jener Widersprüchlichkeiten die manchmal den Eindruck erweckten, als sei die Armee ein riesenwüchsiges, zurückgebliebenes Kind.

«Wer war die Frau?» Zum fünften Mal im Laufe des Verhörs stellte Hauptmann Kunze dem Soldaten Boka diese Frage.

Und zum fünften Mal erwiderte Boka: «Welche, Herr Hauptmann?»

«Verdammt noch mal, Boka, du weißt genau, wen ich meine!»

Bokas Antwort bestand aus einem weitschweifigen Bericht. Er enthielt keine neuen Einzelheiten, und außerdem sprach Boka ein so bizarres Deutsch, dass man ihn nur schwer verstand. Schließlich verlor der Hauptmann die Geduld. Er rief den ungarischen Auditor-Aspiranten Leutnant Szabo herein und wies ihn an, Boka in ihrer gemeinsamen Muttersprache zu befragen.

War Kunze seinem ganzen Wesen und Verhalten nach eher Jurist als Militär, so war Szabo Militär vom Scheitel bis zur Sohle. Klein und gedrungen, mit einer dichten Mähne wirren Haars und hängendem Schnauzbart, sah er aus wie einer jener grimmen kleinen Hirtenhunde aus der ungarischen Ebene, Puli genannt. Und es klang auch so, als bellte er, wenn er laut und schrill seine Fragen stellte. Kunze drehte sich der Kopf, und einen Augenblick lang fürchtete er fast, Szabo würde nicht nur bellen, sondern auch beißen.

Es war Boka hoch anzurechnen, dass er diesem Trommelfeuer mehr als eine Stunde widerstand. Anfangs brüllte er seine Antworten heraus, als sei er auf dem Kasernenhof; allmählich verlor sich der Donner aus seiner Stimme, sie wurde zögernd und sank schließlich zu einem Flüstern herab.

Genau 72 Minuten nach dem Auftreten des Leutnants Szabo gab Boka den Namen preis: Frau Friedrich Gabriel.

Hauptmann Richard Maders Name tauchte in der Wiener Presse zum ersten Mal am 19. November 1909 auf. Die führende Morgenzeitung brachte unter «Lokales» folgende Kurzmeldung:

Am 17. November gegen 6 Uhr abends wurde Hauptmann Richard Mader, einer der begabtesten Offiziere des Generalstabs, von seinem Burschen tot aufgefunden. Da er sich allem Anschein nach einer ausgezeichneten Gesundheit erfreute, ist eine polizeiliche Untersuchung angeordnet worden, welche die näheren Umstände seines plötzlichen Ablebens klären soll.

Der nächste Artikel beschäftigte sich mit einem Unfall in der Kärtnerstraße. Die Pferde des Fiakereigners Paul Horner hatten ohne ersichtlichen Grund gescheut, die Passanten sich in panischem Schrecken in alle Winde zerstreut. Im Gedränge war ein dreiundsiebzigjähriger Tabaktrafikant leicht verletzt worden. Dank des mutigen Einsatzes von Polizeioffizier Michael Rosner hatten die Pferde wieder unter Kontrolle gebracht werden können.

Obwohl beide Meldungen in gleicher Größe aufgemacht waren, interessierte es die Reporter, die das Büro von Polizeipräsident Brzesowsky umlagerten, nicht im Geringsten, wie es dem Tabaktrafikanten ging. Für ein paar Kronen, die sie den im Vorzimmer auf Einsatz wartenden Detektiven in die Hand drückten, erfuhren sie von der hastig zusammengerufenen Konferenz hinter den Polstertüren des Allerheiligsten, an der Oberst Kutschera von der Wiener Garnison, Hauptmannauditor Emil Kunze, Polizeikommissar Dr. Weinberger, Chef des Sicherheitsbureaus, und General Karl Wencel, Leiter des Garnisonsgerichts, teilnahmen. Das Thema der Zusammenkunft war der Tod von Hauptmann Mader.

Da nach Auffassung der Polizei die Möglichkeit eines Selbstmordes ausgeschlossen werden musste, konzentrierte sie ihre Suche auf einen Giftmörder. Sie ging jeder Spur nach, die einen Hinweis auf seine Person und seine Motive geben konnte. Vielleicht war er Mitglied einer antimonarchistischen Organisation, Serbe, Kroate, Ungar, ein eifersüchtiger Ehemann, ein unbestallter, von Groll erfüllter Offizier oder ein Rivale. Er brauchte nicht einmal ein «er» zu sein, vielleicht war es auch eine «sie»: eine verlassene Geliebte womöglich. Die Gerüchte und Vermutungen waren so vage und widersprüchlich, dass selbst die Reporter der sensationshungrigen Boulevardpresse sie nicht zu bringen wagten.

Um 10 Uhr 30 wurde eine dunkelhaarige junge Frau in schickem grünem Wollkostüm von einem Detektiv über die Nebenstiege durch endlose Gänge und überfüllte Vorzimmer ins Arbeitszimmer des Chefs geleitet. Obwohl ihr Gesicht von einem dichten, an ihrem auffälligen Hut befestigten Schleier verhüllt war, erkannte der Reporter sie sofort.

Ihr Name war Anna Gabriel.

Der Reporter verkehrte wie die Gabriels in Boheme-Kreisen, und er war völlig entgeistert, sie im Polizeipräsidium vorgeführt zu sehen. Mit den Ellbogen bahnte er sich einen Weg durch die Kollegen und holte sie vor der Tür des Polizeipräsidenten ein. «Frau Gabriel! Was, um Himmels willen, wollen die denn von Ihnen?»

Sie blieb stehen und sah ihn an, als sei er ein plötzlich auftauchender Billettkontrolleur. Ihre Augen wirkten hinter dem dichten Schleier noch größer und dunkler als sonst. Ihre Angst und Verlegenheit waren augenfällig.

Der Detektiv trat dazwischen. «Die Dame darf mit niemand sprechen, Herr Swoboda.» Die Ausdrucksweise war höflich, der Ton war es jedoch nicht.

Der Reporter trat zurück, und die beiden verschwanden hinter der Polstertür.

General Wencel und Baron von Campanini waren sich im Laufe ihrer langen Zugehörigkeit zum Militär häufig begegnet, sei es bei beruflichen, sei es bei gesellschaftlichen Anlässen. Der General hatte mit angesehen, wie Anna aus einem pummeligen Mädelchen zur beunruhigend reizvollen Frau heranwuchs. Er war über ihre vorehelichen Eskapaden informiert und hatte als Mitglied des Garnisonsgerichts bei der Zwangspensionierung ihres Vaters die Hand im Spiel gehabt.

Und nun stand Anna von Campanini, die vor Jahren den guten Ruf österreichisch-ungarischer Offiziere beschmutzt hatte, als Zeugin, wenn nicht gar als Verdachtsperson in einer Sache vor ihm, die sich womöglich als widerwärtiger Mordfall herausstellte.

General Karl Wencel hatte seinen schlechten Tag. Sein Magengeschwür hatte sich wieder einmal gemeldet, höchstwahrscheinlich eine Reaktion auf die neueste Eskapade seiner Mätresse, einer kleinen Schauspielerin am Theater an der Wien. Während sie vorgab, eine kranke Großmutter in Graz besuchen zu müssen, war sie in Monte Carlo in Gesellschaft eines italienischen Grafen gesehen worden.

Nun, da er eine weitere junge Person von nicht einwandfreiem Lebenswandel vor sich sah, spürte er nicht nur die physischen Schmerzen in der Magengrube, sondern auch den psychischen Schmerz, den Eifersucht und Enttäuschung auslösen. Was ihm aber noch mehr zu schaffen machte, war die Verwunderung, die er angesichts der mangelnden Loyalität der Jugend empfand. Er war sechsundfünfzig, weit davon entfernt, schon alt zu sein, und doch war ihm jeder Mensch unter dreißig, ob Mann oder Frau, auf beunruhigende und unbegreifliche Weise fremd. In seinen Augen war die Jugend dieses neuen Jahrhunderts – seine Geliebte nicht minder als die anderen – habgierig, undankbar und blasiert. Sie wusste nicht zu schätzen, was seine Generation für sie geschaffen hatte: eine friedliche, blühende, gedeihende Monarchie, in der jeder, der strebsam war, Aussichten und Chancen hatte. Die unteren Schichten beteiligten sich an sinnlosen und geräuschvollen Straßendemonstrationen und an von der Sozialistischen Partei angezettelten Streiks, und die oberen Schichten vertaten ihre Zeit mit absurden Kinkerlitzchen, mit Duellen, Ausschweifungen und ständig wechselnden Liebschaften. Es war viel von Krieg die Rede. Er glaubte wie die meisten Militärs, dass der Krieg unvermeidlich sei. Mehr noch, er sehnte sich danach, betrachtete ihn als das einzige Mittel, das die Monarchie von Schmutz und Schande befreien und die alte Ordnung moralischer Lauterkeit wiederherstellen würde.

Zum Kummer über seine Geliebte kam noch, dass sich das Verhalten seiner Frau ihm gegenüber geändert hatte. Während ihrer ganzen zwanzigjährigen Ehe war Lily Wencel stets voller Ehrgeiz für seine Karriere gewesen, gelassen und geduldig seinen Seitensprüngen gegenüber. Sie hatte nicht nur das Geld ihres Vaters geerbt, sondern auch dessen Weltklugheit und die Toleranz – oder war es Arroganz? – der Reichen. Und jetzt wurde sie plötzlich launisch und neurotisch. Er hatte zuerst dem Wetter die Schuld gegeben, der für September außergewöhnlichen Hitze, doch auch als die Tage kühler wurden, hielt ihre Unruhe an. So hatte ihr mit einem Mal so unleidiges Wesen wohl mit den Wechseljahren zu tun, und er musste sich damit, wie mit all seinen übrigen Problemen, abfinden.

Nach den üblichen Präliminarien – Name, Stand, Beruf, Anschrift – begann Hauptmann Kunze mit dem Verhör.

«Frau Gabriel, was taten Sie am 17. November um 6 Uhr abends vor dem Haus Hainburgerstraße Nr. 56?»

Annas Mann hatte die Meldung über Mader in der Morgenzeitung gelesen. Sie hatte noch im Bett gelegen, als er bleich und erschüttert ins Zimmer getreten war und ihr die Nachricht überbracht hatte. Er und Mader waren auf der Kriegsschule Jahrgangskameraden gewesen und hatten später gemeinsam als Truppenoffiziere beim 15. Infanterieregiment in Kronstadt gedient. Obwohl sie nach Gabriels Abschied den Kontakt verloren hatten, betrübte das tragische Ende des einstigen Freundes Fritz Gabriel doch zutiefst. Er empfand auch eine leichte Anwandlung von Reue. Mader war einer der wenigen gewesen, die ihm zu seiner Heirat einen Glückwunsch geschickt hatten. Und Gabriel hatte sich nie bei ihm bedankt, weil er das aus seiner Militärzeit stammende Adressenverzeichnis weggeworfen hatte: Die Erinnerung an die Menschen, deren Namen darin standen, sollte aus seinem Gedächtnis gelöscht sein. Plötzlich sah er ein, wie falsch das gewesen war. Mader hatte ihm eine Hand entgegengestreckt, und er hatte diese Geste ignoriert. Nun war Mader tot, und es gab keine Möglichkeit mehr, das wieder gutzumachen.

Anna wiederholte die Frage: «Was ich in der Hainburgerstraße gemacht habe?» Bis zu dem Augenblick, in dem man sie ins Zimmer führte, hatte sie nicht sicher gewusst, was die

Polizei von ihr wollte. Als sie General Wencel erkannte und in der Gruppe streng aussehender Männer, die sie kalt und misstrauisch anstarrten, noch zwei weitere Uniformen erblickte, begriff sie, dass das Verhör mit Maders Tod zusammenhing. Sie hatte natürlich keine Ahnung, wie viel man von ihrer Affäre mit ihm wusste. Sie wusste nur eines: Sie musste behutsam vorgehen und allen Fallen ausweichen.

«Ich bin spazieren gegangen» antwortete sie.

«Kennen Sie einen Soldaten József Boka?»

Sie runzelte die Stirn. Der Name klang ihr bekannt. Dann fiel es ihr ein. Boka war der Bursche von Mader. Er war der Mann, der ihr vor Maders Haus zugerufen hatte. Ihr Erinnern tauchte noch tiefer in die Gewässer der Vergangenheit. Dieser Boka war einer von den Soldaten gewesen, die vor Jahren in der Reitschule ihres Vaters herumgestanden hatten. Boka musste schon damals Offiziersbursche gewesen sein, denn sie hatte ihn in den Ställen arbeiten sehen.

«Nein, ich kenne keinen Soldaten Boka», erwiderte sie mit einer Andeutung von Unwillen. Schließlich konnte man von der Tochter eines Kavalleriemajors nicht erwarten, dass sie sich an einen Soldaten erinnerte, bloß weil dieser sich in der Reitschule herumgetrieben hatte.

«Warum sind Sie denn dann umgekehrt, als er Ihnen zurief, Sie sollten nicht in Hauptmann Maders Wohnung hinaufgehen?», fragte Kunze.

«Ich verstehe Sie nicht. Was lässt Sie vermuten, dass ich die Absicht hatte, in Maders Wohnung hinaufzugehen?»

«Haben Sie ihn denn nicht am 6. und ein weiteres Mal am 12. November besucht?»

Sie starrte Kunze wie versteinert an. Irgendwer, wahrscheinlich der verdammte Bursche, hatte es ihnen erzählt. Oder etwa Mader selbst? *Gott, o Gott*, dachte sie, *wenn nur Fritz es nicht erfährt!*

«Na, und wenn schon?», fragte sie trotzig. Es wäre töricht gewesen, noch zu leugnen, da ihr Inquisitor anscheinend bereits alle Tatsachen kannte. Doch warum verzweifeln? Schließlich hatte sie mit Maders Ermordung nichts zu tun. Ganz offensichtlich war er ermordet worden, warum sonst all dieses Theater? Wenn sie sie davon überzeugen konnte, dass sie nichts damit zu tun hatte, würden sie sie gehen lassen müssen. Sekundenlang überlegte sie, wie viel sie zugeben sollte.

«Ja», sagte sie schließlich. «Ich bin an den beiden genannten Tagen in seiner Wohnung gewesen. Und jedes Mal befand er sich, wenn ich fortging, bei bester Gesundheit. Vorgestern bin ich nicht einmal in seine Nähe gekommen. Danach haben Sie doch eben gefragt, nicht wahr?»

Sie wartete auf eine Reaktion. Es kam keine. «Ich weiß nicht, wieso Sie mich herbringen lassen und mich nach Dingen fragen, die mit dem Fall nichts zu tun haben.»

«Darüber entscheiden wir, Frau Gabriel», schnauzte General Wencel. «Was ist mit Hauptmann Karl Moll?»

Am Vorabend hatte Hauptmann Moll, der ebenfalls erst kürzlich in den Generalstab kommandiert worden war, über den Erhalt eines Charles-Francis-Zirkulars berichtet. Er hatte die an ihn adressierte Sendung nicht vernichtet, sondern sie mit mitsamt den Giftkapseln seinem Vorgesetzten übergeben.

«Was soll mit ihm sein?», fragte sie. Einen Augenblick lang konnte sie den Namen nicht unterbringen.

«In den Monaten April und Mai dieses Jahres hat man Sie mehrfach in seiner Wohnung in der Singerstraße aus und ein gehen sehen.»

Jetzt fiel es ihr ein. Moll war einer dieser gesichtslosen Männer, mit denen sie – als sie bereits mit Gabriel verheiratet war – geschlafen hatte. Sie hatte ihn nie wirklich geliebt und nach Beendigung der Affäre nie mehr an ihn gedacht. Die unerwartete Erwähnung seines Namens erschreckte sie. Sie sah keinerlei Zusammenhang.

«Ist er auch tot?», fragte sie. Sie konnte später weder sich noch anderen erklären, was sie zu dieser Frage veranlasst hatte. Dennoch schien sie in die Gedankenkette zu passen, welche den fünf mürrischen Männern als Leitfaden diente, denn sie verloren ihre Panoptikumsstarre und tauschten bedeutsame Blicke.

«Nein, er ist noch einmal davongekommen», teilte ihr General Wencel mit. «Und auch Prinz Hohenstein.»

Ein weiterer aus der Luft gegriffener Name. *Was haben die mit mir vor?*, fragte sich Anna. Erst Moll und jetzt der Prinz. Wollen die meine Vergangenheit ausgraben, als handle es sich um eine antike Stadt, versunken unter dem Staub der Jahrhunderte? Haben sie vor, jede zerbrochene Amphore, jedes geborstene Mosaik, jedes nicht mehr angebetete Götzenbild ans Tageslicht zu holen und zu katalogisieren?

Sie richtete sich auf und streckte das Kinn vor, wie als Kind, wenn man sie unverdientermaßen strafte. In ihrem Kopf drehte sich alles, und sie presste ihre Rechte krampfhaft mit der Linken, damit man das Zittern ihrer Hände nicht sah. Im Zimmer herrschte Schweigen. General Wencel erwartete offenbar eine Antwort, aber sie weigerte sich, ihm eine zu geben.

Hauptmannauditor Kunze brach das Schweigen. «Wann haben Sie Hauptmann von Gersten zuletzt gesehen, Frau Gabriel?»

Ein dritter Name. Dieses Mal war sie vollkommen verwirrt.

«Ich kenne, glaube ich, gar keinen Hauptmann von Gersten.»

«Er war einer von Ihres Vaters Schülern auf der Kriegsschule, Jahrgang 1905.»

«Das waren hundert andere auch. Einige davon habe ich

gekannt, kaum mehr als drei, vier. Und ich bin nicht einmal sicher, dass sie alle zum Jahrgang 1905 gehört haben.»

Wieder tauschten die Männer Blicke.

«Aber Prinz Hohenstein kennen Sie doch?»

«Ja. Er ist mir vorgestellt worden.» Sie nickte knapp.

«Sie haben ein Verhältnis mit ihm gehabt, genau wie mit Hauptmann Mader, mit Moll und von Gersten!»

«Nicht mit Gersten! Ich habe Ihnen doch gesagt, dass ich ihn nicht einmal kenne!»

«Aber die anderen geben Sie zu?», fuhr General Wencel auf sie los.

Er braucht nicht so zu triumphieren, dachte sie. Sie hatte die drei Liebhaber nicht aus Versehen zugegeben, sondern mit voller Absicht. Noch immer war sie im Ungewissen über den Zweck des Verhörs. Eines jedoch stand fest: Man hatte ihr Privatleben gründlich durchstöbert und irgendwelche Liebschaften herausbekommen, von denen sie gehofft hatte, sie würde sie vor ihrem Mann geheim halten können. Es lag nicht in ihrer Macht, sie gesetzlich dafür zu belangen, dass sie mit fremden Männern geschlafen hatte – wenn das möglich wäre, säße ein Großteil von Wiens weiblicher Bevölkerung hinter Gittern –, doch es lag in ihrer Macht, Fritz Gabriel davon zu verständigen, und das wäre das Ende. Sie musste ihnen ein Abkommen vorschlagen, ihr Schweigen dadurch erkaufen, dass sie ihnen alles sagte, was sie wissen wollten.

«Jawohl, die anderen geb ich zu.» Sie atmete tief ein. «Ich weiß nicht recht, meine Herren, wonach Sie suchen. Ich wollte, Sie sagten es mir, dann könnte ich Ihnen vielleicht helfen. Es ist sehr schwierig für mich ...»

General Wencel unterbrach sie: «Ist Ihr Mann ein eifersüchtiger Mensch?»

«Nein, ich glaube nicht.» Ihr Herz schlug wieder schneller. «Nein, das ist er nicht. Warum fragen Sie?»

Der General überhörte die Frage.

«Wollen Sie damit sagen, dass er nichts gegen Ihre ... Liebschaften einzuwenden hatte?», knurrte Wencel. «Mit Männern, die früher seine Klassenkameraden waren oder im gleichen Regiment gedient hatten? Dann muss er entweder schwachsinnig oder völlig ohne Ehrbegriffe sein.»

Anna fühlte heißen Zorn in sich aufwallen. «Bitte, lassen Sie meinen Mann aus dem Spiel!», rief sie aus. «Er ist ein wundervoller Mensch mit sehr hohen moralischen Grundsätzen!»

Polizeipräsident Brzesowsky mischte sich ein. «Ein Mensch von sehr hohen moralischen Grundsätzen, der die Seitensprünge seiner Frau duldet!» Bis jetzt hatte Brzesowsky kerzengerade und regungslos dagesessen, die Hände vor dem Bauch gefaltet, nur seine Augen waren pfeilschnell von Gesicht zu Gesicht gewandert, wobei er rasch und nervös die Daumen umeinander drehte, was Anna an gereizte Katzen denken ließ, die mit dem Schwanz peitschen.

«Nein, das tut er nicht.» Anna war den Tränen nahe. «Ich meine, das täte er nicht, wenn er es wüsste»

Ihre Stimme brach, sie konnte nicht weitersprechen, plötzlich vor Angst stumm vor diesen fünf Gestrengen und dem, was sie ihrer Ehe antun konnten. Ihre Augen blieben auf Wencels Gesicht haften. Er war der Einzige unter ihnen, den sie kannte; sie kannte auch seine Frau und seinen Ruf als ältlicher Don Juan. Sie erinnerte sich an ihn noch aus ihrer Kindheit. Er und seine reiche, elegante Frau Lily waren manchmal auf einer der Gesellschaften gewesen, die ihre Mutter gab. Er pflegte sie damals hochzuheben und zu necken. Einmal hatte er ihr eine Schachtel Pralinen mitgebracht.

«Ich weiß, dass es schwer zu verstehen ist», sagte sie mit leiser Stimme zu General Wencel und suchte zu vergessen, dass noch andere im Raum waren. «Ich liebe meinen Mann über alles auf der Welt. Aber ich kann – kann ihm einfach nicht treu bleiben. Das ist seltsam, ich weiß, und ich habe schon oft gedacht, ich sollte – ich sollte deswegen vielleicht einmal zu einem Arzt gehen, aber zu welchem?»

«Sind Sie sich darüber im Klaren, welche Opfer Ihr Mann für Sie gebracht hat? Als er seinem Kommandanten mitteilte, dass er Sie zu heiraten gedächte, ließ man ihm die Wahl zwischen Ihnen und seiner Militärkarriere. Er hat Sie gewählt. Sind Sie sich darüber klar?», fragte der General.

«Ja. Das war ich schon immer –»

«Aber das hat Sie nicht daran gehindert, ihn zu betrügen?» Sein Zeigefinger hob sich vorwurfsvoll.

Sie fand die Worte nicht, um diesem Tribunal der Aufrechten klarzumachen, dass ihre Liebe zu ihrem Mann und ihre außerehelichen Exkursionen nichts miteinander zu tun hatten. Ihr war bewusst, dass sie sich nach den Sittengesetzen der Gesellschaft wegen ihrer «Hurerei» hätte schuldig fühlen sollen, doch ihr war, als bestünde sie aus zwei Personen, der vorbildlichen Gattin von Friedrich Gabriel und der Dirne, der praktizierenden Verfechterin sexueller Freiheit, und als könnte keine von beiden für die Taten der anderen zur Rechenschaft gezogen werden. Jetzt aber war die Ehefrau vor Gericht gezerrt und aufgefordert worden, die Dirne zu verteidigen.

«Sie haben meine Fragen nicht beantwortet, Frau Gabriel», mahnte General Wencel.

Sie zuckte die Schultern. «Ich weiß keine Antwort.» Es war sinnlos, mit ihm zu diskutieren. Sie war die Ehebrecherin, die er steinigen lassen wollte. Und es war kein Christus da, sie zu erretten. Als einziger Ausweg blieb wahrscheinlich nur, Zerknirschung zu zeigen, und das wollte sie tun, nicht ihretwegen, aber um ihres Mannes willen.

«Ich weiß, dass ich einen schrecklichen Fehler begangen habe.»

«Einen? Sie sollten lieber die Pluralform nehmen, Frau Gabriel.» Der Polizeipräsident lachte glucksend. Wencel reagierte auf den Witz mit einem Grinsen, die Mienen der anderen blieben eisern.

«Also schön, ich habe schreckliche Fehler begangen», fuhr sie mit leichter Schärfe im Ton fort, «aber das ist nicht mehr zu ändern. Ich kann nur eines: mich bessern und Gott anflehen, dass mein Mann nichts davon erfährt.» Sie wandte sich erneut an Wencel. «Herr General, ich bitte Sie nur um eines – lassen Sie mich meine Ehe retten. Sie kennen meinen Mann nicht. Er ist der gütigste, rücksichtsvollste Mensch auf Erden, aber wenn er herausbekäme, dass ich ihn hintergangen habe, so würde er –»

«Sie umbringen?», platzte General Wencel dazwischen.

Die Härte seines Tones ließ sie zusammenfahren.

«Nein, das bestimmt nicht, aber –»

Wencel stand auf und trat an sie heran.

«Oder Ihre Liebhaber umbringen? Wollten Sie das sagen?»

Sie fuhr zurück.

«Nein, nein! Das habe ich nicht sagen wollen. Sie legen mir das in den Mund! Auf eine so irrsinnige Idee wäre ich nie gekommen!»

«Wäre es nicht möglich, dass er von Ihrer Untreue erfahren und in einem Augenblick der Wut und Verbitterung beschlossen hat, sich an den Männern zu rächen, mit denen Sie ihn betrogen haben?»

Jetzt endlich begriff sie, worauf dieses Tribunal hinauswollte; die Erkenntnis traf sie wie ein Schlag. Jemand hatte Mader ermordet, hatte versucht, auch Moll und den Prinzen umzubringen. Durch einen verhängnisvollen Zufall waren sie alle Liebhaber von ihr. Aus diesem Grunde schien Fritz der Hauptverdächtige. Schien? Heilige Mutter Gottes! Sie konnten unmöglich Recht haben. Wenn ihr Mann von Mader und den anderen erfahren hätte, so würde sie es gemerkt haben; sie hätte die Veränderung an ihm wahrgenommen. Fieberhaft versuchte sie, sich an jede Einzelheit des heutigen Morgens zu erinnern. Die Art, wie er ins Schlafzimmer gekommen war, völlig erschüttert, und ihr die Nachricht vorgelesen hatte. Wenn er sie hätte auf die Probe stellen, ihr eine Falle hätte stellen wollen, würde er sich ganz anders verhalten haben. Würde er sie nicht beobachtet haben, um zu sehen, ob sie sich verriet? Doch nein, er hatte gar nicht darauf geachtet, was sie sagte, war begreiflicherweise völlig verstört gewesen über den plötzlichen Tod eines Freundes. Andererseits hatte er sie vor zwei Tagen, als sie aus der Hainburgerstraße heimkam, hartnäckig gefragt, was sie am Nachmittag gemacht hätte. Er hatte sie immer gefragt, wie sie den Tag verbracht hatte, aber am 17. war es ihr besonders eindringlich vorgekommen.

Der General neigte sich über ihre Stuhllehne. Sie spürte seinen Atem, der nach Zigaretten und Magensäften roch.

«Das wollten Sie doch sagen, Frau Gabriel?» Er flüsterte.

«Nein. Sie irren sich! Fritz hat weder Mader noch sonst jemand umgebracht. Das brächte er gar nicht fertig. Ich bin seit vier Jahren mit ihm verheiratet – ich habe ihn noch nie zornig gesehen. Er ist der ausgeglichenste Mensch, der mir je begegnet ist. Er hat keinen einzigen Feind. Er hat von Hauptmann Mader und den anderen nichts gewusst! Doch selbst wenn – so wäre er zwar verletzt gewesen, entsetzlich verletzt, aber er hätte keinem etwas zuleide getan.»

General Wencel hatte sich wieder gesetzt und blätterte in seinen Akten. «Hoffentlich haben Sie Recht, Frau Gabriel», murmelte er. «Ich hoffe es aufrichtig. Um Ihretwillen und um Ihres Mannes willen.»

«Ich auch.» Oberst Kutschera setzte es hinzu, und der Polizeipräsident nickte.

Kunze war nach dem Essen, das sie im Hotel ‹Bristol› eingenommen hatten, auf dem Rückweg ins Präsidium einige Minuten mit Brzesowsky allein geblieben und hatte ihn davon zu überzeugen vermocht, dass es ratsam sei, General Wencel nicht in der Rolle eines Untersuchungsrichters und Racheengels auftreten zu lassen. Kunze freute sich nicht gerade auf die Befragung von Annas Mann. Da Gabriel eine viel versprechende Militärkarriere aus Liebe zu einer Nymphomanin aufgegeben hatte, war Kunze der Meinung, der Mann müsse entweder krank oder unglaublich naiv sein – in beiden Fällen ein eher bemitleidenswerter als ein zu verurteilender Mensch. Es bestand die vage Möglichkeit, dass er Charles Francis war; wenn ja, so war sein Versuch zum Massenmord eine Tat, die ihn vom Hahnrei zur tragischen Figur erhob. Ein solcher Mann würde zweifellos unter General Wencels geißelnden Worthieben zusammenbrechen, und das war ein Schauspiel, dem Hauptmann Kunze nicht beizuwohnen wünschte. Die Technik des Generals bestand darin, dem Täter die Menschenwürde zu nehmen, ehe er ihn bestrafte. Im Laufe seiner Tätigkeit als Auditor war Kunze gelegentlich Zeuge der Degradierung eines Menschen geworden. Und jedes Mal war ihm zumute gewesen, als hätte auch seine eigene Würde gelitten.

Friedrich Gabriel hatte nicht die entfernteste Ahnung, warum er vorgeladen worden war und weshalb auf der Vorladung gestanden hatte, sich «unmittelbar nach Erhalt derselben im Präsidium» einzufinden. Die Kommission war bereits ins ‹Bristol› gegangen, als er kurz nach ein Uhr im Präsidium eintraf, und man hieß ihn warten. Als er vorschlug, er wollte heimgehen und nach dem Essen wiederkommen, teilte der Dienst tuende Polizist ihm schroff mit, er dürfe das Gebäude nicht verlassen. Hungrig und indigniert, aber sonst ruhig, blieb ihm nichts anderes übrig, als bis drei Uhr abzuwarten.

Vor einigen Wochen hatten Unbekannte versucht, nachts in das Postamt einzubrechen. Die Polizei hatte eine Routineuntersuchung vorgenommen, die kein Resultat erbrachte. Als Friedrich Gabriel das Amtszimmer von Polizeipräsident Brzesowsky betrat und dort General Wencel und Oberst Kutschera erkannte, schloss er aus ihrer Anwesenheit, dass die unbekannten Posträuber es auf Militärdokumente abgesehen hatten.

Kommissar Dr. Weinberger brachte es innerhalb der nächsten halben Stunde fertig, Friedrich Gabriel zu vernichten: als Mann, Gatte, Bürger und Beamter. Seine ersten Fragen galten den seinem Austritt aus der Armee zugrunde liegenden Motiven. Dann kam er auf finanzielle Angelegenheiten zu sprechen: wie viel Gabriel verdiene; wie hoch seine Ausgaben wären; ob er drückende Schulden hätte oder nicht. Allmählich stellte Gabriel fest, dass ihm das Blut zu Kopf stieg. Noch immer der Meinung, es handle sich um den Einbruch ins Postamt, begriff er nicht, wieso er nicht wie ein Zeuge, sondern wie eine Verdachtsperson behandelt wurde.

«Möchten Sie nicht zur Sache kommen, Herr Kommissar», drängte er schließlich. «Was wollen Sie von mir? Worum handelt es sich? Stellen Sie mir eine freimütige Frage, und Sie sollen von mir eine freimütige Antwort erhalten.»

Der Kommissar holte tief Luft.

«Schön, Herr Gabriel. Ich will Ihnen eine freimütige Frage stellen. Haben Sie dem Herrn Hauptmann Richard Mader ein Rundschreiben, gezeichnet mit Charles Francis, zugeschickt, in einem Umschlag, der zwei mit Zyankali gefüllte Kapseln enthielt?»

Mehrere Sekunden lang starrte Gabriel den Kommissar regungslos an. Dann blinzelte er, als störe ihn ein plötzlich einfallender Lichtstrahl.

«Ob ich was?», fragte er mit leiser, ungläubiger Stimme.

«Haben Sie Hauptmann Mader eine tödliche Dosis Zyankali in einem in sein Büro im Kriegsministerium adressierten Brief geschickt, ja oder nein?»

Endlich kam die Bedeutung der Frage in Gabriels Gehirn an.

«Zum Teufel, nein!», erwiderte er. Seine Stimme klang ruhig, und er legte keine Zeichen gekränkter Unschuld an den Tag. «Wie kommen Sie auf solchen Blödsinn? Warum ich! Was, um Gottes willen, sollte ich gegen den armen Kerl gehabt haben?»

«War er nicht der Liebhaber Ihrer Frau?» Das Verhör entwickelte sich nicht nach Dr. Weinbergers Erwartungen. Gabriel war entweder der beste Schauspieler der österreichisch-ungarischen Monarchie oder ein ahnungsloses, unschuldiges Opfer der Umstände. Der Kommissar war ein viel zu erfahrener Polizeibeamter, um nicht zu wissen, dass letztere Erklärung die wahrscheinlichere war. Er sehnte sich danach, das Verhör zu beenden und diesen Mann wegzuschicken, ehe ein nicht wieder gutzumachender Schaden angerichtet war. Unglücklicherweise verlangte die Armee den Kopf dieses Mannes. Die präsumtiven Opfer dieses ausgefallenen Mordanschlags waren vier hervorragende Mitglieder des Generalstabs gewesen. Einer war tot; drei waren ihm entgangen. Im Augenblick waren die Motive des Mörders noch ein Rätsel. Sie reichten vom politischen Anschlag über Spionage bis zum persönlichen Racheakt. Erpressung, Verrat, Homosexualität, Geld – alles konnte im Spiel sein, Aspekte, die die Armee kompromittieren, sie dem Verdacht schimpflichen Verhaltens aussetzen konnten. Erwies sich jedoch der Mörder als eifersüchtiger Ehemann, so blieb das strahlende Bild der Armee unbefleckt. Von jungen, gut aussehenden Offizieren erwartete niemand, dass sie wie Mönche lebten. Wenn die Hauptleute Mader, Moll und Hohenstein einem Postbeamten Hörner aufsetzten, dann ein dreifach Hoch auf die Hauptleute und zum Teufel mit dem Postbeamten!

«Nein! Er war nicht der Liebhaber meiner Frau!» Gabriel wandte sich mit blassem Gesicht an die ganze Kommission. «Und wenn Sie, meine Herren, glauben, dass Ihr Rang und Ihre Stellung Ihnen das Recht geben, meine Frau mit Schmutz zu bewerfen, so irren Sie sich gewaltig. Wir leben nicht unter einer Militärdiktatur; wir leben in einer konstitutionellen Monarchie. Ich habe die Absicht, unseren guten Namen zu verteidigen und jedem gegenüber zurückzuschlagen, der ihn zu besudeln versucht, und da machen Sie alle keine Ausnahme!»

General Wencel blickte ihn unbeweglich an, sein Gesicht war eine Marmortafel, in die die Zehn Gebote eingegraben waren. Oberst Kutschera, gewichtige, aber schweigende Gegenwart während des Verhörs, saß mit geschlossenen Augen da, entweder tief in Gedanken oder im Halbschlaf. Brzesowsky machte einen leicht gelangweilten Eindruck – als langjähriges Mitglied der Wiener Polizei war er Tiraden wie diese gewöhnt. Hauptmann Kunze rutschte voller Unbehagen auf seinem Stuhl herum. Er hatte erwartet, in Gabriel entweder einen Schwächling oder einen Narren vor sich zu haben, doch er schien keins von beiden zu sein, sondern eher ein vertrauensseliger, ehrenwerter Mann mit einem Augenfehler: Er hatte eine Hure angesehen und eine Heilige erblickt. Nun musste in einer außerordentlich schmerzhaften Operation dieser Sehfehler behoben werden.

Dr. Weinberger seufzte betrübt. Er stand auf und reichte Gabriel einen der säuberlich mit der Hand geschriebenen Polizeiberichte, die auf dem Tisch lagen.

«Lesen Sie das, junger Mann», befahl er.

Kunze ertrug es nicht, den Mann zu beobachten. Von seinem Platz aus konnte er durch das Fenster auf den Ring und den Park dahinter hinaussehen. Seine Augen folgten einem grauen Wolkenwirbel am herbstlichen Himmel. Es nieselte, und die kahlen Äste der Bäume glänzten, als seien sie mit Wachs überzogen. Ein herrenloser Hund trabte an der Parkmauer entlang, den Schwanz zwischen den Beinen. Kunze sah dem Hund nach, bis er verschwunden war, denn es lieferte ihm eine Ausrede dafür, den Mann zu ignorieren, der in diesem Augenblick den Polizeibericht über die Unbesonnenheiten seiner Frau las.

«Was haben Sie dazu zu sagen, Herr Gabriel?», unterbrach General Wencels schrille Stimme die Stille.

Niemand hatte den geringsten Zweifel, dass dieser in unbeholfenem Deutsch geschriebene Bericht Gabriel Tatsachen über seine Frau mitteilte, die er nie gewusst oder auch nur geahnt hatte. Er sah aus wie jemand, der einen schweren Schlag hat hinnehmen müssen oder sich sinnlos betrunken hat. Er beantwortete die Frage des Generals nicht, offenbar hatte er sie nicht einmal verstanden.

Der Kommissar wartete einen Augenblick.

«Nun, wie stellen Sie sich dazu, Herr Gabriel?»

Obwohl seine Stimme sonor war, reagierte Gabriel so, als hätte eine Kugel das Fenster zerschmettert. Sein Kopf fuhr ruckartig hoch, und er warf einen völlig verstörten Blick auf Dr. Weinberger. Sein Gesicht war zorngerötet.

«Warum hat sie das getan? Wer sagt, dass das alles wahr ist? Bloß weil Sie etwas schwarz auf weiß haben? Das ist noch kein Beweis! Sie versuchen mich hereinzulegen. Darum wollen Sie mich glauben machen, dass sie – Was wollen Sie wissen? Sagen Sie es mir, und ich werde Ihnen auf jede mir nur mögliche Weise helfen. Eines aber kann ich Ihnen jetzt schon sagen: Ich war es nicht, der dieses Zeug an Mader geschickt hat. Verschwenden Sie nicht Ihre Zeit mit mir: Der wahre Schuldige könnte Ihnen durch die Lappen gehen!«

«Auch Prinz Hohenstein und die Hauptleute Moll und von Gersten haben Zirkulare mit Giftpillen erhalten. Von diesen dreien waren der Prinz und Moll die Liebhaber Ihrer Frau. Gersten, soviel wir wissen, nicht.» Kommissar Weinberger hielt Gabriel erneut ein Blatt Papier hin: «Hier, lesen Sie das.»

Gabriel griff nicht danach.

«Nein.» Er schüttelte den Kopf. «Sie können falsche Anschuldigungen gegen mich vorbringen, aber Sie können mich nicht zwingen, diesen Dreck zu lesen.»

Achselzuckend legte Dr. Weinberger das Papier beiseite.

«Holen Sie Frau Gabriel herein», sagte er zu dem Schreiber, der aufstand und den Raum verließ.

«Setzen Sie sich, Herr Gabriel.» Der Kommissar wies auf einen Stuhl. Er selbst ließ seinen schweren Körper auf einen Stuhl hinter dem Tisch fallen. Hauptmann Kunze fühlte einen Brechreiz, wie immer, wenn er einer Hinrichtung beiwohnen musste.

Anna Gabriel wurde hereingeführt. Kunze nahm mit Erstaunen wahr, dass sie jünger und zarter wirkte als am Vormittag; gewöhnlich ließ ein Verhör, das sich über Stunden erstreckte, die Menschen altern. Ihr grünes Wollkostüm war zerknittert, der einst so adrette Chignon ein zerzaustes Haarnest. Als sie ihren Mann erblickte, stockte ihr Schritt, und sie hob die Hand, um sich eine Haarsträhne aus dem Gesicht zu streichen. Ein schwaches Lächeln lag darauf.

«Haben sie es dir gesagt?», fragte sie und sah ihm direkt in die Augen.

«Mir was gesagt?»

Er stand aufrecht und regungslos. In seinem gut gebügelten grauen Anzug – er verwendete große Sorgfalt auf seine Kleidung –, dem makellosen weißen Hemd mit gestärktem Kragen und Manschetten glich er einer Schaufensterpuppe.

«Das über Mader und mich.» Sie machte eine Pause und atmete tief ein. «Und die anderen», setzte sie hinzu.

Er sah sie teilnahmslos an.

«Es ist also wahr.» Es war eine Feststellung, keine Frage.

Sie nickte nur.

«Alles?»

«Ja.»

Hauptmann Kunze beobachtete die beiden mehr mit der Faszination eines Voyeurs als mit der Distanziertheit eines öffentlichen Anklägers.

«Was jetzt?» Gabriel wandte sich an Dr. Weinberger.

«Wir müssen Sie vorläufig hier behalten, Herr Gabriel», sagte der Kommissar. «Aber machen Sie sich keine Sorgen. Sie haben nichts zu befürchten, wenn Sie das Gift nicht verschickt haben. Sie können sich darauf verlassen, dass wir den Mörder finden. Unsere Leute sind sehr tüchtig und gewissenhaft. Sie irren sich selten. Meine Pflicht ist es, darauf zu achten, dass sie es auch in diesem Fall nicht tun.»

«Danke», erwiderte Gabriel mechanisch.

«Dürfte ich meinen Mann allein sprechen?», wandte sich Anna an Weinberger. «Nur ein paar Minuten?»

Der Kommissar antwortete nicht sofort, doch Gabriel kam ihm zuvor.

«Ich möchte es nicht», sagte er.

Zum ersten Mal schien es so, als verlöre Anna die Fassung. Sie legte die zitternde Hand auf die Schulter ihres Mannes. Er warf einen Blick auf diese Hand und starrte dann in die entgegengesetzte Ecke des Zimmers, als gäbe es dort etwas, das seiner Aufmerksamkeit würdiger war.

«Ich weiß, wie dir zumute sein muss», bettelte sie. «Aber lass mich dir's doch erklären. Hör mich doch an!» Sie wandte sich an die Kommission. «Bitte, bitte, geben Sie mir zwei Minuten mit ihm!»

«Das ist nicht nötig.» Gabriel schüttelte den Kopf. «Mit Ihrer Erlaubnis, Herr Kommissar, wenn Sie keine weiteren Fragen haben, möchte ich lieber gleich eingesperrt werden.» Er sprach mit der knappen Präzision des Offiziers, der er gewesen war, ehe er Anna von Campanini kennen lernte, und wandte sich einzig an Dr. Weinberger, als sei sonst niemand im Zimmer.

«Wie Sie wünschen.» Der Kommissar nickte. Da niemand aus der Kommission einen Einwand erhob, ließ er Gabriel von dem Gerichtsschreiber in eine der Honoratiorenzellen führen, die für vornehmere Untersuchungsgefangene reserviert waren. «Er darf sich Bettwäsche von zu Hause bringen lassen und auch das Abendessen», setzte er hinzu. «Sie brauchen nichts auszustehen», sagte er zu Gabriel. «Das Licht muss jedoch die ganze Nacht brennen. Vorschrift, Sie verstehen.»

Gabriel machte eine steife Verbeugung, die übrigen Mitglieder der Kommission bedachte er mit einem Kopfnicken.

Der Gerichtsschreiber winkte ihm, und er ging zur Tür. Er hatte sie fast erreicht, als ihm seine Frau in den Weg trat.

«Ich liebe dich», flüsterte sie ihm zu. «Ich habe niemals jemand anderes geliebt als dich. Vergiss es nicht, vergiss es nie –»

Er streckte die Hand nach ihr aus, aber nur um sie beiseite zu schieben. Sie starrte ihm nach, als er hinter dem Gerichtsschreiber das Zimmer verließ.

«Sie können jetzt gehen, Frau Gabriel», sagte Polizeipräsident Brzesowsky. «Es sei denn, Sie hätten uns noch etwas zu sagen, was bisher nicht erwähnt worden ist.»

«Ich glaube nicht, dass es noch etwas gibt», sagte sie. Sie wirkte gesammelt und wieder beinahe sorglos. «Sie haben gesagt, ich könnte ihm Bettzeug schicken.» Sie wandte sich an Dr. Weinberger. «Ich glaube, er hätte jetzt gleich gern eine Tasse Kaffee; darf ich sie im Kaffeehaus drüben bestellen? Und auch das Abendessen und das Frühstück, für den Fall, dass er nicht vor morgen früh freigelassen wird? Ich meine, das ist doch nicht gegen die Vorschriften, oder?»

«Gewiss nicht, Frau Gabriel.»

«Also, dann geh ich wohl besser. Danke, meine Herren, und auf Wiedersehen.»

«Auf Wiedersehen, Frau Gabriel», antwortete der Kommissar. Die anderen murmelten ein Abschiedswort. Nur Hauptmann Kunze erhob sich, als sie den Raum verließ.

Die Kommission hatte beschlossen, am nächsten Morgen um acht Uhr wieder zusammenzutreten, doch es war fast zehn, als die letzten – General Wencel und Oberst Kutschera – eintrafen. Dem Sicherheitsbureau war es, vier Tage nach Maders Tod, gelungen, neue und wichtige Einzelheiten ans Licht zu bringen.

Außer den Hauptleuten Mader, Moll, von Gersten und Prinz Hohenstein hatten noch vier weitere Offiziere Charles Francis' Zirkulare mit Zyankali-Kapseln erhalten. Das ergab eine Anfrage, die an sämtliche Garnisonen hinausgegangen war. Drei Männer lieferten ihre Umschläge ab; der vierte, der den seinen vernichtet hatte, meldete nur dessen Erhalt. Von den vieren war einer in Galizien stationiert, einer in Budapest, und zwei waren auf Urlaub. Sämtliche Umschläge, die sich in den Händen der Behörden befanden, trugen den Stempel des Postamts Nr. 59 in der Mittelgasse, einer engen Straße unweit des Wiener Westbahnhofs.

«Ein ausreichender Anhaltspunkt, um Friedrich Gabriel an den Galgen zu bringen», bemerkte General Wencel. «Das ist das Amt, in dem er arbeitet.»

Der Zusammenhang – oder war es reiner Zufall? – war bereits festgestellt worden, als die Kommission den an Hauptmann Moll adressierten Umschlag untersuchte.

«Meiner Meinung nach ein Anhaltspunkt, der ihn entlastet», sagte Dr. Weinberger. «Das heißt, wenn er je angeklagt wird, was ich bezweifle. Wenn er die Charles-Francis-Briefe verschickt hätte, so würde er sie bestimmt nicht auf dem Postamt aufgegeben haben, bei dem er angestellt ist. Der Mann hat mit den verfluchten Briefen nichts zu tun. Nehmen wir einmal an, er wusste von den Affären seiner Frau mit Mader, Moll und Hohenstein, was ist dann mit den fünf anderen? Hat sie mit denen auch geschlafen? Mit dem in Galizien, dem in Budapest?»

«Das ist der springende Punkt», kicherte Wencel. «Denkbar wäre es schon, denn die Empfänger haben eines gemeinsam: Sie alle waren Absolventen des Kriegsschuljahrgangs 1905, genau wie Gabriel. Baron von Campanini, der Vater von Frau Gabriel, war damals ihr Reitlehrer. Es war sein letztes Dienstjahr. Im Sommer darauf hat er seinen Abschied genommen, seine Tochter war dafür bekannt, dass sie mit einer Anzahl seiner Schüler intim verkehrt hatte. Friedrich Gabriel hat sie trotz ihres Rufs geheiratet, was nicht unbedingt für seinen Charakter spricht. Nach meinem Dafürhalten, Herr Kommissar, hat der Bursche keine Moralbegriffe. Er muss das selbst erkannt haben; sonst hätte er sich nicht aus dem aktiven Dienst zurückgezogen. Ihm wurde klar, dass er nicht ins Offizierskorps passte.»

Das Offizierskorps! Ein Synonym für Ehre, Mut, Rechtschaffenheit. Und das Herz dieses gestrengen Körpers, der Generalstab, war die erhabene Tafelrunde der Ritter, die auf dem hohen Olymp thronten, in Walhall aus und ein gingen. Jeder, der dieser Herrlichkeit den Rücken kehrte, wurde als Deserteur angesehen, als entlaufener Priester, als Paria, Feigling oder Giftmörder. Im Fall Mader hatte die Armee ein einziges Anliegen: den Schuldigen auf der untersten Stufe der Menschheit zu finden – in den Reihen der Zivilbevölkerung. Das Opfer und die vorgesehenen Opfer waren Offiziere, daran war nichts zu ändern, und das war nicht geheim zu halten. Um jedoch den makellosen Ruf der Armee zu erhalten, musste der Mörder Zivilist sein.

Am späten Vormittag diktierte Hauptmann Kunze seinem Protokollführer, Leutnant Heinrich, eine Zusammenfassung der bisher von Polizei, Sicherheitsbureau und Militärjustiz aufgedeckten Tatsachen. Der Bericht lautete folgendermaßen:

1. Alle acht Empfänger der Charles-Francis-Zirkulare waren Absolventen der Kriegsschule, Zöglinge des Jahrgangs 1905: sieben davon kürzlich zu Hauptleuten avanciert und anschließend in den Generalstab berufen sowie ein augenblicklich in Galizien stehender Oberleutnant. Die Adressen wurden eindeutig dem Armeeverordnungsblatt entnommen. Alle Sendungen hatten das gleiche Format und den gleichen Inhalt: gewöhnliche graue Geschäftscouverts, die Zirkulare auf Bögen 23 x 15 cm, die Schachteln mit je zwei Kapseln in rotes Seidenpapier gewickelt und zugeklebt. Die Kapseln waren von Hand gefüllt und verschlossen. Die Adressen waren hektographiert, nur der Name in Rundschrift ausgeführt, mit einer Zeichenfeder und roter Tinte von der Art, wie man sie zur Beschriftung von Militärkarten und -plänen verwendet. Da die Sendungen nicht schwerer waren als gewöhnliche Briefe 1. Klasse, genügten Zehn-Heller-Marken.
2. Das Zirkular hatte folgenden Wortlaut:

Discret! *Datum des Poststempels*
Charles Francis, Wien, VI/4 Postfach 430

Euer Hochwohlgeboren!

Die vorzeitige Abnahme der Mannbarkeit ist eine Krankheit des neuen Jahrhunderts.

Diese zu ergründen, Gegenmittel zu schaffen, war eine nothwendige Arbeit erster ärztlicher Kapacitäten. Auf Grund eingehender Versuche gelang es endlich ein Mittel zu finden, welches, ohne der Gesundheit zu schaden, die männliche Potenz bedeutend erhöht.

Wir erlauben uns anbei eine Probe gratis beizulegen.

Urtheilen Sie selbst; dies wird unsere beste Reclam sein.

Gebrauchsanweisung: Schachtel vorsichtig öffnen (Papier abreißen), Pillen ohne die Oblaten zu beschädigen entnehmen, beide circa 1/2 Stunde vor dem Coitus rasch nach einander mit kaltem Wasser schlucken.

Wirkung verblüffend. Pillen bald in Gebrauch nehmen, da ihr Inhalt an der Luft leicht verdirbt.

Ihre gütige Bestellung erwartend – Adresse oben stehend, Zusendung discret und raschest –

Hochachtungsvoll

ergebenst
Charles Francis, Pharmazeut

«Verblüffende Wirkung!», knurrte Leutnant Heinrich. «Das dürfte die Untertreibung des Jahrhunderts sein!»

Hauptmann Kunze fuhr fort:

3. Die Polizei hat festgestellt, dass ein Postfach Nr. 430 im 6. Bezirk tatsächlich existiert. Es ist jedoch seit Jahren an das katholische Pfarramt Barnabitenstraße vermietet.
4. Jede Kapsel enthielt ein Gramm Zyankali, eine zehnfach tödliche Dosis. Zyankali dient keinem medizinischen

Zweck; hauptsächliches Anwendungsgebiet ist die Photographie. Im Kaiserreich darf es nur von Personen gekauft werden, die im Besitz eines Giftscheins sind, und jeder Depotinhaber ist verpflichtet, sämtliche Verkäufe zu melden.

5. Die Polizei hat sämtliche Pharmazeuten sowohl in der Hauptstadt als auch in den Provinzen befragt, bisher ohne Erfolg.
6. Die Standortkommandantur schließt die Möglichkeit einer politischen Verschwörung nicht aus. Das Opfer und die anderen Bedrohten sind hoch begabte junge Offiziere. Es könnte eine feindliche Macht hinter diesem Verbrechen stehen, die den Versuch macht, der k. u. k. Armee ihr junges Blut abzuzapfen. In diesem Stadium der Ermittlungen ist auch die absurdeste Vermutung denkbar.
7. Das Kriegsministerium hat eine Belohnung von 2000 Kronen für Hinweise ausgesetzt, die zur Feststellung der Personalien von Charles Francis führen.

Hauptmann Richard Mader wurde mit allen militärischen Ehren begraben. Der gesamte Generalstab einschließlich des Generalstabschefs Franz Conrad von Hötzendorf war erschienen. Erzherzog Josef Ferdinand vertrat den Kaiser. Mehrere Leichenwagen waren nötig, um all die Kränze und Blumengebinde zu transportieren. Maders Eltern, kleine, ältliche Leute, starrten diesen leuchtenden Blumenflor mit leeren, blicklosen Augen an. Ihre Gesichter, in ihrem Leid ganz verdorrt, erinnerten an papuanische Schrumpfköpfe.

Am Vortag war Ingrid Fiala aus Frankfurt eingetroffen. Polizeipräsident Brzesowsky hatte ihr eine Rückfahrkarte geschickt und einen Detektiv damit beauftragt, sie während der Reise zu chaperonieren und für die Dauer ihres Aufenthalts in Wien in einem Privatquartier unterzubringen. Es war ihr untersagt, mit irgendjemand zu sprechen, am allerwenigsten mit Leuten von der Presse, und sie durfte ihr Logis ohne Polizeibegleitung nicht verlassen. Gleich nach ihrem Eintreffen wurde sie einem gründlichen Verhör unterzogen, konnte aber keine neuen Anhaltspunkte liefern. Sie schien ein nettes, aber ziemlich langweiliges Mädchen zu sein, von der Tragödie völlig niedergeschmettert. Polizeipräsident Brzesowsky gewann den Eindruck, das Geld des Steuerzahlers vergeudet zu haben, als er ein Billett für sie besorgen ließ.

Da Ingrid Fiala vergeblich auf die Polizeieskorte wartete, die sie zum Begräbnis abholen sollte, entschloss sie sich schließlich, alle Warnungen in den Wind zu schlagen und sich heimlich aus dem Haus zu schleichen. Spät erst traf sie in der Kirche ein und saß in der letzten Bank zwischen Hausfrauen, Schulmädchen, pensionierten Beamten und anderen wildfremden Leuten, die beim Begräbnis einer Berühmtheit oder eines Ermordeten stets das uneingeladene Trauergeleit bilden.

Ingrid war viel zu gebrochen, um auf die dicht verschleierte Frau im eleganten, nerzbesetzten Kostüm zu achten, die sich neben sie in die Bank drängte. Auch Lily Wencel hatte keine Ahnung, wer Ingrid war. Diese beiden Frauen, die eine die Geliebte des Toten, die andere seine Braut, saßen nebeneinander, ihre Körper berührten sich, ihre Lippen murmelten die gleichen Gebete. Nach dem Gottesdienst huschte General Wencels Frau durch einen Seiteneingang zu einem wartenden Fiaker. Ingrid trat schüchtern auf Frau Mader zu, sie wollte ihr kondolieren, doch der Anblick des Leids auf dem Gesicht der älteren Frau, dieses Schmerzes der Hekuba, hielt sie zurück.

Anna Gabriel nahm an den Begräbnisfeierlichkeiten nicht teil. Sie hatte in den vier Tagen, die auf Maders Tod folgten, nur selten an ihn gedacht. Bei den wenigen Gelegenheiten, wo sie es tat, geschah es nicht ohne Mitleid, gemischt mit einem gewissen Neid, dem Neid einer Schülerin auf die Klassenkameradin, die ein Examen mit Erfolg hinter sich gebracht hat, das ihr noch bevorstand.

Friedrich Gabriel wurde noch immer im Präsidium festgehalten. Anna hatte mehrere Versuche unternommen, ihn zu sehen. Polizeikommissar Dr. Weinberger hatte ihr die diesbezügliche Erlaubnis persönlich erteilt, hatte sogar mit ihrem Mann über ihren Wunsch gesprochen, doch Gabriel lehnte es kategorisch ab, sie zu empfangen. Einmal trat sie, als er zum Waschraum geführt wurde, im Korridor auf ihn zu, doch er ging ohne ein Wort an ihr vorüber.

Jetzt lag sie ausgestreckt auf dem Bett, das sie in glücklicheren Tagen miteinander geteilt hatten, und versuchte, sich eine Zukunft ohne ihn auszumalen. Es würde, genau wie früher, Männer darin geben. Ihr sexuelles Verlangen war eine Sucht, die sie im Laufe der Jahre vergeblich versucht hatte zu bekämpfen, es war ihr nicht einmal ihrem Mann zuliebe geglückt. Ohne ihn waren ihre Chancen, damit fertig zu werden, wesentlich geringer. Sie war ein Einzelkind, und das Verhältnis zwischen ihr und ihren Eltern war nie unbefangen gewesen. Das neue Jahrhundert hatte ungeheure soziale Veränderungen gebracht, Berufstätigkeit und Unabhängigkeit der Frauen, doch Anna verfügte weder über eine richtige Schulbildung, noch hatte sie etwas gelernt, und – um ehrlich zu sein – sie verspürte nicht das geringste Verlangen, in einer Fabrik oder gar einem Büro zu schuften. Diese Überlegungen führten sie wieder zu den Männern zurück. Von nun an würde sie Geld für etwas verlangen, was sie bisher verschenkt hatte. Vielleicht konnte sie sogar dabei Karriere machen, eine der großen Kokotten werden, eine Wiener Kameliendame.

Sie griff nach dem Kissen auf Fritzens Bettseite und presste es an sich. «Nein, wirf mich nicht hinaus, Liebling», beschwor sie das Kissen. «Ich bitte dich doch bloß um noch eine Chance. Lass uns von vorn anfangen. Vergiss, was geschehen ist. Ich werde mich ändern. Du wirst es sehen. Ich werde mich ändern! Ich verspreche dir, dass du es nicht bereuen sollst»

Plötzlich ließ sie das Kissen los. Der Klang ihrer eigenen Stimme brachte sie in die Wirklichkeit zurück. Die Wirklichkeit, das war das leere Schlafzimmer, Fritz in Polizeigewahrsam, ihre Ehe in Trümmern, sie selbst rettungslos verloren. Sie erhob sich und ging raschen Schrittes an den Barockschrank im Wohnzimmer, in dem sie die Getränke aufbewahrten. Zwischen den einheimischen Marken stand eine elegante Flasche Cognac Napoléon, noch fast voll, die sie für besondere Gelegenheiten aufgehoben hatten. Sie hielt die Gelegenheit für hinlänglich «besonders» und nahm die Flasche mit ins Bett. Sie hatte sie fast geleert, ehe sie sich betrunken genug fühlte. Dann taumelte sie hinüber zum Nachttisch auf der Bettseite ihres Mannes, holte seine alte Dienstpistole aus der Schublade und schoss sich durchs Herz.

Zwischen dem 20. und 25. November verhörte die Wiener Polizei drei weitere Verdächtige im Fall Charles Francis.

Einer war ein Serbe, den Behörden seit langem wegen seiner antimonarchistischen Umtriebe bekannt. Als in seiner Wohnung ein Kopierapparat und rote Tinte von der auf den Zirkularen verwendeten Sorte gefunden wurden, verhaftete man ihn.

Ein ehemaliger Unteroffizier, der von einem Kriegsgericht, dem Prinz Hohenstein angehört hatte, wegen unehrenhaften Verhaltens aus der Armee ausgestoßen worden war, konnte ein hieb- und stichfestes Alibi nachweisen und musste wieder auf freien Fuß gesetzt werden.

Die dritte und viel versprechendste Verdachtsperson war

ein Maurer. Er hatte sich vor seiner Zimmerwirtin damit gebrüstet, die Zyankali-Briefe verschickt zu haben, denn er hasse die verfluchten Offiziere vom Leutnant bis hinauf zum Oberstkommandierenden, den Kaiser nicht ausgenommen. Doch dieser Hoffnungsschimmer war nur von kurzer Dauer; die Polizei musste zugeben, dass sie sich erneut geirrt hatte. Der Maurer konnte nicht der Absender der Zirkulare sein, und zwar aus dem einfachen Grunde, weil er gar nicht schreiben konnte. Eine ärztliche Untersuchung ergab, dass er offenbar geisteskrank war, und er wurde vom Präsidium aus direkt in die Wiener Irrenanstalt Steinhof überwiesen.

Am Abend des 21. November speiste Hauptmann Kunze zu Hause. Sie saßen in Roses gotischem Speisezimmer mit den hohen Fenstern, den rotbraunen Samtportieren und den riesigen silbernen Kandelabern. Es war, als befinde man sich in einer Leichenhalle.

Wenn er sich aus dem Amt Arbeit mit nach Hause brachte oder auch nur schlicht für sich sein wollte, aß er häufig allein in seinem Arbeitszimmer. Rose respektierte seine Wünsche, und wenn sie keine besonderen Pläne für den Abend gemacht hatte, ging sie zu Bett. Ihre Liebe zu ihrem Untermieter war so überwältigend, dass das bloße Bewusstsein, ihn, wenn auch durch einige Räume getrennt, unter ihrem Dach zu wissen, ihr einen tiefen Schlaf schenkte.

Sie war eine stattliche, hoch gewachsene Frau mit breiten Schultern. Ihr dunkelblondes Haar zeigte schon einige Grausträhnen, und um ihre Augen waren neben Runzeln der Verdrießlichkeit und des Misstrauens auch ein paar Lachfältchen. In ihrer Jugend war sie eine wirkliche Schönheit gewesen, und noch mit siebenunddreißig besaß sie ein schönes Gesicht und einen wohlproportionierten Körper. Obwohl keine Intellektuelle, war sie nicht dumm und verfügte, solange es nicht sie selber betraf, über einen derben Humor. Gegen Kritik war sie empfindlich und wechselte ihre Freunde ebenso oft wie ihre verwegenen modischen Hüte. Die Köchin hatte sie schon einige Jahre, aber kein Stubenmädchen blieb länger als ein paar Monate in ihrem Dienst. Die Wiener Stellenvermittler weigerten sich hartnäckig, ihr jemand zu schicken, seit ein Mädchen sich aus dem Küchenfenster gestürzt hatte. Obwohl Rose sowie die Köchin beharrlich beteuert hatten, das Mädchen sei das Opfer einer unglücklichen Liebesgeschichte, was auch die Polizei bestätigt hatte, blieb das Stigma: Rose von Siebert hatte ihr Stubenmädchen in den Selbstmord getrieben. Kunze wusste, dass das nicht stimmte, doch er war sich der rauen Seiten von Roses Charakter durchaus bewusst. Er nahm sie, wie sie war: unbesonnen, leidenschaftlich, vital, witzig und zuverlässig, eine Frau mit den Körperkräften und der groben, oft lästerlichen Sprache einer Bäuerin.

Sie waren eben mit dem Nachtmahl fertig, da wurde Kunze ans Telefon gerufen. Dr. Weinberger informierte ihn vom Selbstmord der Anna Gabriel. Sie war schon einige Stunden tot gewesen, als die Frau, die ihr vormittags den Haushalt besorgte, sie auf dem Bett liegend gefunden hatte, die Augen offen, die eine Hand auf der leeren Cognacflasche, die andere noch immer um die Pistole gekrampft.

«Ich wollte, ich könnte glauben, dass Charles Francis Anna Gabriel umgebracht hat, so wie Mader», sagte Weinberger, «aber das ist nicht der Fall. Wir haben sie umgebracht, die arme Seele. Wir waren entschlossen, einen für die Armee annehmbaren Verdächtigen zu finden, und da war es uns gleich, wie viele Unschuldige dabei draufgingen.»

Die bitteren Selbstvorwürfe des Kommissars überraschten Kunze nicht. Er wusste, dass Weinberger ein ungewöhnlich fein empfindender und human denkender Mensch war, besonders für einen Polizeibeamten.

«Ich war mir klar, dass Sie Gabriel nicht für den Mann halten, den wir suchen. Ich auch nicht. Wir sollten ihn freilassen.»

«Erst in ein paar Tagen», widersprach Dr. Weinberger. «Ich möchte, dass er erst einmal über den Tod seiner Frau wegkommt. Ich nehme es auf mich, es ihm behutsam zu sagen. Das heißt, soweit man einem Menschen behutsam mitteilen kann, dass sich seine Frau eine Kugel in die Brust geschossen hat. Sie war eine Schlampe, aber sie hat ihn offensichtlich geliebt, und ich fürchte, dass er sie immer noch liebt, trotz ihrer Hurerei. Die Dinge sind nicht nur schwarz und weiß, wie General Wencel uns glauben machen will.»

Als Weinberger eingehängt hatte, entschuldigte Kunze sich bei Rose und zog sich in sein Arbeitszimmer zurück. Ein bestimmter Verdacht quälte ihn, seit man ihm den Fall übertragen hatte. Er hatte es unterlassen, ihn in Worte zu fassen, weil er genau wusste, dass General Wencel daraufhin entrüstet lospoltern würde. Anna Gabriels Selbstmord änderte die Lage. Kunze teilte Weinbergers Schuldgefühle und beschloss, die Opferung eines weiteren Menschen auf dem Altar des Militärprestiges zu verhindern.

Den Plan für diesen Massengiftmord konnte sich nur jemand ausgedacht haben, der über Intelligenz und Selbstdisziplin verfügte. Wenn dieser Mensch wahnsinnig war, so lag eine unheimliche Methode in seinem Wahnsinn. Sich das Zyankali zu beschaffen, das Zirkular zu verfassen, es zu hektographieren, die richtige Schachtelgröße für die Pillen zu finden, damit die Umschläge gerade noch durch den Briefkastenspalt gingen, ihr Gewicht festzustellen, damit sie kein Strafporto kosteten, wodurch möglicherweise die Neugier eines Postbeamten erregt worden wäre – das war eine ganze Kette von Arbeitsvorgängen, alle sorgfältig ausgedacht und fehlerfrei durchgeführt.

Der Schlüssel zum Geheimnis war das Motiv dieses Menschen. Wenn es ihm darum gegangen war, dem Generalstab einen entscheidenden Schlag beizubringen, warum war seine Wahl dann auf gerade neu ernannte Generalstabsoffiziere gefallen und nicht auf unersetzliche ältere? Wie man es auch betrachtete, auf die Frage nach dem Motiv konnte es nur eine Antwort geben: persönliche Vorteile.

Kunze schlief unruhig in dieser Nacht, wachte früher auf als gewöhnlich und schaute zwei Stunden lang alle paar Minuten auf die Uhr, bis es Zeit war, das Haus zu verlassen. Er ging schnurstracks in das Büro von Kommissar Dr. Weinberger im Präsidium und war sogar noch einige Minuten vor ihm da.

«Ich brauche den besten Schriftsachverständigen, den Sie haben», sagte er zu dem Kommissar. «Ich habe einen bestimmten Verdacht, will aber sichergehen, ehe ich etwas unternehme. Außerdem möchte ich gern, dass es geheim bleibt; ich finde es widerwärtig, Unschuldigen zu schaden.»

«Sie verdächtigen eine bestimmte Person?»

«Genau genommen nein. Ich verdächtige jemand aus einer Personengruppe.»

«Einer Gruppe Militärs.» Es war keine Frage, sondern eine Feststellung. Als der Hauptmann nickte, fuhr er fort: «Ich hab es gewusst, dass Sie früher oder später zu diesem Schluss kommen würden.»

«Es ist der einzig logische. Wir haben sämtliche Motivierungen untersucht außer der einen: Wer profitiert vom Tode von acht Offizieren des gleichen Kriegsschuljahrgangs? Antwort: nur die Höchstqualifizierten unter den Zurückgesetzten. Ursprünglich zählte die Klasse 94 Schüler. Zwei sind gestorben, Gabriel hat den Abschied genommen, es bleiben also 91. Nach Abschluss des Kurses wurden diese Männer, sämtlich als Oberleutnants, auf die verschiedenen Waffengattungen der Monarchie aufgeteilt, um vier Jahre Truppendienst zu machen. Am 1. November dieses Jahres hat man die fünfzehn besten zu Hauptleuten befördert und in den Generalstab berufen, während die übrigen nun auf Beförderung entsprechend dem Dienstalter warten müssen. Wenn kein Krieg ausbricht, haben sie ein ziemlich eintöniges Leben vor sich und gehen vermutlich, falls sie diesen Rang überhaupt erreichen, als Oberst in Pension. Keiner von ihnen wird es je bis zum General schaffen.» Er hielt inne und tat einen tiefen Atemzug. «Nun aber rückt durch Maders Tod bereits die Nr. 16 an die Stelle, wo Beförderung und Versetzung in den Generalstab so gut wie sicher sind. Wäre noch einer von den achten gestorben, dann wäre auch Nr. 17 so weit, bei noch einem käme schon Nr. 18 in Frage. Und so weiter und so fort.»

«Ich verstehe», nickte Weinberger. «Ihr Verdacht richtet sich also gegen Nr. 16 und die dahinter rangierenden Frequentanten des Jahrgangs.»

«Stimmt, nur hatte Nr. 16 das Glück oder Unglück, sich am 30. Oktober im Brünner Militärspital einer Blinddarmoperation unterziehen zu müssen. Am 14. November, dem Tag, an dem die Zirkulare aufgegeben wurden, lag er noch immer im Spital.»

«Bloß einmal angenommen: Könnte er die Zirkulare nicht bei einem Komplicen hinterlegt haben, bevor er ins Spital ging?»

«Das ist wenig wahrscheinlich, denn bis zum 1. November hatte er allen Grund, seine Beförderung für sicher zu halten. Bis jetzt sind immer die ersten 30 Höchstqualifizierten eines Jahrgangs nach der obligaten Dienstrunde bei der Truppe in den Generalstab versetzt worden. Heuer hat jedoch der Generalstabschef Conrad dieses System unerwarteterweise insofern geändert, als er nur die fünfzehn Besten aus dem Jahrgang 1905 auswählte. Ich kenne seine Gründe nicht. Vielleicht hatte er vor, das Niveau etwas anzuheben, indem er nur die

Höchstqualifizierten in den Generalstab versetzte, vielleicht aber hat er auch nur die Zahl der Generalstäbler insgesamt reduzieren wollen. Wie auch immer, seine Entscheidung muss in jedem Fall ein niederschmetternder Schlag für die fünfzehn Männer gewesen sein, die sich vier Jahre lang der flaschengrünen Uniform sicher geglaubt hatten.»

«Ihrer Theorie nach könnte also auch Nr. 17 Charles Francis sein.»

«Möglich. Obwohl Nr. 17 in Zagreb stationiert ist und seit September seinen Posten nicht verlassen hat.»

«Sie haben anscheinend schon allerlei Recherchen angestellt.»

«Noch nicht genügend. Zum Beispiel ist alles, was ich über Nr. 18 weiß, dass er in Linz stationiert ist. Was Nr. 19 anbelangt, so bietet er ein recht interessantes Problem. Er ist der einzige der acht Zirkularempfänger, der nicht avanciert ist. Die Tatsache, dass er in Galizien steht, schließt ihn jedoch mehr oder minder als Verdachtsperson aus. Das gleiche gilt für Nr. 20, er ist in Krakau in Garnison. Natürlich könnte jeder von den beiden einen Komplicen gehabt haben, der die Zirkulare aufgegeben hat.»

«Sie konzentrieren sich also auf diese vier?»

«Vielleicht werde ich mich auch noch mit anderen beschäftigen, um völlig sicherzugehen, aber zur Zeit sind diese vier, Nr. 17, 18, 19 und 20, meine Haupttatverdächtigen.»

«Ich möchte Sie warnen, Herr Hauptmann», Weinberger kicherte, «Sie werden sich bei Ihren Offizierskameraden keineswegs beliebt machen, wenn Sie versuchen, Charles Francis in ihren Reihen zu finden.»

«Ich weiß», Kunze zuckte die Schultern, «aber es bleibt mir keine andere Wahl.»

«Ich schicke Ihnen Johann Pobuda. Er ist der beste Schriftsachverständige, mit dem ich je gearbeitet habe. Das letzte

Mal war er uns bei der Aufklärung eines verzwickten Spionagefalls behilflich.»

Obwohl sich Dr. Weinberger größte Mühe gab, die Dinge zu beschleunigen, wurde es zwei Uhr nachmittags, ehe sich Johann Pobuda vor der Kaserne am Getreidemarkt, in der die Kriegsschule untergebracht war, dem Hauptmann vorstellte. Der Schriftsachverständige war ein kleiner, eleganter Mann unbestimmbaren Alters, dessen fahle Gesichtsfarbe und gezierte Haltung an eine Schaufensterpuppe erinnerten. Er trug einen gut geschnittenen pelzgefütterten Paletot und hatte eine schwarze Tasche bei sich, wie Hebammen sie zu Hausentbindungen mitbringen.

Die beiden betraten das Gebäude und gingen sofort ins Archiv. In einem Zimmerchen befanden sich die Abschlussarbeiten des Jahrgangs 1905. Kunze nahm zwei Charles-Francis-Umschläge aus seiner Mappe und reichte sie Pobuda.

«Ich verlange Unmögliches von Ihnen», sagte er. «Ich zeige Ihnen jetzt eine Anzahl Manuskripte in der Hoffnung, dass Sie die Hand herausfinden, die diese Adressen geschrieben hat. Das Schlimme ist, dass die Adressen nicht in der üblichen Handschrift des Absenders geschrieben sind, sondern in einer Schrift, wie man sie beim Militär für Karten und Pläne verwendet.»

Pobuda warf ihm einen listigen Blick zu. «Wenn sie in der gewöhnlichen Handschrift des Absenders geschrieben wären, brauchten Sie mich doch vermutlich gar nicht, oder?» Er nahm das Couvert, das Hauptmann Molls Namen trug, betrachtete es einen Augenblick lang, nahm dann ein Vergrößerungsglas aus der Tasche und hielt es über die Buchstaben. «Der geheimnisumwitterte Charles Francis», murmelte er. Er war ein getreuer Leser der *Neuen Freien Presse* und erriet, dass man seine Dienste im Zusammenhang mit dem Giftanschlag benötigte.

«Das stimmt.» Kunze nickte. Er nahm aufs Geratewohl sieben dünne Bände aus dem Regal und legte sie vor Pobuda auf den Tisch. «Mit diesen wollen wir anfangen.» Er schlug in den Bänden jeweils eine Seite auf, die keinerlei Hinweis auf die Identität des Schreibenden enthielt.

Johann Pobuda zog seinen linken rehledernen Handschuh aus – den rechten hatte er abgestreift, als er dem Hauptmann die Hand geschüttelt hatte – und prüfte die Blätter eines nach dem anderen. «Sie sind alle in erregtem Zustand geschrieben», bemerkte er, «und von jungen Männern. Ich würde sagen: etwa Mitte zwanzig.»

Die Bemerkung machte keinen Eindruck auf Kunze. Jeder Zeitungsleser hätte die gleiche Feststellung treffen können.

«Ist einer davon der Absender des Umschlags?», fragte Kunze. Die altjüngferliche Pedanterie ging ihm irgendwie auf die Nerven. Noch nie hatte er Fingernägel gesehen, die zu einem derartigen Perlmutterschimmer poliert waren.

«Nein», sagte Pobuda sofort und nachdrücklich.

Sein Ton beruhigte den Hauptmann. Von den sieben Manuskripten waren drei von Männern geschrieben, die den Lehrgang mit als Beste bestanden hatten, die übrigen von Absolventen, die innerhalb der letzten fünfzig Prüflinge rangierten. Er reichte Pobuda einen weiteren Stoß. Wieder waren die Verfasser Leutnants, die über jeden Verdacht erhaben waren. Pobuda widmete sich ihnen mit höchster Konzentration. «Hier ist eine schwache Ähnlichkeit», murmelte er, legte beide Umschläge neben die aufgeschlagene Manuskriptseite und glitt mit der Lupe darüber. «Nein», sagte er endlich. «Das ist nicht der Gesuchte. Seine Rs haben mich einen Moment getäuscht, aber das ist die einzige Ähnlichkeit.»

Kunze suchte jetzt Arbeiten heraus, die von den Absolventen stammten, die an 16., 17., 18., 19. und 20. Stelle rangierten. «Was ist mit diesen hier?»

Pobuda grinste zu ihm auf. «Stellen Sie mich immer noch auf die Probe, oder kommen wir jetzt zum Kern der Sache?»

«Dort waren wir die ganze Zeit», schnauzte Kunze.

«Sie wollen mir doch nicht erzählen, dass Sie zwanzig Verdachtspersonen haben.»

«Ich habe einundneunzig! Nachdem Sie fünfzehn ausgeschaltet haben, bleiben uns immerhin noch eine ganze Reihe!»

Das stimmte natürlich nicht, doch er zog es vor, den Mann etwas im Dunkeln zu lassen.

Eine Weile beschäftigte sich Pobuda mit der Handschrift von Nr. 16, dem Oberleutnant, der am Blinddarm operiert worden war. Nr. 17 schien kein Problem für ihn zu sein, er ließ seine Lupe nur einmal über die Schrift gleiten.

«Nein, der ist es nicht, bestimmt nicht», murmelte er.

Nr. 19 war ein Oberleutnant Josef von Hedry, in Grodek in Galizien stationiert, er war ebenfalls nicht befördert worden, hatte aber ein Zirkular erhalten. Pobuda prüfte seine Handschrift zehn Minuten lang. «Das hier muss ich vielleicht mitnehmen und photographieren. Vergrößerte Photographien zeigen mehr als die besten Lupen oder Mikroskope. Die Ls und Is kommen mir verdächtig vor, doch ich würde höchst ungern sagen: Das ist der Mann.»

Als Nächstes kam die Handschrift von Nr. 18, einem in Linz stationierten Offizier. Pobuda beugte sich langsam darüber, und seine fahle Haut färbte sich schwach rosig. «Das ist er!», rief er mit heiserer Stimme.

Kunze griff nach dem Band und las auf dem Deckel den Namen: Oberleutnant Peter Dorfrichter.

«Das *ist* der Mann», wiederholte Pobuda mit völlig überzeugter Stimme. «Um jedoch absolut sicherzugehen, möchte ich das Schriftstück und die beiden Umschläge mit heimnehmen. Morgen früh können Sie dann die Antwort haben.»

Kunze überlegte kurz. «Einverstanden. Ich muss Sie aber bitten, die Sache streng vertraulich zu behandeln.»

Noch am selben Abend, kurz ehe er das Büro verließ, um nach Hause zu gehen, erreichte ihn eine wichtige Nachricht. Zwei erst kürzlich in den Generalstab versetzte Hauptleute hatten Charles-Francis-Zirkulare bekommen und sie sofort bei ihren respektiven Kommandanturen abgeliefert. Beide waren auf Urlaub gewesen und hatten die Zirkulare in der angesammelten Post gefunden, als sie sich wieder zum Dienst meldeten.

Mit diesen beiden war die Zahl der Empfänger auf zehn gestiegen.

Am nächsten Morgen berichtete Johann Pobuda dem Hauptmann über das Ergebnis seiner nächtlichen Arbeit an dem dorfrichterschen Papier: eine gründliche wissenschaftliche Prüfung bestätigte, dass die Abschlussarbeit und die Adressen von der gleichen Hand geschrieben waren.

Kunze hatte sich inzwischen schon einige Daten über Oberleutnant Dorfrichters Privatleben beschafft und auch Einblick in seine Conduite-Liste genommen. Das Bild, das sich herausschälte, passte nicht zu einem skrupellosen Giftmörder. Der Ruf des Oberleutnants als Offizier und Gentleman war makellos. Seit seiner Versetzung im Mai 1909 zum 14. Infanterieregiment stand er in Linz, gute fünf Stunden Eisenbahnfahrt von Wien entfernt. Seit zwei Jahren war er verheiratet, seine Frau erwartete ihr erstes Kind. Der kurzen Dienstbeurteilung nach war er der ideale Subalterne, zuverlässig, ausgeglichen, tüchtig und treu.

Im Laufe des Vormittags konsultierte Kunze noch zwei weitere Schriftsachverständige. Zu seiner Überraschung waren sie nicht einhellig der Meinung Pobudas. Der erste vertrat die Ansicht, es gebe außergewöhnliche Übereinstimmungen zwischen den Schriftproben auf den Couverts und der Examensarbeit, der zweite sagte, es handle sich um Übereinstimmung, wie man sie zu Dutzenden in Handschriften finde. Keiner beantwortete mit einem unmissverständlichen Ja die Frage, ob alle Schriftproben von demselben Schreiber stammten.

Diese zusätzlich angeforderten Berichte waren für Kunze ein Schlag. Er studierte sie lange und las dann den von Pobuda noch einmal durch. Von den drei Gutachten hielt er das von Pobuda für das gründlichste und maßgebendste, die anderen waren stellenweise unklar formuliert und ließen einen breiten Raum für Irrtümer. Die Untersuchung, darüber wurde sich Kunze klar, war in ein Stadium getreten, wo man es sich nicht mehr leisten konnte, einen Verdacht, und sei er noch so vage, beiseite zu schieben. In plötzlichem Entschluss schob er die beiden einander widersprechenden Gutachten in die Schreibtischschublade und bat General Wencel dringend um eine Unterredung in dessen Dienstzimmer.

Eine Stunde später sagte er über den riesigen Schreibtisch, der mit zahllosen gerahmten, mit einer Widmung versehenen Erzherzogsporträts voll gestellt war, hinweg zu dem General: «Ich möchte gehorsamst darum bitten, zehn Absolventen des Kriegsschuljahrgangs 1905, und zwar die, die auf Platz 16 bis 25 rangierten, im Zusammenhang mit dem Fall Charles Francis überprüfen zu lassen. Ich bitte ferner, Nr. 18, Oberleutnant Peter Dorfrichter, als Ersten zu vernehmen.»

Wencel reagierte, als hätte der Hauptmann ihn um die Erlaubnis gebeten, das Garnisonsgericht in die Luft zu sprengen.

«Sie wissen ganz genau, dass ich das nicht zulassen werde. Wie können Sie es wagen, etwas derart Blödsinniges vorzuschlagen? Ich habe Sie immer für einen vernünftigen Mann gehalten!» Die großen blauen Augen unter den buschigen, aber sorgsam getrimmten Augenbrauen schossen Entrüstungsblitze auf ihn ab, aber Kunzes geübtes Ohr vermochte zwischen echtem und zur Schau getragenem Widerstand sehr wohl zu unterscheiden, und er ließ nicht locker. Ein Leitartikel in der *Arbeiterzeitung*, der sozialistischen Tageszeitung, hatte der Polizei Unfähigkeit vorgeworfen, den Militärbehörden Unterschlagung von Beweismaterial und dem Sicherheitsbureau, es decke den Schuldigen. Kunze hatte das Blatt mitgebracht und reichte es jetzt dem General. Übertrieben vorsichtig, als stammte es aus dem Pesthaus, griff Wencel mit zwei Fingern danach.

«Erzählen Sie mir bloß nicht, dass Sie mit den verdammten Sozis einer Meinung sind. Vielleicht sind Sie selber einer. Es würde mich nicht wundern.»

Da Kunze nicht die Kadettenschule durchlaufen hatte, war er von Männern wie dem General noch nie als einer der ihren anerkannt worden. Das störte ihn aber nicht. Von Kindheit an war er daran gewöhnt, nicht gerade ein Paria, aber doch ein Außenseiter zu sein, und hatte gelernt, sich damit abzufinden. Ohne auf die Stichelei einzugehen, zeigte er Wencel Pobudas Gutachten.

«Ich bin der Meinung, Herr General, dass Oberleutnant Peter Dorfrichter unser Haupttatverdächtiger ist. Wir müssen jedoch mit äußerster Behutsamkeit vorgehen und dafür sorgen, dass bei seiner Befragung niemand – auch er nicht – merkt, dass er unter Verdacht steht. Auf diese Weise wird er, falls er unschuldig ist, nicht verletzt. Nur sein Kommandant muss eingeweiht werden, das lässt sich nicht umgehen.«

Höchst ungern gab Wencel schließlich seine Einwilligung. Es wurde beschlossen, dass eine Kommission, bestehend aus Dr. Weinberger, Hauptmann Kunze und dem General, am kommenden Morgen den Zug nach Linz besteigen sollte. Zwei Detektive der Kriminalpolizei sollten sie begleiten.

Als General Wencel an diesem Abend heimkam, herrschte im Haus ziemliche Unruhe. Madame Charlotte, die Friseuse, war da und außerdem Berta, die kleine Person, die allzeit damit beschäftigt war, mehr oder minder große Änderungen an den Roben seiner Frau vorzunehmen, Nähte auszulassen, je nachdem, ob Frau Wencel gerade zu- oder abnahm.

«Was ist denn los?» Er steckte den Kopf durch die Tür zum Boudoir seiner Frau.

Lily stand vor dem dreiteiligen Spiegel, und Berta nähte sie in ihr neuestes Kleid ein, eine prachtvolle Creation des Hauses Worth. Das Weglassen von Haken und Knöpfen war von der verstorbenen Kaiserin Elisabeth eingeführt worden; es machte die Taille um mehrere Zentimeter schlanker. Aber es hatte den Nachteil, dass es den Appetit schmälerte, was für die Kaiserin, die am Essen wenig interessiert war, keine Härte bedeutete, für Lily Wencel jedoch eine mittelalterliche Tortur.

«Wir sind bei den Auffenbergs zum Abendessen, hast du das vergessen? Au, Sie haben mich verbrannt, Sie dumme Person!», schrie sie Madame Charlotte an, die versuchte, die widerspenstigen Löckchen am Hinterkopf mit der Brennschere zu kräuseln.

Eine halbe Stunde später betrat sie das Arbeitszimmer des Generals. «Wie seh ich aus?», fragte sie.

«Wunderbar», erwiderte er mechanisch, warf dann einen Blick auf sie und fand, dass sie tatsächlich – er suchte das rechte Wort – «hinreißend» aussah.

Seit er mit dem Mord an Mader beschäftigt war, hatte er wenig Zeit für sie gehabt. Jetzt stellte er überrascht fest, dass sie ihre frühere Heiterkeit wieder gefunden hatte. Die Lethargie, die Niedergeschlagenheit waren verschwunden, es fielen keine anklagenden und beleidigt klingenden Bemerkungen mehr.

«Der arme Kerl war also impotent», sagte sie.

Er sah sie erstaunt an. Doch dann wurde ihm, da der Gedanke an den Zyankali-Giftmord sein Denken ausschließlich beherrschte, klar, dass sie von Mader sprach. «Wie kommst du darauf?», fragte er.

«Sonst hätte er doch diese Zyankali-Pillen nicht genommen, oder?»

«Kapseln», verbesserte er. General Wencel war ein Pedant.

«Egal, was es war, er hat es genommen. Das heißt: Er hat ein Aufputschmittel gebraucht.»

Lily Wencel bezeichnete sich als modern, doch war es gelegentlich wegen ihrer Offenheit, wenn es um sexuelle oder andere Themen ging, zwischen ihnen zum Streit gekommen, und ihr Mann hatte sie unzüchtig, schamlos und zotig genannt.

Er erhob sich, obwohl er wusste, dass sie eine gute Viertelstunde zu früh daran waren. «Wollen wir gehen?»

«Noch nicht. Ich will dort nicht ankommen, wenn Ida noch mit ihrer Kriegsbemalung beschäftigt ist.» Sie sprach von der Gastgeberin, Frau Auffenberg.

Gehorsam setzte er sich wieder hin.

«In der Zeitung heißt es, dass Mader ein Verhältnis mit Anna Gabriel gehabt hat.»

«Ja, das hatte er.»

«Versteht sich, er war impotent und brauchte jemanden wie sie, um – um Mann sein zu können. Aber sogar sie hat's nicht geschafft. Drum hat er die Pillen – entschuldige – die Kapseln eingenommen.»

«Meinetwegen, er war impotent. Und wenn schon.» Das Thema fing an, ihn zu langweilen.

«Ich finde das wahnsinnig komisch. Oh, ihr christlichen Kreuzritter, ihr erzarischen Casanovas, ihr Troubadoure!

Wie ihr euch spreizt und brüstet und flirtet, und wenn es darauf ankommt, dann versagt ihr wie ein nasser Knallfrosch.» Sie sprach in dem lauten, schrillen Ton, den er so gut kannte und nicht ausstehen konnte.

Er sah sie bestürzt an. Einer stillschweigenden Übereinkunft folgend, rührte keiner von ihnen je an ihre verschiedenartige rassische Herkunft. Sie war wie er fromm katholisch, und eines der wenigen Dinge, die sie gemeinsam unternahmen, war der sonntägliche Besuch der Messe in der Garnisonskirche. Ihr unvermutet giftiger Ton verwirrte ihn. Galt diese Attacke ihm oder dem toten Mader? Er stand wieder auf.

«Gehen wir», sagte er in seinem kältesten Richterton, der so manchem Angeklagten eisig ins Gebein fuhr. «Ich möchte lieber zu früh als zu spät kommen. Außerdem muss ich morgen bei Tagesanbruch aufstehen und dienstlich nach Linz fahren, verdammt nochmal!»

Er unterdrückte den Hinweis, dass diese Fahrt mit dem Fall Mader zusammenhing. Sie hätte sonst wieder von dem toten Hauptmann und dessen Impotenz angefangen.

Die Stadt Linz lag eingehüllt in dichtem Herbstnebel. Die Temperatur war auf minus drei Grad gesunken und sank noch. Bäume und Büsche wiegten sich skeletthaft nackt in einem Wind, der zu träge war, den Nebel wegzublasen. Die Donau war noch eisfrei, ihr schmutziges Wasser spiegelte einen freudlosen Himmel. Es war ein Tag, an dem einem der Sommer vorkam wie der Traum eines trunkenen Dichters. Wie sollte die Sonne je hinter der dicken Wolkenschicht hervorkommen, die das ganze Land bedeckte wie ein aufgeschlagenes Zelt?

Trotz aller Vorsichtsmaßnahmen war die Reise der Kommission nicht geheim geblieben. Demselben Zug, der auch sie nach Linz brachte, entstieg eine Herde von Reportern und folgte den Fiakern vom Bahnhof in die Stadt wie hungrige Spatzen, die darauf hoffen, dass die Pferde etwas fallen lassen.

Oberst von Instadt, der die Kommission in seinem Dienstzimmer in der Regimentskommandantur empfing, reagierte auf die Beschuldigung gegen Oberleutnant Dorfrichter nicht anders als beim ersten Mal am Telefon: Er weigerte sich, es zu glauben.

«Nein, meine Herren», sagte er zu ihnen. «Erstens kann ich den Gedanken nicht akzeptieren, dass ein Offizier dieser Armee ein so abscheuliches Verbrechen begangen haben könnte. Zweitens ist meiner Meinung nach Peter Dorfrichter derjenige, der am wenigsten damit zu tun haben kann. Sie sprechen von enttäuschtem Ehrgeiz, von Eifersucht, von Paranoia. Nichts kann dem Charakter Dorfrichters ferner liegen. Zufällig kenne ich ihn recht gut. Als mein Regiment an der Besetzung Bosniens und der Herzegowina teilnahm, war er der Verbindungsoffizier zur 15. Brigade. Ich wurde damals infolge eines Vorkommnisses, das im Detail zu erzählen jetzt zu weit führen würde, zeitweilig meines Postens enthoben. Obgleich viele meiner Offizierskameraden ahnten, dass ich das Opfer gewisser, meiner Kontrolle entzogener Umstände war, hat einzig Dorfrichter es gewagt, einen Bericht ans Kriegsministerium zu schreiben. Ein solches Vorgehen ist gegen die Vorschriften und hätte ihn leicht die Karriere kosten können. Er wusste das. Wäre Dorfrichter der Paranoiker gewesen, als den Sie ihn bezeichnen, hätte er sich niemals für meine Sache eingesetzt und riskiert, sich beim Kriegsministerium unbeliebt zu machen. Zum Dritten ist er ein außergewöhnlich begabter Mann, der auch im Zivilleben überall seinen Platz fände. Natürlich hat er sich bis jetzt auf die Heereslaufbahn konzentriert. Er hat mehr gelesen und ist gebildeter als jeder andere meiner Subalternoffiziere. Er spricht und schreibt sechs Sprachen: Deutsch, Französisch, Englisch, Italienisch, Ungarisch und Tschechisch. Ich persönlich bin der Meinung, dass es ein großer Fehler und ein Verlust für die Armee war, ihn nicht in den Generalstab zu berufen.»

«Ich hoffe von ganzem Herzen, dass Sie Recht haben, mein lieber Instadt», erwiderte General Wencel. «Trotzdem ist es unsere Aufgabe, die Untersuchung fortzusetzen. Selbstverständlich heißt die Devise: Takt und Vorsicht. Zum gegenwärtigen Zeitpunkt darf weder Dorfrichter noch sonst jemand wissen, dass er als verdächtig gilt. Wir wollen keinen Unschuldigen brandmarken. Die Befragung muss ganz zwanglos durchgeführt werden, in kameradschaftlichem Geist, und ich schlage vor, dass die Offiziere in alphabetischer Reihenfolge aussagen.»

Dr. Weinberger aß mit dem Polizeichef von Linz zu Mittag, und General Wencel nahm Oberst von Instadts Einladung an, in der Offiziersmesse sein Gast zu sein. Hauptmann Kunze war ebenfalls eingeladen worden, lehnte aber ab mit dem Hinweis, er habe noch zu viel zu tun. Ehe sie nach Wien zurückkehrten, wollte er sich mit den örtlichen Gegebenheiten vertraut machen. Er aß im ‹Hotel zum Herrenhaus›, was nicht schlecht gewählt war: Das Essen dort war dem in der Offiziersmesse haushoch überlegen.

Unter Kaiserin Maria Theresia, etwa um 1770, erbaut, war das Hotel früher einmal ein Stadtpalais gewesen und besaß den Charme und die Intimität eines Familienbesitzes: eine breite Toreinfahrt, eine holzgetäfelte Diele, ein niedriges Speisezimmer mit Stühlen, auf denen man mit Krinolinen sitzen konnte, und einen gepflasterten Hof im Schatten herrlicher alter Eichen. Die Ober passten ins Bild: sie waren ältlich und würdig. Die Langsamkeit, mit der serviert wurde, störte weder die Gäste noch das Personal. Sie alle waren sich darüber einig, dass gut Ding Weile haben will: beim Essen wie bei der Liebe.

Hauptmann Kunze konnte sich einen Tisch aussuchen, da an diesem trüben Novembertag nicht viele besetzt waren. Er wählte einen im Erker und studierte lange die Speisekarte, ohne sich zwischen Hasenbraten à la Chasseur und Wiener Rostbraten entscheiden zu können. Schließlich fragte er den Ober, und der riet ihm zu Tafelspitz. Es war köstlich, mager und saftig, und Kunze versäumte nicht, dem Mann, der seinen Tisch umschwebte wie ein Engel von Altomonte in der örtlichen Franziskanerkirche die Krippe, zu sagen, wie zufrieden er sei.

«Ach, übrigens –» Kunzes Ton war ungezwungen und beiläufig –, «ein Freund hat mich gebeten, wenn ich in Linz bin, den Herrn Oberleutnant Peter Dorfrichter aufzusuchen. Kennen Sie zufällig den Herrn Oberleutnant?»

Für den Bruchteil einer Sekunde erstarrte das Gesicht des Mannes, dann entspannte es sich wieder. Nur einem Juristen mit Kunzes Erfahrung fiel die flüchtige Veränderung auf.

«Infanterieoffiziere verkehren hier kaum, Herr Hauptmann», sagte der Ober. «Die gehen meistens ins ‹Hotel zur Post›. Wir haben hier hauptsächlich die Herren vom 2. Dragonerregiment als Gäste.»

«Soso. Trotzdem: Ist Ihnen der Herr Oberleutnant bekannt?»

«Leider nein, mein Herr.» Die Stimme des Obers war kalt. Er wollte Kunzes Tisch verlassen.

«Aber Sie haben doch gewusst, dass er Infanterieoffizier ist», beharrte der Hauptmann.

«Das hab ich bloß so hingesagt, mein Herr. Weil ich ihn nicht kenne, hat das nahe gelegen. Ich kenne praktisch alle Herren Kavallerieoffiziere der Gegend. Darf ich vorschlagen, dass der Herr Hauptmann den Portier fragen? Ich glaube aber nicht, dass Ihnen der mehr sagen kann.»

Ehe er das Hotel verließ, blieb Kunze beim Empfang stehen. Er wies sich vor dem Portier nicht aus, aber der Mann wusste, wer er war und dass er zu der Kommission aus Wien gehörte. Es war Kunze bekannt, dass sich Neuigkeiten in kleinen Städten rascher von Mund zu Mund verbreiteten als per Telegraph in den Großstädten, besonders wenn ein Portier am Empfangsgerät sitzt.

«Ein Herr Oberleutnant Dorfrichter?», antwortete der Portier mit viel zu ausdruckslosem Gesicht. «Ich glaube nicht, dass der Herr schon einmal bei uns gewohnt hat.»

Kunze ließ die Sache auf sich beruhen, merkte sich aber die Reaktionen der beiden Männer.

Von den 91 Absolventen des Jahrgangs 1905 standen neun im Bereich des 14. Infanterieregiments Linz, das zum Korpskommando Innsbruck gehörte. Von den neun dienten nur drei in Linz: Dorfrichter und zwei weitere. Um den Zweck der Befragung zu verschleiern, wurden nicht bloß diese Männer, sondern auch noch zwanzig andere Subalternoffiziere dieses Gebiets bei ihren Kommandanturen verhört.

Dorfrichter kam etwa um elf Uhr vormittags an die Reihe. Es war am Tag nach dem Eintreffen der Kommission. Diese war inzwischen im Besitz recht erschreckender, in gemeinsamer Arbeit von den Wiener Polizeibeamten und den hiesigen Kollegen zusammengetragener Verdachtsmomente. Sie hatten herausbekommen, dass die Schreibwarenhandlung Kirchhammer neben der Garnisonskommandantur jene Papierqualität führte, die «Charles Francis» benutzt hatte, und dass es in Linz eine Kartonagenfabrik gab – der Besitzer hieß Karl Ploy –, die unter anderem auch jene Schächtelchen herstellte, in denen die Zyankali-Kapseln verpackt gewesen waren.

Peter Dorfrichter war der dritte der befragten Offiziere.

Wie die übrigen war auch er in Oberst von Instadts Dienstzimmer zum Rapport bestellt worden. Man ließ ihn absichtlich eine Stunde im Vorzimmer warten; Dr. Weinberger war der Meinung, so könne man den Oberleutnant mürbe machen.

General Wencel gefiel dieser Trick nicht, als jedoch Hauptmann Kunze einwarf, auf diese Weise ginge es vielleicht schneller, war er einverstanden. Oberst von Instadt war ebenfalls anwesend, wenn auch nur als Beobachter.

Das lange Warten im Vorzimmer schien dem Oberleutnant Peter Dorfrichter in keiner Weise zugesetzt zu haben. Als er endlich hereingerufen wurde, betrat er das Zimmer gemessenen Schrittes, schlug die Hacken zusammen, verneigte sich gewandt und meldete sich vorschriftsmäßig bei seinem Oberst. Die Herren erhoben sich und schüttelten ihm die Hand, wobei sie feststellten, dass seine Handfläche kalt, aber trocken und sein Händedruck fest war.

Er war mehr als mittelgroß, und sein schmaler Körper schien nur aus Knochen und Muskeln zu bestehen. Seine Haltung war untadelig und seine Bewegungen von der Eleganz eines Balletttänzers. Aber es war nichts Feminines an ihm. Er sah recht gut aus, sein Gesicht hatte noch etwas vom unschuldig Hübschen der Kinderjahre. Glattes dunkelbraunes Haar, blasse, reine Haut, ein gepflegter Schnurrbart über vollen Lippen, die klugen Augen eines Jagdhundes – sie erinnerten Hauptmann Kunze an einen irischen Setter, der ihm einmal ein treuer Kamerad gewesen war.

Wencel bot dem Oberleutnant einen Stuhl an.

«Wir recherchieren in einem äußerst peinlichen Fall», begann er, «und müssen Ihnen ein paar Routinefragen stellen. Bitte beantworten Sie sie nach bestem Wissen.»

«Zu Befehl, Herr General.» Dorfrichter nickte. Für einen Dreißigjährigen hatte er eine verblüffend jugendliche Stimme.

Auf Kunze hatte die Stimme eine sonderbare Wirkung. Der Ton irritierte ihn ebenso wie die gelassen sorglose Attitüde des Oberleutnants. Er empfand einen starken Groll gegen diesen jungen Mann, machte sich aber augenblicklich selber Vorwürfe. Als Jurist hatte er stets versucht, sich an die Grundregel zu halten, dass ein Mensch so lange unschuldig ist, bis man ihm seine Schuld nachweisen kann, und nun ließ er sich dadurch verstimmen, dass eine Verdachtsperson sich weder wie eine Verdachtsperson verhalten noch so aussehen wollte.

«Wo waren Sie am 13. November zwischen 11 Uhr abends und 8 Uhr morgens?», fragte Wencel.

Dorfrichter runzelte die Stirn. Er schien sich zu konzentrieren.

«Hier in Linz in meiner Wohnung, Herr General.» Dann schlug er sich an die Stirn, als fiele ihm etwas ein. «Nein, ich habe mich geirrt. Sie haben 13. gesagt, nicht wahr, Herr General? Da bin ich um Mitternacht in den Zug nach Wien gestiegen und um 6 Uhr 30 früh am Westbahnhof angekommen.»

Der Gesichtsausdruck des Generals wechselte von beruflichem Interesse zu Verdruss. Die Antwort passte nicht zu seiner vorgefassten Meinung, dass die Kommission den Falschen verhörte. Er warf Kunze einen ärgerlichen Blick zu, als sei der Hauptmann schuld an diesem neuen Verdachtsmoment. Mit gebieterischer Handbewegung hieß er Kunze das Verhör weiterführen, kreuzte die Arme und lehnte sich in seinem Stuhl zurück – ein strenger, aber neutraler Beobachter.

«Was haben Sie nach Ihrer Ankunft in Wien getan?», fragte Kunze. Die Waagschale neigte sich ihm zu, doch das minderte seine unbegreifliche Antipathie gegen diesen Menschen nicht. Das angedeutete Lächeln auf dem Gesicht des jungen Offiziers beunruhigte ihn.

«Ich habe den ersten Omnibus in die Stadt hinein genommen und bin sofort in die Wohnung meiner Schwiegermutter in die Hahngasse gefahren.»

«Aber hatten Sie nicht, als Sie am 11. November um Urlaub einkamen, angegeben, Sie wollten Ihre Eltern in Salzburg besuchen?»

Kunze hatte den größten Teil des gestrigen Nachmittags mit dem Studium von Regimentsprotokollen verbracht. Und noch ehe er nach Linz gefahren war, hatte er alle Daten über Dorfrichter zusammengetragen: seine Noten in der Kriegsschule, die Beurteilung seiner sportlichen Leistungen und das in den Personalakten des Regiments enthaltene Gesundheitszeugnis sowie seine Conduite-Liste. Sie verschmolzen zum Bild eines hoch begabten, gewissenhaften, aber konventionellen Offiziers. Der Mann, der ihm hier gegenübersaß, passte nicht in dieses Bild. Oberleutnant Peter Dorfrichter war alles andere als konventionell.

«Das stimmt, Herr Hauptmann», antwortete er. Es klang, als schmeichle ihm das Interesse an seinem Tun und Lassen. «Das habe ich ursprünglich auch vorgehabt. Aber meine Frau, die bei ihrer Mutter in Wien war, schrieb mir, dass sie sich nicht wohl fühlte und nur ungern allein die Heimreise anträte. Darum habe ich sie abgeholt. Sie ist in anderen Umständen.»

«Sie erwartet ein Kind?», fragte General Wencel. Sein Ton war freundlich, beinahe warm, als könnte ein Mann, dessen Frau ein Kind erwartet, kein Giftmörder sein.

«Jawohl, Herr General.»

«Wann soll das Kind kommen?»

«Ende des Monats, Herr General.»

Einen Augenblick lang herrschte Schweigen. Dann fuhr Kunze fort: «Herr Oberleutnant, haben Sie Kenntnis von dem Fall, den diese Kommission untersucht?»

«Jawohl, Herr Hauptmann. Wie jeder, der die Zeitung liest.»

«Dann müssen Sie gelesen haben, dass alle Giftbriefe – und zwar alle zehn – im Bereich des Postamts Nr. 59 im Wiener Bezirk Mariahilf aufgegeben wurden. Die Briefe sind zwischen 7 und 7 Uhr 50 ausgehoben und um 8 Uhr früh gestempelt worden. Sie haben uns soeben gesagt, dass Sie am Morgen des 14. November um 6 Uhr 30 in Wien eingetroffen sind. Einer der Briefkästen, der zum Postamt 59 gehört, ist vor dem Haus Nr. 120 in der Mariahilferstraße, drei Minuten zu Fuß vom Westbahnhof. Der erste Omnibus nach 6 Uhr 30 fährt um 6 Uhr 42 ab, das bedeutet, dass Sie zwischen Ankunft des Zuges und Abfahrt des Omnibusses zwölf Minuten Zeit hatten, während der Sie leicht bis zur Nr. 120 in der Mariahilferstraße hätten gehen, die Briefe einwerfen und zurückgehen können zur Omnibushaltestelle! Was haben Sie dazu zu sagen?»

Dorfrichter hatte mit höflicher Aufmerksamkeit zugehört, er wandte keinen Blick von Kunzes Gesicht. Jetzt spielte ein schwaches, beinah schuldbewusstes Lächeln um seine Lippen.

«Ich weiß nicht, was für eine Antwort Sie erwarten.»

«Die reinen Tatsachen.»

«Tatsache ist, Herr Hauptmann, dass ich nicht zur Nr. 28 in der Mariahilferstraße gegangen bin, ich habe keine Briefe aufgegeben und bin auch nicht zur Omnibushaltestelle zurückgegangen.»

«Was taten Sie, nachdem Sie den Bahnhof verlassen hatten?»

«Ich ging die Treppe zur Straße hinunter, hinüber zum nächsten Laternenpfahl und dann zurück zur Omnibushaltestelle, wo ich einstieg.»

«Zum nächsten Laternenpfahl? Wozu?» Im gleichen Moment, als die Frage ihm entfuhr, wusste Kunze, dass er sie nicht hätte stellen sollen.

«Ich hatte meinen Hund bei mir, Herr Hauptmann.»

Jemand lachte. Kunze sah auf und stellte fest, dass es Weinberger gewesen war.

«Kein normaler Mensch nimmt seinen Hund mit, wenn er ein paar Briefe aufgeben will, die Gift enthalten», murrte Oberst von Instadt verärgert.

Kunze überhörte die Bemerkung.

«Wie lange sind Sie in Wien geblieben, Herr Oberleutnant?»

«Nur zwei Tage. Am 16. bin ich zurückgekommen und habe mich am 17. wieder zum Dienst gemeldet.»

«Aber Sie haben es unterlassen, Ihrem vorgesetzten Offizier mitzuteilen, dass Sie Ihren Urlaub in Wien und nicht in Salzburg verbracht haben.»

«Jawohl, Herr Hauptmann.»

«Können Sie mir sagen, warum?»

«Herr Hauptmann», unterbrach Oberst von Instadt, «dies hier ist eine Garnison, kein Gefangenenlager. Solange meine Offiziere ihre Pflicht zu meiner Zufriedenheit tun, gehen mich ihre Privatangelegenheiten nichts an. Vorausgesetzt, sie benehmen sich anständig.»

Dorfrichter warf seinem Kommandanten einen dankbaren Blick zu. Kunze spürte, dass seine anfängliche Verärgerung wiederkehrte.

«Danke, Herr Oberst.» Er nickte von Instadt zu und wandte sich wieder an den Oberleutnant. «Wenn ich mich richtig erinnere, haben Sie uns gerade gesagt, Sie hätten für den 13. November Urlaub genommen, der Ihnen auch gewährt wurde. Den Regimentsakten nach waren Sie aber vom 12. bis 17. auf Urlaub.»

Dorfrichter dachte sekundenlang nach.

«Das stimmt, Herr Hauptmann. Tut mir Leid. Ich habe mich im Datum geirrt.»

«Bedeutet das, dass Sie schon am 12. nach Wien gefahren sind?»

«Nein, ich bin am 13. gefahren und am 14. morgens angekommen, wie ich schon sagte.»

«Was haben Sie am 12. getan?»

«Nichts Besonderes. Ich habe im Hause herumgewerkelt.»

«Sie sind also den ganzen Tag zu Hause geblieben?»

«Praktisch den ganzen Tag. Außer wenn ich meinen Hund spazieren geführt habe. Das war dreimal.»

«Einen Augenblick, Dorfrichter», ließ General Wencel sich plötzlich vernehmen. «Falls Sie es nicht wissen sollten: Man hat Ihre Handschrift mit der auf den Charles-Francis-Couverts verglichen, und ein Sachverständiger hat festgestellt, dass die beiden identisch sind!» Der General machte einen verärgerten Eindruck, doch es war schwer zu sagen, ob sich das gegen Dorfrichter oder gegen Kunze richtete.

Dorfrichter machte zum ersten Mal einen leicht betroffenen Eindruck. Seine Augen waren weit aufgerissen.

«Herr General können doch nicht meinen, dass man mich verdächtigt, einen Mordanschlag auf zehn meiner Offizierskameraden verübt zu haben? Und Richard Mader umgebracht zu haben? Das kann doch nicht Ihr Ernst sein! Wer behauptet, die Giftbriefe stammten von mir, muss wahnsinnig sein.»

«Aber Sie waren doch in Wien, als diese Briefe aufgegeben wurden?»

«Das waren zwei Millionen andere auch! Nein, Herr General, mein Ehrenwort, ich habe mit dem Fall Charles Francis nichts zu tun.»

General Wencel erhob sich, die anderen folgten seinem Beispiel. Er wandte sich an Kunze und deutete mit einer Handbewegung an, er sei jetzt an der Reihe.

Kunze sagte: «Darf ich gehorsamst vorschlagen, Herr General, dass wir den Herrn Oberleutnant um seine Zustimmung bitten, bei ihm eine Hausdurchsuchung vorzunehmen?»

«Gut.» Der General seufzte. «Nachdem wir so weit gegangen sind, können wir auch noch weiter gehen.»

Dorfrichter beantwortete die Frage, noch ehe sie gestellt war. «Natürlich haben Sie mein Einverständnis.»

Ein Gefühl der Beklemmung überkam Emil Kunze. Er sah den jugendlichen, acht Jahre jüngeren Offizier an, das knabenhafte, gekränkte Gesicht, und fühlte sich plötzlich gedrängt, das Verhör mit einer Entschuldigung abzubrechen und damit die ganze peinliche Angelegenheit zu begraben. Die Versuchung war groß; doch gleichzeitig sah er die Leitartikel der Zeitungen vor sich, hörte er die Fragen, die zudringliche Zivilisten, Reporter, Bürokraten und Polizeibeamte stellen würden, und wurde sich bewusst, dass die einmal ins Rollen gebrachte Lawine der Untersuchung nicht mehr aufzuhalten war, jedenfalls bestimmt nicht ohne Skandal.

«Seien Sie überzeugt, Dorfrichter», vernahm er die Stimme des Generals, die kameradschaftlich klang, «wir glauben Ihnen, weil wir Ihnen gern glauben möchten. Es gibt jedoch gewisse unangenehme Tatsachen, die einige Leute skeptisch stimmen dürften. Das Verbrechen des Charles Francis hat einen grausigen Schatten auf das Offizierskorps geworfen, und das zu einem Zeitpunkt, wo der Fortbestand der Monarchie unter Umständen vom Ruf dieses Korps abhängt. Wir alle wissen, dass der Krieg unvermeidlich ist. Er kann morgen ausbrechen oder auch erst in zehn Jahren, doch wenn es so weit ist, werden die Loyalität der Truppe und das Ansehen, das die Offiziere bei den Mannschaften genießen, über Sieg und Niederlage entscheiden.» Er hielt einen Moment inne und atmete tief. «Falls Sie schuldig sind, Dorfrichter, ist es Ihre Pflicht, sich selbst zu richten und das Urteil zu vollstrecken, ohne auf die Entscheidung des Militärgerichts zu warten. Sie verstehen mich doch, nicht wahr, Dorfrichter?»

Der Oberleutnant stand stramm.

«Zu Befehl, Herr General», sagte er mit lauter, klarer Stimme.

Wencel seufzte tief auf.

«Wollen Sie in Ihre Wohnung vorausgehen?» Er zog seine Uhr heraus und warf einen Blick darauf. «Es ist jetzt – 11 Uhr 48. Wir möchten Ihnen Zeit lassen –» er zögerte – «zu tun, was Sie für nötig halten.»

«Zum Beispiel, Herr General?», fragte Dorfrichter.

«Zum Teufel –» Einen Augenblick lang fehlten Wencel die Worte. «Ihre Hausgenossen zu warnen, verdammt nochmal!»

Dorfrichter lächelte zum dritten Mal während des Verhörs, diesmal beinahe mutwillig.

«Es wäre mir lieber, wenn wir zusammen gingen, Herr General. Ich halte es nicht für nötig, meine Hausgenossen zu warnen. Meine Frau ist eine sehr gute Hausfrau. Ich bin völlig sicher, dass die Wohnung tadellos aufgeräumt ist.»

Wieder wurde deutlich, dass Dorfrichters Verhalten Wencel sowohl beunruhigte wie ärgerte.

«Verdammt nochmal, Dorfrichter», platzte er heraus. «Es gibt zu viele Beweise gegen Sie! Sie haben allen Grund, sich Sorgen zu machen. Ich wäre an Ihrer Stelle nicht so verdammt frivol!»

Das Gesicht des jungen Offiziers erstarrte.

«Erlauben Herr General, ich habe keinerlei Grund, mir Sorgen zu machen, und ich bin sicher, wenn Herr General an meiner Stelle wären, würden Herr General sich genauso verhalten.»

Er sah Wencel freimütig in die Augen. Der General war es, der als Erster den Blick senkte.

«Schön.» Er wollte noch etwas sagen, unterließ es aber. Dann räusperte er sich, zog sein Taschentuch heraus und fing an, seine Lesebrille zu putzen. Die Stille im Zimmer war wie die Stille kurz vor dem Ausbruch eines Sommergewitters.

«Darf ich gehorsamst einen Vorschlag machen?» Die Stimme von Hauptmann Kunze füllte die Leere. «Wir wollen Oberleutnant Dorfrichter bitten, hier zu bleiben, während das Hausdurchsuchungskommando zu ihm geht. Ich glaube –»

«Aber warum denn, Herr Hauptmann?» Zum ersten Mal seit Beginn des Verhörs schien Dorfrichter die Ruhe zu verlieren; er unterbrach den im Rang über ihm Stehenden. «Ich sehe keinen Grund, weshalb ich nicht dabei sein sollte. Meine Frau wird sich unnötig aufregen, wenn plötzlich fremde Leute in ihrem Heim das Unterste zuoberst kehren. In ihrem derzeitigen Zustand könnte ihr jede Aufregung schaden.»

«Pardon, Herr Oberleutnant», sagte Kommissar Weinberger. Er war der Verhandlung bis jetzt schweigend gefolgt. «Die gesamte Garnison von Linz einschließlich Ihrer Frau weiß mit Bestimmtheit von dieser Untersuchung. Von Ihren Offizierskameraden sind mehrere verhört worden, und man war bei ihnen in der Wohnung.»

«Ja, aber man hat keine Hausdurchsuchung abgehalten!», stieß Dorfrichter hervor.

«Das stimmt. Trotzdem glaube ich nicht, dass Frau Dorfrichter den Unterschied bemerken wird. In dieser ganzen Angelegenheit sind die Militärbehörden mit großer Rücksicht vorgegangen – es wird sogar behauptet, mit zu großer Rücksicht. Vertrauen Sie also darauf, Herr Oberleutnant, dass man Ihre Frau respektvoll behandeln wird.»

«Sie können Ihre Einwilligung noch zurücknehmen, Dorfrichter», bemerkte General Wencel. «Schließlich ist noch keine Anklage gegen Sie erhoben worden.» Ganz offensichtlich missbilligte er Weinbergers Dazwischentreten.

«Danke gehorsamst, Herr General.» Dorfrichter, der sich wieder gefasst hatte, verbeugte sich steif. «Ich nehme meine Einwilligung nicht zurück.» Er wandte sich an Kunze. «Wo wünschen Sie, dass ich auf das Ergebnis der Hausdurchsuchung warte, Herr Hauptmann?», fragte er.

Oberst von Instadt antwortete: «Machen Sie sich hier beim Platzkommando etwas zu tun. Spielen Sie den Beschäftigten, verdammt nochmal! Ich will nicht, dass einer von diesen Reportern, diesen Schnüfflern voreilig zu dem Schluss kommt, dass ein Offizier meines Regiments in diese verfluchte Mordgeschichte verwickelt ist!»

Marianne Dorfrichter war in der Tat guter Hoffnung. Vor ihrer Schwangerschaft war sie schlank und zart gewesen, mit einer Taille, die ihr Mann mit beiden Händen umspannen konnte. Jetzt kam sie sich unförmig und entstellt vor und lehnte es ab, sich in der Öffentlichkeit zu zeigen oder auch nur vor Einbruch der Dunkelheit spazieren zu gehen. Sie trug bei solchen Gängen ein weites Lodencape und erlaubte nicht, dass ihr Mann sie begleitete, nur ihr Dienstmädchen und Troll, der Hund. Sie lehnte es sogar ab, ihre alten Freunde mit ihm aufzusuchen. Sie meinte, jeder, der sie zusammen sähe, würde sie sich unwillkürlich nackt miteinander im Bett vorstellen, bei eben jener Tätigkeit, aus der ihr gegenwärtiger Zustand resultierte. Gemeinsam mit ihm irgendwohin zu gehen war in ihren Augen, als setze sie sich absichtlich der lüsternen Neugier von Voyeuren aus.

Sie lag auf der Chaiselongue im Schlafzimmer, als Aloisia, ihr Dienstmädchen, ein Bauerntrampel mit der Figur eines japanischen Ringkämpfers und einem Spatzenhirn, hereingeplatzt kam und verkündete, da seien fünf Offiziere, die sie sprechen wollten.

«Es muss dem Herrn Oberleutnant was passiert sein»,

setzte sie hinzu und brach in Schluchzen aus. «Was Entsetzliches! Wie den Major Dallmayr das Pferd abg'worfen hat, sind nur drei Offiziere kommen, um der Frau Dallmayr zu sagen, dass er tot ist.»

Marianne erhob sich mühsam und ging zum Frisiertisch hinüber. Während sie sich setzte, nahm sie Bürste und Kamm aus dem Schubfach und brachte ihre Frisur in Ordnung.

«Sag den Herren, sie sollen bitte Platz nehmen, ich komme gleich», befahl sie Aloisia und setzte dann hinzu: «Und stell dich nicht so an.»

«Jawohl, gnä' Frau», sagte das Mädchen in gekränktem Ton und schoss aus dem Zimmer.

Marianne Dorfrichter legte die Haarbürste aus der Hand und starrte ihr Spiegelbild an. Ihr Gesicht war unverändert, es war nicht gedunsen und seine klare Trecento-Schönheit nicht entstellt von Leberflecken, diesem Fluch der Schwangerschaft. Ihr Körper sah natürlich abstoßend aus, und sie fürchtete sich davor, ihn fünf Fremden zu zeigen. Aber sie war Offiziersfrau und hatte gelernt, dass es bei der Armee keinen Widerspruch gab. Sie stand auf, legte sich einen gestrickten Schal um die Schultern und ging in den «Salon» zu ihren Besuchern.

Von den fünfen empfand sie nur drei als «Herren»: General Wencel, Hauptmann Kunze und Major Schultz, den vom Linzer Garnisonsgericht delegierten Auditor. In ihrer Begleitung befanden sich zwei Unteroffiziere, die unter Hauptmann Kunzes Aufsicht die eigentliche Haussuchung vornehmen sollten.

«Verzeihen Sie, dass wir Ihnen ungelegen kommen, gnädige Frau», sagte Wencel, nachdem die Herren sich vorgestellt hatten. Sie hatte sie aufgefordert, sich zu setzen, während die beiden Unteroffiziere an der Tür stehen blieben. «Sie haben sicherlich von dem Fall Charles Francis gehört.»

«Ja.» Marianne nickte.

«Unglücklicherweise deutet einiges darauf hin, dass die Briefe aus der Garnison Linz stammen. Wir müssen praktisch jeden Dienst tuenden Subalternoffizier verhören. Ihr Gatte hat uns, wie alle anderen, die Erlaubnis gegeben, seine Wohnung zu durchsuchen. Lassen Sie mich Ihnen versichern, dass das eine reine Routinemaßnahme ist. Unsere Leute werden sich große Mühe geben, nichts zu beschädigen. Sie werden alles wieder an seinen Platz stellen.»

Marianne hörte sich das wortlos an und fragte dann, ob sie den Herren einen Sherry anbieten dürfte. Wencel antwortete für alle. «Ja, mit dem größten Vergnügen.»

Eine Kristallkaraffe mit dazu passenden Gläsern stand in einem offenen Fach des Speisezimmerbüfetts, und sie wies Aloisia an, sie zu bringen. Sie sagte ihr auch, sie solle den Unteroffizieren in der Küche ein Glas Wein oder Bier, je nachdem, was ihnen lieber sei, anbieten.

«Dürfen wir anfangen?», fragte Hauptmann Kunze, als die Unteroffiziere sichtlich gestärkt aus der Küche wiederkamen.

«Aber bitte», sagte Marianne und zog den Schal über ihren gewölbten Leib.

Wencel und Major Schultz blieben auf den zerbrechlich wirkenden Stühlen sitzen, die zu beiden Seiten des dazu passend bezogenen Sofas standen, während Hauptmann Kunze sich zu den beiden Unteroffizieren gesellte und die Haussuchung dirigierte. Sie fingen im Salon an und gingen rasch und gründlich vor. Das Zimmer war ohne viel Phantasie möbliert, alle Möbel gehörten zusammen, schlecht imitierter Adam-Stil, viel zu zierlich, um bequem zu sein, dunkles Mahagoni, die Polsterung in blassgrüner Moiréseide gehalten. Es gab auch eine Vitrine mit Nippes, liebevoll gepflegte Aspidistras in großen Übertöpfen und auf einem Gestell eine kleine Marmorbüste der kapitolinischen Venus, an deren einer Hand ein

Finger fehlte. Ein maschinell geknüpfter französischer Teppich mit barockem Blumenmuster bedeckte den gebohnerten Parkettboden, und an den Fenstern hingen gestärkte Spitzenstores. Es war ein Zimmer, das die Dorfrichters nur dann benutzten, wenn sie Gäste empfingen.

«Sie haben ein wunderschönes Heim, gnädige Frau», sagte General Wencel. Er spürte die Nervosität unter ihrer erzwungenen Ruhe und wollte mit seiner Bemerkung eine gelockerte Atmosphäre schaffen, so als handle es sich um einen freundschaftlichen Besuch und nicht darum, sie zu verhören. «Ich habe schon vorhin, als wir auf Sie gewartet haben, zu Major Schultz gesagt: Man merkt gleich, dass in diesem Heim zwei glückliche Menschen wohnen. Hab ich Recht, Herr Major?»

«Jawohl, Herr General, genau das waren Ihre Worte.» Schultz nickte; er konnte sich an keine derartige Bemerkung erinnern.

Marianne nahm das Kompliment mit schwachem Lächeln entgegen.

Hauptmann Kunze und die beiden Männer waren jetzt im Speisezimmer. Es hatte etwas Gemütliches, aber gar nichts Elegantes, die Möbel darin waren nach Zweckmäßigkeit, nicht nach Stil oder Wirkung ausgesucht. Das reich geschnitzte Büfett war gotisch, der lange Tisch in der Mitte eine schwere Platte auf vier massiven Beinen. Sechs Lederstühle umstanden ihn und vier weitere flankierten den an der Wand stehenden großen Bücherschrank. Marianne hörte, wie dessen Glastür geöffnet wurde. Die Männer gingen die oberste Reihe zuerst durch, stellte sie fest, die Wörterbücher, die dickleibigen Bände über Taktik, Strategie und Geschützwesen, über denen ihr Mann Nacht für Nacht brütete.

«Hat Ihr Gatte Ihnen je von Hauptmann Richard Mader erzählt? Ich meine, *vor* dem Unglück?», fragte Wencel.

«Ich kann mich nicht erinnern. Vielleicht. Er hat von mehreren seiner Kriegsschulkameraden gesprochen, aber da ich sie nicht kannte, haben mir ihre Namen nicht viel gesagt.»

«Und nach dem Unglück?»

«Da hat er mir erzählt, dass er einen Kranz bestellt hat. Das war an dem Tag, an dem die Zeitungen zum ersten Mal über Hauptmann Maders Tod geschrieben haben.»

«Und wie hat Ihr Gatte auf diese Nachricht reagiert, gnädige Frau?»

«Er hat einen Kranz für das Begräbnis bestellt, Herr General.»

«Ja, gewiss – aber hatten Sie das Gefühl, er sei erschrocken oder bekümmert?»

«Eher bekümmert als erschrocken. Der Hauptmann tat ihm Leid. Mader sei so jung gestorben, sagte er. Er hat auch gesagt, der Hauptmann sei der Einzige gewesen, der sich die ganzen zwei Jahre über wie ein guter Kamerad verhalten habe. Er hätte sich nie wie ein Rivale benommen. Das hat mein Mann gesagt.»

Sie sprach mechanisch und horchte fortwährend auf die Geräusche, die aus dem Speisezimmer drangen. Ein Unteroffizier beschäftigte sich noch immer mit den Büchern, vermutlich schüttelte er jeden Band einzeln aus, auf der Suche nach Gott weiß was. Der andere kramte im Geschirr herum. Waren die Gläser kürzlich abgestaubt worden?, überlegte sie. Und die Tassen? Einige waren angestoßen. Sie hätte sie wegwerfen sollen – ebenso die gesprungenen Teller und die Suppenterrine, an deren Fuß eine Ecke fehlte. Sie hatte die schadhaften Stücke bei ihrem letzten Besuch in Wien ersetzen wollen, doch war ihr Zustand schon so deutlich zu sehen gewesen, dass sie es gelassen hatte.

Um 1 Uhr 30 verließen General Wencel und Major Schultz die Wohnung, um zu Mittag zu speisen. Hauptmann Kunze und die Unteroffiziere blieben. Sie waren jetzt im Schlafzimmer. Marianne hätte ihnen gern dabei zugesehen, aber ihr Stolz zwang sie, steif auf dem Sofa sitzen zu bleiben, als würde sie photographiert. Sie nahm eine Zeitschrift zur Hand und tat, als läse sie, während Aloisia immer wieder aus der Küche hereingestürzt kam und sich beklagte, als hätte der unvorhergesehene Besuch nur ein einziges Ziel: sie bei der Arbeit zu stören. Die jammerte laut über die Unordnung, die die Männer machten, trotz General Wencels Versprechen, sie würden alles wieder dorthin stellen, wo es hingehörte. Schließlich riss Marianne die Geduld, und sie befahl Aloisia, ihr aus den Augen zu bleiben.

Sie hörte, wie die Männer im Schlafzimmer die Schubladen aufzogen und die Schranktüren öffneten. Sie suchten ihre Kleider durch und würden bestimmt den Rock mit dem Marmeladenfleck finden, Peters Hemden mit den ausgefransten Manschetten, die geflickten Betttücher, die gebrauchten Babysachen von den Kindern ihrer Schwester, die Briefe ihres Mannes mit den Anspielungen auf sexuelle Intimitäten, die er ihr voriges Jahr aus dem Manöver geschrieben hatte.

Die Tür des Nachtkastls quietschte. Jemand nahm den Nachttopf heraus. Großer Gott, auch das noch? Gab es denn überhaupt keine Grenze, keinen Respekt vor dem Privatleben eines Ehepaars? Als nächstes würden sie das Bettzeug auseinander reißen, die Laken abziehen und sie nach Samenflecken untersuchen.

Die Männer zogen in die Küche. Aloisia kam mit rotem, mürrischem Gesicht herein und bat um den Schlüssel zur Speisekammer. Marianne fand es töricht, sie verschlossen zu halten, aber alle guten Hausfrauen taten das, und sie war keine Reformerin, die mit alten Gewohnheiten brach. Zehn Minuten später brachte Aloisia den Schlüssel wieder.

«Drei Eier haben sie zerbrochen», berichtete sie triumphierend. «Und ein Glas mit Essiggurken. Ich möcht bloß wissen, wonach die suchen. Ich habe den Hund die Eier vom Fußboden aufschlecken lassen, aber die Essiggurken hat er nicht wollen. Soll ich sie waschen und wieder ins Glas tun?»

«Wirf sie weg», befahl Marianne und bedeckte ihr Gesicht mit den Händen. Sie hatte Angst, dass man die mörderische Wut, die sie empfand, sehen könnte.

Sie hatte das Gefühl, als ginge ein Abschnitt ihres Lebens zu Ende. Sie hatte diese Wohnung geliebt; nach zweijähriger Ehe war sie zum ersten Mal ein wirkliches Heim gewesen. Nun, da die Hände und Augen von drei Fremden jeden Winkel durchstöbert hatten, wusste sie, dass es mit ihrer Liebe zu dieser Wohnung für immer vorbei war.

Es war drei Uhr nachmittags, als Hauptmann Kunze die Durchsuchung für beendet erklärte. Dorfrichter hatte Recht gehabt, dachte Kunze. Sie waren auf keinen unaufgeräumten Schrank gestoßen, auf keinen Schmutz unter den Teppichen, hatten weder unabgewaschenes Geschirr noch mottenzerfressene Kleidungsstücke gefunden. Ebenso wenig Briefpapier, wie Charles Francis es benutzt hatte, rote Tinte, Zyankali oder ein Kopiergerät. Das Einzige, was irgendwie mit dem Giftmord zusammenhängen konnte, war eine kleine Packung Oblatenkapseln im Medizinschrank des Badezimmers.

Hauptmann Kunze stellte die Frage. «Wissen Sie, Frau Dorfrichter, wozu Ihr Mann diese Kapseln gebraucht hat?»

Sie saß noch immer zusammengekauert auf dem Sofa und sah erschrocken und eingeschüchtert aus. Vor ein paar Minuten hatte sie Aloisia die Wohnung verlassen hören und wusste, dass das Unwürdige des amtlichen Besuchs nun in der ganzen Nachbarschaft verbreitet wurde. Marianne glaubte nicht mehr daran, dass es sich bei der Hausdurchsuchung um eine reine Routinesache handelte und dass man alle Offiziershaushaltungen in dieser Weise durchsucht hatte.

«Die Kapseln?», wiederholte sie. Sie begriff, dass sie irgendwie mit dem zusammenhingen, wonach die Männer suchten. Sie erinnerte sich auch, gelesen zu haben, dass Hauptmann Maders Tod auf giftgefüllte Kapseln zurückgeführt wurde, die er mit der Post erhalten hatte. Wie und warum ihr Mann mit diesem Fall zusammenhängen sollte, war ihr ein völliges Rätsel. Sie suchte verzweifelt nach einer unverfänglichen Antwort.

«Ich glaube, er hat irgendeine Medizin genommen. Ja, er hatte kürzlich eine schwere Erkältung. Mit Komplikationen», setzte sie hinzu.

«Haben Sie gesehen, wie er die Kapseln gefüllt hat?»

«Nein.»

«Macht es Ihnen etwas aus, wenn ich sie mitnehme?»

Am liebsten hätte sie gesagt: Verschwinden Sie zum Teufel, Sie und Ihre beiden nach Pomade und Pferdemist stinkenden Lümmel! Doch sie war die Frau eines Offiziers, und so nickte sie gelassen und brachte sogar ein Lächeln zustande. «Nein, nicht im Geringsten, Herr Hauptmann.»

Das tapfere Lächeln entging Kunze nicht, ebenso wenig die Tatsache, dass es sie beträchtliche Mühe gekostet hatte.

Als er Dorfrichters Lebenslauf studierte, hatte er auch alles über Marianne erfahren. Dorfrichters Vater, ein recht erfolgreicher Geschäftsmann, war Exportkaufmann, der ihre, ein Wiener Bankangestellter, stand einige Sprossen tiefer auf der sozialen Leiter. Marianne war zehn, als ihr Vater, ein leidenschaftlicher Bergsteiger, in den Tiroler Alpen tödlich abstürzte. Da die Mutter ohne Unterstützung zurückblieb, verdiente sie ihren Lebensunterhalt zunächst damit, dass sie eine Stelle in einem Haushaltungsgeschäft in einem Kleine-Leute-Bezirk annahm, das sie später dem kränklichen Besitzer abkaufte. Bei Marianne, der jüngsten der vier Töchter, stellte man im Alter von noch nicht zwölf Anzeichen von Tuberkulose fest; sie war achtzehn, als die Ärzte sie für vollständig ausgeheilt erklärten. Sechs Jahre lang hatte sie – zu Hause oder in Sanatorien – flach auf dem Rücken in der Nähe eines offenen Fensters liegen müssen und nie Sport treiben oder die Schule besuchen dürfen.

Die Tatsache, dass Dorfrichter sie geheiratet hatte, sprach gegen die Vermutung, dass er ein Mann von fanatischem Ehrgeiz war. Solche Männer heirateten gewöhnlich die Töchter von Generalen oder Millionären, denn Infanterieleutnants ohne Rang und Namen waren selten begütert. Marianne war jedoch außergewöhnlich schön und besaß eine seltene Grazie und außerdem eine überdurchschnittliche Anpassungsfähigkeit, sonst wäre es ihr nicht gelungen, in den zwei kurzen Ehejahren eine perfekte «Offiziersdame» zu werden.

«Wie ich höre, sind Sie eben erst aus Wien zurückgekehrt, gnädige Frau», plauderte Kunze, während er das Schächtelchen mit den Oblatenkapseln langsam und ungeschickt in Seidenpapier wickelte. Erst viel später kam Marianne der Gedanke, dass er seine Tätigkeit absichtlich in die Länge gezogen hatte.

«Ach, das ist schon eine Weile her. Mindestens zwei Wochen.»

«Reisen Sie oft nach Wien?»

«Ziemlich oft. Meine Mutter wohnt dort. Wir sind Wiener. Meine Familie, meine ich.»

«Schade, dass das Reisen heutzutage so schwierig geworden ist. Alle Welt scheint unterwegs zu sein. Unser Zug gestern war brechend voll. War es nicht unangenehm für Sie, allein zu reisen?» Sein Ton war zwanglos, ja fast unpersönlich. Er sagte nicht «in Ihrem Zustand», aber sie wusste, was er meinte, und errötete.

«Ich brauchte nicht allein zu fahren. Peter – ich meine, mein Mann – hat mich in Wien abgeholt.»

«Hatten Sie ihn darum gebeten, oder war es eine ritterliche Geste von ihm?»

Diesmal lächelte sie.

«Ich glaube, es war eine ritterliche Geste. Ich hatte keine Ahnung, dass sein Urlaub bewilligt worden war.»

«Hat er Sie überrascht?»

«Aber ja. Er kam morgens in aller Früh, ungefähr um sieben. Ich schlief noch, aber er hat mich nicht geweckt. Ich bin schließlich davon aufgewacht, dass der Hund an der Tür kratzte.»

«Das war am 14. November?»

Sie sah ihn erschrocken an. Es dämmerte ihr plötzlich, dass sie verhört wurde.

«Ja», sagte sie mit leiser Stimme, «am 14.»

Als Hauptmann Kunze und die Unteroffiziere gegangen waren, wartete sie noch fünf Minuten, warf sich dann ihr Lodencape über und huschte ins Nachbarhaus, wo es ein Telephon gab. Sie wollte ihren Mann anrufen. Ein Telephonfräulein teilte ihr mit, der Herr Oberleutnant sei nicht zu erreichen.

Sie kehrte in ihre geschändete Wohnung zurück. Trotz Hauptmann Kunzes Versicherung, es würde keine Unordnung entstehen, sahen die Zimmer aus wie geplündert. Die Überdecken auf den Betten waren zerdrückt, aus den Schubladen quollen Wäschestücke heraus, Schranktüren standen offen, vor dem Toilettentisch war eine Schachtel Puder verstreut. Marianne schlug ihr Bett auf und kroch, vollständig angezogen, unter das Plumeau. Sie hoffte, sich richtig ausweinen zu können, aber die Tränen wollten nicht kommen. Sie schlief ein und wurde vom Quietschen der Schlafzimmertür wach. Als sie aufblickte, sah sie ihren Mann in der Tür stehen.

«Peter!» Sie sprang aus dem Bett, stürzte auf ihn zu und klammerte sich an ihn, als sei er der Fels in der Brandung. «Peter, was wollen die von uns? Die ganze Wohnung haben sie auf den Kopf gestellt, stundenlang in allen Ecken herumgesucht! Wo warst du? Ich hab versucht, dich anzurufen, aber es hieß, du wärst nicht zu erreichen!»

Er machte sich sanft aus ihrer Umklammerung los.

«Beruhige dich, Liebling.» Sein Ton war ruhig, er wirkte gelassen, wie immer. «Denk daran, dass du dich nicht aufregen darfst. Das ist schlecht für dich.»

«Aber Peter, was bedeutet das alles?»

«Nichts, was uns betrifft. Es ist ein Mord begangen worden, und die Verdachtsmomente führen nach Linz – deshalb diese Untersuchung hier. Unglücklicherweise sieht es so aus, als gehöre der Täter zur hiesigen Garnison. Wir werden einige Unannehmlichkeiten in Kauf nehmen müssen, bis der Mann gefunden ist oder der Fall in Vergessenheit gerät.»

«Sie haben viele komische Fragen gestellt.»

«Was für Fragen?» Seine Stimme wurde um eine Nuance lebhafter.

«Alles Mögliche. Ob du von dir aus nach Wien gefahren wärst oder ob ich dir geschrieben hätte, du solltest kommen.»

«Ja, das hattest du mir doch geschrieben.»

Sie warf ihm einen erschrockenen Blick zu.

«Nein, das hab ich nicht.»

«Du hast mir geschrieben, dass du dich nicht wohl fühlst. Weißt du das nicht mehr?»

Sein Ton, bestimmt und ein wenig ärgerlich, verwirrte sie.

«Hab ich das wirklich?»

«Aber gewiss doch. Ich habe den Brief noch irgendwo.»

«Ich habe dir mehrere Briefe geschrieben. Aber ich kann mich nicht daran erinnern, dass ich –»

«Aber deswegen bin ich doch nach Wien und nicht nach Salzburg gefahren!», fiel er ihr ins Wort. «Ich konnte dich nicht allein reisen lassen.» Er hielt inne. «Und was hast du denen gesagt?»

«Ich habe ihnen gesagt – ich meine, dem Hauptmann –, dass ich dich nicht gebeten hätte zu kommen. Es tut mir Leid, Peter, so hatte ich es in Erinnerung. Auch jetzt noch.» Sie wurde ganz mutlos. «War es schlimm, dass ich ihm das gesagt habe?»

Er zuckte die Schultern. «Es ist nicht mehr zu ändern.»

«Ich könnte sagen, dass ich mich geirrt habe.»

«Das würde die Sache nur noch schlimmer machen.»

Sein seltsam hohler Ton beunruhigte sie.

«Peter, ich hab das schreckliche Gefühl, als ob etwas nicht stimmt! Schau mich jetzt nicht an. Ich möchte nur sagen: Wenn du aus irgendeinem Grund in diese entsetzliche Sache verwickelt bist, dann lass uns ein Ende machen. Ich bin gerne bereit, mit dir zu sterben – ich habe keine Angst –» Sie merkte, dass sie seinem vorwurfsvollen Blick nicht gewachsen war, und schlug die Augen nieder. «Erschieß erst mich und –»

«Und dann mich selber?» Er grinste. «Das ist heute schon der zweite Vorschlag dieser Art! Nur dass die andere mitfühlende Seele mir nicht angeboten hat, mit mir zu sterben. Nein, Liebste. Ich erschieße weder dich noch Troll, noch mich –»

«Troll?»

«Du hast ihn doch hoffentlich nicht zurücklassen wollen? Es wäre für die Zeitungen eine viel bessere Geschichte, wenn der Hund mit von der Partie wäre!»

«Du bist grässlich!»

«Nein, bloß vernünftig. Ich drehe nicht durch. Hast du übrigens dem Hauptmann erzählt, was du gesagt hast, als wir uns über die Avancementsliste vom 1. November unterhielten?»

«Die Avancementsliste?»

«Weißt du es nicht mehr? Ich habe dir die Avancementsliste gezeigt, und du hast gesagt, dass du Hauptmann von Gersten von früher her kennst. Er hätte ein ziemliches Faible für dich gehabt, und wenn du ihn ermutigt hättest, wärst du jetzt vielleicht die Frau eines Generalstäblers statt die eines einfachen Infanterieoffiziers.»

«Das habe ich nicht gesagt», protestierte sie.

«O doch, das hast du.»

«Ich hab dich bloß necken wollen!»

«Das weiß ich. Trotzdem: Wenn dich jemand fragt, es ist nie geschehen! Verstehst du? Niemals! Ich habe dir weder die Avancementsliste gezeigt, noch haben wir jemals darüber gesprochen. Du weißt nicht, ob ich sie gelesen habe oder nicht. Und falls ich es getan habe, so habe ich es nie vor dir erwähnt!»

«Wieso ist das so wichtig?»

«Es ist nicht wichtig. Nicht wirklich wichtig. Aber die Leute sind mit diesem unseligen Fall betraut und bemühen sich verzweifelt, ihn aufzuklären, um die Öffentlichkeit und die Presse zufrieden zu stellen. Die sind bereit, einen Unschuldigen um der guten Beziehungen zwischen Zivilbehörde und Militär willen zu opfern. Die Sache ist nur die, dass ich es ablehne, das Opferlamm zu spielen.»

Allmählich fühlte sie sich besser, war aber noch nicht ganz beruhigt.

«Ich habe ihnen erzählt, dass du einen Kranz für Maders Grab bestellt hast. Das können sie dir doch nicht ankreiden, oder?»

«Natürlich nicht. Mader war ein Kamerad. Ein netter Kerl. Ein guter Offizier. Kein großes Licht, aber gescheit genug, dass man gern mit ihm zusammen war. Jeder mochte ihn gern. Außerdem –» er stockte einen Augenblick –, «außerdem hatte ich ganz besonders Grund, ihn gern zu mögen. Er hat mir einmal das Leben gerettet.»

«Tatsächlich?» Sie blickte überrascht auf. «Das hast du mir nie erzählt.»

«Nein.»

«Auf welche Weise hat er dir denn das Leben gerettet?»

«Das ist eine lange Geschichte. Ich erzähle sie dir ein andermal. Jetzt wollen wir nachtmahlen, ja?»

2

Am Morgen nach Dorfrichters Verhör in Linz erschien im Präsidium in Wien eine kleine, dralle Frau von etwa vierzig Jahren in Begleitung eines würdevollen Mannes mit frisch gebügeltem, wenn auch etwas glänzendem schwarzem Anzug und verlangte, Polizeipräsident Brzesowsky zu sprechen. Man führte die beiden ins Amtszimmer von Polizeihauptmann Kubelik. Dort stellte der Mann sich als Oberpostrat Blosch vor.

«Fräulein Anna Posselt ist Beamtin im Postamt Nr. 59», sagte er zu Kubelik. «Ich glaube, sie hat im Fall Charles Francis eine wichtige Aussage zu machen.»

Als man nach Details fragte, erwiderte er, Fräulein Posselt würde nur mit dem Polizeipräsidenten selber sprechen. Zu diesem Zeitpunkt kamen dem Polizeioffizier Zweifel, ob Fräulein Posselt überhaupt sprechen konnte, denn sie hatte seit Beginn der Unterhaltung noch kein einziges Wort geäußert. Sie war eine stämmige Person mit einem Vollmondgesicht und kohlschwarzen Augen und Haaren. In ihrem langen Mantel sah sie aus wie ein Stehaufmännchen – ein aus massivem Holz geschnitzter Körper, mit Blei beschwert.

Nach kurzer Wartezeit wurden Fräulein Posselt und ihr Begleiter von Polizeipräsident Brzesowsky empfangen. Brzesowsky war höflich, doch zu Bloschs Enttäuschung nicht allzu neugierig auf Fräulein Posselts Enthüllungen. Während der letzten Tage hatte er zahlreiche dringliche Hinweise von allen möglichen Wichtigtuern erhalten. Aber davon abgesehen war er nach wie vor der Überzeugung, dass der Täter dem Militär angehörte. General Wencel und seine Gruppe verhörten derzeit in Linz einen gewissen Oberleutnant, und Gerüchten zufolge stand eine Verhaftung unmittelbar bevor. Nichtsdestoweniger wurde ein Sekretär, der stenographieren konnte, hereingerufen, um Fräulein Posselts Aussage aufzunehmen.

«Sie ist eine meiner zuverlässigsten Beamtinnen», berichtete Oberpostrat Blosch, der die Gedanken des Polizeipräsidenten erriet. «Über zwanzig Jahre im Postdienst.» Er wandte sich an die Frau. «So, jetzt erzähln S' mal dem Herrn Polizeipräsident von dem polnischen Juden und den Briefen.»

Fräulein Posselt tat einen tiefen Atemzug.

«Das ist am 14. November gewesen, ein paar Minuten vor acht. Vor meinem Schalter – Einschreiben und Postwertzeichen – haben ein paar Leute gewartet, und dieser polnische Jude war der zweite in der Reihe und hat sich den Hals verrenkt, um zu schaun, wieso ich so lang brauch, wo ich doch in Wirklichkeit schnell arbeit. Wie er an die Reihe kommen ist, hat er mir einen Stoß Briefe gegeben. Es sind ganz normale Briefe gewesen, die Zehn-Heller-Marken waren schon drauf, und da hab ich ihm gesagt, er soll sie in den Briefkasten werfen. Er hat gesagt, der Briefkasten ist grad geleert, und das hat gestimmt – zwei Kollegen waren bereits beim Sortieren –, und da hat er mich gebeten, die Briefe gleich meinen Kollegen zu geben, damit die Briefe bei der nächsten Zustellung ausgetragen werden. Er hat derart insistiert, es war direkt lästig. Ich hab ihn gefragt, wieso's denn so pressiert, und er hat gesagt, dass ein Herr Oberleutnant ihn mit den Briefen aus Galizien geschickt hat und dass es sehr wichtig wär, dass sie sofort abgehen. Um ihn loszuwerden, hab ich ihm gesagt, er solle um die Schalterschranke herumgehen und die Briefe auf den Sortiertisch legen, und das hat er auch gemacht.»

Sie erzählte den Vorfall völlig teilnahmslos, in monotonem, stumpfsinnigem Ton, machte weder Pausen, noch hob oder senkte sie die Stimme.

«Von der Adresse haben Sie noch nichts gesagt», mahnte Oberpostrat Blosch.

«Ah ja», fügte sie hinzu und wurde etwas lebhafter. «Wie er mir die Briefe durchs Schalterfenster hingeschoben hat, hab ich flüchtig eine Adresse gesehen. Der Brief war an einen Herrn Hauptmann. Es war keine Straße angegeben, bloß Generalstab, Kriegsministerium, Wien.»

Brzesowsky musterte sie nachdenklich. «Wieso haben Sie die Adresse gelesen?», fragte er.

Ihr Gesicht lief rot an.

«Ich hab sie nicht direkt gelesen, ich hab nur draufg'schaut, nur weil er so ein Getu gemacht hat mit den Briefen. Ich hab mich gewundert, warum der Herr Oberleutnant sie nicht in Galizien aufgegeben hat. Warum schickt er einen Mann so weit her nach Wien? Er hätt doch nur eine zusätzliche Fünf-Heller-Marke draufkleben müssen. Das ist mir komisch vorgekommen. Es kommt mir immer noch komisch vor!»

«Sie haben gesagt, der Mann war ein polnischer Jude. Woran haben Sie das gemerkt?»

«Er hat so ausg'schaut. Er hat einen Kaftan getragen und einen dichten rötlichen Bart gehabt, und er hat wie ein polnischer Jude geredet. Er war nicht der erste, den ich in meinem Leben gesehen hab.»

«Als mir Fräulein Posselt von den Briefen erzählt hat», unterbrach Blosch, «wurde mir sofort klar, dass zwischen ihnen und dem Fall Charles Francis ein Zusammenhang bestehen müsste, und ich hab darauf gedrungen, dass sie direkt zu Ihnen kommt, Herr Polizeipräsident. Ich halte es für meine Bürgerpflicht, der Polizei zu helfen.»

«Wir wissen das zu würdigen», sagte Brzesowsky und

setzte innerlich hinzu: *Sie wissen auch, dass vom Kriegsministerium 2000 Kronen Belohnung ausgesetzt sind.*

Brzesowsky forderte die beiden auf, im Vorzimmer zu warten, weil sie ihre Aussage noch unterschreiben müssten. Unmittelbar danach wies er Detektive an, bei sämtlichen Hauptleuten im Generalstab nachzufragen, ob sie irgendwelche am 14. November aufgegebenen Briefe von einem in Galizien stehenden Offizierskameraden erhalten hätten. Einer der Männer ging in Maders versiegelte Wohnung und durchsuchte dessen Papiere. Zwar hielt Brzesowsky die Indizien gegen Dorfrichter noch immer für die viel versprechendsten; da jedoch auch der neue Hinweis auf die Armee deutete, entschloss er sich, ihm nachzugehen.

Der in Maders Wohnung entsandte Mann kehrte mit einem Umschlag zurück, der am 14. November vom Postamt Nr. 59 gestempelt war. Der Brief selbst fehlte, doch waren Name und Adresse des Absenders auf die Rückseite des Umschlags gekritzelt. Der Absender verlieh ihm besondere Bedeutung: Oberleutnant Josef von Hedry, ebenfalls Absolvent der Kriegsschule. Er rangierte als Nr. 19 in jenem Jahrgang 1905, in dem Dorfrichter Nr. 18 war. Hedrys Name war im Laufe der Ermittlungen schon einmal aufgetaucht: als Adressat des Charles-Francis-Zirkulars. Den Umstand, dass er als Einziger von den zehn Empfängern nicht zum Hauptmann avanciert war, hatte man zur Kenntnis genommen, aber als unwesentlich abgetan. Hedry war im weit entfernten Grodek in Galizien stationiert und war, wie sich bei einem Ferngespräch mit seinem Vorgesetzten herausstellte, seit mehr als sechs Monaten nicht mehr in Wien gewesen.

Jetzt gab es jedoch einen von ihm an den verstorbenen Richard Mader adressierten und genau wie die Charles-Francis-Zirkulare um 8 Uhr früh am 14. November vom Wiener Postamt Nr. 59 abgestempelten Brief.

Polizeipräsident Brzesowsky verständigte General Wencel in Linz telephonisch von der neuen Entwicklung der Dinge. Nach einigen Beratungen kam die Kommission überein, dass Hauptmann Kunze die Stadt möglichst unauffällig verlassen und den ersten Zug nach Grodek nehmen sollte.

Oberleutnant Josef von Hedry galoppierte durch die Hauptallee des Schönbrunner Parks. Er war Teilnehmer einer Fuchsjagd. Aber wieso war er allein? Wohin war die Meute entschwunden? Eine Sekunde später war er nicht mehr zu Pferd, sondern ging mit einer Budapester Schauspielerin, mit der er im vorigen Sommer ein Verhältnis gehabt hatte, spazieren. Gerade versuchte er sich zu erinnern, wie sie hieß, als ihn ein Strahl eiskalten Wassers ins Gesicht traf. Er hustete, keuchte, schnappte nach Luft. Blitzartig durchfuhr ihn der Gedanke, er sei am Ertrinken, und das ließ ihn mit beiden Armen wild um sich schlagen – dabei traf er etwas Weiches, Warmes. Plötzlich wusste er, wo er war und woher das Wasser stammte. Er war in Grodek in Galizien, und das Wasser hatte ihm Natascha, die fette ruthenische Hure, übergeschüttet.

«Verdammt noch mal, du dumme Kuh! Warum, zum Teufel, machst du das?»

Er glotzte ihr böse ins mürrische Gesicht. Polnische Huren waren schon schlimm genug, aber die ruthenischen waren die allerschlimmsten. Man musste sinnlos besoffen sein, um sich mit ihnen einzulassen. Und selbst dann hinterließ der Paarungsakt einen entsetzlichen Nachgeschmack. Es war so schmutzig und entwürdigend wie alles in Galizien. Die Bibel irrte, wenn sie die Hölle als einen feurigen Pfuhl schilderte, der mit Schwefel brannte. Die Hölle war eine baumlose Provinz mit wirbelnden Staubwolken im Sommer und dem allgegenwärtigen Gestank nach Mist und mit eisigen Winden und knietiefem Dreck ab September. Es gab nur einen einzigen versöhnlich stimmenden Aspekt: Im kommenden Krieg – und Hedry betete darum, dass er bald käme – war zu erwarten, dass Galizien zum Schlachtfeld wurde und danach vom Angesicht der Erde getilgt war.

«Weil du es mir aufgetragen hast!», schrie Natascha. «Du hast gesagt, ich soll dich um Punkt sechs wecken, ganz gleich wie. Und wenn sonst nichts hilft, soll ich dir Wasser überschütten. Also steh auf! Sonst kommst du zu spät zur Vergatterung.»

Sie hieß gar nicht Natascha, aber Hedry nannte sie so. Sie mit ihrem wirklichen Namen anzureden hätte zu einer Intimität geführt, und ein Offizier musste, ganz besonders in Galizien, Distanz zur Zivilbevölkerung halten.

Mühsam setzte er sich auf. Er hatte das Gefühl, als hätte jemand seinen Kopf mit einer Axt gespalten. Er konnte sich nur verschwommen an den gestrigen Abend erinnern: an das Essen bei Jablonsky mit den anderen Husaren und an die anschließende Trinkerei in einer der Boxen des ‹Grille Parisienne›, einer miesen Flohkiste von Nachtlokal. Dort waren drei Ulanen zu ihnen gestoßen. Für gewöhnlich hielt sich jede Waffengattung für sich. Nur die stumpfsinnige, abgrundtiefe Ausweglosigkeit brachte Ulanen und Husaren gelegentlich zusammen. Die Ulanen waren im Allgemeinen weniger übel dran. Die meisten von ihnen waren polnische Adlige, und Galizien war ein Teil ihres Heimatlandes. Problematisch waren die gesellschaftlichen Zusammenkünfte: Es wurde schnell um die Wette getrunken, es kam zu Händeln, die manchmal zu Duellen führten. Duelle waren streng gegen die Vorschrift. Da sie jedoch das ewige Einerlei unterbrachen, wurden sie von den kommandierenden Offizieren stillschweigend geduldet – es sei denn, sie gingen tödlich aus.

Hedry sah sich in dem schmutzigen Durcheinander des Raumes um und spürte sämtliche galizische Ungezieferarten an sich emporkrabbeln. Er sprang aus dem Bett und zog sich mit einer Eile an, die er sich vor wenigen Minuten noch nicht zugetraut hätte. Er griff nach seiner Brieftasche, das Bündel Geldscheine darin war beträchtlich magerer geworden. Aber es ließ sich nicht nachprüfen, wie viel von dem fehlenden Geld er in der Nacht ausgegeben und wie viel sich Natascha genommen hatte. Er zog einen Zehn-Kronen-Schein heraus und reichte ihn ihr, wie man einem Straßenköter einen Knochen hinhält: mit zwei Fingern, damit die Hand nicht mit dem dreckigen Maul in Berührung kommt.

Zehn Kronen mussten ein überraschend großmütiges Entgelt für erwiesene Dienste sein, denn ein breites Grinsen überzog das Gesicht des Mädchens. Sie warf ihre Keulenarme um die schmalen Schultern des Oberleutnants und drückte seinen mageren Körper an ihr weiches Fleisch. Die unerwartete Bewegung brachte ihn aus dem Gleichgewicht, und einen Moment lang hatte Hedry das Gefühl, als fiele er in einen Trog mit Teig. Der Geruch nach fettigem Haar, Schweiß und Geschlecht stieg ihm in die Nase, und eine Welle der Übelkeit überflutete ihn. Er versetzte ihr einen brutalen Stoß, der sie trotz ihrer hundert Kilo aufs Bett warf, auf dessen unappetitlichem Laken sie obszön hingerekelt liegen blieb.

«Fass mich nie wieder an», schrie er, während er sein Säbelkoppel umschnallte. «Und zerr mich nicht noch einmal in deinen Schweinekoben, wenn ich besoffen bin, sonst bring ich dich, sobald ich wieder nüchtern bin, auf der Stelle um!»

Er quälte sich in seinen Mantel. Wie er sie alle verabscheute – Männer wie Weiber. Wie er es hasste, die besten Jahre seines Lebens in diesem gottverlassenen Drecknest zu verbringen! Wie lange würde er das noch durchhalten? Wann würde er zusammenbrechen? Einzig und allein ein Krieg konnte ihn vielleicht noch retten!

Draußen war es noch dunkel und die Straße verlassen bis auf hie und da eine Frau, die den Gehweg vor ihrem Haus kehrte. Während der kurzen Spanne, da er mit klirrenden Sporen vorüberschritt und das Rot seiner Hose und das Kobaltblau seiner Attila in schönen Farbtupfen unter dem geöffneten Mantel hervorleuchteten, sein hübsches Profil mit dem kecken Schnurrbärtchen sich schräg vor dem grauen Himmel abzeichnete, kamen die Besen zur Ruhe. Die Frauen, gegen die Novemberkälte dick vermummt, sahen wie lebende Kartoffelsäcke aus. Er verschwendete keinen einzigen Blick an sie.

Das Grodek, das er kannte, hatte nur zwei Sorten von Einwohnern: dumpfe, übel riechende Bauern und Schwärme von kleinen, schwarz gekleideten, höflichen Juden. Ihm waren die Juden lieber. Ohne ihre Hilfsbereitschaft und ihre Geschicklichkeit wäre es hier nicht auszuhalten gewesen. Dank ihnen wurde aus diesem absolut unerträglichen Ort ein beinahe erträglicher, sie zauberten Unterkünfte herbei, französischen Champagner, verschafften einem Delikatessen, Wanzenvertilgungsmittel und Darlehen. Sie waren erstaunlich; obwohl sie in der gleichen grässlichen Armut dahinvegetierten wie die Bauern, besaßen sie ein angeborenes Verständnis für die elementaren Bedürfnisse einer ihnen fremden Kultur. Früher hatte er antisemitische Neigungen gehabt, aber hier in Grodek hatte er die Juden schätzen gelernt. Und außerdem war er auf sie angewiesen.

Ehe er sich in der Kaserne zum Dienst meldete, wollte er zu Hause noch ein heißes Bad nehmen und sich umziehen. Obwohl er in einem anderen Stadtteil wohnte, beschloss er, zu Fuß zu gehen. Es würde den Kopf auslüften, dachte er.

Schon nach wenigen Minuten fühlte er sich besser. Wenigstens körperlich. Seelisch konnte nichts ihm aufhelfen. Seit er festgestellt hatte, dass in der Avancementsliste vom

1. November sein Name fehlte, war seine Stimmung hoffnungslos trübsinnig. Er war in der Kriegsschule beim Jahrgang 1905 Nr. 19 gewesen. Im Jahr zuvor waren die dreißig Ersten aus der Klasse 1904 nach vierjährigem Truppendienst in den Generalstab versetzt worden. Diesmal waren aus irgendeinem unerfindlichen Grunde, vermutlich eine Laune des neuen Stabschefs Franz Conrad von Hötzendorf, nur die ersten fünfzehn des Jahrgangs 1905 avanciert.

Diese Zurücksetzung allein hätte ihn nicht erbittert. Er war nicht übertrieben ehrgeizig und hatte sich bei der Truppe immer wohler gefühlt als hinter einem Büroschreibtisch. Er liebte die Kavallerie; sie war seine Heimat, sein Vaterland, seine Vergangenheit und seine Zukunft. Was er hasste, war Galizien.

Die Regierung, die sich verzweifelt bemühte, die verschiedenen Völkerschaften der rassenmäßig heterogenen Monarchie zu einer Nation zusammenzuschweißen, hatte unter anderem ungarische Regimenter in Galizien, Österreicher in Sarajevo, Slowenen in Salzburg, Bosniaken in Budapest, Ruthenen in Graz, Tschechen in Debrecen stationiert, die wahrscheinlich alle dazu beitragen sollten, das gegenseitige brüderliche Verständnis zu fördern, in Wahrheit aber Heimweh hatten und jeden Quadratzentimeter des fremden Bodens und jeden Bewohner – mit Ausnahme vielleicht von jungen Weibspersonen – hassten. Die Einsicht, dass er gewissermaßen an einem Kreuzzug teilnahm, trug nicht dazu bei, Oberleutnant von Hedrys Verzweiflung zu mildern. Um sein Elend vollends uferlos zu machen, hatte er auch noch Lebowitz verloren.

Lebowitz war sein Hausjude gewesen, der beste, den er jemals hatte. Ein schmächtiges Männchen unbestimmbaren Alters, schlau, verständnisvoll, unermüdlich. Ihre Verbindung war zustande gekommen, als Hedry zum ersten Mal aus dem

Zug Wien–Grodek–Tarnopol stieg und keinen Dienstmann fand, der ihm das Gepäck trug, und keinen Fiaker, der ihn in die Stadt brachte. Lebowitz hatte in einem Dritter-Klasse-Abteil im gleichen Zug gesessen; er kam von einem Begräbnis in einer benachbarten Stadt zurück. Als er die missliche Lage des jungen Offiziers bemerkte, nahm er sich unverzüglich der Sache an. Sofort war ein Wagen für den Herrn Oberleutnant da, ein Bauernkarren für seine Koffer, ein Zimmer im besten Hotel der Stadt, eine Schachtel Insektenpulver, um ihm ungestörten Schlaf zu verschaffen, und am nächsten Tag dann eine Wohnung mit Bad und Privateingang sowie Einführungsbriefe für die exklusiven Bordelle von Tarnopol und Przemysl.

Dieses Juwel hatte sich jedoch entschlossen, das heimatliche Galizien zu verlassen und in die Vereinigten Staaten auszuwandern. Für den Oberleutnant von Hedry kam dieser Schritt überraschend, für Lebowitz und eine stattliche Anzahl jüdischer Glaubensgenossen jedoch war er das Ergebnis langwieriger Vorbereitungen. Dreiundzwanzig Erwachsene, einige davon mit ihren Familien, hatten sich auf Gedeih und Verderb einem jungen Rabbi angeschlossen, der diesen Massen-Exodus organisierte. Die meisten hatten Verwandte in Amerika und waren der Meinung, nicht allzu viel zu riskieren. Lebowitz kannte keine Seele in dem fernen Land, war aber einer der ersten, der sich zu der Gruppe gesellte. Wenn Hedry versuchte, ihn durch entsetzliche Schauergeschichten über Indianermassaker und Wildwest-Bösewichte von seinem Plan abzubringen, lachte Lebowitz bloß.

«Herr Oberleutnant, einem armen Hund wie mir, der sich zwanzig Jahre lang damit abgeschunden hat, den Herrn Militärs zu dienen und damit notdürftig sein Leben zu fristen, werden die Indianer vorkommen wie die Engelchen.» Dann setzte er rasch hinzu: «Ich meine natürlich die Ulanen, nicht die Husaren. Die Ulanen sind Polen und haben uns Juden nicht gern. Die ungarischen Herren sind viel freundlicher. Sie verprügeln uns nie, wenn sie nüchtern sind.»

Lebowitz war nun schon zehn Tage fort. Obwohl er einen Neffen von sich damit beauftragt hatte, an seiner Stelle für den Herrn Oberleutnant zu sorgen, fühlte sich Hedry immer noch wie ein verwaistes Kalb. Der Neffe war ein magerer Jüngling mit chronisch laufender Nase. In den zehn Tagen hatte er noch nicht ein einziges Mal das Hemd gewechselt, sich die Schuhe geputzt oder ein Taschentuch benutzt.

Als Hedry nach Hause kam, erfuhr er zu seiner Bestürzung, dass er seine Pläne für ein heißes Bad auf unbestimmte Zeit verschieben musste. Ein Unteroffizier wartete auf ihn mit dem Befehl, sich sofort beim Kommandanten zu melden. Ideges, Hedrys Pferd, war bereits gesattelt und stand, mit einer Decke zugedeckt, im Hof. Der Oberleutnant meinte, einen Schimmer seines eigenen Widerwillens in den Augen des Tieres gespiegelt zu sehen. Ideges war der ungarische Ausdruck für «nervös», und das Tier machte seinem Namen große Ehre. Alles, was sich bewegte, ein Geschütz, ein Fahrrad, ein Automobil oder auch nur ein Jude im schwarzen Kaftan zu Pferde, ließ es zurückweichen und steigen. Das heißt, wenn es nicht Oberleutnant von Hedrys Schenkel in den Flanken spürte. Dann wurde es lammfromm, obwohl der Oberleutnant es niemals strafte oder rau behandelte. Hedry schien eine besondere Begabung dafür zu haben, sich mit Tieren anzufreunden – mit Menschen weniger.

Es fing an zu nieseln, und die Dunkelheit war einem dunstigen Grau gewichen, als er die Kasernen erreichte. Das Dienstzimmer des Kommandanten lag im ersten Stock eines düsteren zweistöckigen Gebäudes in der Nähe des Tors. Der Dienst tuende Wachtmeister meldete ihn sofort.

Graf Petöfi war ein großer, gebieterisch wirkender Mann

und hatte wohl den geradesten Rücken und die gewagteste Hakennase in der gesamten österreichisch-ungarischen Armee. Der Blick seiner stahlblauen Augen vermochte dem kühnsten Husaren Angstschauder über den Rücken zu jagen. Hedry nahm an, dass ihm eine gründliche Abreibung wegen eines gestern Nacht begangenen Streichs bevorstand. Er war fast enttäuscht, als er merkte, dass die stahlblauen Augen mit väterlicher Milde blickten. *Jesus Christus*, dachte er, *jemand in meiner Familie ist gestorben! Mama? Großer Gott, mach, dass es nicht Mama ist! Ich hab ihr seit sechs Wochen nicht mehr geschrieben.*

Dann erst merkte er, dass der Oberst nicht allein war. Ein Hauptmann, den er nie gesehen hatte, erhob sich von dem Stuhl daneben. Seinen Rangabzeichen nach gehörte er der Militärjustiz an. Bei der Vorstellung erfuhr Hedry, dass er Emil Kunze hieß.

«Der Hauptmannauditor ist vom Wiener Garnisonsgericht hierher kommandiert, um ein Verbrechen aufzuklären. Er wird Ihnen einige Fragen stellen. Beantworten Sie sie nach bestem Wissen», wies der Oberst ihn an. «Wenn Sie meinen, Hilfe zu brauchen, bitten Sie ungeniert darum. Ich habe dem Hauptmann gesagt, dass Sie einer meiner besten Offiziere sind und dass ich bereit sei, mich für Ihre Integrität zu verbürgen.»

Wie sonderbar, dachte Kunze, dass ein österreichischer Oberst in Linz und ein ungarischer Oberst in Grodek auf genau die gleiche Weise reagieren, wenn einer ihrer Männer im Verdacht steht, sich nicht so betragen zu haben, wie es sich für einen Offizier gehört. War diese Gleichheit ein hoffnungsvolles Zeichen? Deutete sie darauf hin, dass die Monarchie doch eine Nation war und nicht ein Mosaik aus vielen Nationen? Dass sie keineswegs dazu verdammt war, an schleichender Erosion einzugehen oder in einer Explosion zu enden, hervorgerufen durch die chemische Reaktion der verschiedenartigen Rassen, die miteinander lebten? Und dass gerade die Armee die Macht war, die sie zusammen und am Leben hielt, wenn nicht in alle Ewigkeit, so doch mindestens noch für die nächsten hundert Jahre?

Der Hauptmann zog aus seiner Brieftasche einen Umschlag und reichte ihn Hedry.

«Kennen Sie diesen Umschlag, Herr Oberleutnant?»

Hedry betrachtete ihn verstört.

«Jawohl, Herr Hauptmann. Das ist mein Brief an den verstorbenen Hauptmann Mader.»

«Weswegen haben Sie an ihn geschrieben?», fragte Kunze.

«Wir waren befreundet. Als ich las, dass er avanciert ist, habe ich ihm gratuliert.»

«Ungeachtet der Tatsache, dass Sie übergangen worden sind?»

Dem Oberleutnant stieg das Blut ins Gesicht. «Ich begreife nicht, was das damit zu tun hat, Herr Hauptmann.»

Kunze schloss sekundenlang die Augen. Er hatte in Eisenbahnzügen noch nie schlafen können, und die Reise nach Grodek war lang und anstrengend gewesen.

«Haben Sie Grodek seit dem 13. November verlassen?»

«Nein, Herr Hauptmann.»

«Wie ist es dann möglich, dass Ihr Brief an Hauptmann Mader in Wien aufgegeben ist, am Morgen des 14.?»

«Mein Hausjude hat ihn aufgegeben, als er auf dem Weg nach Amerika durch Wien kam.»

Kunze zog die Brauen hoch. «Ihr Hausjude?»

«Eine lokale Institution», erklärte der Oberst. «Grodek ist als Garnison nicht gerade paradiesisch. Besonders nicht für die jüngeren Offiziere. Schon ein anständiges Unterkommen zu finden ist ein Problem. Da kann man die Juden gut gebrauchen. Sie sind ungeheuer findig. Es muss mit ihrer Religion zusammenhängen. Unsere hier sind sogar noch besser als Moses, denn sie können aus dem Felsen nicht bloß kaltes, sondern auch fließendes heißes Wasser schlagen.»

Hauptmann Kunze nahm den Scherz mit höflichem Lächeln zur Kenntnis und wandte sich erneut an Hedry.

«Warum haben Sie den Brief durch den Mann aufgeben lassen? Warum haben Sie ihn in Grodek nicht selbst zur Post gebracht?»

«Ich dachte, dass er schneller ankäme; die Post funktioniert in dieser Gegend, gelinde gesagt, recht lasch.»

«War das der einzige Brief, den Sie dem Mann mitgegeben haben?»

«Nein, Herr Hauptmann. Ich habe ihm drei, vielleicht auch vier weitere Briefe mitgegeben. Alle an Freunde in Wien adressiert.»

«Drei oder vier?»

Hedry dachte einen Augenblick nach. «Drei.»

«Freunde beim Militär?»

«Nein, Herr Hauptmann, Zivilisten.»

«Die Empfänger waren also keine Offizierskameraden?»

«Nein, Herr Hauptmann. Nur Hauptmann Mader. Die anderen waren – nun ja – Damen.»

«Alle drei?»

«Zu Befehl, Herr Hauptmann.»

Hauptmann Kunze bat um die Namen und notierte sie.

«Und der Name des –» er zögerte sekundenlang – «Ihres Hausjuden?»

«Lebowitz.»

«Vorname?»

«Den weiß ich nicht. Ich habe ihn immer nur so angeredet. Aber das kann ich herausbekommen. Sein Neffe ist an seine Stelle getreten. Ich kann ihn fragen, wenn Sie es für nötig halten.»

«Es würde uns sehr helfen.»

Die Unterredung war in ruhigem, zwanglosem Ton geführt worden. Oberleutnant von Hedry war zwar immer noch etwas verdutzt, erwies sich aber als Hilfe.

«Am 19. November erhielten Sie ein Rundschreiben, unterzeichnet von einem gewissen Charles Francis, und übergaben es sofort Ihrem Kommandanten. Ist das richtig?»

«Zu Befehl, Herr Hauptmann.»

«Sie haben das Couvert nicht geöffnet?»

«Nein, Herr Hauptmann.»

«Warum nicht?»

«Ich habe es nicht geöffnet, weil an alle Offiziere der Garnison Befehl ergangen war, das Zirkular sofort zu übergeben, wenn sie es bekämen!» Zum ersten Mal seit Beginn der Befragung schwang in Hedrys Stimme Gereiztheit mit.

Hauptmann Kunze warf einen langen, forschenden Blick auf ihn. Dieser junge Mann war ihm ein Rätsel. Kunze hatte sich, ehe er nach Grodek fuhr, mit der Lebensgeschichte des Oberleutnants beschäftigt. Er stammte aus einer sehr alten und sehr reichen Familie. Die Tatsache, dass es ihm gelungen war, die Kriegsschule zu absolvieren, deutete darauf hin, dass er begabter war, als es Kavallerieoffiziere im Allgemeinen zu sein pflegten. Im Moment war er jedoch schwer verkatert, hatte rotgeränderte Augen und unterdrückte nur mit größter Disziplin ein Gähnen. In dem vorgeschriebenen knappen, äußerlich respektvollen Ton seiner Antworten lag für Kunzes Ohren ein Hauch von Herablassung. Ein von Hedry sprach mit einem Kunze. Wieder einmal bewunderte der Hauptmann die magnetische Anziehungskraft der Armee. Warum wählte ein Mann von Hedrys körperlichen und geistigen Vorzügen die Offizierslaufbahn, die ihm nichts anderes zu bieten hatte als stumpfsinnige Routine, langweilige Kameraden und lästigen Zwang?

«Welche Zukunftspläne haben Sie, Herr Oberleutnant?», fragte er.

Der junge Mann runzelte die Stirn. Diese Frage begriff er nicht. «In Bezug worauf, wenn ich fragen darf?»

«Haben Sie die Absicht, im Dienst zu bleiben?»

«Selbstverständlich, Herr Hauptmann.»

«Trotz der Enttäuschung, dass man Sie nicht in den Generalstab kommandiert hat?»

Der Oberleutnant sah nicht mehr schläfrig aus. Er tat einen tiefen Atemzug.

«Jawohl, Herr Hauptmann, trotz der Enttäuschung, dass man mich nicht in den Generalstab kommandiert hat.» Seine Stimme war leise, aber voll beißender Verachtung. Ein Fürst, der seinen Hofnarren in die Schranken weist. Kunze wurde schlagartig klar, warum Charles Francis den Namen des Oberleutnants auf die Liste seiner Opfer gesetzt hatte. *Wenn er je in dem Ton mit Charles Francis gesprochen hatte …*

«Erinnern Sie sich an Oberleutnant Dorfrichter? Er war einer Ihrer Klassenkameraden auf der Kriegsschule.»

Der Oberleutnant schüttelte den Kopf wie jemand, dem Wasser ins Ohr gekommen ist. Der Wechsel des Themas war zu abrupt.

«Ich kann Ihnen nicht folgen, Herr Hauptmann», sagte er beinahe aufsässig.

«Oberleutnant Peter Dorfrichter.» Kunze sprach den Namen langsam und deutlich aus. «Erinnern Sie sich an ihn?»

«Jawohl, Herr Hauptmann.»

«Wie standen Sie mit ihm?»

Hedry zuckte flüchtig die Achseln. «Er war ein Kamerad. Ein Klassenkamerad.»

«Waren Sie mit ihm befreundet?»

Die Antwort kam rasch. «Nein, Herr Hauptmann.» Und dann, mit der Andeutung eines entschuldigenden Lächelns:

«Dorfrichter war keiner, mit dem man sich leicht anfreundete. Und ich auch nicht.»

«Haben Sie sich einmal mit ihm gestritten? Sie waren Nr. 19, und er war Nr. 18. Sie waren also Konkurrenten.»

«Das waren wir alle. Die ganze Klasse. So ist das in der Kriegsschule. Keine Kameradschaft. Der Weg zum Erfolg führt über die Leichen all der Männer, die man vor sich hat. Das wissen Sie doch, Herr Hauptmann. So war es wenigstens, als ich auf der Kriegsschule war. Vielleicht herrscht heute dort unter den Schülern eine noblere Auffassung, aber ich bezweifle es.»

Wie Recht er hat, dachte Kunze.

«Aber Sie müssen doch einen Eindruck von Dorfrichter gehabt haben», bohrte er.

«Nun ja», Hedry dachte scharf nach, «er war intelligent, begabt. Um die Wahrheit zu sagen, er war begabter als viele, die ihm den Rang abliefen. Das Problem waren seine Nerven: Wenn er Belastungen ausgesetzt war, verlor er den Kopf. Bei den Prüfungen schnitt er weniger gut ab, als er gekonnt hätte. Und dann seine Angst vor Pferden!» Er verbesserte sich rasch. «Ich meine nicht Angst, ich meine Abneigung. Er war kein Sportsmann. Unglückseligerweise bestand Major von Campanini darauf, einen aus ihm zu machen. Er setzte ihn immer auf die störrischsten Gäule. Dorfrichter ist unzählige Male abgeworfen worden. Er konnte einem manchmal Leid tun, der arme Kerl.» Er lächelte. «Und das Pferd auch.»

«Sie stehen in dem Ruf, einer der besten Reiter der Monarchie zu sein, Herr Oberleutnant», warf Kunze ein.

Hedry zuckte die Achseln. «Davon weiß ich nichts, Herr Hauptmann. Wir wollen lieber sagen: Ich kann reiten. Das ist keine besondere Leistung, wenn man bedenkt, dass ich praktisch auf dem Pferderücken groß geworden bin. Ein Vorteil, den ich Dorfrichter voraushatte.»

Kunze erhob sich. «Danke, Herr Oberleutnant. Das ist im Augenblick alles. Wenn ich Sie nur noch bitten dürfte, mir den vollen Namen und die Anschrift dieses Lebowitz zu geben. Und auch den Namen der Gruppe, mit der er gereist ist.»

«Wann brauchen Sie sie?»

Kunze hielt inne, als überraschte ihn diese Frage.

«Sofort», sagte er mit leiser Stimme, die aber trotzdem unmissverständliche Autorität ausdrückte.

Oberleutnant von Hedry verbeugte sich steif vor seinen Vorgesetzten, schlug die Hacken zusammen und ging aus dem Zimmer. Draußen auf dem Kasernenhof herrschte er den Erstbesten unter dem Vorbau herumlungernden Husaren an, sein Pferd vorzuführen. Mit einer einzigen kraftvollen Bewegung seines mageren Körpers warf er sich in den Sattel und galoppierte davon, in Richtung des örtlichen Ghettos.

Einige Stunden später erhielt Moses Lebowitz, der in einer Pension im Leopoldstädter Bezirk von Wien zusammen mit seinen Reisegenossen auf die zur Ausreise erforderlichen Papiere wartete, eine Vorladung, in der es hieß, dass er sich sofort ins Büro von Polizeipräsident Brzesowsky im Präsidium zu begeben habe. Dieser Befehl traf im denkbar ungünstigsten Moment ein. Sämtliche Hindernisse, die sich der Reise entgegengestellt hatten, waren überwunden, und die Abreise der Gruppe sollte noch am gleichen Abend vor sich gehen.

Obschon Lebowitz während der zwei Wochen in Wien keinerlei Feindseligkeiten begegnet waren, hielt er es für sicherer, einen Rechtsanwalt mitzunehmen. Dieser Anwalt war ein ehemaliger Schulkamerad des jungen Rabbi, der die Reise organisiert hatte. Er lebte seit Jahren in Wien, und die Großstadt hatte aus ihm einen umgänglichen, weltgewandten Mann gemacht, der in Lebowitz' Augen gar nicht mehr jüdisch wirkte.

Der Polizeipräsident empfing sie sofort. Nach einigen freundlichen Worten, die den nervösen Lebowitz beruhigen sollten, kam Brzesowsky auf den Oberleutnant von Hedry zu sprechen.

Da dies so unerwartet geschah, erschreckte es Lebowitz tief. Sein Körper unter dem schweren Kaftan bedeckte sich mit kaltem Schweiß, und seine wie Adlerklauen gekrümmten Finger gruben sich wie in einem Fieberanfall in die Polsterung des Stuhls. Man hatte den Herrn Oberleutnant beraubt, vielleicht sogar umgebracht, überlegte er, und ihn, Lebowitz, verdächtigte man dieses Verbrechens. Er hatte als Kind und Heranwachsender mehrere Pogrome erlebt, doch sie hatten ihn weniger geängstigt als die scheinbar teilnehmende Haltung des Polizeipräsidenten. Die Pogrome hatte Lebowitz verstanden, doch den Polizeipräsidenten und seine Motive verstand er nicht.

Jawohl, er hatte dem Herrn Oberleutnant Gefälligkeiten erwiesen. Jawohl, er hatte kleinere Summen als Entgelt bekommen, doch das sei alles, was er dazu sagen könne. Der Herr Oberleutnant habe ihm wiederholt versichert, dass er mit seinen Diensten äußerst zufrieden sei.

«Der Herr Oberleutnant von Hedry hat Ihnen mehrere Briefe mitgegeben, die Sie in Wien aufgeben sollten. Wie viele?», fragte der Polizeipräsident.

Lebowitz starrte ihn aus weit aufgerissenen Augen an.

Wieso plötzlich die Briefe? Lebowitz machte sich schwere Sorgen. War etwas Wichtiges drin gewesen? Vielleicht Geld?

«Es waren vier, Herr Polizeipräsident», stammelte er.

«Sind Sie sicher, dass es nicht mehr waren?»

«Jawohl, bitte schön, Herr Präsident. Ich hab sie gezählt, wie der Herr Oberleutnant sie mir gegeben hat, und dann noch mal auf dem Postamt.»

«Haben Sie sie in den Briefkasten geworfen?»

«Nein, bitte schön, Herr Präsident. Ich wollte ganz sicher sein, dass sie nicht verloren gehen. Darum hab ich sie auf den Tisch gelegt, auf dem die Post sortiert wird.» Er erhob die Stimme. «Wenn sie verloren gegangen sind, dann ist bitte schön die Post schuld und nicht ich!»

«Hat der Herr Oberleutnant Ihnen aufgetragen, sie so aufzugeben?»

«Nein. Wie ich schon gesagt hab, hab ich alles tun wollen, dass sie bestimmt ankommen. Und dass sie schnell abgehen. Ich bemühe mich immer, meinen Herren Offizieren bestens zu dienen, Herr Präsident.»

«Haben Sie die Adressen gelesen?»

«Nein, bitte schön, Herr Präsident.»

«Warum nicht?»

«Ich kann nicht lesen, gnädiger Herr. Deutsche Schrift, meine ich. Hebräisch kann ich lesen. Aber Sie, meine Herren, adressieren Ihre Briefe nicht in Hebräisch.»

«In der Regel nicht», sagte Brzesowsky, und um seine Lippen zuckte es.

Das Verhör dauerte eine Stunde. Als es beendet war, teilte der Polizeipräsident Lebowitz mit, dass er im Präsidium bleiben müsse, um sich für die Befragung durch den Herrn Hauptmann Kunze bereitzuhalten, der am nächsten Tag zurückerwartet wurde.

«Aber gnädiger Herr, ich muss heute Abend nach Hamburg fahren!», rief Lebowitz aus. Er durchwühlte seine Taschen und zog dann ein sorgsam gefaltetes Papier heraus, auf das der junge Rabbi das Reiseprogramm gekritzelt hatte. «Wir steigen in Prag und in Leipzig um und kommen morgen Mittag in Hamburg an. Wir schiffen uns am Morgen des Achtundzwanzigsten auf der ‹Kriemhilde› ein. Wenn ich in Wien bleiben muss, gnädiger Herr, verpass ich das Schiff.»

«Dann nehmen Sie eben das nächste Schiff, Herr Lebowitz», sagte Brzesowsky.

Lebowitz war in Galizien niemals mit «Herr» angeredet worden. Diese ungewöhnliche Ehrung steigerte sein Unbehagen.

«Aber ich kann eine so lange Reise nicht allein wagen, gnädiger Herr! Allein wäre ich nicht einmal bis hierher gekommen. Ich bin in Grodek geboren und hab mein Lebtag dort gelebt – einmal war ich in Przemysl und zweimal in Krakau. Mehr bin ich nicht gereist. Ich kann mich nicht von meiner Gruppe trennen!»

Brzesowsky stand auf und wandte sich an den Anwalt.

«Ich fürchte, wir müssen Herrn Lebowitz hier behalten. Er ist möglicherweise ein äußerst wichtiger Zeuge, und wir können nicht riskieren, dass er uns verloren geht.»

Als Lebowitz in seinem Schmerz aufschrie, klopfte der Polizeipräsident ihm ermutigend auf den Rücken, und an den Anwalt gewandt, fuhr er in dem gleichen freundlichen, wenn auch befehlenden Ton fort: «Ich sorge dafür, dass er gut behandelt wird. Lassen Sie ihm das Essen aus einem koscheren Restaurant herüberschicken. Ich habe nichts dagegen. Wir behalten ihn keine Stunde länger hier als unbedingt nötig. Ich möchte noch einmal betonen, dass er ein Zeuge ist, kein Verdächtigter.»

Der Polizeipräsident und der Anwalt schüttelten einander die Hand, und Moses Lebowitz wurde abgeführt. Die Gruppe galizischer Auswanderer reiste wie vorgesehen am Abend nach Hamburg ab.

Drei Tage später wurde Lebowitz entlassen, ohne von Hauptmann Kunze verhört worden zu sein. Durch eine gewisse Wendung, die der Fall Charles Francis genommen hatte, war Lebowitz bei der Polizei in Vergessenheit geraten. Hätte sich der Anwalt nicht nach ihm erkundigt, wäre er viel-

leicht noch ein paar Tage länger in der unbequemen kleinen Zelle festgehalten worden. Es lägen leider gewisse Nachteile darin, sagte der Anwalt verlegen zu Lebowitz, sich als Gast und nicht als Verdachtsperson im Polizeipräsidium zu befinden.

Nach seiner Entlassung entrichtete Lebowitz dem Anwalt sein Honorar, holte dann die Fahrkarten und den Pass ab, die der Rabbi irgendwo für ihn deponiert hatte, und ging zu Fuß zum Nordbahnhof.

Die Stunden bis zur Abfahrt des Prager Zuges verbrachte er in einer Ecke des Wartesaals dritter Klasse. Als es Zeit wurde einzusteigen, stürzte er hinaus auf den Perron. Es war ein Schnellzug mit vielen Wagen, Waggons und Schlafwagen. Er ging daran entlang und prüfte die Gesichter der Menschen hinter den frisch geputzten Abteilfenstern. Da war keines von seiner Art, alle, auch die Reisenden dritter Klasse, sahen erschreckend fremdartig aus. Als der Pfiff zur Abfahrt ertönte, stand er noch immer auf dem Bahnsteig und sah regungslos zu, wie der Zug schneller und schneller wurde und seine Ladung aus Holz und Stahl und Menschenfleisch forttrug, ihm aus den Augen.

Er ging wieder in die Stadt, diesmal zu dem Reisebüro, das die Reise für die Gruppe zusammengestellt hatte, um seine Fahrkarten zurückzugeben. Nur die Kosten für das Billett nach Hamburg wurden ihm erstattet. Er hätte sich früher entschließen müssen, ehe das Schiff auslief, sagte der Kommissionär. Da nahm Lebowitz die Schiffskarte vom Schaltertisch und zerriss sie gleichgültig in lauter kleine Stücke.

Am Abend bestieg er den Zug Wien–Grodek. Selbst dessen abgewetzte Holzsitze hatten für ihn etwas Anheimelndes. Die alte Frau, die ihm in der Ecke gegenübersaß, wohnte in derselben Straße wie er, zwei Männer stammten aus dem benachbarten Winniki. Als sie durch die Vororte von Wien

fuhren, fing es an zu hageln. Zum ersten Mal seit Tagen fühlte er sich ruhig und furchtlos. Wie war er je auf die Irrsinnsidee gekommen, nach Amerika auswandern zu wollen?

Hauptmann Kunze kehrte am 28. November nach einer weiteren langen schlaflosen Nacht auf der Bahn nach Wien zurück. Er fuhr vom Bahnhof aus direkt in sein Büro und ließ sich telephonisch mit General Wencel verbinden, der noch immer in Linz war.

«Ich bin fest davon überzeugt», sagte er zu ihm, «dass Oberleutnant von Hedry nichts mit dem Charles-Francis-Giftmord zu tun hat. Der Jude, der die Briefe aufgegeben hat – vier insgesamt, um genau zu sein –, stand in seinen Diensten. Nach der Befragung des Oberleutnants habe ich meinen Mitarbeiter angewiesen, die Briefempfänger aufzusuchen. Drei Frauen. Sie alle haben Hedrys Aussage bestätigt. Der vierte Brief ging an Mader. Nichts deutet darauf hin, dass er etwas anderes enthielt als das, was Hedry angegeben hat, nämlich eine Gratulation zu Maders Avancement.»

Wencel unterbrach ihn nicht. Schweigend hörte er sich den Bericht an. Schließlich sagte er: «Sie nehmen am besten gleich den nächsten Zug nach hier. Es haben sich einige interessante Neuigkeiten ergeben. Zumindest ist Dr. Weinberger dieser Ansicht. Ich persönlich möchte ohne Sie nichts unternehmen. Sie haben diese unerfreuliche Geschichte in Gang gebracht, nun müssen Sie sie auch zu Ende führen.»

Der Seufzer, den Kunze ausstieß, war laut genug, um am anderen Ende des Drahtes gehört zu werden. Ihm drehte sich der Kopf vor Übermüdung, er hatte gehofft, endlich nach Hause zu kommen, ins Bett kriechen und sich ausschlafen zu können. Er wusste jedoch, dass es verlorene Liebesmüh war, Einwände gegen diesen Befehl zu erheben: Es war nun einmal ein Befehl.

«Sehr wohl, ich komme, Herr General», erwiderte er, ohne auch nur nach der interessanten Neuigkeit zu fragen.

An ebendiesem Morgen erwachte in Linz der Apotheker Ritzberger früher als gewöhnlich. Trotz seiner 56 Jahre fühlte er sich ausgeruht und tatkräftig und beschloss, die halbe Stunde bis zur üblichen Aufstehzeit damit auszufüllen, mit seiner jungen Frau, die noch schlief, der Liebe zu pflegen. Er wollte gerade den Arm ausstrecken und sie wachrütteln, als ihm plötzlich ein Vorfall durch den Kopf schoss, der zwei Wochen zurücklag. Er verzichtete auf die Ehefreuden, sprang aus dem Bett, zog sich hastig an und begab sich eiligen Schrittes in die Wohnung des Polizeichefs von Linz, mit dem er gestern Abend Tarock gespielt hatte, und weckte ihn.

Was ihm so dringlich eingefallen war, betraf einen Soldaten vom 14. Infanterieregiment, der spät abends in seine Apotheke gekommen war und Zyankali verlangt hatte, eine recht große Dosis, wie er sich erinnerte. Als Erklärung hatte der Soldat angegeben, sein Leutnant brauche es für ein photographisches Experiment. Der Apotheker hatte ihm gesagt, dass er erstens das Gift nicht vorrätig hätte und es ihm zweitens, selbst wenn er es hätte, nicht ohne Giftschein verkaufen dürfte. Er hatte dem Soldaten empfohlen, sich beim städtischen Gesundheitsamt eine entsprechende Genehmigung zu besorgen und damit in die Garnisonsapotheke zu gehen, die als einzige in Linz Zyankali führte. Der Soldat hatte ihm für die Auskunft gedankt und war gegangen. Das war alles, was Ritzberger von ihm wusste.

Hauptmann Kunze nahm den Elf-Uhr-Zug. Er gab dem Schaffner zwei Kronen Trinkgeld und bekam ein Abteil für sich allein; dort legte er sich aufs Ohr und traf mehr oder weniger erfrischt in Linz ein. Vom Bahnhof aus nahm er einen

Fiaker zur Kommandantur des 14. Infanterieregiments, wo ihn General Wencel und Dr. Weinberger erwarteten.

Die Sitzung begann unter keinem günstigen Vorzeichen. Die Ritzberger-Spur, die noch am Morgen ein so starkes Verdachtsmoment gegen Oberleutnant Peter Dorfrichter zu sein schien, verlief sich am Nachmittag im Sande. Ritzberger, mit Dorfrichters Burschen konfrontiert, erklärte, er sehe dem Mann, der nach dem Zyankali gefragt hätte, nicht einmal ähnlich. Der Bursche wurde entlassen, Ritzberger aber blieb noch.

«Wenn ich es recht überlege», sagte er, «kommt mir der Bursche vom Herrn Oberleutnant Dorfrichter irgendwie bekannt vor. Ich muss ihn schon öfter in der Apotheke gesehen haben. Ich bin sicher, dass ich ihn vor nicht allzu langer Zeit selbst einmal bedient hab.»

«Können Sie sich erinnern, was er gekauft hat?», fragte Kunze.

«Ja, was war's doch noch? Es muss was Rezeptfreies gewesen sein, sonst würde ich mich daran erinnern.» Der Apotheker dachte scharf nach, dann leuchteten seine Augen auf. «Kapseln! Oblatenkapseln! Die hat er gekauft! Mehrere Dutzend Oblatenkapseln!»

Er beschrieb sie, es waren die gleichen wie die mit dem Charles-Francis-Zirkularen versandten. Widerstrebend erklärte General Wencel sich damit einverstanden, dass Oberleutnant Dorfrichter zu einer weiteren Befragung in die Kommandantur befohlen wurde.

Dorfrichter war bei diesem zweiten Verhör anscheinend genauso sorglos und entspannt wie beim ersten. Ja, es stimmte, er hatte seinen Burschen nach den Kapseln geschickt. Sein Hund Troll hatte Würmer, wollte aber die ihm vom Tierarzt verordnete Medizin nicht schlucken, und deswegen hatte er, Dorfrichter, sie ihm mit Hilfe der Oblaten geben wollen. Fast sofort war Troll seine Würmer fröhlich losgeworden.

Der dem 14. Infanterieregiment zugeteilte Tierarzt bestätigte Dorfrichters Aussage, und die Kommission konnte nichts anderes tun, als Dorfrichter für seine Mitarbeit zu danken und ihn gehen zu lassen.

Im Laufe des Abends wurden alle Offiziersburschen des Regiments im Zusammenhang mit dem mysteriösen Zyankali-Einkauf befragt. Da der Mann nicht ausfindig zu machen war, wurde die Suche auf die gesamte Garnison ausgedehnt. Während General Wencel und Kommissar Dr. Weinberger noch in der Nacht nach Wien zurückfuhren, blieb Kunze noch in Linz. Er verbrachte den Vormittag des 29. damit, alle Zeugenaussagen nochmals zu überprüfen. Mittags nahm er die Einladung Oberst von Instadts an, mit ihm in der Offiziersmesse zu essen.

Unter der Tünche der Gastfreundschaft spürte er sowohl beim Gastgeber wie bei den anderen Tischgenossen deutlich die Abneigung. Das wunderte ihn nicht. Seit seiner Ankunft in Linz war er sich der ablehnenden Haltung der Garnison gegen diese Untersuchung voll bewusst gewesen. Er übersah die kühle Aufnahme und tat so, als genösse er das Essen und – vor allem – ihre Gesellschaft

Das Gespräch wandte sich den neuesten Errungenschaften der Luftschifffahrt zu. Einer der Leutnants bei Tisch hatte im Sommer in Frankreich als militärischer Beobachter an der historischen Kanalüberquerung Louis Blériots teilgenommen. Der junge Offizier erklärte enthusiastisch, es sei das größte Erlebnis seines Lebens gewesen.

«Ich glaube aber nicht, dass Flugzeuge je eine wesentliche Rolle in der Kriegführung spielen werden», bemerkte Oberst von Instadt. «Man wird sie vielleicht zum Rekognoszieren verwenden, aber das Schlimme ist, sie sind so verdammt laut.

Lange bevor sie das aufzuklärende Gelände erreichen, wird man sie hören. Es geht eben nichts über die Kavallerie.»

Nach siebenjähriger Zugehörigkeit zur Armee war Kunze noch immer verblüfft über das einseitige Denken der Militärs. Für sie hatte außerhalb des Strategischen nichts Bedeutung. Der Fortschritt hatte nur dann einen Sinn, wenn er der Zerstörung diente.

«Die Engländer sollen sich bereits mit dem Einbau von Maschinengewehren in ihre Flugzeuge beschäftigen», äußerte sich ein Leutnant.

«Davon habe ich auch schon gehört, aber es kommt mir unwahrscheinlich vor. Soll das eine Flugzeug gegen das andere anrennen? Sollen die beiden wie im Mittelalter die Ritter einen Zweikampf miteinander austragen? Niemals! Vor allen Dingen kosten Flugzeuge viel zu viel. Keine Regierung kann sich derartige Ausgaben leisten.»

«Man könnte die Flugzeuge für Bombardierungen aus der Luft verwenden.»

«Ausgeschlossen. Wenigstens nicht, solange wir von Offizieren befehligte Armeen haben. Der Feind mag in jeder Hinsicht anders sein als wir – in einem Punkt ist er es nicht: Auch sein Oberkommando besteht aus Gentlemen. Der Krieg ist eine blutige Hölle, aber gewisse, aus ritterlicheren Zeiten stammende Regeln haben noch immer Gültigkeit. Die für ein Munitionsdepot bestimmte Bombe kann ihr Ziel verfehlen und unbewaffnete Zivilisten treffen. Kein Militärbefehlshaber – gleich auf welcher Seite – wäre willens, die Verantwortung für eine derart barbarische Tat zu übernehmen!»

Kunze wollte dem Oberst nicht widersprechen; er unterließ es, ihn an die eindrucksvollen Fortschritte der Deutschen bei Bombenabwürfen aus Flugzeugen zu erinnern. Schließlich hatte er an dem Essen nicht deshalb teilgenommen, um über Luftschifffahrt zu sprechen.

Die Unterhaltung wandte sich vom Thema Flugzeuge ab und Frankreich und seiner Armee zu. Es gingen Gerüchte um, sagte der junge Leutnant, dass der französische Generalstab vorgeschlagen hätte, die blitzenden Kürasse der Kavallerie und die roten Hosen der Infanterie abzuschaffen – sie seien für die modernen, weit reichenden Feldgeschütze ein ausgezeichnetes Ziel; die Mehrheit fände jedoch, unscheinbare Uniformen nähmen dem Soldatentum seinen Glanz und würden die Moral der Truppe unterhöhlen.

Die Diskussion über die Franzosen führte zu dem Fall des Sergeanten Faraco in Verdun, der kürzlich Schlagzeilen gemacht hatte. Der Mann hatte versucht, achtzig seiner Kameraden dadurch umzubringen, dass er Gift ins Essen mischte, weil er einem von ihnen 150 Francs schuldete. Hauptmann Kunze hielt den Moment für überaus günstig, die Zirkulare des Charles Francis aufs Tapet zu bringen. Er zog ein Schächtelchen aus der Tasche und reichte es Oberst von Instadt.

«Das ist eine der Schachteln, in denen die Zyankali-Kapseln verschickt worden sind. Es zeigt, wie raffiniert der Mann das Ganze ausgeheckt hat. Wären die Schachteln nur wenige Millimeter höher gewesen, wären die Umschläge nicht durch den Briefkastenspalt gegangen.»

Die Schachtel aus dünnem Karton mit grün-weißem Blattmuster ging von Hand zu Hand. Jetzt hatte ein blonder Leutnant am anderen Ende des Tischs sie in der Hand. Er starrte eine Weile darauf nieder und gab sie dann an seinen Nachbarn weiter, als habe er sich daran verbrannt.

Kunze griff sofort zu. «Haben Sie so eine Schachtel schon einmal gesehen, Herr Leutnant?»

Der Offizier sah ihn ratlos an. Ein langes Schweigen entstand. Die Antwort kam mit belegter, leiser Stimme. «Ja, Herr Hauptmann, in einer solchen Schachtel habe ich Schreibfedern bekommen. Als Namenstagsgeschenk.»

«Schreibfedern zum Namenstag?»

«Es war ein Scherz. Ich habe mir einmal eine Feder bei einem Kameraden ausgeborgt, und die Feder gefiel mir. Am nächsten Tag hatte ich zufällig Namenstag, und da hat er mir ein Dutzend geschickt.»

«Wie heißt Ihr Freund?»

«Auf diese Frage möchte ich bitte nicht antworten, Herr Hauptmann.»

Der Leutnant sprach in höflichem, aber entschiedenem Ton.

«Warum nicht?»

«Weil wir alle unter einem drückenden Verdacht stehen, Herr Hauptmann. Die ganze Garnison. Ich möchte keinen Kameraden in Schwierigkeiten bringen.»

Rings um den Tisch herrschte Totenstille. Kunze blickte aufmerksam in alle Gesichter. Sie glichen denen von Statuen: Augen, die nichts sahen, Ohren, die für Vernunftgründe taub waren.

Oberst von Instadt brach das Schweigen. «Ich habe einen Vorschlag, Dielmann.» Die leicht nasale, aristokratische Stimme hatte etwas Verdrossenes. «Nach dem Essen sagen Sie dem Herrn Hauptmann unter vier Augen den Namen des Mannes. Die Sache scheint mir zu unbedeutend, um Zeit damit zu verlieren.»

Obwohl er Kunze durch sein Eingreifen den Sieg zuschanzte, tat er es widerwillig. Der Hauptmann war sich darüber klar, doch ein erfolgreicher Untersuchungsrichter, das wusste er, musste sein wie eine herrenlose Katze: musste sich treten lassen und durfte an keiner Abfalltonne vorübergehen, bloß weil sie stank.

«Und jetzt den Namen!», sagte Kunze in der Garderobe zu Leutnant Dielmann, als der junge Offizier das Säbelkoppel umschnallte.

Dielmann sah unglücklich aus.

«Muss ich, Herr Hauptmann?» Als sein Peiniger nickte, seufzte er. «Also gut, Herr Hauptmann. Es war Oberleutnant Peter Dorfrichter.»

Kunze sagte nichts. Er war auf diese Antwort vorbereitet gewesen. Hätte Dielmann einen anderen Namen genannt, wäre er tief enttäuscht gewesen.

«Ich muss diese Schachtel haben, Herr Leutnant.»

«Wahrscheinlich habe ich sie längst weggeworfen, Herr Hauptmann.»

«Sie müssen sie suchen! Sie helfen der Untersuchung und auch Oberleutnant Dorfrichter, wenn Sie sie finden.»

«Ich wünschte, er hätte mir die verdammten Schreibfedern nie geschickt!», stöhnte Dielmann. «Also schön, Herr Hauptmann, kommen Sie mit in meine Wohnung. Vielleicht lässt sich die verfluchte Schachtel finden.»

Er wohnte unweit des Platzkommandos. Die Schachtel mit den Schreibfedern lag im obersten Schubfach einer Kommode und die Gratulationskarte zum Geburtstag, mit der sie gekommen war, in einem Briefstapel unter dem Briefbeschwerer. Kunze steckte beides ein, außerdem ein Gruppenbild, das einige Offiziere, darunter Dielmann und Dorfrichter, beim Picknick in den Wäldern der Umgebung zeigte.

Die Schachtel war mit den von Charles Francis versandten identisch. Die Polizei hatte bereits ermittelt, dass es sie nur in einem Laden der Stadt gab, und zwar in der Gemischtwarenhandlung Moller in der Beethovenstraße, nicht weit vom Bahnhof.

Die Mollers, Vater, Mutter und vier Töchter, wohnten in einer kleinen Wohnung hinter dem Laden. Jeder, der nicht gerade mit Kochen, Saubermachen, Schlafen, Essen oder Klatschen beschäftigt war, bediente die Kundschaft.

«Können Sie sich daran erinnern, ein Dutzend oder mehr

von diesen Schachteln Anfang November einem Offizier verkauft zu haben?» Hauptmann Kunze zeigte dem Ehepaar Moller das bei Leutnant Dielmann gefundene Schächtelchen.

Weder Moller noch seine Frau erinnerte sich an einen solchen Verkauf.

«So lange vor Weihnachten fragt kaum jemand danach», sagte Moller, «die Leute brauchen sie erst später für kleine Geschenke. Wir haben am 1. November eine Sendung davon bekommen; mit denen reichen wir bestimmt bis zum nächsten Herbst.»

Alle vier Töchter wurden befragt, und die sommersprossige Vierzehnjährige erwies sich als diejenige, die den Verkauf getätigt hatte.

Sie erinnerte sich noch deutlich an den Kunden. Es war ein Oberleutnant gewesen, nicht groß, aber auch nicht klein, mit einem Schnurrbart, und die Schachteln hatte er gebraucht, um Knöpfe darin aufzuheben. Es war ihr komisch vorgekommen, dass ein Offizier zwölferlei Knöpfchen haben sollte, die in so winzige Schachteln passten. Sie hatte ihm erst die größeren gezeigt, aber die wollte er nicht, und er hatte sich schon zum Gehen gewandt, als ihr die neue Lieferung eingefallen war. Er hatte sich die Schachteln angesehen und gesagt, die seien genau richtig, und ein Dutzend gekauft. Er hatte nicht gewollt, dass sie sie in eine Tüte tat, sondern hatte sie in die Manteltasche gesteckt. Das war nichts Ungewöhnliches. Ihr war bekannt, dass Offiziere nur kleine, in weißes Seidenpapier eingewickelte und mit Goldband umschnürte Päckchen zu tragen pflegten, und jedermann wusste, was sie enthielten: Bonbons, Parfum oder Schmuck.

Den wahren Grund, warum sie sich an diesen Kunden erinnerte, erwähnte sie nicht. Er war der einzige Mensch, der ihr je gesagt hatte, dass sie schöne Hände hätte. Als sie die Schachteln aus dem Karton nahm und sie auf dem Ladentisch aufreihte, hatte er ihr das Kompliment gemacht. Bisher hatte sie nie auf ihre Hände geachtet, aber von dem Tag an cremte sie sie stets ein und schlief nachts mit Baumwollhandschuhen, die Neckereien ihrer Schwestern stolz überhörend.

Kunze zeigte dem Mädchen die Gruppenaufnahme anlässlich des Picknicks, und sie deutete sofort auf Oberleutnant Dorfrichter: Dieser da hätte die Schachteln gekauft, sagte sie.

Der Hauptmann ging aus dem Laden direkt in sein Zimmer im ‹Hotel zum Herrenhaus› und ließ sich mit General Wencel in Wien verbinden.

Am 30. November schlug das Wetter um. Von der Kuppe des Römerhügels aus, auf dem Oberleutnant Dorfrichter wohnte, waren nur die Umrisse der nächstgelegenen Gebäude zu sehen. Die restliche Stadt war von etwas bedeckt, das aussah wie kilometerbreiter Bierschaum.

Er saß am Frühstückstisch und las die Morgenzeitung. Auf der Titelseite war wieder ein Bericht über den Fall Charles Francis. Wie alle früheren enthielt auch dieser nur Spekulationen. Immer noch lehnte die Armee es ab, der Presse wesentliche Tatsachen mitzuteilen.

Am Vortage hatte ein Parlamentsmitglied, Ritter von Mühlenwert, dem Kriegsminister bezüglich des Falles einige Fragen gestellt. Wozu die Geheimnistuerei, hatte er wissen wollen. Versuchte das Ministerium, der Öffentlichkeit für alle Zeiten die Wahrheit vorzuenthalten? Oder war es denkbar, dass der Täter bereits verhaftet, vor ein Kriegsgericht gestellt und womöglich gar schon hingerichtet war?

«Was gibt es Neues in der Zeitung?», fragte Marianne. Sie war mit ihm aufgestanden, obwohl er sie beschwor, im Bett zu bleiben, um sich auszuruhen. Seit dem Besuch von Hauptmann Kunze schien sie ständig in Tränen ausbrechen zu wollen, selbst bei den unwichtigsten Anlässen.

«Nicht viel», sagte Dorfrichter. «König Leopold von Belgien ist erkrankt. Er will seine Tochter Louise enterben. Scheint nicht viel Glück mit seinen Töchtern zu haben, was? Eine heiratet gegen seinen Willen, die andere geht mit einem Abenteurer durch.»

«Was noch?»

«Der König von Dänemark kommt nach Wien. Die Zarin ist immer noch leidend. Ich möchte wissen, wovon die Zeitungen leben wollten, wenn es keine Monarchie gäbe? Oh, das ist interessant! Die serbische Armee ist kürzlich mit neunzigtausend Repetiergewehren, zehn Batterien Haubitzen, einhundertfünfzig Maschinengewehren, einhundertzwanzig Millionen Kugeln und Koppeln für zweihunderttausend Mann ausgerüstet worden! Offiziell wird abgestritten, dass König Peter zu Besuch beim Zaren ist. Das bedeutet, dass er sich ganz bestimmt in St. Petersburg aufhält und vom russischen Oberkommando Anweisungen für die gegen die Monarchie geplante Kampagne entgegennimmt.» Ärgerlich warf er die Zeitung hin. «Und wir trödeln hier herum und verlieren Zeit, weil wir glauben, dass der Friede ewig dauern wird!»

«Und was ist mit dem Fall Charles Francis?», fragte sie. «Haben sie den Mann?»

«Welchen Mann?»

«Den, der das Gift versandt hat.»

Dorfrichter stand auf.

«Nein. Und wenn du mich fragst, finden sie ihn auch nie. Aber ehe sie aufgeben, werden sie noch ein paar Existenzen zugrunde richten.»

«Unter anderem – auch unsere», sagte sie, und ihre Augen füllten sich mit Tränen.

Er lachte. «Unsere nicht! Uns können sie nichts anhaben. Nur Schwächlingen und Feiglingen können sie etwas anhaben, uns nicht.»

«Ich bin schwach und feige», sagte sie seufzend.

«Du bist eine Frau und im neunten Monat. Wenn du erst wieder die Alte bist, wie früher, wirst du über die ganze Geschichte lachen. Bis dahin überlass nur alles mir, Liebling. Ich kann für uns beide stark sein.»

Wie gewöhnlich ging er zu Fuß in die Kaserne. Seine Kompanie übte Bajonettfechten unter Aufsicht des Hauptfeldwebels. Dorfrichter fand es altmodisch, ja sogar widersinnig, solchen Wert auf den Kampf Mann gegen Mann zu legen. Er war ein Anhänger der Schusswaffen und verteidigte seinen Standpunkt oft und laut, auch seinen Vorgesetzten gegenüber. Es war kein Geheimnis im Platzkommando, dass er seine Pflichten als Truppenoffizier korrekt und gewissenhaft, aber mit wenig Begeisterung erfüllte. Am besten bewährte er sich bei den Manövern, besonders dann, wenn er eigene Initiative entfalten durfte. Bei den Manöverübungen im letzten Sommer war er dem Stab von Erzherzog Josef Ferdinand zugeteilt gewesen. Das unerwartet gute Abschneiden des Erzherzogs hatte man auf die Tatsache zurückgeführt, dass Dorfrichter zu seinem Gefolge gehört hatte.

Die Kompanie bestand aus Oberösterreichern, stämmigen Bauernsöhnen und Gebirglern. Einige stammten aus Dorfrichters Vaterstadt Salzburg und von den dortigen Bergen. Er kannte zum Teil ihre Familien und hatte auch zu den anderen leicht Kontakt gefunden und sich den Respekt und die treue Anhänglichkeit seiner Männer erworben. Dorfrichters Vorgesetzte wussten, dass seine Soldaten ihm blindlings in jede Schlacht folgen würden.

Gegen elf Uhr bekam er den Befehl, sich im Platzkommando bei Major Schultz zu melden. Diesmal ließ man ihn nicht warten, sondern führte ihn sofort herein. Die Kommission war vollzählig versammelt: General Wencel, Kommissar Dr. Weinberger – beide waren am Morgen aus Wien eingetroffen – und Hauptmann Kunze. Major Schultz, der Leiter des Garnisonsgerichts der Linzer Garnison, war ebenfalls anwesend. Ein junger Leutnant war Protokollführer, er allein erhob sich, als Dorfrichter eintrat. Die Übrigen blieben sitzen, und keiner bot Dorfrichter einen Stuhl an.

Hauptmann Kunze begann mit dem Verhör. Ohne lange Vorrede hielt er eines der drei grün-weiß gemusterten Schächtelchen in die Höhe, die auf dem Schreibtisch lagen.

«Haben Sie diese Schachtel schon einmal gesehen?» Seine Augen richteten sich auf das Gesicht des jungen Mannes. Er erwartete, darauf Beunruhigung oder Erschrecken zu sehen, und war leicht aus dem Konzept gebracht, als er weder das eine noch das andere entdeckte. Die völlige Gelassenheit des Oberleutnants erweckte in ihm eine mit Groll gemischte Bewunderung.

Dorfrichter trat näher und sah sich die Schachteln genauer an.

«Jawohl», nickte er und verbesserte sich sofort: «Oder eine, die ebenso aussah, ich habe sie Leutnant Dielmann mit einem Dutzend Schreibfedern zugeschickt.»

«Haben Sie sie extra zu diesem Zweck gekauft?»

«Nein, Herr Hauptmann. Ich hatte eine ganze Menge davon im Haus.»

«Wie viele?»

«Das weiß ich nicht, Herr Hauptmann. Es ist unmöglich, sich all den Kram zu merken, der sich in einem Haushalt ansammelt.»

«Waren Sie irgendwann einmal zum Einkaufen in der Gemischtwarenhandlung Moller in der Beethovenstraße?»

Dorfrichter hob leicht die Schultern.

«Das ist möglich, obwohl ich mich an das Geschäft nicht erinnere. Beethovenstraße?», murmelte er vor sich hin. «Das ist in der Nähe des Bahnhofs. Es ist durchaus möglich, dass ich dort einmal was gekauft hab. Ein Lineal. Ich entsinne mich, dass ich dort in der Gegend in einem kleinen Laden mal ein Lineal gekauft habe.»

«Es war kein Lineal. Es war ein Dutzend solcher Schächtelchen.»

Dorfrichter schüttelte den Kopf. Er schien verwundert. «Es muss lange her sein, weil ich mich nicht mehr daran erinnere.»

«So lange ist es gar nicht her», sagte Kunze. «Kurz nach dem 1. November.»

Dorfrichter machte eine Handbewegung, die Erstaunen ausdrückte.

Kunze flüsterte dem jungen Leutnant etwas zu, dieser erhob sich, verließ das Zimmer und kehrte mit der jüngsten Tochter Moller zurück.

Sie trug einen braunen Wollrock und eine Taftbluse mit Schinkenärmeln, die sie sich für diese Gelegenheit von ihrer älteren Schwester ausgeborgt hatte. Ein bizarrer Hut, mit etwas wie einem Waschbärschwanz dekoriert, thronte oben auf ihrer Frisur. Beim Anblick der Gruppe feierlicher Männer zitterten ihre Lippen, und sie errötete. Früher oder später würde man, dessen war sie sicher, herausbekommen, dass sie sich die Rolle einer Erwachsenen anmaßte.

«Fräulein Moller.» Hauptmann Kunze stand auf, trat näher an sie heran und zeigte auf Dorfrichter. «Würden Sie freundlicherweise den Herrn Oberleutnant ansehen und mir sagen, ob Sie ihm schon einmal begegnet sind?»

Es war völlig still im Raum. Dorfrichter stand gerade aufgerichtet und sah dem Mädchen direkt in die Augen, um seine Lippen spielte ein leichtes Lächeln. Das einzig fröhliche Gesicht im Zimmer war seines. Das Mädchen starrte ihn an, ihr Blick wanderte an ihm hinauf und hinunter, verweilte auf seinem Haar, seinem Kragen, sogar auf seinen Schuhen. Sie nahm Kunzes Anweisung wörtlich und erwog die Antwort sorgfältig.

«Ja», flüsterte sie schließlich.

«Sprechen Sie bitte lauter», befahl General Wencel, «ich kann Sie nicht verstehen.»

Sie hob die Stimme: «Ja.»

«Sie meinen, Sie haben den Herrn Oberleutnant schon einmal gesehen?», fragte Kunze.

«Jawohl.» Sie nickte. Jetzt sah sie Dorfrichter nicht mehr an, als wollte sie seinen Blick absichtlich vermeiden, und starrte auf den Boden.

«Wo haben Sie ihn getroffen?»

«Bei uns im Geschäft.»

«Berichten Sie uns darüber. Was hat sich abgespielt, als der Herr Oberleutnant im Geschäft ihres Vaters war? Was hat er zu Ihnen gesagt?»

«Also –» sie blickte noch immer starr auf den Boden, als läse sie ihren Text vom Parkettmuster ab – «er ist hereingekommen und hat gefragt, ob wir kleine Schachteln führen. So groß wie Streichholzschachterl, hat er gesagt. Ich hab ihm verschiedene gezeigt, aber er hat bei allen gesagt, die wären zu groß. Und dann hab ich ihm andere gezeigt, welche, die wir gerade erst hereinbekommen hatten, und da hat er gesagt, die wären recht, die möchte er haben. Ein Dutzend.» Sie seufzte tief und fügte hinzu: «Mehr hat er nicht gesagt.»

«Nein, das stimmt nicht!», sagte Dorfrichter lächelnd und drohte ihr mit dem Finger. «Ich habe Ihnen außerdem gesagt, dass Sie schöne Hände haben. Wissen Sie das nicht mehr?»

Sie riss den Mund auf und glotzte ihn an, dann ihre Hände und dann wieder das schöne, spöttische Gesicht. Zu verlegen, um zu bemerken, dass die anderen im Zimmer ebenso überrascht waren wie sie, errötete sie, während die übrigen Anwesenden verblüfft dasaßen.

Nach einer ganzen Weile fragte Kunze: «Hat der Herr Oberleutnant das zu Ihnen gesagt?»

In ihrer Verwirrung nickte sie nur.

«Außerdem habe ich eine kleine Schachtel Marzipan gekauft», wandte sich Dorfrichter an sie. «Zwei Sorten hatten Sie da: einfache Würfel und verschiedene Marzipanfrüchte. Ich habe die Beeren genommen.»

Das Mädchen zuckte die Schultern.

«Haben Sie dem Herrn Oberleutnant Marzipan verkauft?», fragte General Wencel.

«Ich weiß nicht. Vielleicht.»

«Führt Ihr Vater solche Süßigkeiten?»

«O ja, sicher! Die Leute hängen es meistens an den Christbaum. Wir haben auch Marzipan in Tierformen. Kleine Bären und Löwerl und Tiger.» Plötzlich war sie ganz Geschäftsfrau. «Die machen sich nett am Baum und sind außerdem praktisch, weil man's essen kann.»

Die Kommission bekundete kein Interesse an Marzipanbärchen und entließ die Zeugin. Sie verabschiedete sich mit einem Knicks erst von ihnen, dann von Dorfrichter und stob schließlich aus dem Büro wie eine Katze, die ein Tintenfass umgeworfen hat und auf und davon sein möchte, ehe der Fleck auf dem Teppich sie verrät.

«Wenn ich Sie recht verstehe, Herr Oberleutnant», fuhr Hauptmann Kunze fort, «geben Sie zu, diese –» er zeigte darauf – «Schachteln im Mollerschen Laden gekauft zu haben.»

«Nicht diese, Herr Hauptmann», verbesserte ihn Dorfrichter, «genau solche.»

«Verdammt noch mal, Dorfrichter», wetterte General Wencel los. «Vor ein paar Minuten haben Sie gesagt, Sie seien nie in dem Laden gewesen und hätten keine Schachteln dort gekauft. Wozu, glauben Sie, sind wir hier? Um Gesellschaftsspiele zu spielen?»

«Bitte gehorsamst, Herr General, ich hab nur gesagt, dass ich mich an den Einkauf nicht erinnere.»

«Und jetzt also doch?»

«Wie ich das kleine Mädel eben gesehen habe, ist mir alles wieder eingefallen, Herr General.»

«Wie erklären Sie sich den Gedächtnisverlust und die plötzliche Heilung?»

«Die ganze Geschichte war mir entfallen, weil sie so unwichtig ist, Herr General. Seit wir nach Linz gezogen sind und eine Wohnung genommen haben, habe ich viele Einkäufe gemacht. Meine Frau geht in ihrem derzeitigen Zustand nicht gern aus, darum habe ich alle möglichen Dinge wie Gardinenstoff und Wäsche und Kochtöpfe und Pfannen kaufen müssen, was sonst ihre Sache gewesen wäre. Ich kann mich unmöglich an jede einzelne Besorgung erinnern, Herr General.»

«Also gut», sagte Hauptmann Kunze, «Sie haben ein Dutzend Schächtelchen gekauft. Wo sind sie?»

«Eine habe ich an Leutnant Dielmann geschickt.»

«Und der Rest? Die anderen elf?»

«Die müssen bei mir zu Hause sein, Herr Hauptmann.»

«Das sind sie nicht! Zwei Unteroffiziere und ich haben die ganze Wohnung auf den Kopf gestellt, aber keine gefunden.»

Dorfrichter runzelte die Stirn und presste die Lippen zusammen. Mit der linken Hand machte er eine Bewegung, als wollte er sich übers Haar streichen, dann ließ er sie wieder sinken.

«Sie haben Recht, Herr Hauptmann.» Er nickte. «Sie sind nicht da. Ich habe sie nämlich verbrannt.»

Fünf Augenpaare starrten ihn an. Eine Weile sagte niemand etwas; dann durchschnitt General Wencels Stimme, die für seine Größe und sein Gewicht viel zu dünn war, schrill das Schweigen.

«Warum?»

«Ich brauchte die Schachteln für ein Nähkästchen, das ich meiner Frau machen wollte. Es sollte lose Fächer für verschieden große Knöpfe und Fingerhüte enthalten. Beim ersten Mal habe ich nichts zustande gebracht. Auch der zweite Versuch gelang nicht. Erst als ich schließlich größere Schachteln gekauft und einen kleinen rechteckigen Korb genommen habe, ist das Nähkästchen was geworden, das meine Frau seitdem benutzt. Die Schächtelchen, mit denen es mir nicht gelungen war, hab ich verbrannt.»

«Ich habe Ihre Wohnung gründlich durchsucht», sagte Kunze, «aber ich kann mich nicht erinnern, irgendwo einen Nähkasten gesehen zu haben.»

«Das müssten Sie aber. Meine Frau hat ihn gewöhnlich auf ihrem Nachttisch stehen.»

Plötzlich erhob sich General Wencel, und das brachte alle Offiziere mit einem Sprung auf die Füße. Ein paar zornige Schritte, und er stand vor Dorfrichter.

«Sie wollten uns glauben machen, das Vorhandensein der verdammten Schachteln sei Ihnen entfallen, bis man Sie mit der Moller-Tochter konfrontierte. Dabei haben Sie nach Ihren eigenen Worten doch stundenlang mit den Schachteln herumhantiert; haben sie zusammengesetzt, aneinander geklebt und eingepasst. Dorfrichter! Wenn Sie uns irreführen wollen, müssen Sie sich bessere Lügen einfallen lassen.»

«Das würde ich auch, wenn ich löge, Herr General. Unglücklicherweise sage ich die Wahrheit, und die Wahrheit klingt nicht immer glaubhaft.»

«Warum haben Sie nichts von dem Nähkästchen gesagt, als Hauptmann Kunze Sie zum ersten Mal nach den Schachteln gefragt hat?»

«Es war mir entfallen. Ich habe in der Wohnung eine ganze Menge Arbeit gehabt, Regale montiert, Blumenkästen angebracht, Wände gestrichen, Vorhänge aufgehängt, Arbeiten, die ein Offizier üblicherweise nicht selbst macht, ich gebe es zu. Aber ich bin kein reicher Mann, Herr General, und ich dachte, solange ich das in der Abgeschiedenheit meiner vier Wände tue, würde ich der Armee keine Schande machen.»

«Wir wollen doch nicht abschweifen», warf Kunze ohne große Überzeugung ein. Er ärgerte sich, dass der General das Verhör übernommen hatte.

«Ich muss mich sehr nach der Decke strecken», sagte Dorfrichter, noch immer zu Wencel gewandt, als habe Kunze nichts gesagt. «Ich habe keine Geldheirat gemacht – unsere beiden Familien haben die 30 000 Kronen Kaution buchstäblich zusammenkratzen müssen, damit ich nicht den Dienst quittieren musste. Zum Offizierskorps zu gehören bedeutet mir mehr als mein Leben. Für dieses Privileg bin ich bereit, auf Luxus, kleine Liebhabereien, Reisen und Muße zu verzichten. Das gleiche Opfer verlange ich von meiner Frau. Ich weiß nicht, Herr General, ob Sie je gezwungen waren, von einer Frau zu verlangen, dass sie Ihre Armut teilt! Gestatten Sie mir die Bemerkung, dass das keine leichte Sache ist!»

«Das genügt, Dorfrichter», platzte Wencel in giftigem Ton heraus. «Es ist uns völlig Wurst, wie viele Regale und Blumenkästen Sie montiert haben. Dessen beschuldigt Sie niemand. Sie sind angeklagt, einen Giftmordversuch an zehn Ihrer Offizierskameraden begangen und dabei einen getötet zu haben!»

Das Blut wich aus Dorfrichters Gesicht.

«Erlauben Herr General – haben Sie gesagt ‹angeklagt›?»

Wencel stierte ihn an. «Genau das habe ich gesagt.» Dann wandte er sich an die anderen Mitglieder der Kommission: «Wir sind uns doch einig, meine Herren, oder?»

Seine Augen wanderten von einem Gesicht zum anderen und sammelten zustimmendes Nicken wie ein Trambahnschaffner Fahrgeld.

«Darf ich einen Vorschlag machen, Herr General?», fragte Kommissar Weinberger. «Wir wollen uns diesen Nähkasten einmal ansehen, den der Herr Oberleutnant für seine Frau gemacht haben will.»

Wencel hielt das für eine gute Idee, und der junge Leutnant wurde losgeschickt, den Nähkasten zu holen. Er hatte einen Zettel bei sich, auf den Dorfrichter für seine Frau ein paar Zeilen gekritzelt hatte, sie möge dem Überbringer den Kasten aushändigen.

Dorfrichter wurde befohlen, im Büro nebenan Platz zu nehmen. Der Offizier, ein Hauptmann von Major Schultz' Stab, der es sonst innehatte, war gerade nicht da. Die Mittelschublade des Schreibtischs war halb aufgezogen, und ihr Inhalt war den Blicken preisgegeben. Neben Stapeln Briefpapier und Formularen lag – dunkel, glänzend und geladen – die Dienstpistole.

Der Raum war im Parterre gelegen, und wer draußen an dem vorhanglosen Fenster vorüberkam, konnte Dorfrichter vor dem Schreibtisch sitzen sehen, das Rückgrat parallel zur Stuhllehne, aber ohne sich anzulehnen, die Arme gekreuzt. Irgendwann einmal stand er auf und begann hin und her zu gehen. Ein Soldat, der vorbeiging, sah, wie er am Schreibtisch stehen blieb und die Schublade zuschob.

Der Bote kehrte mit dem Nähkasten zurück. Es war kein richtiger Nähkasten – weshalb Kunze sich auch nicht an ihn erinnerte –, sondern ein kleines, geflochtenes Weidenkörbchen mit einem aufklappbaren Deckel, innen durch neun rechteckige Schächtelchen in einzelne Fächer unterteilt.

«Recht praktisch», bemerkte Dr. Weinberger. Er lebte mit Frau und drei Töchtern in einem Haus in Hietzing, in dem jedes Zimmer aussah, als habe ein Poltergeist darin gewütet. Seine Frau bewahrte ihre Knöpfe in einer Schildpattdose auf, die aber nie zu finden war, wenn man sie brauchte.

«Offen gestanden verstehe ich nicht, was dieser Korb mit dem Fall zu tun hat», sagte General Wencel.

Allmählich ging ihm bei diesem Verhör die Geduld aus. Nun, da die Schuld nicht mehr vom Militär abzuwälzen war, sollte der Verdächtige angeklagt werden, je eher, desto besser, fand er. Zwar würden die Zeitungen den Fall hochspielen, aber mit der Zeit würde das Geschrei leiser werden und schließlich ganz verstummen. Abgesehen davon lag ihm viel daran, bald nach Wien zurückzukehren. Er hatte seine Geliebte anrufen wollen und bei dieser Gelegenheit von dem Stubenmädchen – das von ihm für seine Spitzeldienste bezahlt wurde – erfahren, dass sie über Nacht nicht zu Hause gewesen war.

«Es wird Zeit, dass wir zu einer Entscheidung kommen, meine Herren», sagte er. «Ich persönlich bin der Meinung, dass der Mann so schuldig ist, wie man nur sein kann!»

Ihm war es jetzt darum zu tun, dass die anderen sich seinem Urteil ohne viel Federlesens anschlossen. Weil er es eilig hatte, empfand er Dorfrichters unerschütterliche Ruhe als Affront und seine Bemerkung, er habe keine Geldheirat geschlossen, als gezielten Hieb. Wencel war nicht der einzige General, der eine reiche Jüdin zur Frau hatte, aber bestimmt der empfindlichste. Es genügte manchmal eine ganz harmlose Bemerkung, und schon war er eingeschnappt und wurde zum geschworenen Feind dessen, der sie geäußert hatte. Im Augenblick kam es ihm gelegen, seinen Zorn an Dorfrichter auslassen zu können.

«Es gibt drei Tatsachen, die stark gegen ihn sprechen», fasste Hauptmann Kunze das bisherige Ergebnis der Untersuchung zusammen. «Erstens: Er befand sich um die fragliche Zeit in Wien in Ortsnähe des Briefkastens, in den die Giftkapseln gesteckt wurden. Zweitens: Vom Tod der Bedrohten durfte er sich beträchtliche Vorteile für seine eigene Karriere versprechen. Drittens: Er hat ein Dutzend Schächtelchen von der Sorte gekauft, wie Charles Francis sie benutzte. Darüber hinaus liegt uns das Gutachten eines Experten vor, das die Handschrift ganz unzweifelhaft als die seinige identifiziert, ferner eine Beurteilung *à cheval*, und schließlich eine, die nur eine starke Ähnlichkeit einräumt. Wir haben noch keinen Beweis dafür, dass er im Besitz von Zyankali war oder ein Kopiergerät gekauft, besessen oder gemietet hat. Kein Briefpapier von der Sorte, die Charles Francis benutzte, keine rote Tinte, kein rotes Seidenpapier und auch kein Klebstoff sind in seiner Wohnung gefunden worden. Kein Zeuge hat ihn am Briefkasten der Mariahilferstraße gesehen, obwohl er, da er Uniform trug und einen großen Hund an der Leine führte, den Frühaufstehern auf ihrem Weg zur Arbeit mit ziemlicher Sicherheit hätte auffallen müssen.» Er holte tief Luft. «Trotz dieser Sachlage halte ich seine Verhaftung aber angesichts des vorhandenen Beweismaterials für geboten.»

Wencel wandte sich an Weinberger. «Und Sie, Herr Kommissar?»

«Als Polizeibeamter bin ich von seiner Schuld überzeugt. Als Mensch habe ich meine Zweifel.»

«Und Sie, Herr Major?» Die Frage war eine taktvolle Geste Major Schultz gegenüber, denn er nahm an der Untersuchung nur als Beobachter und Vertreter der Linzer Garnisonskommandantur teil.

«Darf ich ergebenst um die Erlaubnis bitten, Herr General, mich in Anbetracht der widersprechenden Verdikte der Stimme enthalten zu dürfen?»

«Stehen Sie in freundschaftlichen Beziehungen zu dem Angeklagten?», fragte Wencel. Seine leicht ins Falsett umschlagende Stimme verriet, dass er ärgerlich war.

«Nicht direkt, Herr General, aber ich habe mit ihm verkehrt. Es besteht eine sehr starke kameradschaftliche Bindung zwischen den Offizieren der hiesigen Garnison, Herr General.»

«Das ist löblich», knurrte Wencel, doch es sah nicht so aus, als sei das seine wahre Meinung. «Erlaubnis erteilt.»

Die blauen Augen unter den buschigen, ergrauenden Brauen richteten sich auf Kunze.

«Es wird zwar einen Höllenspektakel geben, aber gehen Sie hin und verhaften Sie den Mann. Das haben Sie doch gewollt, von Anfang an, oder?» Sein Missmut ließ deutlich erkennen, dass er den Hauptmann für das positive Ergebnis der Untersuchung verantwortlich machte.

«Ich werde dem Befehl nachkommen, Herr General.» Kunze ging auf den Hohn nicht ein.

Wencel stand rasch auf. «Alsdann, meine Herren, betrachten wir die Sitzung als aufgehoben.»

In Begleitung des protokollführenden Offiziers betrat Kunze den Raum, in dem Dorfrichter wartete, und teilte ihm die Entscheidung mit. Dorfrichter hörte sie in strammer Haltung an und äußerte sich nicht dazu. Man verlangte ihm Säbel und Pistole ab, Letztere, falls er sie bei sich trug. Er sagte, er hätte sie nicht bei sich, und er wurde auch nicht durchsucht. Noch war er Offizier, und sein Wort genügte.

Eskortiert von Hauptmann Kunze und dem jungen Leutnant, wurde Dorfrichter per Fiaker ins Arrestlokal der Kaserne gebracht, ein düsteres Bauwerk mit dicken Mauern in der hintersten Ecke eines hässlichen Hofes mit Kopfsteinpflaster. Drei der Zellen waren für Offiziere reserviert, und Dorfrichter wurde in die erste eingewiesen.

Während der Fahrt hatte er steif und schweigsam dagesessen. Als Kunze sich nun anschickte, ihn allein zu lassen, kam plötzlich Bewegung in ihn.

«Und meine Frau, Herr Hauptmann? Wird sie mich hier besuchen können? Was wird man ihr sagen? Ich muss sie sprechen!» Die Worte flogen von seinen Lippen wie gegen die Wand geschleuderte Kiesel.

«Ich fürchte, man wird ihr nicht gestatten, Sie zu besuchen. Niemand außer den Mitgliedern der Untersuchungskommission wird die Erlaubnis bekommen.»

«Sie ist im neunten Monat. Es kann sie umbringen, Herr Hauptmann. Ich bin ein Mann – ich bin stark genug auszuhalten, was kommt, aber sie nicht!»

Kunze spürte, wie seine Gereiztheit sich in Mitleid verwandelte. Das plötzliche und unbegreifliche Mitgefühl, das er mit diesem Mann empfand, beunruhigte ihn mehr als seine frühere Abneigung. Er nahm sich vor, im Kontakt mit Dorfrichter Vorsicht walten zu lassen und dem unleugbaren Charme dieses Menschen zu widerstehen.

Sie waren allein in der Zelle. Der Profos wartete draußen, hinter der Eichentür mit dem vergitterten Guckloch.

«Eigentlich darf ich es Ihnen nicht erzählen», sagte Kunze mit ausdrucksloser Stimme, «aber Oberst von Instadt und seine Gattin sind bei ihr. Der Herr Oberst hat es übernommen, Ihrer Frau die Nachricht von Ihrer Festnahme zu überbringen. Und Frau von Instadt beabsichtigt bei ihr zu bleiben, bis jemand von der Familie eintrifft, damit sie nicht allein ist.»

«Gott sei Lob und Dank, es gibt noch Barmherzigkeit auf der Welt!» Die Farbe kehrte in Dorfrichters Gesicht zurück. «Ich weiß, dass man von hier aus keine Botschaft schicken darf», setzte er hinzu, «aber falls Sie meine Frau sprechen, sagen Sie ihr doch bitte, dass sie den Glauben an mich nicht verlieren soll. Sagen Sie ihr, dass uns nichts wirklich Schlimmes geschehen kann, solange sie zu mir hält.»

Kunze zeigte durch nichts, dass er die Worte des Gefangenen gehört hatte. Als er ging, schlug die schwere Tür lärmend hinter ihm ins Schloss.

3

General Wencel und Kommissar Dr. Weinberger fuhren mit dem Nachmittagszug nach Wien zurück, Hauptmann Kunze aber blieb noch bis zum Abend, um die Überstellung der Dokumente vom Korpskommando des 14. Korps in Innsbruck ans Militärgericht in Wien zu veranlassen. Er wollte sich gerade auf den Weg zum Bahnhof machen, als der Dienst habende Unteroffizier ihn im Korridor aufhielt.

«Was geschieht mit dem Hund, Herr Hauptmann?»

«Mit welchem Hund?»

«Mit dem Troll vom Herrn Oberleutnant Dorfrichter! Der Herr Oberst hat ihn herbringen lassen. Er ist den ganzen Nachmittag bei mir im Zimmer gelegen. Ich hab ihm Wasser gegeben und zwei Würstel, aber er frisst nicht, und er sauft auch nicht.»

Es war beschlossen worden, dass die Tierärztliche Hochschule in Wien den Hund auf Würmer untersuchen und feststellen sollte, ob er Medizin mit oder ohne Kapseln nahm.

«Was für eine Rasse ist er denn?», fragte Kunze.

«Das weiß ich nicht, Herr Hauptmann. Ein bissel von allem, so schaut er aus. Eine sehr standesbewusste Mutter hat er nicht gehabt, so viel ist sicher.»

Kunze folgte dem Unteroffizier in dessen Zimmer. Der Hund lag in einer Ecke. Er trug einen Maulkorb und war so groß wie ein sechs Wochen altes Kalb und schien eine Mischung aus sämtlichen in Österreich bekannten und auch einigen bis dato unbekannten Hunderassen zu sein, auf seine Art ein schönes Tier, im Moment jedoch ein Bild des Jammers.

«Der Herr Oberleutnant Dorfrichter hat gesagt, er richtet den Troll zum Kriegshund ab», sagte der Unteroffizier. «Er hat eine ganz komische Methode dabei gehabt. Er hat ihn nie geschlagen, ihn nie angeschrien, bloß immer mit ihm geredet, wie wenn er ein Kind wär. Ich hab noch nie einen Menschen getroffen, der seinen Hund so liebt. Der Herr Oberleutnant hat eine von den Ordonnanzen sechs Tage lang in Arrest geschickt, weil er den Troll mit der Reitpeitsche geschlagen hat. In der Meldung hat es geheißen: Insubordination und Befehlsverweigerung. Bei jedem anderen von den Herren Offizieren wär in der Kompanie furchtbar geschimpft worden, aber nicht beim Herrn Oberleutnant Dorfrichter.»

«Ist der Herr Oberleutnant beliebt?»

«Jawohl, Herr Hauptmann. Er ist ein großartiger Offizier. Der beste.»

Kunze spürte etwas leicht Vorwurfsvolles im Ton des Mannes.

«Was sollen wir mit dem Hund machen, Herr Hauptmann?»

Das Tier hatte die Ohren angelegt und beobachtete die beiden Männer aus den Augenwinkeln.

«Jemand muss ihn nach Wien bringen.»

«Das muss dann morgen sein, Herr Hauptmann, weil die Schreibstube bereits geschlossen ist. Es ist niemand da, der den Marschbefehl ausschreiben könnte für den, der ihn begleitet. Ich werd den Hund hier über Nacht eingesperrt lassen. Das Schlimmste, was passieren kann, ist, dass er alles auf den Kopf stellt.»

«Ich nehme ihn mit.» Kunze hatte keine Ahnung, warum er das sagte. Seit dem irischen Setter seiner Kindheit hatte er nie wieder mit Hunden zu tun gehabt. Und mit einem, der so groß war wie Troll, konnte die Reise recht beschwerlich werden. «Meinen Sie, dass ich mit ihm fertig werde?»

«Ich weiß nicht, Herr Hauptmann. Für die zwei Soldaten, die ihn hergebracht haben, war's eine Schinderei. Deswegen haben sie ihm auch den Maulkorb angelegt. Ich glaub, das mag er gar nicht. Der Herr Oberleutnant Dorfrichter hat ihm nie einen angelegt ...»

«Das werden wir gleich wissen», sagte Kunze.

Der Unteroffizier hakte eine Leine ans Halsband des Hundes und versuchte das Tier auf die Beine zu ziehen. Troll knurrte und blieb zusammengerollt in seiner Ecke liegen.

«Wir wollen ihm den Maulkorb abnehmen», schlug Kunze vor.

«Seien Sie vorsichtig, vielleicht beißt er, Herr Hauptmann.»

Kunze öffnete den Maulkorb und zog ihn herunter. Dabei sprach er immerzu ganz leise auf den Hund ein. Die Leine in der Hand haltend, ging er zur Tür. Der Hund stand auf und folgte ihm.

Der Zug war überfüllt, und der Schaffner schloss für Kunze ein reserviertes Abteil auf mit der Bemerkung: «Den Hund hab ich schon mal gesehen, Herr Hauptmann. Ein Oberleutnant hat ihn damals dabeigehabt. Es ist erst ein paar Wochen her. Der Zug war genauso voll wie heute, und ich hab nur schwer einen Sitzplatz für den Herrn Oberleutnant gefunden. Die meisten Leute haben was gegen Hunde im Abteil. Besonders gegen einen so großen wie den da.»

Der Kondukteur wünschte Kunze gute Nacht und ging. Der Hauptmann klappte die Armlehne hoch und streckte sich auf dem Sitz aus, aber er konnte nicht einschlafen. Die letzte Bemerkung des Schaffners hielt ihn wach. Wenn Dorfrichter wirklich nach Wien gefahren war, um die Charles-Francis-Briefe aufzugeben, warum hatte er dann seinen Hund mitgenommen, einen Hund, den man unter hundert anderen wieder erkannte? Jemand, der ein Verbrechen plant, tut doch alles, um möglichst unerkannt zu bleiben. War es möglich, dass Dorfrichter trotz der gegen ihn sprechenden Indizien unschuldig war?

Der Hund wurde unruhig. Er war ganz willig in den Zug eingestiegen, aber sobald eine Uniform durch den Gang kam, kläffte er kurz und schrill. *Der arme Kerl*, dachte Kunze, *er vermisst seinen Herrn.* Er fing an, mit dem Hund zu sprechen, und der Hund setzte sich ihm vor die Füße und legte den großen, buschigen Kopf auf seine Knie; in den braunen Augen stand Zutrauen. Troll erinnerte ihn immer mehr an den Gefährten seiner Kindheit, den irischen Setter im hartmannschen Haus, und beschwor die Geister einer scheinbar versunkenen Vergangenheit herauf.

Im Mittelpunkt der ersten Erinnerungen des Jungen Emil Kunze standen andere Häuser – zwei oder drei –, in denen er der Sohn der Haushälterin gewesen war, mit dem man entweder unnötig viel Wesens machte oder den man widerwillig duldete, der jedoch nie zur Familie gehörte. Er entsann sich, dass er zehn gewesen war, als seine Mutter die Stellung bei den Hartmanns antrat; er war mit den drei Hartmann-Kindern aufgewachsen: mit Paula, die in seinem Alter war, mit dem ein Jahr jüngeren Martin und dem drei Jahre älteren Rudolf. Was die Beziehung der Kinder untereinander anbetraf, so herrschte absolute Gleichberechtigung. Sie spielten und lernten zusammen und wurden nur zur Nachtmahlzeit getrennt, weil Frau Kunze darauf bestand, dass ihr Sohn mit ihr auf ihrem Zimmer aß, während die drei Hartmann-Kinder mit ihren Eltern oder der Erzieherin speisten.

Emil Kunze hatte Rudolf, der ihn mit der majestätischen Herablassung des Dreizehnjährigen für einen Zehnjährigen behandelte, vom ersten Tage an schwärmerische Bewunderung entgegengebracht. Emil, der gesamte hartmannsche Haushalt und die Jungen der Nachbarschaft beugten sich unter Rudolfs Herrschaft. Er war groß für sein Alter, kräftig, schön, intelligent und zäh. Ein lobendes Wort von ihm bedeutete die Tapferkeitsmedaille, sein Tadel die Verbannung nach Sibirien. Mit ihm als Anführer begingen die Jungen manche kindlichen Streiche, stahlen einem Nachbarn die Äpfel oder setzten heimlich einen zahmen Fischotter in einen Goldfischteich. Als Rudolf in eine Kadettenschule eintrat, um den Fußtapfen seiner Vorfahren zu folgen, prophezeiten ihm alle eine brillante militärische Karriere.

Von diesem Tage an beteiligte sich Rudolf nicht mehr an kindlichen Streichen. Er sah in seiner Kadettenuniform unglaublich schön und erwachsen aus, spielte mit den Großen Tennis, und oft sah man ihn abends in der Dämmerung an der Seite von eleganten Damen, die doppelt so alt waren wie er. Zu Emils großem Kummer zeigte er praktisch kein Interesse mehr an ihm, außer dass er ihn gelegentlich aufzog. Doch dann, eines Spätnachmittags, als Emil die Liegestühle im Garten wegräumte, folgte ihm Rudolf in den Schuppen, verriegelte die Tür und befahl Emil in seiner üblichen herablassenden Art, sich auszuziehen. Der Junge gehorchte wie unter Hypnose. Was nun folgte, war ein Erlebnis, das er niemals aus seinem Gedächtnis löschen konnte. Obwohl er wusste, was mit ihm geschah, machte seine Verzückung es ihm unmöglich, Widerstand zu leisten. Sein Idol hatte den Heiligenschein verloren, dabei aber eine noch größere, noch unwiderstehlichere Macht über ihn gewonnen.

Der Vorfall im Schuppen wiederholte sich im Laufe des Sommers mehrere Male. Trotz ihrer heimlichen Zusammenkünfte änderte sich Rudolfs Verhalten ihm gegenüber nicht, und das vermehrte Emils Qualen. Rudolf übersah ihn weiterhin und benahm sich bei den seltenen Gelegenheiten, wo sie miteinander sprachen, gleichgültig.

Im Winter darauf wurde Rudolf mit einer Blinddarmentzündung ins Militärspital in Wien eingeliefert und operiert.

Da Frau Hartmann sich an dem Tag, an dem ihr Sohn aus dem Spital entlassen werden sollte, indisponiert fühlte – sie hütete jeden Monat zwei Tage das Bett wie alle Frauen ihrer Kreise; Haushälterinnen, Köchinnen und Dienstmädchen genossen diese Vergünstigungen nicht –, schickte sie Frau Kunze, um Rudolf heimzuholen. Emil begleitete seine Mutter. Im Spital gingen sie direkt in Rudolfs Zimmer. Die Fenster im Zimmer standen offen, und Rudolf – sie nahmen an, dass es Rudolf war – lag unter einem weißen Leintuch auf dem Bett, nur seine nackten Füße waren unbedeckt. Frau Kunze hob das Laken von seinem Gesicht.

Es lag nicht in ihrer Natur aufzuschreien. Sie deckte das Gesicht des toten Jungen wieder zu, bekreuzigte sich, murmelte ein kurzes Gebet und ging den Arzt holen.

Emil blieb bei dem Leichnam. Seine erste Reaktion war unbeschreibliches Entsetzen, die zweite ein eindeutiges Gefühl der Erleichterung und Befreiung. Sofort durchfuhr ihn ein Schuldbewusstsein, das wochenlang, monatelang, ja sogar jahrelang anhielt. Gelegentlich steigerte es sich zu einem pochenden, migräneartigen Kopfschmerz.

Nach Rudolfs Tod wurde der irische Setter das Geschöpf, das Emils Herzen am nächsten stand. Der Hund erwiderte die Zuneigung auf seine Art, spielte mit den anderen Kindern, ehrte die Erwachsenen durch geziemendes Wedeln, gehörte aber allein Emil.

Als Kunze neunzehn war, starb der Hund an Altersschwäche. Von da an gab es für Emil kein Zuhause mehr, lediglich ein Haus, in dem, außer anderen Leuten, zufällig auch seine Mutter wohnte.

Es war nach ein Uhr früh, als Kunze in Wien eintraf. Am Bahnhof nahm er ein Taxi und ließ sich in die Zaunergasse fahren. Der Chauffeur war nicht begeistert, als Troll mit einstieg. Er fuhr einen Panhard, Jahrgang 1907, mit weinroten Plüschpolstern, den er erst vor wenigen Wochen gebraucht von einem Grafen gekauft hatte. Vorsichtig fragte er, ob der Hund haarte.

«Darüber hat sich noch nie jemand bei mir beklagt», erwiderte Kunze wahrheitsgetreu.

Kunze hatte Rose seine Ankunft telegraphiert, und alle im Haushalt waren noch wach und warteten auf ihn. Er war fast eine Woche nicht mehr daheim gewesen. Die Köchin hatte ein Huhn gebraten, und im Küchenherd stieg ein Schokoladensoufflé. Sobald Rose den Schlüssel im Schloss hörte, lief sie ins Vorzimmer, half ihm aus dem Mantel und nahm ihm Säbel und Kappe ab

«Mein Engel, ich habe dich so vermisst!», rief sie und zog ihn in die weiche, duftende Wärme ihrer Umarmung. Plötzlich entdeckte sie Troll. «Was ist denn das?», fragte sie schrill.

«Das ist ein Hund», antwortete er. Manchmal machte es ihm ein diebisches Vergnügen, sie zu hänseln.

«Ist er stubenrein?»

«Hoffentlich. Er ist als Kriegshund abgerichtet.» Er ließ Troll von der Leine. «Wir haben einen feinen Gassi-Spaziergang vorm Haus gemacht. Falls er nicht gerade blasenleidend ist, sind deine Teppiche nicht in Gefahr.»

Er ging in sein Arbeitszimmer, Rose und der Hund folgten ihm. Rose klingelte dem Stubenmädchen und wies es an, dem Herrn Hauptmann das Nachtmahl zu servieren. Kunze knöpfte den hohen Stehkragen seines Waffenrocks auf und setzte sich an den länglichen Biedermeiertisch, an dem er immer seine Mahlzeiten einnahm, wenn er allein aß. Der Hund streckte sich auf Roses antikem Buchara. Sie warf ihm einen gequälten Blick zu.

«Haart er?»

«Das bin ich heute schon einmal gefragt worden!» Er grinste. «Um die Wahrheit zu sagen, ich weiß es nicht.»

«Wo hast du ihn her?»

«Das ist eine lange Geschichte.»

Er erzählte es ihr in wenigen Worten, und sie schien erleichtert.

«Du hast mir einen ganz schönen Schrecken eingejagt. Ich hab gemeint, du wolltest ihn behalten.» Da nun die Gefahr vorüber war, wurde sie kühn. «Es wird besser für ihn sein, wenn er heute Nacht im Vorzimmer schläft.»

«Dort ist nicht geheizt.»

«Hunde schlafen lieber kalt.»

Ohne ersichtlichen Grund wurde er ärgerlich. «Woher weißt du das so genau?», fragte er. «Warst du schon einmal ein Hund?»

«Trotzdem. Ich werde der Köchin sagen, dass sie eine alte Decke heraussucht, die legen wir für ihn in eine Ecke.»

Die Decke wurde gebracht, aber Troll geruhte auf Kunzes Bett zu schlafen, wo er sich zu seinen Füßen zusammenrollte. Am Morgen war die Frage, ob Troll haarte, beantwortet. Er haarte, und zwar ausgiebig.

Kunze lieferte Troll auf dem Wege zum Garnisonsgericht in der Tierärztlichen Hochschule ab. Er erläuterte dem Dienst tuenden Professor, worauf der Hund untersucht werden sollte, kümmerte sich darum, dass Troll eine genügend große Box bekam, und bat den Wärter, dem er ein Trinkgeld zusteckte, gut für den Hund zu sorgen.

Die Morgenzeitungen brachten die Meldung von der Verhaftung Dorfrichters auf der ersten Seite in Artikeln, die wenig

Tatsachen und viele Mutmaßungen enthielten. Da das Kriegsministerium nur eine kurze Verlautbarung herausgegeben hatte, waren die Reporter auf ihre Phantasie angewiesen. In einigen Berichten wurde Dorfrichter als Ungeheuer hingestellt, in anderen als Opferlamm. In allen wurde darüber geklagt, dass die militärischen Stellen den Fall mit so viel Geheimniskrämerei umgaben.

Auf seinem Weg zum Garnisonsgericht sah Kunze lange Menschenschlangen vor den Zeitungskiosken. Die Besucher der Kaffeehäuser zogen ihr Frühstück in die Länge und warteten auf weitere Neuigkeiten in den Vormittagsausgaben. Es gingen Gerüchte um, Dorfrichter sei ein Spion, ein Anarchist, ein Sadist, Mitglied einer Verschwörung gegen die Monarchie. Es sah so aus, als hätte noch kein Mordfall die Hauptstadt so in Aufruhr versetzt.

Am Spätnachmittag erhielt Hauptmann Kunze den Befehl, sich am folgenden Morgen um sechs Uhr früh im Schloss Schönbrunn zur Audienz bei Kaiser Franz Joseph einzufinden. Der Befehl wurde von einem Major der kaiserlichen Kabinettskanzlei überbracht.

«Seine Majestät hat taktvollerweise darauf Rücksicht genommen, dass Sie vielleicht Spätaufsteher sind. Deswegen wünscht Seine Majestät nicht, dass Sie sich schon zu früherer Stunde melden», sagte der Major. Auch nicht die Andeutung eines Lächelns lag auf dem Gesicht mit der dunkelblonden Imitation des kaiserlichen Schnurrbartes. Kunze fragte sich, was man in Schönbrunn unter «früh» verstand.

Der Befehl lautete: Paradeuniform und Ordensschnalle. Der ersten Forderung vermochte er nachzukommen, der zweiten aber nicht. Er erhob sich lange vor Tagesanbruch und hoffte, während er die Uniform anlegte, dass der Kaiser beim Anblick seiner ordenslosen Brust keinen Schreck bekäme.

Das Taxi, das er am Abend vorher bestellt hatte, erwartete

ihn vor dem Haus. Dadurch, dass er mit dem Automobil nach Schönbrunn fuhr, ging er ein Risiko ein. Man musste immer mit der Möglichkeit einer Reifenpanne rechnen, mit einem Versagen des Motors oder damit, dass der Fahrer vergessen hatte zu tanken. Pferde waren zwar langsamer, aber zuverlässiger. Trotzdem wählte Kunze das Automobil. Die Nächte wurden kälter, und er wollte nicht mit roter Nase und bis ins Mark durchfroren in Schönbrunn eintreffen.

Die lange Fahrt durch die Mariahilferstraße verlief ohne Zwischenfall. Der Verkehr bestand hauptsächlich aus Bauernkarren mit Viktualien für die zweibeinige und die vierbeinige Bevölkerung der Stadt. In dem dichten Nebel bildeten sie unzweifelhaft eine Gefahr für den Chauffeur, denn die Straßen waren nur schwach beleuchtet, die Gaslaternen blassgelbe Flecken in der alles verschlingenden Schwärze der Morgendämmerung.

Um 5 Uhr 20 rollte das Taxi durch das majestätische Tor in den Schlosspark. Der Dienst tuende Leutnant dirigierte den Chauffeur vor einen Seiteneingang, von dem aus eine Treppe zu den kaiserlichen Gemächern emporführte.

Kunze war fast eine Stunde zu früh gekommen und wurde von einem Flügeladjutanten in ein kleines Zimmer neben dem Dienstzimmer des Adjutanten geführt, wo er auf zwei Männer traf, die auf zerbrechlichen, mit rotem Damast bezogenen Rokokostühlchen saßen: ein Arzt des Sanitätskorps und ein Zivilist in Frack und weißer Binde, die beide schon vor ihm bestellt waren.

Der Arzt war, wie er Kunze im Flüsterton mitteilte, von Mostar nach Wien beordert worden, um dem Kaiser persönlich über die erschreckende Zunahme der Geschlechtskrankheiten unter den Besatzungstruppen in Bosnien zu berichten. Der Zivilist war ein Schulvorsteher aus Prag, der sich über die Erfolge deutscher Sprachkurse an den böhmischen Schulen äußern sollte. Trotz Paradeuniform und Frack mit weißer Binde waren die Morgenaudienzen ausschließlich dienstlicher Natur.

Der Arzt wurde als Erster hereingerufen. Als er wieder erschien, leuchteten seine Augen, als habe er soeben den Messias vom jüdischen Himmel herabsteigen sehen. Die Tatsache, dass der «Messias» sich darauf beschränkt hatte, ihn nach dem Prozentsatz der vorkommenden Syphilisfälle im Heer zu fragen, dämpfte seine gehobene Stimmung nicht. Der Rektor erhielt als nächster Audienz und kam einige Minuten später mit durchweichtem Hemdkragen und Schweißtropfen auf Stirn und Wangen zurück. Er war sich seines physischen Unbehagens keineswegs bewusst und strahlte Kunze an wie ein Junge, der ein unerwartet gutes Zeugnis bekommen hat.

«Seine Majestät waren sehr gnädig zu mir», verkündete er, als er das Zimmer verließ.

Der Adjutant meldete Hauptmann Kunze an und hielt dabei die Tür zum Arbeitszimmer des Kaisers offen. Es war ein Zimmer, das jeder Österreicher von Bildern oder Beschreibungen her kannte, viel zu schlicht und bescheiden, um der Mittelpunkt eines Kaiserreichs zu sein – der Schreibtisch bis auf das Schreibgerät, einen Stoß Akten und ein paar Familienphotographien in einfachen Rahmen leer. Auf einem Tischchen lag ein weiterer Stoß Dokumente, die darauf warteten, unterzeichnet zu werden. Kunze fragte sich, ob der alte Herr tatsächlich der Meinung war, dass allein dank seiner genauen Überprüfung eines jeden Rossapfels, den der kaiserliche Amtsschimmel fallen ließ, der Staat zusammengehalten wurde. Mit seinen 79 Jahren besaß er noch immer ein verblüffendes Gedächtnis, und kein Detail entging ihm – weder eine geringfügige Änderung der Dragoneruniform noch eine Änderung der juristischen Terminologie in Ungarn. Obwohl ein Gegner der konstitutionellen Monarchie, hielt er sich doch gewissenhaft an die Verfassung, die er seinem Volke gewährt hatte, und glich einem treuen Wächter auf einem aus Staatsdokumenten und Memoranden errichteten Wachtturm, der nach Feuer, Plünderern und Vandalen Ausschau hält.

Hauptmann Kunze salutierte stramm; die Tür schloss sich hinter ihm, und er war mit seinem Souverän allein.

Franz Joseph war an diesem Morgen wie gewöhnlich um 3 Uhr 30 aufgestanden und hatte sich auf sein Bad gefreut. In seinen Privatgemächern, die mit unschätzbar wertvollen Möbeln, Tapeten und Teppichen ausgestattet waren, fehlte eine Bequemlichkeit, die für die meisten gutbürgerlichen Wohnungen Wiens bereits eine Selbstverständlichkeit war, nämlich ein Badezimmer. Daher wurde jeden Morgen ein großes Holzschaff voll lauwarmem Wasser hereingetragen – von zwei stämmigen Dienern und einem «Badwaschl» genannten Mann, der den Kaiser abgoss. Leider war dieser Badwaschl im Dienst nicht nur ergraut, sondern auch selbstherrlich geworden, vielleicht hauptsächlich deswegen, weil niemand – wirke er in Kleidern auch noch so machtvoll und majestätisch – splitternackt Respekt einzuflößen vermag. Jeden Morgen meldete sich der Badwaschl zum Dienst, leicht angeheitert, und ergötzte den Kaiser mit weitschweifigen Berichten über die Übel der Monarchie und die Klagen der Bevölkerung. Franz Joseph, der normalerweise auch nicht das geringste *lèse-majesté* von seiner Umgebung duldete, lauschte zum Staunen des ganzen Hofes gebannt den Reden dieses Mannes. Vernünftige Höflinge waren der Meinung, der Badwaschl vertrete immerhin eine Gesellschaftsklasse, mit der der Kaiser sonst nie in Berührung kam. Er hatte Informationen und Aufschlüsse zu bieten, wie keines der auf dem kaiserlichen Schreibtisch aufgehäuften Aktenstücke sie enthielt.

An diesem Morgen war der Badwaschl völlig betrunken

hereingewankt gekommen. Weil in dem großen Kachelofen in seinem Zimmer das Feuer ausgegangen war, hatte er sich mit der doppelten Ration Schnaps gegen die klirrende Kälte gewappnet. Ketterl, der Kammerdiener des Kaisers, der wusste, dass seine Majestät sich mit keinem Ersatzmann abfinden würde, machte sich daran, ihn wieder zu ernüchtern. Diese Prozedur dauerte länger als vorgesehen, und die Verspätung hatte Franz Joseph leicht verstimmt.

Er stand noch in dem Waschzuber, als Ketterl meldete, Oberst Bardolff, Adjutant des Erzherzogs Franz Ferdinand, warte draußen mit dringender Botschaft. Ein Bote vom Thronfolger zu so früher Stunde verhieß eine weitere Verdüsterung des Tagesablaufs. Schon seit Beginn der Charles-Francis-Sache hatte der Erzherzog darauf gedrungen, der Armee müsse jede Peinlichkeit erspart bleiben. Als er hörte, der Verdächtigte sei ein Offizier, wollte er den Fall niederschlagen lassen. Doch ohne Rücksicht auf die Empfindungen des Erzherzogs wurde Dorfrichter verhaftet. Da hielt Franz Ferdinand es für seine Pflicht zu intervenieren; mit der Bitte, ihm eine Audienz zu gewähren, entsandte er Oberst Bardolff nach Schönbrunn. Der Kaiser willigte, wenn auch widerstrebend, ein, Franz Ferdinand im Laufe des Tages zu empfangen. Er verschwieg dem Adjutanten jedoch, dass er schon in der nächsten Stunde mit dem für den Fall zuständigen Auditor sprechen und bis zum Eintreffen des Thronfolgers seine Entscheidung getroffen haben würde.

Franz Joseph trat hinter seinem Schreibtisch hervor, nahm die Ehrenbezeigung entgegen und streckte die Hand aus. Sein Händedruck war fest und soldatisch. Kunze hatte ihn während der Manöver von 1902 schon einmal gesehen, stand ihm aber zum ersten Mal Auge in Auge gegenüber. Seit damals war der Kaiser kaum gealtert. Seine Schultern waren stärker gebeugt, sein Haar gelichtet, die Tränensäcke unter den Augen ausgeprägter, aber die blauen Augen unter den schweren Habsburger Lidern waren noch immer klar und wach, und jetzt um sechs Uhr früh hatte er bereits drei Audienzen und mehr als eine Stunde Schreibtischarbeit hinter sich.

Der Kaiser kam sofort zur Sache. «Ich höre, Herr Hauptmann, dass Sie mit der Untersuchung gegen den Oberleutnant Peter Dorfrichter betraut sind, der im Verdacht steht, einen Mord und neun Mordversuche begangen zu haben.»

«Zu Befehl, Euer Majestät.» Kunze nickte. Während er den leidgeprüften alten Mann ansah, versuchte er sich über seine Gefühle klar zu werden. Er wusste, dass er von Ehrfurcht und Freude hätte erfüllt sein sollen, aber er war es nicht. Was er für seinen Kaiser empfand, war eher Mitleid als Verehrung. Während seiner Tätigkeit als Richter hatte er die gleichen düsteren Furchen auf der Stirn so manches Bürgers gesehen. Das Gesicht des Kaisers erinnerte ihn an andere Gesichter, die vom gleichen Kummer, der gleichen Enttäuschung und Hoffnungslosigkeit gezeichnet waren. Das Altern eines Monarchen hatte, so fand er, nichts Majestätisches.

«Ich habe gestern Oberst von Instadt empfangen», fuhr der Kaiser fort. «Er hat größte Hochachtung für den Oberleutnant Dorfrichter geäußert. Er hält ihn nicht für eines Verbrechens fähig. Was ist Ihre Meinung? Haben Sie als Jurist hinlängliche Gründe für eine Anklageerhebung?»

Franz Joseph wartete vollkommen gesammelt auf die Antwort des Hauptmanns. In diesem Augenblick hatten Schuld oder Unschuld eines einzigen Mannes Vorrang vor allen anderen Problemen Österreichs und verlangten von dessen Herrscher ungeteilte Aufmerksamkeit. Wieder einmal war des Kaisers grenzenloses Pflichtbewusstsein aufgerufen, und mit seinen durchschnittlichen Geistesgaben mühte er sich, das Wesen einer Frage zu erfassen, die selbst Götterweisheit wohl nicht hätte lösen können. Erst jetzt begriff Kunze, warum er beordert worden war. Franz Joseph hatte es auf sich genommen, selbst über die Ratsamkeit einer Kriminaluntersuchung zu entscheiden. Er war sich vollauf im Klaren darüber, wie nachteilig sich Anklage und Verurteilung eines Offiziers auf die Moral der Truppe auswirken konnten. Aber er stand hier nicht nur als oberster Befehlshaber der Armee, sondern ebenso als Hüter des Gewissens von 43 Millionen Männern und Frauen. Außerdem war er alt, und die Alten, das wusste er, konnten es sich nicht leisten, Fehler zu machen. Für die Jungen war es sehr einfach, dachte er wehmütig. Sie konnten sich vor den Gespenstern ihrer Fehlentscheidungen in den Alkohol flüchten, in die Liebe, in den erquickenden Schlaf der Nacht, aber die Alten – die lagen wach in ihren einsamen Betten, und ihre Fehlentscheidungen umlauerten sie, höhnten und reizten sie wie ein lynchbereiter Mob.

Der Hauptmann zögerte. Er wusste, auf welche Antwort der Kaiser insgeheim hoffte. Ein einfaches *Nein* hätte Peter Dorfrichter die Freiheit gegeben und seinen Fall für alle Zeit unter Bergen von Affidavits, eidesstattlichen Erklärungen, Protokollen und anderen Schriftstücken begraben. Die Presse, hauptsächlich die linksgerichteten Blätter, würden ein paar peinliche Fragen stellen, aber der nächste zerstückelte Leichnam in einem Reisekorb, die nächste mit einem Zigeunerprimas durchgehende Prinzessin würde den Fall Charles Francis von den Titelseiten verdrängen und in Vergessenheit geraten lassen. Der Kaiser wusste das, und wäre er nicht der Mann gewesen, der er war, hätte er sich mit Oberst von Instadts Beurteilung zufrieden gegeben.

Kunzes Gedanken wandten sich Peter Dorfrichter zu, dem gut aussehenden jungen Offizier. Er sah das lächelnde Gesicht vor sich, und dieses Bild erweckte sofort wieder die nervöse Abneigung, die er in Linz empfunden hatte. Es war ein flüchtiges Gefühl, zu jäh, zu irrational, um sich erklären zu lassen.

Er gab einen Überblick über den Stand der Recherchen und zählte die Verdachtsmomente auf, die für und gegen den Verdächtigten sprachen. Er schilderte ihn als fähigen, begabten Offizier, aber auch als einen Menschen, der kaltblütig und selbstsicher genug war, einen Mord zu begehen.

«Ich fürchte, Euer Majestät», schloss er, «dass die Tatsachen es nach meiner unmaßgeblichen Meinung hinlänglich rechtfertigen, gegen den Herrn Oberleutnant Anklage zu erheben.»

Der Kaiser dachte einige Augenblicke nach.

«Also dann, Herr Hauptmann», sagte er schließlich, «fahren Sie in Ihrer Arbeit fort und sorgen Sie dafür, dass die Gerechtigkeit ihren Lauf nimmt.» Er seufzte, aus seinem Gesicht schwand jeder Ausdruck, als habe sich sein Geist von den betrüblichen Gegebenheiten des Augenblicks in eine problemlose Leere geflüchtet, um sich auszuruhen und Kraft für die verbleibenden Pflichten des Tages zu schöpfen. Er schüttelte den Kopf. «Man fragt sich, wo das noch alles hinführen soll.»

Das war kein Kaiserwort, es war die Klage eines alten Mannes, der mit der neuen Generation nicht mehr Schritt halten konnte. Die kleine Uhr auf dem Schreibtisch, die anzeigte, wann die vorgesehene Zeit für eine Audienz abgelaufen war, klingelte schrill. Franz Joseph dankte dem Hauptmann, wünschte ihm Erfolg für die vor ihm liegende Aufgabe und entließ ihn.

4

Oberleutnant Dorfrichter saß seit zwei Tagen in seiner Zelle. Niemand hatte bisher mit ihm gesprochen. Frühstück, Mittagessen und Nachtmahl wurden von einem Profos auf einem Tablett gebracht, und wenn er seine Mahlzeit beendet hatte, wurde das Geschirr wieder abgeholt. Bei den wenigen Malen, wo er versucht hatte, ein paar Worte mit der Wache zu wechseln, war er auf beharrliches Schweigen gestoßen. Das Essen stammte ohne Zweifel aus einem Restaurant und war vermutlich von seiner Frau bestellt worden. Ein anderes Zeichen, dass sich irgendjemand um ihn kümmerte, erreichte ihn nicht.

Die völlige Isolierung überraschte ihn nicht. Die Militärstrafprozessordnung, im Jahre 1768 unter der Regierung der Kaiserin Maria Theresia festgelegt, wonach *jeder eines Kapitalverbrechens verdächtigte Offizier nach seiner Arretierung einem Auditor überstellt wurde, der Untersuchungsrichter, Ankläger und Verteidiger in einer Person war und später auch Mitglied des Gerichtshofs,* war ihm wohl bekannt. Bis zur Urteilsverkündung durfte der Gefangene mit niemand in Verbindung treten, außer mit dem Auditor – in seinem Fall Hauptmann Emil Kunze.

Am dritten Tag seiner Gefangenschaft weckte ihn morgens um 4 Uhr der Stabsprofos und forderte ihn auf, sich anzuziehen. Am Abend zuvor hatte man seine Kleidungsstücke abgeholt, jetzt wurde ihm frische Unterwäsche ausgehändigt, Uniform und Mantel waren frisch gebügelt und seine Stiefel auf Hochglanz poliert. Als er angezogen war, führte man ihn ins Büro des Arrest-Hauptmanns, wo ihn drei Offiziere – zwei Leutnants und ein Hauptmann –, die er noch nie gesehen hatte, erwarteten.

Sie gehörten zum 51. Infanterieregiment, das in Wien lag. Nur der Hauptmann sprach mit ihm, er stellte sich und seine beiden Subalternen vor. Er teilte Dorfrichter mit, dass sie ihn in die Hauptstadt begleiten sollten. Er bat Dorfrichter, seinen Anweisungen zu folgen, und setzte hinzu, sie seien bewaffnet und hätten Befehl, falls er einen Fluchtversuch unternähme, sofort zu schießen.

Es war für alle eine freudlose Fahrt. Die beiden vergangenen Tage hatten Dorfrichter geholfen, sich an das Vakuum, das ihn umgab, zu gewöhnen, und als seine zaghaften Bemühungen, eine Unterhaltung in Gang zu bringen, kein Echo fanden, gab er achselzuckend auf. Die Offiziere wiederum waren sichtlich verlegen. Ihr Gefangener war schließlich ein Kamerad, und es fiel ihnen schwer, sich ihm gegenüber unhöflich verhalten zu müssen. Sie mieden seinen Blick und beschränkten das Gespräch auf ein Minimum.

Sie nahmen einen Landauer zum Bahnhof, die Straßen lagen zu dieser frühen Stunde noch verödet da. Als der Zug einfuhr, bestiegen sie ein für sie reserviertes Abteil im letzten Wagen. Von den Reisenden bemerkten wohl nur die wenigsten, dass von den vier Offizieren nur drei die obligaten Seitenwaffen trugen, während der vierte ohne Säbel war und die Hände tief in den Manteltaschen vergraben hielt.

Sie waren über eine Stunde gefahren, als Dorfrichter plötzlich das bedrückende Schweigen brach.

«Ich weiß, Sie haben Befehl, jedes Gespräch mit mir zu vermeiden, Herr Hauptmann» – an diesen wandte er sich –, «aber Sie drei sind vermutlich die letzten unvoreingenommenen Personen, mit denen zu sprechen ich Gelegenheit habe und –»

«Bitte, Herr Oberleutnant», unterbrach ihn der Hauptmann. «Nichts, was Sie sagen könnten, hat irgend –»

«Hat irgendein Interesse für Sie. Das wollten Sie doch sagen, Herr Hauptmann? Aber Sie haben Unrecht. Die ungerechtfertigte Gefangensetzung eines Unschuldigen ist für jeden in diesem Land, ob Mann, Frau oder Kind, von Interesse! Denn was ihm passieren kann, kann auch Ihnen passieren.»

«Verschonen Sie uns, Herr Oberleutnant. Das ist ein Befehl!» Der Hauptmann hob die Stimme.

«Ich widersetze mich allergehorsamst diesem Befehl, Herr Hauptmann!»

Der Hauptmann rutschte unruhig auf seinem Sitz hin und her. Er war ein Mann von freundlicher Umgänglichkeit; die Aggressivität des Gefangenen machte ihn hilflos.

«Zwingen Sie mich nicht zu schärferen Maßnahmen», sagte er und bemühte sich vergeblich, seiner Stimme einen drohenden Ton zu verleihen.

«Sie können mich knebeln, Herr Hauptmann, aber das wäre die einzige Möglichkeit, mich zum Schweigen zu bringen! Ich bin unschuldig! Auditor Kunze hat zusammenhanglose Verdachtsmomente gegen mich gesammelt, sie hie und da zurechtgestutzt, damit sie in sein Schema passen. Er kann mich vors Kriegsgericht zerren, aber eines Verbrechens überführen kann er mich nie und nimmer, es sei denn, er bringt falsche Zeugen bei, die –»

«Das ist eine Unverschämtheit, Dorfrichter!» Der Hauptmann war rot im Gesicht. «Einen Menschen unlauterer Methoden zu bezichtigen!»

«Ich habe gesagt ‹es sei denn›. Andernfalls wird er nie beweisen können, dass ich Zugang zu irgendwelchem Zyankali gehabt oder die Zirkulare aufgegeben oder sie auch nur geschrieben habe. Er kann nicht beweisen, was nie geschehen ist!»

«Um Himmels willen, Dorfrichter, sparen Sie Ihre Worte! Wir sind nicht Ihre Richter. Angenommen, Sie bringen uns dazu, Ihre Partei zu ergreifen. Was ändert das? Ich meine, am Ausgang Ihres Verfahrens?»

«Das überlasse ich Ihnen und den beiden Leutnants. Wenn auch nur drei Kameraden von meiner Unschuld überzeugt sind, könnte das ein hoffnungsvoller Anfang sein. Vergessen Sie nicht, Herr Hauptmann, dass ich tief in der Tinte sitze. Ich bin auf jedes Quäntchen Wohlwollen angewiesen.»

Der Hauptmann wandte sich seufzend ab. Die zwei jüngeren Offiziere starrten angestrengt durchs Fenster auf die vorübergleitende Landschaft. Es wurde nichts mehr gesprochen, bis der Zug in den Wiener Westbahnhof einlief.

Die Nachricht von Dorfrichters Ankunft hatte sich in der ganzen Stadt herumgesprochen, und zu den versammelten Reportern gesellte sich bald eine neugierige, erregte Menge. Wie stets in solchen Fällen stand das, was es zu sehen gab, in keinem Verhältnis zu der Warterei und dem Gedränge auf dem zugigen Bahnsteig. Aus dem Zug stieg lediglich ein blasser junger Offizier, den man rasch in einen bereitstehenden Fiaker schob. Das alles ging so schnell, dass ein Pressephotograph fälschlicherweise einen der Begleiter für Dorfrichter hielt. Das Bild erschien mit der Unterschrift: «Das Ungeheuer in Offiziersuniform», was eine Reihe von Protesten, Richtigstellungen, Entschuldigungen und höhnischen Artikeln in den Konkurrenzblättern nach sich zog.

Die Zelle im Militärgefängnis – eine von den acht, die für Offiziere reserviert waren – war klein, aber hell und mit einem schmalen Bett, einem Tisch, zwei Stühlen und einem Kleiderschrank ausgestattet. Das vergitterte Fenster ging auf einen kopfsteingepflasterten Hof hinaus, und die schwere Tür zum Gang hatte ein Guckloch, durch das die Wache jede Bewegung Dorfrichters beobachten konnte. Er bat um Feder und Papier, da er an seine Frau schreiben wollte, doch es wurde ihm verweigert. Dann verlangte er etwas zum Lesen, aber es hieß, das sei ebenfalls gegen die Vorschriften. Als man ihm sagte, auch Besucher und Post dürfe er nicht empfangen, hatte der Stabsprofos Tuttmann das deutliche Gefühl, Dorfrichter werde sogleich die Fassung verlieren und den Kommandanten tätlich angreifen. Der Profos hatte das schon öfter erlebt und kannte die Anzeichen: den starren Blick, die sichtbar pochenden Schläfen, die geballten Fäuste. Im Laufe seiner langen Dienstzeit hatte Tuttmann die Überzeugung gewonnen, dass die Vorschriften geradezu darauf abzielten, den Gefangenen zur offenen Rebellion zu treiben, was die Möglichkeit zuließ, die Haftbedingungen zu verschärfen. Bei dieser Gelegenheit jedoch gewann der Gefangene seine Fassung wieder. Er schlug die Hacken zusammen, verneigte sich steif und entschuldigte sich, den Kommandanten mit unnötigen Forderungen behelligt zu haben. Tuttmann hatte den Eindruck, einen ungewöhnlich raffinierten Gefangenen vor sich zu haben.

Es wurde Dorfrichter nicht mitgeteilt, dass am Vorabend seine Eltern und seine Schwester in Wien eingetroffen waren und im Nebenraum darauf warteten, vom Kommandanten empfangen zu werden.

Vater Dorfrichter war Glasimporteur in Salzburg, er war klein, gedrungen und hatte das gespreizte Gehabe eines Kampfhahns. In den Zügen der Mutter, einer korpulenten, verhärmten Frau, erinnerte irgendetwas entfernt an die Züge ihres hübschen Sohnes. Die Schwester hatte vom Vater den rosigen Teint geerbt und dessen stämmige Figur.

Nachdem Oberleutnant Dorfrichter in seine Zelle geführt worden war, wurde die Familie ins Dienstzimmer des Kommandanten geleitet. Augenblicklich brachte der Vater in einer zusammenhanglosen, aber hochdramatischen Ansprache seine Empörung über des Sohnes Verhaftung zum Ausdruck. Ihn Offizier werden zu lassen habe ihm große Opfer abverlangt, sagte er. Jeder andere hätte den Jungen dazu angehalten, ihm im Geschäft zu helfen. Auch seine Tochter habe er der Armee geopfert, indem er einwilligte, dass sie einen mittellosen Dragonerrittmeister heiratete. Die Kautionssumme allein in diesem Fall habe ihn ein kleines Vermögen gekostet – ganz zu schweigen von der Summe, die er beisteuern musste, als sein Sohn sich eine unvermögende Frau nahm. Trotz der finanziellen Belastungen betrachte er es als große Ehre, einen Sohn und einen Schwiegersohn zu haben, die im Dienste Seiner Majestät standen. Unfasslich, den Sohn eines derart kaisertreuen und patriotischen Bürgers zu verdächtigen, das abscheulichste Verbrechen des Jahrhunderts begangen zu haben! Er verlange, dass sein Sohn unverzüglich auf freien Fuß gesetzt werde – zumindest, dass er ihn allein sprechen dürfe.

Als man ihm das höflich, aber kategorisch abschlug, brach er in Schluchzen aus. Auch seine Frau weinte still vor sich hin, und nur die Tochter blieb kühl und gelassen. Der Kommandant, ein gutmütiger, geduldiger Mann, den die langen Dienstjahre im Gefängnis gegen Tränen unempfindlich gemacht hatten, versprach ihnen beim Abschied, dafür zu sorgen, dass es dem Oberleutnant Dorfrichter an nichts fehle, soweit das unter den obwaltenden Umständen möglich sei.

Die nächsten drei Tage blieb Dorfrichter vollkommen isoliert. Genau wie in Linz wurde ihm dreimal am Tag das Essen aus einem nahe gelegenen Kaffeehaus geschickt. Am ersten Tag verweigerte er die Annahme, aber Langeweile und Trübsal waren schwer zu ertragen, und er sagte sich schließlich, dass es unsinnig wäre, auch noch die Qualen des Hungers hinzuzufügen. Vom zweiten Tag an aß er tüchtig und legte sich einen Plan zurecht, um die schreckliche Eintönigkeit der Tage zu durchbrechen. Er stand spät auf – Offiziere waren nicht an den Tageslauf des Gefängnisses gebunden –, zog das Frühstück in die Länge und machte anschließend 30 Minuten Gymnastik. Einer von den Wachsoldaten, die ihn durchs Guckloch beobachteten, war selbst aktiver Turner und merkte an Dorfrichters unbeholfenen Bewegungen, dass er noch nicht viel Übung besaß. Anschließend wusch er sich und ließ sich vom Gefängnisbader rasieren. Den Rest des Vormittags verbrachte er damit, am Fenster zu stehen und mit sich selbst zu sprechen. So wenigstens kam es den Wachen vor. Hie und da konnten sie ein Wort verstehen, gewöhnlich Städtenamen wie Ulm, Friedland, Wagram, Borodino, Leipzig. Als man Hauptmann Kunze davon berichtete, begriff er, dass Dorfrichter die Schlachtorte der napoleonischen Kriege rekapitulierte; offenbar lag ihm daran, seinen Geist ebenso gelenkig zu halten wie seinen Körper.

Am 3. Dezember – es war der Tag, an dem Dorfrichter nach Wien überführt wurde – bekam Kunze von der Staatsanwaltschaft den Durchsuchungsbefehl für die Wohnung von Frau Josephine Gruber, Dorfrichters Schwiegermutter, in der Hahngasse 32.

Es war die zweite Hausdurchsuchung; die erste war kurz nach Dorfrichters Verhaftung erfolgt. Bei jedem Aufenthalt in Wien war der Oberleutnant in der gruberschen Wohnung gewesen. Die Polizei hatte gehofft, in der Hahngasse das Kopiergerät, mit dem die Zirkulare vervielfältigt worden waren, zu finden, Schreibgerät und vielleicht sogar einen Rest Zyankali; doch die Polizisten hatten unverrichteter Dinge wieder abziehen müssen.

Diesmal war die Hausdurchsuchung lediglich ein Vorwand. Kunze wusste, dass Marianne Dorfrichter aus Linz eingetroffen war und wollte mit ihr sprechen, ehe irgendjemand sie beeinflussen konnte. Aus zivilrechtlichen Gründen ließ Kunze sich von Kommissar Dr. Weinberger und zwei Detektiven begleiten.

Ein junges Mädchen vom Lande öffnete ihnen. Da Frau Gruber in ihrem Haushaltswarengeschäft – im Parterre des gleichen Hauses – war, mussten die vier Männer im Vorzimmer warten, während das Dienstmädchen sie holen ging.

Dorfrichters Schwiegermutter kam schwer atmend und glutrot vor Entrüstung herein. Sie war eine kleine, mollige Frau mit kurzen Beinen und üppigem Busen, und als sie Kunze gegenüberstand, fielen ihm unwillkürlich die legendären Gänse des Kapitols ein, die flügelschlagend und zischend das gefährdete Rom verteidigt hatten.

Frau Gruber führte die vier Männer durch das enge Vorzimmer ins Speisezimmer, das auch als Besuchszimmer, Arbeitszimmer und – bei Familienzusammenkünften – als zusätzliches Gästezimmer diente. Eine Vitrine mit Erbstücken aus Silber und Meißner Porzellan und ein Bücherschrank, in dem die gesammelten Werke von Lessing, Goethe, Schiller, Grillparzer und Shakespeare standen, zeugten von einer gewissen Eleganz und Kultur.

Die Männer trafen im Speisezimmer vier junge Frauen an, die vier Töchter von Frau Josephine Gruber. Marianne Dorfrichter saß, in einen weiten Umhang gehüllt, in einem Armsessel am Fenster, ihre Schwestern um den Tisch. Sie rührten sich nicht, als die Männer eintraten, wandten ihnen nur die sorgsam frisierten Köpfe zu und erwiderten ihren Gruß mit einem kaum wahrnehmbaren Kopfnicken. Für Kunze glich die Szene einem vermeerschen Gemälde. Die Schwestern waren augenscheinlich in der Absicht gekommen, Marianne Trost zuzusprechen und ihr beizustehen.

Die beiden Detektive machten sich an die Arbeit. Sie waren angewiesen worden, systematisch nach Briefen und Notizen Dorfrichters zu suchen sowie nach jeder Art von Korrespondenz, die seine Person betraf. Frau Gruber folgte ihnen auf Schritt und Tritt, es sah aus, als fürchte sie für das Familiensilber. Die Töchter blieben steif und stumm sitzen und ignorierten geflissentlich die Beamten.

Durch ihre Heirat war es Marianne, der jüngsten und schönsten der vier Gruber-Töchter, gelungen, eine gesellschaftlich höhere Stufe zu erklimmen; das Gleiche galt für ihre drei Schwestern. Frau Gruber hatte ihre Töchter immer wieder darauf hingewiesen, Jungfräulichkeit sei das höchste Gut eines Mädchens und dürfe nur dem hingegeben werden, der am meisten dafür biete. Alma, die Älteste, hatte einen Fabrikanten für Küchengeräte in Graz geheiratet, Tilda einen Baumeister in Baden bei Wien, Liesl den Inhaber eines Kaufhauses in Klagenfurt. Zweierlei war diesen Schwiegersöhnen gemeinsam: Sie waren reich und bedeutend älter als ihre Frauen. Einzig und allein Marianne hatte aus Liebe geheiratet. Dass sie die Frau eines Offiziers wurde und in andere Kreise hineinkam, hatte für sie die geringste Rolle gespielt.

Marianne hatte Dorfrichter kennen gelernt, kurz bevor seine Zeit auf der Kriegsschule um war. In den langen Jahren ihrer Krankheit war sie viel allein gewesen, hatte geträumt, gelesen und zugesehen, wie aus den Schornsteinen der Nachbarhäuser Rauchspiralen in den Himmel emporstiegen. Immer wieder hatte sie sich ausgemalt, wie es sein würde, wenn sie erst wieder in die Welt hinausdurfte. Ihre Gedanken kreisten um den Unbekannten, der sie eines Tages aus der Enge der voll gestopften Wohnung in der Hahngasse herausholen und vom ewigen Fiebermessen – viermal täglich – und der anstrengenden Fürsorge der Mutter erlösen würde. Als sie Peter Dorfrichter sah, wusste sie vom ersten Augenblick an: Das ist er.

Zwar war sie von ihrer Tuberkulose inzwischen ganz genesen, nicht jedoch von der Einsamkeit ihrer Jugendjahre. Sie sehnte sich danach, Menschen kennen zu lernen, fühlte sich aber nur dann unter Fremden wohl, wenn sie ihren Mann neben sich wusste. Er war die Brücke, die ihre Romanwelt mit der Wirklichkeit verband. Jetzt war sie dieser Brücke beraubt, war wieder eingesperrt in der engen Wohnung in der Hahngasse.

Was ihre Tage erträglich machte, war die verbissene Loyalität von Mutter und Schwestern. Sie hatten ihr schon einmal in einem entscheidenden Augenblick geholfen: als Dorfrichter die 30 000 Kronen Kaution nicht hatte aufbringen können, waren sie mit 20 000 Kronen eingesprungen. Die restliche Summe war von seiner Familie ziemlich widerwillig beigesteuert worden, denn die alten Dorfrichters hatten sich eine glänzendere Partie für ihren Sohn erhofft.

Ein weniger charakterfester Mensch als Frau Gruber hätte nun, da ihr Schwiegersohn sich als schlechte Investition erwies, seine Haltung geändert. Doch Frau Gruber hatte nur Bewunderung für ihn. Marianne fühlte fast so etwas wie Neid, wenn sie sah, mit welcher Entschlossenheit ihre Mutter diesem schrecklichen Hauptmann entgegentrat, und sie wünschte nur, sie könnte die gleiche Entrüstung bekunden, aber jedes Mal, wenn sie etwas sagen wollte, zog sich ihr die Kehle zusammen.

«Da wir nun schon einmal hier sind, Frau Gruber», hörte sie den Hauptmann sagen, «hätte ich Ihnen gern ein paar Fragen gestellt.»

Frau Gruber verschränkte die Arme.

«Nur zu, Herr Hauptmann. Fragen Sie.»

«Als der Herr Oberleutnant Dorfrichter am 14. November nach Wien kam – wie viel Uhr war es, als er morgens hier in der Wohnung eintraf?»

Frau Gruber schnaubte verächtlich.

«Das bin ich schon mehrmals gefragt worden! Erst von den

Detektiven und dann vom Herrn Kommissar. Warum fragen Sie die nicht?»

Kunze sagte leise, doch sehr energisch: «Ich frage *Sie*!»

«Die Antwort ist immer noch die gleiche, Herr Hauptmann. Punkt sieben. Ich weiß es deshalb so genau, weil gerade, als das Dienstmädchen ihn hereinließ, mein Wecker geklingelt hat.» Ihre Stimme klang jetzt um einige Grade weniger kampflustig.

«Können Sie sich erinnern, was der Herr Oberleutnant an diesem Morgen gesagt und getan hat?»

«Wie ich seine Stimme gehört hab, hab ich meinen Morgenrock angezogen und bin ihn begrüßen gegangen. Er hat den Hund dabeigehabt und einen kleinen Koffer. Wir haben nicht gewusst, dass er kam, und ich war ganz überrascht, ihn zu sehen. Ich hab ihm gesagt, dass Marianne noch schläft, im roten Zimmer – wir nennen es so, weil es rote Vorhänge hat. Er hat gesagt, ich soll sie nicht wecken. Dann hat er mit den Kindern gespielt.»

«Mit was für Kindern?»

«Mit denen von meiner Tochter Tilda.» Sie zeigte auf die stupsnasige Blonde im schwarz-weißen Taftkleid. «Die waren bei mir, weil meine Tochter die Maler gehabt hat. Sie wohnen in Baden bei Wien.»

«Was hat er denn mit ihnen gespielt?»

«Ach, eigentlich gar kein richtiges Spiel. Immer wenn er kommt, bringt er ihnen was mit. Spielzeugsoldaten und kleine Kanonen und so was. Er hat alles auf dem Fußboden aufgebaut. Ich hab dann runter müssen in den Laden.»

«Sie haben noch miteinander gespielt, wie ich aufgewacht bin», mischte sich Marianne ein. Sie warf den Umhang ab, stand auf und wandte sich dem Hauptmann zu. Ihre Wangen waren gerötet, und sie konnte das Zucken ihrer Lippen nicht unterdrücken; dennoch zwang sie sich, ihren Mann zu verteidigen. Sie hatte in Hauptmann Kunze von der ersten Begegnung an einen Dämon gesehen, der gekommen war, ihrer beider Leben zu zerstören, und sie hasste ihn mit einer Wildheit, die sie sich nie zugetraut hätte. Die Armee war in ihren Augen viel zu erhaben, als dass sie gewagt hätte, ihr die Schuld an dieser Tragödie zuzuschreiben; darum konzentrierte sich ihr bitterer Groll auf Hauptmann Kunze.

«Ich hab die Kinder lachen hören», fuhr sie fort, «und dann plötzlich die Stimme meines Mannes. Als ich dazukam, lag er mit den Kindern auf dem Boden. Der Bub ist sechs, das Mädel vier, alle lagen auf dem Bauch ... sie haben Soldaten aufmarschieren lassen ... und er hat den Kindern von Taktik erzählt und wie man die Flanke des Gegners umgeht ... die Kinder fanden es herrlich ... und er auch.» Ihre Stimme brach plötzlich, und es sah einen Augenblick lang so aus, als würde sie in Ohnmacht fallen. Ihre Mutter lief zu ihr und schloss sie in die Arme.

«Um Gottes willen, beruhige dich, Marianne!»

«Lass mich», sagte sie und machte sich aus der schützenden Umarmung frei. Ihr Blick blieb starr auf Kunze gerichtet, der sie unverwandt ansah, überrascht von diesem unerwarteten Ausbruch. *Es kann nicht mehr lange dauern bis zur Entbindung*, dachte er.

«Halten Sie es für denkbar, dass ein Mann mit zwei kleinen Kindern spielt und lacht, wenn er eben zehn Todesurteile verschickt hat?», fragte sie. «Denn das waren diese Zirkulare: Todesurteile. Nur eines ist vollstreckt worden, aber das war purer Zufall. Ein Mensch muss verrückt oder ein Ungeheuer sein, um so etwas fertig zu bringen. Und mein Mann ist keines von beiden – er ist lieb und gut. Sie werden nicht den geringsten Beweis gegen ihn finden, weil es keinen gibt! Und er hat mit der grausigen Tat, für die Sie ihn hängen wollen, nichts zu tun»

Mariannes Ausbruch wirkte unterschiedlich auf die Anwesenden. Frau Gruber sah so aus, als wollte sie dem Hauptmann die Augen auskratzen, die Töchter schnieften, Kunze aber empfand Verdruss. Aus einem unerklärlichen Grunde war Marianne Dorfrichter ihm zuwider, möglicherweise hing es mit ihrer Schwangerschaft zusammen; als Junggeselle, als Mann ohne eigene Familie fand er schwangere Frauen reizlos, ja geradezu abstoßend.

«Wir hängen keinen Unschuldigen, Frau Dorfrichter», sagte er halb verlegen, halb vorwurfsvoll.

Kurz darauf war die Hausdurchsuchung beendet. Wie Marianne prophezeit hatte, waren keine Beweise zutage gefördert worden. Ehe die Beamten gingen, entschuldigte sich Kommissar Weinberger für die Störung, was mit herablassendem Schweigen quittiert wurde. Kunze war schon fast an der Tür, als Marianne ihn zurückhielt.

«Herr Hauptmann», sagte sie, bemüht, ihre Stimme weder rechthaberisch noch kränkend klingen zu lassen, «wie geht es ihm? Wie erträgt mein Mann all dies Schreckliche?»

«Seit er in Wien ist, habe ich ihn noch nicht wieder gesehen», sagte Kunze. «Aber wie ich höre, geht es ihm gut. Ich nehme an, dass ich ihn Ende der Woche sehen werde.» Ihm fiel die Botschaft wieder ein, die Dorfrichter ihm aufgetragen hatte, aber er schwieg.

Marianne seufzte. «Bitte sagen Sie ihm, dass ich ihn sehr vermisse. Und dass ich an ihn glaube. Um mich soll er sich keine Sorgen machen. Ich schaffe es schon.» Als Kunze nichts erwiderte, trat sie noch näher an ihn heran, sodass ihr Körper ihn beinahe streifte. «Wollen Sie ihm das sagen? Oder ist auch das gegen die Vorschriften?»

Kunze nickte. «Ja, das ist es, aber ich werde es ihm trotzdem sagen.»

Stabsprofos Tuttmann befahl der Wache, die Zelle aufzuschließen. Es war zehn Minuten nach zehn, Dorfrichter hatte die sich selbst auferlegten Gymnastikübungen hinter sich gebracht und stand angekleidet vor dem Fenster und murmelte seine geheimnisvollen Litaneien. Beim Knarren der schweren Tür fuhr er herum.

Der Profos salutierte. «Melde gehorsamst, Unteroffizier Tuttmann.» Dorfrichter war, wenn auch Gefangener, immer noch Offizier, und nur ein Schuldspruch konnte ihn seines Ranges berauben. «Ich habe Befehl, Herrn Oberleutnant ins Büro von Herrn Hauptmannauditor Kunze zu bringen.»

«Endlich!» Dorfrichter wirkte beinahe heiter, obwohl er blass und hohläugig aussah.

Das Militärgefängnis lag unmittelbar neben dem Garnisonsgericht. Handelte es sich bei dem Gefangenen um einen Offizier, so musste laut Vorschrift der Profos neben ihm und ein Soldat mit aufgepflanztem Bajonett hinter ihm hergehen.

Kunzes Büro befand sich im dritten Stock; es war ein puritanisch einfacher Raum mit hoher Decke und zwei auf die Straße hinausgehenden Fenstern, Bücherregalen an den Wänden, einem riesigen Kachelofen und Schreibtischen für den Hauptmann und seine Mitarbeiter. Das Militärstrafgesetz verlangte, dass zwei Offiziere, ein Auditor-Aspirant und ein Protokollführer, bei den Verhören sowohl des Angeklagten wie der Zeugen zugegen waren. Dem Verfahren gegen Dorfrichter waren die Leutnants Stoklaska und Heinrich zugeteilt, Letzterer als Schriftführer.

Nach der förmlichen Begrüßung verließen der Profos und der Soldat den Raum. Kunze wandte sich an Dorfrichter: «Ehe wir mit unseren Gesprächen beginnen, möchte ich Ihnen sagen, dass ich diese Untersuchung unbeeinflusst führe. Ich habe nicht das Geringste gegen Sie. Meine Aufgabe ist es, die Wahrheit herauszufinden.»

«Das klingt sehr nobel, Herr Hauptmann», sagte Dorfrichter. «Ich wollte nur, ich könnte es glauben.»

Entgegen besserer Einsicht ärgerte sich Kunze. Der Mann schien doch weniger klug zu sein, als er angenommen hatte. Jemand, der auch nur einen Funken Verstand hatte, machte sich doch denjenigen nicht zum Feind, der die Entscheidung, wie sein Schicksal weiterhin verlaufen sollte, beeinflussen konnte! Mut war eine Sache – Tollkühnheit eine andere. Kunze fragte sich, ob der Oberleutnant inzwischen zu dem Schluss gekommen war, sein Fall sei hoffnungslos. Er wusste, dass Hohn oft ein Zeichen für Schuld war. Ein Mann, der mit seiner Hinrichtung rechnete, hatte nichts mehr zu verlieren.

«Nehmen Sie Vernunft an, Dorfrichter. In den kommenden Wochen werden wir häufig miteinander zu tun haben, und es würde die Sache für uns beide sehr viel leichter machen, wenn diese Begegnungen in einer erträglichen Atmosphäre stattfänden. Würde ich mir allein auf Grund des vorliegenden Beweismaterials ein Urteil bilden, müsste ich Sie für schuldig halten. Aber das tue ich nicht.»

«Und warum nicht?», unterbrach ihn Dorfrichter und ließ dabei das «Herr Hauptmann» weg.

«Ich habe Ihnen eben gesagt, warum nicht. Mir liegt nichts an einer Verurteilung, die auf Indizien basiert. Zu einer Verurteilung bedarf es entweder eines überzeugenden Beweises Ihrer Schuld oder Ihres Geständnisses.»

«Ein Geständnis wäre Ihnen lieber, oder?» Erst nach einer Pause setzte er hinzu: «Herr Hauptmann.»

«Nicht unbedingt.»

«Aber ohne Geständnis können Sie mich nicht zum Tode verurteilen lassen. So lautet das Gesetz, nicht wahr? Wenn ein Mann nicht in flagranti erwischt wird, kann er nur dann zum Tode verurteilt werden, wenn er gesteht. Das stimmt doch, oder?»

Kunze nahm sich vor, nicht ungeduldig zu werden.

«Ich darf Sie daran erinnern, Herr Oberleutnant, dass in diesem Raum ich es bin, der die Fragen stellt.» Sein Ton war der eines verdrossenen Schullehrers.

«Aber wir müssen uns doch miteinander verständigen können, Herr Hauptmann. Ich muss wissen, worauf Sie hinauswollen, worin Ihre Strategie besteht. Damit ich meine Verteidigung aufbauen kann.»

«Dorfrichter, ich habe hier den Bericht des Psychiaters. Darin heißt es, dass Sie über eine ungewöhnlich hohe Intelligenz verfügen. Fast schon über Genialität. Also reden Sie keinen Blödsinn. Sonst muss ich diesen Bericht anzweifeln.»

Dorfrichter fuhr starrköpfig fort: «Herr Hauptmann, darf ich bitte meinen Standpunkt erläutern. Wir sind hier zu einer Art Duell angetreten. Sie werfen mir vor, einen Kameraden getötet zu haben, ich werfe Ihnen vor, mich töten zu wollen.»

«Wie bitte?», fragte Kunze in scharfem Ton.

«Und die Ironie liegt darin», fuhr der Oberleutnant fort, «dass, wenn sich Ihre Beschuldigung als wahr erweist, auch meine wahr wird! Indem Sie mir nachweisen, dass ich ein Mörder bin, werden Sie selbst zum Mörder. Und in diesem Fall würde zwischen Ihnen und mir kein großer Unterschied bestehen, nicht wahr?»

Kunze warf ihm einen halb ironischen, halb zornigen Blick zu und fragte sich dabei, was Stoklaska und Heinrich von diesem Wortgefecht wohl hielten. Beide saßen scheinbar völlig unbeteiligt da, Heinrich notierte jedes Wort, das gesprochen wurde, Stoklaska sah aus dem Fenster auf das Dach des gegenüberliegenden Hauses am Hernalser Gürtel.

«Kommen wir zur Sache, Dorfrichter», sagte Kunze. «In dem Bericht des Psychiaters steht, dass Sie nicht nur ein ungewöhnlich begabter, sondern auch ein ungewöhnlich ehrgeiziger Mensch sind.»

«Das gehört gewöhnlich zusammen, oder nicht?» Der Oberleutnant grinste, er machte mehr und mehr den Eindruck, als amüsierte er sich.

«Was war Ihre erste Reaktion, als Sie die Avancementsliste lasen und feststellten, dass Sie nicht in den Generalstab berufen worden waren? Waren Sie enttäuscht?»

Dorfrichter überlegte einen Augenblick.

«Nein, Herr Hauptmann», sagte er mit schneidender Stimme. «Ich war nicht enttäuscht. Ich war wütend. Empört. Ich dachte an die zwei Jahre auf der Kriegsschule, an die vorangegangene Aufnahmeprüfung und an das Büffeln und Schwitzen für die Abschlussprüfungen und wurde immer wütender, als mir klar wurde, dass alles umsonst gewesen war, dass dabei nicht mehr herauskam, als in eine lausige, schmutzige Provinzgarnison nach der anderen kommandiert zu werden, um aus Bauerntölpeln Soldaten zu machen, Pflichten zu erfüllen, die jeder sture Unteroffizier genauso gut erfüllen könnte. Jawohl, ich war außer mir über die Stupidität eines Systems, das es fertig bringt, derart verschwenderisch mit Talent und Erfahrung umzugehen.»

«Und dann beschlossen Sie, etwas zu unternehmen?»

«Nein, Herr Hauptmann. Ich trank ein Glas Wein. Die meisten Menschen regt das an, aber mich beruhigt es. Darum trank ich noch ein zweites. Und dann fing ich an nachzudenken. Der Krieg ist unvermeidlich. Er muss kommen. Heute, in einem Jahr, in fünf Jahren. Der Chef des Generalstabes ist dafür; der Thronfolger ist dafür; der Kaiser ist dagegen. Aber der ist neunundsiebzig. Wie lange wird er noch zu leben haben? Wenn der Krieg ausbricht, wird man Männer wie mich brauchen. Die Entscheidung von 1909 wird dann zugunsten des gesunden Menschenverstandes revidiert werden. So kam ich zu dem Schluss, dass es das Richtigste sei, meinen Ärger herunterzuschlucken und in Ruhe abzuwarten.»

«Wieso sind Sie so sicher, dass es Krieg geben wird?»

«Das ist eine Frage von Sein oder Nichtsein. Denken Sie an die Prinzessin mit Namen Hegemonie und an die vier Ritter, die sich um sie bewerben: Russland, Deutschland, Frankreich und unsere Monarchie. Diese Dame liebt keinen, sie ist ein sadistisches Luder, nur der Anblick von vergossenem Blut erregt sie. Wenn einer der Ritter sie gewinnen will, muss er ihr die abgeschlagenen Häupter seiner Rivalen vorweisen. Um die Sache noch mehr zu komplizieren, sind da auch noch Großbritannien und das Osmanische Reich. Aber der Türke leidet an perniziöser Anämie, und England fühlt sich zu Prinzen genauso hingezogen wie zu Prinzessinnen. Daher ist es möglich, dass diese beiden im Turnier fehlen werden.»

«Ihre Beweisführung ist irrig. Wenn es Krieg gibt, kämpfen wir auf der Seite Deutschlands. Und auf der Italiens. Nehmen wir an, unsere Allianz siegt. Dann wird Deutschland noch viel stärker werden. Ebenso Italien. Und wo bleiben dann wir?»

«Aber das sage ich ja! Deshalb werden Leute von meinem Kaliber gebraucht! Die Deutschen sind uns in vielem überlegen. Mehr Truppen, mehr und bessere Waffen, eine einheitlichere Bevölkerung. Aber wir haben die besseren Köpfe. Unsere Kriegsschule ist die beste der Welt. Ich weiß es, weil ich sie durchlaufen habe. Großer Gott, Herr Hauptmann, haben Sie Blochs *Ist der Krieg jetzt unmöglich*? gelesen?» Er tat einen tiefen Atemzug. «Der springende Punkt seiner Thesen ist der, dass nach dem ersten Angriff, bei dem Millionen ihr Leben verlieren werden, der Krieg gewissermaßen zum Stillstand kommt. Die Truppen beider Seiten werden in Gräben hocken wie Maulwürfe, und der Spaten wird so unentbehrlich sein wie das Gewehr.»

Kunze nickte. «Ja, ich hab das Buch gelesen. Er könnte Recht haben.»

«Bestimmt. Genau das wird geschehen, wenn wir nicht aufwachen. Zwei Erfindungen, die letzthin gemacht worden sind, werden das Gesicht der Welt verändern. Der Verbrennungsmotor und die drahtlose Telegraphie. Wir besitzen Waffen von vernichtender Gewalt, wir müssen sie nur dorthin schaffen, wo wir sie brauchen! Doch nach wie vor halten sowohl der deutsche wie der französische Generalstab – und übrigens auch unser eigener – den Bajonettangriff für die beste Art der Offensive! Noch immer verlässt man sich beim Rekognoszieren auf die Kavallerie! Und beim Nachschub auf die Pferde! Unsere einzige Rettung liegt darin, dass wir all diese antiquierten Vorstellungen, die unsere Verbündeten sowie unsere Feinde uns aufgezwungen haben, beiseite werfen und unseren eigenen Weg gehen. Der französische Generalstab ist politisch korrupt. Die Deutschen sind beschränkt. Ihr Generalstabschef, General von Moltke, ist auf der Kriegsschule durchgefallen, und die ist verglichen mit der unsrigen der reine Kindergarten. Er ist auf diesen Posten nur deshalb gekommen, weil er einen illustren Namen trägt und der Kaiser eine Schwäche für ihn hat. Der Kaiser duldet in seiner Umgebung niemanden, der auch nur einen Funken Talent hat: Sämtliche entscheidenden Posten des Heeres sind mit Prinzen und Zinnsoldaten besetzt, die nicht die leiseste Ahnung davon haben, was Krieg bedeutet. Seite an Seite mit denen gehen wir zugrunde! Wenn wir unseren eigenen Weg gehen, können wir eine Weltmacht werden. Doch dann darf man nicht zulassen, dass Männer wie ich ihre Zeit auf Exerzierplätzen vergeuden und der Truppe beibringen, dass Knöpfe poliert und Latrinen sauber gehalten werden müssen. Ganz zu schweigen von dem Widersinn, dass ich mich hier gegen absurde Anschuldigungen verteidigen muss!»

Kunze hatte regungslos zugehört, ohne auch nur einen Moment die Augen von Dorfrichters Gesicht, von den hohlen

Wangen und den tiefen Ringen unter den Augen abzuwenden.

«Ich begrüße es, dass Sie den Zweck unserer Zusammenkunft doch nicht ganz vergessen haben», sagte er barsch. «Sie sind hier, weil man Sie eines Mordes beschuldigt. Es ist meine Pflicht, Sie darauf hinzuweisen, dass alles, was Sie bisher geäußert haben, die Anklage stützt.»

Dorfrichter unterdrückte ein Lachen. «Um Himmels willen, Herr Hauptmann, kommen Sie mir nicht mit juristischen Spitzfindigkeiten. Denken Sie an meine geistigen Fähigkeiten. Behandeln Sie mich nicht wie einen grünen Jungen!»

«Nein, das sind Sie ganz gewiss nicht! Und ich habe größte Hochachtung vor Ihrer Intelligenz. Allerdings haben Sie etwas von einem Fanatiker an sich. Ehrgeiz allein würde einen Mann wie Sie vielleicht nicht zum Mord treiben. Aber möglicherweise Ehrgeiz, kombiniert mit Fanatismus!»

Dorfrichter sprang auf. «Ich bitte gehorsamst um die Erlaubnis, rauchen zu dürfen», sagte er.

«Erlaubnis erteilt.»

Kunze zog ein silbernes Etui – ein Geschenk von Rose – heraus und hielt es Dorfrichter hin. Leutnant Heinrich gab ihm Feuer. Mit einem Kopfnicken dankte Dorfrichter dem Leutnant. Er inhalierte tief, und seine Erregung schien sich zu legen.

«Fanatiker oder nicht, ich habe mit den verfluchten Zirkularen nichts zu tun», sagte er.

Kunze ging nicht darauf ein.

«Ihre Frau lässt Sie sehr herzlich grüßen», sagte er.

Dorfrichters Gesicht wurde noch um einen Schein bleicher, unnatürlich blass. Er ließ die Hand, in der er die Zigarette hielt, sinken.

«Sie haben sie gesehen?», fragte er mit erstickter Stimme.

«Ja, vor ungefähr fünf Tagen.»

«Wie geht es ihr?»

«Es geht ihr gut, und sie glaubt an Sie. Sie sollen sich keine Sorgen um sie machen – und sie vermisst Sie.»

«Hat sie das Kind schon?»

«Als ich sie sah, hatte sie es noch nicht.»

«Das ist fünf Tage her.»

«Wenn sie es inzwischen hätte, wäre ich benachrichtigt worden.»

«Warum darf sie mich nicht besuchen?»

«Sie kennen die Vorschriften.»

«Kann man nicht eine Ausnahme machen? Ich bin schließlich Offizier. Was versprechen Sie sich davon? Wenn Sie glauben, mich dadurch mürbe machen zu können, irren Sie sich gründlich. Mich nicht, Herr Hauptmann. Und welche mittelalterlichen Methoden auch immer Sie anwenden – ich werde als freier Mann aus dieser Sache hervorgehen. Da können Sie ganz sicher sein.»

Kunze musterte ihn kalt. Die Erwähnung seiner Frau hatte Dorfrichter etwas aus der Reserve gelockt. Die Hand, in der er die Zigarette hielt, hatte zum ersten Mal gezittert. Er tat noch immer trotzig, aber in seinem Ton hatte mehr Angst als Überzeugung gelegen. Die Trennung von Marianne war offensichtlich das, was dem Gefangenen am meisten zu schaffen machte. Schuldig oder unschuldig, die Mordanklage war etwas, wogegen er kämpfen konnte. Und mit Verstand und Phantasie konnte er den Kampf vielleicht sogar gewinnen, aber für seine Frau konnte er nichts tun. Jenseits der Mauer, die sie trennte, konnte sie krank werden, sich in einen anderen verlieben oder sich ihm einfach entfremden, und er hatte keinerlei Möglichkeit, sich mit ihr in Verbindung zu setzen. Solange Marianne zu ihm hielt, war Dorfrichter in seinem Duell mit Kunze unverwundbar. Sie war für ihn das, was für Siegfried das Lindenblatt auf seiner Schulter gewesen war.

Kunze zog seine Uhr heraus.

«Wir wollen für heute auch Schluss machen», sagte er. «Wir sind nicht viel weitergekommen, aber wir haben ja noch Zeit.»

Die erste Konfrontation war beendet. Oberleutnant Dorfrichter wurde in seine Zelle zurückgeführt. Die Schritte hallten durch die Gänge, dann fiel die schwere Eichentür mit der aufgemalten 6 hinter ihm ins Schloss.

5

Die Kanzlei von Dr. Paul Goldschmiedt lag mitten im Zentrum der Stadt, am Kohlmarkt, in unmittelbarer Nähe der Hofburg. Es war eines jener üppigen, in der letzten Dekade des 19. Jahrhunderts erbauten Wohnhäuser, mit einer marmornen Eingangshalle und prächtigen Aufzügen in reich verzierten Käfigen. Die Aufzüge waren innen mit Spiegeln und einer Maroquinpolsterbank versehen. Dr. Goldschmiedt hatte im ersten Stock zwei Wohnungen inne. In der einen befand sich seine Kanzlei, in der anderen wohnte er mit seiner Frau und vier Dienstboten. Seine Pferde und Kutschen – ein Landauer, eine Kalesche und zwei Gigs – waren in einer in der Nähe gelegenen Remise untergebracht, ebenso das Daimler-Automobil, für das er eigens einen Chauffeur angestellt hatte, der ihn im Monat 150 Kronen kostete.

Es war Frau Grubers Idee gewesen, sich an Dr. Goldschmiedt zu wenden: Er war nicht nur der erfolgreichste, sondern auch der teuerste Anwalt in Wien. Zunächst war die ganze Familie dagegen. Es gab einen Vetter, der Advokat war, und alle meinten, man sollte ihn zu Rate ziehen. Aber Frau Gruber wollte davon nichts hören. Der Fall Dorfrichter war zur *cause célèbre* geworden. Es hatte bereits zwei Interpellationen im Parlament gegeben, beide Male wegen der Art und Weise, in der die Militärdienststellen die Ermittlungen führten. Peter Dorfrichters Name erschien Tag für Tag in den Zeitungen, sein Fall war das Gesprächsthema auf sämtlichen

Teegesellschaften in allen Clubs, in den Kaffeehäusern und auf der Straße. Frau Gruber gelang es schließlich, die Familie davon zu überzeugen, dass ein Mann wie Dr. Goldschmiedt, dessen Ruhm sich auf seine Erfolge bei sensationellen Kriminalprozessen gründete, ganz zweifellos der Versuchung nicht würde widerstehen können, einen so viel beachteten Fall zu übernehmen und Dorfrichter zu verteidigen.

Mit unfehlbarem Instinkt bestand sie darauf, dass Marianne selbst ihn aufsuchte. Die Tochter widersprach heftig. Seit sie am 1. Dezember nach Wien gekommen war, hatte sie die grubersche Wohnung nicht mehr verlassen. Sie vermied es sogar, sich am Fenster zu zeigen, da Zeitungsreporter oder Detektive ständig vor dem Haus herumlungerten.

«Ich will nicht, Mama. Ich gehe nicht zu Dr. Goldschmiedt! Nicht in meinem Zustand. Eher bringe ich mich um», sagte sie schluchzend.

Mariannes Tränen ließen Frau Gruber ungerührt.

«Dein Zustand? Du tust, als wärst du die einzige schwangere Frau auf der Welt. Wie ich dich erwartet hab, hat dein Vater mich und deine Schwestern zum berühmten Volksfest der Prinzessin Pauline Metternich mitgenommen. Fünf Tage später bist du geboren worden. Kein Mensch hat was dabei gefunden. Dein Mann ist in einer engen Gefängniszelle eingesperrt, wo er nicht einmal ein Stück Himmel sieht, und seine Frau rührt keinen Finger für ihn!»

Frau Gruber schrieb an Dr. Goldschmiedt, und die Kanzlei erwiderte, der Doktor sei bereit, Frau Dorfrichter zu empfangen. Um sicher zu sein, dass Marianne es sich nicht noch anders überlegte, begleitete Frau Gruber sie zum Kohlmarkt. Beide Frauen trugen Schwarz, die Mutter ihres Alters wegen, die Tochter, um ihren Zustand zu verbergen.

Das Wartezimmer der goldschmiedtschen Advokatenkanzlei war höchst eindrucksvoll – die vorherrschende Farbe war ein diskretes Gelbgrau; an den Wänden hingen düstere Landschaftsgemälde. Die Kanzleiräume lagen an einem langen dunklen Vorzimmer; durch die geschlossenen Türen drangen gedämpfte Geräusche.

Der Mann, der Marianne empfing – Frau Gruber blieb im Wartezimmer –, war mittelgroß, eher stämmig als korpulent, wurde schon kahl, und seine kleinen schwarzen Augen tasteten die Besucherin neugierig ab. Er war konservativ gekleidet, trug aber eine rote Nelke im Knopfloch, einen glatten goldenen Ehering und einen schweren Smaragdring an den wohlgepflegten Händen. Marianne argwöhnte, dass sein kurzer schwarzer Schnurrbart und sein gelichtetes Haar gefärbt seien. Er war um die fünfzig, vielleicht fünfundfünfzig, und bewegte sich mit der gewollten Jugendlichkeit einer alternden Primadonna, wenn sie die Naive spielt. Er hatte etwas Imponierendes und Respekt einflößendes.

Marianne reichte ihm die Hand, und er hob sie an die Lippen. Der Handkuss war eine rein gesellschaftliche Geste. Sie war die Frau eines Offiziers.

«Was kann ich für Sie tun, Verehrteste?» Sein Ton war freundlich, ein wenig herablassend, und sein durchdringender Blick glitt mit peinlicher Intensität über ihre Gestalt. Marianne fühlte, wie sie errötete und wie ihr der Schweiß ausbrach. Sie wusste, dass sie gleich anfangen würde zu weinen, und verwünschte ihre Schwäche.

«Herr Dr. Goldschmiedt, würden Sie die Verteidigung meines Mannes übernehmen?» Sie spürte, wie brennende Tränen ihr in die Augen stiegen.

Er nahm sie am Ellbogen und führte sie zu einem Sessel.

«Setzen Sie sich, meine Liebe.» Er selbst setzte sich in den Sessel ihr gegenüber. «Ich habe mir schon gedacht, dass Sie mich deswegen sprechen wollten, und habe mich ein wenig mit der Angelegenheit befasst. Ich fürchte –»

Sie unterbrach ihn. «Er hat es nicht getan! Er ist unschuldig.»

«Das mag sein, aber das ist im Augenblick von sekundärer Bedeutung. Die Hauptsache ist, ihn so schnell wie möglich aus den Klauen des Militärs zu befreien und den Fall einem Zivilgericht zu übertragen.»

«Bitte, Herr Dr. Goldschmiedt, helfen Sie ihm, ich bin überzeugt, Sie können es.»

Ihre Tränen waren getrocknet, sie hatte ihre Fassung wiedergewonnen. Er sah sie unverwandt an, und es kam ihm immer stärker zum Bewusstsein, wie schön sie war. Ihre Schönheit hatte etwas von jener Vollkommenheit, die sich nur dem Kenner offenbart. Die meisten Männer wären auf der Straße achtlos an ihr vorübergegangen, besonders jetzt, da sie schwanger war. Aber für ihn hatte auch ihre Schwangerschaft einen eigentümlichen Reiz. Paul Goldschmiedts erotische Interessen umfassten ein weites Gebiet. Er war der geborene Entdecker, ständig auf der Suche, aber er hatte nie ganz genau das gefunden, was er suchte. Er war in der Lage, sich das Beste leisten zu können, auch das, was als neuartig und selten galt. Als vorbildlicher Gatte und Vater verlegte er seine Abenteuer größeren Stils ins Ausland, wo er nicht mehr riskierte, als Geld zu verlieren. Im heimatlichen Wien beschränkte er sich auf Liaisons mit prominenten Schauspielerinnen und teuren Kokotten, obwohl das Zusammensein mit ihnen ihn weniger entzückte als eine Fahrt in seinem Daimler die Kärntnerstraße hinunter. Er war kein Dummkopf, deutete seinen mangelnden sexuellen Appetit als Zeichen nahenden Alters und fand sich mit der Tatsache ab, dass nur das Außergewöhnliche ihn noch erregen konnte. Diese junge Frau mit dem Gesicht von Botticellis Flora und dem schwangeren Leib fesselte ihn, wie ihn seit der Affäre mit der sudanesischen Negerin im Jahr zuvor in Paris nichts mehr gefesselt hatte.

«Liebe Frau Dorfrichter», er schüttelte den Kopf, «ich möchte keinesfalls falsche Hoffnungen in Ihnen wecken.»

«Man lässt mich nicht zu meinem Mann, ich darf ihm nicht einmal schreiben. Ich bin im Militärgefängnis am Hernalser Gürtel gewesen – ich hatte in der Zeitung gelesen, dass er dort ist – und wollte ihm etwas zum Anziehen bringen, Socken, Wäsche und so. Aber sie wollten das Paket nicht annehmen. Er muss Gefängniskleidung tragen, hat es geheißen. Das ist schrecklich. Er muss ja meinen, ich kümmerte mich nicht um ihn, ich ließe ihn im Stich.»

«Das denkt er bestimmt nicht.»

«Ich weiß ja nicht einmal, ob er noch lebt.»

Dr. Goldschmiedt tätschelte sanft ihren Arm. «Aber natürlich lebt er noch. Wir sind nicht im Mittelalter, meine Gnädigste, sondern im 20. Jahrhundert.»

Die Berührung seiner weichen, schwammigen Hand beruhigte sie irgendwie. Sie fühlte sich seltsam zu ihm hingezogen, wahrscheinlich wegen seines Alters, dachte sie. Genau so alt wäre ihr Vater jetzt, wenn er noch lebte.

Obwohl Dr. Goldschmiedt nicht die geringste Ähnlichkeit mit ihrem Vater hatte, kam sie sich jetzt, wo sie neben ihm saß, weniger verwundbar vor als während der ganzen vorangegangenen schrecklichen Wochen.

«Übernehmen Sie den Fall?», fragte sie. Ihre Mutter hatte ihr eingeschärft, auch gleich die Honorarfrage anzuschneiden: Solche Dinge müssten vorher festgelegt werden, damit es hinterher keine bösen Überraschungen gebe. Marianne wusste nicht recht, wie sie diese Frage zur Sprache bringen sollte. «Wir sind nicht reich», stammelte sie, «aber wir – ich meine – die Familie – wir sind bereit –»

«Das ist unwichtig, meine Liebe.» Sein Ton war knapp, fast barsch. «Wenn ich diesen Fall übernehme – *wenn* ich ihn übernehme», er betonte das «wenn», «so tue ich das, weil ich es für meine Bürgerpflicht halte, für die Abschaffung eines überholten und unmenschlichen Gesetzes zu kämpfen, weniger für den Einzelnen, der ein Opfer dieses Gesetzes ist.»

Er wirkte entschlossen und aufrichtig. Marianne empfand warme Dankbarkeit.

Dr. Paul Goldschmiedt, den so viele für einen Wüstling und Zyniker hielten, konnte, wenn ihm daran gelegen war, auch Idealist und barmherziger Samariter sein. Er besaß einen brillanten, scharfen Verstand, war hoch gebildet und beschäftigte sich in seinen Mußestunden mit Botanik. In den Treibhäusern auf seinem Besitz am Wörthersee züchtete er exotische Pflanzen. Seine Bibliothek enthielt neben Erstausgaben und historischen, philosophischen, anthropologischen und psychiatrischen Werken die größte pornographische Sammlung Österreichs, möglicherweise der ganzen Monarchie. Sein hervorstechendster Zug war eine brennende Neugier. Immer neue Probleme versuchte er zu lösen, auf immer neue Experimente ließ er sich ein; das Leben war ein unendlich weites Gebiet, und jeder Quadratzentimeter musste genauestens geprüft, analysiert und registriert werden. Er war kein *nouveau riche* – das goldschmiedtsche Vermögen war vom Urgroßvater angehäuft und von jeder nachfolgenden Generation vermehrt worden –, besaß aber dennoch einen besonderen Sinn für Prachtentfaltung, einen Hang zum Luxus, wie er einem orientalischen Potentaten angestanden hätte. Voller Stolz führte er seine Ahnenkette bis zu Isaak Abravanel zurück, dem letzten großen jüdischen Gelehrten und Staatsmann im Spanien des 15. Jahrhunderts, fühlte sich aber gleichzeitig zu dem barocken Glanz der katholischen Kirche hingezogen. Er konvertierte nie, doch in fremden Städten sah man ihn oft in der Kathedrale die Messe besuchen. Als er Marianne Dorfrichter gegenüber von dem alten Unrecht sprach, das es wieder gutzumachen gelte, meinte er jedes Wort ernst.

«Lassen Sie mir noch ein, zwei Tage Zeit, meine Liebe», sagte er zu ihr. «Ich werde die Angelegenheit prüfen und Ihnen das Ergebnis mitteilen. Verzweifeln Sie inzwischen nicht, Sie sind viel zu jung, um in Trübsinn zu verfallen. Sorgen gehören zum Erwachsenwerden. Sie tragen dazu bei, den Charakter zu bilden, und gehen schneller vorbei, als Sie glauben. Und jetzt, in Ihrem Zustand, brauchen Sie alle Ihre Kräfte. Überlassen Sie alle Sorgen mir.»

Er hatte ihren «Zustand» erwähnt, und doch machte es Marianne sonderbarerweise nicht verlegen. Die schreckliche Last, die sie niederdrückte, schien plötzlich erträglich. Sie dankte ihm, und er sah sie mit einem freundlichen, aufmunternden Lächeln an.

Es war ein lästiges, zeitraubendes Verfahren, aber das Gesetz schrieb es vor. Zuerst wurde der Zeuge hereingerufen, Name und Personalien wurden von Leutnant Heinrich handschriftlich notiert. Hauptmann Kunze nahm dem Zeugen den Eid ab, und dann begann die Befragung. Erst nachdem der Zeuge entlassen war, wurde Oberleutnant Dorfrichter hereingebracht. Die Zeugenaussage wurde ihm vorgelesen, seine Reaktion darauf zu Protokoll genommen. Bestand eine größere Diskrepanz zwischen seiner Version und der des Zeugen, wurde Letzterer erneut hereingerufen und mit der Aussage des Angeklagten konfrontiert.

Aloisia Prechtel, unter dem Lodenmantel in ihr bestes Dirndl gekleidet, mit grünem, federgeschmücktem Filzhut auf dem Kopf und in hohen Knopfstiefeletten, saß auf der äußersten Kante des Zeugenstuhls. Sie kam sich ungemein wichtig vor und war voller Rachedurst, wenn auch auf der Hut. Ihre Gnädige hatte Linz verlassen, ohne ihr zu sagen, wie lange sie fortbleiben würde. Die ihr unerwartet zuteil gewordene Berühmtheit war ihr ein gewisser Trost: Fremde

Menschen redeten sie auf der Straße an, um sich nach Dorfrichters Privatleben zu erkundigen; Reporter interviewten sie; selbst Pater Kolb von der Minoritenkirche hatte sie nach der Messe zu sich in die Sakristei gebeten.

Jetzt war sie nach Wien gerufen worden, um unter Eid auszusagen. Sie war noch nie in der Hauptstadt gewesen, hatte aber zum Glück dort eine Cousine, die sie vom Zug abgeholt und bis vor die Tür von Hauptmann Kunzes Zimmer begleitet hatte.

«Fräulein Prechtel», sagte Kunze, nachdem Name und Adresse notiert worden waren und auch seit wann sie bei den Dorfrichters in Dienst stand, «ich möchte, dass Sie sich an den 13. November erinnern. Damals ist der Herr Oberleutnant Dorfrichter spät abends nach Wien gereist. Waren Sie an diesem Tag in der dorfrichterschen Wohnung?»

«Wo denn sonst? Ich wohn dort. Ich bin nicht eine, die sich rumtreibt, wenn die Gnädige nicht daheim ist.»

«Das haben wir auch nicht angenommen», sagte der Hauptmann. «Wie wir hören, war der Herr Oberleutnant vom 12. an beurlaubt. Können Sie sich noch erinnern, ob er am 13. zu Hause war, und wenn ja, was er getan hat?»

«Zu Haus war er schon, aber ich weiß nicht, was er gemacht hat, weil er in seinem Zimmer geblieben ist. Er hat sich eingesperrt.»

Kunze rief sich die Wohnung ins Gedächtnis.

«Wie meinen Sie das? In seinem Zimmer? Es gibt einen Salon, das Speisezimmer und das Schlafzimmer.»

«Im Schlafzimmer natürlich. Da ist sein Schreibtisch drin.»

«Und er hat Sie den ganzen Tag nicht hereingelassen?»

«Nein!»

«Fanden Sie das ungewöhnlich, oder ist so etwas schon einmal vorgekommen?»

«Nein. Das ist noch nie vorgekommen. Mir ist es irgendwie komisch gewesen, aber jetzt weiß ich, warum er mich eingesperrt hat. Er hat all die Briefe an die Offiziere geschrieben und die Kapseln mit Gift gefüllt!»

Die drei Männer sahen sich verblüfft an.

«Woher wissen Sie das?», fragte Kunze scharf.

«Das weiß jeder.» Sie zuckte die Achseln. «Es hat ja auch in der Zeitung gestanden!»

«Aber haben Sie denn die Briefe oder die Kapseln gesehen? Oder haben Sie Staubkörnchen oder Pulver entdeckt, das nach Gift ausgesehen hat?»

«Staub gibt's bei mir nicht. Ich lass mir doch nicht nachsagen, ich tät nicht richtig sauber machen.»

«Und was ist mit den Briefen und den Kapseln?»

«Kann schon sein, daß ich die gesehen hab. Ich weiß es nicht.»

«Hat sich der Herr Oberleutnant am 12. November auch eingeschlossen?», fragte Kunze.

«Jawohl, Herr Hauptmann, außer wenn er den Hund ausgeführt hat.»

«Und wer hat am 13. den Hund ausgeführt?»

«Der Herr Oberleutnant, wer denn sonst? Ich hab genug zu tun, auch ohne dass ich hinter dem Hund herrenn!»

«Sie haben ausgesagt, dass der Herr Oberleutnant sowohl am 12. wie am 13. mit dem Hund fortgegangen ist. Das bedeutet, dass er nicht die ganze Zeit in seinem Zimmer eingeschlossen war.»

«Nein. Er hat das Zimmer bloß abgesperrt gelassen. Und wie er fort ist, hat er den Schlüssel mitgenommen.»

«Sie konnten also weder am 12. noch am 13. ins Schlafzimmer?»

«Erst am nächsten Morgen. Da war der Herr Oberleutnant schon in Wien.»

Kunze lehnte sich in seinem Stuhl zurück und blickte für einen Moment ins Leere.

«Danke schön, Fräulein Prechtel, das ist im Augenblick alles.»

Aloisia erhob sich widerstrebend. Die Aufregung, die ihr anfangs die Kehle zugeschnürt hatte, war vergangen. «Ich hab am 3. November gekündigt», sagte sie plötzlich zu den drei Männern, die offensichtlich nicht bemerken wollten, wie wichtig sie als Zeugin der Anklage war. «Ich hab sofort gehen wollen. Wegen dem Herrn Oberleutnant. Er hat mich eine dumme Gans geheißen. Die Frau Dorfrichter hat gebeten, dass ich's vergess und dableiben soll. Sie hat gesagt, der Herr Oberleutnant wär sehr nervös, weil man ihn bei der Beförderung übergangen hat.»

Ihre Hoffnung, mit dieser Mitteilung den Herrn Hauptmann dahin zu bringen, dass er die Sitzung verlängerte, erfüllte sich.

«Welche Beförderung?», fragte Kunze.

«Die Beförderung zum Hauptmann natürlich. Sie haben sich alle zwei so darauf gefreut gehabt und darauf, dass sie dann nach Wien versetzt werden. Und dann ist auf einmal nicht mehr drüber geredet worden. Wie ich sie gefragt hab, hat sie zu mir gesagt, ich soll mich um meine eigenen Sachen kümmern. Und er ist herumgestapft und hat geflucht und mit den Türen geworfen.»

«Wann ist Ihnen die Veränderung an dem Herrn Oberleutnant zum ersten Mal aufgefallen?», fragte Kunze.

Aloisia ließ sich schwer wieder auf den Stuhl sinken. «Nach dem 1. November.» Sie geizte mit ihren Informationen.

«Hatten Sie das Gefühl, Frau Dorfrichter sei enttäuscht, dass sie nicht nach Wien ziehen konnte?»

«Das weiß ich nicht. Sie war auch schon vorher irgendwie nervös. Sie hat sich nicht besonders gut gefühlt. Außerdem hat sie sich geärgert, dass sie dick geworden ist. Hat Angst gehabt, dass er, der Herr Oberleutnant, mein ich, wegen ihrem Zustand kein Interesse mehr für sie haben könnt.» Aloisia kicherte. «Sie ist eine von den Eifersüchtigen. Sie hat ihm gern nachspioniert. Wo er gewesen ist und wen er besucht hat und so –»

«Hat er ihr denn Grund zur Eifersucht gegeben?»

«Ach du liebe Zeit, nein! Der hat sie ja direkt angebetet. Ich hab manchmal am Abend das Nachtmahl eine Stund auf dem Herd warm halten müssen, ehe die zwei zum Essen Zeit gehabt haben. Er hat halt nicht bis nach dem Nachtmahl warten wollen, verstehn Sie? Ich bin immer wütend geworden. Ich hab nie so was wie ein Soufflé machen können, weil ich gewusst hab, bis die aus den Betten gekrochen kommen, ist es so flach wie ein Palatschinken. Natürlich war das vor acht oder zehn Wochen. Jetzt ist sie ja bald so weit. Außerdem hat der Herr Doktor ihm gesagt, er soll sie in Ruhe lassen, weil sie nicht besonders kräftig ist.»

Nach diesen letzten Eröffnungen entließ Kunze sie mit solcher Bestimmtheit, dass sie es vorzog, nicht noch länger zu verweilen. Unmittelbar darauf ließ er Dorfrichter zum Verhör heraufbringen.

Seit ihrer letzten Begegnung waren zwei Tage vergangen. Der Oberleutnant schien aufgeräumter Stimmung. Kunze war davon unterrichtet, dass er sich gewissenhaft an den selbst auferlegten Stundenplan hielt: Gymnastik, kalter Guss, endlose Selbstgespräche. Ein neuer Zeitvertreib war hinzugekommen: ein Bummel auf dem Ring. So zumindest bezeichnete es der verdutzte Profos. Dorfrichter ging mit großen Schritten in seiner Zelle auf und ab und rief nach einer bestimmten Anzahl von Schritten wie ein Trambahnschaffner den Namen einer Querstraße aus. Dann blieb er einen Augenblick stehen, als ließe er den Verkehr vorbei, und setzte dann seinen Weg bis zur nächsten Querstraße fort. Am ersten Tag legte er die Strecke zwischen Oper und Weißkirchnerstraße zurück. Am folgenden Tag gelangte er bis zur Urania.

Aloisias Zeugenaussage wurde Dorfrichter vorgelesen, in erster Linie jener Teil, der Dorfrichters Verhalten am 12. und 13. November betraf. Der Gefangene hörte es sich an, mit steinernem Gesicht.

«Haben Sie irgendetwas dazu zu sagen?», fragte Kunze.

Dorfrichter zuckte die Schultern. «Was erwarten Sie von mir zu hören? Dass ich mich eingeschlossen habe, um die Rundschreiben zu vervielfältigen und die Kapseln mit Gift zu füllen?»

«Haben Sie es denn nicht getan?»

«Nein. Ich habe gearbeitet und wollte Aloisia davon abhalten, dauernd hereinzuplatzen. Ich habe einen Aufsatz über die 18-cm-Haubitze geschrieben, deren Bedeutung bis heute vom Heereskommando unterschätzt wird, und hatte mein Manuskript und mein Quellenmaterial im ganzen Zimmer ausgebreitet. Hätte ich die Tür unversperrt gelassen, so wäre sie hereingeprescht, hätte alles aufgelesen und zu einem ordentlichen Stoß geschichtet, nur um mir zu beweisen, dass sie sauber gemacht hat.» Er hielt einen Augenblick verlegen inne. «Es tut mir Leid, Herr Hauptmann. Ich rede hier wie eine kleinliche Hausfrau. Ich wäre nie auf den Gedanken gekommen, Aloisias *modus operandi* mit einem Offizierskameraden zu erörtern.»

«Sie sagen, Sie hätten am 12. und 13. November an dieser Abhandlung gearbeitet. Damals wussten Sie doch bereits, dass Sie *nicht* in den Generalstab berufen worden waren. Was haben Sie sich von Ihrer Arbeit erhofft? Wir kennen doch beide die Armee, Dorfrichter. Wie um alles in der Welt konnten Sie glauben, Ihre Vorschläge würden die oberste Heeresleitung veranlassen, die bestehenden Pläne zu revidieren?»

«Ich begreife nicht, worauf Sie jetzt hinauswollen.»

«Dann werde ich es Ihnen sagen, zum Teufel!», Kunze sprach mit erhobener Stimme. Das Hin und Her ging ihm auf die Nerven. «Sie waren entschlossen, die Mauer zwischen Ihnen und dem Generalstab zu überwinden. Das konnte nur dann gelingen, wenn Sie Ihre drei Vordermänner beseitigten. Es gab kein anderes Mittel. Sie wollten kein Truppenoffizier bleiben, der sich Stufe für Stufe bis zum Oberst hinaufdient und dann in Pension geschickt wird und bis zu seinem Tod ein bequemes, aber ruhmloses Leben führt. Sie haben ... «

Dorfrichters schrilles, aufgebrachtes Lachen schnitt ihm das Wort ab.

«Sie haben wahrhaftig schöpferische Phantasie, wenn Sie mir diese Bemerkung erlauben, Herr Hauptmann. Wenn Sie keine Indizien gegen mich haben, phantasieren Sie sich welche zusammen. Ich bin also schuldig, weil ich eine Abhandlung über den Nutzen der 18-cm-Haubitze geschrieben habe. Ich bin der böse Charles Francis, nur weil meine Handschrift angeblich seiner gleicht, weil ich an dem Tag, an dem die Zirkulare aufgegeben wurden, in Wien war, weil ich in einer Gemischtwarenhandlung ein Dutzend Schächtelchen gekauft habe. Ich glaube nicht, dass es Ihnen gelingen wird, mich verurteilen zu lassen, Herr Hauptmann, wenn Sie nicht noch mehr Beweise gegen mich finden. Dem Kriegsgericht gehören außer Ihnen sieben Offiziere an, die insgesamt acht Stimmen haben, Sie dagegen haben nur eine. Ich glaube an meine Kameraden, wer auch immer sie sein mögen. Welchen Druck Sie auch auf sie ausüben werden, ihr Urteil wird lauten: Nicht schuldig!»

«Ich brauche keine weiteren Beweise. Bis dahin werden Sie gestanden haben», sagte Kunze mit seiner tonlosen, gleichmütigen Stimme.

Seine Gelassenheit schien Dorfrichter zu ärgern.

«Damit also rechnen Sie?», fragte er hitzig. «Mit meinem Geständnis? Ich sage Ihnen lieber gleich: Tun Sie das nicht! Ich werde als freier Mann diesen Raum verlassen, und Sie werden auf Ihr Avancement zum Major warten müssen, bis Sie das entsprechende Alter erreicht haben!»

Er stand auf und ging nervös hin und her. Kunze, der ihn nachdenklich beobachtete, konnte die Ausdauer dieses Mannes nur bewundern. Seit seiner Arretierung waren zwei Wochen vergangen, und statt schwächer zu werden, schien Dorfrichter selbstbewusster und sicherer als zuvor. Ob schuldig oder nicht, er war fest davon überzeugt, als Sieger aus diesem Zweikampf hervorzugehen. In seinem schönen Gesicht, in seinen geballten Fäusten, seinem elastischen Gang drückte sich Entschlossenheit aus.

«Was haltet ihr von ihm?», fragte Kunze Stoklaska und Heinrich, nachdem man Dorfrichter abgeführt hatte. Es war ungewöhnlich, dass er mit Untergebenen über einen Tatverdächtigen sprach. Aufgrund eines hundertfünfzig Jahre alten Gesetzes war er Richter, Ankläger und Verteidiger in einer Person, und ob dieses Gesetz nun gut oder falsch war, die moralischen Konsequenzen seiner Entscheidung hatte allein er zu tragen. Diese ungeschriebene Regel hatte er jetzt durchbrochen. Die beiden Leutnants führten sein ungewöhnliches Verhalten darauf zurück, dass er verwirrt war.

«Wenn man ihn so anschaut, möchte man meinen, er könnte keiner Fliege was zuleide tun», sagte Stoklaska. «Aber es spricht verteufelt viel gegen ihn. Ich möchte nicht in deiner Haut stecken, Emil.» Wenn sie unter sich waren, ließen sie die förmliche Anrede weg und redeten sich mit Du an.

«Noch fehlt der Beweis, Emil, dass er sich irgendwo Zyankali beschaffen konnte. Und solange du den nicht erbringst, hält deine ganze Beweisführung nicht stand», gab Heinrich zu bedenken.

Der Hauptmann nickte. «Das weiß ich. Aber welchen Eindruck macht der Mann auf euch?»

«Ich glaube, er ist ein großartiger Offizier. Wahrscheinlich gibt es keinen besseren. Schuldig oder nicht schuldig – ich würde ihn laufen lassen. Der Mann ist zu gut für die Gefängniszelle. Wenn es Krieg gibt, werden Leute wie Peter Dorfrichter gebraucht.»

6

General Wencel und seine Frau gaben in ihrem Haus in Hietzing ein Diner. Zum ersten Mal war Hauptmann Kunze unter den Gästen. Die goldgeprägte Einladungskarte zu erhalten galt in Wien als ebensolche Ehre, wie in London Zutritt zum Asquithschen Zirkel zu bekommen.

Kunze war gerade dabei, seine neuen, aber leider etwas zu engen Lackstiefel anzuziehen, als Rose nach flüchtigem Klopfen an der Tür ins Zimmer gestürzt kam.

«Paul liegt im Sterben!», berichtete sie in einem Ton, der für den Anlass viel zu fröhlich klang.

«Welcher Paul?»

«Onkel Paul.» Ihre Stimme wurde geziemend kummervoll. Der Sterbende war ihr Lieblingsonkel. «Er hat einen Schlaganfall gehabt. Der Arzt meint, es würde höchstens noch ein paar Tage mit ihm dauern. Der Arme! Er ist erst sechzig. Viel zu jung, um zu sterben.»

Es gelang Kunze, seine Füße in die Stiefel zu zwängen, und er ging an den Kleiderschrank, um den Waffenrock vom Bügel zu nehmen.

«Nächstes Jahr gehen wir zusammen zu den Wencels», sagte sie.

Seine Hand hielt am obersten Knopf inne.

«Wer weiß, ob ich nächstes Jahr eingeladen werde.»

Ihrem Gesichtsausdruck nach hatte sie eine andere Antwort erwartet.

«Aber wenn du eingeladen wirst, werde ich es auch.» Sie

schmiegte sich an ihn und küsste die goldenen Sterne auf seinem Waffenrock. Er wich irritiert zurück. Solche Liebesbezeigungen fand er unangebracht und peinlich. Er wusste, dass sie eine Frage von ihm erwartete, aber er hatte keine Lust, ihr entgegenzukommen.

«Als ich Onkel Paul das letzte Mal gesehen habe, hat er mir gesagt, dass er ein neues Testament gemacht hätte; ich soll das Haus und einen Teil der Aktien bekommen.» Sie sprudelte die Worte hervor und ließ sein Gesicht nicht aus den Augen. «Wenn er stirbt, können wir heiraten.»

«Noch ist er nicht tot, nicht wahr?» Seine Stimme klang brüsker, als er beabsichtigt hatte. «Er kann wieder gesund werden und noch ein paar Jahre fröhlich weiterleben.»

«Darf ich denn keine Träume haben?», fragte sie. Ihre Lippen zitterten, und ihre Augen waren feucht.

«Du hast mir immer gesagt, du hingest an ihm. Wie kannst du dann wünschen, dass er stirbt?»

«Weil ich an dir sehr viel mehr hänge als an ihm. Dich liebe ich mehr als irgendjemand sonst auf der Welt. Glaub mir, es ist für eine Frau nicht schön, immer im Hintergrund bleiben, immer unsichtbar sein zu müssen, nie sagen zu dürfen: Das ist mein Mann! Wir gehören zusammen. Ich nenne dich meinen Untermieter, du nennst mich deine Wirtin. Das wäre schon recht, wenn alles, was uns zusammenhält, nur ein Mietvertrag wäre!»

Plötzlich schämte er sich aufrichtig. Da gab es nun eine Frau, die ihm Zärtlichkeit und Verständnis entgegenbrachte, ihm ein Zuhause schenkte, ohne etwas dafür zu verlangen. War er krank, so pflegte sie ihn; fühlte er sich einsam, leistete sie ihm Gesellschaft; wollte er allein sein, hielt sie sich von ihm fern, und wenn er es wollte, so ließ sie ihn in ihr Bett. Ohne sie hätte er sich weiter ziellos treiben lassen, hätte hie und da flüchtige Abenteuer gehabt und wäre Abend für

Abend in eine leere Wohnung heimgekehrt, in der das einzige fröhliche Geräusch aus dem Trichter seines Grammophons drang. Er trat auf sie zu und zog sie in eine – für seine Verhältnisse – liebevolle Umarmung.

«Sei doch kein solches Kind. Natürlich will ich dich heiraten. Ich schau keine andere Frau auch nur an, das weißt du doch.» Er schob sie sanft von sich. «Und jetzt weine bitte nicht auf meine Galauniform. Jede Träne macht auf diesem empfindlichen Tuch einen Fleck.»

Sie lachte, während sie sich mit einem Taschentuch die Augen trocknete, und setzte dann wehmütig hinzu: «Ich wollte, ich könnte heute Abend mit! Ich hab ein neues Kleid, das kennst du noch gar nicht. Ganz aus weißer Spitze und unten eine Borte aus schwarzem Samt. Ein wundervolles Kleid! Du wärst stolz auf mich!»

Es war einer ihrer guten Tage. Ihr frisch gewaschenes Haar war weich und glänzend, trotz der grauen Strähnen an den Schläfen, und ihre Haut leuchtete so rosig wie die der jungen Mädchen auf Gemälden von Renoir. Sie trug ein samtenes Hauskleid mit lauter kleinen Volants auf der Vorderseite und eine Schleppe, die kaum den Boden berührte. Plötzlich fiel ihm ein, dass es Wochen her war, seit er diesen üppigen, schön geformten Körper, den jetzt das eng geschnürte Korsett umschloss, zuletzt in den Armen gehalten hatte.

Die Gesellschaft bei den Wencels trug rein militärischen Charakter. Zivilisten waren nur spärlich vertreten. Vorherrschend war das Grün der Generalstabsuniformen; die ganze Kriegsclique war vertreten, angeführt von Franz Conrad von Hötzendorf, einem schlanken, schmächtigen Mann mit der nervösen Energie eines Foxterriers und dem festen Zubiss einer Bulldogge. Er und seine Anhänger schlugen jeden Morgen erwartungsvoll die Zeitung auf, in der Hoffnung, dort unter Hofnachrichten zu lesen, der Kaiser sei unpässlich und müsse auf Weisung seines Leibarztes das Bett hüten, wäre doch eine solche Notiz ein sicheres Anzeichen dafür gewesen, dass die kaiserliche Gesundheit – endlich – nachließ! Noch mehr erfreut hätte sie eine Schlagzeile mit der Meldung von einer Herzattacke oder von einem Schlaganfall. Wären sie Serben oder Türken gewesen oder Angehörige einer Armee von weniger hohem moralischem Niveau, so hätten sie sich längst zusammengetan und ein Komplott zur Ermordung des Monarchen geschmiedet; doch so sehr ihnen Franz Joseph im Weg stand, eine derart radikale Lösung wäre ihnen nie in den Sinn gekommen. Sie ärgerten sich, sie knirschten mit den Zähnen, und die Wortführer waren häufig zu Gast in Schloss Belvedere, der Wiener Residenz des Thronfolgers Franz Ferdinand, oder auf seinem Landsitz Konopischt in Böhmen. Der Generalstabschef Conrad war sogar so weit gegangen, mit der Faust auf den kaiserlichen Schreibtisch zu schlagen, als ihm etwas nicht passte, aber dem Krieg hatte ihn das keinen Schritt näher gebracht. Die einzige Konzession, die er dem Kaiser abzuringen vermochte, war dessen Zustimmung zu einer grundlegenden Reorganisation und Modernisierung der Armee. Franz Conrad von Hötzendorf hatte während seiner dreijährigen Amtszeit wahre Wunder vollbracht, glich aber einem Jungen, der zwar zu Weihnachten sein Lieblingsspielzeug geschenkt bekommen hat, jedoch nicht damit spielen darf.

Auf Einladungen war Emil Kunze nicht gesellig. Er beobachtete lieber, als dass er sich bei diesem oder jenem Grüppchen an der Konversation beteiligte; ihn faszinierten die kleinen Komödien und Tragödien, die sich bei solchen Gelegenheiten abspielen: Freundschaften, die geschlossen oder erneuert, Abfuhren, die beabsichtigt oder unbeabsichtigt erteilt wurden, das Auf und Ab einzelner Karrieren, das Zu-

Ende-Gehen von Liebschaften, die harmlosen Neckereien, die so oft zu Duellen und sinnlosem Tod führten.

Wie üblich war auch eine Anzahl Subalternoffiziere eingeladen – vorzugsweise von der Kavallerie, nette junge Leute, die sich beim Trinken zurückhielten und sich vornehmlich der Aufgabe widmeten, die Offiziersgattinnen und -töchter unermüdlich im Walzertakt zu schwenken. Die Husaren sahen am prächtigsten aus, hatten es aber dafür am wenigsten bequem. Während Dragoner und Ulanen sich in engen schwarzen Hosen und leichtem weichem Schuhwerk präsentierten, bestand die Paradeuniform der Husaren aus eng anliegenden zinnoberroten Hosen, einem reich mit Goldschnüren verzierten blauen Waffenrock und kniehohen Reitstiefeln aus Lackleder. Für eine durchtanzte Nacht mussten sie mit stechenden Beinschmerzen büßen. Sporen waren *de rigueur*, und ihr diskretes Klirren bildete einen beharrlichen Kontrapunkt zu der sinnlich wogenden Musik. Den Rocksäumen und Schleppen bekamen die Sporen allerdings weniger gut; der Schaden, den sie anrichteten, war kaum zu beheben.

Sah man sonst auf den Bällen oder Festlichkeiten des Militärs Abendkleider, die von einer braven kleinen Hausschneiderin stammten, die sich vergeblich damit abgemüht hatte, Großmutters Damastvorhänge in ein Modell von Poiret oder Worth zu verwandeln, so trugen die Damen an diesem Abend Creationen der *haute couture*, und ihr Schmuck war echt: Manche Halskette, die ein *decolleté* schmückte, war mehr wert als das Jahresgehalt, das die Armee dem Gatten zahlte.

Lily Wencels Kleid war in dem neuen Directoire-Stil gehalten, blassgrüner Satin mit goldfarbenem Tüll darüber. Sie trug ihre berühmten Smaragde und sah verblüffend gut aus. Nur ein einziges Geschmeide übertraf mit seinem Glitzern das ihrige: die Diamanten von Frau Goldschmiedt. Die Goldschmiedts waren eines der wenigen Ehepaare, die trotz ihrer

Nichtzugehörigkeit zum Militär eingeladen worden waren. Frau Goldschmiedt war eine Cousine zweiten Grades von Lily Wencel. Doch hätte es für die Einladung dieser Familienbande nicht bedurft. Dr. Goldschmiedt war Mitglied des Jockey-Clubs; zudem hielt sich das Gerücht, dass er bald vom Kaiser zum Baron erhoben werden würde.

Gleich zu Beginn des Abends hatte Goldschmiedt Hauptmann Kunze aus der glänzenden Versammlung Uniformierter herausgefunden. Seine Bekanntschaft mit ihm stammte noch aus der Zeit seiner Tätigkeit bei der ehrwürdigen Anwaltsfirma Teller & Bauer.

«Was für eine reizende Überraschung! Sie hier, Herr Hauptmann», strahlte Goldschmiedt. «Hätte ich geahnt, dass ich Sie hier treffe, hätte ich mir einen Brief ersparen können. Sie finden ihn morgen unter Ihrer Post.» Als Kunze nicht danach fragte, worum es in dem Brief ging, fuhr er fort: «Es betrifft den Oberleutnant Dorfrichter. Ich hätte Sie in dieser Sache gern gesprochen. Seine Familie hat mich aufgefordert, seine Interessen wahrzunehmen.»

Das war für Kunze neu.

«Ich fürchte, Sie werden nicht viel für ihn tun können, Herr Doktor», sagte er. «Wie Sie wissen, untersteht er der Militärgerichtsbarkeit, die Teilnahme eines Zivilverteidigers ist nicht zulässig.»

«Es wäre Sache des Kriegsministeriums, den Fall vom Garnisonsgericht an einen zivilen Gerichtshof zu überweisen, nicht wahr?»

«Nicht unbedingt. Es wäre Sache Seiner Majestät.»

«Und wenn sich der Herr Minister von Schönaich dafür verwendete? Es kann Ihnen doch nicht verborgen geblieben sein, dass die öffentliche Meinung die Geheimnistuerei, mit der die Untersuchung geführt wird, missbilligt.»

«Tatsächlich?»

«Lesen Sie denn keine Zeitungen, Herr Hauptmann?»

«Die öffentliche Meinung war auch gegen das Zurückschneiden der Bäume am Opernring und gegen den Erlass, wonach alle Hunde Leine und Maulkorb tragen müssen. Trotzdem werden die Bäume zurückgeschnitten und den Hunden Maulkörbe angelegt.»

«Letzte Woche hat es zwei Interpellationen im Parlament gegeben. Man hat Sie als Unheilige Dreieinigkeit bezeichnet, man hat moniert, dass in einer Person die Funktionen des Untersuchungsrichters, des Staatsanwalts und des Verteidigers vereinigt sind! Österreichs Dreyfus-Affäre wird der Fall Dorfrichter genannt.»

«Was die Unheilige Dreieinigkeit angeht, Herr Dr. Goldschmiedt, alle meine Bemühungen dienen ausschließlich der Wahrheit und der Gerechtigkeit – und zwar in dieser Reihenfolge», sagte Kunze. Er wusste, dass es hochtrabend klang, konnte aber nicht anders. Menschen wie Paul Goldschmiedt brachten ihn immer dazu, Dinge zu äußern, die ihm später Leid taten.

«Missverstehen Sie mich nicht, Herr Hauptmann, meine Kritik ist nicht persönlich gemeint, aber auch Sie sind nur ein Mensch. Auch Sie können sich irren.»

«Sie glauben doch hoffentlich nicht, Herr Dr. Goldschmiedt, dass sich unsere Nachforschungen allein auf den Oberleutnant Dorfrichter konzentrieren? Das ist keineswegs der Fall. Wir bewegen uns in verschiedenen Richtungen. Mehr als die Hälfte aller in Linz stationierten Soldaten sind beispielsweise bis jetzt im Zusammenhang mit dem Versuch, in der ritzbergerschen Apotheke Zyankali zu kaufen, befragt worden. Ein weiterer Hinweis ist aus Baden gekommen. Er betraf einen blonden jungen Mann, der eine Anzahl Oblatenkapseln gekauft und sich dabei ziemlich verdächtig benommen hat. Zehn oder zwölf Personen, die mit dem Fall in Verbindung stehen könnten, werden überwacht. Soweit es sich um Zivilisten handelt, arbeiten wir eng mit der Polizei zusammen. Sie kennen vielleicht Kommissar Dr. Weinberger. Er ist unser Verbindungsmann.»

«Das klingt ja alles sehr beruhigend, Herr Hauptmann. Trotzdem ist Dorfrichter noch immer eingesperrt wie ein toller Hund.»

«Er befindet sich in einer durchaus komfortablen, gut geheizten Zelle und ist bei guter Gesundheit. Und die Leute vom Sanitätskorps tun alles, dass er es bleibt. Das Essen wird ihm von seiner Familie geschickt. und ich habe dem Profos persönlich eingeschärft, dass das warme Essen warm serviert werden soll und das kalte kalt. Bücher und Kontakt zur Außenwelt sind nicht erlaubt, aber das lässt sich zu gegebener Zeit vielleicht ändern.»

«Und das Licht in der Zelle geht nie aus, und er wird Tag und Nacht bewacht», schnaubte Dr. Goldschmiedt.

«Das ist richtig. Aber eines möchte ich doch dazu noch sagen: Möglicherweise tun Sie dem Mann gar keinen Gefallen, wenn Sie ihn der zivilen Jurisdiktion ausliefern. Die Militärgesetze sehen die Todesstrafe nur dann vor, wenn ein volles Geständnis oder ein unwiderlegbarer Beweis vorliegt. Ein Zivilgericht hingegen, das von seiner Schuld überzeugt ist, verurteilt ihn zum Tode. Es könnte sein, dass Ihre Bemühungen, mir Dorfrichter zu entreißen, ihn direkt an den Galgen liefern, Herr Dr. Goldschmiedt.»

«Ich darf also davon ausgehen, Herr Hauptmann, dass Sie eine diesbezügliche Bitte von mir an das Kriegsministerium nicht befürworten würden?»

Kunze fühlte, wie ihm der Zorn in die Kehle stieg.

«Sie haben Recht, das würde ich nicht.» Irgendwie gelang es ihm, sich zu beherrschen. «Ich bin nach wie vor der Meinung, dass die gegenwärtig praktizierte Verfahrensweise sowohl im Interesse des Angeklagten wie auch in dem der Öffentlichkeit liegt.»

Um das Dekorum zu wahren, blieben sie noch eine Weile beieinander stehen und unterhielten sich über Belanglosigkeiten, doch für den Rest des Abends gingen sie sich geflissentlich aus dem Weg. Seine Reaktion auf Dr. Goldschmiedts Vorschlag machte Kunze mehr zu schaffen als der Vorschlag selbst.

Um seine Gedanken von Paul Goldschmiedt abzulenken, ging er in den großen Salon hinüber, wo der Teppich beiseite gerollt war. Die ungarische Zigeunerkapelle des ‹Grand Hotel› spielte zum Tanz auf. Es war ein wunderhübsches Schauspiel: die farbigen Wirbel geschwungener Röcke, der im Licht der Kandelaber aufblitzende Schmuck, die Köpfe, die im Takt der Musik wippten wie ein Feld blühender Mohn, Schwalbenschwänze und Pinguine als Tupfen im Mosaik goldverschnürter Waffenröcke und entlang den Wänden die Chaperons, den üppigen Busen vom viel zu engen Korsett emporgestemmt – alles Übrige barmherzig unter weiten Röcken verborgen.

Lily Wencel tanzte mit einem Generalstabsoffizier, einem Hauptmann namens Dugonich. Kunze kannte ihn. Auch er war einer der Adressaten des Charles-Francis-Zirkulars. Als ein junger Ulan ihn beim Tanz ablöste, küsste er der Gastgeberin die Hand und steuerte geradewegs auf Kunze zu.

«Wie geht es unserem Freund Dorfrichter?», fragte er. Doch so, wie er das Wort «Freund» betonte, hatte es nichts Freundschaftliches.

Mittelgroß, mit einer Adlernase und einem Körper, der nur aus Muskeln zu bestehen schien, sah er aus wie ein Zigeuner, obwohl niemand gewagt hätte, ihn dafür zu halten. Er war der Sohn eines immens reichen Grundbesitzers aus der südlichen Ecke Ungarns, Nachfahre eines serbischen Stammeshäuptlings, und besaß die überlegene Ungezwungenheit eines Menschen, dem man aufgrund seines Reichtums nichts anhaben kann.

«Als ich ihn das letzte Mal sah, ging es ihm gut», erwiderte Kunze. Er sprach außerhalb des Gerichtsgebäudes ungern über den Fall. Der Ton, in dem Hauptmann Dugonich seine Frage vorgebracht hatte, erweckte jedoch seine Neugier. «Mir scheint, als sei er keineswegs dein Freund?»

«Ich hasse den Kerl», sagte Dugonich. «Nicht weil er mich hat umbringen wollen –»

«Das ist noch nicht bewiesen.»

«Was mich betrifft, doch! Er ist einer von der Sorte, die so was tun. Ich war zwei Jahre lang mit ihm in einer Klasse. Zwei Jahre sind lang, wenn man fünf- oder sechsundzwanzig ist. Ich könnte mir vorstellen, dass es einem weniger lang vorkommt, wenn man erst einmal die vierzig oder fünfzig erreicht hat, aber mit fünfundzwanzig sind zwei Jahre eine Ewigkeit. Er hat das Pult neben mir gehabt. Hohenstein saß links von mir, Mader hinter mir. Behaupte nicht, ich sei ein Snob. Aber wenn ich etwas nicht ausstehen kann, dann sind es Streber und Parvenüs. Ich weiß, dass ich vom Glück bevorzugt bin und all denen viel voraus habe, die aus kleinbürgerlichen Kreisen stammen. Aber deswegen braucht doch jemand, der nicht wie ich aus einem reichen Elternhaus kommt, oder wie der Hohenstein aus einem adeligen, noch lange kein Schweinehund zu sein! Mader war keiner, Gersten auch nicht, aber der Dorfrichter, der war einer! Der Ehrgeiz, immer und überall der Erste zu sein, stand ihm ins Gesicht geschrieben. Dass es ihm nicht gelungen ist, lag daran, dass er sich zu sehr darum bemüht hat. Vor den Prüfungen war er so verkrampft, dass man nur einen leeren Blick zur Antwort bekam, wenn man ihn anredete. Den hätte man mit einer Nadel stechen können, er hätte es nicht gespürt. An seiner Intelligenz ist kein Zweifel. Aber welcher Lehrer mag schon Schüler, die klüger sind als er? Auch mit einigen Mitschülern hat er sich verfeindet. Jeder weiß, dass auf der Kriegsschule keine echte Kameradschaft herrscht. Friss oder stirb heißt die Parole. Dreimal wird ausgesiebt, ehe man aufgenommen wird. Und dann werden noch mehr als 50 Prozent des Lehrgangs vor der Abschlussprüfung hinausgeworfen, aber auch wenn man noch so ehrgeizig ist, muss man seine Ungeduld verbergen, und wenn man keinen Erfolg hat, muss man versuchen, ein guter Verlierer zu sein. Aber wie dem auch sei, Dorfrichter war schon damals bereit, über Leichen zu gehen.»

«Wie meinst du das?»

«Ende des ersten Jahres war Dorfrichter in der Rangordnung Zwölfter. An elfter Stelle war Hoffer. Im Sommer 1904 wurden wir drei zum Korpskommando in Innsbruck abkommandiert. Keine erfreuliche Garnison, es sei denn, man wäre Bergsteiger, daher wurde viel getrunken und gejeut. Hoffer war ein passionierter, aber ziemlich schlechter Spieler. Meistens verlor er. Dorfrichter trank nur mäßig und spielte äußerst selten. In der fraglichen Nacht vertrat er einen Kameraden, der früher weggemusst hatte, beim *chemin de fer* und ertappte Hoffer beim Mogeln – so jedenfalls drückte Dorfrichter sich aus. Der Sachverhalt wurde nie ganz aufgeklärt, da alle betrunken waren – alle außer Dorfrichter. Es war nicht um große Summen gespielt worden, und es ging also nicht um Leben und Tod. Wir waren auch ganz unter uns. Ohne weiteres hätte Hoffers Erklärung akzeptiert werden können, er habe, als er sieben ansagte, versehentlich eine Coeur-Zwei für eine Drei angesehen. Er hatte eine Dame, eine Vier und die strittige Zwei bekommen und warf das Spiel auf den Tisch, ohne die anderen hineinschauen zu lassen. Dorfrichter hob die Karten auf und breitete sie auf dem Tisch aus. ‹Deine Sieben ist bloß eine Sechs!›, rief er. Wie ich schon sagte, war Hoffer total blau, und er machte einige wenige schmeichelhafte Äußerungen. Die Sache gelangte vors Ehrengericht des Regiments, wo Dorfrichter seine Beschuldigung wiederholte, Hoffer habe gemogelt. Es kamen bei dieser Gelegenheit ein paar unerfreuliche Einzelheiten über Hoffer ans Licht: Schulden, ein Vaterschaftsprozess, Beziehungen zu einer Prostituierten. Nach der Verhandlung erschoss sich Hoffer, und Dorfrichter begann sein zweites Jahr auf der Kriegsschule als Nr. 11. Nach Hoffers Begräbnis bin ich zu Dorfrichter gegangen und habe ihm gesagt, was ich von ihm hielte, als Offizier, als Kamerad und als Mensch. Offen gestanden wollte ich erreichen, dass er mich ohrfeigte oder mich forderte, aber diesen Gefallen tat er mir nicht. Er wartete ab, bis ich fertig war, und sagte bloß: ‹Das werde ich mir merken!› Als ich dann seinen Namen im Zusammenhang mit dem Fall Charles Francis hörte, war meine erste Reaktion, diesen lange zurückliegenden Vorfall zu melden, aber dann dachte ich mir, am Ende ist er doch unschuldig, und in dem Fall wäre ich genauso ein Schwein gewesen wie er in der Sache Hoffer. Aber nun, wo wir uns hier zufällig treffen, überlasse ich es dir, daraus entsprechende Schlüsse zu ziehen.»

«Zu Beginn des zweiten Kriegsschuljahrs war er also Nr. 11. Weswegen ist er zurückgefallen?»

«Nun, einige Instruktoren mochten ihn nicht. Außerdem war er körperlich weniger widerstandsfähig als die meisten anderen in der Klasse. Die Feldübungen überforderten ihn. Er war ein miserabler Reiter. Anfangs flog er in jeder Reitstunde vom Gaul. Es kam noch hinzu, dass der alte Campanini meinte, Dorfrichters Versagen werfe ein schlechtes Licht auf seine Fähigkeiten als Reitlehrer, und ihn auf die störrischsten Tiere setzte.»

«Gibt es noch jemand aus der Klasse, der mit Dorfrichter schlecht gestanden hat?»

«Nein, aber das will nichts heißen. Die Schule war nicht wie das übrige Offizierskorps. Teils weil man keine Zeit hatte, Freundschaften zu schließen, teils weil wir dort alle Konkurrenten waren. Nur wenige waren bei der ganzen Klasse beliebt – Mader war einer von ihnen. Es gab keinen besseren Kameraden als ihn.»

Die Gastgeberin trat auf sie zu und bat sie zu Tisch. Kunze kam es vor, als habe sie Dugonich den ganzen Abend über besonders ausgezeichnet. Sie hatte den Kotillon mit dem Ehrengast, dem Generalstabschef Conrad, getanzt, aber vorher hatten ihre Smaragde ständig vor Dugonichs flaschengrünem Waffenrock gefunkelt.

Das Diner war ein großer Erfolg und dauerte von Mitternacht bis zwei Uhr früh. Lily Wencel war es im Jahr zuvor gelungen, einen entscheidenden Sieg davonzutragen: Sie hatte sich der Köchin des verstorbenen Johann Strauß versichert. Das pummelige Weiblein, von Geburt Ungarin, aber mit Wiener Geschmacksnerven gesegnet, war auf ihrem Gebiet ein ebensolcher Meister, wie der gefeierte verstorbene Musiker es auf seinem Gebiet gewesen war. Als die Gäste sich erhoben, war jeder der Meinung, er habe zu viel gegessen, und fühlte sich mehr oder weniger stark beschwipst.

Gegen Ende des Diners stieß Lily Wencel ihr Glas um, und der Champagner ergoss sich über ihr Kleid. Der Fleck war so groß, dass sie hinaufging, um sich umzuziehen. Als sie in ihr Ankleidezimmer kam, saß die Zofe fest schlafend da. Lily rüttelte sie wach und sagte, sie solle schlafen gehen, sie brauche sie nicht mehr. Hastig verschwand das Mädchen, ehe die Gnädige es sich anders überlegte.

Hauptmann Dugonich, von der Gastgeberin über die Räumlichkeiten des Hauses unterrichtet, brachte es trotzdem fertig, zweimal die falsche Tür zu öffnen. Als er endlich das Ankleidezimmer fand, stand Lily vor dem bodenlangen Spiegel, der üppige weißhäutige Körper war von der Büste bis zu den Hüften in ein seidenes Fischbeinkorsett gehüllt. Ohne den Blick von Lily zu wenden, schloss Dugonich leise die Tür. Seine Hand tastete nach dem Schlüssel, und als er ihn nicht fand, wandte er sich zur Tür und sah, dass sie kein Schloss hatte.

«Kann man hier nicht abschließen? Meine Strategie gerät ins Wanken, wenn ich denken muss, dass jeden Augenblick der Ehemann hereinkommen kann.»

Sie lachte. «In diesem Hause nicht. Wir haben das Rezept für eine glückliche Ehe gefunden. Jeder respektiert das Privatleben des anderen. Karl ist viel zu wohlerzogen, um hier hereinzuplatzen, ohne dazu aufgefordert zu sein.»

«Fordern Sie ihn je dazu auf?»

«Von Zeit zu Zeit. Ich muss ihm doch Gelegenheit geben, sich zu beweisen, dass er mich nicht meines Geldes wegen geheiratet hat. Er braucht das für seine Selbstachtung.»

«Sie scheinen viel von Psychologie zu verstehen, wie?»

«Nein. Ich bin nur vorsichtig. Ich habe die Erfahrung gemacht, dass ein Mann ohne Selbstachtung gefährlich ist.»

Er zog sie in die Arme und presste die Lippen auf ihren Hals. Seine Rechte glitt über ihren Körper, ging auf Entdeckungsreisen.

«Wie gut, dass ich nicht Ihr Ehemann bin», sagte er.

«Das könnten Sie gar nicht sein. Ich würde Sie nie heiraten.»

«Warum nicht? Ich bin reich, wohlerzogen, sehe gut aus.»

Er nestelte, während er das sagte, an ihrem Korsett herum, der Spitzenstoff hatte sich verhakt. Sie warf den Kopf zurück, und ihre Augen unter den schweren Lidern verschleierten sich. Ihr Atem ging schwer.

«Ich würde nie einen Mann heiraten, in den ich mich verlieben könnte.»

Seine Hand hielt inne. Das Wort «verlieben» wirkte auf ihn wie ein kalter Guss. Nichts fürchtete er mehr als gefühlvolle Bindungen.

«Glauben Sie nicht, dass wir eine Menge riskieren?», fragte er sie. «Wäre es nicht gescheiter, wir träfen uns morgen in der Stadt? Ich habe eine Wohnung in der Himmelpfortgasse –»

«Nein.» Sie tastete nach den Knöpfen seines Waffenrocks. «Jetzt.»

Sie umschlang ihn mit solcher Heftigkeit, dass er rückwärts auf die seidenbezogene Chaiselongue fiel und sie mit sich riss. Das in ihr lodernde Feuer erstickte seine Abwehr und überwältigte ihn. Im Spiegel erblickte er für den Bruchteil einer Sekunde ihre beiden ineinander verschlungenen Körper, sein nacktes Gesäß, die gelben Rüschen ihres Unterrocks zwischen seinen scharlachroten Hosen. Er lachte erstickt. *Wenn jetzt jemand ins Zimmer kommt …* dachte er. Sein unterdrücktes Lachen ließ sie stutzen; kaltes Misstrauen war in dem Blick, den sie ihm zuwarf, doch dann, die Augen wieder schließend, überließ sie sich der Vergessenheit der Lust.

Später fragte er sie: «Spielst du dieses Spielchen immer, wenn du eine Gesellschaft gibst?»

Sie hatte ein blaues Chiffonabendkleid gewählt, und er mühte sich mit den komplizierten Haken im Rücken ab. Abrupt wandte sie sich um, und einen Augenblick lang dachte er, sie würde ihm ins Gesicht schlagen.

«Nein», sagte sie. «Ich finde nicht immer einen geeigneten Partner.»

«Trotz der vielen jungen Stutzer? Ich bin überzeugt, jeder gäbe wer weiß was drum.»

«Ja, wer weiß was. Und anschließend bitten sie mich, beim General ein gutes Wort für sie einzulegen. Was ich Ihnen über die Selbstachtung der Männer gesagt habe, gilt auch für eine

Frau. Ich möchte nicht ausgenutzt werden. Wenigstens noch nicht. Vielleicht in ein paar Jahren, aber noch nicht. Jetzt möchte ich noch so genommen werden, wie ich bin, und jeder soll genauso viel risikieren wie ich.«

Nun begriff er. Deshalb also fehlte das Schloss an der Tür!

Er lachte. «Du kleines Luder, du.» Doch er fühlte sich plötzlich ernüchtert.

Hauptmann Kunze verbrachte den Vormittag damit, sich in die Conduite-Listen all der Offiziere zu vertiefen, die das Charles-Francis-Zirkular bekommen hatten, noch immer auf der Suche nach einer Erklärung, warum gerade diese zehn Männer in den Tod geschickt werden sollten. Die Unterhaltung mit Hauptmann Dugonich hatte ihn auf den Gedanken gebracht, jeden einzelnen nach seiner Beziehung zu dem Angeklagten zu befragen.

«Merkwürdig», sagte er zu Leutnant Stoklaska. «Neun von den zehn sind hervorragende Reiter, auch sonst sind sie gute Sportler. In ihrer Beurteilung wird ausdrücklich ihre körperliche Tüchtigkeit hervorgehoben. Moll ist die einzige Ausnahme. Major von Campanini stuft ihn als ‹knapp zufrieden stellend› ein, genau wie Dorfrichter.»

«Vielleicht hatte Dorfrichter einen persönlichen Groll auf Moll.»

Kunze nickte. «Das müssen wir herausbekommen – und noch vieles andere», setzte er aufseufzend hinzu.

Dorfrichter wurde zum Verhör hereingeführt. Er schien zugenommen zu haben. Die tiefen Ringe unter seinen Augen und der müde Zug um den Mund waren verschwunden. Er wirkte auch nicht mehr so blass, zweifellos weil er seine täglichen «Spaziergänge» bei weit offenem Fenster unternahm. Das Wetter war kalt geworden, und er ließ die Temperatur in seiner Zelle bis nahe an den Gefrierpunkt sinken, ehe er das

Fenster schloss; eine Lungenentzündung sei ihm lieber als der Erstickungstod, sagte er. Fragte man ihn, wie er sich fühle, erwiderte er, er langweile sich, habe aber sonst keine Klagen.

«Wie standen Sie mit Hauptmann Moll?», begann Kunze.

Wenn er eine aufschlussreiche Reaktion erwartet hatte, so wurde er enttäuscht. Dorfrichter antwortete mit einem erstaunten Blick.

«Hauptmann Moll? Ich kenne, glaube ich, keinen Hauptmann Moll.»

«Meinetwegen – Oberleutnant Moll. Er war einer Ihrer Klassenkameraden in der Kriegsschule.»

Dorfrichter rieb sich nachdenklich die Stirn.

«Moll? Ach ja, Moll! Jetzt erinnere ich mich dunkel. Schließlich bestand die Abschlussklasse aus über hundert Mann. Ich glaube nicht, dass ich Ihnen auf Anhieb mehr als zehn nennen könnte.»

«Warum haben Sie *zehn* gesagt?»

«Warum wohl?», Dorfrichter ahmte ihn grinsend nach. «Weil ich soeben zehn Zirkulare aufgegeben habe. Das war ein böser Versprecher, ich gebe es zu. Wieder ein Beweis meiner Schuld!»

«Lassen Sie diese Scherze. Beantworten Sie meine Frage!»

«Ich habe ihn kaum gekannt. Ich weiß nicht einmal mehr, wie er ausgesehen hat. Ich bin ihm, glaube ich, seit damals nicht wieder begegnet.»

Am selben Nachmittag saß Karl Moll auf dem Stuhl vor Kunzes Schreibtisch. Er war gegenwärtig dem Eisenbahnbureau des Generalstabs zugeteilt und wirkte wie jemand, der nur eine Sorge kennt, nämlich dass die Züge pünktlich abfahren. Sein Gesicht war, ebenso wie sein Kopf, glatt rasiert. Seine Sprechweise hatte etwas Preußisches, und er gebrauchte gelegentlich Ausdrücke, die im Wortschatz der k. u. k. Armee nicht üblich waren. Das Preußische drückte sich auch in seiner Haltung aus. Er war steif, sehr korrekt und hatte nichts vom Charme und der Jovialität des Wieners.

«Meine Beziehung zu Oberleutnant Dorfrichter», erklärte er, «war nicht unbedingt harmonisch. Ich habe das Gefühl, er mochte mich nicht, und das beruhte auf Gegenseitigkeit.»

«Was war der Grund? Hatte es eine Kontroverse gegeben?»

«Eine Kontroverse ist nicht der richtige Ausdruck. Ich würde es eher eine Meinungsverschiedenheit nennen. Wir –»

Kunze, der für Wortklaubereien nichts übrig hatte, fiel ihm ins Wort. «Worum ging es bei dieser Meinungsverschiedenheit?»

«In der Hauptsache um militärische Fragen. Aber darf ich mir noch eine persönliche Bemerkung erlauben? Mein Vater ist als junger Mann von Deutschland nach Österreich zugewandert. Ich bin hier geboren, doch die übrige Familie Moll lebt noch immer in Breslau. Zwei Onkel und sechs Vettern dienen als Offiziere in der preußischen Armee. Sie sind Berufsoffiziere. Von ihnen habe ich gelernt, was Disziplin heißt. Ich fürchte, unsere österreichisch-ungarische Armee ist ein bisschen zu – zu gemütlich, das bekommt ihr nicht. Dorfrichter wollte das absolut nicht einsehen.»

Molls Langatmigkeit ging Kunze auf die Nerven. «Wollen Sie damit sagen, dass Sie nur über Abstrakta gestritten haben und dass es keine persönliche Kontroverse zwischen Ihnen gegeben hat?»

«Natürlich nicht», sagte Moll, offensichtlich erstaunt über Kunzes Begriffsstutzigkeit. «Wir waren auch verschiedener Meinung über den Wert des Schnellfeuergewehrs.»

«Denken Sie scharf nach», beharrte Kunze. «Können Sie sich an einen Vorfall mehr persönlicher Natur erinnern?»

«Tut mir Leid, nein.»

«Haben Sie nach der Kriegsschule noch direkt oder indirekt Kontakt mit Dorfrichter gehabt?»

«Keinerlei. Es gibt da aber noch etwas. Es fällt mir erst jetzt wieder ein. Sie haben ‹indirekt› gesagt. 1907 bin ich zum 24. Infanterieregiment in Kecskemét in Ungarn kommandiert worden. Ich wohnte bei einer gewissen Frau Varga. Ein paar Monate vorher hatte Dorfrichter diese Zimmer innegehabt. Er war inzwischen zur 13. Brigade in Sarajevo versetzt worden.»

«Und?»

«Voriges Jahr sind wir uns im Ministerium in die Arme gelaufen. Ich erzählte ihm von diesem Zufall. ‹Die Welt ist klein, was?›, sagte ich. Doch er reagierte nicht darauf, wurde nur ganz rot und ließ mich stehen. Irgendwie hab ich mich gewundert. Und ich wundere mich noch immer.»

«Hat Ihre Wirtin von ihm gesprochen?»

Moll dachte angestrengt nach, schürzte die Lippen und runzelte die Stirn. Kunze begriff nicht, wie eine so anziehende junge Frau wie Anna Gabriel mit diesem gänzlich reizlosen Mann hatte schlafen können. Kunze dachte oft an Anna Gabriel; er wurde das Gefühl, an ihrer Tragödie mit schuldig zu sein, nie ganz los. Er gehörte zu den Menschen, denen viel daran liegt, ihr Gewissen nach Möglichkeit ebenso sauber und ordentlich zu halten wie ihre Schreibtischschublade. Seine Mitschuld brannte ihm in der Seele.

«Ich weiß nur noch, dass Frau Varga mal etwas von einer Schauspielerin erwähnt hat», sagte Moll schließlich. «Dorfrichter soll ein Verhältnis mit ihr gehabt haben. Hoffentlich verwechsle ich ihn nicht mit jemand anderem. Sie kennen ja diese Provinzgarnisonen. Einem Junggesellen bleibt dort nicht viel mehr als der Alkohol und sich durch die verschiedensten Betten zu schlafen.»

«Wer war die Schauspielerin? Haben Sie sie gekannt?»

«Nein. Sie hat zusammen mit Dorfrichter die Stadt verlassen. Ihr Verschwinden hat einen ziemlichen Skandal verursacht.»

«Sie erinnern sich nicht mehr daran, wie sie hieß, oder doch?»

«Nein. Aber ich könnte an Frau Varga schreiben und sie fragen. Sie wird überglücklich sein, diese Auskunft geben zu dürfen. Seit es keine Marktschreier mehr gibt, hat sie dieses Amt freiwillig übernommen.»

Kunze dankte dem Hauptmann für seine Auskunft und begleitete ihn zur Tür. Seit der erste Verdacht auf Dorfrichter gefallen war, hatte man seine Vergangenheit durchforscht, insbesondere sein Tun und Lassen in den verschiedenen Garnisonen, aber die Resultate waren mager gewesen: Die Vorgesetzten hatten ihn als glänzenden Offizier geschildert, die Untergebenen ihn durchweg geschätzt. Sein Liebesleben war – soweit es sich feststellen ließ – normal verlaufen: unschuldige Flirts, Affären mit leichtfertigen verheirateten Frauen, der Besuch hochangesehener Bordelle und vom Tag seiner Eheschließung an: nur noch häusliche Zweisamkeit mit Marianne. Peter Dorfrichter wurde an diesem Nachmittag noch einmal vorgeführt, mit geröteten Wangen, Nase und Ohren fast purpurfarben. Er war bei seinem «Spaziergang» gewesen, als der Stabsprofos Tuttmann die Zelle aufschloss.

«Sie werden sich noch den Tod holen», bemerkte Kunze.

Dorfrichter lachte leise. «Wäre es nicht schade, wenn ich Sie mit diesem ungeklärten Fall sitzen ließe? Aber machen Sie sich keine Sorgen. Ich habe vor, am Leben zu bleiben und als Rehabilitierter hier herauszukommen. Ob Ihnen das nun passt oder nicht.»

Kunze fühlte sich von diesem vorlauten Schuljungenton sonderbar verwirrt.

«Benehmen Sie sich doch nicht so töricht, Dorfrichter. Sie können doch nicht im Ernst glauben, dass ich einen Unschuldigen verurteilt sehen möchte. Ich habe mich zu diesem verdammten Auftrag nicht gedrängt, und er macht mir keine Freude, das kann ich Ihnen versichern. Lassen wir also die Witze und sorgen wir dafür, dass diese leidige Geschichte so oder so aus der Welt kommt.»

Dorfrichter richtete sich kerzengerade auf.

«Pardon», sagte er. Kunze blätterte in den Notizen, die er sich vorher gemacht hatte. Er war noch immer gereizt, stärker, als es der Anlass rechtfertigte, das wusste er. Dorfrichter brach das Schweigen. «Darf ich mir eine Frage erlauben, Herr Hauptmann?» Als Kunze nickte, fragte er: «Haben Sie etwas von meiner Frau gehört? Wie geht es ihr? Ist das Kind schon da?»

«Nein, das Kind ist noch nicht da, aber es geht ihr gut. Sie hat sich einen Advokaten genommen, der alles für Sie tun wird, was möglich ist.»

«Danke.» Dorfrichters Benehmen war steif. Wenn er erleichtert war, so zeigte er es nicht. «Erlauben Sie mir noch eine weitere Frage?»

«Nur zu.»

«Wissen Sie, was mit meinem Hund geschehen ist?»

«Troll ist hier in Wien in der Tierärztlichen Hochschule.»

«Wozu?» Dorfrichters Bestürzung schien echt.

«Sie haben angegeben, dass Sie die Oblatenkapseln für den Hund gekauft haben, weil er sonst die Medizin nicht nimmt. Wir wollen nachprüfen, ob das stimmt.»

«Natürlich stimmt das. Aber wenn ich gewusst hätte, dass er deswegen vivisezierst wird, hätte ich das nie gesagt.» Es klang empört.

«Es passiert ihm nichts. Dafür garantiere ich. Es wird gut für ihn gesorgt.»

«Woher wissen Sie das?»

«Weil ich ihn selber dort abgeliefert habe, und ich habe mich vergewissert, dass man ihn gut behandelt. Ich habe ihn aus Linz mitgenommen. Die erste Nacht war er bei mir in der Wohnung. Er hat geruht, auf meiner seidenen Steppdecke zu schlafen, falls Sie das interessiert.»

Der sonst so beherrschte Leutnant Stoklaska war der Erste, der kicherte. Leutnant Heinrich stimmte mit ein.

Dorfrichter sagte mit verlegenem Grinsen: «Bitte entschuldigen Sie!»

Kunze fuhr fort: «Da wir gerade von Tieren sprechen: Offensichtlich mögen Sie Hunde. Wie steht es mit Pferden?»

«Was ist damit?»

«Ich habe mir den Bericht über Ihre sportliche Qualifikation angesehen. Und Ihre Noten auf der Kriegsschule. Baron von Campanini hatte keine hohe Meinung von Ihren Reitkünsten.»

Dorfrichter schwieg.

Nach einer Pause fragte er: «Was hat das mit den Charles-Francis-Zirkularen zu tun?»

«Ich habe nicht gesagt, dass es etwas damit zu tun hat. Ich war einfach neugierig.»

«Reitkünste!» Dorfrichter sprach das Wort aus, als sei es ein Fluch. «Man hat die Hölle durchzumachen, ehe man überhaupt auf der Kriegsschule zugelassen wird. Angefangen von der Empfehlung des kommandierenden Offiziers. Man verrenkt sich, um sie zu bekommen – ein einziger Fehler, und alles war umsonst. Irgendwie gelingt es einem, den einen Fehler zu vermeiden, und man wird zur allgemeinen Prüfung zugelassen. Die ist im Januar. Ungefähr zwei Drittel schaffen es; der Rest scheidet aus. Im Februar Vorexamen; dann im Oktober achtzehn Tage lang Heulen und Zähneklappern. Abends ist man so aufgedreht, dass man nicht einschlafen kann. Am

Morgen, ehe man in die Kaserne geht, erbricht man sich. Dann ist man mit 150 anderen so weit, die endgültige Aufnahmeprüfung durchzustehen. Nach zwei Jahren sind nur noch 94 übrig, die zur Abschlussprüfung zugelassen werden. Militärgeographie, Waffenkunde, Gliederung des Generalstabs und Gefechtseinsatz, Kriegsgeschichte und Strategie, Taktik, Heeresorganisation, Geländekunde, Naturgeschichte, Festungen und Festungskampf, Kulturgeschichte, Staatsrecht und internationales Recht, Französisch, Russisch, all diese Kurse und schließlich auch noch – Reiten! Außerdem Kartographie. Und dazwischen Feldübungen unter kriegsmäßigen Bedingungen, von Sonnenaufgang bis Sonnenuntergang nichts zu essen, strapaziöse Fußmärsche, bei denen einem die Füße so anschwellen, dass man die Stiefel nicht mehr von den Füßen kriegt, oder endlose Ritte, wo man sich den Hintern wund scheuert. Und dann, nach zwei Jahren dieser Zerreißprobe – beinahe drei Jahre mit den Prüfungen –, hat man es hinter sich. Der Kopf ist die reinste Enzyklopädie. Man kann die Schlachten der Punischen Kriege herunterrasseln, weiß, nach welchen Gesichtspunkten Wellington bei Waterloo seine Reiterei eingesetzt hat, kennt den Unterschied zwischen der Anwendung der *habeas corpus cum causa* unter napoleonischem und englischem Gesetz und die Konjugation der französischen unregelmäßigen Verben. Aber all diese Weisheit hilft einem nichts, wenn Baron von Campanini nicht zufrieden ist mit der Art, wie man den Hintern hebt, während man zu Pferd über einen Graben springt. Im nächsten Krieg wird es keine Pferde geben. Höchstens zu Anfang, weil die ersten Offensiven noch unter dem Kommando seniler alter Männer aus dem 19. Jahrhundert stehen werden. Nichtsdestoweniger kann einen eine schlechte Note des Baron von Campanini von Nr. 11 auf Nr. 18 zurückwerfen …»

Kunze wartete ruhig, bis Dorfrichter der Atem ausging.

Geduld war etwas, das er als Sohn einer Haushälterin gelernt hatte.

«Ich war der Meinung, Sie hätten das erste Jahr als Nr. 12 abgeschlossen?»

«Habe ich auch.» Es entstand eine kurze Pause. «Der Mann vor mir hat Selbstmord begangen.»

«Was hat ihn dazu getrieben?»

«Wie soll ich das wissen? Er war nicht der Einzige. Ein Ulan hat sich erhängt. Der Kommandant war entsetzt, weil er fand, das gehöre sich nicht für einen Offizier. Wenn ich mich recht entsinne, hat es außerdem einen Selbstmordversuch gegeben. Der Mann schnitt sich die Pulsadern auf. Wieder ein typischer Fall von *mauvais goût*! Zwar blieb er am Leben, aber man legte ihm nahe, den Dienst zu quittieren. Ein anderer starb bei einer Felddienstübung an Überanstrengung. O ja, das Schwergewicht lag auf körperlicher Ertüchtigung! Gewaltmärsche von 40 Kilometern pro Tag waren keine Seltenheit. Da konnte einer auf taktischem Gebiet ein Genie sein, aber wenn er beim Marschieren nicht Gleichschritt hielt, gab's gleich einen Minuspunkt. Wer diesen Lehrplan ausgebrütet hat, wusste nichts von der Erfindung des Verbrennungsmotors –»

Mit roten Backen saß Dorfrichter da, Kunze wusste nicht, ob vor Empörung oder von der Hitze des Kachelofens. Gespannt rutschte er nach vorn auf die Stuhlkante, sprungbereit. Ihm wurde plötzlich klar, dass sie die Rollen getauscht hatten, vermutlich schon bei ihrer ersten Zusammenkunft in Wien: Kunze war der Angeklagte und Dorfrichter der Ankläger. Es war nur eine flüchtige Empfindung, dennoch musste er alles daransetzen, diesen Bann zu brechen, in den Dorfrichter ihn zog. Sonst war der Kampf für ihn verloren. *Welcher Kampf?*, fragte er sich. *Worum kämpfe ich denn? Um meine Beförderung zum Major? Um das Leben dieses Mannes?*

Oder um etwas, das noch wichtiger ist, um etwas so Ungeheures, dass es nicht einmal einen Namen hat?

«Wissen Sie, dass so gut wie alle Adressaten der Zirkulare von Campanini als vorzügliche Reiter eingestuft waren?», fragte Kunze.

Dorfrichter wurde etwas ruhiger.

«Nein. Erwartet man von mir, dass ich es weiß? Ich kann Ihnen offen gestanden nicht folgen, Herr Hauptmann. Ich nehme an, Ihre Fragen sollen mich verwirren und in Widersprüche verwickeln. Ich täte Ihnen gern den Gefallen, wüsste ich, worauf Sie abzielen. Wollen Sie damit sagen, dass ich zehn Menschen habe umbringen wollen, bloß weil sie sich länger als ich in dem verfluchten Sattel halten konnten?»

«Moll konnte es nicht.»

«Nun fangen Sie wieder mit dem an. Moll! DieserReckskerl scheint ein Komplex von Ihnen zu sein!»

«Wieso bezeichnen Sie ihn als Dreckskerl? Heute früh haben Sie behauptet, Sie erinnerten sich kaum an ihn.»

«Ich hatte diesen hochnäsigen kleinen Pinsel völlig vergessen; Sie haben meinem Gedächtnis nachgeholfen. Vieles, was ich vergessen hatte, kommt mir jetzt wieder. Ja, es hat Meinungsverschiedenheiten zwischen ihm und mir gegeben. Er war eben einer der Dümmsten in der Klasse.»

«Er rangierte als Nr. 12.»

«Das ist möglich. Es hat noch mehr von dieser Sorte gegeben. Ein photographisches Gedächtnis, aber keinen Verstand. Ohne das Handbuch der Dienstvorschriften hätten die nicht mal eine Abteilung von den Latrinen zum Exerzierplatz führen können.»

«Und was ist mit Hauptmann Dugonich?»

«Steht der auch auf der Liste?»

«Das soll Sie nicht kümmern! Haben Sie den auch vergessen?»

«Zum Teufel, nein. Ich meine, zu Befehl, nein», verbesserte er sich grinsend. «Wer könnte Titus Dugonich je vergessen! Das war ein Reiter! Attila der Hunne, obwohl er ein verfluchter Serbe war. Es hat kein wildes Pferd und kein wildes Weib gegeben, das er nicht bestiegen hätte.»

«Wie standen Sie miteinander?»

«Überhaupt nicht. Wir gehörten nicht zur gleichen Clique. Die absolute Gleichheit im Offizierskorps besteht nur in der Theorie. Arschkriecher freilich wurden eingeladen, mit dem lieben Titus Dugonich auszugehen. Aber solche Abende endeten gewöhnlich mit zertrümmerten Kaffeehaus-Spiegeln und dem Abtransport von mindestens zwei Polizisten ins Krankenhaus, worum sie – in Anbetracht des großzügigen Schweigegeldes und der langen Erholungszeit – von der gesamten Wiener Polizei beneidet wurden. Jedenfalls: Er verkehrte kaum mit den Klassenkameraden. Seine Freunde waren meist Husaren oder Dragoner von der Wiener Garnison. Sie hatten entweder genauso viel Geld wie er oder standen ihm im Saufen und Huren in nichts nach. Das war die Voraussetzung für ein Entree ins Palais Dugonich in der Herrengasse. Ich bin davon überzeugt, dass diese Regeln auch heute noch gelten.»

«Übertreiben Sie nicht?», sagte Kunze. «Warum sollte ein Mann mit so geringen moralischen Qualitäten die Kriegsschule und den Generalstab anstreben?»

«Weil er es sich leisten konnte. Ich meine das nicht in finanzieller Hinsicht. Den nötigen Verstand hatte er. Aber er nutzte ihn nur, um sich durchzuschwindeln. Der Felddienst langweile ihn, hat er einmal zu mir gesagt, deswegen versuche er es mit der Kriegsschule. Als er erst drin war, segelte er einfach mit.»

«Mochten Sie ihn?»

«Nicht unbedingt. Aber er war mir auch nicht unsympathisch.»

«War Leutnant Hoffer ein Freund von ihm?»

Dorfrichter zog die Brauen zusammen. «Hoffer? Ist das nicht der, der sich in Innsbruck umgebracht hat? Kann sein, dass sie befreundet waren. Ich wüsste es nicht zu sagen. Ich sagte ja schon, dass ich kaum Kontakt mit Dugonich hatte.»

Kunze ließ die Falle zuschnappen. «Hatten Sie Kontakt mit Hauptmann Ahrens?» Ahrens war keiner der Empfänger der Zirkulare.

Zum ersten Mal an diesem Tag schien Dorfrichter eine Frage unvorbereitet zu treffen. Er wusste anscheinend nicht, wie er auf diesen Namen reagieren sollte. Kunze meinte, das Räderwerk im Kopf des Oberleutnants arbeiten zu hören. Zweifellos war er darauf vorbereitet gewesen, dass man ihn mit den zehn Namen derer konfrontierte, denen das Charles-Francis-Zirkular zugegangen war, hatte am Zellenfenster stehend überlegt, welche Antworten er geben sollte. Den Fragesteller zu überlisten und hereinzulegen gehörte mit Fug und Recht zur Strategie dessen, der sich verteidigen musste. Über die Frage nach Ahrens jedoch war der Angeklagte gestolpert, wenn auch nur für den Bruchteil einer Sekunde. Und Kunze legte sein Zögern nach eigenem Gutdünken aus.

Endlich sprach der Oberleutnant. «Ahrens war Nr. 1. Recht begabt und ungeheuer robust. Der wird eines Tages entweder Chef des Generalstabs sein oder von einem Subalternen erschossen. Wie ich höre, ist er jetzt dem Eisenbahnbureau zugeteilt, obschon er in den Geheimdienst gehörte.» Er wurde immer redseliger. «Keiner hat ihn gemocht, nicht einmal die Lehrer. Sie haben es ihm verdammt schwer gemacht, aber auch sie konnten ihn nicht zurückhalten.»

«Wie stand es denn bei ihm mit dem Reiten?»

«Darin war er gut. Und glauben Sie ja nicht, Herr Hauptmann, der alte Campanini hätte ihm auch nur den kleinsten Fehler durchgehen lassen.»

«Es hört sich an, als ob Sie ihn gern gehabt hätten. Ahrens, meine ich.»

Dorfrichter wirkte jetzt völlig gelöst.

«Wie Sie meinen.» Er zuckte die Achseln. «In Wirklichkeit konnte ich ihn nicht ausstehen.»

«Warum haben Sie ihm denn dann keines Ihrer Rundschreiben geschickt?»

Dorfrichter warf ihm einen raschen, prüfenden Blick zu.

«Wie war das, bitte?»

«Warum haben Sie ihn bei Ihrer Liste ausgelassen? Mader war darauf, Gersten, Prinz Hohenstein und sieben andere – aber Ahrens nicht.»

«Oh, es waren also tatsächlich zehn. Vielen Dank für die Auskunft.»

«Ja. Zehn. Also warum nicht elf?»

Dorfrichter lehnte sich in seinem Stuhl zurück, offensichtlich amüsiert.

«Ich war Nr. 18, nicht wahr? Wenn drei aus dem Wege waren, wäre ich Nr. 15 gewesen. Wäre also auf der Liste nach vorn gerückt. Von zehn Anwärtern drei tot, das war eine sehr vorsichtige Schätzung. Schließlich wollte ich ja keinen Massenmord begehen.»

Kunze stürzte sich darauf. «Sie geben also zu, die Zirkulare versandt zu haben?»

Dorfrichter erhob sich abrupt.

«Zum Teufel, nein. Das tue ich nicht», sagte er verärgert. «Ich wollte feststellen, was Sie sagen würden, und Sie haben genau das gesagt, was ich erwartet habe.» Er atmete tief ein und setzte sich wieder. «Darf zur Abwechslung einmal ich eine Frage stellen, Herr Hauptmann?» Seine Stimme klang müde. «Warum setzen Sie mir so zu? Warum nicht der Nr. 16 und 17 und 19, 20 und 21 bis hinauf zu 25? Auch ihnen wäre mit der Beseitigung ihrer Vordermänner gedient gewesen.»

«Wir haben sie überprüft und festgestellt, dass sie über jeden Verdacht erhaben sind.»

«Tatsächlich? Aber Sie irren sich, was mich betrifft. Vielleicht irren Sie sich auch bei denen. Gehen Sie alle Punkte noch mal durch. Vielleicht stoßen Sie auf etwas, das Sie übersehen haben.»

«Sie sind eine harte Nuss, Herr Oberleutnant», sagte Kunze, des Geplänkels müde. «Machen wir für heute Schluss, ja?»

Es war noch hell, als Kunze das Garnisonsgericht verließ. Aber erst, als er auf die Straße trat, bemerkte er den Schnee – es war der erste in diesem Winter. Es musste schon eine Weile geschneit haben; ein weißer Teppich bedeckte die Trottoirs und das Straßenpflaster. Ein kleiner Bub in einem Mantel, der ihm einige Nummern zu groß war, kam aus einem Haus gelaufen. Er zog einen Schlitten hinter sich her, obwohl der Schnee zum Rodeln noch nicht hoch genug war.

Emil Kunze versuchte sich seine Kindheit ins Gedächtnis zu rufen. Er erinnerte sich nicht, als Kind einen geerbten Mantel getragen zu haben. Er war auch nie allein auf der Straße gewesen und hatte nie einen Schlitten besessen. Das Haus, in dem seine Mutter Haushälterin gewesen war, stand ihm plötzlich wieder vor Augen, wenn auch undeutlich und verzerrt. Räume mit hohen Decken und ständig zugezogenen Gardinen; das Klirren von Sporen, das in dem langen, engen Korridor geisterhaft widerhallte; das Zimmer, in dem seine Mutter mit ihm wohnte, so klein, dass man übers Bett klettern musste, wenn man vom Tisch zur Kommode wollte; die riesige Küche, wo die geschwärzten Herdringe glänzten; eine bleiche, unangenehme Frau, die zwischen hochgebauschten Kissen und Daunendecken lag; und Ermahnungen: Sei leise, Emil, sprich nicht so laut, Emil, geh auf Zehenspitzen, Emil,

Madame hat Kopfschmerzen! Legespiele, Stabilbaukästen, Bilderbücher, Kaleidoskop, Laterna magica, aber kein Schlitten. Oh, was für ein braver kleiner Junge! Ein Neffe? Lieber Himmel, nein, das ist Emil, der Sohn unserer Haushälterin.

Das war das Schwierige im Leben: Jedes Alter hatte seine Wünsche. Und die unerfüllten Wünsche konnte man nicht einfach wegpacken und zu günstigerer Zeit wieder hervorholen. Sie vertrockneten und verdorrten wie abgeschnittene Rosen. *So viel zum Thema Schlitten*, dachte Kunze wehmütig.

Die Luft war frisch, und als Kunze am Ring ankam, war die Schneedecke schon dick genug, dass sie das Klappern der Pferdehufe auf dem Pflaster dämpfte. Er hätte den Weg abkürzen und durch das Gewirr krummer Gässchen zwischen Gürtel und Ring gehen können, empfand aber plötzlich das Bedürfnis, aus der grauen Schlucht von Häusern ohne Himmel und ohne Luft herauszukommen.

Er versuchte, Peter Dorfrichter aus seinen Gedanken zu verbannen, aber wie ein zudringlicher Bettler stellte sich der Oberleutnant mit seinem entwaffnenden Grinsen, das einen rasend machen konnte, immer wieder ein. Kunze war seit langem zu dem Schluss gekommen, dass Dorfrichter schuldig sei, doch inzwischen waren zwei Wochen seit seiner Festnahme vergangen, und noch immer hatte er keinen schlüssigen Beweis. Allmählich begann er, an seinen Methoden zu zweifeln. Bisher war er, wenn direkte Beweise fehlten, stets so vorgegangen, dass er den mutmaßlichen Täter sezierte, sein Innerstes nach außen kehrte, sich auf mögliche Motive konzentrierte und darauf, ob der Betreffende eines Verbrechens fähig war oder nicht. In seiner gleichzeitigen Rolle als Untersuchungsrichter, Ankläger und Verteidiger bestand der erste Schritt darin, sich davon zu überzeugen, ob der Mann tatsächlich schuldig war, und der zweite, das Gericht davon zu überzeugen. Im Fall Dorfrichter war er über das erste Stadium schon hinaus und hätte sich nun auf das zweite vorbereiten müssen. Doch es gab noch zu viele unbeantwortete Fragen. Nicht ein einziger Zeuge war aufgetaucht und hatte ausgesagt, dass er Dorfrichter und seinen Hund in der Nähe des Briefkastens in der Mariahilferstraße gesehen habe. Keiner von den Reisenden, die mit ihm in dem überheizten Abteil des Zuges von Linz nach Wien gefahren waren, hatten den Geruch des Zyankalis wahrgenommen, das doch, auch wenn es in verschlossenen Umschlägen steckte, einen starken Bittermandelgeruch hätte ausströmen müssen, und keines der Utensilien, die beim Schreiben und Vervielfältigen der Zirkulare benutzt worden waren, hatte man gefunden, weder in Dorfrichters Wohnung noch in der seiner Schwiegermutter.

Als Kunze sich der Hofburg näherte, schlug die Uhr der Votivkirche halb vier. In einem plötzlichen Impuls bog er in die Toreinfahrt ein. Wenn er Glück hatte, erwischte er Gersten noch im Amt und konnte gleich mit ihm reden. Schließlich waren sie alte Bekannte, sagte sich Kunze, und so brauchte er wohl nicht den Dienstweg einzuhalten, wenn er ihn sprechen wollte.

Hans von Gersten war ein Neffe von General Hartmann. Als Kind hatte er sich mehr im hartmannschen Hause aufgehalten als bei sich daheim. Seine Familie war gewissermaßen die Armee gewesen; sein Vater, Oberst von Gersten, stand noch heute im aktiven Dienst. Kunze war immer wieder aufs Neue verblüfft, dass aus dem ungebärdigen, schwierigen Buben ein geradezu vorbildlicher Offizier geworden war, korrekt, gewissenhaft, pflichtbewusst und intelligent. Als bester Schütze der Armee hatte Hans von Gersten 1908 an den Olympischen Spielen teilgenommen und für Österreich eine Silbermedaille gewonnen.

Gegenwärtig war er dem Telegraphenbureau zugeteilt. Als ihm Kunze gemeldet wurde, kam er aus seinem Zimmer gestürzt und begrüßte den Hauptmann mit einer überschwänglichen Umarmung. Er überragte seinen Besucher um Haupteslänge.

«Das ist aber eine nette Überraschung!», sagte er zu Kunze und führte ihn in sein Büro. «Ich hab gehört, dass man dir den Fall Dorfrichter übertragen hat. Ich wollte dich schon anrufen, aber die Zentrale hat so lang gebraucht, die Verbindung herzustellen, dass ich's aufgegeben hab.»

«Genau deswegen komme ich zu dir – wegen dem Fall Dorfrichter.»

«Hast du ihn schon aufgeklärt? In den Zeitungen steht darüber nicht viel.»

«Es gibt ziemlich überzeugende Indizien, aber das ist auch alles. Vieles ist mir noch unklar. Warum, zum Beispiel, hat er sich – angenommen, er ist wirklich Charles Francis – zehn Offiziere von insgesamt fünfzehn ausgesucht oder eigentlich von sechzehn, denn auch Hedry war dabei, der ja *nicht* befördert wurde? Warum hat er die anderen sechs weggelassen? «

«Sag mir doch mal die sechs Namen, vielleicht finde ich dann eine Erklärung.»

«Ahrens, Schönhals, Widder, Trautmannsdorf, Messemer und Einthofen!»

«Die Kriegspartei!», rief Gersten. «Sie teilten seine Ansicht oder er die ihrige: Je eher wir den Balkan angreifen, desto besser.» Er runzelte die Stirn. «Aber es hat noch andere gegeben, die dieser Meinung waren. Moll zum Beispiel und Hedry. Er hatte also offenbar noch andere Gründe.»

«Welchen Grund könnte er in deinem Fall gehabt haben?», fragte Kunze.

Gersten antwortete ohne Zögern: «Seine Frau! Ich kann mir nichts anderes denken. Aber vergiss nicht, Emil, das sind reine Hypothesen. Du hast selber gesagt, du seist nicht absolut sicher, dass Dorfrichter schuldig ist.»

«Ich gebe dir mein Wort, Hans, alles, was du sagst, bleibt unter uns.»

«Ich habe Marianne Gruber durch ihren Schwager kennen gelernt, den Baumeister, mit dem mein Vater zu tun gehabt hat», erzählte Gersten. «Sie hat mich damals sehr beeindruckt, und ich war wild entschlossen, mit ihr ins Bett zu gehen – leider hatte ich keinen Erfolg! Das war in Wien, in meinem zweiten Jahr auf der Kriegsschule. Eines Abends war ein Ball von irgendeiner kaufmännischen Vereinigung – absolut nicht mein Fall. Trotzdem hab ich mich erboten, sie zu begleiten – natürlich mit der Mama im Schlepptau. Und dann hab ich aus irgendeinem Grunde absagen müssen und Dorfrichter gebeten, für mich einzuspringen. Und dieser verdammte Idiot verliebt sich noch am gleichen Abend in sie. Er hatte völlig den Kopf verloren, und das ist bemerkenswert, wenn man bedenkt, was für ein beherrschter, eiskalter Hund er ist. Vorher hatte er der Nichte von Moltke die Kur geschnitten. Sie war älter als er und sah aus wie eine Walküre, aber eine Konnexion zum Chef des deutschen Generalstabs wäre seiner Karriere sehr zustatten gekommen. Und das alles hat er für Marianne Gruber in den Wind geschlagen. Ich hab nicht gewusst, dass es ihn so erwischt hatte, und bin ihr weiter nachgestiegen, bis sie mir gesagt hat, sie hätte sich mit ihm verlobt. Als ich das hörte, habe ich versucht, ihm gut zuzureden – in seinem eigenen Interesse –, weil ich das Mädchen nicht so wichtig fand. Aber er hat mir gesagt, ich sollte mich um meinen eigenen Kram scheren, und hat mich von da an geschnitten.» Gersten hielt inne und dachte nach. «Als er nach Kecskemét versetzt wurde, bin ich Marianne zufällig wieder begegnet. Aus dem, was sie sagte, schloss ich, dass er sie hinhielt. Offenbar war ihm mittlerweile klar geworden, dass eine Heirat mit ihr seiner Karriere abträglich sein würde, und er versuchte, aus der Geschichte wieder herauszukommen. Ich hatte schon gehört, dass er in jeder Garnison ein Mädel hatte. Marianne schien es sich sehr zu Herzen zu nehmen, und ich war bereit, sie zu trösten. Natürlich hab ich dabei nie an was Ernsthaftes gedacht. Ich konnte mir nicht vorstellen, wie ich es meinem Vater hätte beibringen sollen, ich wollte Marianne Gruber heiraten, ein Mädchen, dessen Mutter ein Haushaltswarengeschäft in der Hahngasse hatte. Nach einer Weile fing Marianne an, sich für mich zu erwärmen. Sie ließ zu, dass ich sie von der Kirche heimgeleitete, und war sogar einverstanden, dass wir einen Umweg durch den Stadtpark machten. Davon muss etwas zu Dorfrichter durchgesickert sein, jedenfalls kehrte er eines Tages unerwartet nach Wien zurück. Zwei Wochen später waren sie verheiratet. Die beiden Familien – seine und ihre – hatten das Geld für die Heiratskaution irgendwie zusammengekratzt – 30 000 Kronen. Als er dann nach Bosnien versetzt wurde, konnte er sie nicht gleich mitnehmen. Er musste erst eine passende Wohnung finden. Voriges Jahr um diese Zeit ungefähr war ich bei Sirks und hab eingekauft, und da kam sie in den Laden. Als sie mich sah, machte sie sofort kehrt und ging wieder hinaus. Offenbar hat sie gedacht, es würde ihn kränken, wenn uns jemand sah. Sie war immer noch sehr schön.»

«Ist sie auch jetzt noch. Obwohl sie im Moment hochschwanger ist.»

«Ja, ich weiß. Es hat in der Zeitung gestanden. Arme Marianne. Ich hab ihr nach Peters Verhaftung geschrieben, aber sie hat nicht geantwortet.»

«Warum hat sie ihn geheiratet, was meinst du? War es Liebe, oder dachte sie bloß an den gesellschaftlichen Aufstieg?»

«Ich bin überzeugt, dass sie wahnsinnig verliebt in ihn war. Und eifersüchtig. Damals, als die Verlobung beinah auseinander gegangen wär, hat jedes Gerücht über seine Weibergeschichten sie fast verrückt gemacht. Vor mir hat sie es nie zugegeben, dazu ist sie viel zu stolz, aber ihre Schwester Tilda, die Frau von dem Baumeister, die hat es mir erzählt. Ich war früher viel mit ihr zusammen. Sie ist nicht so hübsch wie Marianne, aber –»

«Aber gefälliger?»

«Das hab ich nicht gesagt. Der Mann von ihr ist ein versoffener alter Geldsack – doppelt so alt wie sie –, aber Mama Gruber fand, er wäre eine gute Partie. Die arme Marianne hat wenigstens aus Liebe geheiratet – obwohl sie jetzt bestimmt wünscht, sie hätte es nicht getan.«

«Das glaube ich nicht. Sie hält unerschütterlich zu ihm. Wie lange – das wird sich zeigen.»

«Wahrscheinlich bis zum bitteren Ende. Wenn ihr weibliche Gefängnisaufseher hättet, wäre es was anderes. Aber so kann sie seiner Treue sicher sein. Und ich nehme an, das ist für sie die Hauptsache.»

Kunze blieb noch eine Weile, und sie sprachen von gemeinsamen Freunden und früheren Erlebnissen. Von allen hartmannschen Kindern und Cousins hatte Frau Kunze Hans von Gersten am liebsten gemocht, und Emil, obwohl acht Jahre zwischen ihnen lagen, auch. Als kleiner Junge hatte sich Hans stets an ihn, den älteren, gewandt, wenn er Rat oder Hilfe bei den Hausaufgaben brauchte – die Kinder des Generals waren dazu viel zu wild und selbstsüchtig gewesen. Während sich die beiden jetzt gegenübersaßen, empfand Gersten die gleiche respektvolle Zuneigung wie damals in seiner Kindheit. Kunze hatte sich nicht verändert. Weder seinen Zügen noch seinem Wesen hatten die Jahre etwas anhaben können. Der geborene Jurist, dachte Hans von Gersten. Nie war er einem Menschen begegnet, der sich weniger von den Marotten und Vorurteilen der Gesellschaft, in der er lebte, beeinflussen ließ.

Als Kunze durch das Michaelertor hinaustrat, schneite es in großen, flaumigen Flocken. Wenn er in der Innenstadt war, machte er jedes Mal einen Umweg über den Josefsplatz. In den Jahren, ehe er zum Militär ging, war er in Rom, Venedig, Florenz, in Paris und sogar in London gewesen, doch für sein Auge konnte sich kein Wunderwerk der Architektur mit der Vollkommenheit dieses Platzes messen. Er hing an ihm, so wie man gemeinhin nur an einem eigenen Stück Land hängt. Er blieb stehen und blickte zu dem Standbild hinüber, dem der immer dichter fallende Schnee weiche Konturen verlieh – Joseph II., zeitlos und einsam auf seinem Piedestal.

Kunze musste wieder an die Narren denken, die es nicht erwarten konnten, einen Krieg zu entfesseln, und er erinnerte sich an die Geschichten, die Urgroßmutter Hartmann von den Schrecken der napoleonischen Kriege erzählt hatte: von den Verwüstungen, den Flüchtlingen, der furchtbaren Unsicherheit nach dem Durchzug feindlicher Truppen. Woher wollten die Leute wissen, ob ein neuer Krieg nicht damit endete, dass Kosaken die Hofburg plünderten, serbische Kavalleriepferde sich im Stadtpark tummelten und montenegrinische Komitadschis in die Fensterscheiben am Ring schossen? Ob die Menschen dann noch mit der Zuversicht, die sich in den behäbig-friedlichen Jahren ausgebreitet hatte, für Kinder und Kindeskinder Zukunftspläne schmieden konnten?

Kunze war noch nicht lange zu Hause, da rief Dr. Goldschmiedt an. Das Telefon war erst vor einigen Monaten in seinem Arbeitszimmer installiert worden, doch es gefiel ihm noch nicht recht, dass er für jeden, der ein paar Heller für ein Gespräch zahlen konnte, erreichbar war. Eine prächtige Sache für Büros, dachte er, denn das Leben wurde immer komplizierter, aber so einen Apparat im eigenen Heim zu haben war etwas anderes.

«Verzeihen Sie, dass ich Sie nach der Dienstzeit noch störe», sagte Dr. Goldschmiedt, «aber ich dachte, Sie sollten doch gleich erfahren, dass Frau Dorfrichter ihr Kind hat. Einen Jungen. Vier Kilo!» Wie freudig erregt die Stimme dieses alternden Roué klingt, dachte Kunze.

«Wann war es denn?»

«Heute Nachmittag um sechs. Die arme kleine Frau hat es sehr schwer gehabt. Gestern Abend haben die Wehen angefangen. Gegen drei Uhr früh habe ich Professor Hain angerufen. Er hat ihr das Leben gerettet und dem Kind auch. Die Hebamme hätte alle beide umgebracht!»

«Woher wussten Sie denn, dass sie in den Wehen lag?»

Einen Augenblick lang herrschte Schweigen am anderen Ende der Leitung.

«Ich hatte der Mutter das Versprechen abgenommen, dass sie mich benachrichtigt, wenn es so weit ist. Eigentlich wollte ich, dass Frau Dorfrichter das Kind in einer Klinik zur Welt bringt, aber sie hat sich geweigert. Sie hat einen Horror vor fremden Menschen. Als ich die Nachricht bekam, bin ich sofort zu den Grubers hinübergeeilt.»

«Frau Dorfrichter kann sich überglücklich schätzen», sagte Kunze, unfähig, seinen Sarkasmus zu verbergen, «jemand wie Sie als Verteidiger zu haben – stets zu Diensten, weit über die Pflicht hinaus!»

Als Kunze mit Rose beim Abendessen saß, erzählte er ihr von der Geburt des Kindes. Rose sah ihn lange an, und ihre Augen füllten sich mit Tränen.

«Nun fang nicht an zu weinen», sagte er gereizt. «Alle triefen vor Mitleid mit dem Kerl. Petitionen, rührselige Geschichten. Morgen wird es eine ganze Sintflut davon geben. ‹Kindesvater von einem Ungeheuer von Auditor gefangen gehalten!› – ‹Die Qualen einer einsamen Frau!› Die Nation schwimmt in Herzeleid, und keiner, aber auch kein Einziger denkt an Richard Mader, der wie ein Hund verreckt ist, der sich in seinen Schmerzen gekrümmt hat und erstickt ist an seinem eigenen Blut.«

«Ich habe nicht um Dorfrichter geweint», sagte sie scharf. «Und auch nicht um seine Frau.»

«Um wen denn sonst?»

«Um uns!» Und dabei sah sie ihn mit einem kalten, empörten Blick an, wie er ihn noch nie in ihren Augen gesehen hatte. «Wir werden nie ein Kind haben.»

Einen Augenblick lang wusste er nicht, was er sagen sollte. Dass sie sich wünschen konnte, mit ihm eine Familie zu gründen, war ihm nie in den Sinn gekommen. Mit ihren 37 Jahren war sie seiner Meinung nach über das Alter, in dem man Kinder bekam, hinaus. Doch offenbar empfand sie das anders, und das erschreckte ihn. Er hoffte inbrünstig, es sei nur eine ihrer vorübergehenden, unvernünftigen Launen.

«Wir sind nicht verheiratet. Würdest du etwa gern ein uneheliches Kind zur Welt bringen?», fragte er sie.

«Es würde mir nichts ausmachen, wenn du zu mir halten würdest.»

«Gut. Ich werde es mir merken. Aber ehe wir uns diesem Projekt widmen, habe ich noch etwas Wichtiges zu erledigen.»

«Wohin willst du denn?»

«Ich muss dem glücklichen Vater die Nachricht überbringen.»

7

Die von der Decke herabhängende Lampe mit der Fünfundzwanzig-Watt-Birne und dem weiß emaillierten Schirm tauchte Peter Dorfrichters Zelle in ein trübes, deprimierendes Licht. Der Gefangene lag auf der schmalen Pritsche, das Nachthemd stand über der Brust offen, und sein Kopf ruhte auf dem mit grobem Leinen bezogenen Kissen. Die Beine hatte er unter der schweren Decke lang ausgestreckt. Er war noch wach und setzte sich auf, als der Schlüssel im Schloss gedreht wurde. Die Wache hielt Kunze die Tür auf.

«Gestatten gehorsamst, Herr Hauptmann», sagte die Wache, «wär's nicht gescheiter, wenn ich dablieb?»

«Das ist nicht nötig», erwiderte Kunze.

«Soll ich hier vor der Tür warten, Herr Hauptmann?»

«Gehen Sie ruhig zurück in die Wachstube. Wenn ich Sie brauche, läute ich.»

Neben anderen Annehmlichkeiten war Dorfrichters Zelle genau wie die anderen Offizierszellen mit einer Klingel ausgestattet, sodass der Inhaftierte jederzeit die Wache herbeirufen konnte. In Nr. 1 saß derzeit ein Leutnant, der beschuldigt wurde, Regimentsgelder unterschlagen zu haben. Die übrigen Zellen waren leer.

Dorfrichters Gesicht hob sich grau vor der weiß getünchten Wand ab. «Sie ist tot», sagte er stumpf.

«Gratuliere! Sie haben einen Sohn», sagte Kunze zu ihm.

Dorfrichter rührte sich nicht. Teilnahmslos saß er da. Nur

seine Augen bewegten sich und folgten Kunze durch den Raum.

«Sie ist tot, nicht wahr?»

«Aber nein, es geht ihr ausgezeichnet. Es war keine leichte Entbindung, aber es geht Mutter und Sohn prächtig.»

Dorfrichter seufzte tief auf und murmelte nach einer Weile: «Danke, Herr Hauptmann.» Er wollte aufstehen.

Kunze hinderte ihn daran. «Bleiben Sie liegen. Ich hätte Sie so spät nicht mehr gestört, aber ich habe mir gedacht, Sie hätten ein Recht darauf, zu erfahren, dass Sie Vater eines Sohnes geworden sind.»

«Sehr aufmerksam von Ihnen. Wollen Sie sich nicht setzen?»

Kunze setzte sich auf einen der beiden Stühle am Tisch. Der Oberleutnant lehnte sich an das Kopfende der Pritsche. Mit seinem wirren Haar sah er gut zehn Jahre jünger aus. Die Nachricht, dass er Vater geworden war, schien ihn in eine nachdenkliche Stimmung zu versetzen, und zum ersten Mal, seit Kunze mit ihm zu tun hatte, waren Überheblichkeit und Arroganz aus seinem Gesicht gewichen.

«Sie muss es schwer gehabt haben.»

Kunze nickte. «Das Kind hat vier Kilo!»

«Das ist viel, nicht wahr? Für ein Neugeborenes, meine ich.»

Er denkt nach wie vor mehr an die Mutter als an das Kind, ging es Kunze durch den Kopf. «Ich bin Junggeselle», sagte er. «Ich habe mit so was keine Erfahrung.»

«Sie ist so zart. Vielleicht hätten wir noch warten sollen», fuhr Dorfrichter fort, als hätte er die Antwort nicht gehört. Doch dann wurde ihm offenbar das Schreckliche seiner Lage bewusst. «Was für eine Zukunft steht meinem Sohn bevor? In der Schule hatte ich einen Klassenkameraden, dessen Vater im Gefängnis saß – Raubüberfall, glaube ich. Ich weiß es nicht mehr. Keiner hat mit ihm gesprochen, alle haben ihn nur gehänselt und gequält. Kinder können grausam sein. Ist das die Zukunft, die meinem Sohn bevorsteht? Ich wollte, er wäre tot. Für seine Mutter wäre es auch besser.» Er hielt inne und sah Kunze verlegen lächelnd an. «Verzeihung, Herr Hauptmann. In diesem verfluchten Gefängnis werde ich noch ganz gefühlsduselig und geschwätzig.» Sekundenlang zuckte es ironisch um seine Lippen. «Dass ein soeben Vater gewordener Gefangener um die Genehmigung nachsucht, dass Frau und Sohn ihn besuchen dürfen, ist gewiss zu viel verlangt, nicht wahr?»

«Sie wissen, dass ich die Vorschriften nicht ändern kann.»

«Aber ist es nicht auch gegen die Vorschriften, dass ein Auditor zu einem mutmaßlichen Verbrecher in die Zelle geht – spätabends und ohne Begleitung?», fragte Dorfrichter.

Wenn er gehofft hatte, den Hauptmann durch diese Bemerkung zu einem raschen Aufbruch zu bewegen, hatte er sich getäuscht. Kunze blieb sitzen und sah ihn ruhig an.

«Sie sind ein Schuft, Dorfrichter. Ich glaube, Sie schrecken vor nichts zurück, wenn man Ihnen in die Quere kommt. Wenn Sie könnten, würden Sie mir jetzt eine Dosis Zyankali verabreichen und kaltblütig zuschauen, wie ich verrecke. Trotzdem bin ich bereit, mein Möglichstes zu tun, um Ihnen die Haft erträglich zu machen. Ich werde Ihrer Frau jedoch nur dann gestatten, Sie zu besuchen, wenn Sie ein Geständnis ablegen. Das ist mein letztes Wort.» Er erhob sich. «Übrigens habe ich die Nachricht von Dr. Goldschmiedt bekommen. Er war während der Entbindung bei Ihrer Schwiegermutter in der Wohnung. Und als nicht alles ganz glatt ging, hat er Professor Hain rufen lassen.»

Dorfrichters dunkle Augen weiteten sich.

«Wen bitte?»

«Professor Hain. Einen Gynäkologen. Sehr gut und sehr

teuer. Sie brauchen sich keine Sorgen zu machen, wenn jemand wie Dr. Goldschmiedt sich um Ihre Frau kümmert.»

«Was ist er für ein Mann?», fragte Dorfrichter. «Ich weiß nicht viel über ihn. Ich hab ihn nie kennen gelernt.»

Kunze ging zur Tür.

«Schon älter. Sehr reich. Manche sagen, er ist ein Wüstling. Auf alle Fälle ein hervorragender Anwalt.»

«Ich bitte um Entschuldigung», hörte er Dorfrichter hinter sich sagen. «Ich bin etwas durcheinander. Ich bin Ihnen für Ihr Kommen sehr dankbar. Wirklich.»

Kunze drückte auf den Klingelknopf. Als die Wache die Tür öffnete, verließ er ohne einen Gutenachtgruß die Zelle.

Emil Kunze träumte selten.

Der Traum, den er in dieser Nacht hatte, war erschreckend lebendig, und die Bilder waren kaum verzerrt.

Er sah sich in einem Garten von einer Menge uniformierter Menschen umdrängt. Ein Klassenkamerad aus dem Internat – oder war es Rudolf Hartmann? – verwandelte sich plötzlich in Peter Dorfrichter. Sie waren jetzt nicht mehr im Garten, sondern in einem geschlossenen Raum. Dorfrichter lag wie bei ihrem Gespräch in der Zelle im Bett, der Kragen seines Nachthemdes stand offen. Mit einem Mal war der Raum zu Richard Maders Schlafzimmer geworden. Sie sprachen russisch miteinander, was Kunze entzückte, denn er hatte nicht gewusst, dass er es konnte. Plötzlich griff Dorfrichter nach ihm und zog ihn zu sich herunter, bis ihre beiden Köpfe auf demselben Kissen lagen, eine wundervoll einfache Geste der Freundschaft. Er schlang die Arme um Dorfrichter und fühlte ein Prickeln und Brennen auf der Haut, als läge er an einem Hochsommertag in der Sonne. Ein so intensives Lustgefühl durchströmte seine Lenden, dass er aufschrie. Dieser Schrei weckte ihn. Zitternd und atemlos setzte er sich im Bett auf. Er machte Licht, und langsam legte sich der Aufruhr in seinem Körper. «Dorfrichter, du verfluchter Hund!», stöhnte er in die Leere des Zimmers. Doch die Dämonen ließen sich nicht vertreiben; er beschwor im Gegenteil das blasse junge Gesicht mit den weichen, lächelnden Lippen, umrahmt von dem seidigen kastanienbraunen Haar. Die Erregung zitterte in seinem Körper nach. Er sagte noch einmal: «Du gottverdammter Höllenhund», doch es blieb offen, ob diese Worte Peter Dorfrichter oder ihm selber galten.

Lange zurückliegende Ereignisse tauchten, wie von einer Laterna magica auf die Wand seines Erinnerns geworfen, blitzartig vor ihm auf: der Schuppen im hartmannschen Garten, Rudolfs blasse Hände, die den Riegel vorschoben, der hoch gewachsene Körper, der sich nackt vor der Brettertür abhob, nächtliche Spiele im Internat. Mit achtzehn seine erste Erfahrung mit einer Frau, woran in seiner Erinnerung etwas Niedriges und Schmutziges haftete; die kleinen schwarzen Pünktchen auf dem Laken der Prostituierten waren eindeutig Wanzen gewesen. Das Gesicht der Frau blieb verschwommen, doch die schwarzen Pünktchen waren noch jetzt so deutlich wie in jener Nacht.

Ich will Dorfrichter nie wieder sehen, schwor er sich. Ich werde darum bitten, mich von diesem Fall zu befreien. Ich hätte ihn nie übernehmen dürfen. Soll doch ein anderer dieses hochmütige, selbstbewusste Lächeln in seinem Gesicht löschen. Kein Zweifel, er ist schuldig. Früher oder später wird er sich verraten. Zeugen, die gesehen haben, wie er die Briefe einwarf, oder die angeben können, woher er das Zyankali hat, werden sich melden. Man wird ihm die Schlinge um den Hals legen oder ihn, wenn er Glück hat, mit verbundenen Augen an die Wand stellen. Dann wird er nicht mehr lächeln.

Er schämte sich. Als er endlich einschlief, dämmerte es schon fast.

Auf Kunzes Schreibtisch lag, als er ins Büro kam, eine Nachricht von Hauptmann Moll, der ihm vorschlug, mittags im Hotel ‹Bristol› mit ihm zu speisen.

Frau Varga in Ungarn hatte gute Detektivarbeit geleistet. Die Schauspielerin hieß Klára Brassay, und sie hatte von Januar bis September 1907 dem Ensemble des Stadttheaters von Kecskemét angehört. Die Kritiker hatten ihr einmütig Talent bescheinigt, und immer wenn sie auftrat, war das Theater bis auf den letzten Platz besetzt. Kecskemét war ein in der ungarischen Steppe gelegenes Garnisonsstädtchen, in dem jede junge Künstlerin großes Aufsehen bei den jüngeren Offizieren erregte; alle wetteiferten um ihre Gunst. Sie schenkte diese jedoch nicht dem Militär, sondern einem älteren Bankier aus Budapest namens Sándor Hódossy.

Kunze unterbrach Molls Bericht. «Sándor Hódossy! Ist das ein Verwandter von Hauptmann Zoltán Hódossy?»

Moll blätterte in Frau Vargas zehn Seiten langem Brief.

«Ja, das ist er. Hier steht, dass Hódossys Sohn damals in Kecskemét bei den 13. Husaren stationiert war. Warum?»

«Weil Hauptmann Zoltán Hódossy zu den zehn Empfängern der Charles-Francis-Zirkulare gehört und am 1. November zum Hauptmann avanciert und in den Generalstab kommandiert worden ist wie du.»

«Ja. Natürlich! Ich kenne Zoli – das war Zoltáns Kosename – noch von der Kriegsschule her. Er ist als Nr. 15 abgegangen, drei Plätze unter mir. Ein anständiger Kerl. Für einen Ungarn, meine ich.»

«Was erzählt deine frühere Wirtin noch?»

«Das hier wird dich interessieren: Lange Zeit kam keiner an Klára heran. Nur Hódossy senior. In einem großen, feinen Automobil fuhr sie ins Theater, und nach der Vorstellung wurde sie wieder abgeholt. Und dann plötzlich, gegen Ende des Sommers, benutzte sie den Fiaker und wurde überall mit

Oberleutnant Dorfrichter gesehen. Als Dorfrichter nach Bosnien transferiert wurde, ist auch Klára verschwunden. Sie hat nicht einmal beim Theater gekündigt. Die Einzige, die nach ihrer Abreise noch mit ihr Verbindung hatte, war ihre Garderobiere; sie hat zwei Briefe von ihr bekommen, einen auf einem Briefbogen des ‹Grand Hotel› Wien und den zweiten mit dem Absender ‹Pension Kralik›, ebenfalls aus Wien. Als Klára dann nicht mehr schrieb, schob die Frau es auf die Gedankenlosigkeit der Jugend. Bis sie einen Brief mit dem Vermerk ‹Adressat verstorben› zurückbekam.»

Frau Varga hatte noch etliche persönliche Vermutungen angefügt, weshalb Klára gestorben sei, doch Kunze ging nicht darauf ein. Als er wieder in seinem Büro war, gab er ein Telegramm an Hauptmann Zoltán Hódossy auf, der zur Zeit die Manöverplanung für Infanterie- und Pioniertruppen beim Hauptquartier der 61. Brigade in Budapest unter sich hatte, mit der Bitte, ihm einen Zeitpunkt zu nennen, zu dem sie sich treffen könnten. Dann schickte er Leutnant Stoklaska ins ‹Grand Hotel›. Der Leutnant kehrte mit der Auskunft zurück, dass eine gewisse Klára Brassay dort vom 17. bis 25. September 1907 gewohnt habe; sie musste offenbar ein ruhiger Gast gewesen sein, denn niemand konnte sich an irgendetwas Bemerkenswertes erinnern. Als Adresse für noch eintreffende Post habe sie eine ‹Pension Kralik› genannt.

Das Haus lag in einer dieser finsteren Seitenstraßen von Ottakring, einem Arbeiterviertel. Kunze und Stoklaska fanden es gleich.

Das Mädchen, das auf ihr Läuten öffnete, sah aus wie eine missglückte Vogelscheuche, viel zu phantastisch, um auch nur einen Spatzen zu täuschen. Mit dem glasig-leeren Blick der geistig Zurückgebliebenen glotzte sie die Offiziere an. Mürrisch ließ sie sie in dem muffigen, vollgestellten Vorzimmer warten, während sie die Pensionsinhaberin holen ging.

Frau Kralik war eine große, dicke Frau, die nach Schweiß und Hyazinthen roch. Ihr störrischer pechschwarzer Haarschopf sah für Kunze so aus, als habe man sie kopfüber in einen Eimer Schuhwichse getaucht. Sie führte die Besucher in einen wenig einladend wirkenden Salon mit ungeputzten Fenstern, einem rauchenden Ofen und einem ungemachten Feldbett in der Ecke.

«Ja, ich erinnere mich an das Fräulein», antwortete sie auf Kunzes Frage. Sie sprach vorsichtig, als wolle sie jedes Wort auf der Zunge schmecken. «An einem Mittwoch ist sie eingezogen, und am Dienstag drauf war sie tot.»

«Ist sie denn krank gewesen?»

Frau Kralik zuckte die Achseln.

«Ich weiß nicht. Sie hat fast kein Deutsch gekonnt, bloß ein paar Worte.»

«Wie ist sie denn zu Ihnen gekommen?»

«Durch eine Freundin von mir, die als Zimmermädchen im ‹Grand Hotel› gearbeitet hat. Dort hat sie nämlich gewohnt. Das Geld muss ihr ausgegangen sein, und da hat sie nach was Billigerem gefragt. Wie sie starb, hat sie noch fünf Kronen und ein paar Heller im Portemonnaie gehabt. Die 15 Kronen, die sie mir schuldig war, hat dann der junge Mann bezahlt.»

«Was für ein junger Mann?»

«Der, der sich um das Begräbnis gekümmert hat.»

«Wie hat er denn ausgesehen?»

«Ein feiner Herr. Und gut ausgeschaut hat er.»

«Ein Offizier?»

«Nein, ein Zivilist.»

«War es ein Freund von dem Fräulein?»

«Das weiß ich nicht. Er ist nur zweimal hier gewesen, ehe sie gestorben ist. Und ist nie lang geblieben. Das zweite Mal müssen sie gestritten haben: Sie hat geweint, wie er fort ist, und die Tür zugeschlagen.»

«Worüber haben sie denn gestritten?»

«Woher soll ich das wissen? Ich horche nicht bei meinen Mietern. Außerdem haben sie auf Ungarisch gestritten, und das versteh ich nicht. Ich hab Ihnen ja gesagt, dass sie kein Deutsch gekonnt hat.»

«War der junge Mann Ungar?»

«Nein, der war ein so waschechter Wiener wie ich. Aber er hat ungarisch gesprochen.»

«Sie haben gesagt, er hat sich um das Begräbnis gekümmert.»

«Das war so: Nach dem Streit hat sie sich in ihr Zimmer eingesperrt. Am nächsten Tag hab ich mir gedacht, ich muss doch mal schauen, was sie wohl isst – ich erlaube nämlich nicht, dass meine Mieter auf dem Zimmer kochen. Man muss Hausregeln haben, wenn man nicht will, dass sie einem das Haus überm Kopf anzünden. Ich hab an die Tür geklopft und gefragt, ob sie was braucht. Sie hat nicht antworten wollen, und ich hab mir gedacht, dass sie sich nicht wohl fühlt und nicht gestört sein will. Am nächsten Tag war immer noch nichts von ihr zu hören, da hab ich wieder geklopft, und wie keine Antwort gekommen ist, bin ich unruhig geworden und hab die Tür mit dem Nachschlüssel aufgeschlossen. Sie hat mir nicht gut ausgeschaut, darum hab ich einen Arzt geholt. Er hat gesagt, dass sie seit mehr als 24 Stunden tot ist.»

«Wissen Sie noch, wie der Arzt hieß?»

«Ja, aber das nützt Ihnen nichts. Dr. Schnorr ist voriges Jahr gestorben.»

«Ich brauche die Adresse trotzdem. Nun lassen Sie uns noch mal auf den jungen Mann zurückkommen. Wissen Sie, wie er geheißen hat?»

«Nein, aber wie sie eingezogen ist, hab ich einen Brief für sie aufgegeben, die Adresse war postlagernd Hauptpostamt, Kennwort Kornblume. Ich hab auf gut Glück an die Adresse geschrieben, dass sie gestorben ist. Ich hab auch einige Papiere unter ihren Sachen gefunden. Ihr Vater ist calvinistischer Geistlicher in irgendeinem Dorf in Ungarn. Dem hab ich dann auch geschrieben. Wie ich nichts von ihm gehört hab, hab ich gedacht, dass es vielleicht doch nicht der Vater ist oder dass sie ihm Wurscht ist. Und dann ist eine Woche danach die Glocke gegangen, und er hat in Lebensgröße vor der Tür gestanden. Was sag ich, groß war er gar nicht, sondern klein und schmächtig, besonders für einen geistlichen Herrn.»

«Und der junge Mann?»

«Ach der, der ist einen Tag nachdem ich an die Adresse geschrieben hab, gekommen. Es war gerad so ein feiner Herr, wie ich gemeint hab. Sie war inzwischen schon ins Leichenhaus abgeholt worden. Er hat gesagt, ich soll ihre Sachen zusammenpacken und sie für die Familie aufheben, hat mir gezahlt, was sie mir schuldig war, und ist weggegangen, um alles für das Begräbnis zu richten. Ich wär gern auf das Begräbnis gegangen. Sie war doch schließlich ein Mensch, nicht wahr? Aber er hat sie begraben lassen, ohne mir oder sonst wem was zu sagen. Wie ihr Vater gekommen ist, hab ich ihm nicht einmal sagen können, wo er ihr Grab suchen soll. Er hat es aber doch gefunden, übers Matrikelamt. Sie ist auf dem Zentralfriedhof begraben, die arme Seele.»

Kunze zog eine Photographie von Peter Dorfrichter aus der Tasche. Sie zeigte ihn in Galauniform mit Tschako und Degen.

«Kennen Sie diesen Mann?»

Sie warf einen Blick darauf.

«Das ist er!»

«Der Freund von Klára Brassay?»

«Nein. Der Herr Oberleutnant, der alle die Offiziere vergiftet hat. Dorfrichter! So heißt er. Es hat in allen Zeitungen gestanden.»

Kunze reichte ihr eine andere Photographie. Es war die Vergrößerung eines sechs Jahre alten Gruppenbildes der Familie Dorfrichter: die Eltern mit Sohn und Tochter. Der Oberleutnant war barhäuptig und trug einen dunklen Sergeanzug.

«Wie steht's mit dem?», fragte Kunze Frau Kralik.

Sie betrachtete es aufmerksam. «Jesus Maria. Das ist er!»

«Dorfrichter?»

«Nein! Der junge Mann!» Sie griff nach dem Bild, das ihn in Uniform zeigte und hielt es neben die Familienaufnahme. «Jesus Maria. Das ist ja ein und derselbe!» Sie wandte sich an den Hauptmann. «Ich glaub, die Uniform und der Tschako haben mich irr gemacht.» Ihr Gesicht rötete sich vor Aufregung. «Das also war er, ein Mörder!» Sie hielt inne. «Ich bin ja auch fest davon überzeugt, dass er das Fräulein umgebracht hat.»

«Wie kommen Sie darauf?», fragte Kunze.

«Niemand hat sie mehr lebend gesehen, wie er weggegangen war.» Plötzlich riss sie den Mund auf, und ihre Augen verglasten sich, als hätte sie eine Vision. «Jetzt fällt mir noch was ein!» Speichelbläschen traten in ihre Mundwinkel. «Ich hab ja damals noch eine ungarische Mieterin gehabt, die hat aus der Hand lesen können – im Wurstelprater hat sie gearbeitet. Zu der hat die Klára gesagt, dass sie so schlecht schläft, und hat sie gefragt, wo sie Schlaftabletten kriegt. Und wie die Frau ihr ein paar Tage später die Adresse von einem Apotheker hat geben wollen, hat die Klára gesagt, sie braucht sie nicht mehr, ihr Freund hat ihr schon welche mitgebracht.»

«Von wem wissen Sie das?»

«Von der Handleserin. Ich hab es der Polizei melden wollen, aber auf dem Totenschein hat gestanden Herzschlag, und da hab ich mir gedacht, wozu soll ich mich in einen Mordfall verwickeln lassen? Es ist schon schlimm genug, wenn einem in der Pension jemand stirbt.»

Hauptmann Kunze sagte hierzu nichts.

«Wann genau hat Klára Brassay hier gewohnt?»

«Im Herbst 1907. Es muss im Frühherbst gewesen sein, sie hat sich nämlich beklagt, dass sie friert. Ich heize die Zimmer nie vor dem 15. Oktober, außer die Mieter zahlen einen Aufschlag. Das steht in der Hausregel. Aber zahlen hat sie nicht wollen.»

Kunze bat Frau Kralik, ihm das Zimmer zu zeigen, in dem Klára Brassay gewohnt hatte. Es war ein winziges Kämmerchen am Ende des Vorzimmers mit einem schmalen Fenster, das auf den Lichthof hinausging.

«Was für ein Ort für den letzten Abgang einer Schauspielerin!», sagte Leutnant Stoklaska.

Noch am Nachmittag erhielt Kunze vom Matrikelamt die Bestätigung, dass Klára Brassay tatsächlich am 4. Oktober 1907 auf dem Zentralfriedhof begraben worden war.

«Drei Tage später, am 7., hat Dorfrichter Marianne Gruber geheiratet», sagte er zu Stoklaska. «Vielleicht hat Frau Kralik mit ihrem Verdacht, er habe ihre Mieterin umgebracht, nicht einmal so unrecht.»

Am folgenden Tag machten Kommissar Weinbergers Männer die ungarische Handleserin ausfindig, die Frau Kraliks Aussagen bestätigte. Doch da war Kunze bereits nach Budapest unterwegs, um sich mit Hauptmann Zoltán Hódossy zu treffen.

In gewisser Weise war er für diese Wendung der Ereignisse dankbar, die es ihm ermöglichte, den Zug Wien–Budapest zu besteigen. Er hatte Dorfrichter seit dem Abend, an dem er ihm die Nachricht von der Geburt seines Sohnes überbracht hatte, nicht mehr gesehen, und er hatte sich vorgenommen, die nächste Begegnung mit ihm eine Weile hinauszuschieben. Er wusste, dass er auf die Frage, die ihn seit seinem nächtlichen Alptraum quälte, eine Antwort finden musste:

Handelte es sich bei seinen Gefühlen für diesen jungen Mann nur um die Besessenheit des Jägers gegenüber dem flüchtigen Wild oder um eine beunruhigende und schändliche Begierde?

Hauptmann Hódossy erwartete ihn auf dem Bahnsteig. Breitschultrig und untersetzt, war er auch in der flaschengrünen Generalstäbleruniform jeder Zoll ein Kavallerieoffizier. Er war ein höflicher und stiller Mensch und bewegte sich inmitten der Menge doch so, als gehöre ihm jeder Quadratzentimeter unter seinen Füßen.

Im eigenen Daimler-Sportwagen, dessen Preis Kunze auf mindestens 20000 Kronen schätzte, fuhr er den Gast aus Wien ins Hotel ‹Pannonia›. Die beiden Männer kannten einander nicht, doch da sie beide dem Offizierskorps angehörten und keiner eine höhere Charge hatte als der andere, verfielen sie sogleich in die ungezwungene Kameraderie, eine der Segnungen des Soldatenlebens.

«Das hab ich mir gleich gedacht, dass deine Anfrage mit dem Fall Dorfrichter zusammenhängt», sagte Hódossy, nachdem ihm Kunze den Grund seines Kommens mitgeteilt hatte. «Ich hab in den Zeitungen gelesen, dass man dir den Fall übertragen hat. Ich beneide dich nicht. Es ist eine verdammt üble Geschichte.»

Sie fuhren den Váci-Boulevard entlang. Für Dezember war es ein ungewöhnlicher Tag: kalt, aber sonnig. Am Vortag war Schnee gefallen; die Trottoirs waren geräumt, aber die Fahrbahn war noch immer mit einem dichten, hie und da von Radspuren unterbrochenen und mit Rossäpfeln gesprenkelten dicken Schneeteppich bedeckt. Hier in Budapest gab es mehr Schlitten und weniger Automobile als in Wien. Häufig scheuten die Pferde, wenn der Daimler sie überholte, und die Leute gerieten in Panik, sooft Hódossy die Hupe betätigte.

«Wie standest du mit Dorfrichter?», fragte Kunze.

«Auf der Kriegsschule hielt ich ihn für einen der Begabtesten in der Klasse, aber viel persönlichen Kontakt hatten wir zu der Zeit nicht miteinander. 1906, als ich Bataillonsadjutant bei den 13. Husaren in Kecskemét war, wurde er dem 24. Infanterieregiment dort zugeteilt. Ich habe mich gefreut, ihn wieder zu sehen; er war ein weit interessanterer Gesellschafter als meine Kameraden beim Stab. Wir haben uns angefreundet. Ich habe ihn oft nach Budapest mitgenommen, habe ihn sogar in die Schule eingeführt.»

«In welche *Schule*?»

«Oh, entschuldige: Ein Wiener wie du weiß natürlich nichts von der Hódossy-Schule!» Er lachte vor sich hin. «In Wirklichkeit ist es gar keine Schule, eher so etwas wie ein Club, bloß ohne Mitgliedsbeiträge und Clubhaus. Eine Laune meines Vaters. Er hat sie als junger Mensch begründet, und wenn er einmal nicht mehr ist, wird es auch mit der Schule aus sein. Sein Hauptlebenszweck besteht darin, der *jeunesse dorée* der Stadt beizubringen, was kultivierte Lebensart ist. Ihm gehören eine Bank in der Nähe von Kecskemét und 10 000 Joch Land. Das ist insofern von Bedeutung, als er ohne sie nicht den Petronius unserer Tage spielen könnte.»

Der Ton, in dem Zoltán Hódossy von seinem Vater sprach, war eher spaßhaft als sarkastisch. Er mochte die Vorstellungen seines alten Herrn vielleicht nicht teilen, doch es bestand kein Zweifel, dass er ihn sehr gern hatte. Kunze nahm sich Zeit, ehe er den Namen Klára Brassay aufs Tapet brachte.

«Dein Vater muss eine bemerkenswerte Persönlichkeit sein.»

«Das ist er bestimmt. Es gibt nicht zwei Menschen, die einer Meinung über ihn sind. Manche halten ihn für einen aufgeblasenen alten Egoisten, was er ganz bestimmt nicht ist. Er nimmt weder sich noch seine Verschrobenheiten ernst. Er vertritt die Auffassung, das Leben sei nicht lebenswert, wenn man nicht einen Scherz ernst, und das, was man ernst nehmen muss, scherzhaft betrachten kann. Aber du wirst ihn und seine Schule heute Abend noch kennen lernen. Sie halten ihr übliches Dienstagabend-Diner ab. Er hat gesagt, ich soll dich mitbringen – das heißt, wenn du nichts anderes vorhast.»

«Nein, das habe ich nicht. Vielen Dank.»

«Na, großartig. Das Diner ist im Hotel ‹Vadászkür›. Ich hol dich um neun Uhr ab. Es ist übrigens ganz zwanglos. Er war sich nicht sicher, ob du die Paradeuniform dabei hättest.»

Sándor Hódossy war ein imponierender alter Herr, weißhaarig, größer als sein Sohn, mit dem edlen Profil eines Römers und den Luchsaugen eines zigeunerischen Pferdediebes. Er hielt sich sehr gerade, und das veranlasste andere, wenn sie mit ihm sprachen, ruckartig stramme Haltung anzunehmen, sowohl körperlich wie geistig. Sein Alter ließ sich infolge seiner Lebhaftigkeit nur schwer schätzen. Erst als der Abend schon vorgeschritten war, nahm Kunze für einen Augenblick eine leichte Ermüdung an ihm wahr, die verriet, dass er die siebzig überschritten hatte, doch mit einem kräftigen Schütteln des weißmähnigen Hauptes fing er sich sofort wieder.

Die Gäste, alle tadellos gekleidet, wohlerzogen, amüsant und intelligent, waren im Alter seines Sohnes oder noch jünger. Aus Militärkreisen stammten nur Kunze und Hódossy junior. Die übrigen Gäste waren Schriftsteller, Schauspieler, Universitätsprofessoren, Maler, Musiker oder die Söhne reicher Unternehmer. Kunze zu Ehren unterhielt man sich auf Deutsch.

Kunze war von seinen früheren Reisen nach Ungarn immer mit verdorbenem Magen heimgekommen. An diesem Abend brauchte er nichts zu befürchten. Das Essen, eine Mischung aus französischer und ungarischer Küche, war weder zu schwer noch zu stark gewürzt und der Champagner ein ausgezeichneter französischer Jahrgang.

Um elf verschwanden Hauptmann Hódossy und mehrere der jungen Leute und kehrten mit einem Aufgebot hübscher junger Damen, alles Schauspielerinnen und Choristinnen, zurück, keine älter als fünfundzwanzig und alle elegant gekleidet und wohlerzogen. Die Blondine, die an Hauptmann Hódossys Seite hereingekommen war, nahm neben dem Vater Platz, und es bestand für Kunze kein Zweifel daran, dass sie mit dem Älteren verabredet war. Der Sohn hatte sie hergeleitet, weil der Vater als Gastgeber die Gesellschaft nicht hatte verlassen wollen.

Als die Gäste um zwei Uhr früh aufbrachen, war keiner betrunken, trotz der Menge des konsumierten Alkohols. Hódossy senior hatte sich als exquisiter Gastgeber erwiesen. Dennoch wurde Kunze das Gefühl nicht los, an einer von einem orientalischen Potentaten veranstalteten Ritualfeier teilgenommen zu haben.

Am nächsten Morgen ließ er sich zum Korpskommando fahren, wo Hauptmann Hódossy ihn erwartete. Kunze war erstaunt, dass Hódossy so frisch und ausgeruht aussah, denn er selber fühlte sich unausgeschlafen und verkatert, obwohl er weniger getrunken hatte als die beiden Hódossys. *Diese verdammten Ungarn*, dachte er, *ich glaube, selbst wenn sie Rattengift mit einem Schuss Schierling trinken, merken sie nichts.*

Als sie sich in seinem Büro gegenübersaßen, begann Hauptmann Hódossy: «Nun zu Peter Dorfrichter. Ich habe dir ja gestern schon gesagt, dass er zur ‹Schule› zugelassen worden ist. Und du hast gesehen, wie diese Schule ist – eine Gruppe junger Männer, die aus ihrem Leben das Beste machen will, ohne ins Ordinäre abzurutschen.»

«Sagt dir der Name Klára Brassay etwas, Zoltán?», fragte Kunze

«Aber gewiss doch», rief Hódossy aus. «Die war mal verflixt nahe daran, meine Stiefmutter zu werden.»

«Wie war sie?»

«Ehe ich deine Frage beantworte, muss ich dir wohl doch noch etwas mehr über meinen Vater erzählen. Neben der Schule hat er noch eine weitere Liebhaberei – und möglicherweise ist das sogar seine wahre Berufung: kleine Hürchen in große Kurtisanen zu verwandeln, aus einer Choristin oder mittelmäßigen Schauspielerin eine Kameliendame zu machen, wenn's geht, ohne Schwindsucht. Gewöhnlich behält er sie ein, zwei Jahre bei sich, zeigt ihnen, wie man sich benimmt, nimmt sie mit auf Reisen, und wenn sie genug Schliff haben, lässt er sie fliegen, gibt ihnen wie einem gefangenen Vogel die Freiheit. Manchmal muss er die Käfigtür weit offen halten, weil der Vogel nicht fort will. Und für gewöhnlich fliegen sie gar nicht weit, sondern man sieht sie auf der Schulter des nächstbesten reichen Mannes sitzen. Vater ist herzensgut zu ihnen, und wenn eine von seinen Schützlingen eine besondere Begabung hat, so lässt er sie ausbilden. Er errichtet ihnen Schaukästen, in denen sie glänzen und entdeckt werden können. Klára Brassay war eines dieser Mädchen. Keine große Schönheit, aber witzig, fröhlich und begabt. Vater hat sie in Kecskemét getroffen, wo sie am Stadttheater war. Ich glaube nicht, dass sie ihn geliebt hat, aber sie begriff, dass er ihr für ihre Karriere nützlich sein konnte. Sie war ihm bestimmt treu, was ihr sicher nicht leicht fiel, da sämtliche unverheirateten Offiziere der Garnison und auch noch einige von den verheirateten hinter ihr her waren. Wagenladungen von Blumen sind ihr zugeschickt worden, und Nacht für Nacht hat ihr eine Zigeunerkapelle ein Ständchen gebracht ... Auf die verrücktesten Einfälle sind ihre Verehrer gekommen. Da gibt es die Geschichte von einem betrunkenen Infanterieleutnant, der vor ihrem Haus ‹Ich liebe dich Kl ...› in den Schnee unter ihrem Fenster gepinkelt hat. Beim Buchstaben l soll ihm die ‹Tinte› ausgegangen sein, und er ist heimgegangen, hat seinen

Burschen geweckt, damit der das Wort zu Ende schreibt. Aber der Kerl hat nur dumm dagestanden. ‹Kannst du nicht pinkeln?›, hat der Leutnant ihn angeschrien. ‹Pinkeln kann ich schon, Herr Leutnant›, hat der Bursche gesagt, ‹aber nicht schreiben.› Ich kann mich natürlich nicht dafür verbürgen, dass diese Geschichte wahr ist.»

«Si non è vero, è ben trovato», grinste Kunze.

«Jedenfalls gibt sie dir einen Begriff davon, wozu die hoffnungslose Langeweile einer Provinzgarnison einen sonst normalen Erwachsenen treiben kann. Ungefähr einmal die Woche habe ich Klára nach Budapest gefahren, damit sie ihre Studien bei Vater fortsetzen konnte, und wenn Peter Dorfrichter Zeit hatte, kam er mit. Ich weiß nicht, wann und wie es passiert ist, aber sie hat sich in ihn verliebt. Er hat diesen gewissen Charme, der einen zugleich ärgert und fesselt. Mit etwas Bedrohlichem dabei.«

Kunze fiel ihm ins Wort: «Etwas Bedrohlichem?»

«Ich kann mich irren, aber so habe ich es immer empfunden. Lange ehe sein Name mit den verdammten Kapseln in Zusammenhang gebracht wurde.» Er machte eine Pause, um sich eine Zigarette anzuzünden. «Klára war ihm völlig gleichgültig, aber er hat sich riesig um sie bemüht. Vermutlich hat es seinem Selbstbewusstsein geschmeichelt, sie Vater und der Garnison auszuspannen. Ihr Verhältnis war stadtbekannt, man hat sie jeden Abend miteinander im Hotel ‹Beretvás› dinieren sehen. Vater hat sich sehr gekränkt. Ich glaube, sie war das einzige Mädchen, bei dem es ihm jemals ernst war. Wenn Dorfrichter nicht aufgetaucht wäre, hätte er sie bestimmt geheiratet. Und er wäre nicht einmal schlecht dabei gefahren. Sie war todanständig. Sie hat zum Beispiel Vater alle Geschenke zurückgegeben, die er ihr gemacht hat. Dorfrichter wusste, dass er versetzt würde, hat ihr aber nichts gesagt. Als es so weit war, hat er die Stadt verlassen, ohne ihr Adieu zu sagen. Zuerst wollte sie es nicht glauben. Eine Woche später war sie ebenfalls aus Kecskemét verschwunden. Es wurde gemunkelt, sie wäre ihm nach Bosnien gefolgt.»

«Gefolgt ist sie ihm schon», sagte Kunze, «aber nicht nach Bosnien, sondern nach Wien.»

«Irgendwann habe ich dann gehört, dass sie gestorben ist.»

«Hast du je versucht, dich mit ihr in Verbindung zu setzen, als sie fort war?»

«Nein, nie. Wegen Vater. Ich hab mir gedacht, je rascher er sie vergisst, desto besser.»

«Ist dir schon einmal der Gedanke gekommen, Dorfrichter könnte an ihrem Tod schuld sein?»

Zoltán Hódossy blickte ihn erschrocken an.

«Nein. War er es?»

«Wir wissen es nicht. Was meinst du?»

«Sie war verrückt nach ihm. Vielleicht hat er sie damals schon als Last empfunden. Er war so gut wie verlobt mit dem Mädchen, das später seine Frau wurde.»

«Ja, drei Tage nach Klára Brassays Begräbnis. Sie ist am 4. Oktober begraben worden, und Dorfrichter hat am 7. geheiratet.»

«Da schau her! Aber er brauchte sie doch nicht gleich umzubringen, wenn er sie los sein wollte. Sie war keine von denen, die erpresst!»

Kunze wechselte das Thema. «Aber kommen wir zu den Zirkularen. Angenommen, Dorfrichter war der Absender. Welchen Grund könnte er gehabt haben, dich umbringen zu wollen?»

«Ich kann mir keinen denken.»

«Warum dich? Warum nicht – zum Beispiel – Ahrens?»

«Vielleicht hat er die Auswahl dem Zufall überlassen. Hat fünfzehn Namen in einen Hut geworfen und zehn gezogen. Ich hab übrigens einmal gesehen, wie er das getan hat beim

Rennen. Ich hatte die Rennlisten stundenlang studiert, er dagegen kniff die Augen zu und tippte mit dem Finger auf einen Pferdenamen. Er hat gewonnen, ich verloren.»

«Du warst mit ihm befreundet. Könnte er Charles Francis sein?»

«Schwer zu sagen. Er war ehrgeizig, das steht außer Zweifel. Vermutlich hat er von einer meteorartigen Karriere geträumt. Schließlich ist Napoleon noch keine hundert Jahre tot. Viele junge Offiziere glauben, wenn Napoleon zur Spitze aufsteigen konnte, könnten sie es auch. Aber stell dir doch einmal einen in Österreich geborenen Napoleon vor, der 1898 in Franz Josephs Armee eintritt. In dem Alter, in dem Napoleon die italienische Kampagne befehligte, wäre er immer noch Leutnant, als Napoleon sich zum Kaiser krönte, Hauptmann, und zu der Zeit, als Napoleon eine Habsburgerin heiratete und über Europa herrschte, wäre unser Österreicher, vorausgesetzt, er hätte Glück, Major. Ich weiß nicht, was Napoleon an Dorfrichters Stelle getan hätte. Friedlich Fett angesetzt oder alle Männer, die ihm im Wege standen, vergiftet?»

«Könnte Dorfrichter Charles Francis sein?», wiederholte Kunze seine Frage.

Hauptmann Hódossy dachte einen Augenblick nach.

«Ich glaube schon. Aber du wirst es verflucht schwer haben, das zu beweisen.»

Nach Budapest musste dem Reisenden Wien als der einzig mögliche Aufenthaltsort der Welt vorkommen. Kunze erfuhr von der Köchin, als er spätnachmittags zu Hause eintraf, dass Rose nach Graz gefahren war, um am Begräbnis Onkel Pauls teilzunehmen.

Der Hauptmann wollte sich gerade zu Tisch setzen, da rief Rose an.

«Er ist vorgestern gestorben. Morgen begraben wir ihn»,

rief sie. Ferngespräche waren für sie noch immer etwas geheimnisvoll Neues, und sie war ständig in Sorge, man könne sie am anderen Ende des Drahtes nicht hören. «Der Anwalt hat gesagt, dass es mit dem Testament noch ein paar Wochen dauern wird, Komplikationen sind keine zu befürchten, aber ich werde voraussichtlich so lange hier bleiben müssen, bis alles geklärt ist.»

Sie hat nicht einmal die Totenstarre abgewartet, ehe sie mit dem Anwalt sprach, überlegte Kunze, machte sich aber sogleich Vorwürfe ob dieses boshaften Gedankens.

«Pass schön auf dich auf», sagte er zu ihr, und im selben Moment wurde ihm mit einem Anflug von schlechtem Gewissen klar, dass er sie nicht vermissen würde. Er war müde und froh, sein Essen und seine Flasche Burgunder allein genießen zu können. In dieser Nacht schlief er traumlos.

Zum ersten Mal, stellte Kunze für sich fest, war der Ausdruck von Trotz aus Dorfrichters Gesicht gewichen. Er schien seine täglichen Spaziergänge bei offenem Fenster fortgesetzt zu haben, denn die Haut hatte einen rosig weißen Schimmer wie bei jemand, der aus der Kälte ins Zimmer kommt. Nach der üblichen Begrüßungszeremonie und der Entlassung der Wache sank der Angeklagte mit hörbarem Seufzer auf den angebotenen Stuhl.

«Diese verdammten Korridore», sagte er. «Und die Treppen! Ich habe heute den ganzen Ring geschafft und den Kai. Von der Oper und wieder zurück. Ich bin völlig erledigt.» Er zündete sich die Zigarette an, die Kunze ihm angeboten hatte. «Haben Sie etwas von meiner Frau gehört, Herr Hauptmann?» Er stieß langsam den Rauch aus. «Und über das Kind?»

«Nein, seither habe ich nichts wieder gehört. Aber ich war in den letzten Tagen gar nicht hier, sondern bin nach Budapest gefahren und habe einen Freund von Ihnen besucht – Hauptmann Zoltán Hódossy.»

Kunze beobachtete den Gefangenen genau. Es war außer einem kleinen Kreis von Militärs niemand bekannt, dass Hódossy zu den Empfängern des Charles-Francis-Zirkulars gehörte. Er war einer der Letzten gewesen, die es bekommen hatten, und sein Kommandeur hatte ihn, als er es ihm aushändigte, ermahnt, mit niemandem darüber zu sprechen. Die Erwähnung von Hódossys Namen musste Dorfrichter überraschen – es sei denn, er war Charles Francis.

Auf seinem Gesicht zeigte sich keinerlei Reaktion. Er gab Kunzes prüfenden Blick ausdruckslos zurück. Er zog noch ein paar Mal an seiner Zigarette, dann drückte er sie aus.

«Erwarten Sie von mir, dass ich jetzt frage, warum Sie Hódossy aufgesucht haben?» Sein Ton hatte eine gewisse Schärfe.

«Nur wenn Sie Wert darauf legen.»

«Ich lege keinen Wert darauf. Warum sollte ich es Ihnen leicht machen?»

Das spöttische Lächeln war wieder da. «Und auch Ihre nächste Frage werden Sie sich überlegen müssen, ohne dass ich Ihnen das Stichwort dazu liefere.»

«Das werde ich, nur keine Angst», knurrte Kunze. «Waren Sie mit Hauptmann Hódossy befreundet?»

«Sehr sogar. Wir sind es noch, hoffe ich. Er ist ein anständiger Kerl. Besonders für einen Ungarn.»

Genau dieselben Worte hatte auch Moll gebraucht, erinnerte sich Kunze.

«Sie mögen die Ungarn nicht?»

«Ich habe nichts gegen sie, aber dieser rot-weiß-grüne Patriotismus geht mir auf die Nerven. Und ich bin mir nicht schlüssig, wie weit man sich im Kriegsfall auf sie verlassen kann. Denen würde ich glatt zutrauen, dass sie nur dann bereit sind, mitzumachen, wenn man ihnen irgendwelche Privilegien einräumt. Wir haben ja weiß Gott schon in Friedenszeiten unsere Last mit ihnen.»

«Sie tun immer so, als sei der Krieg unvermeidlich», bemerkte Kunze. «Finden Sie nicht, dass wir ein ganz lebenswertes Leben führen? Und dass wir in einem Krieg mehr verlieren als gewinnen könnten?»

«Das hängt davon ab, wer den Oberbefehl hat. Ob senile alte Erzherzöge oder junge Männer mit modernen, unorthodoxen Ideen.»

«Männer wie Sie?»

«Warum nicht, Herr Hauptmann?»

«Und als erstes würden Sie dann Leute wie uns, die in Ihren Augen unverbesserliche Pazifisten sind, an die Wand stellen, nicht wahr?»

«Jawohl, Herr Hauptmann.» Dorfrichter grinste.

«Da kann ich ja von Glück sagen, dass wir noch in Friedenszeiten leben.» Kunze hatte Mühe, seinen Zorn zu beherrschen. Er war wütend und so erregt wie selten. Es war Dorfrichters Schuld, und er verabscheute ihn deswegen, aber noch mehr verabscheute er sich selber. «Wir waren bei Hódossy stehen geblieben. Sie haben gesagt, Sie waren Freunde. Wie standen Sie zu seinem Vater?»

«Ein aufgeblasener alter Narr.»

«Seine Gastfreundschaft aber haben Sie akzeptiert.»

«Eine Zeit lang. Es gibt ein ungarisches Sprichwort: In der Not frisst der Teufel Fliegen. Das kann einem passieren, wenn man in einem Ort wie Kecskemét stationiert ist. Für unsereinen ist es undenkbar, Beziehungen zu den Ortsansässigen anzuknüpfen. Die bestehen aus Gulasch, Zigeunermusik und Chauvinismus. Sie müssten sie einmal sehen, wie sie allabendlich im ‹Beretvás› sitzen und sich von den Zigeunern ins Ohr spielen lassen, als ob sie taub wären, und dabei dicke, fette Tränen in ihren Wein heulen. Und wenn Sie sie fragen, was sie denn so zu Tränen rührt, dann sagen sie, es sei die Melodie von *A csizmámban nincsen kéreg mert megette a patkányféreg!*»

«Wie bitte?»

«Wörtlich übersetzt heißt das: Ich hab kein Futter mehr in den Stiefeln, die Ratten haben es aufgefressen.» Dorfrichter lachte leise. «Jede neue Kassiererin in einem Kaffeehaus wird zur Sensation des Jahres. Und gelingt es einem, sie als Erster zu verführen, hat man das Gefühl, den Verdienstorden bekommen zu haben. Anschließend wird sie von Bett zu Bett weitergereicht! Eine Blonde namens Piroska hielt den Rekord. Sie hat elf Mann mit dem Tripper angesteckt. Man kann in diesem verfluchten Nest nichts anderes tun als saufen und huren.»

«Gibt es kein Theater?»

«Es gibt ein Gebäude, das sich so nennt. Aber die Aufführungen! Sie spielen die *Lustige Witwe* und *König Lear* mit ein und demselben Ensemble und ein und derselben Kulisse!»

«Haben Sie übrigens in Kecskemét eine Schauspielerin namens Klára Brassay gekannt?»

«Jawohl, Herr Hauptmann.» Dorfrichter nickte. Man sah deutlich, dass er auf diese Frage gefasst gewesen war.

«In welcher Beziehung standen Sie zu ihr?»

«In genau der Beziehung, über die Zoli Hódossy bestimmt mit Ihnen gesprochen hat. Ich hatte ein Verhältnis mit ihr.»

«Wie ich höre, ist sie Ihnen nach Wien gefolgt. Haben Sie sich hier noch weiter mit ihr getroffen?»

«Jawohl, Herr Hauptmann», sagte Dorfrichter nach kurzem Zögern.

«Obwohl Sie verlobt waren? Wenn ich nicht irre, haben Sie, kurz nachdem Klára Brassay in Wien eintraf, geheiratet.»

«Das stimmt.»

«Haben Sie sie nach Ihrer Hochzeit noch besucht?»

«Nein, Herr Hauptmann.»

«Warum nicht?»

«Weil sie tot war, darum», fauchte der Oberleutnant und verlor etwas von seiner Gelassenheit. In dem Maße, in dem seine Nervosität zunahm, legte sich die von Kunze – es war, als säßen sie jeweils am entgegengesetzten Ende einer Wippe.

«Wann ist sie gestorben und woran?», fragte Kunze.

«Um den 1. Oktober 1907. An Herzschlag.»

«Woher wissen Sie das?»

«Es stand auf dem Totenschein.»

«Sie haben dieses Mädchen nach Wien nachkommen lassen, obwohl Sie entschlossen waren, Ihre jetzige Frau zu heiraten. Als sie dann hier war, ist sie innerhalb von zwei Wochen gestorben und drei Tage vor Ihrer Hochzeit begraben worden. Eine perfekte Zeitplanung, würde ich sagen.»

«Zunächst einmal: Ich habe sie nicht gebeten, mir zu folgen. Als ich Kecskemét verließ, habe ich ihr gesagt, dass es aus sei zwischen uns. Sie schien es zu akzeptieren; aber dann tauchte sie plötzlich hier in Wien auf und fiel mir lästig.»

«Soweit ich verstanden habe, war sie ein Schützling des alten Hódossy und –»

Dorfrichter unterbrach ihn scharf. «Schützling? Sie war seine Hure.»

«Schön, sie war also seine Hure. Trotzdem haben Sie ein Verhältnis mit ihr angefangen und sie dazu gebracht, ihn zu verlassen. Haben Sie sich denn nicht für sie verantwortlich gefühlt?»

«Nein. Sie war ein erwachsener Mensch und wusste, was sie tat. Ich verstehe, offen gestanden, Ihren Vorwurf nicht, Herr Hauptmann. Wenn man wegen einer solchen Sache ein schlechtes Gewissen haben muss, dann müsste das gesamte Offizierskorps in Sack und Asche gehen.»

«Ich habe hier die Zeugenaussage von jemand, der mit Fräulein Brassay kurz vor ihrem Tode gesprochen hat. Zu dieser Person hat sie gesagt, dass ihr Freund – und damit sind Sie gemeint – ihr Schlaftabletten verschaffen würde. Haben Sie das getan?»

Dorfrichter wurde blass. «Nein.»

«Die Pensionsinhaberin hat ausgesagt, dass Sie das Begräbnis bezahlt haben», setzte Kunze hinzu. «Warum eigentlich?»

«Weil ich der Einzige war, den sie in Wien gekannt hat.»

«Es gab Angehörige. Ihre Eltern lebten noch. Haben Sie nicht versucht, sich mit ihnen in Verbindung zu setzen?»

«Nein.»

«Warum nicht?»

«Ich hielt mich nicht für verpflichtet dazu.»

«Sie hatten es, wie mir scheint, sehr eilig, sie begraben zu lassen. Ist eine Obduktion vorgenommen worden?»

«Nein.»

«Warum nicht?»

Dorfrichter zog ein Taschentuch heraus und wischte sich die winzigen Schweißperlen ab, die auf seiner Stirn glitzerten.

«Dazu bestand kein Anlass. Die Todesursache war von einem Arzt auf dem Totenschein beurkundet worden.»

Kunze beugte sich vor und sah Dorfrichter direkt in die Augen. «Ich möchte Sie etwas fragen – waren Sie persönlich davon überzeugt, dass es ein Herzschlag war?»

«Ich hatte keinen Grund, daran zu zweifeln.»

«Hätte sie nicht auch an etwas anderem sterben können? An einer Überdosis Schlaftabletten zum Beispiel, die Sie ihr nie gegeben haben?»

Der Oberleutnant wandte den Blick ab und rollte das Taschentuch mit nervösen Fingern zu einem Knäuel zusammen.

Mit einer jähen Bewegung stopfte er es in die Tasche zurück, als befreie er sich damit von einem peinlichen Beweisstück. Er sah den Hauptmann an.

«Ja, sie kann auch an etwas anderem gestorben sein», sagte er. «An einer Überdosis Schlaftabletten – die ihr irgendjemand gegeben hat.» Er grinste. «An einem Stich ins Herz mit einer Hutnadel. Oder daran, dass sie die Luft anhielt, bis ihr der Sauerstoff ausging. Woher soll ich es wissen, wenn der Arzt es nicht wusste?»

«Halten Sie es für denkbar, dass sie Selbstmord begangen haben könnte? Hat sie je davon gesprochen?»

«Ja, das hat sie. Selbstmord ist ein beliebtes Erpressungsmittel!»

«Warum sprechen Sie von Erpressung? Hätte Sie Ihnen Schwierigkeiten machen können?»

Dorfrichter warf dem Hauptmann einen ungläubigen Blick zu. «Aber Herr Hauptmann», sagte er in einem Ton, als spräche er zu einem zurückgebliebenen Kind, «inzwischen müssten Sie doch völlig im Bilde sein: Ich stand unmittelbar vor der Heirat, da taucht plötzlich dieses Mädchen auf, mit dem ich mal ins Bett gegangen bin, und stellt alle möglichen Anforderungen. Es war ein verdammtes Stück Arbeit, ihr klarzumachen, sie solle vernünftig sein und dorthin zurückkehren, wo sie hergekommen war. Als ich dachte, die Sache wäre in Ordnung, da ist sie, statt in den Zug nach Budapest zu steigen, gestorben. Natürlich, ich hätte meine Hochzeit absagen können, aber das hätte sie ja auch nicht wieder lebendig gemacht. Alles, was ich tun konnte, war, ihr ein anständiges christliches Begräbnis zu verschaffen und zu hoffen, dass meine Braut von der Sache nichts erfuhr.»

«Sie sind ein ganz schöner Zyniker, Dorfrichter!»

«Ach, hol's der Teufel, Herr Hauptmann, Sie werden doch nicht verlangen, dass ich eimerweise Krokodilstränen vergieße? Das hieße denn doch Ihrer Intelligenz nicht den angemessenen Respekt erweisen! Ich habe mich für Klára nicht verantwortlich gefühlt. Es ist eine schreiende Ungerechtigkeit, es einem Mann vorzuhalten, dass er eine Frau nicht liebt. Wenn ein Verhältnis auseinander geht, so liegt die Schuld dafür immer an demjenigen, der nicht geliebt wird. Er oder sie ist eben nicht liebenswert. Aber wenn man das laut heraussagt, dann ist man ein Schwein. Und es gibt Männer, die sind so feige, dass sie sich in lebenslängliche Sklaverei treiben lassen, nur weil eine Frau sie liebt. Aber ich lasse mich lieber einen Zyniker nennen und behalte dafür meine Freiheit.»

«Die Frage ist nur, wie weit Sie willens sind zu gehen, um Ihre Freiheit zu schützen», sagte Kunze.

«Wie meinen Sie das?»

«Sie wissen ganz genau, wie ich das meine. Haben Sie Klára Brassay getötet? Haben Sie ihr Gift gegeben oder ihr eine Hutnadel ins Herz gestoßen oder sie erwürgt?»

Dorfrichter lachte. «Sie scherzen, Herr Hauptmann.»

«Sie wissen ganz genau, dass ich das nicht tue.»

«Ich verstehe. Ich habe Mader vergiftet, habe versucht, neun weitere Offiziere zu vergiften, und habe auch Klára vergiftet!»

«Ja oder nein?»

Dorfrichter schüttelte ungehalten den Kopf. «Natürlich nicht. Weder Klára noch Mader. Nein, nein, nein!»

«Also gut», sagte Kunze knapp. «Wir werden sie exhumieren lassen. Zum Glück hat die forensische Medizin große Fortschritte gemacht. Selbst nach Jahren können die Pathologen jetzt die Todesursache bestimmen.» Er wandte sich an Stoklaska. «Lassen Sie den Oberleutnant in seine Zelle zurückbringen.»

Dorfrichter war aufgestanden. Blicklos starrte er durchs Fenster auf die gegenüberliegenden Dächer.

«Ich habe Ihnen bereits gesagt, Herr Hauptmann, dass sie damit gedroht hat, sich umzubringen. Schon in Kecskemét zeigte sie seltsame Launen. Heute himmelhoch jauchzend, morgen zu Tode betrübt. Vielleicht hat sie Gift genommen, aber ich habe es ihr nicht gegeben.»

Kunze antwortete nicht. Diesmal war es gut gegangen, dachte er. Was er befürchtet hatte, dass nämlich innere Zweifel ihn an der Durchführung des Verhörs hindern würden, war nicht eingetreten. Er fühlte sich jetzt gelöster als zu Beginn der Befragung. Das Wild war in Schussweite. Kunze war überzeugt, dass Klára Brassay vergiftet worden war und dass Peter Dorfrichter dabei die Hand im Spiel gehabt hatte. Er rief Dr. Weinberger an und bat ihn, die Exhumierung des Leichnams von Klára Brassay sowie eine Obduktion in die Wege zu leiten.

Gleichzeitig wurden zwei Detektive in das ungarische Dorf entsandt, in dem Kláras Vater sich um das Seelenheil der ihm anvertrauten Lämmer kümmerte, um von dem Pfarrer zu erfahren, ob sich im Gepäck seiner Tochter, das in der Pension von Frau Kralik zurückgeblieben war, Gegenstände befunden hatten, die vielleicht von Bedeutung waren.

Rose kam eines Spätnachmittags aus Graz zurück. Als Kunze die Wohnung betrat, hatte sie sich bereits in ihr farbigstes und duftigstes Negligé gehüllt. Sie konnte nicht wissen, dass der Hauptmann es nicht gern an ihr sah, weil er selten ein Wort über ihr Äußeres verlor. Wenn sie ihn fragte, was er von einer neuen Robe hielt, so erwiderte er stets, sie stünde ihr sehr gut, auch wenn sie ihm nicht gefiel.

«Onkel Paul hat alles mir vermacht», sagte sie ihm schon beim Hereinkommen. «Das heißt – fast alles. Das Gut muss der Haushälterin 10 000 Kronen in bar auszahlen. Ich vermute, dass er ihr auch einige Wertpapiere gegeben hat. Oder sie hat sie sich einfach genommen. Aber ich will keine große Geschichte daraus machen, vor allem deswegen, weil ich die Dinge nicht verzögern will. Der Anwalt meint, er kann die ganze Sache in zwei Monaten abwickeln. Heute haben wir den 20. Dezember – das wäre Ende Februar. Wir können also den Monat März für unsere Heirat ins Auge fassen. Wären die Iden des März nicht reizend?»

«Wieso die Iden des März?»

«Das klingt nach einem wunderschönen Tag.»

«Für Cäsar war er es nicht.»

Sie schlang den Arm um ihn. «Bist du nicht glücklich?», fragte sie.

Er war keineswegs glücklich, weder über die Aussicht auf eine baldige Heirat noch über die innige Umarmung. Das Negligé war ihr von der Schulter gerutscht, und er musste an die ungarischen Mastgänse denken, die, sauber gerupft, die Brustseite blassgelb, vor den Buden am Naschmarkt gehangen hatten, an denen er auf dem Heimweg vorübergekommen war. Er schob sie sanft von sich. Ihre Üppigkeit schien nur die Sehnsucht nach schlanken, festen Gliedern in ihm zu erwecken, nach wohltuend knochigen Händen.

«Du siehst gar nicht glücklich aus», hörte er sie sagen. Ihre großen blauen Augen schienen vorwurfsvoll.

«Ich bin ein bisschen müde», log er und küsste sie leicht auf die Stirn.

Er überlegte, was wohl Peter Dorfrichter an seiner Stelle getan hätte. Vermutlich die Wohnung verlassen, um nie wiederzukehren, ohne Rücksicht auf den Vorwurf, der in den großen blauen Augen lag. Er hätte erkannt, dass der Augenblick für eine reinliche Trennung gekommen war und dass es nur auf lebenslängliche Sklaverei hinauslief – so hatte er es bezeichnet –, wenn man diese Trennung nicht vollzog. Dorfrichter war ein Zyniker, weil er den Mut aufgebracht hatte, eine Frau, die er nicht liebte, zu verlassen. Emil Kunze war ein anständiger Mensch, weil er bei einer nicht liebenswerten Frau blieb. In Wirklichkeit, dachte er bissig, lief es darauf hinaus, dass er nur deshalb anständig war, weil er schwach war, und dass man Dorfrichter für einen Zyniker hielt, weil er die Courage hatte, zu seinen Überzeugungen zu stehen. Rose liebte ihn, und deswegen lag er nun sein Leben lang an der Kette. Ihre Liebe war wie ein riesiger, hungriger Krake, das war ihm schon sehr bald klar geworden – Arme, die sich ihm entgegenstreckten und ihn fest an den weichen, sackartigen Leib ziehen wollten –, und doch hatte er keinen Fluchtversuch unternommen. Aber er konnte sich nicht damit entschuldigen, er sei eben noch jung. *Der Wunsch, geliebt zu werden*, überlegte er, *ist der Wahn der Jugend. Reife beginnt mit der Entdeckung, dass es viel schwerer ist zu lieben, als geliebt zu werden, und es gibt nur wenige Menschen, die mutig genug sind, das zuzugeben. Die meisten machen sich lieber etwas vor, indem sie ein flüchtiges Interesse, ja vielleicht nur sexuelle Faszination als Liebe bezeichnen.*

«Irma und Alfred sind begeistert», sagte Rose.

«Worüber?», fragte Kunze zerstreut, bis ihm einfiel, dass es Roses Schwester und Schwager waren.

Sie sah ihn erschrocken an. «Darüber, dass wir heiraten. Was denn sonst?»

Sie hat es ihnen also bereits gesagt, dachte Kunze. «Das ist nett», murmelte er.

«Hoffentlich hat die Armee keine Einwände», fuhr Rose fort. «Die Wohnung läuft auf Alfreds Namen. Aber sie könnten herausbekommen, dass ich hier gewohnt habe. Glaubst du, es wäre eine gute Idee, wenn ich zu Irma und Alfred zöge, ich meine, bis zur Hochzeit?»

«Und wie wäre es, wenn ich auszöge?», fragte Kunze und meinte es scherzhaft. Doch dann fand er plötzlich Gefallen an dem Gedanken. «Ja, so machen wir's. Ich nehme mir eine

Wohnung in der Nähe. Es genügt ein möbliertes Zimmer. Es braucht kein Luxusappartement zu sein. Zwei Zimmer oder ein Wohnschlafzimmer mit separatem Eingang und Bad.»

«Und was ist mit deinem Essen?»

«Ich kann in einem Kaffeehaus auf dem Weg ins Amt frühstücken und zum Nachtmahl herkommen. Schließlich ist es nur für kurze Zeit.»

Die «kurze Zeit» schien sie zu beruhigen, und sie sagte, sie würde nach einer geeigneten Wohnung Ausschau halten. Als das Stubenmädchen verkündete, das Essen sei angerichtet, sah er, dass der Tisch mit Roses bestem Meißner Porzellan gedeckt war. Eine Flasche Champagner stand in einem silbernen Eiskübel.

«Was feiern wir denn?», fragte er, nur um sie zu necken. Seit sein Auszug beschlossene Sache war, hatte seine Stimmung sich gehoben. Nicht, dass er glaubte, er könnte der Heirat entrinnen; gegen dieses Urteil gab es keine Berufung. Dennoch war der Umzug in ein neues Quartier in seinem gegenwärtigen Zustand ein wahrer Segen.

Nach Tisch hörten sie Grammophonplatten. Musik versetzte Rose stets in romantische Stimmung, und als sie den Walzer aus der *Lustigen Witwe* zum zweiten Mal abgespielt hatte, stand Kunze auf und wünschte ihr, mit der Entschuldigung, er habe einen anstrengenden Tag hinter sich, eine gute Nacht. Sie wartete, bis der Apparat abgelaufen war. Dann ging auch sie schlafen; die noch fast volle Flasche Champagner nahm sie mit in ihr Zimmer.

Unmittelbar nach der Rückkehr der Detektive aus Ungarn suchte Kommissar Weinberger Kunze im Garnisonsgericht auf, um ihn über das Ergebnis ihrer Nachforschungen zu informieren. In den letzten beiden Tagen hatten die Wiener Tageszeitungen sensationelle Berichte über Leben und Tod von

Klára Brassay gebracht. Gewitzte Reporter hatten mit Mitgliedern der Familie gesprochen, mit dem Theaterdirektor von Kecskemét, mit ehemaligen Kollegen, mit dem Portier vom ‹Grand Hotel› und mit Frau Kralik. Ein verwegener junger Mann hatte sogar versucht, Hódossy senior zu interviewen, war aber vom senegalesischen Masseur des alten Herrn höchstpersönlich hinausgeworfen worden.

«Unser Mann hat es schwer gehabt, dem Pfarrer irgendwelche Auskünfte zu entlocken», berichtete der Kommissar. «Er sagt, er hätte mit seiner Tochter gebrochen, als sie von zu Hause fortlief und zur Bühne ging. Auch seine Frau hat uns nicht viel weitergeholfen. Sie hat den Detektiven erzählt, sie sei Klára nach Kecskemét nachgereist und hätte versucht, sie wieder mit nach Hause zu nehmen; als sich die Tochter dann aber direkt vor ihrer Nase eine Zigarette ansteckte, stand für sie fest, dass Klára unrettbar verloren war. Sie ist aufgestanden und fortgegangen und hat nie wieder ein Wort mit ihr gesprochen. Ich bin überzeugt, sie sieht noch heute im kläglichen Ende ihrer Tochter eine Strafe Gottes für das Rauchen.»

«Eine typisch calvinistische Einstellung», bemerkte Kunze.

«Aber die Mutter hat uns erzählt, dass Klara als Kind Scharlach hatte, und davon hat sie ein schwaches Herz zurückbehalten. Der Totenschein spricht von Herzversagen, und das passt zu der Aussage.»

Die Obduktionsergebnisse gelangten einen Tag später auf Kunzes Schreibtisch. Klára Brassays Leichnam hatte mehr als zwei Jahre in der Erde gelegen; mit hundertprozentiger Sicherheit konnten die Pathologen die genaue Todesursache nicht mehr feststellen. Sie waren jedoch sicher, dass sie weder erwürgt noch vergiftet worden war. Der toxikologische Befund war negativ. Übereinstimmend hieß es im medizinischen Bericht: Keine Anhaltspunkte für eine Vergiftung.

Kunze war allein in seinem Büro, als ein Bote ihm den versiegelten Umschlag mit dem Bericht brachte. Sein erster Gedanke war, Dorfrichter holen zu lassen und ihm vom Ergebnis der Obduktion Kenntnis zu geben. Doch dann fiel ihm ein, dass Dorfrichter bisher nur ein einziges Mal die Fassung verloren hatte, und zwar als die Rede darauf kam, Klára Brassay könne an Gift gestorben sein. Das Mädel hatte gedroht, sich umzubringen, und als man sie dann tatsächlich tot auffand, musste Dorfrichter annehmen, sie habe ihre Drohung wahr gemacht. Um einen Skandal zu vermeiden, den er sich als hoffnungsvoller Anwärter für den Generalstab nicht leisten konnte, traf er alle Vorkehrungen für ein schnelles Begräbnis. Fand man im Körper des Mädchens Gift, würde keiner an seine Unschuld glauben. Das wusste Dorfrichter, und dieser Gedanke ließ ihn sicher nicht schlafen. Kunze beschloss, dem Gefangenen nichts mitzuteilen. Wenn man den Widerstand eines Menschen brechen wollte, gab es keine bessere Methode, als ihn zur Schlaflosigkeit zu verurteilen.

Er stellte ferner Überlegungen darüber an, welche Wirkung die Zeitungsberichte auf Marianne Dorfrichter haben würden. Kurz vor ihrer Heirat hatte ihr Mann ein stürmisches Liebesverhältnis mit einer ungarischen Schauspielerin gehabt. Höchstwahrscheinlich hatte er Klára Brassay vor ihr nie erwähnt; genau wie er nie zugab, die zehn Rundschreiben versandt zu haben. Abgesehen davon, dass diese Geschichte ihren Stolz verletzen musste, musste sie auch seine Glaubwürdigkeit ihr gegenüber erschüttern. In seiner Zelle im Militärgefängnis hatte Dorfrichter viel Zeit, über die möglichen Reaktionen seiner Frau nachzugrübeln. Er war nicht in der Lage, ihre Zweifel zu zerstreuen, sie zurückzugewinnen, falls sie sich von ihm gelöst hatte. Ein weiteres Gewicht zu dem Druck, der ohnehin auf ihm lastete. Ein weiterer Dorn in seinem Fleisch, der ihn am Schlafen hinderte.

8

Kunze war General Wencel seit der Abendgesellschaft in dessen Haus noch nicht wieder begegnet. Als er den Befehl erhielt, sich bei ihm zu melden, wusste er, dass es sich nicht um eine freundschaftliche Unterredung handeln würde.

Wencel kam ohne Umschweife zur Sache. «Sie sitzen jetzt über einen Monat an diesem Fall, halten einen Offizier von tadellosem Ruf seit dem 30. November in Haft. Heute ist der 23. Dezember, und es ist Ihnen nicht gelungen, einen lückenlosen Beweis gegen diesen Mann zu erbringen oder ein Geständnis von ihm zu erhalten. Sie haben sogar versucht, aus dem Tod einer armseligen kleinen Choristin einen unerquicklichen Mordfall zu konstruieren. Auch das ist Ihnen danebengegangen. Wie lange wollen Sie uns noch auf Resultate warten lassen?»

«Gestatten, Herr General: Nicht ich habe einen Mordfall aus dem Tod der jungen Frauensperson gemacht, sondern die Presse. Übrigens war sie Schauspielerin, nicht Choristin.»

«Wo, zum Teufel, ist der Unterschied?», sagte Wencel übellaunig und setzte dann hinzu: «Wie planen Sie, weiterhin vorzugehen?»

«Genau wie bisher, Herr General, Zeugen befragen, nach weiteren Indizien suchen.»

«Nach weiteren? Ich wusste nicht, dass Sie überhaupt welche haben!»

Kunze schwieg.

«Sie halten es also nicht für geraten, den Mann freizulassen?», fragte der General.

«Auf keinen Fall, Herr General.»

«Na schön, dann fahren Sie fort mit Ihren Nachforschungen, verdammt nochmal. Sie können gehen.»

Die Verabschiedung war ungewöhnlich grob, doch das machte Kunze nichts aus. Er hatte seinen Bericht erstattet, weiter wollte er nichts. Er öffnete gerade die Tür, als Wencel ihn zurückrief.

«Ich bin gestern ins Schloss Belvedere bestellt worden. Seine Kaiserliche Hoheit der Thronfolger, Erzherzog Franz Ferdinand, hat seine Unzufriedenheit ausgedrückt über die Art, wie dieser Fall von uns gehandhabt wird.» Als Kunze nichts erwiderte, fügte er hinzu: «Ich sage Ihnen das in der Hoffnung, dass es Eindruck auf Sie macht.»

Kunze stand an der Tür.

«Offenbar keinen», murmelte Wencel.

«Keinen was, Herr General?»

«Offenbar macht es keinen Eindruck auf Sie.»

«Nein, Herr General. Wenn Seine Kaiserliche Hoheit morgen Kaiser wird, kann er Dorfrichter freilassen und ihm meinetwegen noch einen Orden auf die Brust heften. Aber noch ist Franz Joseph unser Kaiser.»

«Dr. Goldschmiedt hat Baron von Schönaich aufgesucht. Er will erreichen, dass das Kriegsministerium den Fall den Zivilbehörden übergibt.»

Wencel war offenbar entschlossen, seine Informationen tropfenweise auszuteilen.

«Er hat mir an dem Abend in Ihrem Hause gesagt, dass er das versuchen würde.»

«Und was haben Sie ihm geantwortet?»

«Er solle sich die Mühe sparen. Das Ministerium würde den Fall an die Krone verweisen.»

«Er ist Ihnen nicht freundlich gesinnt, müssen Sie wissen.»

«Wer? Der Herr Minister von Schönaich?»

«Nein, der Herr Dr. Goldschmiedt.»

«Das habe ich auch nicht erwartet, Herr General. Und wenn ich ehrlich sein soll, so lege ich auch keinen Wert darauf, zu seinen Freunden gerechnet zu werden.»

Wencel griff nach einem Aktendeckel und blätterte darin, ein Zeichen, dass die Audienz vorüber war.

«Das ist alles, Herr Hauptmann», sagte er und setzte hinzu: «Fröhliche Weihnachten.»

«Gleichfalls fröhliche Weihnachten, Herr General, und auch für die Frau Gemahlin.»

In seinem Amtszimmer wurde er von den beiden Leutnants Heinrich und Stoklaska erwartet, und er sah ihnen an, dass sie Neuigkeiten für ihn hatten.

«Sie haben den Mann!», verkündete Stoklaska. Sonst war er präzise und sachlich, heute aber schien er zu aufgeregt, um sich deutlich auszudrücken.

«Welchen Mann?», fragte Kunze.

«Den Soldaten!», antwortete Heinrich.

«Den Burschen, der beim Apotheker Ritzberger in Linz Zyankali hat kaufen wollen!», rief Stoklaska aus.

Endlich begriff Kunze. «Das ist ja interessant. Aber ich möchte doch bitten, dass nur einer von euch mir berichtet, was los ist.»

Nachdem alle Soldaten der Garnison Linz – leider ergebnislos – befragt worden waren, hatte man die Nachforschungen auf die gesamte Monarchie ausgedehnt. Jeder Soldat, der vorher in Linz stationiert gewesen war, wurde verhört. Schließlich fand man den Mann: in Zagreb. Er bestätigte bereitwillig alle Aussagen von Apotheker Ritzberger. Der Leutnant, bei dem er damals Bursche gewesen war, hatte ihn nach dem Zyankali geschickt. Als er heimkam und dem Leutnant meldete, dass der Apotheker einen Giftschein haben wollte, war der Leutnant ärgerlich geworden und hatte vor sich hin geflucht. Einige Tage zuvor hatten Offizier und Bursche ihre Versetzungsbefehle bekommen; der Soldat musste sich beim 17. Infanterieregiment in Zagreb melden, der Leutnant beim 28. in Nagykanizsa.

Kunze rief den Regimentskommandanten in Nagykanizsa an und bat ihn, den Leutnant Xavier Vanini im Zusammenhang mit dem versuchten Zyankali-Kauf zu befragen. Er erhielt die telegraphische Antwort noch am selben Nachmittag. Damit löste sich das Geheimnis um das Ritzberger-Indiz. Leutnant Vanini, ein leidenschaftlicher Amateurphotograph, hatte das Kaliumzyanid für die Entwicklung von Bildern im Feuchtverfahren haben wollen. Als sein Bursche ihm von dem ergebnislosen Besuch bei Ritzberger berichtet hatte, war Vanini bereits eifrig mit Packen beschäftigt gewesen. Nicht lange nach seiner Ankunft in Nagykanizsa am 12. November hatte er vom dortigen Gesundheitsamt den Giftschein zum Einkauf des Chemikals erhalten und es in der städtischen Apotheke erworben.

Kunze las das Telegramm noch einmal durch.

«Damit sind wir wieder da, wo wir vor einem Monat angefangen haben», sagte er zu Stoklaska, und nach einer kurzen Pause wies er ihn an: «Verschaff mir alles über diesen Vanini, was du kriegen kannst. Personalakte, Conduite, eine Photographie – alles!» Seine Finger trommelten nervös auf die Schreibtischplatte, dann wandte er sich an Stoklaska: «Ich mute es dir nur ungern zu, aber ich möchte, dass du mit dem nächsten Zug nach Linz fährst. Wenn ich mich nicht irre, geht einer um fünf Uhr. Du hast den heutigen Abend und morgen Vormittag Zeit, um alle Dokumente und Auskünfte zusammenzutragen. Wenn du in Linz den Zug am frühen Nachmittag erreichst, bist du so rechtzeitig wieder hier, dass du noch die Kerzen am Christbaum anzünden kannst.» Er blickte vor sich nieder. Es war rücksichtslos von ihm, den jungen Mann am Tage vor Heiligabend auf Reisen zu schicken, und er wollte das enttäuschte Gesicht des Leutnants nicht sehen.

Doch Stoklaska hatte an dem Befehl nichts zu monieren. Er war ein begeisterter Leser von Kriminalromanen, und vermutlich machte ihm der Auftrag Spaß. Außerdem hatte er gerade mit seinem Mädchen Schluss gemacht und hatte daher für die Feiertage noch keine festen Pläne.

Das Gerichtsgebäude hatte sich zeitig geleert, denn die meisten Beschäftigten waren nach der Mittagspause nicht mehr zurückgekehrt. Kunze stand am Fenster und blickte auf den betriebsamen Hernalser Gürtel hinunter. Es hatte den ganzen Tag über geschneit, und die Wetterwarte versprach weiße Weihnachten. Er liebte Wien zu jeder Jahreszeit, aber mehr als alles im Winter, und wenn es am Heiligabend schneite, wenn die Stadt zum stillen Dom wurde mit einem schwärzlichen Himmel als Kuppel darüber, ging ihm das Herz auf. Er hatte nie verstanden, wie man den Weihnachtsabend lärmend und mit weltlicher Musik feiern konnte. Seiner Ansicht nach war es ein Abend, den man still im Kreis der Familie verbrachte.

Jetzt, um fünf Uhr nachmittags, quirlte in der Stadt alles durcheinander. Die Leute hasteten nach Hause, ehe die öffentlichen Verkehrsmittel stecken blieben, die Kinder kamen nach einer Sondervorstellung von *Hänsel und Gretel* aus der Oper, und überall donnerten die Rollläden vor den Ladentüren herab, Reiserbesen kehrten den Schnee von den Gehsteigen, Schlittenglocken bimmelten, und zuweilen zerriss der Klang einer Autohupe des 20. Jahrhunderts die Harmonie dieser Stadt aus dem 19. Jahrhundert.

Stoklaska kam mit einer umfangreichen Aktenmappe aus Linz zurück. Das ganze Leben des unbekannten Xavier Vanini lag auf Kunzes Schreibtisch ausgebreitet. Es gab nichts Bemerkenswertes darin. Das Bild, das sich aus den diversen Berichten und Qualifikationen herausschälte, war das eines durchschnittlichen Truppenoffiziers, vor 27 Jahren in Triest geboren, römisch-katholisch, Junggeselle, in Fiume zur Schule gegangen, Absolvent der Kadettenschule, nacheinander in den Garnisonen Graz, Lemberg, Sarajevo, Linz stationiert und schließlich in Nagykanizsa.

«Von Januar 1907 bis November 1908 in Sarajevo», murmelte Kunze vor sich hin. «Dorfrichter war von Oktober 1907 bis Mai 1909 in Sarajevo. Beide bei der 18. Infanteriebrigade. Höchstwahrscheinlich kannten sie sich. Beide dann zum 14. Infanterieregiment in Linz kommandiert.» Er las aufmerksam, was in der neuesten Beurteilung stand: «Geeignet für Truppendienst, zeigt begrenzte Initiative, nicht empfehlenswert für Felddienst, arbeitet besser unter Aufsicht.»

«Ich glaube nicht, dass er als hoch qualifizierter Offizier gilt», bemerkte Stoklaska. «Sehr beliebt, besonders bei den Jüngeren, wird jedoch nicht allzu ernst genommen. Starker Trinker, verträgt aber den Alkohol gut. Wie es heißt, bis an den Hals verschuldet und daher in Händen der Wucherer, wurstelt sich aber mit Hilfe von Freunden irgendwie durch.»

«Irgendeine Beziehung zwischen ihm und Dorfrichter?»

«Nichts Erkennbares. Außerhalb des Dienstes verkehrten sie in verschiedenen Cliquen. Vanini mit den Jüngeren und weniger Maßvollen, Dorfrichter mit der Elite. Dorfrichter war Anwärter auf den Generalstab und musste vorsichtig sein. Vanini war zweitrangig, was auch seine Vorteile hatte.»

«Daraus ergibt sich, dass zwischen den beiden keine heimliche Absprache bestanden haben kann. Sie waren befreundet, doch Vanini konnte seiner Karriere auch dann nicht aufhelfen, wenn er den gesamten Generalstab umgebracht hätte. Wieder einmal eine Sackgasse. Tut mir Leid, dass ich dich für nichts und wieder nichts losgeschickt habe», entschuldigte sich Kunze.

Stoklaska lächelte. «Es hat mir nichts ausgemacht. Ich fahre gern Eisenbahn. Außerdem habe ich gestern Abend im ‹Hotel zum Herrenhaus› ausgezeichnet gegessen. Übrigens: Das Zimmermädchen dort, eine geschwätzige alte Krähe, hat mir erzählt, sie hätte Peter Dorfrichter einmal im Hotel gesehen. Es klang so, als hätte es da einen Skandal gegeben.»

Kunze fiel plötzlich das Verhalten des Oberkellners und des Portiers ein, als er sie nach dem Oberleutnant gefragt hatte.

«Was genau hat sie gesagt?», fragte er.

«Nichts Greifbares. Erst hat sie mich neugierig gemacht, und dann hat sie sich in Schweigen gehüllt. Selbst mit fünf Kronen war da nichts zu machen.»

«Du hättest ihr zehn bieten sollen», sagte Kunze.

Er kritzelte rasch eine Notiz auf den vor ihm liegenden Block: «Dr. Weinberger wegen ‹Herrenhaus› anrufen.»

«Kennst du einen Herrn Oberleutnant Peter Dorfrichter?», fragte Kunze den Soldaten, der stocksteif auf der Kante des Stuhls vor seinem Schreibtisch saß.

Boka starrte ihn mit dem Blick eines toten Fisches an. Der Herr Hauptmann hatte ihm einen Stuhl angeboten, das stimmte ihn misstrauisch. Es war ihm wohler, wenn die Herren Offiziere sich benahmen, wie sie es üblicherweise taten, mit anderen Worten, wie die Schweine. Er hatte seine frühere Erfahrung mit dem Herrn Hauptmann noch nicht vergessen und war auf der Hut.

«Melde gehorsamst, Herr Hauptmann, ich kenne einen Herrn Oberleutnant Dorfrichter.

«Wie gut kennst du ihn?»

Boka erwog sorgfältig die möglichen Konsequenzen seiner Antwort.

«Melde gehorsamst, Herr Hauptmann, ich habe etliche sagen hören, dass er der Offizier ist, der dem Herrn Hauptmann Mader das Gift geschickt hat.»

«Wie waren denn deines Wissens die Beziehungen zwischen dem Herrn Hauptmann Mader und dem Herrn Oberleutnant?»

«Melde gehorsamst, Herr Hauptmann, ich versteh die Frage nicht.»

Kunze beugte sich auf seinem Stuhl vor, bemüht, sowohl die tatsächlich zwischen ihnen liegende Entfernung von einigen Metern zu verringern wie auch den Abstand, der seine Welt von der des Ungarn trennte.

«Jetzt pass einmal auf, Boka. Was ich herausbekommen möchte, ist Folgendes: Hat der Herr Oberleutnant Dorfrichter was gehabt gegen deinen Herrn Hauptmann?» Er sprach langsam und betonte jede Silbe. «Es ist schwer zu glauben, dass ein Offizier einen Kameraden umbringen will; tut er es doch, dann muss es einen gewichtigen Grund geben. Du warst vier Jahre beim Herrn Hauptmann Mader und –»

«Fünf, Herr Hauptmann», warf Boka ein. Stolz lag in seiner Stimme, und Kunze entging der feuchte Schimmer nicht, der für den Bruchteil einer Sekunde in seine Augen trat.

«Wir beide – du und ich –, wir wollen dasselbe. Wir wollen den Mann finden, der deinen Hauptmann getötet hat. Also denk einmal scharf nach. Hat dein Hauptmann jemals Streit gehabt mit dem Herrn Oberleutnant Dorfrichter? Haben sich die beiden vielleicht einmal gestritten – wegen einer Frau oder wegen Geld?»

Boka schüttelte bedächtig den Kopf und setzte sich bequemer auf dem Stuhl zurecht. Die Entdeckung, dass er etwas wusste, was dem Herrn Hauptmann nicht bekannt war, gab ihm ein Übergewicht über den Fragenden.

«Melde gehorsamst, Herr Hauptmann», sagte er, vorsichtig mit der Auskunft herausrückend, «der Herr Oberleutnant hat nichts gegen ihn gehabt. Er hat Grund gehabt, dem Herrn Hauptmann dankbar zu sein.»

«Dankbar wofür?»

«Dafür, dass er ihm's Leben gerettet hat – was denn sonst?»

Kunze brauchte einige Minuten, bis er Bokas Deutsch begriff und damit, wer wen gerettet hatte. Als die elementaren Tatsachen feststanden, bat er Boka, ihm diese Lebensrettung genau zu schildern.

«Melde gehorsamst, Herr Hauptmann, der Herr Oberleutnant Dorfrichter ist ins Wasser gewatet, und da ist eine große Welle gekommen und hat ihn umgerissen, und er hat angefangen zu schreien, und der Herr Hauptmann Mader ist hineingesprungen und hat ihn rausgezogen.»

«Zum Teufel, Boka! Drück dich gefälligst ein bisschen klarer aus! In welches Wasser? War es ein Fluss, ein See? Wo ist das alles geschehen und wann?»

«In Castelnuovo, Herr Hauptmann, im Juni 1904.»

Nach den Abschlussprüfungen am Ende des ersten Kriegsschuljahres war die ganze Klasse – das heißt alle, die bestanden hatten – nach Castelnuovo an der Adria geschickt worden, wo sie schwimmen lernten und Segel- und Navigationsunterricht erhielten. Das Training war anstrengend und verlangte sehr viel Energie und Kraft. Die einzelnen Leistungen wurden benotet, und die Noten kamen in die Beurteilungen.

Offenbar waren an einem warmen Abend Mader, Dorfrichter und drei weitere Leutnants auf die Idee gekommen, am Strand ein Picknick zu veranstalten. So viel jedenfalls entnahm Kunze Bokas zusammenhanglosem Bericht.

«Drei Mädchen haben sie mitgenommen», fuhr Boka fort, «und einen großen Esskorb und zehn Flaschen Champagner in einem Kasten mit Eis. Ich war der einzige Offiziersbursche, der mit dabei war. Es ist noch hell gewesen, wie wir hingekommen sind, aber wir sind geblieben, bis es finster war, und da hab ich ein Feuer gemacht. Einige von den Herren sind mit den Mädchen in die Badekarren gegangen. Der Herr Hauptmann Mader und der Herr Leutnant Dorfrichter – damals ist er noch Leutnant gewesen – sind aber am Feuer sitzen geblieben. Ich bin nicht weit weg im Sand gelegen. Wir haben alle getrunken; der Herr Hauptmann hat mir eine ganze Flasche gegeben, so ein Mann war das. Dann ist der Herr Oberleutnant aufgestanden und ins Wasser gerannt. Ich hab den Herrn Hauptmann sagen hören, er soll aufpassen. Der Herr Oberleutnant Dorfrichter ist das Trinken nicht gewöhnt gewesen, und an dem Abend hat er mehr getrunken gehabt, wie er hat vertragen können. Er hat gesagt, er möcht sich abkühlen, und im nächsten Moment hat er schon um Hilfe geschrien. Der Herr Hauptmann ist angezogen gewesen, bloß den Waffenrock hat er abgelegt gehabt, aber er ist trotzdem hineingesprungen und dem Herrn Oberleutnant nach. So war er – immer hat er gern geholfen. In Krakau ist er einmal aufs Dach gestiegen und hat die Katze von der Zimmerwirtin gerettet; das Mistvieh ist oben im vierten Stock aus dem Bodenfenster gekrochen und –»

Kunze unterbrach. «Zurück nach Castelnuovo!»

«Zu Befehl, Herr Hauptmann. Also, der Herr Hauptmann Mader, der hat den Herrn Oberleutnant Dorfrichter im Finstern gar net finden können. Wie ich schon g'sagt hab, eine Welle hat ihn – den Herrn Oberleutnant, mein ich – umgeworfen, und die Strömung hat ihn rausgetragen. Schließlich hat ihn der Herr Hauptmann erwischt und rausgezogen. Er hat gehustet und gespuckt, der Herr Oberleutnant, und wir haben ihn auf den Kopf gestellt und das Wasser aus ihm rausgeschüttelt. Die andern drei Herren sind herbeig'rannt kommen und haben schauen wollen, was es gibt, aber der Herr Hauptmann Mader hat gesagt, der Herr Oberleutnant hätte bloß Gaudi gemacht, und sie haben ihm das geglaubt und sind wieder zurück in die Karren zu den Mädchen. Der Herr Oberleutnant Dorfrichter war immer noch ziemlich schlecht beinander. Es hat lang gedauert, bis er wieder zu sich gekommen ist.»

«Der Herr Hauptmann Mader hat also gesagt, dass der Herr Oberleutnant bloß Spaß gemacht hat. Woher willst du dann wissen, dass es nicht so war?»

«Melde gehorsamst, Herr Hauptmann, der Herr Oberleutnant Dorfrichter war halb verrückt vor Angst im Wasser. Er hat gekreischt wie eine gestochene Sau. Ich hab gehört, wie er zu dem Herrn Hauptmann gesagt hat, er soll niemand erzählen, dass er beinah ertrunken ist. Der Herr Hauptmann hat ihm sein Wort gegeben. Und er hat es auch nie jemand erzählt.»

«Und du?»

«Was bitte, Herr Hauptmann?»

«Hast du es jemandem erzählt?»

«Zu Befehl, nein, Herr Hauptmann. Ich hab gedacht, es wird schon recht sein, wenn der Herr Hauptmann sein Wort drauf gibt. Das hat auch für mich gegolten.»

«Sind der Herr Hauptmann Mader und der Herr Oberleutnant Dorfrichter nach diesem Vorfall Freunde geblieben?»

«Ich weiß es nicht, Herr Hauptmann. Wir – ich meine, der Herr Hauptmann und ich – sind in einer ganz anderen Garnison gestanden wie der Herr Oberleutnant.»

«Kannst du dich noch daran erinnern, wer die drei anderen Offiziere waren?»

Boka dachte angestrengt nach.

«Einer war der Herr Leutnant Gabriel, der später die Tochter vom Herrn Major Campanini geheiratet hat und der aus der Armee hat ausscheiden müssen. Einer war bei den 4. Dragonern, den Namen weiß ich nicht mehr. Ich erinner mich nur an ihn, weil bei denen doch alle Offiziere glatt rasiert sind. Er war Baron, aber ein Jud. Und wie der dritte geheißen hat, kann ich auch nicht mehr sagen. Ich weiß nur, dass er sich noch im selben Sommer umgebracht hat, in Innsbruck.»

«Er muss Hoffer meinen», sagte Kunze zu Stoklaska.

«Jawohl, Herr Hauptmann», bestätigte Boka. «Leutnant Hoffer. Man kann's nicht recht glauben, dass er sich erschossen hat. Der hat ausg'schaut wie einer, der vorm Kaiser vom Pferd fällt und weiter nix wie lachen tut.»

Kunze hatte Dorfrichter seit der Vernehmung im Zusammenhang mit dem Tod von Klára Brassay nicht mehr gesehen. Wenn er angenommen hatte, der Häftling wäre in bedrückter Stimmung, so irrte er sich gewaltig. Der Dorfrichter, der jetzt von Stabsprofos Tuttmann und dem bewaffneten Wachsoldaten hereingeführt wurde, war helläugig, hatte eine rosige Gesichtsfarbe und wirkte so gelöst, als sei er der glücklichste Mann in der österreichisch-ungarischen Armee.

«Was für schlechte Nachrichten gibt es heute, Herr Hauptmann?», fragte er fröhlich, als die Wache den Raum verlassen hatte.

«Keine schlechteren als sonst. Ich habe gerade erfahren, dass Hauptmann Mader Sie einmal aus der Adria gezogen hat. Warum haben Sie mir nie etwas davon erzählt?«

Dorfrichters Augen trübten sich. «Hätte ich es erzählen sollen?», stieß er ärgerlich hervor. «Wie Sie wissen, war ich ein schlechter Reiter. Und nun bin ich auch noch ein schlechter Schwimmer.»

«Sparen Sie sich das, Dorfrichter!», brauste Kunze auf.

«Ihre körperlichen Qualifikationen interessieren mich nicht! Mich interessiert einzig und allein, ob Sie den Mann, der Sie aus dem Meer gezogen hat, umgebracht haben oder nicht.»

«Ich habe Ihnen gesagt, dass ich das nicht getan habe! Aber Sie wollen mir nicht glauben. Sie ziehen immer wieder Ereignisse heran, die mit dem Fall nichts zu tun haben. Ich habe Ihnen gesagt, dass ich Klára Brassay nicht umgebracht habe, aber Sie lassen sie ausgraben, ordnen eine Obduktion an, und was kommt dabei heraus? Es wäre für Sie einfacher und billiger gewesen, mir von Anfang an zu glauben.»

Er weiß, dass wir kein Gift gefunden haben, dachte Kunze. *Jemand muss ihm vom Ergebnis der Leichenschau erzählt und ihn beruhigt haben. Das erklärt auch, weshalb er so ungezwungen und seelenruhig ist. Sechs Wochen Einzelhaft hätten Spuren hinterlassen müssen, haben es aber offensichtlich nicht getan, und er hat nicht nach Frau und Kind gefragt. Vorher haben seine Gedanken beständig um sie gekreist. Interessiert es ihn gar nicht, wie seine Frau auf die Brassay-Affäre reagiert? Er muss doch wissen, dass die Zeitungen inzwischen voll davon sind. Hat er Verbindung mit seiner Frau? Es wäre nicht das erste Mal, dass Botschaften ins Gefängnis und wieder hinausgeschmuggelt werden.*

Kunze wandte seine Aufmerksamkeit dem Gefangenen zu. «Ich bin erstaunt über Sie. Ihre Eitelkeit scheint stärker zu sein als Ihr Selbsterhaltungstrieb. Wenn es zutrifft, dass Mader Sie vor dem Ertrinken gerettet hat, wären Sie ein Ungeheuer, wenn Sie ihn hätten umbringen wollen. Und ich will noch immer nicht glauben, dass Sie eines sind.»

«Um offen zu sein, Herr Hauptmann, es ist mir ziemlich gleichgültig, was Sie glauben. Es wäre mir nur lieb, wenn Sie keine Handlesekunst betreiben wollten. Finden Sie einen Zeugen, der mich die verdammten Zirkulare hat aufgeben sehen oder mir das Gift verschafft hat. Aber das können Sie nicht, weil es einen solchen Menschen nämlich nicht gibt!»

«Möglich, dass es ihn nicht gibt. Ebenso denkbar wäre, dass wir ihn längst gefunden haben.»

«Schön, dann schaffen Sie ihn herbei und stellen Sie mich vor ein Kriegsgericht. Wir wollen es hinter uns bringen! Wie lange wollen Sie dieses Katz-und-Maus-Spiel denn noch hinziehen?»

Kunze stand auf und ging einen Schritt auf ihn zu. «Ich habe Sie gefragt: Hat Mader Sie aus dem Wasser gezogen, ja oder nein?»

«Das geht Sie nichts an, verdammt noch mal!», stieß Dorfrichter hervor. «Lassen Sie ihn doch auch ausgraben und fragen Sie ihn selbst.»

Kunze erbleichte. «Das ist alles für heute!»

Zornig rief er die Wache herein und ließ Dorfrichter ins Vorzimmer bringen, wo er warten musste, bis Stabsprofos Tuttmann keuchend die Treppe heraufgeeilt kam, um Dorfrichter wieder in seine Zelle zu führen.

«Der Kerl hat nicht nach seiner Frau gefragt!», sagte Kunze zu Stoklaska. «Ich habe das Gefühl, dass er von ihr gehört hat. Womöglich stehen die beiden schon eine ganze Zeit lang miteinander in Verbindung.» Er zündete sich eine Zigarette an. So sehr er sich auch bemühte, er konnte das Zittern der Hand nicht unterdrücken, die das Streichholz hielt. «Dr. Goldschmiedt traue ich alles zu. Er hat versucht, den Fall vor ein Zivilgericht zu bringen, und das ist ihm nicht geglückt. Jetzt wird er sich etwas anderes einfallen lassen. Er gehört nicht zu denen, die leicht aufgeben.» Er fühlte die Blicke seiner beiden Mitarbeiter auf sich gerichtet. Oberleutnant Dorfrichter war nicht der erste Verdächtigte, der bei einer Vernehmung aus der Rolle fiel. Doch sie hatten noch nie erlebt, dass Hauptmann Kunze die Ruhe verlor.

Auf dem Heimweg ging er kurz ins Sicherheitsbureau, um Dr. Weinberger seinen Verdacht mitzuteilen und Marianne

Dorfrichter unter polizeiliche Überwachung stellen zu lassen. Vom nächsten Morgen an sollte die grubersche Wohnung unauffällig beobachtet werden.

«Nebenbei bemerkt», sagte der Kommissar, «wenn Sie nicht zu mir gekommen wären, hätte ich Sie morgen früh ohnehin aufgesucht. Die Polizei in Linz hat mit dem Portier und dem Oberkellner vom ‹Hotel zum Herrenhaus› gesprochen, doch keiner von beiden wollte sich an ein Vorkommnis im Zusammenhang mit Peter Dorfrichter erinnern. Gestern nun bekam ich einen Brief von einem Detektiv der Linzer Polizei. Er schreibt, er besäße eine Information, die uns interessieren könnte, und würde gern nach Wien kommen, sein Chef verlange aber, dass wir die Spesen zahlen. Ich habe ihm telegraphiert, dass wir für die Kosten aufkommen würden, und morgen früh trifft er ein.»

9

Johann Schiff, der Detektiv, war ein gebürtiger Tiroler und sah aus, als lebe er noch heute hoch oben in den Bergen und nicht unten in der Stadt Linz. Er trug einen dunkelgrünen Lodenanzug mit silbernen Knöpfen, schwere Stiefel und einen feschen Filzhut mit Gamsbart. Seine Haut war wettergegerbt wie die eines Wildhüters, obwohl ihre kräftige Tönung auch von jenem Sonnenschein herrühren mochte, den man auf Flaschen zieht. Sein Chef hatte ihn als einen besonders gescheiten und vertrauenswürdigen Mann geschildert.

«Letzten Herbst hab ich in Wien zu tun gehabt, und für die Rückfahrt hab ich das Schiff genommen», erzählte er Kunze. «Es war am 21. September, und ein für die Jahreszeit ungewöhnlich warmer Tag. Die Donau war ganz ruhig, aber es gibt ja immer Leute, die schon beim bloßen Anblick einer kleinen Welle seekrank werden, und so ist es auch dem jungen Fräulein ergangen: Mitzi Haverda hat sie geheißen. Ich hab selber zwei Töchter, und wie ich gesehen hab, dass das Fräulein ganz grün geworden ist im Gesicht und an die Reling getreten ist, hab ich mir vom Kapitän einen Cognac geben lassen und sie gezwungen, das Glas auszutrinken. Dann hab ich ihr gut zugeredet, dass sie sich an Deck hinlegen soll, und gleich ist's ihr besser gegangen. Sie hat mir erzählt, sie führe auf eine Stellenanzeige hin nach Linz. Die Anzeige war in einer Wiener Zeitung gestanden: Ehepaar sucht junges, sympathisches Dienstmädchen. Sie hat ihre Referenzen und eine Photographie hingeschickt gehabt, und der Ehemann hat geantwortet, sie möcht doch einmal kommen, er würd sie am Landeplatz abholen. Das Fräulein ist ganz ungewöhnlich hübsch gewesen, und ich hab mich gefragt, warum die Leute nicht wollten, dass sie direkt zu ihnen ins Haus kommt. Es waren grad in letzter Zeit mehrere Fälle von weißem Sklavenhandel vorgekommen: junge Mädchen, die man in irgendein Hotelzimmer gelockt, betäubt und in ein Bordell im Orient verfrachtet hat. Darum bin ich misstrauisch gewesen. Ich hab dem Fräulein gesagt, sie soll ruhig in alles einwilligen, was der Mann auch vorschlagen tät. Ich würde unauffällig hinter ihnen bleiben und dazwischentreten, wenn es sich als notwendig erweisen sollte.» Der Detektiv tat einen tiefen Atemzug. «Nun, es kam genauso, wie ich es erwartet hatte. Ach ja, der Ehemann hatte ihr geschrieben: Anführungsstriche unten: Halten Sie eine Rose im Schnaberl, Anführungsstriche oben – was auch schon recht merkwürdig geklungen hat. Sie hatte die Rose am Abend vorher in Wien gekauft, und wie wir von Bord gegangen sind und sie sie sich zwischen die Lippen geklemmt hat, ist die Blume nicht mehr sonderlich frisch gewesen. Die Leut haben sie neugierig angeschaut, aber die Rose hat ihren Zweck erfüllt, denn es ist sofort ein junger Mann erschienen, hat sie beim Arm genommen und sie zu einem wartenden Fiaker geführt. Sie hat sich nach mir umgedreht, ob ich auch folgen tät, und ich hab ihr ein Zeichen gemacht, sie soll ganz unbesorgt sein. Ich hab gehört, wie der Mann dem Kutscher eine Adresse genannt hat. Zum ‹Herrenhaus› hat er gesagt, und das hat meinen Verdacht bestärkt. Ich bin ihnen nachgefahren. Er muss im Hotel schon ein Zimmer genommen haben, denn er hat sie sofort die Treppe hinaufgeführt. Ich hab ihnen einen Vorsprung von einer halben Stiege gelassen, dann bin ich ihnen nachgegangen und hab gesehn, wie sie in einem Zimmer im dritten Stock verschwunden sind. Dabei hat mich ein Kellner beobachtet, und er hat den Hausdetektiv und den Geschäftsführer gerufen. Die haben geglaubt, sie hätten einen Gelegenheitsdieb erwischt, aber ich hab mich ausweisen können und ihnen erklärt, was mein Verdacht ist. Sie haben getan, als hätt bei ihnen noch nie zuvor ein männlicher Gast ein weibliches Wesen auf sein Zimmer eingeladen und als stünde der Ruf ihres altehrwürdigen Kastens auf dem Spiel. Am liebsten wär es ihnen gewesen, wenn ich die Angelegenheit ihnen überlassen hätte, aber ich hab darauf bestanden, das Tête-à-tête auf der Stelle zu beenden. Die Tür war abgeschlossen, aber man hat uns ohne Schwierigkeit eingelassen. Die beiden haben am Tisch gesessen und hatten eine Mandeltorte und eine Flasche Süßwein vor sich. Der junge Mann hat ganz empört getan, aber ich hab gesagt, er muss mit zum Revier kommen. Daraufhin hat er sich's anders überlegt und hat sich als Oberleutnant Dorfrichter legitimiert. Er hat zugegeben, dass er das Fräulein unter falschen Vorspiegelungen ins Hotel gelockt hat. Aber er hätt doch nicht mehr gewollt als ein ‹unschuldiges Abenteuer›, vorausgesetzt, das Fräulein willige ein. Linz ist eine Garnisonsstadt, müssen Sie wissen, Herr Hauptmann, und für gewöhnlich drücken wir beide Augen zu, wenn es um die Eskapaden der jungen Herren Offiziere geht. Wenn der Regimentskommandant seine Identität bestätigte, war ich geneigt, das Ganze zu vergessen. Wir sind dann zum Platzkommando hinübergegangen, das ist nicht weit vom Hotel, und der Dienst tuende Offizier hat gesagt, ja, die Angaben vom Herrn Oberleutnant träfen alle zu.»

«Haben Sie auf dem Platzkommando gesagt, warum Sie die Angaben bestätigt haben wollten?», fragte Kunze.

«Jawohl, Herr Hauptmann. Ich hatte gehofft, dass er eine gründliche Abreibung kriegt.»

«Und hat er sie gekriegt?»

«Nein, Herr Hauptmann. Der Dienst tuende Offizier hat

das Ganze als Mordsgaudi genommen. Er hat sogar versprochen, der Frau Gemahlin nichts zu verraten. Dadurch hab ich erfahren, dass der Oberleutnant Dorfrichter verheiratet ist.»

«Wissen Sie zufällig noch den Namen des Dienst tuenden Offiziers?»

«Jawohl, Herr Hauptmann», antwortete der Detektiv und zog sein Notizbuch heraus. «Es war Herr Leutnant Xavier Vanini. Ich hab mir den Namen notiert, weil mir sein Verhalten nicht gefallen hat. Ich hab bereits erwähnt, dass ich zwei Töchter hab, und ich würd es nicht für 'ne Mordsgaudi halten, wenn ein junger Mann sie in ein Hotel locken tät.»

«Vanini.» Kunze musste einen Augenblick lang überlegen, wo er den Namen schon gehört hatte. Dann fiel es ihm ein. Der Offizier, dessen Bursche bei Ritzberger Zyankali hatte kaufen wollen. Es war nichts Ungewöhnliches daran, dass dieser Name ein weiteres Mal auftauchte. Irgendeiner musste beim Platzkommando Dienst tun, irgendein Leutnant vom 14. Infanterieregiment. An diesem Abend war es eben Vanini. Purer Zufall.

«Und was haben Sie mit dem Fräulein gemacht?», fragte Kunze den Detektiv.

«Ich hab ihr gesagt gehabt, sie soll in der Hotelhalle warten. Wie ich beim Platzkommando fertig gewesen bin, hab ich sie zum Bahnhof gebracht, ihr ein Billet dritter Klasse gekauft und sie in den Wiener Zug gesetzt. Ich hab gemeint, ich tät sie nie wieder sehen. Und Sie können sich meine Überraschung vorstellen, Herr Hauptmann, wie ich ihr eine Woche später in der Mozartgasse begegnet bin. Zuerst hat sie versucht, sich herauszulügen, hat gesagt, sie sei auf der Durchreise und so, aber als ich ihr gedroht hab, ich tät sie wegen Streunens arretieren lassen, hat sie gestanden, dass sie mit dem Herrn Oberleutnant Dorfrichter draußen in Waldeck lebte. Das ist ein Vorort von Linz.»

«Mit ihm lebt? Wohnte er denn nicht zu Hause?»

«Er hat ihr ein Zimmer gemietet und sie jeden Tag besucht. Manchmal auch nachts. Ich hab sie ermahnt, die Stadt binnen 24 Stunden zu verlassen, sonst würde ich sie wegen Prostitution verhaften lassen. Das hat ihr einen großen Schreck eingejagt und dem Herrn Oberleutnant vermutlich einen noch größeren, denn am nächsten Tag war sie weg.»

«Haben Sie sich mit dem Herrn Oberleutnant in Verbindung gesetzt?»

«Nein, Herr Hauptmann. Wir haben Anweisung, diplomatisch und taktvoll vorzugehen, wenn es sich um die Herren Offiziere handelt. Der Dienst kann in Friedenszeiten sehr öd sein, und von Zeit zu Zeit müssen die jungen Herren sich austoben. Aber das mit dem Mädel, das war was anderes. Sie war die Tochter von braven, frommen Handwerksleuten. In einem solchen Fall tun wir unser Möglichstes, das Mädel wieder zur Vernunft zu bringen.»

Kunze betrachtete den Mann gedankenvoll. Detektiv im Dienste der Polizei, Hüter und Vollstrecker des Gesetzes in einer Stadt von 65 000 Seelen. Ein Mann von geradezu biblischer Pflichtauffassung, der die Gesetze und Vorschriften fröhlich in den Wind schlug, wenn diese sich als unpraktikabel erwiesen, ständig dabei, mit fliegenden Fahnen «fortzuwursteln», wie alle seine Vorgesetzten, wie die gesamte österreichische Bürokratie. Er hatte nichts dagegen, wenn junge Offiziere sich austobten – es geschah zum Besten des Vaterlandes –, brachte aber gleichzeitig die Töchter der arbeitenden Klasse – ebenfalls zum Besten des Vaterlandes – auf den rechten Weg zurück.

«Lassen Sie Dorfrichter vorführen», sagte Kunze zu Stoklaska. Als der Leutnant das Büro verlassen hatte, wandte er sich an den Detektiv.

«Herr Schiff, ich möchte, dass Sie sich den Herrn Oberleutnant Dorfrichter genau ansehen, wenn er jetzt kommt. Ich werde dann an Sie die Frage richten, ob Sie ihn als den Mann erkennen, den Sie am 21. September vorigen Jahres in Linz in Gesellschaft einer jungen Frauensperson in einem Zimmer des ‹Hotels zum Herrenhaus› angetroffen haben. Wenn er es ist, antworten Sie nur mit einem Ja. Nicht mehr und nicht weniger. Das ist alles, was ich von Ihnen will. Leutnant Heinrich wird Sie anschließend zum Zahlschalter führen, dort bekommen Sie Ihr Fahrgeld und Ihre Spesen. Ich bin Ihnen sehr dankbar, dass Sie nach Wien gekommen sind und uns so wertvolle Hinweise gegeben haben.»

Da Dorfrichter noch nicht da war, wandte sich Kunze den Akten auf seinem Schreibtisch zu. Er versuchte sich auf sie zu konzentrieren, aber seine Gedanken irrten ab. Die Gewissheit, dass er und Dorfrichter sich gleich gegenüberstehen würden, erfüllte ihn mit nervöser Spannung. Wie immer fürchtete er sich vor dieser Begegnung und sehnte sie doch gleichzeitig herbei. Er freute sich auf jede Zusammenkunft, wartete jedes Mal auf ein Wunder und fühlte sich erschöpft und enttäuscht, wenn es nicht eintrat. Er konnte sich nicht länger vormachen, was er so verzweifelt herbeiwünschte, sei das Geständnis dieses Mannes. Auch das ersehnte er, ja, und zwar so ungeduldig wie eh und je, doch es musste noch mehr kommen. Eine Wand einstürzen, eine Brücke errichtet, eine Hand ausgestreckt, ein Wort gesprochen werden. Er war stolz darauf, dass er sein Leben lang Herr über seine Gefühle gewesen war. Und jetzt mit einem Mal, auf der Schwelle zu den mittleren Jahren, keimte in seinem Innern eine Infektion, eine Krankheit, die kein Medikament zu unterdrücken oder zu heilen vermochte. In ruhigeren Augenblicken sagte er sich, dass sie vorübergehen würde. In seiner Beziehung zu Peter Dorfrichter gab es kein Ziel und keine Hoffnung. Dennoch erschienen ihm nur die Augenblicke von wirklicher Bedeutung, die er in seiner Gesellschaft verbrachte. Im Ablauf seiner Tage waren sie wie grünende Inseln im flachen, trüben Strom vertaner Zeit.

Wie immer wurde Dorfrichter von Stabsprofos Tuttmann ins Zimmer geleitet, dahinter ein Soldat mit aufgepflanztem Bajonett. Als er den Detektiv erblickte, blieb er starr auf der Schwelle stehen. Er warf Kunze einen feindseligen Blick zu und nahm dann ruckartig stramme Haltung an. Stoklaska und Heinrich erhoben sich und erwiderten die Ehrenbezeigung; Kunze nickte nur. Die Gegenwart Dorfrichters erweckte in ihm das Gefühl, als wiche der Sauerstoff aus der Luft. Das Atmen fiel ihm schwer. Gleichzeitig bemerkte der Jäger in seinem Innern das flüchtige Aufschrecken des Gefangenen, als er sich unerwartet Schiff gegenübersah. Beim Auftauchen sämtlicher anderen Zeugen war das nicht der Fall gewesen.

Kunze entließ die Wache und wandte sich an den Detektiv. «Herr Schiff, bitte treten Sie näher und sagen Sie mir, ob Sie den Herrn Oberleutnant schon einmal gesehen haben.»

Seit Dorfrichter ins Zimmer getreten war, hatte Schiff ihn unverwandt angesehen: «Jawohl, Herr Hauptmann, ich habe den Herrn Oberleutnant schon einmal gesehen.»

«Handelt es sich um den Mann, den Sie am 21. September in Linz gesehen haben, als er an der Schiffsanlegestelle ein junges Fräulein namens Mitzi Haverda abholte, und den Sie eine Stunde später mit demselben Fräulein in einem Zimmer des ‹Hotels zum Herrenhaus› in Linz antrafen?»

«Ja, der ist es, Herr Hauptmann.»

«Danke, Herr Schiff. Sie können jetzt gehen.»

Der Detektiv verbeugte sich hölzern. Kunze und Stoklaska schüttelten ihm die Hand, und Leutnant Heinrich verließ mit ihm das Zimmer. Auf der Schwelle drehte Schiff sich noch einmal um und warf Dorfrichter einen Abschiedsblick zu, doch dieser sah in eine andere Richtung.

Als die Tür sich hinter den beiden geschlossen hatte, sagte Dorfrichter mit gespielter Entrüstung zu Kunze: «Warum, zum Kuckuck, haben Sie das getan? Na schön, ich habe mit dem Mädel geschlafen. Beweist das, dass ich Richard Mader ermordet habe?»

Der leichtfertige Ton traf Kunze unvorbereitet. So sprach kein Verdächtigter mit seinem Untersuchungsbeamten, sondern der Kamerad mit dem Kameraden. Es war beunruhigender als offene Feindseligkeit.

«Zum Teufel, Dorfrichter, Sie haben ein ahnungsloses junges Frauenzimmer unter Vorspiegelung falscher Tatsachen nach Linz gelockt, haben sie schnurstracks in ein Hotel geführt, und das in der eindeutigen Absicht, sie zu verführen.»

«Ja, warum denn sonst? Haben Sie je gehört, man wolle mit dem Mädel im Hotel Schach spielen? Und was die Bemerkung angeht, ich hätte sie unter Vorspiegelung falscher Tatsachen nach Linz gelockt, so hat das nur für den alten Krauter von Detektiv so ausgesehen. Schon auf dem beigelegten Bild wirkte das Mädel ganz so, als hielte sie von schwerer Arbeit nicht allzu viel. Und sie schrieb auch, Fensterputzen und Böden scheuern täte sie *nicht*, sie sei bisher nur bei Junggesellen und Witwern in Stellung gewesen. Deshalb beschloss meine Frau sofort, sie nicht zu nehmen. Meine Frau war mittlerweile im sechsten Monat; seit Beginn der Schwangerschaft hatte ich mich auf Anweisung des Arztes von ihr fern gehalten. Das Mädel sah auf der Photographie bildhübsch aus, und da habe ich mir halt gedacht, ich riskiere es und schreibe ihr. Sie kam und hatte nichts dagegen, dass ich sie ins Hotel führte. Wir haben uns gerade sehr nett unterhalten, als der Detektiv hereingeplatzt kam und mich zum Platzkommando zerrte. Sie fuhr dann ab, und ich glaubte, die Geschichte sei zu Ende. Aber einen Tag später bekam ich einen Brief von ihr, in dem sie mich fragte, ob sie nicht nach Linz zurückkommen dürfe. Natürlich griff ich mit beiden Händen zu – wer hätte das nicht getan? Den Rest kennen Sie. Und Sie müssen zugeben, Herr Hauptmann, dass ich alles in allem gar kein solcher Schurke bin. Übrigens war sie keine Jungfrau mehr – falls Sie das befürchtet haben sollten –, es ist also kein irreparabler Schaden angerichtet worden.»

Kunze konnte sich das Lachen nicht verbeißen. «Sie sind mit allen Wassern gewaschen, Dorfrichter.» Es war ihm fast unmöglich, sich gegen diesen unverschämten Charme zu wappnen, der selbst das freche Selbstbewusstsein noch anziehend machte. Er sah ihn lange forschend an. Vor ihm saß ein außergewöhnlich schöner junger Mann mit der zarten, blassen Haut eines Tiepolo-Engels, den warmen, seelenvollen Augen eines Jagdhundes und der lasziven Unterlippe der spanischen Bourbonen.

«Hat Ihre Frau von Mitzi Haverda gewusst?», fragte er.

Die Tiepolo-Haut bekam eine leicht kalkige Blässe.

«Nein, natürlich nicht. Darf ich etwas fragen, Herr Hauptmann?»

«Bitte.»

«Sind Sie verheiratet?»

Die Art, wie diese Frage gestellt wurde, machte Kunze verlegen.

«Nein, natürlich nicht.»

Dorfrichter grinste. «Das hab ich mir gedacht! Wenn Sie verheiratet wären, wüssten Sie, dass Ehebruch so lange ein harmloses Vergehen ist, wie die Ehefrau nichts davon erfährt, doch er wird zum Kapitalverbrechen, wenn man dabei erwischt wird, und man kann von Glück sagen, wenn man mit lebenslänglich davonkommt.» Er schwieg einen Augenblick. «Ich hoffe, dass die Presse nicht irgendwie Wind davon bekommt. Ich meine, von der Sache mit Mitzi. Meine Frau hat viel durchzumachen gehabt – mit mir hier, mit dem Kind. Sie würde nicht begreifen, wie unwesentlich so etwas ist, wie wenig das Mädel mir bedeutet hat. Mein Gott, Herr Hauptmann, Sie sind ein Mann, vor Ihnen brauche ich mich doch nicht zu rechtfertigen. Frauen sind da anders. Sie wollen sich mit den Tatsachen einfach nicht abfinden. Besonders die meinige nicht. Sie wäre verletzt – und sie ist sowieso schon arm genug daran. Es gibt eine Grenze für das, was ein Mensch aushält.»

«Daran hätten Sie im September denken sollen.»

«Alles, was recht ist, Herr Hauptmann! Im September, das war in einem anderen Leben! Damals waren wir ein Ehepaar wie jedes andere und nicht solche Monstrositäten wie heute! Ich hatte meine Frau noch nie betrogen und hatte auch nicht vor, es künftig zur Gewohnheit werden zu lassen. Wie hätte ich ahnen können, dass binnen weniger Monate auch der unwesentlichste Vorfall in meinem Leben von Salzburg bis Mostar zum Stadtgespräch wird?» Er tat einen tiefen Atemzug. «Herr Hauptmann, Sie haben es in der Hand, ob etwas aus diesem Büro nach draußen durchsickert. Ich bitte Sie gehorsamst, die Sache Haverda vor der Presse geheim zu halten. Nicht um meinetwillen, sondern um meiner Frau willen. Um ihr die Aufregung zu ersparen.»

Zum ersten Mal im Verlauf der Vernehmung ließ Dorfrichter erkennen, dass er verwundbar war. Wie jeder Mensch hatte auch er seine Achillesferse. Es war die Frau mit dem obszön vorquellenden Leib und dem Engelsgesicht. (Kunze war ihr seit der Haussuchung in der gruberschen Wohnung nicht mehr begegnet und sah sie deshalb noch immer so vor sich. Und so, meinte er, musste auch Dorfrichter sie noch immer sehen.) *Worin bestand ihre Macht über ihn?*, überlegte Kunze. Gewiss nicht im Sexuellen, sonst wäre Dorfrichter nicht mit der Ungeniertheit eines Dorfkaters Mitzi Haverda nachgestiegen. Auch Witz und Klugheit konnten es nicht sein; sie machte keinen besonders geistreichen Eindruck. Lag es daran, dass sie ihm einen Sohn geboren hatte? Nein, nach wie vor war er besorgter um sie als um das Kind. Was es auch sein mochte, sein Gefühl für sie war augenscheinlich der Faktor, der ihn in die Lage versetzte, das innere Gleichgewicht zu bewahren.

«Ich kann Ihnen nichts versprechen», sagte Kunze. «Es liegen vor dem Gebäude immer ein paar Reporter auf der Lauer. Wenn die den Detektiv erkannt haben und herausfinden, weshalb Schiff hier war –»

Dorfrichters Gesichtsausdruck verdüsterte sich. «In seiner grässlichen Rechtschaffenheit wird er es ihnen voll Begeisterung erzählen!»

«Ich kann ihn nicht daran hindern. Ich persönlich gebe den Reportern so wenig Details wie möglich. Man hat mich deswegen in der Presse bereits angegriffen, und auch im Parlament sind Kritiken laut geworden – man wirft mir mangelnde Kooperation vor. Sie würden sich wundern, wie man mich tituliert hat.»

«Die anderen ergreifen meine Partei.» Dorfrichter warf Kunze einen listigen Blick zu. Es war keine Frage gewesen, sondern eine Feststellung.

Kunze nickte. «Es sieht so aus.»

«Man wird froh sein, wenn Sie mich zum guten Schluss freilassen müssen!» Der Oberleutnant grinste. «Natürlich wird das Ihr Avancement zum Major verzögern.»

Ich tue das hier nicht, um befördert zu werden, hätte Kunze ihm am liebsten gesagt, unterließ es aber. Wie konnte er seine Motive einem Mann verständlich machen, der wegen einer Beförderung zehn Kameraden hatte umbringen wollen? Oder hatte er das doch nicht fertig gebracht?, überlegte er plötzlich. War nicht er, Emil Kunze, der Einzige, der beharrlich an die Schuld des Häftlings glaubte? Hatten nicht alle, die mit dem Fall beschäftigt waren, zu irgendeinem Zeitpunkt Zweifel an der Schuld Dorfrichters geäußert? Hatte dieser Zweifel nicht wiederholt in den Augen seiner beiden Mitarbeiter, Stoklaska und Heinrich, gelegen? Er blickte in das lächelnde Gesicht auf der anderen Seite des Schreibtischs und wünschte brennend, die Gedanken hinter der glatten Stirn lesen zu können. In einem Jahrhundert, in dem der Mensch sich anschickte, die Tiefen des Ozeans und die höchsten Höhen des Universums zu erobern, war die Gedankenwelt eines anderen Menschen noch immer die grenzenloseste aller Dimensionen.

«Sie sind ein Dickschädel, Dorfrichter», stellte Kunze fest. «Sie wollen nicht zugeben, dass Sie dieses Spiel verlieren könnten!»

«Ich verliere vielleicht ein, zwei Runden, aber nicht das Spiel! Ich habe den größten Respekt vor Ihrem Scharfsinn, Herr Hauptmann, aber ich glaube, dass Sie sich im Fahrwasser mehr oder minder veralteter Anschauungen befinden. Sie halten es mit Joseph de Maistre, wenn Sie sagen: ‹Eine verlorene Schlacht ist eine Schlacht, die man verloren zu haben glaubt, denn keine Schlacht ist physisch zu verlieren!› Sie versuchen meinen Kampfgeist zu brechen, indem Sie mich in eine Einzelzelle sperren, beschwören die Geister meiner Vergangenheit, graben bedeutungslose Liebesgeschichten aus. Nun, diese Art der Kriegführung war zu Napoleons Zeiten berechtigt, aber heute baut Skoda einen 305-mm-Mörser und Krupp eine 420-mm-Kanone. Wenn Sie mich besiegen wollen, dann lassen Sie also Ihre großen Geschütze auffahren. Beweisen Sie, dass ich Zyankali besessen habe, dass ich die Zirkulare vervielfältigt und zur Post gebracht habe! Ohne das, Herr Hauptmann, haben Sie keine Chance.» Er machte eine Pause. «Und jetzt, da wir das klargestellt haben, darf ich mich setzen, Herr Hauptmann?»

«Aber selbstverständlich.» Es war ihm peinlich, dass er den Gefangenen die ganze Zeit hatte stehen lassen. Er holte sein Zigarettenetui heraus. «Möchten Sie rauchen?»

Als sich Dorfrichter eine Zigarette genommen hatte, hielt Kunze sein Etui Stoklaska hin. Auch der Leutnant nahm sich eine, riss ein Streichholz an und gab jedem Feuer.

«Mit einem Zündholz drei Zigaretten anzuzünden soll Unglück bringen», sagte Dorfrichter. «Aber selbst wenn es stimmt, betrifft es mich nicht mehr. Ich bin ganz unten angekommen. Für mich kann es nur mehr aufwärts gehen!»

10

Der massige, breite Mann stand schon seit mittags, als er einen Kollegen abgelöst hatte, im zugigen Eingang. Jetzt war es fast vier, seine Füße waren wie Eisklumpen, und die Versuchung war groß, sich in die Eckkneipe zu begeben und das Haus von dort durchs Fenster zu beobachten. Aber womöglich verpasste er dann die Frau. Er hatte sie gestern den ganzen Tag über verfolgt und nur mühsam mit ihr Schritt halten können. Sie war flink wie ein Wiesel, unberechenbar, wurde im Straßengewühl förmlich verschluckt. Am Franz-Josefs-Kai hätte er sie um ein Haar aus den Augen verloren und dann nochmals am Schottenring.

Er kämpfte noch mit sich, ob er sich nicht doch einen Schoppen Wein gönnen sollte, da tauchte sie aus dem Schatten der Toreinfahrt auf. Im dunstigen Zwielicht sah sie noch kleiner aus, als er sie in Erinnerung hatte. Größe 1 m 25 hatte er in seinem Bericht geschrieben, doch jetzt kam es ihm vor, als sei sie höchstens 1 m 15 groß. Als Kommissar Dr. Weinberger ihn aufgefordert hatte, sie zu beschreiben, hatte er nicht gewusst, ob er sie als zwergenhafte Frau oder als riesige Zwergin bezeichnen sollte. Sie trug den gleichen dunkelgrauen Wintermantel mit Breitschwanzkragen wie gestern und einen Muff aus dem gleichen Pelz. Sie glich einem kleinen Mädchen, das auf einen Maskenball geht.

Auch diesmal schlug sie die Richtung nach dem Kai ein, nicht ohne zuvor einen Augenblick auf dem Trottoir innezuhalten und einen Blick die Straße hinauf und hinunter zu werfen. Geschah es aus Vorsicht?, fragte sich der Detektiv. Wusste sie, dass sie verfolgt wurde? Anscheinend nicht, denn sie ging gleichmäßigen Schrittes und ohne sich umzublicken davon. Er musste ihr einen längeren Vorsprung lassen, was die Verfolgung erschwerte. Als sie in die Türkenstraße einbog, stand fest, dass sie der gruberschen Wohnung in der Hahngasse Nr. 32 zustrebte. Am Deutschmeisterplatz schwenkte er, anstatt ihr zu folgen, nach rechts ab und eilte im Laufschritt am Donaukanal entlang. Pustend und keuchend hastete er die Grünertorgasse hinunter und traf eine halbe Minute vor der Frau am gruberschen Haus ein. Als er sich im Hauseingang umdrehte, sah er auf der gegenüberliegenden Straßenseite im Schatten eines Torbogens die Umrisse eines Kollegen. Er stieg die Treppe hinauf, verlangsamte aber den Schritt, als er das Klappern ihrer Stiefelchen auf den steinernen Stufen hörte. Seine schweren Atemzüge hallten in dem niedrigen Treppengewölbe wider. Sie wollte gerade an ihm vorbei, da streckte er die riesige Pratze aus und packte sie am Arm. Wie ein kleiner, zerbrechlicher Vogelflügel, musste er denken. Für den Bruchteil einer Sekunde war sie überrascht; dann versuchte sie sich mit einem unflätigen Fluch loszureißen.

«Polizei, Frau Pausch», keuchte er. «Sie sind verhaftet!»

Inzwischen kam der Kollege die Treppe heraufgerannt. «Haben Sie sie?», fragte er. Er ergriff ihren anderen Arm, und zusammen zogen sie sie die Treppe hinunter ins Licht des Hauseingangs.

«Das können Sie mit mir nicht machen!», schrie sie. «Wir sind hier nicht in Russland! Ich bin eine anständige Frau! Eine Bürgerin. Das werden Sie mir büßen! Es gibt Gerichte in diesem Land. Und wenn ich bis zum Kaiser gehen muss!»

«Der hat viel zu tun, der Kaiser, Frau Pausch», murmelte der Detektiv. Er war oft erstaunt, wie unverschämt die Leute waren. Da erwischte man einen Taschendieb auf frischer Tat, und das Erste, was man von ihm zu hören bekam, war der Name des Kaisers. «Geben Sie mir den Brief, Frau Pausch!»

«Welchen Brief?», fragte sie.

«Sie wissen genau, was ich meine. Wenn Sie ihn mir nicht freiwillig geben, Frau Pausch, müssen wir Sie durchsuchen.»

«Nicht ohne Durchsuchungsbefehl, das können Sie nicht!»

«Hier ist er, Frau Pausch.» Der stämmige Detektiv zeigte ihr im Schein der Straßenlaterne den am Vormittag ausgestellten Durchsuchungsbefehl. Er war in sauberer Kanzleischrift geschrieben, und an seiner Gültigkeit bestand kein Zweifel.

Sie las ihn mit leicht gerunzelten Brauen.

«Also schön», sagte sie. «Sie können den Brief haben. Aber nicht hier. Ich hab ihn mir ins Kamisol gesteckt.» Ihr trotziger Blick besagte, dass sie es wohl nicht wagen würden, ihn da herauszuholen.

Es war die Stimme von Dr. Weinberger, die vom anderen Ende des Drahtes zu vernehmen war: «Ihr Instinkt war richtig. Dorfrichter hatte Kontakt mit seiner Frau. Seit geraumer Zeit schon. Wir haben die Brieftaube erwischt, mit einem Brief von ihm unterm Flügel.»

«Eine Taube?» Kunze zog die Stirn in Falten.

«Eine Frau.»

«Wer ist sie?»

«Eine Näherin mit Namen Sophie Pausch.»

«Nie gehört.»

«War auch nicht anzunehmen. Ich halte sie hier bei mir im Büro fest. Am Telefon möchte ich die Sache nicht so gern besprechen. Am liebsten wäre es mir, wenn Sie es einrichten könnten, irgendwann am Nachmittag einmal bei mir hereinzuschauen. Ginge das?»

Kunze warf einen Blick auf die Schreibtischuhr. «Natürlich. Ich komme sofort.»

Auf den ersten Blick hätte die Frau in dem abgewetzten Ledersessel in Dr. Weinbergers Amtszimmer ein Kind sein können. Dann hob sie den Kopf, und das Lampenlicht enthüllte eine pergamentgelbe Haut, die unverkennbare Altersspuren aufwies. Nur die Augen waren jung, dunkel und glänzend, die Augen einer in die Falle gegangenen Maus. Unter dem dunkelgrauen Wintermantel hatte sie ein grünes Wollkleid an, und ihre Füße steckten in zweifarbigen Schnürstiefeln.

Weinberger und Kunze schüttelten einander die Hand, dann wandte sich der Kommissar an die Frau. «Das ist Hauptmann Kunze. Sie brauchen keine Angst vor ihm zu haben. Erzählen Sie ihm alles offen und ehrlich, dann wird er dafür sorgen, dass Sie mit einer geringfügigen Strafe davonkommen.»

«Meinetwegen kann er mich erschießen lassen, das ist mir auch gleich!» Ihre Stimme war schrill wie die eines Gassenjungen. «Ich mach mir bloß Sorgen um meinen Bruder. Was wird mit ihm geschehen?» Sie trat Kunze mit der Streitbarkeit eines Kampfhahns gegenüber.

Kunze blickte fragend zu Weinberger. «Ihr Bruder?»

Der Kommissar zog eine unglückliche Grimasse. «Das ist es, was ich Ihnen am Telefon nicht hatte sagen wollen. Sie ist die Schwester von Stabsprofos Tuttmann.»

Kunze sah ihn sprachlos an.

«Nein», sagte er schließlich, und seine Verblüffung wandelte sich in Zorn. Er hätte nicht sagen können, ob Zorn auf Tuttmann, auf Dorfrichter oder auf diese groteske kleine Person. «Ist er verrückt geworden?» Er wandte sich an sie. «Was hat ihn dazu gebracht? Geld? Wer hat ihn bestochen? Frau Dorfrichter? Dr. Goldschmiedt?»

«Niemand hat ihn bestochen», erwiderte die Frau mit erhobener Stimme. «Kein Geld der Welt könnte ihn kaufen. Das wissen Sie vermutlich nicht, Herr Hauptmann. Weil er kein Offizier ist, haben Sie sich nie darum gekümmert, was für ein Mensch er ist. Ihr Herren schaut nur die Uniform an, aber nie den Menschen, der drinsteckt.»

Es war ein Sturzbach von Worten. Beide Männer versuchten ihn zu unterbrechen, doch vergebens. Schließlich verlor Kommissar Weinberger die Geduld; er brüllte so laut, dass Kunze glaubte, die Fensterscheiben würden anfangen zu klirren.

«Ruhe! Kein Wort weiter, verdammt noch mal! Sie antworten jetzt gefälligst auf die Fragen, die Ihnen der Herr Hauptmann stellt. Und wenn Sie das nicht tun, wird Ihr Bruder sein Lebtag lang in Ketten liegen!»

Der Blick, den sie ihm zuwarf, war merkwürdig. «Mir machen Sie keine Angst, Herr Kommissar. Kein Mensch wird heutzutage mehr in Ketten gelegt. Also gut.» Sie wandte sich zu Kunze. «Was möchten Sie wissen, Herr Hauptmann?»

«Wer hat Sie angestellt?»

«Niemand hat mich angestellt. Ich habe es freiwillig getan.»

«Das glaube ich Ihnen nicht.»

«Das habe ich auch nicht von Ihnen erwartet. Sie sind ein Mensch, der jemanden wie mich nicht begreift.»

«Kommen Sie zur Sache, verdammt noch mal!», schrie Kommissar Weinberger sie an.

«Gut. Zur Sache. Ich hab ein Bild von dieser armen, lieben Frau in einer Zeitschrift gesehen, wo gestanden hat, dass sie eben erst ein Kind gekriegt hat, und von meinem Bruder hab ich jeden Tag gehört, was für ein netter Mensch der Herr Oberleutnant Dorfrichter ist. Er hätt noch nie einen braveren Gefangenen gehabt, hat mein Bruder gesagt! Da hab ich eines Abends zu ihm gesagt – er ist Junggeselle und ich führ ihm den

Haushalt –: Johann, hab ich gesagt, wir müssen diesen Unglücklichen helfen. Das ist unsere Christenpflicht, Johann. Erst hat er nicht wollen, aber ich hab immer wieder angefangen, und schließlich hat er gesagt, dass er mit dem Herrn Oberleutnant reden wird. Inzwischen bin ich zur Frau Dorfrichter gegangen. Es hat eine Zeit lang gedauert, bis ich sie davon überzeugt hatte, dass sie mir vertrauen darf. Ich hab zu ihr gesagt: ‹Versuchen Sie's doch mit mir, was riskieren Sie schon?› Und da hat sie mir ein kurzes Brieferl gegeben, und ich hab es meinem Bruder gegeben, und der hat es dem Herrn Oberleutnant gegeben. Und dann hat mein Bruder einen Bogen Papier und einen Bleistift unter dem Herrn Oberleutnant sein Kopfkissen geschoben. Ich hab den Brief dann zur Frau Dorfrichter gebracht. Ich hab noch nie eine so schöne Schrift gesehen. Jede Zeile akkurat wie eine Perlenschnur!»

«Seit wann geht das?», fragte Kunze.

«Seit ungefähr zwei Wochen. Glauben Sie mir, mein Bruder hätte das nie getan, wenn nicht Weihnachten gewesen wär. Es ist doch einfach unmenschlich, einen Unschuldigen wie ein wildes Tier einzusperren, ohne einen Weihnachtsgruß von seiner Familie.»

«Woher wissen Sie, dass er unschuldig ist?» Die Geschichte klang zwar reichlich ausgefallen, doch Kunze war geneigt, sie zu glauben.

«Weil er es sagt. Übrigens denken alle so. Jeder denkt, dass er unschuldig ist.»

Das war Kunze bekannt. Täglich erhielt er anonyme Zuschriften: In einigen wurde er beschworen, den Häftling freizulassen, in anderen wurde er beleidigt und manchmal sogar bedroht. Die in den Zeitungen erscheinenden Bilder zeigten einen jungen Offizier, der unschuldsvoll in die Kamera lächelte. An ihm war nichts Unheimliches. Er strahlte Wärme und Liebenswürdigkeit aus. Es gab Frauen, die schnitten sich sein Bild aus und spießten es neben die Konterfeis ihrer Theateridole an die Wand. Der Charme, den er im persönlichen Umgang ausstrahlte, war noch unwiderstehlicher, sonst hätte ein Mann wie der Stabsprofos Tuttmann nicht seine Stellung für ihn aufs Spiel gesetzt.

«Sie behaupten also, dass weder Sie noch Ihr Bruder von den Dorfrichters Geld angenommen haben?»

«Jawohl, das behaupte ich», sagte sie und reckte sich zu ihrer vollen Höhe auf.

«Hat man Ihnen welches angeboten?»

«Ja, Frau Dorfrichter. Aber ich hab es abgelehnt.»

«Sehr nobel», sagte Kunze und schüttelte stumm den Kopf. Er warf dem Kommissar einen halb amüsierten, halb zweifelnden Blick zu. «Und was weiter?»

Dr. Weinberger reichte ihm ein zusammengefaltetes Stück Papier. «Das ist der Brief, mit dem wir sie erwischt haben.»

Das Blatt war auf beiden Seiten mit einer schönen, flüssigen Handschrift bedeckt. Die Zeilen sahen aus wie aufgereihte Perlenschnüre. Kunze überflog den Brief. Darin gestand ein Mann einer Frau seine tiefe, unerschütterliche Liebe. Kunze wunderte sich, dass ein Mann von Dorfrichters Intelligenz die abgedroschenen und leicht schwülstigen Wendungen eines verliebten Pennälers gebrauchte. Offenbar stand der Liebe, sinnierte Kunze, nur ein sehr beschränktes Vokabular zur Verfügung; aber wer fand die Leidenschaft eines anderen Mannes nicht albern? Hegte man jedoch eine zügellose Neigung zu ihm, war sie einem schmerzlich. Ein Gedanke kehrte in dem Brief mehrfach wieder: Peter Dorfrichter könne nicht untergehen, solange nur Marianne Dorfrichter zu ihm hielt. Er sei ein Unschuldiger, der gegen eine Übermacht ankämpfe. Mit ihrer Liebe jedoch würde er in diesem Kampf siegen.

Als Frau Pausch hinausgeführt worden war, sagte Kommissar Weinberger: «Ich beneide Sie nicht, Herr Hauptmann. Ich bin jetzt 35 Jahre bei der Polizei, aber noch nie ist mir ein so verzwickter Fall untergekommen. Das heißt, verzwickt für den Untersuchungsrichter.»

Kunze blickte immer noch auf den Brief. «Glauben Sie, dass er unschuldig ist? Ich meine, kommen Ihnen manchmal Zweifel?»

Weinberger dachte kurz nach. «Ich weiß nicht recht. Manchmal schon. Aber ich stehe natürlich nicht in so engem Kontakt mit dem Mann wie Sie. Von der Tatsache, dass ein so argloser Mensch wie der Stabsprofos Tuttmann ihm auf den Leim geht, würde ich mich nicht beeinflussen lassen. Der größte Charmeur, dem ich während meiner Dienstzeit begegnet bin, war ein Kerl, der Unterschlagungen gemacht hatte. Er war ein so amüsanter Gesellschafter, dass ich mir ganz verlassen vorkam, als ich ihn dem Richter übergeben musste. Er war ein Verbrecher, ja, dennoch hätte es mir mehr Spaß gemacht, gemeinsam mit ihm einen Abend zu verbringen als mit dem Richter. Das ist eine der Gefahren in unserem Beruf: Wir finden manchmal den Verbrecher faszinierender als den braven Bürger, weil im Allgemeinen der Verbrecher die viel interessantere Persönlichkeit ist. Er verkörpert etwas Rätselvolles und Bedrohliches. Das tut der brave Bürger selten.»

Weinberger hatte das Gefühl, als ob ihm Kunze gar nicht zuhörte. Er schien über etwas nachzudenken.

«Wenn Sie nichts dagegen haben, Herr Kommissar», sagte Kunze, «möchte ich ein Experiment machen. Ich möchte, dass der Briefwechsel zwischen Dorfrichter und seiner Frau fortgesetzt wird.»

Weinberger nickte. «Ja, das ließe sich machen.»

«Aber wie? Ich glaube nicht, dass diese Pausch mittun würde. Idealisten kann man nicht Vernunft predigen. Im Grunde sind sie grässlich!»

«An die denke ich auch nicht. Aber beim Sicherheitsbureau haben sie eine Beamtin. Die könnte mit einem Brief von Dorfrichter zu seiner Frau gehen und sagen, Sophie Pausch sei krank geworden.«

Kunze nickte. «Tuttmann lasse ich heute verhaften, aber nicht, während er im Dienst ist. Ich warte, bis er in seiner Wohnung ist. Seine Festnahme muss geheim bleiben, vor allem darf die Presse nichts erfahren. Auf Tuttmanns Posten werde ich einen absolut zuverlässigen Mann setzen. Er wird Dorfrichter sagen, Tuttmann sei krank geworden. Wir wollen nur hoffen, dass Dorfrichter keinen Verdacht schöpft.»

«Was erhoffen Sie sich?»

«Einen Augenblick, ich bin noch nicht fertig. Ich möchte die Presse über die Geschichte mit Mitzi Haverda informieren.»

Der Kommissar sah ihn gedankenvoll an. «Wann?»

«Je eher, desto besser.»

«Sie wollen also Dorfrichter moralisch das Rückgrat brechen?»

«Ja, das will ich.»

«Und Sie meinen, damit schaffen Sie es?»

«Ich hoffe es. Seine Frau wird tief verletzt sein und sich vielleicht sogar auf die Seite seiner Gegner schlagen. Davor hat er Angst, sonst hätte er nicht versucht, mir die Zusage abzuringen, darüber zu schweigen.»

Am nächsten Tag brachte die *Neue Freie Presse* einen Exklusivbericht über die Affäre Mitzi Haverda. Marianne Dorfrichter schlief noch. Seit der Verhaftung ihres Mannes war der Schlaf ihre einzige Zuflucht vor den Schrecknissen des Tages. Zweimal stand sie in der Nacht auf, um das Kind zu stillen, schlief aber danach sofort wieder ein. Johann Ludwig – er war am Tag zuvor getauft worden, Johann nach dem

Großvater väterlicher-, Ludwig nach dem mütterlicherseits – war ein außergewöhnlich braves Kind. Marianne hatte befürchtet, man würde ihm von den Aufregungen etwas anmerken, die sie vor seiner Geburt erlitten hatte, doch das war nicht der Fall.

Das Entzücken der Mutterschaft, das man von jungen Müttern erwartete, war bei ihr irgendwie ausgeblieben. Es war schwer vorstellbar, dass dieses kleine Wesen da ihr Kind war und dass sie dafür ihr Leben lang, zumindest bis es groß war, Verantwortung trug. Die Zukunft jagte ihr ohnehin Angst ein, wenn auch die Augenblicke finsterer Verzweiflung, in denen sie kein Ende der Trennung von ihrem Mann absah, seit Frau Pauschs Besuchen seltener geworden waren. Jetzt wusste sie wenigstens, dass Peter sie immer noch liebte. Seine Briefe beruhigten sie und fachten zugleich ihre verzweifelte Sehnsucht nach ihm an. Nachts träumte sie, und wenn sie aufwachte, schmerzte ihr ganzer Körper vor Begierde. Auch das erschreckte sie, denn sexuelles Verlangen hatte sie bisher für ein männliches Privileg gehalten; Frauen waren dazu auf der Welt, diesem Verlangen nachzukommen, aber nicht notwendigerweise mit Vergnügen.

Obwohl sie ihn über alles liebte, hatte sie das Hotelzimmer in Baden bei Wien, wo sie ihre Hochzeitsnacht verbringen sollten, mit der zitternden Angst eines Opferlammes betreten. Sie hatte nicht gewusst, was ihr bevorstand.

Die Hochzeitsnacht ging vorüber. Noch Tage danach lebte sie wie in Trance. Der Übergang vom Piedestal zur Matratze war zu rasch erfolgt. Sie hatte noch nie einen Mann in Unterhosen gesehen, und noch viel weniger einen Mann in Unterhosen, der neben ihrem Bett in den Nachttopf urinierte. Sie schloss die Augen und stopfte sich die Finger in die Ohren und sah ihn erst dann wieder an, wenn er in voller Uniform war.

Doch selbst dann schien er ihr ein Fremder, und sie konnte

nicht das kleinste Quäntchen der Liebe heraufbeschwören, die sie früher für ihn empfunden hatte. Taub und leer, dachte sie abwechselnd daran, ins Kloster zu gehen oder sich umzubringen. Und dann plötzlich änderte sich alles. Der Augenblick dieser unbegreiflichen Wandlung war fest in ihr Gedächtnis eingegraben. Sie wollten spazieren gehen, und er war schon hinuntergegangen und wartete vor dem Hotel auf sie. Sie trat aus der Tür, und als sie ihn auf der Straße stehen sah und seine schlanke, graziöse Gestalt sich vor der herbstlichen Gartenhecke abhob, überfiel die Liebe zu ihm sie mit der Gewalt einer Brandung. Es war, als sei er fort gewesen, und gerade als sie ihn verloren gegeben hatte, heil zurückgekehrt. Sie flog auf ihn zu und hakte sich bei ihm ein. Der Körper, der ihr widerlich gewesen war, wurde ihr so vertraut wie ihr eigener. Sie erzählte ihm nie etwas von den Qualen dieser ersten Tage. Wenn er etwas bemerkt hatte, so hatte er es höchstwahrscheinlich für die natürliche Reaktion eines Mädchens gehalten, das seine Jungfräulichkeit verliert. Er war ein sachkundiger Liebhaber und wusste, als der anfängliche Schock bei ihr abklang, die Frau in ihr zu wecken. Sie genoss jede Minute, die sie zusammen verbrachten, empfand aber die körperliche Liebe als Krönung. Als sie sich ihre Wohnung einrichteten, suchten sie sich ein würdiges Schlafzimmer mit richtigen Ehebetten aus, doch sie zog es vor, mit ihm in dem seinen zu schlafen. Voller Eifersucht auf jede Minute, die er mit anderen verbrachte, zwang sie ihn, sich von den Freunden seiner Junggesellenzeit zurückzuziehen. Ihre Schwangerschaft war die erste Unterbrechung ihres glücklichen Ehelebens. Ende Juli, zu Beginn des fünften Monats, bekam sie Blutungen, und der Arzt riet ihnen zu völliger Enthaltsamkeit von den Ehefreuden; von da an schliefen Peter und sie in getrennten Betten. Sie fing an, ihre Schwangerschaft widerlich zu finden und ihren gedunsenen Leib obszön. Peter war unverändert sanft und zärtlich und versicherte ihr, sexuelle Entbehrungen seien kein zu hoher Preis für das unfassbare Geschenk – ihr Kind. Sie glaubte ihm, weil sie ihm glauben wollte, doch sie horchte, sobald er heimkam, besonders scharf auf den Tonfall seiner Stimme und sah ihn aufmerksam an. Seine Dienststunden kamen ihr länger vor, doch er war erst vor wenigen Monaten von Sarajevo nach Linz versetzt worden, und sie wusste, dass jede Garnison andere Anforderungen stellte. Ungeduldig zählte sie die Tage bis zur Entbindung, doch noch ehe ihre Stunde kam, brach alles über ihr zusammen.

An diesem Januarmorgen warf sie einen Blick auf die Nachttischuhr. Sie zeigte fünf nach zehn. Johann schlief, und in der Wohnung war alles still. Ihre Mutter war wahrscheinlich unten im Geschäft, und das Dienstmädchen machte auf dem Markt Einkäufe. Marianne erhob sich, schlüpfte in den rosa Flanellschlafrock und die neuen Pantoffeln, ein Weihnachtsgeschenk ihrer Schwester Tilda, und ging ins Speisezimmer, um sich die Morgenzeitung zu holen. Das war immer das Erste, was sie nach dem Aufwachen tat. Insgeheim hoffte sie, eines Morgens zu lesen, dass Peter frei war. Nachdem Dr. Goldschmiedt sich des Falles angenommen hatte, war sie kurze Zeit gehobener Stimmung gewesen, doch als dann nichts geschah, bitterlich enttäuscht. Dennoch hatte sie den Glauben an den Anwalt und daran, dass ihr Mann schließlich wieder freigelassen würde, nicht verloren.

Im Speisezimmer war die Zeitung nicht. Sonst legte Mutter sie immer aufs Büfett. Im Stillen schimpfte sie auf das Mädchen, das die Zeitung wahrscheinlich beim Saubermachen des Zimmers irgendwohin gepackt hatte. Sie wollte gerade in der Küche danach suchen, als das Mädchen die Korridortür aufsperrte, eine schwere Strohtasche in jeder Hand. Eisige Januarluft wehte mit ihr herein, Marianne ins Gesicht.

«Wo ist die heutige Zeitung?», fragte sie.

Das Mädchen zuckte die Achseln. «Wie soll ich das wissen?» Sie stellte die Einkaufstaschen ab, hauchte in die Hände und machte sich ans Auspacken der Lebensmittel.

«Geh hinunter an die Ecke und hol eine.»

Das Mädchen schaute nicht auf. «Jetzt gleich?»

«Ja, jetzt gleich.»

«Wenn ich Sie wär, tät ich heut die Zeitung nicht lesen», sagte sie, und ihre Stimme hatte einen Anflug von Gehässigkeit.

Marianne spürte, dass ihr schwindlig wurde. Es mussten schlimme Neuigkeiten in der Zeitung stehen, deswegen hatte Mutter sie versteckt. *Peter hat gestanden*, fuhr es ihr durch den Kopf, sie rief sich aber sofort zur Ordnung. Trotzdem wollte der Gedanke nicht schwinden.

«Hol mir die Zeitung! Sofort!»

Das Mädchen zuckte die Achseln, warf ihr einen hämischen Blick zu und ließ die Tür laut hinter sich ins Schloss fallen.

Es vergingen fünfzehn Minuten, ehe sie wieder erschien. Marianne war in der Küche auf einen Hocker gesunken, sie hielt das Gesicht in den Händen vergraben. Als sie das Dienstmädchen zurückkehren hörte, hob sie den Kopf.

«Wieso hast du so lang gebraucht?», fragte sie mit gequälter Stimme.

«Sie werden's bald genug erfahren. Ich hab bis zum Schottenring laufen müssen. Keine Tabaktrafik in der ganzen Gegend hat auch nur eine einzige Zeitung übrig gehabt.» Ihr Blick blieb lauernd auf Marianne gerichtet.

Marianne griff nach der *Presse* und verließ die Küche. Allein in ihrem Zimmer, breitete sie sie auf dem Bett aus. Die Sache mit Mitzi Haverda stand auf der dritten Seite. Die *Presse* hatte ganze Arbeit geleistet; ihre Reporter hatten sowohl Mitzi wie Detektiv Schiff interviewt. Der Bericht – er war so abgefasst, als stammten die Informationen von der Linzer Polizei – war durch das Büro des Hauptmannauditors Kunze bestätigt.

Marianne las den Artikel dreimal hintereinander, ehe ihr der Sachverhalt klar zu Bewusstsein kam. Ihr fiel ein, dass Mitzi Haverda eine von den Bewerberinnen gewesen war, die sich im September auf ihre Anzeige für ein Dienstmädchen gemeldet hatten. Sie erinnerte sich sogar noch an die Photographie, ein hübsches Ding in eng anliegendem Dirndl, das zu Zöpfen geflochtene Haar à la Kaiserin Elisabeth auf dem Kopf getürmt. Ein Instinkt musste sie gewarnt haben, denn Marianne war von Anfang an dagegen gewesen, das Mädchen einzustellen. Sie hatte Peter das Bild gegeben, damit er es zurückschickte. Stattdessen war er hingegangen und hatte sich diese Schlampe nach Linz bestellt und hatte ihr ein Zimmer gemietet, während sie schwerfällig und hässlich wurde mit seinem Kind. *Kein Wort würde sie ihm je wieder glauben!* Während er vorgab, er liebe nur sie, war er heimlich mit dieser billigen Schlampe ins Bett gegangen, die 40 Kronen im Monat haben wollte, es aber ablehnte, Fenster zu putzen und Böden zu scheuern.

Der Schmerz war so durchdringend, dass sie keuchte. Das Kind wachte auf und begann aus Leibeskräften zu schreien. Marianne sprang auf. Sie würde sich und das Kind umbringen. Sich mit ihm im Arm aus dem Fenster stürzen. Sie war schon an der Wiege und griff nach ihm, da kam ihr schlagartig das Absurde ihres Vorhabens zu Bewusstsein. Sein kleiner Körper würde mit Sicherheit auf dem Pflaster zerschellen, während sie womöglich überlebte. Ihre Arme sanken herab, sie brach in die Knie und vergrub ihr Gesicht in dem Kinderkopfkissen mit den gestickten Vergissmeinnicht, einem Geschenk ihrer Schwester Tilda. Um sich her fühlte sie die Leere des Todes. Ein Kreis hatte sich geschlossen, und sie sah keinen Grund, in einen neuen einzutreten. Es gab zwei Sorten von Menschen: Sonnen und Trabanten. Sie war der geborene Trabant, nun hatte ihre Sonne sich im eigenen Feuer zu Asche verzehrt, und sie, Marianne, kreiste im leeren Raum. Seltsamerweise richtete sich ihr Zorn nicht gegen ihren Gatten, sondern gegen sich selbst, als habe sie eine schwere Untat begangen. Sie wünschte sich zu bestrafen, sich Schmerz und blutende Wunden zuzufügen als Sühne für ihr undefinierbares Vergehen. Als sie sich verzweifelt im Zimmer umsah, fiel ihr Blick auf die spitze Stickschere, die neben dem angefangenen Kinderhemdchen lag. Ungestüm griff sie danach und stieß sie sich ins linke Handgelenk. Ein scharfer Schmerz, aus der verletzten Vene sickerte Blut. Sie schrie auf und brach zusammen.

Als sie zu sich kam, war die Blutung zum Stillstand gekommen. Ihr Negligé war voller Flecken, und ein paar Tropfen waren auf den Teppich gefallen, das war der ganze Schaden. Sie wusch das Negligé im Badezimmer aus und wickelte sich ein Taschentuch um das Handgelenk. Die Flecken auf dem Buchara waren nicht zu sehen. Das war das Gute bei den Perserteppichen, sie konnten den Schmutz von Jahrhunderten aufnehmen, ohne ihre Schönheit einzubüßen. Schade, dass Menschen nicht so sind, dachte sie.

Es klingelte, und sie hörte das Dienstmädchen zur Tür gehen und dann eine fremde weibliche Stimme nach Frau Dorfrichter fragen. Ehe das Mädchen sie noch holen konnte, trat Marianne in die Diele.

Die Frau war nicht jung, nicht alt, trug ein schäbiges Tweedkostüm und eine große Handtasche.

«Frau Dorfrichter?», fragte sie.

Marianne nickte bejahend.

«Die Frau Pausch schickt mich. Ihr Bruder ist plötzlich

krank geworden, der Arzt meint, er hätte Lungenentzündung, und da muss sie ihn pflegen.» Sie warf einen Blick auf das Mädchen. «Könnte ich ein paar Worte mit Ihnen allein reden, Frau Dorfrichter?»

Marianne führte sie ins Speisezimmer. Als die Tür ins Schloss gefallen war, gab ihr die Frau ein zusammengefaltetes Stück Papier.

«Das hier ist vom Herrn Gemahl. Er hat es gestern dem Profos Tuttmann gegeben.» Ihre Augen fielen auf das Taschentuch an Mariannes Handgelenk. Die Wunde schien noch zu bluten, denn es war ein hellroter Fleck zu sehen. «Was haben Sie an Ihrer Hand?»

«Nichts», sagte Marianne mit schriller und drohender Stimme. Sie entfaltete den Brief und las die Bekenntnisse ewiger Liebe. Es irritierte sie plötzlich, dass die Frau sie so unverwandt ansah.

«Die Frau Pausch hat gesagt, einer von den Wachsoldaten steckt dann die Antwort dem Herrn Oberleutnant zu.»

«Es gibt keine Antwort», sagte Marianne schneidend.

«Was soll der Mann dem Herrn Oberleutnant sagen, wenn er danach fragt?»

Die Frau gefiel Marianne immer weniger. Die winzige Frau Pausch war so herzlich und besorgt gewesen. Die Freundin hier kam ihr in ihrer kalten, unpersönlichen Art nur neugierig vor.

«Das, was ich Ihnen gesagt habe. Es gibt keine Antwort.»

Die Frau zuckte die Achseln.

«Und dem Profos Tuttmann richten Sie aus, dass er sich nicht mehr zu bemühen braucht, Nachrichten vom Herrn Oberleutnant an mich weiterzuleiten.»

«Ich werd's ihm ausrichten.»

Einen Moment lang herrschte verlegenes Schweigen.

«Ich glaube, das ist dann alles.» Die Frau ging zur Tür.

«Warten Sie einen Augenblick», rief Marianne ihr nach. «Ich hab's mir anders überlegt.»

Sie ging in ihr Zimmer, schnitt mit der gleichen Schere, die sie sich ins Handgelenk gestoßen hatte, den Artikel aus der *Presse* aus und kritzelte hastig auf den Rand des Zeitungsausschnitts: «Wir sind fertig miteinander. Ich will dich nicht mehr sehen und auch nichts mehr von dir hören.» Sie faltete den Ausschnitt und steckte ihn in einen Umschlag. «Bitte lassen Sie das dem Herrn Oberleutnant überbringen.» Dann merkte sie, wie unhöflich sie sich einem Menschen gegenüber benahm, der ihr einen Gefallen hatte tun wollen, und sie sagte rasch: «Vielen Dank für alle Mühe. Ich bin Ihnen sehr dankbar, und wenn ich etwas für Sie tun kann –» Ihr fiel ein, dass die Freundin von Frau Pausch vielleicht ein Trinkgeld erwartete oder doch wenigstens das Fahrgeld erstattet haben wollte. «Sie haben bestimmt Auslagen gehabt und –» Sie verstummte, als die Frau energisch den Kopf schüttelte.

«Keinerlei Auslagen. Hat mich gefreut, zu Diensten zu sein, Frau Dorfrichter. Auf Wiedersehen.»

Im Laufe der letzten Jahre hatte Kunze es sich zur Gewohnheit gemacht, etwas früher als seine Mitarbeiter ins Amt zu gehen. Er liebte es, eine halbe Stunde für sich zu haben, in Ruhe die Morgenzeitungen zu lesen, ohne Roses ständiges Geplapper anhören zu müssen. Seit dem 2. Januar wohnte er in einem möblierten Zimmer in der Traungasse, nicht weit von Roses Wohnung entfernt.

Die Nachrichten heute waren deprimierend. Auf dem Balkan herrschte Aufruhr. In Serbien war das Kriegsfieber, das nach dem Thronverzicht von Kronprinz Georg abgeklungen war, wieder aufgeflackert. Die Kreter hatten beschlossen, Deputierte ins griechische Parlament in Athen zu entsenden, und es war zu befürchten, dass dieser Schritt zum Konflikt zwischen der Türkei und Griechenland führte. Italien bekundete erneut Interesse an Tripolis. Und außerdem hieß es, dass die Italiener Geheimverhandlungen mit Frankreich und England führten und bereit seien, sich aus der Allianz mit den Mittelmächten zurückzuziehen, wenn die Entente die italienischen Gebietsansprüche in Nordafrika unterstützte. Über die Affäre Mitzi Haverda stand heute nichts mehr in der Zeitung. Nachdem die *Neue Freie Presse* vor Tagen einen umfangreichen Artikel gebracht hatte, überließ sie das weitere Ausschlachten dieser pikanten Geschichte jetzt großzügig den Boulevardblättern.

An diesem Vormittag legte Stoklaska dem Hauptmann den Bericht der Veterinärklinik über Dorfrichters Hund Troll auf den Schreibtisch.

«Wird auch höchste Zeit», murmelte Kunze. Der Bogen trug den Aufdruck «Klinik der Tierärztlichen Hochschule in Wien». Der Hund, so stand darin, weigere sich beharrlich, irgendwelches Wurmpulver zu sich zu nehmen, auch wenn es in eine nasse Oblate gehüllt sei. Die einzige Möglichkeit, es ihm zu verabreichen, sei, es in Kapseln zu füllen und ihm diese in den Hals zu stecken. So weit hatte der Oberleutnant die Wahrheit gesagt. Andererseits hieß es in dem Bericht, der Hund habe keine Würmer und nichts deute daraufhin, dass er kürzlich welche gehabt habe.

«Übrigens hat der Bote, der den Bericht gebracht hat, gesagt», bemerkte Stoklaska, «dass das Tier eingeschläfert werden soll, sobald du erklärst, dass du den Bericht für ausreichend hältst.»

Kunze, der noch immer auf das Blatt starrte, reagierte nicht sogleich auf diese Worte. Plötzlich wurde ihm jedoch die Tragweite klar. «Den Hund einschläfern?» Seine Stimme klang ungewöhnlich schrill. «Aber warum denn? Wie kommen die denn auf die Idee, ihn zu töten?»

Stoklaska sah ihn erstaunt an. «Das weiß ich nicht, Emil. Mehr hat der Bote nicht gesagt.»

«Läut diese Hornochsen an und sag ihnen, dass das Tier unter keinen Umständen getötet oder seziert werden darf oder was immer die mit den armen Viechern machen.» Nach einer Pause setzte er hinzu: «Und überhaupt, wer hat ihnen denn die Erlaubnis gegeben, ihn einzuschläfern?»

Stoklaska rief in der Tierklinik an.

«Die Familie war's», berichtete er, als er aufgelegt hatte. «Die Leute haben an Frau Dorfrichter geschrieben, und sie hat zurückgeschrieben, dass ihre augenblickliche Situation es ihr unmöglich macht, den Hund zu sich zu nehmen, und sie hat angefragt, ob sie nicht irgendjemand wüssten, bei dem der Hund in guten Händen wär. Aber offensichtlich haben sie niemand gefunden.»

«Kann ihn nicht zu sich nehmen – die Schlampe!»

Kunze konnte seinen Zorn auf Marianne Dorfrichter nicht unterdrücken. Stoklaska und Heinrich sahen ihn überrascht an.

«Ich wusste gar nicht, dass du so tierlieb bist», meinte Stoklaska mit leisem Lachen. Es war eine harmlose Bemerkung; trotzdem ging sie Kunze gegen den Strich. Er tat, als habe er sie nicht gehört, und sagte kurz angebunden: «Sorg dafür, dass das Tier hergebracht wird.» Stoklaska grinste gutmütig, und Kunze fand seinen Humor wieder. «Warum nicht? Wenn er als Kriegshund abgerichtet werden sollte, kann er ebenso gut gleich in die Armee eintreten. Er hat mehr Köpfchen als so mancher Offizier, den ich kenne!»

Troll kam noch am gleichen Nachmittag. Er war mager und zottelig und stand mit eingeklemmtem Schwanz und misstrauisch angelegten Ohren da. Als er jedoch Kunze erblickte, rannte er kläffend im Kreis um ihn herum und ließ sich schließlich zu seinen Füßen nieder.

«Es sieht so aus, als würdest du ihn nie wieder los, Emil», meinte Stoklaska. «Es sei denn, du übergibst ihn dem Gefangenen.»

«Auf keinen Fall», sagte Kunze. Das Verhalten des Hundes schmeichelte ihm. Aber wohin mit ihm? Würde er ordentliche Menschen finden, die bereit waren, für ihn zu sorgen? Zunächst blieb ihm nichts anderes übrig, als ihn mit nach Hause zu nehmen. Die Schwierigkeiten, die er befürchtet hatte, traten nicht ein. Seine beiden Vermieterinnen, Fräulein Baldauf und Fräulein Knoll, hatten nichts dagegen, dass er sich einen Hund hielt.

Rose dagegen zeigte weit weniger Verständnis. «Aber das geht doch nicht!», begrüßte sie ihn, als er mit Troll bei ihr erschien. Wie jeden Abend hatte sie Kunze erwartet, nicht aber Troll. «Du weißt doch, wie er haart! Neulich hat das Mädchen drei Tage gebraucht, bis die Haare aus dem Teppich gebürstet waren.»

Er grinste sie an. «Troll ist nicht der Einzige, der haart. Jeden Morgen finde ich Haare von dir auf meinem Uniformrock. Aber habe ich je ein Getue darum gemacht?»

«Das ist ein schlechter Witz.» Es klang gekränkt. «In einer Wohnung lässt sich ein so großer Hund nicht halten. Ich habe übrigens nie verstanden, warum die Leute sich Haustiere halten. Papageien, schön, die können wenigstens reden. Aber Hunde?»

«Möglicherweise weil sie *nicht* reden», sagte Kunze.

Auf Tuttmanns Posten war ein wesentlich jüngerer Mann gesetzt worden; er hatte ein freundliches Mondgesicht, kurz geschorenes blondes Haar und einen prächtigen Schnurrbart à la Kaiser Wilhelm II. Er und die Frau im Tweedkostüm waren in Kunzes Büro geladen. Sie hieß Paula Heinz und stand im Dienst des Sicherheitsbureaus. Im leidenschaftslosen Ton des unbeteiligten Beobachters schilderte sie ihren Besuch bei Marianne Dorfrichter.

Kunze wandte sich an den Profos. «Wie hat Herr Oberleutnant Dorfrichter den Brief seiner Frau aufgenommen?»

«Er war ganz außer sich vor Wut. Nicht über seine Frau, sondern über den Zeitungsartikel. Er hat ihn zweimal gelesen und dann zerfetzt. Wie ich schon aus der Zelle heraus war, hab ich ihn noch herumrennen und mit Sachen werfen und fluchen hören. Gestatten, Herr Hauptmann, wenn ich mich nicht täusch, hat er am allermeisten auf den Herrn Hauptmann geflucht.»

«Sie täuschen sich nicht», sagte Kunze.

«Er war auch gestern noch den ganzen Tag über in schrecklicher Verfassung», fuhr der Profos fort. «Das Nachtmahl hat er fast nicht angerührt. Und heut hat er mich gleich in der Früh rufen lassen und mir diesen Brief für seine Frau gegeben.»

Er reichte Kunze den Brief. Beide Seiten waren mit Dorfrichters Handschrift bedeckt. Doch diesmal waren die Zeilen nicht akkurat und gleichmäßig; einzelne Wörter waren durchgestrichen, die Zeichensetzung willkürlich. Die Sache mit Mitzi Haverda sei eine reine Erfindung der Presse, so versicherte Peter Dorfrichter seiner Frau. Inständig bat er sie, an ihn zu glauben und zu ihm zu stehen, denn ohne ihre Liebe könne er nicht durchhalten.

Kunze las den Brief mit gemischten Gefühlen. Der Ton war zugleich leidenschaftlich und Mitleid heischend. Wieder einmal überlegte er sich, wie ein Mann wie Dorfrichter derart in eine Frau mit einem Spatzenhirn vernarrt sein konnte. War ihre Reaktion auf den Zeitungsartikel nicht Beweis genug, dass er sie richtig eingeschätzt hatte?

«Wenn der Herr Oberleutnant Sie nach diesem Brief fragt», sagte er zu dem Profos, «sagen Sie ihm weiter nichts, als dass Sie ihn an Frau Pausch weitergereicht hätten. Falls er Ihnen weitere Briefe gibt, bringen Sie sie mir.»

«Wann soll ich wieder zu Frau Dorfrichter gehen?», fragte Paula Heinz.

«Vorläufig nicht. Sie haben uns einen großen Dienst erwiesen, Fräulein Heinz. Ich werde Kommissar Weinberger berichten, wie zufrieden wir mit Ihrer Arbeit waren.»

Kunze entließ die beiden und wandte sich dann wieder der Beschäftigung zu, mit der er sich schon die ganzen letzten Tage über befasst hatte: der sorgfältigen Durchsicht sämtlicher Photographien, Dokumente und Briefe, die in der dorfrichterschen Wohnung gefunden worden waren. Er konzentrierte sich auf die Schriftstücke aus den Jahren 1908 und 1909 in der Hoffnung, einen bisher übersehenen Anhaltspunkt oder Hinweis zu finden.

11

Vor seiner Versetzung nach Linz war Peter Dorfrichter der 13. Brigade in Sarajevo zugeteilt gewesen; sein Aufgabengebiet war Artillerietaktik. Feldmarschallleutnant von Weigl wies in seiner Beurteilung darauf hin, dass er sich als Offizier ausgezeichnet hatte. In Kunze regte sich Groll gegen die Armee, als er den Bericht las. Ein solches Talent für Feldübungen zu verschwenden! War es nicht verständlich, dass ein Mann, der sich derart zurückgesetzt fühlen musste, eine Wahnsinnstat beging?

Kunze wusste, dass seine nachsichtigen Gefühle für Dorfrichter nicht ungefährlich waren. Er durfte nicht zulassen, dass seine Sicht sich trübte, sonst ging er womöglich noch hin und zauberte Beweise herbei, die *für* den Mann sprachen und schließlich zu seiner Freilassung führten. Das durfte nicht geschehen. Ihm war es nicht erlaubt, vom vorgezeichneten Weg abzuweichen. Das blieb Narren wie dem Stabsprofos Tuttmann und der sentimentalen Frau Pausch vorbehalten.

Er wollte der Sache auf den Grund gehen und las nochmals alle Briefe, die Dorfrichter im Sommer 1908 aus Sarajevo an Marianne geschrieben hatte, die zu dieser Zeit bei ihrer Mutter in Wien gewesen war. Als er die Briefe das erste Mal las, hatte es ihn verdrossen, dass von nichts anderem als dem Liebesleben der beiden die Rede war, sowohl vom vergangenen wie vom künftigen. Kunze war es vorgekommen, als hielte Peter Dorfrichter die Tatsache, dass er mit Marianne Gruber das Bett teilte, für die Krönung seines Lebens.

Nur hie und da stieß er auf prosaischere Mitteilungen: über Menschen, die Dorfrichter kennen gelernt hatte, Orte, an denen er gewesen war. Der Name Xavier tauchte recht häufig auf.

«Gestern Abend war die junge Garde bei mir. Wir haben Karten gespielt, aber sorg dich nicht, nicht für so hohe Einsätze wie Xavier.»

«War am Abend mit Xavier zusammen. Er ist entsetzlich deprimiert, scheint in der Patsche zu sitzen, wie gewöhnlich.»

«Mache mir Sorgen um Xavier. Er ist schlecht beisammen. Trinkt viel, kommt morgens nicht zum Rapport, überlässt die Inspektion dem Unteroffizier.»

Und einige Wochen später: «Du hast ganz Recht, was Xavier angeht. Aber ich kann doch einem Ertrinkenden nicht den Rücken drehen.»

Xavier! Xavier! Xavier!

Xavier war selbstverständlich Xavier Vanini. Sie waren in Sarajevo Freunde gewesen, aber nicht in Linz. Das war jedoch nichts Ungewöhnliches. Wenige Freundschaften dauerten für immer. Vanini schien ziemlich haltlos und für den Offiziersberuf wenig geeignet zu sein; bestimmt reichte er nicht an Dorfrichter heran. Vielleicht hatten die beiden sich verzankt, oder Dorfrichter hatte Mariannes Rat, die Freundschaft mit Vanini aufzugeben, befolgt. Und doch war Leutnant Xavier Vanini der Einzige unter allen Freunden Dorfrichters, der Zugang zu Zyankali hatte.

Kunze überlegte, ob er Dorfrichter zum Verhör holen lassen sollte, aber er verwarf den Gedanken sofort wieder. Er hatte noch immer zu wenig Beweismaterial. Dorfrichter würde ihm nur wieder ins Gesicht lachen. Vielleicht sogar eine Szene machen. Sein Zorn über den Mitzi-Haverda-Artikel war bestimmt noch nicht verraucht.

Bei seiner Lektüre stieß Kunze auf einen weiteren Namen,

dem besondere Bedeutung zukam: Hauptmann Baron Landsberg-Löwy; auch er war einer der Empfänger des Charles-Francis-Zirkulars gewesen. Dass er zugleich mit Dorfrichter in Sarajevo gedient hatte, war Kunze nicht neu. Im Laufe der letzten Wochen waren Militärkarriere und Privatleben sämtlicher Adressaten überprüft worden. Landsberg-Löwy, Sohn eines ungeheuer reichen jüdischen Industriellen, war wie so viele seiner Mitbrüder in den heiteren Jahren des österreichischen Liberalismus, Ende der neunziger Jahre, ins Heer eingetreten. Die Armee erwies sich als eine großmütige Ziehmutter, sobald sie einen Menschen erst einmal an Sohnes statt angenommen hatte – seine rassische Herkunft und sein häusliches Milieu, sein Glaube und sein Bankkonto spielten dann keine Rolle mehr. Ein reicher Jude konnte ebenso gut Erfolg haben wie ein armer Christ. Nach der Jahrhundertwende zeichneten sich jedoch drohende Veränderungen ab; Franz Ferdinand war ein ausgesprochener Antisemit; es war zu befürchten, dass eine Abkehr vom Liberalismus stattfand, sobald er ans Ruder kam. Franz Joseph war aber glücklicherweise noch quicklebendig und mit ihm die österreichische Attitüde von Toleranz und Aufgeklärtheit.

Unter Dorfrichters Papieren fand Kunze zwei kurze Briefe auf Landsberg-Löwys elegantem Briefpapier mit dem geprägten Wappen. In dem einen schrieb der Baron, wie bestürzt er über X.s Fehltritt gewesen sei, versprach aber, sich die Sache gut zu überlegen, ehe er voreilige Schritte tue. Im zweiten hieß es, er sei mehr betrübt als erschrocken über X. und würde den Vorschlag des «lieben Peter» gern aufgreifen, sich mit ihm zu treffen, um gemeinsam zu einer für alle Teile befriedigenden Lösung zu kommen!

X. konnte jeder sein, warum nicht auch Xavier Vanini?

Diese beiden Briefe verbanden drei Männer miteinander: den Tatverdächtigen in einem Giftmordfall, ein vorgesehenes

Opfer und einen Dritten, der Zugang zu Zyankali hatte! Ein sonderbares Dreieck.

Kunze fragte sich, aus welchem Grund Dorfrichter die Briefe des Aufhebens für wert gehalten hatte. Hatte das Treffen, von dem im zweiten Brief die Rede war, stattgefunden? Und wenn ja, welches war die «für alle Teile befriedigende Lösung» gewesen?

Baron Landsberg-Löwy war jetzt, nach einer sechsmonatigen Dienstzeit in Prag, wieder in Sarajevo stationiert, als Stabsoffizier der 13. Division. Er war auf Urlaub gewesen, als das Charles-Francis-Zirkular eintraf. Bei seiner Rückkehr war Richard Mader bereits tot, und in allen Garnisonen hingen entsprechende Warnungen aus. Dieser Umstand hatte ihm vielleicht das Leben gerettet, obwohl der Baron allem Anschein nach ein viel zu erfahrener Mann war, als dass er auf Kapseln, die eine «verblüffende Wirkung» versprachen, hereingefallen wäre. Aber auch Mader war ein vernünftiger Mensch gewesen, überlegte Kunze, und doch war er der Versuchung erlegen.

Der Auditor schrieb einige Zeilen an Landsberg-Löwy und bat ihn um Mitteilung, wann und wo sie sich in Wien – oder falls das nicht möglich wäre, in Sarajevo – treffen könnten.

Am 2. Februar wurde vor einem Kriegsgericht gegen den Stabsprofos Tuttmann verhandelt. Er bekannte sich schuldig und wurde zu drei Jahren Haft im Militärgefängnis Möllersdorf verurteilt. Seine Schwester kam vor ein Zivilgericht und erhielt sechs Monate Gefängnis.

Das über Tuttmann verhängte Urteil deprimierte Kunze. Er hatte getan, was er konnte, um dem Mann zu helfen, aber General Wencel war nicht davon abzubringen gewesen, Tuttmann exemplarisch zu bestrafen, und Kriegsgerichtsrat

Szabo, dem der Fall übertragen worden war, hatte sich, da er erst kürzlich avanciert war, gefügt.

Armer alter, asthmatischer Tuttmann. Kunze hoffte, dass ihm die Umstellung nicht allzu schwer fiel. Schließlich hatte er sein halbes Leben im Gefängnis verbracht. War es im Grunde nicht gleichgültig, auf welcher Seite des Gitters man sich befand?

Kunze hätte gern gewusst, was Tuttmann dazu verleitet hatte, für Peter Dorfrichter seine berufliche Stellung aufs Spiel zu setzen. Hatte der Oberleutnant über den Stabsprofos die gleiche skandalöse Macht wie über ihn? Lag die Erklärung darin, dass Tuttmann Junggeselle war? In den unteren Schichten blieben Männer selten unverheiratet. Hätte Tuttmann jedoch nur im Geringsten homosexuelle Neigungen gehabt, so wären sie bestimmt bekannt geworden. Oder wusste man in der Wachstube durchaus davon und verheimlichte diese Neigungen nur vor dem gestrengen dritten Stock des Garnisonsgerichts? Armer Tuttmann, egal, welche fleischlichen Gelüste ihn beherrscht haben mochten, dreißig Jahre treue Dienste verwirkt zu haben war eine zu harte Strafe.

Sobald der ehemalige Stabsprofos nach Möllersdorf gebracht worden war, rief Kunze den dortigen Gefängniskommandanten an, um ein gutes Wort für Tuttmann einzulegen. Er erfuhr, dass dem Gefangenen aufgrund seiner einschlägigen Erfahrungen bereits eine Sonderstellung eingeräumt worden war.

Der Hauptmann hatte eben den Hörer aufgelegt, da klingelte das Telefon schon wieder. Es war die Stimme von Kommissar Dr. Weinberger. «Raten Sie mal, wer gestern Abend am Westbahnhof den Schlafwagen nach Mailand mit Weiterfahrt nach Nizza bestiegen hat?»

«Keine Ahnung.»

«Dr. Goldschmiedt.»

«Na und? Die Côte d'Azur soll doch, wie es heißt, sein liebstes Jagdrevier sein. Im ‹Hotel de Paris› hat er angeblich sein eigenes Bett mit eigener Bettwäsche.»

«Ja, das hab ich auch gehört. Ein Trick, den er von den russischen Großfürsten übernommen hat. Aber diesmal hat er die Dame für sein Bett gleich mitgenommen. Offenbar will er sich nicht an das halten, was dort angeboten wird.»

«Das ist ja interessant. Und nun erwarten Sie sicher die Frage: Wer ist die Dame, die er mitgenommen hat? Hiermit sei die Frage gestellt.»

«Marianne Dorfrichter.»

Kunze packte den Hörer fester. «Ausgeschlossen! Sie müssen sich irren!»

«Nein. Wir haben die Dame auch nach der Verhaftung von Frau Pausch noch überwacht. In den letzten Wochen hat Dr. Goldschmiedt sie jeden Tag besucht. Und gestern Abend ist er in einer Mietdroschke zu ihr in die Wohnung gefahren, die Treppe hinaufgestiegen und mit ihr und einem Kofferl in der Hand wieder heruntergekommen. Er hat es selber getragen, was er vermutlich noch nie getan hat. Einen Koffer getragen, meine ich. Unser Mann war schlau genug, sämtliche Bahnhöfe zu alarmieren, sodass der Dienst habende Polizist bereits informiert war, als das Auto am Westbahnhof eintraf. Dr. Goldschmiedt hat es ganz raffiniert angefangen; er hat sich und die Dame von einem Bahnbeamten durch den Gepäckraum an den Zug bringen lassen, aber uns konnte er nicht täuschen.»

«Man kann es kaum glauben, dass sie mit ihm verreist. Und was ist mit dem Kind?»

«Die Mutter hat vor einiger Zeit eine Amme genommen.»

«Der arme Kerl», sagte Kunze.

«Wer? Das Kind?»

«Nein, Dorfrichter. Wir entziehen ihm wirklich jeden moralischen Halt, wie?»

«Aber das wollten Sie doch, oder?»

Kunze überging den Stich. «Für den unwahrscheinlichen Fall, dass er unschuldig ist – wohin wird er sich wenden? Ganz bestimmt geht er nicht nach Hause. Er ist nicht der Typ, der nach so etwas wieder zu seiner Frau zurückkehrt.»

Der Kommissar wiederholte das Wort. «Unschuldig?» Es klang einigermaßen ungläubig. «Ich hätte nie vermutet, dass Ihnen eine derartige Möglichkeit in den Sinn kommen könnte.»

«Aber natürlich stelle ich mir diese Frage.» Plötzlich wollte Kunze das Gespräch beenden. «Ich bin schließlich kein Hellseher. Wie, zum Teufel, soll ich hundertprozentig sicher sein, dass einer schuldig ist, wenn ich nur ein paar dürftige Fetzen Beweismaterial habe?»

«Es ist ein ungemein komplizierter Fall», stimmte Dr. Weinberger leutselig zu, «und ich beneide Sie nicht. Frau Dorfrichter scheint Ihre Zweifel nicht mehr zu teilen. Sie hat sich entschieden, sonst wäre sie nicht mit unserem Freund Goldschmiedt auf und davon.»

12

Eine kalte, helle Februarsonne schien auf die riesige Glaskuppel des Mailänder Bahnhofs. Marianne Dorfrichter stand im Gang des Schlafwagens und beobachtete das Gewühl auf dem Perron. Es kam ihr vor wie ein Riesenkaleidoskop: Bei jeder Drehung zeigt sich ein anderes Bild, obwohl die bunten Glasstückchen immer dieselben bleiben. So auch hier: da drüben eine Mutter, die tränenüberströmt einem abfahrenden Zug nachwinkte, dort eine Familie, die einen Ankömmling begrüßte, Liebende, die sich umarmten, zwei kleine Jungen, die Fangen spielten, ein Student, der einen schweren Koffer schleppte, Reisende, die nach Gepäckträgern riefen, Gepäckträger, die ihre Nummer brüllten, Verkäufer, die ihre Ware anpriesen, und Zeitungsjungen, die die Schlagzeilen des Tages heraustrompeteten, als verkündeten sie das Jüngste Gericht.

Das also war Italien, dachte Marianne. Peter hatte versprochen, ihr im nächsten Sommer Venedig und Rom zu zeigen. Es sollte ihr erster gemeinsamer Urlaub werden. Nun war sie in Italien, aber nicht mit Peter. In der Nacht, wenn sie vom Rattern der Räder wach geworden war, hatte sie jedes Mal überlegt, ob sie nicht aussteigen sollte. Sie hatte sich eine Frist bis Mailand gegeben, wo ein längerer Aufenthalt zu erwarten war, da die Schlafwagen an den Marseiller Zug angekoppelt wurden. Doch jetzt, eine Minute vor Abfahrt des Zuges, war sie noch immer unentschlossen.

Als die Geschichte mit Mitzi Haverda durch die Presse gegangen war, hatte Dr. Goldschmiedt sie aufgesucht. Zuerst hatte sie ihn nicht empfangen wollen, aber er war hartnäckig geblieben, und später war sie froh, dass sie nachgegeben hatte. Er war voller Mitgefühl und Anteilnahme gewesen, ganz anders als die Mutter, die versucht hatte, ihr einzureden, das, was Peter getan hätte, sei ganz normal, selbst der beste Ehemann täte so was. Während Frau Gruber die Tochter töricht und egozentrisch gescholten hatte, hatte Paul Goldschmiedt Verständnis dafür gezeigt, wie verletzt sie war. Sie wusste nicht mehr, wann er das erste Mal von der Riviera gesprochen hatte. Er hatte ihr immer wieder gesagt, dass keinerlei Forderungen oder Bedingungen mit dieser Einladung verknüpft seien; sie brauche nichts zu tun, was sie nicht selber wollte. Er sei ein reicher Mann, und wozu wäre Geld denn da, wenn nicht dazu, Freunden zu helfen? Sie hätte Schreckliches durchgemacht; sie brauche eine Abwechslung, um wieder zu Kräften zu kommen, nicht nur um ihrer selbst willen, sondern auch im Interesse des Kindes.

Marianne war sich klar darüber, dass sie ein Spiel miteinander spielten. Sie sah absichtlich darüber hinweg, dass sie weder die Spielregeln kannte noch wusste, wie das Spiel enden würde.

Ein schriller Pfeifenton, der Zug setzte sich in Bewegung und verließ Mailand. Marianne hatte den Mantel an, in ihrer Handtasche war genügend Geld für die Rückreise nach Wien, und doch unternahm sie nichts. Als spüre er die Bedeutung des Augenblicks, trat Dr. Goldschmiedt aus seinem Abteil. Er schien überrascht, sie in Hut und Mantel auf dem Gang anzutreffen.

«Gerade wollte ich nachschauen, ob Sie schon wach sind. Dann können wir ja gleich frühstücken», sagte er.

Sie gingen miteinander in den Speisewagen. Auch früher hatte sie schon in Eisenbahnzügen mit guter Bedienung und gutem Essen gespeist, aber das war nichts im Vergleich zu dem, was sie jetzt erlebte. Mit Paul Goldschmiedt zu reisen kam der Mitwirkung in einem gut gespielten Stück gleich: Jeder Schauspieler gab sein Bestes, alle Auftritte und Abgänge erfolgten genau aufs Stichwort, nichts war improvisiert.

In Nizza wurden sie von zwei großen Automobilen abgeholt, einer Schar von Lakaien und einem Menschen in gestreiften Hosen und schwarzem Cut, der so würdevoll aussah, als sei er Bürgermeister der Stadt.

Um den Bluthunden von der Presse zu entkommen, wie Dr. Goldschmiedt sich ausdrückte, hatte er die Villa eines französischen Adligen gemietet. Sie lag in Èze, ungefähr eine halbe Stunde Fahrzeit von Nizza entfernt, an einer kurvenreichen Straße, die dem sich mutwillig dahinschlängelnden Ufer folgte. Marianne durfte ihren Namen nicht nennen, sondern wurde bei der Polizei – alle Fremden, auch wenn sie in Privatquartieren wohnten, mussten sich anmelden – unter dem Namen Albina Brammer eingetragen, ledig, katholisch, Nationalität österreichisch, geboren 1886 in Bad Gastein. Marianne fragte nicht, ob diese Albina wirklich existierte oder lediglich ein Produkt von Dr. Goldschmiedts Phantasie war.

Sie hatte sich auf die Fahrt gefreut, aber dann musste sie eingenickt sein, denn auf dem ersten Ortsschild, das sie sah, stand Èze. Sie fuhren eine gerade Chaussee entlang, parallel zu den Eisenbahnschienen, jenseits deren das Terrain sanft zum Meer abfiel. Hinter dem Bahnhof hielten die Automobile vor einem reich verzierten, schmiedeeisernen Tor, das der Name des Besitztums krönte: ‹Èze les Œillets›. Ein Lakai öffnete das Tor, und sie fuhren in einen terrassenförmig angelegten Park und hielten vor dem Seiteneingang einer rosa Villa, die, wie am Mittelmeer üblich, auf einem ausladenden, esplanadeähnlichen Felsvorsprung hoch über dem Meer errichtet war.

Die Aussicht, die sich Marianne vom Balkon bot, überwältigte sie. Sie hatte nicht gewusst, dass die Welt so schön sein konnte, mit diesem Himmel, der mit dem Meer verschmolz, und dem Umriss der Halbinsel Cap Ferrat, umhüllt vom violetten Dunst der heraufdämmernden Nacht. Das Violett wurde zum Dunkelgrau, und die Sterne und die Lichter der weit entfernt liegenden Häuser schickten ihre Strahlen gleichzeitig aus, als sei es ein und dieselbe Hand gewesen, die sie angeknipst hatte.

Partir, c'est un peu mourir war einer der wenigen französischen Sätze, die sie kannte. Aber es stimmte nicht, sagte sie sich. Wegreisen war nicht sterben, sondern neu geboren werden. Es war eine andere, die vor 24 Stunden die hässliche grubersche Wohnung verlassen hatte. Sie war nicht mehr Marianne Dorfrichter, nicht einmal Albina Brammer. Vielleicht war sie wieder das junge Mädchen, das, in Decken gewickelt, durchs Fenster dem Rauch zusah, der aus den Schornsteinen jenseits der Straße emporwirbelte und in dem sie die schattenhaften Umrisse von Königen und Schlössern und exotischen Blumen erblickte.

«Ist das nicht ein herrlicher Anblick?», hörte sie Goldschmiedt hinter sich sagen.

Er trat näher an die Balustrade heran und legte seinen Arm um ihre Schulter. «Wäre es nicht schade gewesen, den zu versäumen?»

Sie nickte. «Gewiss.» Doch irgendwie war der Zauber gebrochen – sie war wieder Marianne Dorfrichter.

Dessen ungeachtet machte es ihr Spaß, dem Zimmermädchen, es war schon älter und sah aus wie eine Königinmutter im Exil, beim Auspacken zuzusehen. Marianne fragte sich, was sie wohl von den braven Kleidern und den Wäschestücken hielt, die Fräulein Elsa gefertigt hatte – sie erschien zweimal im Jahr und nähte für Frau Gruber und ihre Töchter den gesamten Bedarf, vom Kissenbezug bis zum Ballkleid. Die biederen Flanellhosen waren in dem prachtvollen Schrank, dessen Inneres mit gesteppter Seide in der Farbe eines Kardinalsmantels ausgekleidet war, völlig fehl am Platz.

Marianne sprach nur schlecht Französisch, doch das machte nichts, denn das Zimmermädchen erriet alle ihre Wünsche, selbst die, über die sie sich noch gar nicht klar gewesen war. Lautlos wurden ihre Kleider aufgebügelt, die Schuhe geputzt. Wie durch Zauberei tauchte eine Friseuse auf. Das Mädchen trat wieder ins Zimmer und half ihr beim Ankleiden. Marianne fand das lästig, doch es schien eine in diesem Hause übliche Gepflogenheit zu sein.

Sie war Dr. Goldschmiedt dankbar, dass er sie taktvoll allein ließ. Beide Schlafzimmer lagen im ersten Stock, jedes mit einem eigenen Bad, und waren durch einen kleinen Salon verbunden. Sie hatte noch nie ein eigenes Bad gehabt, schon gar nicht eines mit Marmorfußboden und -wänden und einer Wanne, so groß wie ein Teich.

Die Ausmaße und die barbarische Pracht des ‹Negresco› in Nizza, wo sie zu Abend speisten, machten sie hilflos, und sie griff ängstlich nach Goldschmiedts Arm. Die kostbar gekleideten, schmuckbehängten Frauen brachten ihr das von Fräulein Elsa genähte Crêpe-de-Chine-Kleid, das sie trug, quälend zu Bewusstsein. Goldschmiedt schien ihre Gedanken zu erraten, er tätschelte sanft ihre Hand.

«Sie sind die Schönste», sagte er. «Keine, die nicht gern Ihr Gesicht und Ihre Figur hätte.»

«Aber sie sind alle so elegant.»

«Sie sind gut gekleidet. Wenn sie nicht verstünden, sich gut anzuziehen, wären sie nicht hier. Es ist eine reine Geldfrage.»

«Aber ich habe schon Frauen gesehen, die viel Geld hatten und doch nie elegant wirkten, ganz egal, was sie anhatten.»

«Soldatenfrauen im guten alten Wien.» Er führte sie an ihren Tisch. «Ich liebe dieses Hotel. Nizza und die Riviera sind eine der am besten gelungenen gemeinsamen Schöpfungen von Gott und dem Menschen, ein neuer Garten Eden. Doch auch er hat schon seine Schlangen. Sehen Sie sich den Mann da drüben an! Neben der Frau in dem grünen Kleid mit dem Reiherbusch im Haar. Nicht mehr jung, wird schon grau. Er ist der größte Waffenlieferant der Welt. Wenn es nach ihm ginge, würde es morgen zwischen Frankreich und Deutschland Krieg geben. Wenn ich jetzt aufstünde und ihn niederschösse, würde ich mich um die Menschheit verdienter machen als Marconi und Paul Ehrlich zusammen.» Goldschmiedt lächelte. «Zu dumm, dass ich solch ein Feigling bin!»

Marianne runzelte die Stirn. «Aber der Krieg ist doch unvermeidlich, oder nicht? Nur durch ihn wird die Monarchie davor bewahrt, zu einer zweitrangigen Macht abzusinken.»

«Zitieren Sie Ihren Mann?»

Marianne stieg das Blut ins Gesicht. «Ja – gewissermaßen.»

«Die Militärs haben nichts anderes im Sinn, als ihre kostspieligen Theorien in die Praxis umzusetzen. Sie geben nicht eher Ruhe, als bis sie alle Schönheit und Pracht, die Sie hier sehen, zerstört haben. Nichts wird bleiben, weder die Menschen noch die von ihnen errichteten Bauwerke, nicht einmal die Palmen auf der Promenade des Anglais! Aber wir wollen das Thema wechseln. Ich bin sehr froh, dass Sie hier sind und dass ich Ihnen die Schönheiten dieser Landschaft zeigen und sie durch Ihre Augen neu entdecken darf. Ich halte mich für sehr glücklich, meine Liebe.»

Es war das beste Diner, das sie je in ihrem Leben genossen hatte. Jeder Gang war von einem anderen Wein begleitet, und am Ende der Mahlzeit fühlte sie sich angenehm beschwingt. Goldschmiedt aß wenig und trank noch weniger. Seine Augen hingen an ihrem Gesicht mit der tiefen Konzentration eines Kunstsammlers, der ein Gemälde gekauft hat und sich fragt, ob es den Preis wert war. Zuerst machte es sie verlegen, doch als der Raum sich in ein angenehmes, regenbogenschillerndes Gefängnis verwandelte, verschwamm auch sein Gesicht, das sie durch den Strauß von rosa Nelken auf dem Tisch ohnehin nur halb sehen konnte.

«Sie müssen müde sein. Ich glaube, wir sollten gehen.» Aus meilenweiter Ferne drang seine Stimme an ihr Ohr. Als er sich erhob und neben sie trat, erschienen Kellner und zogen ihr den Stuhl weg. Sie konnte sich nicht erinnern, aufgestanden zu sein. «Wollen wir gehen?» Goldschmiedts Stimme hatte etwas Dringliches. Der Raum drehte sich um sie, und sie fürchtete einen Augenblick, die erschreckende Entfernung zwischen Tisch und Ausgang nicht zu schaffen. Sie tat einen Schritt und merkte zu ihrer großen Erleichterung, dass sie gehen konnte. Sie entwand sich Dr. Goldschmiedts Griff und ging zwischen den Tischen hindurch. Sie spürte die Blicke der anderen Gäste auf sich gerichtet, doch es beunruhigte sie nicht mehr, sie wusste ja jetzt, dass sie sie nur anstarrten, weil sie schön war.

Zu ihrer Überraschung erwartete das Zimmermädchen sie in ihrem Zimmer, und Marianne widersprach nicht, als sie ihr beim Ausziehen half. Ein Bad wurde eingelassen, hinterher wurde ihr ein gewärmter Frotteemantel hingehalten, in den das Mädchen sie mit dem berufsmäßigen Eifer einer Krankenschwester hüllte.

Ein seidenes Nachthemd und ein Morgenrock waren auf ihrem Bett ausgebreitet. Sie hatte sie noch nie gesehen, nahm sie aber hin als Zubehör ihrer neuen Inkarnation.

Das nächste, woran sie sich erinnerte, war ein schöner, bis zum Boden reichender Brokatmantel, eine Flasche Champagner in einem mit Eis gefüllten Silberkübel, Dr. Goldschmiedt, der ihr einen flachen Kelch reichte. Er nippte nur an seinem Glas, während sie ihres mit einem einzigen durstigen Schluck austrank.

Dann lag sie nackt auf einem Bett. Irgendwo im Zimmer brannte eine Lampe, ihr Licht schien so schwach, dass es auch Licht sein konnte, das von einem weit draußen am Horizont vorbeifahrenden Schiff kam. Arme umfingen sie, zärtlich suchende Hände und Lippen machten sie schläfrig. Eine Stimme fragte, ob ihr diese Liebkosungen wohl täten, und sie erwiderte der Stimme höflich, ja, sogar sehr. Sie konnte unmöglich bitten, damit aufzuhören und sie schlafen zu lassen. Es wäre taktlos gewesen.

Am nächsten Morgen ging ein frischer Wind, aber der Himmel über Nizza war so blau wie auf den Ansichtskarten in den Andenkenläden an der Rue de France. Sie hätte gern welche gekauft und an Bekannte in Wien geschickt, wusste aber, dass sie das nicht durfte. Sie versuchte sich zu erinnern, warum nicht, aber es fiel ihr nicht ein. Die Kopfschmerzen, mit denen sie aufgewacht war, waren vergangen, dennoch hatte sie das Gefühl, als müssten ihre Gedanken eine breiige Masse durchdringen, als sei ihr Gehirn verstopft.

Sie kamen an einem eleganten Wäschegeschäft vorbei. Dr. Goldschmiedt nahm ihren Arm.

«Wir wollen etwas Hübsches für den Kleinen kaufen», sagte er und steuerte auf den Eingang zu.

«Für welchen Kleinen?», fragte sie. Sein Stirnrunzeln zeigte ihr, dass ihre Frage unklug gewesen war.

«Für dein Kind. Für wen denn sonst?»

«Natürlich! Für mein Kind, für wen denn sonst?» Sie lächelte pflichtschuldigst, um ihn nicht zu verstimmen.

Zum Glück übernahm er im Laden die Verhandlungen. Die Sachen, die er kaufte, waren entzückend und sehr teuer, und Marianne dankte ihm überschwänglich.

Auf der Terrasse des ‹Ruhl› tat Marianne, als beobachte sie die Passanten, während sie verzweifelt versuchte, den Nebelvorhang zu durchdringen, der ihr Denken umhüllte. Langsam dämmerte ihr, dass sie vor nicht allzu langer Zeit ein Kind geboren haben musste. Ihr Mann, Peter, saß im Gefängnis, eines grauenhaften Mordes angeklagt, doch es schien, als sei er nicht wirklich ihr Mann. Die Frau, deren Mann im Gefängnis war, tat ihr Leid, aber sie wollte lieber nicht an sie denken, das vertrieb das Gefühl des *joie de vivre* (ein weiterer französischer Ausdruck, den sie kannte).

Dr. Goldschmiedt überschüttete sie mit teuren Geschenken. Nach dem Mittagessen fuhren sie zum Boulevard Victor-Hugo, wo er in einem *salon de couture* mehrere kostbare Roben für sie bestellte, die alle binnen vier Tagen geliefert werden sollten. Ein wunderschöner, hermelinbesetzter Abendmantel passte Marianne wie angegossen, und Dr. Goldschmiedt beschwatzte den Inhaber, ihn ihm zu verkaufen, obwohl es sich um ein Ausstellungsstück handelte.

Als sie in die Villa zurückkehrten, ließ Dr. Goldschmiedt in seinem Zimmer die Vorhänge zuziehen und das Bett aufschlagen. Wieder fragte er sie, ob seine Umarmungen ihr auch bestimmt gefielen. Sollte es zur Gewohnheit werden, dachte Marianne, würde sie jedes Mal ein paar Gläser trinken müssen, ehe sie mit ihm ins Bett ging.

Gegen Abend klopfte Dr. Goldschmiedt an Mariannes Zimmertür. Sie wollten zum Abendessen nach Monte Carlo fahren.

«Willst du denn nicht deinen neuen Mantel anziehen?», fragte er.

Sie sah ihn verdutzt an. «Welchen Mantel?»

«Den, den ich dir heute Nachmittag gekauft habe», sagte er und runzelte wieder die Stirn.

«Natürlich! Den Mantel!»

Sie ging ins Ankleidezimmer zurück, und da hing er in seiner ganzen Pracht und Eleganz mit dem herrlichen Hermelinkragen.

«Er ist wunderschön», sagte sie, als er ihr den Mantel um die Schultern legte. «Ich fürchte, ich habe dir noch nicht einmal dafür gedankt!»

«Du *hast* mir gedankt. Komm, lass uns gehen.»

Sein Lächeln war fort, und auf der Fahrt nach Monte Carlo wirkte er zerstreut.

Sie aßen im ‹Hôtel de Paris›. Dr. Goldschmiedt machte Marianne leise auf einige erlauchte Herrschaften aufmerksam. Zwei russische Großfürsten saßen, jeder mit seinem Gefolge, an separaten Tischen, und der sehr elegante Mann mit dem jugendlichen Gesicht, der in Gesellschaft juwelengeschmückter Frauen und befrackter Herren dinierte, war König Manuel von Portugal. Die Atmosphäre, noch Ehrfurcht gebietender als die im ‹Negresco›, gab Marianne das Gefühl, als hätte sie ihr Leben lang an Orten geweilt, wo man Könige und Großfürsten bediente.

Auf der Heimfahrt schlief sie ein. Erst in ‹Èze les Œillets› weckte sie Dr. Goldschmiedt. Sie traten auf die Terrasse hinaus, denn er wünschte, dass sie noch einen Blick auf das mondbeglänzte Meer warf. Gehorsam bewunderte sie es und unterdrückte den Impuls, ihn zu fragen, wie sie eigentlich hierher gekommen wären und was sie an einem Ort täten, wo alles so verschwommen war wie unter Wasser. Als sie die Treppen in den ersten Stock hinaufstieg, befiel sie ein Schwindel. Es war weniger eine körperliche Schwäche als vielmehr ein Gefühl betäubender Angst. Sie kam sich wie verloren vor und griff in panischer Hast nach dem Arm des Mannes neben sich, nicht so sehr, um sich zu stützen, sondern mehr, um sich zu vergewissern, dass sie sich noch in der Welt der Lebenden befand.

«Wir haben ein bisschen zu viel getrunken, was?», fragte er in rüdem, vorwurfsvollem Ton.

Am nächsten Tag fuhren sie wieder nach Nizza, zur Anprobe in dem Modesalon. Zuvorkommend fragte eine Verkäuferin in Schwarz nach ihrem Namen.

«Madame Dorfrichter», erwiderte sie, erleichtert, dass es ihr eingefallen war. Als sie Dr. Goldschmiedts zornigen Blick auffing, wusste sie, dass sie etwas Verkehrtes gesagt hatte.

«Madame Brammer», verbesserte er sie, aber der überraschte Gesichtsausdruck der Verkäuferin sagte ihm, dass der Schaden nicht wieder gutzumachen war.

«Willst du uns denn die gesamte französische Presse auf den Hals hetzen?», fragte er Marianne beim Hinausgehen.

Sie schüttelte den Kopf. «Nein, natürlich nicht.»

Das Wort «Presse» hatte das Bild der Männer im Paletot heraufbeschworen, die in der Hahngasse an Laternenpfählen lehnten, um sich in dem Augenblick auf sie zu stürzen, wo sie das Haus verließ.

«Dann denk freundlicherweise daran, dass dein Name hier Madame Brammer lautet!»

«Ich werde daran denken», versprach sie unterwürfig. Sie wollte Paul Goldschmiedt, das einzige Bindeglied zur Realität, auf keinen Fall verstimmen. Wie sollte sie je nach Hause finden, wenn er verschwand und sie in diesem gespenstisch schönen, luftleeren Raum zurückließ? «Ich werde von jetzt an daran denken», wiederholte sie eifrig.

«Na, hoffentlich», murmelte er, lächelte endlich wieder und streichelte zärtlich ihr Gesicht.

Die Reporter stöberten sie am nächsten Tag auf. Sie saßen auf der Terrasse des ‹Ruhl› und tranken ihren Apéritif. Marianne genoss zum ersten Mal das Schauspiel: die am ‹Ruhl› vorüberschlendernde Menschenmenge, der wunderhübsche

Korso von Landauern und Automobilen, das breite Band der palmengesäumten Promenade, die der Krümmung der Bucht folgte, und zur Rechten der angedeutete Umriss einer Halbinsel – oder war es nur eine Wolke? Doch plötzlich blieb ein untersetzter Mann mit dem Gesicht eines Terriers vor ihrem Tisch stehen und redete in raschem Wienerisch auf sie ein.

«Schön' guten Tag, Frau Dorfrichter», begrüßte er sie. «Ich habe gehört, dass Sie hier sind, und da wollte ich die Gelegenheit nicht versäumen, Sie willkommen zu heißen.»

Er tat so, als kennten sie sich, aber sie konnte sich nicht erinnern, ihn schon einmal gesehen zu haben.

«Danke.» Sie merkte an Goldschmiedts verärgerter Miene, dass sie schon wieder etwas falsch gemacht hatte.

«Sie irren sich, junger Mann», bellte er den Fremden an. «Die Dame ist nicht Frau Dorfrichter!»

Endlich erinnerte sie sich seiner Verhaltungsmaßregel.

«Sie irren sich.» Sie versuchte, so streng zu klingen wie er. «Ich bin Madame –» Doch der Name fiel ihr nicht ein.

Der junge Mann grinste. «Natürlich sind Sie Frau Dorfrichter! Und Sie, mein Herr, sind ihr Anwalt, Dr. Goldschmiedt. Darf ich mich vorstellen? Zu dienen: Reinhart Lothar.» Er zog einen Presseausweis heraus, der ihn als Redaktionsmitglied einer Wiener Boulevardzeitung auswies.

«Verschwinden Sie, zum Teufel», zischte Goldschmiedt, «oder ich lasse Sie hinauswerfen.»

Aber der Mann zog einen Stuhl heran und setzte sich.

«Sie sind ein welterfahrener Mann, mein Herr, und wissen genau, dass es Ihnen nichts einbringt, wenn Sie mich verärgern, nachdem ich es herausgefunden habe. Frau Dorfrichter täte gut daran, mit mir zu sprechen. Wenn sie es nicht tut, dann muss ich eben meiner Phantasie freien Lauf lassen.» Er wandte sich an Marianne. «Amüsieren Sie sich gut, Frau Dorfrichter?»

«O ja, sehr gut.» Rat suchend sah sie Goldschmiedt an, doch sein Gesicht war eine kalte, undurchdringliche Maske.

«Herr Dr. Goldschmiedt kümmert sich vorbildlich um seine Klienten. Weiß Ihr Mann, dass Sie mit ihm hierher gefahren sind?»

«Ich habe –» begann Marianne, doch Goldschmiedt stand abrupt auf und warf einige Scheine auf den Tisch.

«Gehen wir», sagte er zu Marianne.

Der Reporter vertrat ihm den Weg. «Einen Moment, mein Herr. Sie können doch der Dame nicht mitten im Satz das Wort abschneiden. Was wollten Sie soeben sagen, Frau Dorfrichter?»

«Ich hab gar keinen Mann», flüsterte sie angstvoll.

Goldschmiedt packte ihren Arm und zerrte sie weg. Der Reporter blieb ihnen auf den Fersen.

«Aber natürlich haben Sie einen Ehemann, gewiss doch. Während Sie sich hier an der Riviera in der Sonne rekeln, muss er in einer düsteren Gefängniszelle in Wien verschmachten!»

Scharf wie ein Speer drangen die Worte in ihr Bewusstsein. Ihren Arm aus dem Griff des Anwalts losreißend, machte sie kehrt und blieb vor dem Reporter stehen.

«Er ist nicht in einer düsteren Zelle! Seine Zelle ist sehr hell – sie hat ein großes Fenster. Das hat der Hauptmann Kunze zu Herrn Dr. Goldschmiedt gesagt. Und der –»

– der lügt nicht, hatte sie sagen wollen, denn Hauptmann Kunze sei ja schließlich Offizier, aber Goldschmiedts Hand umklammerte erneut ihren Arm, und er fuhr sie grob an: «Halt den Mund!»

Das Automobil war in der Rue Albert I geparkt, der Chauffeur saß hinter dem Lenkrad. Der Lakai riss die Tür auf und half ihnen hinein.

«Wohin, gnädiger Herr?», fragte der Chauffeur.

«Nur weg hier!», sagte Dr. Goldschmiedt und wandte sich dann an Marianne. «Hast du den Verstand verloren! Musstest du mit dem Kerl reden?»

Marianne rückte zitternd in die äußerste Ecke ihres Sitzes.

«Warum um alles in der Welt hast du von der Zelle angefangen?»

Sie sah ihn mit leerem Blick an. «Von was für einer Zelle?»

«Von der Zelle deines Mannes!»

«Von meinem Mann?»

«Was ist denn los mit dir? Bist du krank?» Beunruhigt klopfte Goldschmiedt an die Trennscheibe. «Halten Sie! Fahren Sie an den Straßenrand. Halten Sie!»

Goldschmiedt starrte sie an. «Weißt du nicht, was du zu dem Mann gesagt hast?»

«Zu welchem Mann?»

«Zu dem Reporter!»

«War das ein Reporter?»

«Ich habe dir gesagt, dass du mit niemandem sprechen darfst.»

«Ich habe es vergessen», sagte Marianne. Sie fühlte sich schrecklich müde und verwirrt. «Ich möchte heim.»

«Nach Èze?»

«Èze?»

«Spielst du Theater oder –» Er klopfte wieder an die Glaswand.

«Zurück nach Èze!», befahl er dem Chauffeur mit vor Aufregung heiserer Stimme.

Am nächsten Tag reisten sie nach Wien zurück. Marianne Dorfrichter war in einen Zustand völliger Apathie versunken; nur gelegentlich zeigte sie einen Anflug von Heiterkeit. Sie nahm den Beschluss abzureisen ohne Anzeichen von Bedauern hin, wurde aber aufgeregt, als sie sah, wie ihre Koffer ins Automobil verladen wurden.

«Ich will hier bleiben», sagte sie zu Dr. Goldschmiedt. «Hier gefällt es mir. Ich möchte hier nie wieder fort.»

«Aber du möchtest doch wieder zu deinem Kind, nicht wahr?», fragte er.

Sie sah ihn mit jenem stieren Blick an, der ihm in den letzten Tagen vertraut geworden war.

«Zu welchem Kind?»

Vor Bestürzung brach ihm der Schweiß aus.

«Du hast ein Kind bekommen – vor zwei Monaten.» Mit der professionell mitfühlenden Stimme eines Mannes, der eine zu Unrecht Angeklagte verteidigt, redete er in beruhigendem Ton auf sie ein.

Sie schüttelte lächelnd den Kopf. «Wer hat dir denn dieses Märchen aufgebunden? Ich habe nie ein Kind gehabt.»

Die Heimreise verlief ohne Zwischenfälle. Dr. Goldschmiedt wurde zunehmend nervöser, jedoch ohne eigentlichen Grund, denn Marianne blieb freundlich und folgsam. Sie stiegen in Baden bei Wien aus, um den Reportern zu entgehen, die mit Sicherheit am Westbahnhof auf der Lauer lagen.

Reinhart Lothar hatte seine Drohung wahr gemacht und an seine Zeitung einen Bericht geschickt, der als Sondernummer mit der Schlagzeile erschien: LIEBESPAAR TRIFFT SICH AN DER CÔTE D'AZUR. Als der Zug in Salzburg gehalten hatte, war Dr. Goldschmiedt ausgestiegen und hatte ein Exemplar der Zeitung gekauft. Sofort hatte er seine Kanzlei telegraphisch angewiesen, dass ein Mietwagen sie in Baden abholen solle. Sein Daimler war in Wien zu bekannt.

Sie fuhren direkt in die Hahngasse. Als sie vor dem Haus hielten, weigerte Marianne sich auszusteigen. Es war ein trüber, eiskalter Tag, die Sonne versteckte sich hinter grauen Wolken, ein ätzender Nebel drang in die Lungen. Obwohl ihre Wangen glühten, hatte Marianne den ganzen Weg von Baden bis hierher gezittert. Goldschmiedt vermutete, sie hätte hohes Fieber, aber er wollte sie zunächst bei ihrer Mutter abliefern und anschließend alles in die Wege leiten, was nötig war. In behutsamen Worten sagte er zu Frau Gruber, die man eilig aus dem Geschäft herbeigerufen hatte: «Ich fürchte, Marianne fühlt sich nicht wohl. Es ist kein Grund zur Besorgnis. So was kommt oft nach einer Entbindung vor.»

In Frau Grubers Augen war Vorwurf zu lesen. Sie war ganz gegen diese Reise gewesen, doch Marianne, sonst so vernünftig und gehorsam, war mit Dr. Goldschmiedt abgereist, als ihre Mutter gerade nicht da war.

«Was haben Sie mit meinem Kind gemacht?», fragte Frau Gruber.

Goldschmiedt wünschte nichts sehnlicher, als sich so schnell wie möglich entfernen zu können, aber ein abrupter Abschied hätte nur Verwirrung gestiftet. «Niemand hat ihr etwas getan», sagte er kurz angebunden. «Sie ist bloß müde. Wie die Dinge liegen, traf es sich sogar günstig, dass ich in ihrer Nähe war, als es geschah.»

«Als was geschah?»

«Als sie die ersten Anzeichen von – von emotioneller Labilität zeigte.»

«Hören 'S mit Ihren Fremdwörtern auf! Sie meinen, sie hat den Verstand verloren?»

«Um Himmels willen, nein, Frau Gruber. Ich hab Ihnen ja gerade gesagt, sie ist übermüdet. Sie hat zu viel durchgemacht. Ein paar Wochen Ruhe in einem Sanatorium, und sie ist wieder völlig die Alte. Stecken Sie sie ins Bett und bleiben Sie bei ihr. Ich werde mich an meinen Freund, den Dr. Josef Breuer, wenden, einen prächtigen Menschen. Er hat große Erfolge bei Fällen dieser Art. Sie müssen von ihm gehört haben, er ist der Associé von Dr. Freud.»

Er schien keinen Eindruck auf sie zu machen. «Hab von keinem der Herren je gehört», sagte Frau Gruber abweisend.

«Ich werde dafür sorgen, dass Professor Hain zugezogen wird. Gemeinsam werden die Herren die nötigen Maßnahmen beschließen.»

«Sie haben meine Tochter entehrt! Ein schöner Verteidiger sind Sie!»

Es gelang ihm, seinen Ärger zu unterdrücken. «Machen Sie sich keine Sorgen, Frau Gruber, es wird alles in Ordnung kommen. Und um die – die finanzielle Seite der Angelegenheit kümmere ich mich.»

Er streckte die Hand aus, um ihr ermutigend auf die Schulter zu klopfen, doch er ließ die Hand auf halbem Wege sinken. Es wurde etwas wie ein Winken daraus, dann verließ er rasch die Wohnung.

Während der ganzen Unterhaltung hatte Marianne wie ein artiges Schulkind auf einem geradlehnigen Stuhl gesessen.

Johann und die Amme bewohnten das Schlafzimmer, das früher Mariannes Zimmer gewesen war. Gelegentlich drang schrilles Kindergeschrei durch die Wand, doch Marianne schien es nicht zu hören. Sie lag im Bett und starrte an die Decke, und ihre Augen verfolgten jeden Sprung und jede Unebenheit im Verputz.

Frau Gruber hatte sich einen Lehnsessel neben das Bett gezogen und beobachtete die jüngste und schönste von ihren vier Töchtern, für die sie so große Hoffnungen gehegt hatte. Wie viele Stunden hatte sie am Bett von Marianne gesessen, wenn diese an Scharlach oder Diphtherie erkrankt war, oder damals, als sie Tuberkulose hatte. Doch jetzt schien sie sie an eine noch weit verheerendere Krankheit zu verlieren.

«Mein Sorgenkind», flüsterte sie.

Kunze fragte den Profos mit dem Kaiser-Wilhelm-Schnurrbart: «Hat der Herr Oberleutnant Dorfrichter überhaupt nichts gesagt? Kein Wort?»

«Kein Wort, Herr Hauptmann. Ich hab ihm die Zeitung gegeben. Er hat einen Blick darauf geworfen und ist dann ans Fenster gegangen und dort stehen geblieben. Er hat mir den Rücken zugedreht. Aber ich hab sein Gesicht in der Fensterscheibe gesehen. Er hat ausgeschaut wie immer.»

«Was haben Sie zu ihm gesagt, als Sie ihm die Zeitung gegeben haben?»

«So was Ähnliches wie, die würd ihn interessieren, und ich dächte, die sollt er lesen. Genau weiß ich's nicht mehr, Herr Hauptmann. Es war mir ziemlich peinlich.»

«So, so.»

Der Profos holte tief Luft. «Jawohl, Herr Hauptmann. Ich hab ja gewusst, freuen wird's ihn nicht. Eingesperrt, wie er ist, kann er sich nicht besaufen oder das Frauenzimmer verprügeln.»

«Das ist alles!», sagte Kunze knapp. Der Mann war schon bei der Tür, als Kunze ihm nachrief: «Der Herr Oberleutnant Dorfrichter soll zum Verhör vorgeführt werden.»

Der Mann fuhr herum. «Jetzt gleich, Herr Hauptmann?»

Kunze sprach mit erhöhter Stimme: «Ja, jetzt gleich!»

«Zu Befehl, Herr Hauptmann.» Der Profos salutierte stramm und verließ den Raum.

Kunze erhob sich und ging mit großen Schritten im Zimmer auf und ab, er wartete auf das Einsetzen der nervenzermürbenden Spannung, die jeder Konfrontation mit Peter Dorfrichter vorausging: Vorfreude, Furcht, Sehnsucht, der Wunsch nach einem Wunder, Angst vor Gott weiß was. Hin und her gerissen zwischen dem Drang, sein Gegenüber zu zermalmen, zu vernichten, zu töten, und der Hoffnung auf ein erlösendes Wort, eine freundschaftliche Geste, einen anerkennenden Blick von ihm. *Das also ist die Liebe*, dachte Kunze, *nicht bloß ein in der Jugend leichthin und verantwortungslos gebrauchtes Wort, sondern etwas Allumfassendes, ein unwiderstehlicher Zwang, der dazu führte, dass Medea ihre Kinder töten ließ, Antonius Rom verriet, Ophelia den Verstand verlor. Wie grausam das Schicksal einem Hauptmannauditor in mittleren Jahren doch mitspielte, der gerade geglaubt hatte, seine Jugendtorheiten lägen hinter ihm.*

Der Trommelwirbel sich nähernder Schritte drang an Kunzes Ohr. Er hatte es absichtlich unterlassen, die Leutnants Stoklaska und Heinrich – Zeuge und Protokollführer – hereinzurufen, deren Anwesenheit bei allen Verhören Vorschrift war. Er wollte erst einige Minuten mit Dorfrichter allein sein.

Die drei Männer – der Gefangene, der Profos, die Wache – traten ein. Kunze erkannte am Gesichtsausdruck des Profos, dass diesem das Fehlen der beiden Leutnants auffiel. Zweifellos vermutete er, der Hauptmann habe sich neue Tricks ausgedacht, um den Gefangenen zum Sprechen zu bringen. Was, zum Teufel, hatte dieser Dorfrichter an sich, dass alle, die mit ihm zu tun hatten, seine Partei ergriffen? Wahrscheinlich dauerte es nicht lange, und dann schmuggelte auch dieser Profos Kassiber aus dem Gefängnis, falls er es nicht schon längst tat.

Endlich waren sie allein. Mit ausdruckslosem Gesicht stand Dorfrichter in strammer Haltung mitten im Zimmer.

«Stehen Sie bequem», sagte Kunze und bemühte sich verzweifelt, seiner Stimme nicht anmerken zu lassen, wie erregt er innerlich war. «Setzen Sie sich, Peter.» Er benutzte zum ersten Mal den Vornamen des Oberleutnants. Wenn er gehofft hatte, dadurch eine freundlichere Atmosphäre zu schaffen, so wurde er enttäuscht.

«Sie Dreckskerl», murmelte Dorfrichter tonlos.

Die Beleidigung überraschte Kunze nicht. Im Unterbewusstsein musste er sogar irgendwie darauf gefasst gewesen sein, ja er fragte sich später, ob er nicht deshalb ein Treffen unter vier Augen herbeigeführt hatte.

«Dafür könnte ich Sie auf Wasser und Brot setzen lassen», bemerkte er.

«Warum tun Sie es nicht? Vielleicht wäre das der Tropfen, der das Fass zum Überlaufen bringt!»

«Verdammt nochmal, Dorfrichter, so begreifen Sie doch: Ich bin nicht Ihr Henker! Ich lasse Sie in dem Augenblick frei, wo ich von Ihrer Unschuld überzeugt bin!»

«Ja, aber bis dahin ist es Ihnen gelungen, meine Ehe, meine Karriere und meine Unbescholtenheit als Mensch und Offizier zu zerstören.» Er holte tief Luft. «Sie waren es, der die Haverda-Geschichte an die Presse gegeben hat. Sie haben meine Ehe zum Scheitern bringen wollen, und es ist Ihnen gelungen. Dann haben Sie dafür gesorgt, dass ich von dem Verhältnis meiner Frau mit einem anderen erfuhr!»

«Wovon sprechen Sie eigentlich?»

Dorfrichter kam einen Schritt näher. «Sie haben den Profos Tuttmann erwischt und verhaften lassen. An seine Stelle haben Sie Ihren Spitzel gesetzt. Und ich Narr habe ihm einen Brief an meine Frau gegeben. Ich wette meinen Kopf, dass er ihn nie abgeliefert hat und dass der Brief auf Ihrem Schreibtisch liegt. Dann haben Sie mir heute Morgen heimlich diese Zeitungsente zustecken lassen. Was soll das alles? Was für ein Ungeheuer sind Sie eigentlich? Schön, Sie wollen, dass man mich hängt – also, dann hängen Sie mich! Aber bringen Sie mich nicht systematisch Stück für Stück um!»

«Mäßigen Sie sich, Herr Oberleutnant. Die Beleidigungen, die ich mir anzuhören gewillt bin, haben ihre Grenzen.»

«Sie würden sich überhaupt keine anhören, wenn Sie nicht ein verflucht schlechtes Gewissen hätten!»

«Ein schlechtes Gewissen? Weswegen?»

«Zwingen Sie mich nicht, deutlicher zu werden. Sie sind pervers, Herr Hauptmann – ein Sadist! Sie quälen mich, weil es Ihnen Vergnügen macht. Sie wollen gar nicht, dass Recht gesprochen wird. Das Recht schert Sie einen Dreck. Sie wollen nur eines: mich gefügig machen, damit ich vor Ihnen auf den Knien rutsche und Ihnen die Stiefel lecke.»

Wütend schlug Kunze mit der Faust auf den Tisch. «Jetzt langt es aber!», schrie er. «Noch ein Wort, und ich lasse Sie für den Rest Ihres Lebens im Gefängnis vermodern!»

Ein mörderischer Hass auf den Mann vor ihm erfüllte ihn. Hätte er eine Waffe bei der Hand gehabt, hätte er zweifellos, ohne mit der Wimper zu zucken, einen Schuss zwischen diese unverschämten und allzu wissenden Augen abgefeuert. Sekundenlang schwindelte ihm vor Zorn, und er musste sich am Stuhl festhalten. Noch nie hatte er eine derartige Gefühlsaufwallung empfunden. Es war ein furchtbarer Augenblick. Er stieß den Stuhl zurück und trat ans Fenster, wobei er Dorfrichter den Rücken zukehrte.

«Sie haben den Verstand verloren», sagte er.

Der Mann hinter ihm machte eine Bewegung. «Sie haben die Sache Haverda doch nur deshalb an die Presse gegeben, um meine Ehe zu zerstören, nicht wahr?»

«Musste sie denn noch zerstört werden?»

«Wie meinen Sie das?»

Das Bedürfnis, diesen Menschen zu verletzen, war noch immer da.

«Vielleicht hat Ihre Frau nur auf eine Gelegenheit gewartet, sich von Ihnen loszusagen.»

Er wandte sich um, und die Qual in den Augen des Gefangenen ließ seine Bitterkeit schwinden; sie weckte im Gegenteil das schmähliche Verlangen, zu trösten und zu besänftigen.

«Nehmen Sie es sich nicht allzu sehr zu Herzen. Sie ist es nicht wert. Keine Frau ist es wert», setzte er lahm hinzu.

Dorfrichter, dessen Blick ins Leere gegangen war, wandte sich Kunze zu. «Sie haben gesagt, Sie seien nicht verheiratet.»

«Nein, das bin ich nicht.»

«Woher wissen Sie dann, was sie wert sind?» Er wartete auf eine Erwiderung, und als keine kam, fuhr er fort: «Warum haben Sie mir die Morgenzeitung zuspielen lassen?»

Kunze wandte sich wieder ab. «Hier stelle ich die Fragen, Herr Oberleutnant.»

«Dann stellen Sie mir welche!»

«Haben Sie die Zirkulare versandt?»

Dorfrichter lachte schallend. «Nein. Wie oft soll ich es Ihnen noch sagen. Ich komme mir allmählich vor, als ob wir Scharaden aufführten wie die Kinder. Darf ich mir einen Rat erlauben, Herr Hauptmann? Bitten Sie darum, dass man Ihnen diesen Fall entzieht. Sie haben stets nur geringe Chancen gehabt, ihn aufzuklären, doch ab jetzt haben Sie überhaupt keine mehr.»

Kunze griff nach der Glocke auf seinem Schreibtisch. «Der Herr Oberleutnant ist wieder in seine Zelle zu führen», sagte er, als der Dienst tuende Unteroffizier eintrat. Er wandte sich an Dorfrichter: «Sie können im Vorzimmer auf den Profos warten.»

«Ist das nicht gegen die Vorschriften, Herr Hauptmann?», fragte der Oberleutnant mit sarkastischem Lächeln. «Wenn ich nun den Versuch unternähme zu fliehen?»

Kunze war plötzlich, als seien seine Knochen aus Blei.

«Das war ein Befehl», sagte er mit hohler und erloschener Stimme.

13

Troll hatte sich angewöhnt, im Arbeitszimmer aufs Fensterbrett zu springen. Von dort aus konnte er die Straße im Auge behalten und Kunze erkennen, wenn er beim Nachhausekommen um die Ecke bog. Der Hauptmann schaute dann hinauf, und der Anblick des großen, zottigen Kopfes ließ ihn seine Schritte beschleunigen. Sobald er den Schlüssel ins Türschloss steckte, erschien der Hund im Korridor und begrüßte ihn mit überschwänglichem Wedeln und einem leisen, kehligen Knurren, das nur Fremde für feindselig hielten. Miteinander gingen sie ins Schlafzimmer, wo der Hauptmann die Schuhe wechselte und ein paar alte, wetterfeste Stiefel anzog, und dann begaben sie sich in den Stadtpark. Kunze ließ Troll von der Leine, und der Hund raste den Kiesweg hinauf und hinunter. Nach dem Schild, dass Hundebesitzer ihr Tier an der Leine zu führen haben, richteten sich nur die Zivilisten, waren doch auch die Parkwächter, sämtlich Kriegsveteranen, der Ansicht, der Hund eines Hauptmanns stünde im Rang höher als alle Zivilpersonen. Hatte Troll sich ausgetobt, gingen sie in ein kleines Gasthaus in der Weihburggasse, wo Kunze einfach, aber gut zu Abend speiste. Nur am Sonntag speisten sie bei Rose zu Mittag. Sie hätte es gern gesehen, wenn er alle Mahlzeiten bei ihr eingenommen hätte, aber das hatte er abgelehnt. Da sie sich noch immer nicht mit Troll angefreundet hatte, den der Hauptmann nicht zu Hause lassen mochte, hatte man sich auf die Sonntage geeinigt.

Es war an einem Freitag, als sie ihn im Büro anrief und ihm mitteilte, der Anwalt habe die Hinterlassenschaftssache ihres Onkels geordnet, in ein paar Tagen könne sie die Erbschaft antreten. Sie verkündete es mit der Feierlichkeit eines Geschworenenobmanns, so wenigstens hörte es sich für Kunze an. Sie hatte ihn gebeten, am Abend zu ihr zu kommen, und so waren er und Troll nun auf dem Weg in die Zaunergasse. Er, um die Vorbereitungen für die Heirat zu besprechen, und der Hund, um sich auf den ihm zugewiesenen Platz in einer Ecke des Salons zu legen, wo ein alter Kartoffelsack für ihn ausgebreitet war.

Der Hauptmann war etwas überrascht, Roses Anwalt, einen langjährigen Freund des Hauses, sowie ihre Schwester und ihren Schwager anzutreffen, alle freudig bewegt. In Roses Augen lag so viel schlichte, kindliche Freude, dass sogar Kunze davon angesteckt wurde. Seine Freiheit schien ihm ein geringes Opfer im Vergleich zu dem Glück, das die Heirat ihr bedeutete. Sie war, das wusste er, ihm leidenschaftlich ergeben und der einzige Mensch auf der Welt, der ihn wirklich von Herzen liebte. Es verursachte ihm einen leichten Stich, als er plötzlich an seine Mutter dachte: Bei ihr war er sich nicht sicher, wie weit es Liebe, wie weit es Pflichtbewusstsein gewesen war, was sie ihm hatte zuteil werden lassen.

Es wurde beschlossen, dass er sofort bei seinem Korpskommandanten einen Antrag auf Heiratserlaubnis stellen sollte. Da die künftige Braut eine Dame von untadeligem Ruf und entsprechender gesellschaftlicher Stellung war, außerdem in der Lage, die vorgeschriebene Kaution zu stellen, bestand kein Anlass, Schwierigkeiten zu befürchten. Sie konnten daher ohne weiteres den genauen Termin festlegen. Nach einigem Hin und Her einigte man sich auf den 5. März.

Man blieb bis in die frühen Morgenstunden beisammen. Mehrere Flaschen Champagner wurden getrunken, mit dem

Ergebnis, dass alle – einschließlich der Köchin und des Stubenmädchens – feuerrote Backen bekamen. Sogar Troll nahm an dem Fest teil. Rose fütterte ihn mit Gänseleberpastete und Roastbeef, offenbar bestrebt, ein herzlicheres Verhältnis zwischen ihnen herzustellen. Beim Aufbruch der Gäste ließ Rose durchblicken, sie hätte nichts dagegen, wenn Kunze und Troll über Nacht bei ihr blieben, doch der Hauptmann hielt es in Anbetracht ihres Brautstandes für passender, zusammen mit den anderen wegzugehen.

Seine zufriedene Stimmung dauerte bis zum nächsten Vormittag. Als er in sein Büro kam, fand er auf seinem Schreibtisch die Antwort von Landsberg-Löwy auf seinen Brief vor. Der Hauptmann entschuldigte sich für die verzögerte Antwort; da er auf einer Inspektionsreise durch die Etappenorte in Bosnien gewesen sei, habe er die Anfrage erst jetzt bei seiner Rückkehr in die Garnison vorgefunden. Er stünde Kunze in Sarajevo jederzeit zur Verfügung, könne ihm aber – es sei denn, die Angelegenheit dulde keinen Aufschub – die Fahrt nach Sarajevo ersparen, denn am 25. Februar käme er nach Wien. Kunze telegraphierte sofort, der 25. Februar passe ihm ausgezeichnet. Dann setzte er sich hin und machte sich daran, den Antrag auf Heiratserlaubnis, der an den Korpskommandanten gerichtet werden musste, aufzusetzen.

Hauptmann Landsberg-Löwy war ein drahtiger, dunkelhaariger Mann mit dem scharfen, hakennasigen Profil eines assyrischen Kriegers und der gezügelten Wildheit eines Dobermannpinschers. Es lag eine gewisse Grazie in seinen Bewegungen, aber auch so etwas wie Wachsamkeit, so als rechne er ständig mit der Möglichkeit, aus dem Hinterhalt angegriffen zu werden. Er hatte ausgezeichnete Manieren, und doch lag ein Hauch von aufreizender Herablassung in seiner Höflichkeit. Hinter ihm standen Macht und Reichtum eines

Industrie-Imperiums, und er erlaubte niemandem, das zu vergessen.

Auf die Minute pünktlich traf er in Kunzes Büro ein. Sie kannten sich noch nicht, doch ihre Begrüßung war, entsprechend den Gepflogenheiten im österreichisch-ungarischen Offizierskorps, ungezwungen und herzlich. Sie waren beide im Rang eines Hauptmanns, somit war es zulässig, dass sie einander duzten.

«Hoffentlich inkommodiert es dich nicht zu arg, dass ich dich hergebeten hab», sagte Kunze, «aber ich bin in den Akten auf zwei kurze Briefe von dir an Peter Dorfrichter gestoßen, einen vom 19. August 1908, der andere vom 1. September desselben Jahres. Ich wäre dir dankbar, wenn du mir sagen könntest, worauf sie anspielen.»

Er ließ den Baron nicht aus den Augen und merkte an dessen leicht angespanntem Gesichtsausdruck, dass ihm die Frage nicht willkommen war. Er reichte Landsberg-Löwy die beiden Briefe. Der Hauptmann klemmte sich sein Monokel ins linke Auge und betrachtete sie prüfend. Dann legte er sie auf den Schreibtisch zurück, das Monokel glitt ihm aus dem Auge und baumelte sekundenlang vor seiner Brust.

«Bedauere, aber ich kann dir nicht mehr sagen, als was da steht», sagte er mit frostiger Bestimmtheit.

«Willst du damit sagen, dass du dich nicht daran erinnerst, wer dieser X. war und warum sein Fehltritt dich so bestürzt hat und warum du mehr betrübt als erschrocken über X. warst – und worum es bei der Zusammenkunft mit Dorfrichter ging?»

«Wie ich dir schon sagte – ich kann dir nicht mehr darüber mitteilen», wiederholte Landsberg-Löwy.

«Warum nicht?»

«Darüber möchte ich mich nicht äußern.»

«Mein Lieber, es handelt sich um einen Kriminalfall. Ich

könnte dich durch Befehl dazu zwingen, an der Untersuchung mitzuarbeiten, doch es wäre mir lieber, wenn du es freiwillig tätest. Ist dieser geheimnisvolle X. Leutnant Xavier Vanini?»

Der Baron zögerte einen Moment. «Ja. Es ist Vanini.»

«Was hast du mit ‹Fehltritt› gemeint?»

Landsberg-Löwy sprang nervös auf. «Du verhörst Dorfrichter, nicht Vanini! Ich versichere dir, dass die in meinen Briefen erwähnte Angelegenheit nur Vanini und mich betrifft. Dorfrichter war bloß eine Art Vermittler.»

«Wieso Dorfrichter? Wieso nicht jemand anderes?»

«Frag mich nicht. Vanini hat sich ihn ausgesucht. Vielleicht hat er sich auch angeboten. Ich weiß nur, dass Dorfrichter in Vaninis Auftrag an mich herangetreten ist. Wahrscheinlich waren sie miteinander befreundet.»

«Aus welchem Grunde willst du mir nicht verraten, worum es bei der Auseinandersetzung ging? Um eine solche handelte es sich doch, nicht wahr?»

Der Baron ließ sich ärgerlich auf den Stuhl fallen. «Ja – gewissermaßen. Es ging um die persönliche Ehre eines Mannes. Wir haben die Sache bereinigt, und ich habe mein Wort gegeben, die Angelegenheit zu vergessen. Also habe ich sie auch vergessen.»

Kunze nahm einige Briefe aus dem auf seinem Schreibtisch liegenden Aktendeckel. Er hatte sie schon so oft in der Hand gehalten, dass er sie fast auswendig kannte.

«Diese Briefe hat Dorfrichter im Sommer 1908 an seine Frau geschrieben. Vaninis Name kommt des Öfteren darin vor. Man hat den Eindruck, als sei der junge Mann ständig in irgendwelchen Schwierigkeiten gewesen. Alkohol und Pflichtversäumnisse. An einer Stelle erwähnt Dorfrichter, dass er Vanini geholfen habe, eine Unannehmlichkeit aus der Welt zu schaffen. Dieser Brief trägt das Datum vom 3. September. Zwei Tage vorher hast du an Dorfrichter geschrieben, dass du bereit seist, dich mit ihm wegen Vanini zu treffen.»

«Warum fragst du mich? Warum wendest du dich nicht an Dorfrichter oder an Vanini?»

Kunze ließ sich durch das Verhalten des Barons nicht beirren. «Alles zu seiner Zeit. Aber ich habe noch eine ganz harmlose Frage. Ist die Zusammenkunft zwischen dir und Dorfrichter freundschaftlich verlaufen? Oder hat es irgendwelche Spannungen gegeben?»

«Nicht im Geringsten. Wir haben uns ausgezeichnet vertragen. Ein äußerst netter Kerl – der Dorfrichter, meine ich. Offen gestanden werde ich nie glauben, dass er derjenige ist, der hinter diesen verdammten Zirkularen steckt. Ein übler Scherz. Und obendrein geschmacklos. Du musst irgendwelche Beweise gegen ihn haben, sonst würdest du ihn nicht in Haft behalten. Trotzdem bin ich überzeugt, dass du dich irrst. Warum zum Beispiel sollte er mir Gift zuschicken? Wir standen bestens miteinander. Außerdem musste er wissen, dass ich nicht zu denen gehöre, die zu solchen Wundermitteln greifen. Wenn mir was fehlt, geh ich zum Arzt.«

Kunze wartete geduldig, bis der Baron ausgesprochen hatte, dann nickte er.

«Dorfrichter ist vielleicht nicht Charles Francis. Trotzdem muss ich jedem Hinweis nachgehen. Doch zurück zu eurem Treffen in Sarajevo – Dorfrichter ist zu dir gekommen, weil Vanini in der Tinte saß? Wodurch? Ich nehme an, es handelte sich um Geld. Du hast gesagt, seine Ehre stand auf dem Spiel. Wie das? Dann muss er etwas Unehrenhaftes getan haben. Und du willst es mir deshalb nicht sagen, weil es ihm auch heute noch schaden würde. Er könnte aus der Armee ausgestoßen, vielleicht verhaftet werden. Du warst bereit, die Schuld, oder was immer es war, zu streichen – er ist dir also bis an sein Lebensende verpflichtet. Doch es gibt noch einen

Dritten, der davon weiß, und das ist Dorfrichter. Er hat Vanini einen Dienst erwiesen, das ist keine Frage, und daher ist Vanini auch ihm verpflichtet.»

«Nach deiner Beweisführung –» der Baron grinste – «könnte es Vanini gewesen sein, der mir die Giftkapseln zugeschickt hat!»

«Da kannst du Recht haben», pflichtete Kunze bei und verstummte. Vanini hatte ausgesagt, dass er im Besitz von Zyankali gewesen war. Er war in Linz stationiert gewesen, von wo die Schachteln und das Papier stammten. Nach Auskunft der Regimentskommandantur hatte er sich am 12. November in Nagykanizsa zum Dienst gemeldet, nachdem er am Abend zuvor dort eingetroffen war. Das bedeutete, dass er weder in Wien gewesen sein noch die Rundschreiben am 14. November in den Briefkasten an der Mariahilferstraße geworfen haben konnte. Aber das konnte ein anderer für ihn getan haben. Doch warum? Aus welchem Grund hätte er zehn Generalstabsoffiziere zur Hölle schicken sollen? Von den zehn Offizieren kannte er außer Baron Landsberg-Löwy vielleicht noch ein oder zwei weitere persönlich. Was für einen Groll konnte er gegen die anderen gehabt haben? Denkbar wäre auch, dass er wie so viele Truppenoffiziere den Generalstab in toto nicht ausstehen konnte. Vielleicht war er geistesgestört? Großer Gott, wenn Vanini der Mann war und nicht Dorfrichter!

«Ich kann nicht behaupten, dass du mir eine große Hilfe bist», sagte Kunze zu Landsberg-Löwy. «Du scheinst zu vergessen, dass es hier nicht um einen ritterlichen Zweikampf geht, sondern dass ich Erhebungen in einem Mordfall anstelle. Dein blödsinniger Ehrenkodex ist höchst hinderlich.»

Der Baron erhob sich. «Es tut mir Leid, aber daran kann ich nichts ändern», sagte er steif. «Ist das alles?»

«Im Moment ja, aber es kann sein, dass ich dich noch einmal behelligen muss. Ich spreche der Reihe nach mit allen, die mit dem Fall zu tun haben.»

Der Baron schlug die Hacken zusammen. «Stets zu Diensten.»

Als er allein war, erwog Kunze die Möglichkeit, Vanini könne als Mittäter oder gar als Schuldiger in die Sache verwickelt sein. Es war nicht sehr wahrscheinlich, aber auch nicht ganz von der Hand zu weisen. Doch dieses Mal würde er die Ermittlungen nicht anderen überlassen, sondern notfalls selbst nach Nagykanizsa reisen.

Es klopfte an die Tür, doch noch ehe Kunze «Herein!» rufen konnte, stürmte Stoklaska ins Zimmer und wedelte aufgeregt mit einem Blatt Papier.

«Hauptmann Titus Dugonich ist mit einer schweren Schusswunde in seiner Wohnung in der Himmelpfortgasse aufgefunden worden!»

Die Wohnung lag im ersten Stock eines alten Hauses, dessen Haupteingang in der Himmelpfortgasse war, das sich aber bis zur Ballgasse erstreckte. Man betrat die Wohnung direkt von der Treppe aus; sie hatte durch die Küche einen Ausgang zur Hintertreppe, was sie für Dugonich, der hier nicht ständig wohnte, geradezu ideal machte. Läutete ein argwöhnischer Ehemann an der Vordertür, so konnte die Ehefrau gefahrlos durch die Küche entwischen, die Stiege zur Ballgasse hinunterflitzen, sich einen Fiaker nehmen und noch vor ihrem Mann zu Hause sein.

Als Kunze in der Wohnung eintraf, fand er den Hausbesorger und einen Zivilisten in Hemdsärmeln am Bett des Verletzten. Der Zivilist erwies sich als ein Geburtshelfer, der im zweiten Stock des Hauses wohnte. Kurz nach der Ankunft des Hauptmanns erschien der Regimentsarzt Dr. Ruppert, und Kunze schoss durch den Kopf, dass er fast die gleiche

Szene schon einmal erlebt hatte, nur mit dem Unterschied, dass das Opfer diesmal nicht tot war wie Richard Mader, sondern springlebendig und laute, ingrimmige Flüche ausstieß. Dugonich lag in höchst unbequemer Lage auf der rechten Seite im Bett; er war nackt und hatte sich nur ein Hemd über die Schultern gezogen.

Die Kugel war unterhalb der Leistenbeuge eingedrungen und durch den seitlichen Schenkelmuskel auf der Rückseite wieder ausgetreten, wobei sie ein Stück des Oberschenkelknochens mitgerissen hatte. Das jedenfalls war die These des Arztes aus dem Haus, der Dr. Ruppert aber mit der üblichen Verachtung des Militärarztes für einen Kollegen in Zivil nicht beipflichten wollte.

Dugonich hatte starke Schmerzen und blutete noch, obwohl die Kugel zum Glück die Hauptarterie verfehlt hatte. Der Schuss war im Salon gefallen, der wie das Zelt eines wohlhabenden Araberscheichs eingerichtet war: orientalische Teppiche, Damastvorhänge, an den Wänden Krummschwerter und gläserne Schaukästen mit einer Sammlung alter Feuerwaffen. An einer Wand waren Blutspritzer, und an der Stelle, wo Dugonich zusammengebrochen war, war auf dem Fußboden ein großer Blutfleck zu sehen.

«Ich war gerade von einer Entbindung heimgekommen», berichtete der Arzt, «da klingelte das Telefon. Eine weibliche Stimme sagte, ich sollte in die Wohnung 1 B kommen, dort würde ich vielleicht gebraucht. Weiter nichts. Erst dachte ich, da will sich jemand einen Scherz mit mir machen, bin dann aber doch hinuntergegangen. Die Tür war nur angelehnt, und ich fand den Herrn Hauptmann am Boden liegen. Er hat den seidenen Morgenmantel angehabt, der dort auf dem Stuhl liegt, sonst nichts. Ich hab die Blutung zum Stehen bekommen und dann den Hausmeister geholt, damit er mir hilft, den Herrn Hauptmann ins Bett zu schaffen. Meine Frau hat die

Polizei angerufen. Ich hab übrigens nicht gewusst, dass er Offizier ist. Ich bin ihm ein paar Mal auf der Treppe begegnet, aber da war er immer in Zivil.»

Zivilkleidung war gegen die Vorschriften, aber Kunze hatte Verständnis dafür, dass ein Mann, der sich zu einem heimlichen Rendezvous begibt, alles mied, was auffallen konnte.

Für Kunze war der Vorgang ziemlich klar. Die Wohnung war ein so genanntes Liebesnest. Hier hatte sich Dugonich mit seinen zahlreichen Damen getroffen. Seine ständigen Affären waren Stadtgespräch, und heute hatte ein eifersüchtiger Ehemann oder eine verlassene Geliebte aufs Geratewohl einen Schuss auf ihn abgefeuert. Die Einschussstelle deutete darauf hin, dass keine Tötungsabsicht vorgelegen hatte, sondern dem Hauptmann gewissermaßen nur das Liebeshandwerk gelegt werden sollte. Zum Glück hatte der, der den Schuss abgegeben hatte – ein Er oder eine Sie –, keine Treffsicherheit bewiesen.

Während sie auf die Ambulanz warteten, versuchte Kunze von Dugonich Näheres zu erfahren, aber der Verletzte stammelte nur unzusammenhängende Worte. Er fluchte auf «das Luder», doch als Kunze einen Namen wissen wollte, erfolgte als Antwort lediglich ein derartiger Wutausbruch, dass selbst ein Rekrutenausbilder verstummt wäre.

Noch am gleichen Tag trafen im Büro des Polizeipräsidenten Brzesowsky dieselben Herren zusammen, die vor drei Monaten die Kommission zur Untersuchung des Mordfalles Richard Mader gebildet hatten.

«Es ist ein Mordanschlag auf einen Mann unternommen worden, der ebenfalls das Charles-Francis-Zirkular bekommen hat», teilte General Wencel den Versammelten mit. «Mit ziemlicher Sicherheit wird Hauptmann Kunze uns jetzt sagen, er sehe keinerlei Zusammenhang zwischen dem Mord an

Hauptmann Mader und dem Schuss auf Hauptmann Dugonich.»

Kunze schüttelte den Kopf. «Nein, das werde ich nicht sagen, Herr General, wenigstens so lange nicht, bis ich mit Hauptmann Dugonich gesprochen habe.»

Die Kommission tagte seit über einer Stunde. Jetzt wurden der Geburtshelfer und der Hausbesorger als Zeugen hereingerufen.

«Wie hat die weibliche Stimme für Sie geklungen?», fragte General Wencel den Arzt. «Hatte sie einen ausländischen Akzent?»

«Nein, Herr General. Sie klang wienerisch.»

«Wie jemand aus der Arbeiterklasse?»

«Nein, Herr General. Ich würde meinen, wie jemand aus der Gesellschaft.»

«Können Sie sich daran erinnern, was sie sagte? An den genauen Wortlaut?»

«Ich will's versuchen, Herr General, aber die Frau war sehr aufgeregt, und zunächst hab ich sie nicht verstanden. Erst nach und nach bekam ich heraus, dass sie wünschte, ich solle in die Wohnung 1 B hinuntergehen und mich um einen Kranken kümmern. Es kann auch sein, dass sie ‹Verletzten› gesagt hat. Und dann hat sie noch was gesagt, was mir aber gar keinen Sinn zu geben scheint.»

«Was war es?»

«Sie hat gesagt: Hoffentlich habe ich ihn an den Eiern erwischt!»

Einen Moment lang herrschte erschrockenes Schweigen im Zimmer. Kommissar Weinbergers Schnauzbart zitterte bedenklich.

«Und Sie bleiben dennoch bei Ihrer Ansicht, Herr Doktor, dass die Frau trotz dieser vulgären Redeweise zur Gesellschaft gehört?»

«Ganz bestimmt, Herr General. Die Stimme klang absolut damenhaft.»

Kunze ging vom Präsidium direkt ins Militärspital, durfte Dugonich aber nicht sprechen. Man hatte ihn am Bein operiert, den gebrochenen Oberschenkelknochen eingerichtet, und er war noch nicht aus der Narkose erwacht.

Erst am nächsten Morgen konnte Kunze zu Dugonich ins Zimmer. Er war blass, und unter seinen Augen lagen tiefe Ringe, aber er war etwas heitrerer Gemütsverfassung als gestern.

«Wie fühlst du dich?», fragte der Besucher.

«Wie ein Vollidiot.»

«Wer ist sie?»

«Wer ist was?»

«Die Frau, die auf dich geschossen hat.»

Dugonich zog die Brauen hoch.

«Wer hat behauptet, dass es eine Frau ist?»

«Du selbst. Von einem Mann würdest du niemals als von einem Luder sprechen. Mit solchen Leuten pflegst du keinen Umgang.»

Dugonich blieb stumm.

«Na, komm schon, wer war's?», drängte Kunze.

«Können wir uns nicht darauf einigen, ich sei beim Reinigen der Waffe gewesen und der Schuss hätte sich von selbst gelöst?»

«Kruzitürken, Dugonich, nun sei nicht so blödsinnig edel! Wie soll ich denn jemals einen Fall klären, verflucht noch mal, wenn jeder von euch gleich zum Ritter wird und sich stumm und taub stellt! Warum müsst ihr es mir bloß so schwer machen?»

«Du machst es dir selber schwer. Also gut, ein wütendes Weibsstück hat versucht, mir die Eier abzuschießen. Das geht einzig und allein sie und mich etwas an. Und dich geht es überhaupt nichts an, verstehst! Es ist mein Bein, das in diesem Drecksgips liegt. Die Armee wird eben ohne meine Dienste auskommen müssen, bis es verheilt ist. Tu so, als wäre ich von meinem Drecksgaul gefallen!»

Kunze seufzte: «Dugonich! General Wencel ist besessen von der Idee, dass derjenige, der auf dich geschossen hat, auch Richard Mader vergiftet hat. Seiner Meinung nach ein politischer Attentäter. Ein Serbe oder ein Russe, ein Tscheche oder ein Ungar. Der General hat sich eben nie mit der Theorie befreunden können, Charles Francis könnte ein Offizier der österreichischen Armee sein.»

Dugonich brach in schallendes Gelächter aus. «Sag dem alten Geier, er solle seine Nase nicht in meine Angelegenheiten stecken», knurrte er. «Sonst stößt er dabei womöglich auf eigenen Dreck!»

Kunze nickte. «Ich habe begriffen.» Er wusste jetzt, wer die Frau war. Lily Wencel. Es wunderte ihn, dass es ihm nicht schon früher eingefallen war.

«Nichts hast du begriffen», sagte Dugonich ärgerlich. «Ich meine doch bloß –»

Kunze fiel ihm ins Wort. «Ich weiß, was du meinst. Ich will dir lieber gleich sagen, dass wir die Kugel gefunden haben. Sie stammt aus einer 5.6-mm-Pistole, höchstwahrscheinlich aus einem Browning. Gehört der dir?»

«Nein, sie hat sich ihr Schießeisen selber mitgebracht.»

«Wo ist es?»

«Woher soll ich das wissen? Schließlich war ich dabei, zu verbluten.» Er grinste. «Eines ist sicher: Sie hat einen höchst sonderbaren Humor! Erst versucht sie mich zu kastrieren, und dann ruft sie einen Geburtshelfer. Der gute Mann hatte sein ganzes Handwerkszeug bei sich, von der Geburtszange angefangen – die Leute müssen sich doch totlachen über mich.» Nach einer kurzen Pause fuhr er fort: «Was den General angeht, so musst du etwas unternehmen. Womöglich fühlt er sich verpflichtet, den Fleck auf seinem Ehrenschild zu rächen, und da er ein besserer Schütze ist als seine Frau, könnte es passieren, dass er mir den Garaus macht.»

Kunze lachte leise. «Vor allem hat er keinen Funken Humor. Er würde auf deinen Kopf zielen. Du hast Recht: Die einzige Lösung ist die Unfalltheorie. Ganz egal, wie wenig glaubhaft sie ist. Du warst dabei, deine Waffe zu reinigen, und plötzlich ist sie losgegangen. Man wird dem General zu verstehen geben, dass Diskretion geboten ist, dass du den Ruf einer Dame schützen musst. Glücklicherweise kennt er dich gut genug, um nicht auf den Gedanken zu verfallen, du deckst einen russischen Spion.»

«Und was ist mit den übrigen Mitgliedern der Kommission?»

«Darüber brauchst du dir keine Sorgen zu machen. Die Herren machten mir keineswegs den Eindruck, als seien sie scharf auf eine Untersuchung. Sie scheinen sich ein ziemlich klares Bild von der ganzen Sache zu machen. Und von der Unfehlbarkeit des Offizierskorps sind sie ohnehin weit weniger überzeugt als Wencel.»

Wieder einmal musste General Wencel sich in Schloss Belvedere, wohin er zitiert worden war, abkanzeln lassen. Erzherzog Thronfolger Franz Ferdinand hatte in der Zeitung von dem auf Dugonich abgefeuerten Schuss gelesen und war außer sich, dass über diese Sache etwas in die Presse gedrungen war. Ausnahmsweise teilte er diesmal Kunzes Meinung, dass die Hintergründe des Schusses mit einer Liebschaft zusammenhingen. Er fand die ganze Sache in höchstem Maße degoutant und dem Ruf des Generalstabs abträglich. Für Offiziere wie Dugonich, so ließ er durchblicken, gebe es, wenn er erst einmal Kaiser sei, in der Armee keinen Platz mehr. Und abschließend verlangte er mit dem bei ihm üblichen Mangel an Logik, es müssten, nachdem der Fall nun einmal publik geworden sei, sämtliche Einzelheiten bekannt gegeben werden, damit Gerüchten und Vermutungen ein Ende gemacht würde.

«Ich bin alleruntertänigst anderer Meinung als seine Kaiserliche Hoheit», widersprach Kunze, als er von dem erzherzoglichen Befehl erfuhr. «Hauptmann Dugonich bleibt dabei, dass es ein Unfall war und dass er sich selbst angeschossen hat.»

«Seien Sie kein Esel, Kunze», knurrte Wencel. «Sie wissen genau, dass er lügt, verflixt noch mal.»

«Höchstwahrscheinlich, Herr General. Aber welche Gründe hat ein ehrenhafter Mann wie der Hauptmann, wenn er seine Zuflucht zur Lüge nimmt? Es kann sich nur um ehrenhafte Gründe handeln. Sie, Herr General, haben weit mehr gesellschaftlichen Kontakt mit dem Hauptmann als ich. Sie kennen die Kreise, in denen er verkehrt. Und wenn die Dame nun zu diesen Kreisen gehört? Wenn sie die Gattin eines höchst respektablen Mannes ist? Würde das nicht erst recht Wellen schlagen?»

Wencels Augen verengten sich argwöhnisch, er musterte Kunze mit einem langen, nachdenklichen Blick.

«Was wissen Sie?», fragte er scharf.

«Nur das, was ich Ihnen berichtet habe, Herr General.»

«Hat man die Waffe gefunden?»

«Nein, noch nicht. Vielleicht hat die Person sie mitgenommen.»

«Die Kugel?»

«Abgefeuert aus einer 5.6-mm-Pistole.»

«Hat die Polizei Zeugen gefunden, die die Person beim Betreten oder Verlassen der Wohnung gesehen haben?»

«Nein, Herr General. Aber ich stehe in Verbindung mit Kommissar Dr. Weinberger, und er hat mir versprochen, mich sofort zu verständigen, sobald sich etwas von Bedeutung ergibt. Bis jetzt war jedoch nichts.»

«So etwas von Unfähigkeit», brüllte Wencel. «Sie irren sich sehr, wenn Sie glauben, ich sei zufrieden mit der Art und Weise, wie dieser Fall behandelt wird. Ein Schnitzer nach dem anderen! Aber sagen Sie mir Bescheid, wenn es etwas Neues gibt.» Und dann schroff: «Sie sind entlassen.»

Hauptmann Kunze fand die Waffe in den Falten des schweren Seidendamasts in Dugonichs Salon. Aus irgendeinem Grunde hatte die Polizei diese Vorhänge übersehen. Kunze war noch einmal in die Wohnung gegangen, weil er ganz sichergehen wollte, dass kein persönlicher Gegenstand – kein Taschentuch, kein Schal – gefunden werden konnte, der einen Hinweis auf den Namen der Frau gab. Und dann fand er zu seiner Überraschung die Waffe. Es war eine wundervolle Pistole, ein Browning, und auf dem Seitenschild war eingraviert: «Alles Gute zum Geburtstag! Dein dich liebender Mann Karl.»

Nachdem er sich vergewissert hatte, dass General Wencel in seinem Dienstzimmer im Garnisonsgericht war, ging Kunze aufs nächste Postamt, rief im Hause des Generals an und verlangte die gnädige Frau zu sprechen.

«Hier Hauptmann Kunze», sagte er, als er das erschrockene Schweigen am anderen Ende der Leitung bemerkte. «Tut mir Leid, dass ich Sie störe, aber ich habe etwas, das Ihnen gehört, und ich möchte es Ihnen, ohne dass andere davon erfahren, zurückgeben.»

Das Schweigen dauerte noch einige Sekunden an, dann kam ein geflüstertes: «Warum?»

«Weil ich der Meinung bin, dass es für alle Beteiligten das Beste ist.»

«Ach, Sie lieber Mensch», flötete sie. Dann vernahm er

einen gurgelnden Laut, von dem er nicht wusste, ob es Lachen oder Weinen war.

«Ich stelle jedoch eine Bedingung», sagte er. «Sie müssen mir versprechen, dass Sie Ihre Schießübungen künftig auf leblose Gegenstände beschränken.»

«Ich verspreche es», flüsterte sie. «So etwas tut man nur ein einziges Mal.»

«Ich verlasse mich auf Ihr Wort. Jedenfalls nehmen Sie das Spielzeug besser wieder an sich. Es gehört sich im Übrigen nicht, Geburtstagsgeschenke wegzuwerfen.»

Sie verabredeten sich im Park von Schönbrunn, gleich hinter dem Eingangstor, das der Wencelschen Villa am nächsten lag. Lily würde ihren weißen Spitz mitbringen, was ihr, falls man sie sah, ein Alibi verschaffte. Kunze würde – aus dem gleichen Grund – Troll bei sich haben.

«Wie dankbar ich Ihnen bin, brauche ich wohl nicht zu sagen», gestand sie, nachdem sie eine Uhrzeit ausgemacht hatten. Dann: «Wie geht es ihm?»

«Den Umständen entsprechend», erwiderte Kunze. «Sein Bein ist in Gips, aber der Arzt hofft, dass es wieder völlig heilt.»

«Ist er sehr wütend auf mich?»

«Ziemlich. Aber das ist doch ganz begreiflich, oder nicht?»

Sie trafen sich in der grauen, winterlichen Dämmerung unter kahlen Bäumen, zwei Hundefreunde, die dem bis ins Mark dringenden Nebel trotzten. Weit und breit war niemand zu sehen. In der Ferne führte eine vermummte Frau zwei zitternde Foxl auf dem frostkahlen Rasen spazieren. Während Troll an dem koketten blauen Schleifchen schnupperte, das der Spitz trug, ließ Kunze, als sie einander die Hand zum Gruß reichten, die Pistole in Lily Wencels Hand gleiten. Sie steckte sie nachlässig in die Tasche ihres Sealmantels.

«Nochmals Dank, und sagen Sie ihm, es täte mir Leid.»

Er nickte. «Ich werde es ihm ausrichten.»

«Leid, dass ich ihn nicht getroffen habe», setzte sie mit einem Lachen hinzu. Dann nahm sie den Spitz an die Leine und zog ihn von Troll fort.

14

Leutnant Xavier Vanini schlenderte zu Fuß am Rand der engen Schlucht entlang; tief unten verliefen die Eisenbahngleise. Irgendetwas zog ihn immer wieder hierher, vor allem dann, wenn er verkatert war. Doch schon bei der Vorstellung, dass es noch Züge gab, die es einem ermöglichten, diesen verfluchten Ort zu verlassen, dass man also nicht völlig und unwiderruflich von der übrigen Welt abgeschnitten war, wurde ihm leichter ums Herz.

Es blies ein kalter Wind, und der Leutnant schauderte. Wenn er es sich recht überlegte, hatte er seit vorigem Herbst überhaupt nicht aufgehört zu schaudern. Er sah zum trostlosen Februarhimmel auf und verwünschte ihn. In den letzten paar Tagen war das Thermometer gestiegen, und der Schnee der vergangenen Woche war zu Matsch geworden. Die ungarische Landschaft lag mit ihren kahlen Bäumen und den weithin graubraunen Feldern flach und trostlos da. Vor seinem inneren Auge stieg wieder das Bild der sonnigen Bucht von Quarnero auf, und die Sehnsucht danach schnürte ihm fast die Kehle zu.

Er war in Triest geboren, doch als er drei Jahre alt war, war sein Vater, ein Zollbeamter, nach Fiume versetzt worden. Er wuchs in einem Hafen auf, der lebhaft genug war, um eine ständige Quelle der Freuden zu sein, andererseits die Sicherheit eines kleinen Jungen nicht gefährdete. Sommer wie Winter war das Meer sein Spielplatz gewesen: die Fischerboote und Dampfer, die an der mit einer üppigen Vegetation gesegneten, von unbeachteten kleinen Badeorten gesprenkelten Küste entlangfuhren, die Frachter mit ihrer aus aller Welt bunt zusammengewürfelten Mannschaft, von den blonden skandinavischen Riesen bis zu den winzigen Malaien.

Als Xavier dreizehn war, starb sein Vater. Im Sommer darauf lernte seine Mutter einen pensionierten Infanterieoberst aus Graz kennen, der in Abbazia Urlaub machte, und heiratete ihn. In den Augen des Obersten war der kleine Bub, der in zehn Sprachen, einschließlich Siamesisch, fluchen konnte, lieber mit dem Taschenmesser vom Felsen gekratzte Muscheln aß als ein Wiener Schnitzel und auf dem linken Oberarm mit einem rot-blau-grünen Seestern tätowiert war, ein ungeratener Bursche, und die einzige Möglichkeit, ihn für die Gesellschaft zu retten, war, ihm eine strenge militärische Erziehung zu geben. Xavier wurde also in eine Kadettenschule geschickt. Er war kein Musterschüler, schwindelte sich aber nach und nach bis zum Leutnant durch, weil er im Grunde seines Herzens ein guter Sohn war und seiner Mutter Freude machen wollte.

Wenn ein Mensch jedoch gezwungen ist, mit einem ständig nagenden Schmerz zu leben, greift er zu jedem Mittel, um ihn zu betäuben. Vanini trank und spielte und geriet in die Netze leichtfertiger Frauen. Er kam nie mit seinem Geld aus, und bis zum totalen finanziellen und moralischen Ruin war es immer nur ein kleiner Schritt. Für einen jungen und gut aussehenden Offizier war es verhältnismäßig leicht, Schulden zu machen, weil die Geldverleiher sich sagen konnten, dass im äußersten Fall immer die Möglichkeit einer reichen Heirat blieb. Die Zinsen, die Vanini zahlen musste, waren ungeheuer hoch, und er atmete jedes Mal auf, wenn er in eine andere Garnison versetzt wurde – die unbezahlten Schulden und die Drohungen der Gläubiger blieben hinter ihm zurück. Vor ihm lagen neue, noch unerschlossene Darlehensquellen. Es war ein nicht ungefährliches Spiel, und Vanini hatte keine Ahnung, wie lange er sich würde über Wasser halten können. Früher oder später, das war ihm klar, musste er entweder den Dienst quittieren oder sich zur Heirat mit einem hässlichen Mädchen aus reicher Familie entschließen.

Obwohl er erst seit dem 12. November in Nagykanizsa war, hatte er schon das Stadium erreicht, wo er keinen Ausweg mehr sah. Seine Gläubiger in Linz hatten sich zusammengetan und forderten ihr Geld, und von den hiesigen Geldverleihern war nur tropfenweise etwas zu bekommen. In seiner Not hatte er an seinen Stiefvater geschrieben, doch der hatte ihm darauf nur mit einem vier Seiten langen Brief voller Vorwürfe geantwortet und den erhofften Scheck nicht beigelegt.

Unter ihm donnerte ein Zug durch die Schlucht. Auf einem Schlafwagen konnte er das Schild «Budapest–Zagreb–Triest» lesen. Es war jetzt vier Uhr nachmittags; morgen früh würde der Zug am Zielort ankommen. Seine aussichtslose Lage deprimierte ihn. Warum war er nicht Manns genug, sich aus dem Sumpf dieses Daseins zu befreien? Ehe der Morast ihn völlig begrub? Graz, Wiener Neustadt, Sarajevo, Linz, Nagykanizsa – lauter unmelodisch klingende fremde Ortsnamen; was machte er, der verfluchte «Katzelmacher», überhaupt dort? Welchen Sinn hatte es denn, Offizier zu werden und ein feiner Herr zu sein, wenn man dauernd auf irgendeinem Seil tanzen musste?

In einem Kaffeehaus am Markt aß er zwei Frankfurter Würstchen und trank dazu eine Karaffe Wein. Von dem Wein wurde ihm wohler, und so ließ er sich noch eine weitere Karaffe bringen. Dann machte er sich auf den Heimweg.

Das Haus, in dem er ein möbliertes Zimmer gemietet hatte, war zu Fuß nur fünf Minuten vom Marktplatz entfernt. Als er sich dem Haus näherte, bemerkte er mit einigem Erstaunen, dass in seinem Zimmer Licht brannte und zwei Soldaten mit aufgepflanztem Bajonett vor der Tür standen. Wie vom Donner gerührt blieb er stehen.

«Was, zum Teufel …»

Sie nahmen ruckartig stramme Haltung an, ihre Gesichter aber blieben ausdruckslos. Er ging auf die Tür zu, riss sie auf und betrat sein Zimmer. Ein Mann in Hauptmannsuniform mit dem Kragenspiegel des Militärjustizkorps saß auf dem mit hässlichem Stoff bezogenen Sofa. Der Mann erhob sich langsam und trat einen Schritt vor.

«Leutnant Xavier Vanini?»

Vanini starrte ihn an und blinzelte. «Zu Befehl, Herr Hauptmann.»

Er war zu überrascht, um Haltung anzunehmen oder vorschriftsmäßig zu grüßen.

«Mein Name ist Emil Kunze, Hauptmannauditor beim Garnisonsgericht Wien.»

«Zu Befehl, Herr Hauptmann», sagte Vanini. Die vom Kachelofen ausströmende Hitze und der Wein machten ihn schwindlig.

«Sie sind verhaftet, Herr Leutnant», sagte der Hauptmann ruhig.

Vanini brauchte mehrere Sekunden, bis er die Bedeutung der Worte erfasste. Dann sagte er: «Was bin ich? Warum?»

«Wegen Anstiftung zum Mord. Ich hoffe, es wird nichts Ernsteres daraus.»

Kunze stand einem Mann mittlerer Größe gegenüber, mit seidigschwarzem Haar, olivfarbenem Teint und Augen von der Farbe einer Haselnuss. Vanini wirkte jünger als die 27 Jahre, die er zählte, stellte Kunze leicht überrascht fest.

Er hatte ein gewagtes Spiel getrieben, als er sich entschloss, einen Haftbefehl gegen Vanini zu erwirken. Und zunächst hatte General Wencel es auch kategorisch abgelehnt, seine Einwilligung zu geben, und hatte sich erst dann erweichen lassen, als Kunze versprach, den Leutnant nicht länger als 48 Stunden in Haft zu halten und ihn sofort freizulassen, wenn sich keine weiteren Verdachtsmomente ergaben.

Auf der Fahrt zur Kaserne versuchte Vanini mehrmals, das drückende Schweigen im Fiaker zu brechen, aber der Hauptmann saß mit unbeteiligtem Gesicht da.

In dem kleinen Dienstzimmer fiel das Licht einer Hängelampe direkt auf Vanini, während Kunze im Halbdunkel hinter dem Schreibtisch saß.

«Im Dezember hat Ihr Regimentskommandant Sie in Zusammenhang mit dem Versuch verhört, in der Apotheke Ritzberger in Linz Zyankali zu kaufen. Sie hatten Ihren Burschen in die Apotheke geschickt, doch er wurde abgewiesen. Gibt es etwas, das Sie Ihrer damaligen Aussage hinzufügen möchten?», fragte Kunze.

Mit weit aufgerissenen Augen hörte Vanini zu. Sein Kopf war jetzt etwas klarer, aber nun klopfte sein Herz so laut, dass er fürchtete, der Hauptmann könnte es hören. *Wieder dieses verdammte Zyankali*, dachte er und überlegte, wo der Fallstrick lag.

«Ich weiß nicht, was Sie hören wollen, Herr Hauptmann», sagte er vorsichtig.

«Sie wissen sehr genau, was ich hören will», sagte Kunze knapp. Doch der ehrlich erstaunte Blick des jungen Offiziers ließ ihn daran zweifeln, dass er vor der rechten Schmiede stand. «Was haben Sie mit dem Zyankali gemacht?»

«Mit was für Zyankali, Herr Hauptmann? Mein Bursche hat keines bekommen!»

Kunze zog einen Zettel aus der Tasche und beugte sich nach vorn in den Lichtkreis der Lampe.

«Ich spreche von den zwei Stäbchen Zyankali, die Sie am 15. August 1908 in der Garnisonsapotheke in Sarajevo gekauft haben. Wofür haben Sie sie gebraucht?»

Vanini zwinkerte mehrmals, als blende ihn das Licht. «Am 15. August 1908? Ah ja, die habe ich gekauft, weil ich auf dem Gartenfest, das Feldmarschallleutnant von Weigl zu Ehren des Geburtstags Seiner Majestät veranstaltete, ein paar Photographien machen wollte.»

«Und haben Sie sie gemacht?»

«Zu Befehl, nein, Herr Hauptmann.»

«Warum nicht?»

«Das weiß ich nicht mehr.»

«Sie haben das Zyankali also nicht verwendet?»

«Doch – später – für andere Photographien.»

«Die in Sarajevo aufgenommen wurden?»

«Jawohl, Herr Hauptmann.»

«Hatten Sie eine Dunkelkammer in Ihrer Unterkunft in Sarajevo?»

«Nein, Herr Hauptmann. Ich habe die Dunkelkammer im Korpskommando benutzt.»

«Das alles war zu Beginn Ihrer Stationierung in Sarajevo», betonte Kunze. «Doch dann haben Sie das Interesse am Photographieren bald verloren –»

«Nein, Herr Hauptmann, ich muss Ihnen widersprechen. Ich habe noch immer die Ausrüstung und –»

«Aber Sie haben in Sarajevo keine Aufnahmen mehr gemacht?»

Vaninis Wangen brannten, er zupfte nervös am hohen Kragen seiner Uniformbluse. «Haben Sie mich deshalb verhaftet, Herr Hauptmann?», fragte er mit belegter Stimme. «Weil ich aufgehört habe, Photographien zu machen?»

Einen Moment lang war das im Kanonenofen knisternde Feuer das einzige Geräusch im Dienstlokal.

«Ich habe mit vielem aufgehört in Sarajevo», fuhr Vanini im klagenden Ton eines zu Unrecht gescholtenen Kindes fort. «Ich habe das Tennisspiel aufgegeben und die Pferdewetten, und ich habe sogar darauf verzichtet, Frauen den Hof zu machen. Als Ersatz für meine früheren Liebhabereien habe ich zum Alkohol gegriffen.»

Kunzes Augen waren auf das gerötete Gesicht des jungen Mannes gerichtet.

«Gestatten Sie, Herr Leutnant, dass ich Ihrem Gedächtnis etwas nachhelfe. Am 21. Juli 1908 hat Ihnen ein Sarajevoer Pfandleiher namens Abraham Herrlich zweihundert Kronen auf Ihre Photographische Ausrüstung geliehen. Der Pfandschein wurde nie eingelöst. Deshalb haben Sie das Interesse am Photographieren verloren.»

Als müsse er sich einen Kopfschmerz wegmassieren, rieb sich Vanini mit beiden Händen die Stirn.

«Habe ich Recht, Vanini?»

«Jawohl, Herr Hauptmann.»

In seinem Blick lag Vorwurf, und die fest zusammengepressten Kiefer verrieten die trotzige Beschämung, bei einer Lüge ertappt worden zu sein.

Kunze war wohl vorbereitet nach Nagykanizsa gekommen. Er hatte zuerst mehrere Telefongespräche mit Sarajevo geführt, dann den Zug nach Linz genommen und dort eine ganze Reihe von Leuten verhört.

«Als Sie die zwei Stäbchen Zyankali in der Garnisonsapotheke in Sarajevo kauften, waren Sie also gar nicht mehr im Besitz Ihrer Kamera und Ihrer sonstigen Ausrüstung. Ist das richtig?»

«Jawohl, Herr Hauptmann.»

«Wofür brauchten Sie das Zyankali?»

«Das hab ich bereits gesagt, Herr Hauptmann. Ich wollte auf dem Gartenfest Aufnahmen machen –»

«Aber Sie hatten doch Ihre Ausrüstung gar nicht!»

«Ich hoffte, sie auslösen zu können. Unglücklicherweise gelang es mir nicht.»

«Also gut. Und was haben Sie mit dem Zyankali gemacht?»

«Wahrscheinlich habe ich es weggeworfen.»

«Sie wissen es nicht genau?»

Schweißperlen erschienen auf der Stirn des Offiziers. «Es ist so lange her ... Wie kann ich das jetzt noch wissen?»

Kunze hielt den Atem an. War es denkbar, dass die Jagd nach einem Hirngespinst zu einer wirklichen Jagd wurde? Konnte es sein, dass die Lösung des Rätsels um Charles Francis dicht bevorstand? War die vage Vermutung vor ein paar Tagen der Schlüssel zu Dorfrichters Zellentür? War Dorfrichter unschuldig und Vanini der Täter?

«Sie sind nicht sehr gern beim Militär, nicht wahr, Vanini?», fragte er.

Der junge Mann warf ihm einen verwirrten Blick zu. «In welchem Sinn gern? Als Bürger oder als Offizier? Ich verstehe Ihre Frage nicht, Herr Hauptmann.»

«In Linz hat man von Ihnen mehrfach abfällige Bemerkungen über Ihre Kameraden im Allgemeinen und die Stabsoffiziere im Besonderen gehört.»

«Das ist möglich. Ich bin kein Heiliger, der alle Welt liebt.»

Es wurde spät, und Kunze spürte die lange Bahnfahrt, die er hinter sich hatte, und auch das mehrstündige Warten auf dem klapprigen Sofa in Vaninis Zimmer. Es war an der Zeit, seinen Trumpf auszuspielen. «Worauf gründet sich Ihre Animosität gegenüber Generalstäblern?»

Vanini richtete sich kerzengerade auf. Seine Lider senkten sich, als versuche er seine Augen vor Kunzes durchdringendem Blick zu schützen.

«Damit Sie es wissen, Herr Hauptmann», sagte er mit hoher Kopfstimme. «Die Liebe zwischen Truppenoffizieren und Flaschengrünen war noch nie groß! Was mich betrifft, so finde ich sie zum Kotzen!»

Jetzt geht allmählich sein italienisches Temperament mit ihm durch, dachte Kunze. *Er wird leichtsinnig und sich aus purer Prahlsucht verraten.*

«Wäre es möglich», fragte der Hauptmann in beiläufigem Ton, «dass Sie zwanzig Oblatenkapseln mit dem Zyankali gefüllt und sie an zehn kürzlich avancierte Stabsoffiziere verschickt haben?»

Die Auswirkungen des am späten Nachmittag im Kaffeehaus konsumierten Alkohols zusammen mit der vom Kanonenofen erzeugten Hitze hatten zwar des Leutnants Denkvermögen etwas verlangsamt, doch die Heftigkeit seiner Reaktionen keineswegs gedämpft. Er sprang auf wie von einer Schlange gebissen.

«Nein! Nein!» Erschreckt starrte er Kunze an. «Bin ich deshalb verhaftet? Das ist ja Wahnsinn! Ich habe mit den verdammten Kapseln nichts zu tun.»

«Sie scheinen aber etwas darüber zu wissen.»

«Natürlich. Ich lese Zeitung, wie jeder andere. Mit mir können Sie das nicht machen! Bloß weil ich vor mehr als einem Jahr zwei Stäbchen Zyankali gekauft habe! Das haben auch andere getan! Wollen Sie die alle festnehmen? Kein Gefängnis der Welt dürfte dafür groß genug sein.»

«Ich will auch nicht alle einsperren. Nur Sie.»

«Warum mich? Warum suchen Sie sich gerade mich aus?», schrie Vanini. «Ich protestiere. Ich verlange, dass man mich sofort freilässt!»

«Nicht bevor Sie mir gesagt haben, was Sie mit dem Zyankali gemacht haben.»

Vanini sank in sich zusammen. «Warum sollte ich die Männer umbringen wollen? Ich habe sie ja nicht einmal gekannt.»

Kunze wartete einen Augenblick, dann ließ er die Bombe fallen. «Ich habe mich vor meiner Abreise aus Wien mit Hauptmann Landsberg-Löwy unterhalten.»

Vaninis Gesicht lief rot an. «Dieser gottverfluchte Jude. Ich hab's ja gewusst, dass er den Mund nicht halten würde.»

Kunze war es plötzlich beklommen zumute. Der Protest war viel zu spontan, um geheuchelt zu sein. Dieser junge Offizier war verwirrt, unglücklich, vielleicht verbittert, aber ganz bestimmt kein psychopathischer Mörder. Xavier Vanini fehlte die Schläue, die Tücke des Wahnsinnigen. Er verfügte über eine mittelmäßige Intelligenz, war schwach und haltlos; vielleicht ein Helfershelfer, aber bestimmt nicht der Urheber dieses teuflischen Verbrechens.

«Moment, Vanini! Landsberg-Löwy hat nicht versucht, Sie zu hintergehen. Die Sache war anders.» Behutsam tastete Kunze sich vorwärts.

«Er hat sein Ehrenwort gegeben, dass er nicht reden wird.»

Das bestätigte Kunzes Vermutung. Es ging um Geld, höchstwahrscheinlich um Geld, das Vanini dem Baron schuldig gewesen war.

«Woher wollen Sie wissen, dass er es war, der geredet hat?»

«Wer denn sonst?», fragte Vanini.

«Peter Dorfrichter.»

«Aber nein. Nicht Dorfrichter!», protestierte er. «Was hätte er denn davon? Nein, niemals!»

«Sie beide waren damals in Sarajevo eng miteinander befreundet.»

«Ja, das waren wir, Herr Hauptmann», bestätigte der Leutnant. «Und ich bin stolz darauf, sein Freund gewesen zu sein.»

«Stolz genug, um ihn zu decken?»

«Ich verstehe nicht, was Sie meinen, Herr Hauptmann.»

Kunze gab keine Antwort. Zurückgelehnt wartete er auf Vaninis nächsten Schritt. Der junge Mann tat ihm Leid. *Dorfrichter, du verfluchter Kerl*, dachte er, *wie viele Leben wirst du noch zerstören?* Leutnant Vanini war vielleicht kein vorbildlicher Offizier, aber Kunze sah auch nichts besonders Rühmenswertes darin, einer zu sein. General Wencel war einer und Hauptmann Moll und vermutlich auch Landsberg-Löwy, der ungeheuer korrekt sein musste, weil er Jude war. Was hatte die Armee an sich, dass alle von ihr angezogen wurden: Männer wie Gersten und Hedry und Hódossy und Dugonich und sogar Dorfrichter – wodurch wurden sie angezogen wie Motten vom Licht?

«Man wird Sie schimpflich aus der Armee ausstoßen, Vanini», sagte Kunze, als der Leutnant schwieg. «Sagen Sie mir, was es zu sagen gibt, oder, bei Gott, ich lasse Sie auf Lebenszeit einsperren. Antworten Sie! Haben Sie dem Oberleutnant Peter Dorfrichter das Zyankali gegeben?»

«Nein, das habe ich nicht, Herr Hauptmann.» Der junge Offizier schien den Tränen nahe.

«Hören Sie zu, Vanini. Bis zu diesem Augenblick war das Ganze eine Sache ausschließlich zwischen uns beiden. Dabei kann es bleiben, aber nur, wenn Sie willens sind mitzumachen. Ein Mensch ist auf qualvolle und feige Weise umgebracht worden. Wir haben einen Verdächtigen. Ihren Freund Dorfrichter. Es gibt eine Menge Leute, denen daran liegt, dass er freikommt: a) weil er ein außergewöhnlich begabter Mensch ist, b) weil seine Verurteilung dem Ansehen der Armee schaden würde. Ob ich persönlich diese Meinung teile oder nicht, tut hier nichts zur Sache. Ich bin mit der Aufgabe betraut worden, den Fall aufzuklären, und das versuche ich, sonst nichts. Völlig Unschuldige sind in die Untersuchung hineingezogen worden, und für einige hat es tragisch geendet. Ich sehe keinen Sinn darin, die Sache hinzuschleppen. Entweder ist Dorfrichter unschuldig, dann muss er freigelassen werden, oder er ist schuldig, dann hat er die Folgen zu tragen. Sie retten ihn nicht dadurch, dass Sie schweigen – jetzt nicht mehr. Die Dinge sind zu weit gediehen. Aber Ihren eigenen Ruf und Ihre Karriere können Sie retten, wenn Sie sich entschließen, offen zu sprechen.»

Vaninis dunkle Italieneraugen waren fest auf Kunzes Gesicht gerichtet. Es lag keine Wärme in ihnen. «Ich habe nichts zu sagen, Herr Hauptmann.»

«Ich schlage Ihnen einen Handel vor, Vanini. Wir alle müssen im Leben dann und wann einen Handel eingehen, wenn wir durchkommen wollen.»

«Ich bin nicht sicher, ob ich das will», sagte Vanini missmutig, «nicht zu solchen Bedingungen.»

Kunze sah ihn lange an und entschloss sich dann, die Daumenschrauben fester anzuziehen.

«Nun tun Sie nicht so, als seien Sie Sir Galahad, Vanini. Sie sind ein gewissenloser Betrüger. Sie schwindeln sich so durch und verstecken sich hinter Ihrer Uniform. Treiben Sie die Dinge nicht auf die Spitze. Doch zur Sache: Haben Sie Oberleutnant Dorfrichter das Zyankali gegeben, ja oder nein?»

Vaninis Stimme war kaum noch hörbar. «Nein. Ich meine, ich habe es ihm nicht gegeben. Er hat es an sich genommen!»

Drei Monate lang hatte Emil Kunze auf diesen Augenblick gewartet. Ihn herbeigesehnt und zugleich gefürchtet. Ohne diesen Beweis war Dorfrichters Schuld reine Hypothese, eine kühne Vermutung, gestützt auf unzusammenhängende Einzelinformationen: Briefpapier, das es nur in Linz gab, für ein selbstgefertigtes Nähkästchen erstandene kleine Schachteln, das Gutachten eines Schriftsachverständigen, ein Zug, der um 6 Uhr 30 morgens in Wien-Westbahnhof ankam, ein Briefkasten in der Mariahilferstraße, ein Hund, der Wurmpulver nur mit Oblatenkapseln schlucken wollte.

«Wie meinen Sie das – er hat es an sich genommen?»

«Ich wusste nicht mehr ein noch aus – wegen dem Schuldschein», flüsterte Vanini. «Ich sah keinen Ausweg – und in fünf Tagen war er fällig, als Dorfrichter die Sache herausbekam, sagte er, er würde mit Landsberg-Löwy reden.»

Ein Schuldschein also war es. Schlimmer als eine Ehrenschuld, besonders dann, wenn Vanini mit dem Namen eines seiner Offizierskameraden unterzeichnet hatte. Eine unbezahlte Ehrenschuld machte einen Menschen zum gesellschaftlichen Paria, aber eine gefälschte Unterschrift brachte ihn ins Gefängnis!

«Sie haben Landsberg-Löwys Unterschrift gefälscht, habe ich Recht?»

Vanini zuckte die Schultern. «Der Geldverleiher verlangte einwandfreie Sicherheiten. Ich galt als hohes Risiko.»

«Wie konnten Sie so etwas Blödsinniges tun, Vanini?»

«Ich rechnete mit der Erbschaft einer Tante, die gerade gestorben war», sagte der junge Mann. «Und dann stellte sich heraus, dass sie ihr Geld der Kirche vermacht hatte.»

«Dorfrichter bot sich also an, mit Landsberg-Löwy wegen der Tilgung des Schuldscheins zu sprechen?»

«Ja. Zu meiner Überraschung hatte er Erfolg. Er brachte Landsberg-Löwy dazu, die 2000 Kronen herauszurücken –»

«Und als Gegenleistung wollte Dorfrichter das Zyankali!»

«Nein! Nicht als Gegenleistung. Er hatte es an sich genommen, weil –» Vanini wischte sich mit dem Taschentuch über die Stirn. «Er hatte auch meine Dienstpistole in Verwahrung genommen, selbst die angebrochene Packung Aspirin, die herumlag. Ich war in einer fürchterlichen Verfassung. Wieso sollte ein Jud mich retten wollen, dachte ich. Landsberg-Löwy hatte auf mich nie den Eindruck eines warmherzigen Menschen gemacht. Ich habe mich immer gefragt, was ein reicher Jude wie er überhaupt beim Militär macht. Nein, ich wollte nicht, dass Dorfrichter mit ihm sprach. Ich hatte nicht die Absicht, irgendjemandes Stiefel zu lecken; ich war entschlossen, mir eine Kugel durch den Kopf zu jagen!»

«Sie wollen also sagen, dass Dorfrichter Ihnen das Zyankali weggenommen hat, um Sie daran zu hindern, Selbstmord zu begehen?»

«Jawohl, Herr Hauptmann.»

«Haben Sie ihm gesagt, dass Sie das vorhatten?»

«Das weiß ich nicht mehr, Herr Hauptmann. Ich war die meiste Zeit betrunken. Dieses Sarajevo war kein Ort für mich. Es war voll von Hass: Die Bosniaken hassten die Türken, die Türken hassten die Österreicher, die Österreicher hassten die Serben, die Serben hassten jeden, und jeder hasste die Juden. Die Luft war so schwer, dass man kaum atmen konnte, wenn man die Mutevelic-Straße hinunterging. Es gab kein offizielles gesellschaftliches Leben in der Stadt, nur geschlossene Zirkel. Die Lokale, ob christlich oder mohammedanisch, betrieben ihren Ausschank hinter heruntergelassenen Rollläden und verschlossenen Türen. Es gab keine Frau, mit der man sich hätte unterhalten können, nur die Ehefrauen der Offiziere oder Huren. Ich hätte sowieso nie zur Armee gehen sollen, Herr Hauptmann. Vielleicht ist es das Beste für mich, wenn ich rausgeschmissen werde.»

Kunze empfand für den Leutnant das Mitleid eines älteren und erfahrenen Bruders. Wie viele Vaninis hatte er schon gesehen, Knaben in Uniformen, die für Männer geschneidert waren, Knaben, die zu beweisen suchten, dass sie hineinwachsen würden.

«Ich werde alles tun, was in meiner Macht steht, um Sie zu schonen, Vanini», versprach der Hauptmann. «Aber Sie müssen mir helfen und meine Fragen ehrlich beantworten.»

Vanini nickte. «Jawohl, Herr Hauptmann.»

«Dorfrichter hat Ihnen die beiden Zyankali-Stäbchen weggenommen. Haben Sie ihn jemals aufgefordert, sie Ihnen zurückzugeben?»

«Ja, das habe ich.»

«Wann war das?»

«Vor meiner Transferierung nach Nagykanizsa. Ich bekam den Befehl am 2. November. Am 12. sollte ich mich bei meinem neuen Regiment melden. Ich kannte in Linz eine Dame, und von ihr wollte ich zum Andenken ein paar Bilder machen. Ich borgte mir eine Kamera, und als Ritzberger es ablehnte, meinem Burschen Zyankali zu verkaufen, fragte ich Dorfrichter, ob er die zwei Stäbchen, die er mir in Sarajevo weggenommen hatte, noch hätte.»

«Was hat er gesagt?»

«Er sagte, er hätte sie weggeworfen.»

«Haben Sie ihm geglaubt?»

«Natürlich. Wozu sollte er sie aufbewahren?»

«Ist Ihnen, als Sie die Nachricht von den Charles-Francis-Zirkularen und von Dorfrichters Verhaftung lasen, nicht die Idee gekommen, es könne ein Zusammenhang bestehen?»

«Jawohl Herr Hauptmann», sagte er widerstrebend.

«Warum haben Sie sich nicht gemeldet?», fragte Kunze, obwohl er die Antwort im Voraus wusste.

«Weil dann die Geschichte mit dem Schuldschein herausgekommen wäre. Ich habe den Fall sehr aufmerksam verfolgt und jeden Zeitungsartikel gelesen, der erschienen ist. Mir war bekannt, dass die Kriminaluntersuchung so lange nicht zum Abschluss kommen konnte, wie der Beweis fehlte, dass Dorfrichter im Besitz des Zyankalis gewesen war. Wenn ich die mir bekannten Tatsachen zu Protokoll gegeben hätte, konnte er sich leicht dadurch rächen, dass er die unselige Schuldschein-Geschichte preisgab. Außerdem habe ich ihn schützen wollen – das müssen Sie mir glauben, Herr Hauptmann. Er ist mir ein treuer Freund gewesen. Ich wollte nicht derjenige sein, der ihn dem Exekutionskommando ausliefert.»

«Dem Henker!», verbesserte Kunze. «Er wird gehenkt werden.»

«Ich bin an allem schuld», gab Vanini zu. «Nie hätten Sie es herausbekommen, wenn ich nicht meinen Burschen zu Ritzberger geschickt hätte! Wozu hab ich ein Bild von dieser Frau haben wollen, die mir, dick und fett, wie sie war, im Grunde nichts bedeutet hat!»

15

Es war einer jener zauberhaften Tage, an denen plötzlich aus der blauen Ferne der Wälder der Frühling die Wiener Ringstraße herabwehte. Der Himmel war noch verhangen von Wolken, die so fadenscheinig waren wie die Leintücher der Armen. Schmeichelnde, nach vorjährigem Herbstlaub duftende Luft verbreitete sich in der Stadt. Es roch verheißungsvoll nach Blumen, die erst blühen würden. Der Duft wirkte auf die Stadt wie eine berauschende Droge; es wurden mehr Kinder gezeugt und mehr Selbstmorde begangen als zu irgendeiner anderen Zeit des Jahres.

Kunze war am Abend zuvor mit Vanini nach Wien gekommen. Obwohl der Leutnant nicht mehr unter Arrest stand, hatte der Hauptmann ihm befohlen, die Nacht in einem der unbenutzten Büros des Gerichtsgebäudes zu verbringen.

Am nächsten Morgen ließ er Vanini seine Zeugenaussage vor den Leutnants Stoklaska und Heinrich wiederholen und von ihnen zu Protokoll nehmen. Darin wurde weder der Schuldschein noch die gefälschte Unterschrift von Landsberg-Löwy erwähnt. Als das Protokoll fertig war, schickte Kunze nach Peter Dorfrichter. Seit dem Tag, als dem Oberleutnant der Zeitungsartikel mit der Riviera-Eskapade seiner Frau gegeben worden war und sie beide, Kunze und Dorfrichter, sich anschließend in so gehässigem Ton miteinander gestritten hatten, waren sie sich nicht mehr begegnet. Der Profos mit dem Kaiser-Wilhelm-Schnurrbart war durch einen robusten, älteren Unteroffizier ersetzt worden, der Befehl hatte, Dorfrichter zu beobachten und über sein Verhalten täglich Bericht zu erstatten. Es gab jedoch nicht viel zu berichten. Der Häftling hatte seine Gewohnheit beibehalten, bei offenem Fenster in der Zelle auf und ab zu marschieren, endlose Selbstgespräche zu führen und sich mit Freiübungen gelenkig zu halten. Den Wachen gegenüber trug er eine ruhige Gelassenheit zur Schau.

Als er hereingeführt wurde, saßen Stoklaska und Heinrich auf ihren üblichen Plätzen, Kunze hinter seinem Schreibtisch und Vanini auf einem Stuhl am anderen Ende des Raumes. Das Trio – der Profos neben dem Gefangenen, die Wache einen Schritt dahinter – marschierte zum Schreibtisch, nahm Haltung an und salutierte stramm, wobei der Profos die Überstellung des Gefangenen mit einer weit über Zimmerlautstärke hinausgehenden Stimme meldete. Kunze nahm die Meldung entgegen und entließ Profos und Wache, während der Gefangene in strammer Haltung stehen blieb und auf die Wand hinter dem Kopf des Hauptmanns starrte. Er mochte die Anwesenheit eines Vierten im Zimmer wittern, sein Blickfeld war jedoch durch die Scheuklappen militärischen Drills eingeengt.

«Ruht», sagte Kunze.

Scharrendes Geräusch, als Stoklaska, Heinrich und Vanini sich wieder auf ihre Stühle niederließen.

«Setzen Sie sich, Dorfrichter», sagte der Hauptmann.

Als Dorfrichter den für ihn vor dem Schreibtisch bereitgestellten Stuhl heranziehen wollte, erblickte er Xavier Vanini. Er ließ die schon ausgestreckte Hand fallen, als sich sein Blick und der des Italieners kreuzten.

«Aha», sagte er und dann nochmals: «Aha.» Seine und Vaninis Augen ließen einander nicht los. Ein schiefes Lächeln verschob seinen linken Mundwinkel nach oben. Er warf ihm ein «Servus!» hin.

«Servus!», nickte Vanini. Seine Stimme zitterte.

«Setzen Sie sich, Dorfrichter!», wiederholte Kunze.

Der Hauptmannauditor griff nach dem Blatt mit Vaninis Zeugenaussage und las es in jenem leicht näselnden Ton vor, der in den gehobenen Kreisen als fein galt und der sogar ein Todesurteil noch freundlich und verheißungsvoll klingen ließ. Als er fertig war, sah er den Mann, der ihm starr und stumm gegenübersaß, an.

«Haben Sie etwas dazu zu sagen, Dorfrichter?»

Der Gefangene zuckte die Schultern. «Der Herr Leutnant Vanini scheint über eine lebhafte Phantasie zu verfügen.»

«Sie meinen, er sagt nicht die Wahrheit?»

Dorfrichter lachte. «Ich kann mich nicht erinnern, ihm irgendwann Zyankali weggenommen zu haben.»

«Sie haben es ihm zusammen mit seiner Pistole und einer angebrochenen Packung Aspirin weggenommen», schnarrte Kunze.

«An die Pistole kann ich mich erinnern, und vielleicht hab ich ihm auch ein Röhrchen Aspirintabletten weggenommen. Er war derartig durcheinander, dass jeder sich Sorgen um ihn gemacht hätte. Aber dass ich ihm Zyankali weggenommen haben soll, ist eine reine Erfindung.»

Kunze wandte sich an Vanini. «Bitte, Herr Leutnant, treten Sie näher und bleiben Sie vis-á-vis dem Verdächtigten stehen.»

Vanini erhob sich langsam und ging mit schleppenden Schritten auf Dorfrichter zu. Seine Lippen zitterten, und er blinzelte nervös.

«Wollen Sie bitte dem Angeklagten gegenüber wiederholen, was Sie über das Zyankali zu Protokoll gegeben haben?»

In Vaninis Augen spiegelte sich ein Gemisch aus Verzweiflung, Abbitte und dem Flehen um Gnade.

«Wie du meine Pistole gesucht hast, Peter», sagte er, «hast

du die Kommodenfächer rausgezogen, und in einem von ihnen waren das Aspirin und auch die zwei Stäbchen Zyankali, noch in der Originalverpackung – ich hab sie in einem kleinen Glas aufbewahrt –, und du hast die Beschriftung gelesen und hast gesagt, du wolltest sichergehen, dass ich keine Dummheiten mache, und hast beides mitgenommen»

Dorfrichter schüttelte ruhig den Kopf: «Daran kann ich mich nicht erinnern.»

«Es war ein oder zwei Tage, bevor du mit Landsberg-Löwy –»

«Auch daran kann ich mich nicht erinnern», sagte Dorfrichter. «Du hast mich gebeten, es zu vergessen, und ich hab dir mein Wort gegeben.»

«Großer Gott, Peter!», stöhnte Vanini. «Quäl mich doch nicht so. Ohne dich wäre ich heute gar nicht mehr am Leben, das weißt du doch. Ich hab's nicht vergessen – bestimmt nicht –»

Kunze stand auf und ging zu Vanini hinüber.

«Noch einmal, Vanini: Bleiben Sie dabei, dass Ihnen Oberleutnant Dorfrichter Ende August 1908 zwei Stäbchen Zyankali weggenommen und nie retourniert hat?»

«Jawohl, Herr Hauptmann», stöhnte Vanini.

Kunze wandte sich an Dorfrichter. «Sie haben die Aussage des Leutnants gehört. Es war eine Aussage unter Eid. Wollen Sie noch immer bei Ihrer Behauptung bleiben, dass er lügt?»

«Jawohl, Herr Hauptmann», sagte Dorfrichter fest.

«Was sollte er damit bezwecken wollen? Er ist Ihr Freund. Warum sollte er lügen?»

«Das müssen Sie nicht mich fragen, Herr Hauptmann. Nicht ich habe einen Handel mit ihm geschlossen, sondern Sie.»

Vanini erbleichte, seine Lippen zuckten, als wollte er gleich in Tränen ausbrechen.

«Der Leutnant hatte keine andere Wahl, als die Wahrheit zu sagen, Dorfrichter», bemerkte Kunze. «Wahrscheinlich wird er Ihretwegen noch Unannehmlichkeiten bekommen. Er hätte melden müssen, dass Sie ihm im August 1908 das Zyankali weggenommen haben, und hätte nicht darauf warten dürfen, dass wir ihn aufspüren. Es ist Sache des Kriegsgerichts, ob ihn sein Schweigen zum Mitschuldigen macht oder nicht.»

«Es tut mir schrecklich Leid, Peter», murmelte Vanini. «Bitte, glaub es mir.»

Dorfrichters Gesicht blieb ausdruckslos; seine Augen blickten durch das offene Fenster auf die gegenüberliegenden Dachgiebel.

«Wenn ich Ihnen einen Rat geben darf», sagte Kunze zu Vanini, als Dorfrichter und die beiden Leutnants das Zimmer verlassen hatten, «quittieren Sie den Dienst, ehe es zu spät ist. Verlassen Sie die Armee, solange Ihr guter Ruf noch intakt ist. Sie sind noch jung. Es dürfte Ihnen nicht schwer fallen, sich im Zivilleben einen Platz zu erobern. Sie lieben doch das Meer. Warum gehen Sie nicht zur Handelsmarine? Diesmal sind Sie dank der Großmut von Hauptmann Landsberg-Löwy mit heiler Haut davongekommen. Ein zweites Mal werden Sie keinen so nachsichtigen Kameraden finden.»

16

Rose trug eine türkisfarbene Robe aus Crêpe de Chine mit schwarzer Spitzenbordüre und im Haar Straußenfedern, die mit einer brillantbesetzten Spange gehalten wurden. Der Ball beim Korpskommandanten war ihr erstes gemeinsames gesellschaftliches Auftreten seit der offiziellen Verlobung. Mit ihrem verstorbenen Mann, dem Kabinettsminister, hatte sie in den langweiligen Kreisen höherer Regierungsbeamter verkehrt. Die Armee war eine neue Welt für sie, und sie war freudig überrascht, wie hoch geachtet und allseits beliebt ihr Bräutigam war. Sie fühlte sich überglücklich.

Kunze hätte ihre Stimmung gerne geteilt, doch er vermochte das lähmende Gefühl der Hoffnungslosigkeit, das ihn befallen hatte, nicht abzuschütteln. Seit Vaninis entscheidender Aussage verfolgte ihn ständig die Erinnerung an einen jungen Soldaten, der zur Zeit der Annexion Bosniens im Jahre 1908 von einem Kriegsgericht, dem er angehört hatte, zum Tode verurteilt worden war. Das Bild dieses jungen Menschen, der unter dem Kugelhagel zusammengebrochen war, schob sich eigensinnig zwischen ihn und die tanzenden Paare. Zuweilen verwandelte sich das Gesicht mit den verbundenen Augen in das von Peter Dorfrichter.

Beim Essen saßen Rose und er an General Wencels Tisch. Lily wirkte müde und verhielt sich auffallend still. Sie trug ein einfaches Kleid und so gut wie keinen Schmuck; dabei waren es bis Aschermittwoch noch fünf Tage. Der General, in Paradeuniform, sprühte wie eine Wunderkerze nach allen Seiten fröhliche Funken. Das Tischgespräch drehte sich um den Krieg. Einer der jüngeren Offiziere erwähnte einen Artikel, den er in der Pariser Tageszeitung *Le Monde* gelesen hatte. Dort hatte es geheißen, die Deutschen rückten vom Schlieffen-Plan ab und hätten jetzt einen Plan, wonach der Angriff ausschließlich vom Elsaß her erfolgen sollte. Alle waren sich darüber einig, dass der Bericht in *Le Monde* der Phantasie entsprang. Denn schon aus Prestigegründen würden die Franzosen an dieser Grenze auf einen Angriff gewappnet sein. Vom anderen Ende des Tisches kam der Einwurf, dass bestimmt auch Russland in den Konflikt eingreifen würde, aber General Wencel war der Meinung, bis Russland sich von seiner Niederlage gegen Japan erholt hätte, würden mindestens noch zwanzig Jahre vergehen. Lebenswichtig hingegen war, dass Serbien ausgeschaltet wurde, ehe die Großmächte sich in einen Krieg stürzten. Russland hatte mit Serbien einen Beistandspakt abgeschlossen, darum musste die Kampagne auf dem Balkan möglichst ohne offizielle vorherige Kriegserklärung vonstatten gehen. Zu einem solchen Vorgehen würde Franz Joseph niemals seine Zustimmung geben, entgegnete ein Generalmajor heftig, und der Thronfolger Franz Ferdinand genauso wenig. Serbien ohne offizielle Kriegserklärung anzugreifen wäre ein Verstoß gegen den Ehrenkodex des gesamten Offizierskorps. Die bisher beachteten Regeln müssten gewahrt bleiben: Ultimatum, Kriegserklärung, Angriff. Es war eine hitzige Diskussion, und die ganze Zeit über spielte die Kapelle den Walzer aus der *Lustigen Witwe.*

«Komm, lass uns tanzen», schlug Kunze Rose vor. «Nächste Woche ist Aschermittwoch, es ist vielleicht für lange Zeit unser letzter Ball.»

Als er sich im Gewühl der Menge umsah, stellte er fest, dass sie das älteste Paar auf der Tanzfläche waren. Die vorüberwirbelnden Gesichter waren frisch und strahlend, die Kleider weiß, hellblau oder zartrosa, die Uniformen wiesen nicht mehr als ein oder zwei Sterne am Kragenspiegel auf. Er fragte sich, ob wirklich einer dieser jungen Männer so versessen darauf war, Serbien anzugreifen, ob mit oder ohne formelle Kriegserklärung, wie ihre Vorgesetzten es zu sein schienen. Seine Vision von dem unter dem Kugelhagel zusammengebrochenen Soldaten wich einem anderen Bild: eine öde Landschaft an der bosnisch-serbischen Grenze, Feuer speiende Geschütze, auf die in Reih und Glied in geschlossener Formation Soldaten zumarschierten. Jede Salve mähte eine Reihe dahin, wie Weizen unter der Sense sanken die Leiber zur Seite.

«Woran denkst du?», fragte Rose.

«An nichts Besonderes!», log er.

«Du schaust so finster.»

Er zwang sich zu einem Lächeln. «Ich bin es aber nicht. Ich amüsiere mich ausgezeichnet.»

«Gratuliere, Herr Hauptmann. Alle Welt ist begeistert von der Dame, die Sie zu Ihrer Braut erwählt haben», sagte Dr. Goldschmiedt, als er Kunze die Hand reichte.

Der Anwalt hatte ursprünglich vorgeschlagen, zusammen im ‹Hotel Sacher› zu Mittag zu speisen, doch Kunze hatte diese Einladung mit der Ausrede abgelehnt, er sei für die nächsten Tage vergeben; so hatten sie sich auf ein Gespräch in Kunzes Büro geeinigt.

«Meine Frau hofft», fuhr Dr. Goldschmiedt fort, «dass sie bald die Freude haben wird, Frau von Siebert kennen zu lernen.»

«Vielen Dank, Herr Doktor. Ich werde es Frau von Siebert bestellen. Sie wird sehr geschmeichelt sein.»

Kunze wünschte keinen gesellschaftlichen Verkehr mit

dem Ehepaar Goldschmiedt. Er hatte den Mann noch nie gemocht, aber seit der Anwalt Dorfrichter Hörner aufgesetzt hatte, war Kunze zumute, als habe man ihn persönlich gekränkt.

Goldschmiedt verbreitete bei seinem Eintritt Charme und Wohlwollen. Amüsant plauderte er über irgendwelche Nichtigkeiten. Ganz offensichtlich hatte der Besuch noch einen anderen Zweck als den, Kunze zur Wahl seiner künftigen Gattin zu beglückwünschen, doch es dauerte eine ganze Weile, ehe Goldschmiedt zur Sache kam. Schließlich warf Kunze in einer Atempause zwischen zwei pikanten Histörchen die Frage ein: «Was kann ich für Sie tun, Herr Doktor?»

Auf dem Gesicht des Verteidigers rief diese Unterbrechung totale Sonnenfinsternis hervor. «Ich bin wegen Frau Dorfrichter hier. Wie Sie wissen, vertrete ich sie. Frau Dorfrichter möchte sich von ihrem Mann scheiden lassen.»

Erschrocken und von einem unerklärlichen Schuldgefühl ergriffen, fragte Kunze: «Was hat Frau Dorfrichter zu diesem Entschluss bewogen?»

«Es ist mehr die Familie, die zu diesem Entschluss gekommen ist», antwortete Dr. Goldschmiedt. «Frau Gruber hat sich entschlossen, ihr Geschäft zu verkaufen, und möchte mit ihrer jüngsten Tochter und dem Kind das Land verlassen. Eine Schwester von ihr ist nicht weit von München, in Murnau, verheiratet. Dort möchte sie sich niederlassen.»

Kunze sah Goldschmiedt unverwandt an, diese alternde Karikatur eines Bonvivants, dazu ausersehen, Seite an Seite mit ihm Oberleutnant Peter Dorfrichter moralisch das Rückgrat zu brechen. Eigentlich hätte er sich über die Entwicklung der Dinge freuen sollen. Stattdessen wünschte er, es läge in seiner Macht, die Uhr bis zu jenem Augenblick zurückzudrehen, in dem der Schriftsachverständige den Namen Peter Dorfrichters zum ersten Mal ausgesprochen hatte.

«Ich fürchte, solange die Untersuchung läuft, können wir Frau Dorfrichter nicht gestatten, das Land zu verlassen. Sie wird vielleicht als Zeugin benötigt.«

«Ich glaube nicht, dass sie in ihrem derzeitigen Zustand eine große Hilfe für Sie sein wird», sagte der Anwalt, und als er sah, dass der Hauptmann die Brauen hochzog, setzte er hinzu: «Sie hat einen Nervenzusammenbruch erlitten und befindet sich im Sanatorium von Dr. Breuer.»

Das war Kunze bekannt, doch ein Aufenthalt in einem Modesanatorium bedeutete noch lange nicht, dass die Patientin wirklich krank war.

«Nun gut, ich werde Herrn Oberleutnant Dorfrichter von dem Wunsch seiner Frau in Kenntnis setzen. Ich vermute, dass er in die Scheidung einwilligen wird. Ich glaube kaum, dass irgendwelche Probleme auftauchen werden. Sobald ich seine Stellungnahme kenne, lasse ich von mir hören.»

Kaum hatte Dr. Goldschmiedt den Raum verlassen, ging Kunze in die Gefängnisabteilung hinüber. Er war seit dem Abend, als er Dorfrichter die Geburt seines Sohnes mitgeteilt hatte, nicht mehr in dessen Zelle gewesen. Mehrfach fühlte er, als er durch die langen Gänge schritt, treppauf und treppab, den Wunsch, umzukehren und die Begegnung in sein Amtszimmer zu verlegen, wo er sich physisch geborgen fühlte. Auf die Frage, ob die Intimität der Zelle dazu führen würde, dass er stärker den Richter oder stärker den Menschen hervorkehrte, wusste er keine Antwort. Es wäre sicher richtiger gewesen, wenn er Stoklaska mit der Nachricht zu Dorfrichter geschickt hätte und erst dann zu ihm gegangen wäre, nachdem der Schreckschuss gefallen war. Er durfte nicht vergessen, dass er der Richter und Dorfrichter der Gefangene war.

Die beiden Soldaten, die Wache hatten, spielten im Dienstraum an einem Ecktisch Einundzwanzig und sprangen wie aufgescheuchte Rebhühner hoch, als sie den Hauptmann erblickten. Er hatte absichtlich vermieden, den Profos zu rufen, was Vorschrift gewesen wäre. In dem überheizten Raum roch es nach Männerschweiß und billigem Tabak.

Kunze verlangte den Schlüssel zur Zelle Nr. 6. Falls die Wachsoldaten sich wunderten, dass er sie nicht aufforderte mitzukommen, so zeigten sie es nicht. Der Defraudant aus Zelle Nr. 1 war inzwischen verurteilt und ins Militärgefängnis nach Möllersdorf überführt worden; seinen Platz nahm ein junger Leutnant ein, der einen Kameraden im Duell getötet hatte. In Nr. 3 saß ein Dragonerleutnant, der in betrunkenem Zustand seine Einheit zum Angriff gegen den Lemberger Polizeiposten geführt hatte.

Peter Dorfrichter lag auf seiner Pritsche, die Arme unter dem Kopf verschränkt, und starrte mit leerem Blick an die Decke. Offenbar war er der Meinung, es sei die Wache, die hereinkam, und wandte sich erst dann dem Eintretenden zu, als er merkte, dass es die Stimme von Hauptmann Kunze war.

«Ich habe Ihnen etwas zu sagen, Dorfrichter.»

Der Oberleutnant setzte sich auf, schwang die Beine vom Bett. «Als Sie das vorige Mal kamen, haben Sie mir mitgeteilt, dass ich Vater geworden bin. Was ist es diesmal? Etwas ebenso Wichtiges?»

Wie gewöhnlich brachte der spöttische Ton Kunze auf.

«Urteilen Sie selbst: Ihre Frau will sich scheiden lassen.» Es war heraus. Das feindselige Grinsen auf dem Gesicht des Gefangenen hatte ihm die Worte leicht gemacht.

«So.» Dorfrichter runzelte die Stirn. «Die Scheidung will sie? Was ist, wenn ich meine Einwilligung versage?»

«Sie können die Klage abweisen und Gegenklage erheben. Ich habe den Anwalt Ihrer Frau nicht gefragt, wie er vorzugehen gedenkt, aber aller Voraussicht nach wird es auf eine Klage wegen Ehebruch hinauslaufen.»

Als Kunze vom Anwalt seiner Frau sprach, fuhr der Oberleutnant zusammen. «Wird sie noch immer von diesem Menschen vertreten?»

«Im Augenblick ja. Sollte es zu einem Prozess kommen, wird sie sich vermutlich jemand anderes nehmen.» *Es wäre ja grotesk, wenn Dr. Goldschmiedt hinginge und Dorfrichter einen Ehebrecher nennte*, dachte Kunze.

Der Hauptmann setzte sich auf einen der Stühle am Tisch. Dorfrichter kauerte zusammengesunken auf dem Bettrand, den Kopf in die hohlen Hände gestützt. Das Feuerwerk, das Kunze erwartet hatte, war ausgeblieben. Die Nachricht hatte den Oberleutnant bestürzt, aber nicht in Wut versetzt.

«Warum?» Zum ersten Mal sah er Kunze fragend an, in seinem Blick lag keine Animosität. «Warum bloß? Was ist mit ihr passiert? Es sieht ihr so gar nicht ähnlich!»

Kunze fühlte sich sonderbar enttäuscht; er war darauf gefasst gewesen, dass Dorfrichter einen Wutausbruch bekommen würde. «Sie kennen sie. Ich nicht.»

Mit einer Plötzlichkeit, die Kunze zusammenfahren ließ, sprang Dorfrichter von der Pritsche. «Ich muss mit ihr sprechen», sagte er, und sein Ton ließ keine Widerrede zu. «Sonst kann ich keine Entscheidung treffen, ganz gleich, was die Vorschriften sagen. Noch sind wir miteinander verheiratet. Und es ist eine Sache, die nur uns beide angeht. So etwas lässt sich nicht durch Mittelsmänner oder Anwälte regeln!»

«Und wenn sie Sie nicht sehen will?»

«Dann verweigere ich die Scheidung. Ich finde schon Mittel und Wege. In Zivilangelegenheiten habe ich den gleichen Anspruch wie jeder andere Bürger auch.» Dorfrichter trat auf Kunze zu: «Sie werden das in die Wege leiten, nicht wahr, Herr Hauptmann? Diese Begegnung sind Sie mir schuldig.»

Der Hauptmann erhob sich. Ihre Körper berührten sich fast, so dicht standen sie sich gegenüber. Kunze spürte, wie die dunklen, wissenden Augen des Oberleutnants sich in die seinen bohrten. Schmerzliche Begierde überfiel ihn, der Wunsch, diesen Menschen in die Arme zu schließen und sich ihm vorbehaltlos auszuliefern. Was ihn zurückhielt, war weniger die Gewissheit, dass er damit seine ganze Zukunft zerstören würde, als vielmehr die Erkenntnis, dass der Mann vor ihm nur auf eine Bewegung von ihm wartete, damit er umso sicherer über ihn triumphieren konnte.

Kunze trat ans Fenster. Er musste sich aus dem Zauberkreis dieses Mannes lösen.

«Ich will sehen, was ich tun kann», sagte er, sobald er sich wieder hinlänglich Herr seiner Stimme glaubte. «Versprechen kann ich Ihnen nichts. Doch ich bin wie Sie der Meinung, dass eine Begegnung stattfinden sollte.»

Ohne noch einen Blick auf Dorfrichter zu werfen, ging er zur Tür. Der Aufruhr in seinem Innern war noch nicht völlig abgeklungen, aber seine Hände zitterten nicht mehr, als er die Klinke niederdrückte.

«Sie hören von mir», sagte er beim Hinausgehen.

War es eine Sinnestäuschung, oder hatte Dorfrichter tatsächlich die Hacken zusammengeschlagen und ein «Danke gehorsamst, Herr Hauptmann» gemurmelt?

Kunze schmetterte rasch die Tür zu und drehte den Schlüssel im Schloss um.

Die Begegnung fand Anfang März statt. Dr. Breuer war zuerst dagegen gewesen, pflichtete dann aber Frau Gruber bei, dass Marianne, solange sie in Wien blieb, keine Chance hatte, ein normales Leben zu führen, und je eher die Scheidung ausgesprochen wurde, desto besser.

In Mariannes Zustand war eine deutliche Besserung eingetreten. Sie war noch immer versonnen, doch im Ganzen war sie heiterer, gelegentlich sogar fröhlicher Stimmung. Frau

Gruber besuchte sie regelmäßig, und dann und wann nahm sie das Kind mit. Marianne schien sich zu freuen, es zu sehen, fragte aber nicht nach ihm, wenn Frau Gruber es zu Hause ließ.

Die Entscheidung, ob Dorfrichter seine Frau sehen dürfe, wurde nach einer zweistündigen Beratung im Dienstzimmer des Kommandanten der Wiener Garnison, Baron Versbach von Hadauer, getroffen, wo sich General Wencel, Hauptmann Kunze und Regierungsrat Stukart vom Sicherheitsbureau zusammengefunden hatten. Ehe die endgültige Entscheidung fiel, hatte sich der Kommandant telephonisch mit Kriegsminister von Schönaich beraten, der der Begegnung zustimmte.

Um den neugierigen Augen der Presse zu entgehen, wurde beschlossen, das Treffen in die späten Abendstunden zu verlegen.

Marianne Dorfrichter wurde von Dr. Johann Frazer begleitet, einem in der Anwaltskanzlei von Dr. Goldschmiedt tätigen jungen Rechtsanwalt, und einem Krankenwärter aus dem Sanatorium. In einem geschlossenen Fiaker fuhren die drei am Seiteneingang des Garnisonsgerichts vor, wo Leutnant Stoklaska sie in Empfang nahm und die Treppe hinaufgeleitete. Dem Krankenwärter wurde bedeutet, im Vorraum Platz zu nehmen, während Marianne in Begleitung des Anwalts in Kunzes Büro geführt wurde.

Auf den ersten Blick waren an ihr keinerlei Anzeichen einer Krankheit zu entdecken. Sie war in ein dunkelgraues Winterkostüm gekleidet, nicht ganz nach der neuesten Mode geschnitten, Schalkragen und Muff waren aus Maulwurfsfell, und auf dem Kopf trug sie einen roten Samthut. Bis auf ein paar vom Wind verwehte Löckchen war sie tadellos frisiert. Sie bewegte sich mit ruhiger Würde und erinnerte Kunze an einen Schwan, der über einen Teich gleitet. Als er sie zuletzt gesehen hatte, war sie hochschwanger gewesen; im Vergleich dazu wirkte sie jetzt ätherisch. Sie reichte mit einem Lächeln Kunze die Hand und sagte, sie freue sich, ihn wieder zu sehen. Dann nahm sie auf dem angebotenen Stuhl Platz und hörte still dem angestrengten Geplauder zu, mit dem Dr. Frazer und der Hauptmann die Minuten bis zum Erscheinen des Gefangenen auszufüllen versuchten.

Kunze hatte dem Profos Anweisung gegeben, Oberleutnant Dorfrichter lediglich in den Vorraum zu führen und ihn allein in sein Büro eintreten zu lassen. Als Dorfrichter auf der Schwelle stand, fiel das Licht der Deckenlampe auf das aufgepflanzte Bajonett der Wache hinter ihm: ein scharfes, blitzendes Ausrufungszeichen. Marianne drehte sich um, ließ aber durch nichts erkennen, ob sie das Bajonett gesehen hatte oder nicht, und begrüßte ihren Mann mit einem unbestimmten Lächeln. Dorfrichter leistete dem Hauptmann die Ehrenbezeigung. Er wirkte gefasst, aber er biss sich vor Nervosität auf die Unterlippe. Dem Anwalt nickte er flüchtig zu, ohne den Blick von seiner Frau zu wenden.

«Guten Abend, Marianne», sagte er leise.

Sie zog die Brauen zusammen und kreuzte die Arme vor ihrem Leib.

«Schau mich nicht an!», rief sie. «Ich sehe entsetzlich aus. Du hast versprochen, dass du mich nicht anschaust – nicht bevor das Kind da ist. Du hast es versprochen!»

Darauf war Dorfrichter offensichtlich nicht gefasst gewesen. Sein Mund öffnete sich, seine Lippen formten ein Wort, doch er brachte keinen Laut hervor. Er schüttelte den Kopf, als seien seine Ohren verstopft, und seine Augen blickten erschrocken und fragend auf Kunze. Statt einer Antwort erteilte der Hauptmann mit einer Kopfbewegung Dr. Frazer das Wort, dessen viel zu laute Stimme in dem kleinen Raum gänzlich fehl am Platz war.

«Herr Oberleutnant, ich muss Sie darauf aufmerksam machen, dass jeder Einwand von Ihrer Seite die Dinge nur verzögert, aber es wird Ihnen nichts nützen; meine Klientin wird ihre Freiheit erlangen», rasselte er herunter.

Dorfrichter sah ihn an. «Schweigen Sie!»

«Bei allem Respekt, Herr Oberleutnant –», setzte der Anwalt wieder an, aber der Ausdruck im Gesicht seines Gegenübers ließ ihn verstummen.

Dorfrichter ging zu Marianne hin, ergriff ihre Hände und zog sie vom Stuhl hoch in eine zärtliche, behutsame Umarmung.

«Du hast doch dein Kind schon, Marianne.» Mit einer liebevollen Bewegung hob seine Rechte ihr Gesicht zu sich empor. «Weißt du es nicht mehr?» Er sah sie forschend an, als suche er nach dem Schlüssel, der ihm Zugang zu ihrem Gemüt verschaffen würde.

Sie lächelte ihn an und schüttelte den Kopf.

«Weißt du, wer ich bin, Marianne?»

«Aber natürlich weiß ich, wer du bist», sagte sie lachend. Dann schob sie ihn von sich.

«Bist du böse auf mich?», fragte er.

«Nein.» Sie schüttelte den Kopf. «Nein», wiederholte sie, aber diesmal als Frage. Plötzlich schien sie verwirrt und vergrub ihr Gesicht in den Händen. Als sie sie sinken ließ, hatte sie Tränen in den Augen.

Dr. Frazer trat beunruhigt näher. «Sie müssen verstehen, Herr Oberleutnant – Ihre Frau ist nicht gesund. Sie ist bei Dr. Breuer im Sanatorium.»

«Lassen Sie uns allein. Bitte. Ich verstehe ja.» Und an Kunze gewandt, sagte Dorfrichter mit erhobener Stimme: «Bitte, Herr Hauptmann, sagen Sie ihm, er soll gefälligst machen, dass er rauskommt.»

Kunze schnitt dem jungen Mann, der protestieren wollte,

kurz das Wort ab: «Ich wäre Ihnen dankbar, Herr Dr. Frazer, wenn Sie draußen warten wollten.»

Der Anwalt schluckte ein paar Mal und stolzierte dann aus dem Zimmer.

«Marianne», fragte Dorfrichter, «weißt du, wo wir hier sind?»

Sie lächelte unter Tränen und zuckte die Schultern.

«Du kennst doch den Hauptmann?»

«Selbstverständlich kenne ich den Hauptmann.» Ihre Stimme klang leicht irritiert. «Habe ich das nicht schon gesagt?»

«Weißt du, warum wir hier sind?»

Sie schien die Frage nicht zu hören.

«Ich bin müde», flüsterte sie. «Kommt Dr. Breuer heute Abend nicht? Sonst schaut er immer um diese Zeit herein.»

Dorfrichter führte sie zu dem Sofa in der Ecke, und sie setzten sich. «Bitte, hör mich an, Marianne. Es ist einiges geschehen, was schwer zu erklären ist, aber an eines musst du immer denken: Ich liebe dich mehr als alles auf der Welt. Dich am allerwenigsten habe ich kränken wollen. Du bist alles, was ich habe. Hörst du mich, Marianne? Hörst du mich?»

Sie blickte ihn an, als lausche sie einer in weiter Ferne erklingenden Musik. Mit einer Hand berührte sie seine Wange. «Du musst dir die Haare schneiden lassen», sagte sie. Sie lehnte sich enger an ihn und sprach mit klarer, lebhafter Stimme. «Wie er auf die Welt gekommen ist, hat der Kleine ganz schwarze Haare gehabt, aber dann sind sie alle ausgegangen, und jetzt hat er blonde, fast weiße.»

«Siehst du, ich habe dir ja gesagt, dass du dein Kind längst hast.» Dorfrichters Stimme war voller Flehen und Hoffnung, doch der lichte Augenblick war bereits wieder verglommen wie eine Sternschnuppe.

Kunze hatte sich so hinter seinen Schreibtisch gesetzt,

dass er ihnen den Rücken zukehrte, und wünschte sich, ihrem schmerzlichen Zwiegespräch ein Ende zu machen. Er empfand Scham, Reue und – zum ersten Mal – ein tiefes, zärtliches Mitgefühl mit der Frau.

Sie begann unruhig zu werden und fragte erneut nach Dr. Breuer. Kunze kam sie vor wie ein artiges Kind, das auf eine Gesellschaft Erwachsener mitgenommen worden ist und das sich die ganze Zeit über brav wie ein Engel verhält; doch mit einem Mal hat es von den Reden der Erwachsenen ringsum genug und will keine Minute länger bleiben. Auch Peter Dorfrichter musste bemerkt haben, dass er nur mehr zum leeren Gehäuse dessen sprach, was früher einmal seine Frau gewesen war.

«Ich glaube, Herr Hauptmann, man sollte sie wieder ins Sanatorium bringen. All das ist sehr anstrengend für sie.»

«Ich werde Dr. Frazer rufen», sagte Kunze und verließ das Zimmer, um dem Gefangenen einen ungestörten Abschied zu ermöglichen.

Als er zurückkam, saßen sie noch immer nebeneinander auf dem Sofa. Dorfrichter hatte den Arm um Marianne gelegt, und ihr Kopf lag auf seiner Schulter. Sie wirkte jetzt völlig ruhig, und in ihrem Gesicht lag der Ausdruck gelöster Zufriedenheit. Früher musste sie oft so dagesessen und den Stoff seines Waffenrocks an ihrer Wange gespürt haben. Sie hat ihren Mann nicht wirklich wieder erkannt, dachte Kunze, lediglich die Berührung seiner Hand, wie seine Arme sie umfingen und wie sein Körper sich an den ihren schmiegte – die Melodie kam ihr bekannt vor, doch der dazugehörige Text wollte ihr nicht einfallen.

Als der Krankenwärter das Zimmer betrat, weigerte sie sich, mit ihm zu gehen. Nur die Mahnung, Dr. Breuer würde böse sein, brachte sie dazu, die Geborgenheit der wohl vertrauten Arme zu verlassen.

Kunze hatte dem Anwalt draußen im Vorzimmer gesagt, er würde die Frage der Scheidung mit dem Gefangenen besprechen und die Entscheidung Dr. Frazer dann per Telephon mitteilen. Der Hauptmann begleitete Marianne hinaus. Als er sich an der Tür, die vom Vorzimmer auf den Korridor hinausführte, von ihr verabschieden wollte, sah sie ihn mit einem völlig klaren Blick an: «Ich weiß, wer Sie sind! Wenn ich gewusst hätte, dass ich Sie hier treffe, wäre ich nicht gekommen!»

Dorfrichter saß noch immer auf dem Sofa, die Ellbogen auf den Tisch gestützt. Ganz in Gedanken versunken, hatte er den Hauptmann nicht hereinkommen hören und sprang, als Kunze seinen Schreibtischstuhl zurechtrückte, mit solcher Plötzlichkeit auf, dass er einen Aschenbecher vom Tisch stieß. Der Hauptmann bückte sich danach.

«Es tut mir Leid, Herr Hauptmann. Zumal der Aschenbecher nicht so aussieht, als wäre er Eigentum der Armee. War es ein Geschenk?»

«Nein. Ich habe ihn mir aus Venedig mitgebracht. Machen Sie sich nichts daraus. Beim nächsten Mal kauf ich mir einen neuen.»

Plötzlich durchfuhr es ihn, dass es für den Mann, mit dem er sprach, kein nächstes Mal gab, weder in Venedig noch anderswo.

«Ich habe dem Anwalt gesagt, dass er Ihnen wegen der Scheidung Zeit lassen muss. Überstürzen Sie nichts.»

«Mein Entschluss ist bereits gefasst», sagte Dorfrichter. «Ich werde gegen eine Scheidung keine Einwendung erheben. Sie soll sie haben. Je eher, desto besser.» Unter seinen Augen lagen tiefe Schatten, und zum ersten Mal fehlte seinem Gesicht jenes jugendliche Strahlen, das es so anziehend gemacht hatte. Es war mit einem Mal das Gesicht eines alten Mannes.

Kunze hätte ihm gern ein paar tröstende Worte gesagt, doch er wusste, dass es nicht der rechte Augenblick war.

«Möchten Sie, dass ich Dr. Frazer gleich morgen früh Bescheid gebe, oder soll ich noch ein paar Tage warten?»

«Nein, warten Sie nicht, Herr Hauptmann. Ich werde meine Meinung nicht ändern.»

«Man hat mir gesagt, dass Dr. Breuer sehr optimistisch ist. Er meint, es sei nur eine Frage der Zeit, bis Ihre Frau völlig wiederhergestellt ist. Es ist nichts Ungewöhnliches, dass junge Frauen nach der Entbindung mit den Nerven zu tun haben. Bei Ihrer Frau kamen noch große Sorgen hinzu: Ihre Verhaftung und –»

«Mein Entschluss ist endgültig, Herr Hauptmann», unterbrach Dorfrichter ihn mit leichter Ungeduld in der Stimme. «Selbst wenn sie morgen wieder gesund wäre, selbst wenn sie mir versicherte, dass sie die Scheidung nicht will – ich will, dass sie sie bekommt! Ihre Mutter hat Recht. Sie müssen das Land so bald wie möglich verlassen und sich irgendwo etablieren, wo man sie nicht kennt. Marianne ist viel zu jung, um sich unter den Trümmern, die von unserem gemeinsamen Leben übrig geblieben sind, begraben zu lassen.» Nach einer Pause fügte er hinzu: «Jedenfalls vielen Dank für Ihre freundliche Anteilnahme, Herr Hauptmann.»

Das war neu: das erste «Vielen Dank», das so klang, als sei es ernst gemeint. Hisste er die weiße Fahne der Kapitulation? Jeder andere an Kunzes Stelle hätte rasch einen Zeugen und einen Schreiber herbeigerufen und den Gefangenen ins Kreuzverhör genommen. Doch Kunze ließ die Hand, die nach der Glocke greifen wollte, sinken. Er brachte es nicht über sich, auf das Ziel zu schießen, das der Mann vor ihm darstellte.

«Ich denke, ich entlasse Sie jetzt in Ihre Zelle», sagte er und bot Dorfrichter eine Zigarette an. «Sie brauchen Ruhe.»

Es ging schon fast auf Mitternacht, als der Hauptmann von Dr. Klein, dem Dienst tuenden Arzt im Militärgefängnis, angerufen und davon in Kenntnis gesetzt wurde, dass der Gefangene in Zelle Nr. 6 um ein Schlafpulver gebeten hatte – das erste derartige Ersuchen. Kunze dankte dem Arzt für seinen Anruf. Am liebsten hätte er auch für sich selber ein Schlafpulver erbeten.

17

Der Hochzeitstag fiel auf einen Dienstag. Lange Zeit hatte das Datum vom 5. März in weiter Ferne gelegen und war Kunze vorgekommen wie der Vesuv bei Neapel: Er hob sich deutlich vom Horizont ab, stieß dann und wann kleine Rauchwölkchen aus, bedeutete aber nie eine echte Bedrohung. Und dann stürzte plötzlich, fast ohne Vorwarnung, der Berg auf ihn nieder. In seine Paradeuniform gekleidet, nahm er ein neues Paar weiße Glacéhandschuhe aus der Schublade und bestieg vormittags um elf mit Hans von Gersten, seinem Trauzeugen, einen Mietwagen, um in die Michaelerkirche zu fahren.

«Du bist ja so still», bemerkte Gersten mit leisem Lachen, als der Fiaker in den Ring einbog. «Hast du etwa Angst?»

«Nein. Ich mach mir nur so meine Gedanken.»

Er machte sich tatsächlich Gedanken, über die Ehe, darüber, wie sie sein, was sie ihm geben, was nehmen würde. Mit Rose geschlafen hatte er schon vorher, es war also nicht das Sexuelle, was sie zusammenhielt. Was sonst war es? Das Gefühl, zueinander zu gehören, statt «ich» «wir» zu sagen? Eine Hand, an der man sich in der Todesstunde festhielt? Liebte er Rose? War Liebe nicht das am unverfrorensten missbrauchte Wort? Für die jungen Leute vermutlich nicht. Die konnten noch lieben. Er versuchte den Menschen heraufzubeschwören, der er vor zwanzig Jahren gewesen war. Damals hatte er, leicht und ohne Vorbehalt, geliebt: seine Mutter, den ältesten Hartmann-Jungen, Lehrer, Freunde. Was er vermisst und wonach er sich gesehnt hatte, war das Geliebtwerden. Es war ihm dank seiner früh entwickelten Selbstdisziplin gelungen, diese Sehnsucht zu verbergen, sogar vor sich selbst, doch sie war vorhanden und nagte in seinem Innern. Es hatte ihm geschienen, als könne nur erwiderte Liebe ihn wirklich lebendig machen. Solange ihn niemand liebte, würde er ein Gespenst bleiben, ein Mensch, der eigentlich gar nicht existierte. Jetzt, im Alter von 38 Jahren, fühlte er sich nicht mehr als Gespenst. Er hatte seinen Platz gefunden, hatte gelernt, allein zu leben, ohne sich verlassen zu fühlen, er gierte nicht mehr nach der Zuneigung anderer. Die Jahre hatten alles Böse beiseite gefegt und einer leicht ins Weltmännisch-Zynische spielenden Toleranz Platz gemacht. Freigebig schenkte er Wohlwollen, Freundlichkeit und Mitgefühl, gewann aber keine innere Befriedigung, denn er war unfähig, seine Gaben mit dem geheimnisvollen Körnchen Liebe zu würzen. Liebte er Rose?, fragte er sich noch einmal. Überflutete ihn, wenn er sie ansah, ein Gefühl von Zärtlichkeit – vermisste er sie, wenn sie abwesend war? Die Antwort lautete: nein. Er duldete sie, so wie er im Grunde alle Menschen duldete. Und doch überkam ihn mitunter ein zärtliches Gefühl. Er empfand es jedes Mal, wenn seine Hand über Trolls buschigen Kopf glitt, und Zärtlichkeit war in ihm aufgestiegen, als Peter Dorfrichter kummergebeugt auf dem harten Amtssofa in seinem Büro gesessen hatte. Unter all den Billionen von Kreaturen, die die Erde bevölkerten, empfand Emil Kunze nur für zwei von ihnen ein Gefühl, das man vielleicht Liebe nennen konnte: für einen Mörder und für einen Hund.

War er dabei gerecht gegen sich und gegen Rose? Die Antwort war einfach. Gegen Rose, ja; gegen sich, nein. Die Tatsache, dass sie einen Mann heiratete, der sie nicht liebte, war bedeutungslos. Sie heiratete einen Mann, den sie selber bedingungslos liebte, und mehr konnte keine Frau verlangen.

Die Last der Ehe würde er tragen. Da er Roses Liebe nicht mit Gleichem vergelten konnte, würde er die Schuld, die er auf sich geladen hatte, als er zuließ, dass sie ihn immer mehr liebte, mit Takt, Geduld und Fürsorge abgelten. Einen Mann wie Peter Dorfrichter hätte Rose von Siebert nie geheiratet.

Die Kerzen in der Kirche flackerten bleich, als Rose am Arm ihres Schwagers zum Altar schritt. Sie trug ein beigefarbenes Frühjahrskostüm und einen großen, mit schwarzen Bändern geschmückten Hut in der gleichen Farbe. Der einzige Gedanke, der Kunze in diesem feierlichen Augenblick durch den Kopf schoss, war der, dass sie sich in der eisigen Zugluft bestimmt den Tod holen würde. Frauen waren manchmal unbegreiflich: Um elegant zu sein, riskierten sie ihr Leben. Nicht wenn der Schnee taute, war für sie Frühlingsanfang, sondern wenn die Modehäuser ihre neuen Kollektionen zeigten.

Monsignore Olden, ein Freund der Familie und Beichtvater der Sieberts, zelebrierte den Trauungsgottesdienst. Während der ganzen feierlichen Handlung fühlte sich Kunze mehr als Zuschauer denn als Beteiligter. Er war kein religiöser Mensch, aber er liebte die Riten seiner Kirche mit ihren Symbolen und ihrer barocken Pracht. Monsignores salbungsvolle Worte und Gemeinplätze ließen ihn jedoch kalt. Er und Rose waren immerhin zwei Erwachsene im reifen Alter, zu denen man, wenn überhaupt, in einer Tonart hätte reden müssen, die ihrer Intelligenz angemessen war. Doch als er einen verstohlenen Blick zu Rose hinüberwarf, entdeckte er überrascht, dass sie mit feuchten Augen wie gebannt zuhörte. *Du liebe Zeit*, dachte er und leistete Monsignore insgeheim Abbitte, der offenbar ein weit besserer Kenner der weiblichen Psyche war als er.

Das *déjeuner* in einem der Privaträume des ‹Hotels Sacher›, dem lange Besprechungen mit dem Oberkellner, ja sogar mit der imponierenden Frau Sacher persönlich vorangegangen waren, empfanden alle, die daran teilnahmen, als sehr gelungen. Von Kunzes Seite waren General Wencel und seine Frau gekommen, die Leutnants Stoklaska und Heinrich, der alte General Hartmann mit seiner Frau, deren Tochter Paula mit ihrem Mann und Hans von Gersten; die übrigen Gäste stammten aus Roses Bekanntenkreis. Überraschenderweise harmonierten alle miteinander, die Tischreden waren kurz und geistreich, und die Gäste sowie die Neuvermählten wurden sehr vergnügt.

Kunze hatte um eine Woche Urlaub nachgesucht und ihn auch erhalten, sie wollten ihn in Venedig verbringen. Kunze wäre lieber zu einer späteren Jahreszeit, wenn das Wetter zuverlässiger war, gefahren, aber Rose hatte auf einer Hochzeitsreise bestanden. Alles musste in der althergebrachten Form vor sich gehen: getraut von Monsignore Olden, abgefeiert im ‹Hotel Sacher› und mit ihrem Gatten fleischlich vereint in einem Schlafwagenabteil auf dem Weg zur Adria. Es störte sie nicht im Mindesten, dass es nur eine Wiederholung des Rituals von vor zwanzig Jahren war.

Als Kunze seine Wohnung in der Traungasse betrat, um sein Gepäck abzuholen – Rose hatte er in ihrer Wohnung abgesetzt –, empfing ihn Fräulein Baldauf mit der Nachricht, dass er gleich, denn es sei ganz dringend, im Militärgefängnis anrufen möchte.

Das Telephon war noch immer ein ziemlich kapriziöses Kommunikationsmittel, und Kunze brauchte mehrere Minuten, bis er den Dienst tuenden Unteroffizier erreichte.

«Ich weiß, dass Sie heute heiraten, Herr Hauptmann», entschuldigte sich der Mann, «aber Sie haben gesagt, dass wir Sie jederzeit benachrichtigen sollen, wenn –»

«Was ist passiert?», unterbrach Kunze ihn ungeduldig.

«Herr Oberleutnant Dorfrichter möchte Sie sprechen,

Herr Hauptmann. Der Herr Stabsprofos Koller sagt, in einem solchen Zustand hat er den Herrn Oberleutnant noch nie gesehen. Auch Herrn Dr. Klein hat er gerufen, dass er nach ihm schaut, aber das hat nichts geholfen –»

«Es ist gut, ich bin in zehn Minuten da.»

Es war vier Uhr nachmittags; der Zug nach Venedig sollte um sechs fahren. Kunze beschloss, sich sofort ins Militärgefängnis zu begeben und festzustellen, was der Gefangene wollte; erst dann konnte er entscheiden, ob die Reise verschoben werden musste. Er bat Fräulein Baldauf, seine Koffer in die Zaunergasse hinüberschicken zu lassen, und kritzelte für Rose auf einen Zettel die Mitteilung, dass er auf einen Sprung ins Garnisonsgericht müsse, aber sicherlich rechtzeitig zurück sein würde.

Die Fahrt zum Hernalser Gürtel schien kein Ende nehmen zu wollen. Am Standplatz war kein Fiaker gewesen, und er hatte einen Einspänner nehmen müssen, dessen Kutscher betrunken war und dessen Pferd unter Asthma litt. Es war halb fünf, als sie endlich vorm Gefängnis ankamen. Im Wachraum erwartete ihn sowohl der Profos wie Dr. Klein. Kunze verlangte den Zellenschlüssel.

«Sollen wir nicht mitkommen, Herr Hauptmann?», fragte der Profos. «Der Herr Oberleutnant ist, scheint's, in recht übler Gemütsverfassung. Die Wachsoldaten haben gesagt, dass er die ganze Nacht kein Auge zugetan hat und wie ein Tier im Käfig hin und her gegangen ist. Mit Erlaubnis, Herr Hauptmann, zu dem würd ich nicht allein in die Zelle gehen.»

Dr. Klein nickte zustimmend.

«Ich riskier's», sagte Kunze. Die Besorgtheit des Mannes machte ihn nervös. «Wenn ich Sie brauche, Koller, läute ich.»

Der Profos ging mit, um ihm die Zellentür aufzusperren, und kehrte dann widerstrebend in die Wachstube zurück.

Dorfrichter stand am Fenster. Er machte nicht den Eindruck, als würde er gleich Amok laufen. Obwohl er sehr blass war und tiefe Schatten unter den Augen hatte, wirkte er gefasst, ja beinahe heiter.

«Da sind Sie also!», sagte er. «Ich hatte große Mühe, Koller dazu zu bringen, Sie anzurufen. Er hatte allerlei Ausreden: Man könne Sie nicht erreichen, Sie seien nicht in der Stadt, Sie seien krank, und als Letztes wollte er mir weismachen, Sie heirateten gerade –»

Kunze nickte. «Das stimmt.»

Dorfrichter warf ihm einen spöttischen Blick zu. «Na, so was! Dann muss ich es Ihnen ja doppelt hoch anrechnen, dass Sie gekommen sind. Aber ich will die Sache hinter mich bringen. Ich halte es nicht länger durch, keinen Tag, keine Nacht –»

«Welche Sache?», fragte der Hauptmann.

Dorfrichters Gesichtsausdruck deutete an, dass er diese Frage absurd fand.

«Mein – ja, ich weiß nicht, wie ich es nennen soll. Mein Geständnis! Das etwa ist es.» Er war nun nicht mehr gelassen. Verzweiflung stand in seinem Gesicht. Er setzte sich auf die Pritsche und lehnte sich an die Wand. «Ich hab es nie für möglich gehalten, dass es so weit mit mir kommen würde – aber es ist nicht Ihr Verdienst! Nicht Sie haben mich so weit gebracht, obwohl Sie die Untersuchung brillant geführt haben, das muss ich zugeben. Es kam Verschiedenes zusammen. Die Begegnung mit meiner Frau – ich komme nicht darüber hinweg, nicht in dieser verfluchten Zelle! Keine Bücher, keine Tinte, kein Papier, niemand, mit dem man reden kann, den ganzen Tag nichts anderes zu tun, als aus dem verfluchten Fenster oder an die verfluchte Decke zu starren! Die Schornsteine zählen oder die Risse in der Decke! Die spanische Inquisition war humaner. Daumenschrauben und die Streckbank: Ich würde sie als Abwechslung begrüßen. Aber diese endlose Warterei zwischen den Verhören! Was, zum Kuckuck, gab es denn so viel zu untersuchen? Schon am ersten Tag hatten Sie doch genügend Indizienbeweise, um mich zu überführen und zu zwanzig Jahren Festung verurteilen zu lassen. Aber nein, Ihrem blödsinnigen Perfektionismus muss Genüge getan werden. Unter dem Erschießungspeloton tun Sie es nicht!»

Kunze schmeckte plötzlich Galle im Mund. «Rechnen Sie nicht mit dem Erschießungskommando», sagte er. «Der Strick ist wahrscheinlicher.»

Dorfrichters Unverfrorenheit ärgerte ihn wie eh und je. In ruhigerem Ton fuhr er fort: «Kommen wir zu den Tatsachen. Sie geben also zu, am 14. November letzten Jahres zehn Zirkulare mit je zwei Zyankali-Kapseln an zehn Ihrer Kameraden von der Kriegsschule geschickt zu haben?»

Dorfrichter nickte. «Jawohl, Herr Hauptmann.»

Eigentlich hätte ihn freudige Erregung, Triumph, tiefe Befriedigung erfüllen sollen, doch das war nicht der Fall. Im Augenblick empfand er nichts als bleierne Müdigkeit. Er klingelte nach der Wache.

«Der Herr Oberleutnant ist in mein Büro zu führen», befahl Kunze. «Außerdem sollen sich der Herr Leutnant Stoklaska und der Herr Leutnant Heinrich dort einfinden. Ganz gleich in welchem Zustand, sie haben sich bei mir in meinem Amtszimmer zu melden.»

Ohne noch einen Blick auf Dorfrichter zu werfen, verließ Kunze die Zelle und hastete ins Garnisonsgericht hinüber. Es war fünf Uhr. Er musste Rose Bescheid sagen. Nervös kurbelte er am Telephonapparat und bat das Fräulein vom Amt, ihn mit Roses Nummer zu verbinden.

«Rose, ich muss dir eine große Enttäuschung bereiten: Wir können heute nicht abreisen.»

«Oh! Warum nicht?»

«Ich rufe aus meinem Büro an. Es ist etwas dazwischengekommen. Ich muss hier bleiben.»

«O Emil.» Er hörte sie weinen. «Ich hab mich so – so sehr – auf diese Reise gefreut. Ist es denn gar nicht zu ändern? Das ist doch nicht recht, Emil –»

Ärger wallte in ihm auf, und seine Stimme wurde laut. «Du scheinst zu vergessen, dass du jetzt die Frau eines Offiziers bist. Als solche musst du wissen, dass der Dienst allem anderen vorgeht. Wenn eine Frau sich damit nicht abfinden will, darf sie eben keinen Offizier heiraten. Hör also auf zu weinen und geh ins Reisebüro hinüber. Man soll unsere Schlafwagenplätze abbestellen und dir das Geld wiedergeben.»

«Soll das heißen, dass wir überhaupt nicht fahren?», flüsterte sie.

«Doch, doch – später. Im Moment nicht, glaube ich. Wir werden sehen –»

«Aber Emil, was soll ich unseren Freunden sagen? Die denken alle, wir sind nach Venedig unterwegs!»

«Sag ihnen, dass wir *nicht* nach Venedig unterwegs sind.» Er holte tief Atem. «Ach, Rose, verstehst du das denn nicht? Mir tut es auch Leid. Aber das hier geht vor.»

Es klopfte an die Tür. Der Dienst tuende Unteroffizier meldete, dass der Gefangene im Vorzimmer wartete.

«Ich muss aufhören, Rose», sagte Kunze ins Telephon. «Tu, was ich dir gesagt habe!» Er hängte ein und wandte sich dem Unteroffizier zu. «Lassen Sie den Herrn Oberleutnant hereinführen.»

Flankiert vom Profos, die Wache einen Schritt dahinter, kam Peter Dorfrichter herein und trat drei Schritte vor. In der von der Dienstordnung vorgeschriebenen Entfernung blieben alle drei stocksteif stehen und nahmen Haltung an. Kunze ging es durch den Kopf, wie oft diese Pantomime schon in seinem Büro aufgeführt worden war und ob ein Unterschied zwischen früheren Gelegenheiten und heute bestand. Der Wachsoldat war vielleicht jedes Mal ein anderer Mann, aber die kalte, scharfe Schneide des Bajonetts war jedes Mal dieselbe, und auch die Augen blickten immer kalt und scharf. Der Profos hatte gewechselt, an die Stelle des alten, rundlichen Tuttmann, der an Asthma gelitten und ein mitfühlendes Herz gehabt hatte, war Koller getreten; er hatte keines von beiden. Er war tüchtig, zuverlässig, aber gleichgültig. Nur der Gefangene war erschreckend verändert. Zwar steckte der Mann noch im selben Körper, doch der Kampfgeist hatte ihn verlassen, der Trotz war dahin.

Kunze entließ Wache und Profos und forderte Dorfrichter auf, sich zu setzen.

«Wir müssen auf die beiden Leutnants warten», sagte er zu ihm. «Alles, was Sie äußern, ehe die beiden eintreffen, bleibt unter uns.»

«Es gibt nichts, was ich nicht auch vor ihnen äußern könnte. Allenfalls dies: Es tut mir *nicht* Leid.»

«Was tut Ihnen nicht Leid?»

«Die Zirkulare, das Zyankali, sogar Mader. Jawohl, Herr Hauptmann, ich würde es wieder tun; ich würde es bloß geschickter anfangen.» Er sprach ruhig, aber mit tiefer Trauer. «Um meiner Frau willen. Ich habe ihr Leben zerstört, und das ist entsetzlich. Ich hätte dafür sorgen müssen, dass man mich nicht erwischt.»

Kunze blickte starr und ungläubig in das schöne Gesicht. «Sie sind wohl nicht ganz bei Verstand?»

«Ich bin durchaus bei Verstand. In Ihren Akten haben Sie drei psychiatrische Gutachten, die das bestätigen.»

«Fühlen Sie sich denn nicht schuldig?»

Dorfrichter schüttelte den Kopf. «Nicht im Mindesten.»

Kunze war ebenso verblüfft wie neiderfüllt. Ein Mann, der die Qual der Schuld nicht kannte – ein Adam, der die verbotene Frucht gegessen und bis zum letzten Bissen genossen hatte.

«Sie haben einen Mann ermordet und versucht, neun weitere zu ermorden. Dafür gibt es keine Entschuldigung!»

«O doch, die gibt es. Vielleicht nicht für Sie, weil Sie sich absichtlich meiner Beweisführung verschließen, aber für mich. Das ist vermutlich der Grund, warum ich mich nicht schuldig fühle.»

«Ich wollte bei Gott, ich könnte Sie verstehen. Sie müssen wahnsinnig sein.»

«Ich will versuchen, Ihnen meinen Gedankengang zu erläutern», sagte Dorfrichter geduldig. Er stand auf und ging mit großen Schritten auf und ab.

«Ich möchte mit dem November letzten Jahres anfangen. Damals wurde die Avancementsliste veröffentlicht. Mein Name war nicht darunter, was bedeutete, dass ich Truppenoffizier bleiben musste und im Kriegsfall eine Kompanie zu befehligen hätte – etwa zweihundert Mann –, während mir als Stabsoffizier das Schicksal von mehreren tausend Menschen anvertraut gewesen wäre. Mader beispielsweise war dem Telegraphenbureau zugeteilt. Die Tage, wo der kommandierende General vom Hügel aus den Lauf der Schlacht durchs Fernrohr beobachtet, sind vorbei. Im nächsten Krieg muss er sich weit hinter der Front aufhalten und durch Telegraph und Telephon mit seinen Männern in Verbindung stehen. Das Schicksal eines ganzen Armeekorps hängt unter Umständen von dem Generalstäbler ab, der sich um diese Verbindungen zu kümmern hat. Ich habe Mader zufällig letztes Jahr in Wien getroffen. Wir waren beide leicht angeheitert und unterhielten uns ganz freundschaftlich über uns interessierende militärische Fragen. Mader war ein kluger Bursche und verstand sein Handwerk, aber seine Ansichten stammten aus dem vorigen Jahrhundert. Im Grunde ist unser Telegraphenbureau seit Königgrätz nicht mehr wesentlich modernisiert worden. Dächten alle so wie er, würde man von den technischen Neuerungen dort erst dann Notiz nehmen, wenn es zu spät ist. Ich will auf Folgendes hinaus: Ziel eines jeden Krieges ist es, die größtmögliche Anzahl von Feinden zu töten, die größtmögliche Anzahl eigener Leute aber zu schonen. Stehen jedoch Männer wie Mader auf entscheidenden Posten, darf als sicher gelten, dass der umgekehrte Fall eintritt.»

«Wenn mir Mader einfällt, sehe ich immer seine Hände vor mir», sagte Kunze; seine Stimme war leise und ausdruckslos. «Die aus dem Nagelbett gerissenen, bluttriefenden Nägel. Seine Ansichten über eine künftige Kriegführung mögen weniger visionär gewesen sein als Ihre, aber deshalb hat er doch noch lange nicht verdient, so erbärmlich zu sterben.»

Dorfrichter warf ihm einen kühlen Blick zu. «Ich dachte, Sie wollten meine Beweggründe hören, nicht meine Rechtfertigung. Denn rechtfertigen werde ich mich nicht. Das wäre sinnlos. Man wird mich hängen – oder erschießen. Obwohl ich in meinem Innern zutiefst davon überzeugt bin, dass es im Interesse unseres Landes besser gewesen wäre, man hätte statt einen der neun Avancierten mich in den Generalstab versetzt, bin ich doch nicht so töricht, das als mildernden Umstand vorzubringen. Kein Gericht würde ihn akzeptieren, ein Kriegsgericht zuallerletzt. Aber es führt zu nichts. Reden wir lieber vom Wetter.» Er ließ sich auf einen Stuhl fallen. «Haben Sie wirklich heute geheiratet?»

Der Umschwung machte Kunze verlegen.

«Geheiratet? Ja, ja, das hab ich.»

«Dann sollte ich Ihnen ja wohl gratulieren. Aber im Augenblick bin ich nicht sonderlich eingenommen für die Ehe. Sie kann einen guten Mann verderben.» Und mit bitterem Lachen setzte er hinzu: «Einen schlechten auch. Ich fürchte, Frau Kunze wird mir nicht sehr gewogen sein. Ich habe mir wirklich den unpassendsten Tag ausgesucht, um die Aufmerksamkeit ihres Gatten für mich allein zu beanspruchen.»

Kunze schwieg. In den vergangenen Monaten hatte er sich auf den Tag gefreut, an dem der Oberleutnant die Zauberworte «Ich hab's getan» aussprechen würde. Nun hatte er sie ausgesprochen, doch plötzlich schien der Fall selber ganz unwesentlich.

Sie waren miteinander allein, vermutlich zum letzten Mal in ihrem Leben, und zwischen ihnen sollte alles in Ordnung kommen, denn wenn es jetzt nicht geschah, gab es nie mehr eine Möglichkeit, das wusste Kunze. Er fühlte den verzweifelten Drang, diesen Menschen an sich zu ziehen. Mit seinem Geständnis hatte Peter Dorfrichter sein Todesurteil gesprochen. Er war bereits ein Sterbender, während es Kunze bestimmt war weiterzuleben.

«Sie verdammter Narr!», wetterte Kunze los. Er hätte den Gefangenen am liebsten geohrfeigt, mit Fäusten auf ihn eingedroschen, dieses blasse Gesicht mit seiner makellosen Schönheit blutig geschlagen. «Wie konnten Sie annehmen, man würde Sie nicht erwischen? Sind Sie so von sich überzeugt? Haben Sie wirklich geglaubt, Sie könnten die Armee hereinlegen? Als man mich mit dem Fall beauftragte, habe ich noch am selben Tag gewusst, dass es einer sein musste, den man übergangen hatte. Ich brauchte nichts weiter zu tun, als in den Archiven der Kriegsschule ein paar Examensarbeiten auszugraben und sie einem Schriftsachverständigen vorzulegen. Ich bin kein Genie, nur ein höchst durchschnittlicher Jurist. Das Genie sind Sie! Ach, verflucht.» Er spürte hinter der linken Schläfe einen scharfen, nagenden Schmerz und gleichzeitig aufsteigenden Brechreiz – das Einsetzen eines Migräneanfalls.

Dorfrichter sah ihn verblüfft und zugleich seltsam gerührt an. «Es tut mir Leid», sagte er und verbesserte sich dann rasch: «Nicht die Tat selbst, ich habe Ihnen ja bereits gesagt, dass ich es wieder tun würde. Nein, dass ich alles zerstört habe: Marianne, Vanini, Friedrich Gabriel, Anna Gabriel, Sie –»

«Mich?»

«Dieser Fall war kein Zuckerschlecken für Sie, und ich bin sicher, Sie hätten ihn am liebsten nie übernommen. Sie sind viel zu anständig für diese ganze widerwärtige Geschichte.»

Kunze spürte, wie der Schmerz heftiger wurde. «Sie irren sich», sagte er. «Um nichts in der Welt hätte ich ihn mir entgehen lassen. Und nicht deshalb, weil ich die besseren Karten in der Hand halte. Nein, trotzdem! Aber warum, zum Teufel, haben Sie gestanden?», fuhr es ihm heraus. «Weshalb jetzt – warum nicht schon längst?»

Der Oberleutnant schlug die Hände vors Gesicht. «Ich habe gestanden, weil ich der Geschichte ein Ende machen wollte. Ich habe einfach alles verpfuscht, das ist es.» Er blickte auf. «Es tut mir Leid, dass ich die Sache für Sie so erschwert habe.» Er lächelte. «Selbst Ihren Hochzeitstag habe ich Ihnen noch verdorben.»

Stoklaska und Heinrich kamen hereingestürmt, beide mit hochroten Wangen. Sie hatten, als die Hochzeitsgesellschaft auseinander gegangen war, im Kaffeehaus ‹Sacher› noch weitergefeiert. Nach langem Suchen hatte man sie dort aufgespürt. Sie zeigten kein Erstaunen darüber, dass der Hauptmann wie üblich hinter seinem Schreibtisch saß statt im Zug nach Venedig.

Sobald die beiden Leutnants ihre Plätze eingenommen hatten, begann Kunze mit dem systematischen Verhör des Angeklagten.

«Wann ist Ihnen der Gedanke an den Giftmord zum ersten Mal gekommen?»

18

Es war einer jener Tage gewesen, an denen alles schief geht. Oberleutnant Peter Dorfrichter musste an diesem regnerischen Tag schon um sechs Uhr morgens in der Kaserne sein, um seine Kompanie zu inspizieren. Für gewöhnlich machte das sein Stellvertreter, doch der war zur Zeit auf Urlaub und amüsierte sich im schönen Wien. Nach der Inspektion marschierte die Kompanie zum Exerzierplatz, und Dorfrichter schlug den Weg zu seinem Dienstzimmer ein, wo er Verwaltungsangelegenheiten erledigen wollte; unterwegs ging er noch kurz ins Garnisonsspital, um einen Unteroffizier zu besuchen, über dessen linken Fuß die Räder einer Gulaschkanone gerollt waren. Oberleutnant Dorfrichter hatte von allen Offizieren des Regiments zu seinen Männern den besten Kontakt. In seiner Kompanie herrschte Ordnung. Fälle von Insubordination, Desertion oder auch nur unerlaubter Entfernung von der Truppe waren bisher nicht vorgekommen.

Er blieb gut zehn Minuten bei dem Unteroffizier und schaute anschließend noch kurz zu einem Soldaten herein, der am Blinddarm operiert worden war. Der Soldat stammte aus seiner Heimatstadt Salzburg, und in der Welt dieses Soldaten kam Oberleutnant Dorfrichter gleich hinter dem Vater, dem Sohn und dem Heiligen Geist. Die bewundernde Anbetung, die er in den Augen des jungen Mannes las, amüsierte ihn und schmeichelte ihm. Schlichtheit und Unschuld waren etwas, das ihn rührte; deswegen mochte er auch Tiere so gern.

Vom Spital ging er zum Platzkommando und holte sich das dort für ihn bereitliegende Exemplar der *Gazette* mit der Avancementsliste vom 1. November. Er hatte es absichtlich so lange hinausgeschoben, weil er sich vor einer Enttäuschung fürchtete. Im Mai war er nach Linz versetzt und für den Truppendienst eingeteilt worden. Seit längerer Zeit liefen Gerüchte um, dass der Chef des Generalstabs, Feldmarschallleutnant Conrad von Hötzendorf, verfügt hatte, nur noch eine geringere Anzahl von Kriegsschulabsolventen in den Generalstab zu übernehmen; bis zum Jahre 1909 waren stets die 30 Höchstqualifizierten jedes Jahrgangs nach vierjähriger Dienstzeit in verschiedenen Garnisonen zum Generalstab gekommen. Als Nr. 18 hatte er bis zum Auftauchen der Gerüchte nichts zu fürchten gehabt.

Die böse Nachricht stand auf Seite 2. Die Avancementsliste nannte nur die Namen von fünfzehn Absolventen des Kriegsschuljahrgangs 1905, die zu Hauptleuten avanciert und endgültig dem Generalstab zugeteilt worden waren.

Er las die Namen: 1. Ahrens, 2. Einthofen, 3. Schönhals, 4. von Gersten, 5. Widder, 6. Prinz Hohenstein, 7. Dugonich, 8. Mader, 9. Landsberg-Löwy, 10. Hrasko, 11. Trautmannsdorf, 12. Moll, 13. Messemer, 14. Oblonsky, 15. Hódossy.

Bleierne Müdigkeit überfiel ihn. Er kam sich vor wie jemand, der nach einem strapaziösen Aufstieg den Gipfel erreicht hat und dann feststellen muss, dass es der falsche Berg war.

Wäre er allein im Zimmer gewesen, hätte er seiner Wut durch Flüche Luft verschafft. So steckte er die *Gazette* wortlos in die Manteltasche und machte sich auf den Weg in die Römerstraße. Seine Frau würde bestimmt zu Hause sein, denn seit man ihr die Schwangerschaft ansah, ging sie nicht mehr aus.

Sie begrüßte ihn so atemlos, als hätte sie gefürchtet, er

käme niemals wieder. Er wunderte sich oft, welche Macht sie über ihn besaß. Ihre Schönheit allein konnte es nicht sein; sie war nur ein Teil ihres Zaubers. Was ihn am meisten anzog, war ihre absolute Abhängigkeit von ihm. Sie war kein Mensch für sich, sondern ein Teil von ihm; riss man sie von ihm los, so würde sie verkümmern wie ein amputiertes Glied.

Er erzählte ihr, dass er übergangen worden war.

«Ich weiß, du bist schrecklich enttäuscht», sagte sie, um ihn zu trösten, und küsste ihn. «Aber ich bin gern in Linz. Ich liebe diese Wohnung. Sie ist unser erstes wirkliches Zuhause.»

Seine Enttäuschung verwandelte sich allmählich in Wut. Unter den fünfzehn war kein einziger, der Peter Dorfrichters Qualifikationen besessen hätte. Vielleicht waren sie gute Sportler, bessere Reiter; aber warum hetzte man die Leute, wenn es dem Generalstabschef Conrad so sehr auf sportliche Qualifikationen ankam, erst zwei Jahre lang durch die nervenaufreibende Kriegsschule? In fast allen Fächern hatte er hervorragend abgeschnitten und beherrschte außerdem sechs Sprachen in Wort und Schrift. Gewiss, er war öfter vom Pferd gefallen als Prinz Hohenstein und der Ulan Oblonsky. Aber der nächste Krieg würde nicht mehr durch Attacken der Kavallerie entschieden werden.

Der Aufruhr in seinem Innern wurde unerträglich. Er musste etwas tun und beschloss, Troll spazieren zu führen. Beim Hinausgehen rief ihm die Frau des Hausbesitzers, die im Parterre wohnte, nach: «Geben 'S obacht auf den Hund, Herr Oberleutnant. Irgendein Lump hat in der Nachbarschaft vergiftetes Fleisch ausgelegt. Ein paar Viecher sind schon draufgegangen, hab ich gehört.»

«Hat man den Kerl erwischt?», fragte Dorfrichter.

«Natürlich nicht. Den kriegen die nie. Hat ihn ja keiner gesehn dabei. Wie wollen die da beweisen, dass er's war?»

Der Spaziergang hatte seinen Zorn nicht abzukühlen vermocht. Im Gegenteil. Und so schickte er das Dienstmädchen eine Karaffe Wein holen und trank bereits vor Tisch zwei Gläser und den Rest bei der Mittagsmahlzeit.

Nach Tisch wollte er an den Regalen weiterarbeiten, die er gerade baute. Er brauchte Schmirgelpapier und ging in die Speisekammer. Dabei fiel sein Blick auf das Glas mit den zwei Zyankali-Stäbchen. Aus purer Vergesslichkeit hatte er sie in Sarajevo nicht weggeworfen. Sein Bursche hatte das Glas beim Packen seiner Sachen in eine der Kisten getan. Hier in Linz hatte sich Marianne um das Auspacken gekümmert. Sie hatte nicht gewusst, was das Glas enthielt, und es auf ein Brett in der Speisekammer gestellt; den Schlüssel hatte sie in Verwahrung.

Er blickte wie hypnotisiert auf die Stäbchen – der Plan war gefasst. Zwar musste er noch reifen, musste Gestalt annehmen und in die Tat umgesetzt werden. Doch es war ein verwegener Plan, der allen Bedenken und aller Furcht wacker standhalten würde.

«Ja», sagte Dorfrichter zu Kunze, «in diesem Augenblick fasste ich meinen Plan, und ich hatte keinen Zweifel, dass ich es schaffen würde.»

«Sie hatten den Plan, und Sie hatten das Gift. Aber wie sind Sie auf die Zirkulare und die Kapseln gekommen? Wie darauf, das Zyankali den Opfern mit der Post zuschicken zu lassen?»

Dorfrichter zuckte die Schultern. «Es war die einzige Möglichkeit. Und zugleich das geringste Risiko. Ich konnte sie ja schlecht zum Essen einladen und es ihnen in die Suppe tun.»

Der Unmensch, der das vergiftete Fleisch ausgelegt hatte, konnte sich auf den Hunger der streunenden Viecher verlassen. Was aber konnte auf gut genährte Männer ebenso unwiderstehlich wirken? Und auf welche Weise schickte man es ihnen zu? In einer Bonbonniere? Als Getränk? Viel zu gefährlich, weil sie vielleicht anderen davon anbieten würden: ihrer Frau oder Freundin, Kindern, Bekannten.

Die Idee mit den Giftkapseln war ihm eines Morgens beim Lesen der *Neuen Freien Presse* gekommen, wo er mindestens sechs oder sieben Inserate für die verschiedensten Wundermittel fand.

Als wollte das Schicksal ihm den Weg weisen, bekam er einige Tage später selbst ein solches Rundschreiben, in dem für ein Nervenelixier namens Miracithin geworben wurde. Im Text hieß es, dass die winzigen runden Pillen – sechs davon waren in einer kleinen Tüte beigefügt – garantiert die Symptome der Potenzschwäche linderten. Aus Neugier probierte er sie, obwohl er es weiß Gott nicht nötig hatte. Doch kaum hatte er sie geschluckt, überfiel ihn panische Angst. Wenn nun zufällig jemand auf den gleichen Gedanken gekommen war wie er? Wenn er soeben seinen Tod heruntergeschluckt hatte? Ihm wurde schwindlig. Von der Pille oder aus Angst? Er wollte ins Badezimmer, um sich zu erbrechen, doch noch im Vorzimmer fand er sein Gleichgewicht wieder. Ein Gefühl der Scham überflutete ihn; Mangel an Selbstbeherrschung war eine Schwäche, die er sich noch nie verziehen hatte. Obwohl der Plan noch nebelhaft war, musste er doch unverzüglich in die Tat umgesetzt werden; bei Feldmarschallleutnant Conrad musste man darauf gefasst sein, dass das Ausleseprinzip bald wieder geändert wurde.

Wie die meisten Laien war auch Dorfrichter, was die Wirkung der verschiedenen Gifte anging, unwissend. Kaliumzyanid war ohne Zweifel eines der tödlichsten. Es führte rasch den Tod herbei. Das Risiko, sich medizinische Bücher zu beschaffen, konnte er nicht eingehen. Das Konversationslexikon musste genügen. Die tödliche Dosis betrug nur ein Zehntel Gramm, und mit der Menge, die er besaß, hätte er den ganzen Generalstab einschließlich Conrad von Hötzendorf liquidieren können.

Vor Monaten, fiel ihm ein, hatte er Troll Wurmpulver in Oblatenkapseln gegeben, und von diesen Kapseln musste sich noch ein größerer Vorrat im Medizinschränkchen befinden.

Eines Abends, Marianne sowie das Dienstmädchen Aloisia waren schon zu Bett gegangen, holte er sich die beiden Stäbchen aus der Speisekammer und wickelte eines davon aus. Kaum hatte er es berührt, zerfiel es zu seinem Erstaunen in Krümel, wahrscheinlich weil es so lange in einem geschlossenen Glas aufbewahrt worden war. Doch aus welchem Grunde auch immer: Mit dem Gift umzugehen würde leichter sein, als erwartet.

Über die Anzahl der zu Eliminierenden dachte er lange nach. Anfangs hatte er nur fünf im Sinn, doch diese Anzahl versprach keinen Erfolg. Keinen durchschlagenden Erfolg. Wie konnte er sicher sein, dass drei von fünf Männern ein Aphrodisiakum nötig zu haben glaubten? Zugegeben, manche Menschen waren geborene Pillenschlucker; andere nicht. Sollte er lieber sechs nehmen? Sieben? Acht? Neun? Zehn?

«Warum aber gerade diese zehn?», wollte Kunze wissen. «Warum suchten Sie sich von sechzehn oder genauer achtzehn Männern, da Sie Hedry dazugenommen haben, gerade diese zehn aus?»

Dorfrichter warf dem Hauptmann einen spöttischen Blick zu. «Das also hat Ihnen die ganze Zeit zu schaffen gemacht? Meine Beziehung zu diesen Männern! Darin läge der Schlüssel für den ganzen Fall, meinen Sie?»

«Sie haben es also mehr dem Zufall überlassen?»

«Nicht direkt. Ich fürchte, Sie haben noch immer nicht begriffen, dass ich kein gemeiner Mörder bin. Jemand hat eine Fehlentscheidung getroffen, und ich hatte das Gefühl, es sei meine Aufgabe, sie richtig zu stellen. Möglicherweise war es anmaßend von mir, aber ich habe die Männer geprüft und danach meine Wahl getroffen.»

Das stimmte nicht, wenigstens nicht bei jedem der «Entbehrlichen». Nachts, wenn er wach gelegen hatte, war er immer wieder die Avancementsliste durchgegangen, hatte sich die fünfzehn Namen immer wieder lautlos aufgesagt, wie eine Heiligenlitanei: Ahrens, Einthofen, Schönhals, Gersten, Widder, Hohenstein, Dugonich, Mader, Landsberg-Löwy, Hrasko, Trautmannsdorf, Moll, Messemer, Oblonsky, Hódossy. Jedes einzelne Gesicht hatte er sich ins Gedächtnis gerufen, hatte darüber nachgedacht, welche Eigenart, welche Befähigung der Betreffende aufzuweisen hatte. Er wollte nur die auswählen, die reif zur «Pensionierung» waren. Dass in diesem Fall Pensionierung gleichbedeutend war mit dem Tode, war unerheblich.

Ahrens? Nummer 1. Sohn eines Militärschneiders. Ein fleißiger, begabter, verlässlicher Offizier. Der Generalstab brauchte Männer wie ihn. Männer wie Einthofen und Schönhals. Sie besaßen Eigenschaften, die sie dazu berechtigten, verantwortungsvolle Aufgaben zu übernehmen. Gersten? Ein guter Mann, aber ein Pazifist. Im zweiten Kriegsschuljahr hatte die Klasse einmal darüber diskutiert, welcher Wert Italien als Verbündetem beizumessen war. Ahrens und die «Kriegspartei» waren einhellig der Meinung, Italien wäre in einem Konfliktfall eher ein Passiv- als ein Aktivposten und das Gescheiteste wäre, gegen den Verbündeten einen Überraschungsangriff zu führen und ihn zu entwaffnen. Gersten war empört. Eine solche Einstellung war in seinen Augen unmoralisch. Das machte ihn «entbehrlich».

Widder gehörte in die gleiche Kategorie wie Ahrens. Brauchbar und ehrgeizig. Prinz Hohenstein? Hätte man ihn als Nr. 6 eingestuft, wenn er nicht von so hohem Geblüt gewesen wäre? Ganz zweifellos würde er vor allen anderen General werden, eine Division befehligen, obwohl er seiner Veranlagung und seinen Interessen nach weit eher einen idealen Professor an einer Provinzuniversität abgegeben hätte. Es war schon schlimm genug, dass man Söhne aus dem Herrscherhaus auf wichtige Posten setzte – die Armee würde ohne sie viel besser funktionieren und zweifellos auch besser ohne die Abkömmlinge aus Nebenlinien.

Prinz Hohenstein wurde als entbehrlich angesehen. Auch Baron Landsberg-Löwy, der über Verstand und Talent verfügte, aber als Ästhet nicht in den Generalstab gehörte. Genauso wenig wie Frankophile. Der ideale Generalstabsoffizier hatte für nichts, was außerhalb seiner Berufssphäre lag, Interesse. Landsberg-Löwy würde eher ein ganzes Regiment aufopfern, als eine einzige Granate beispielsweise auf die Kathedrale von Reims abzufeuern. Außerdem war er Jude. Selbst in einer Zeit des Liberalismus hatten einige Truppen etwas gegen jüdische Kommandanten einzuwenden. Entbehrlich also.

Moll war der nächste. Obwohl sicherlich kein Frankophiler, wäre er, penibel, korrekt, schneidig, blind gehorsam, wie er war, in der Armee des deutschen Kaisers sicherlich ein idealer Stabsoffizier gewesen, aber nicht in der von Kaiser Franz Joseph. Zwischen den beiden Generalstäben bestand ein beträchtlicher Unterschied. Die Österreicher hatte man denken gelehrt, den Deutschen war es streng verboten. Moll gehörte nicht zu denen, die den ganzen Tag dachten. Außerdem war er der geborene Hypochonder. Er würde die Gratisprobe einer Wundermedizin bestimmt ausprobieren. *Entbehrlich!*

Oblonsky. Ein magerer Pole, gut im Sattel. Wie die meisten Ulanen wäre er ein großartiger Zirkusreiter gewesen und im 18. Jahrhundert ein brauchbarer Krieger, doch heute, zu Beginn des 20. Jahrhunderts, war er mit seinem Glauben an die Wirkung von Kavallerieattacken *entbehrlich.*

Hódossy. Ein so typischer Ungar, wie Oblonsky Pole war. Ebenfalls ein Mensch des 18. Jahrhunderts. Die Armee würde leicht auf ihn verzichten können, wie überhaupt auf die Ungarn. Im Jahre 1848 hatten sie sich *gegen* Franz Joseph erhoben. Wer konnte garantieren, dass sie 1910 oder später bereit waren, *für* ihn zu kämpfen? Jeder Ungar war ein Störenfried, selbst ein so guter Mann wie Hódossy – daher *entbehrlich.*

Es fehlten ihm immer noch vier. Aus Sicherheitsgründen musste er unbedingt einen nehmen, der nicht sein Vordermann war, er musste die unvermeidlichen Schnüffler auf eine falsche Fährte locken, musste sie zwingen, den Täter von Nr. 20 an aufwärts zu suchen!

Oberleutnant von Hedry war Nr. 19 gewesen. Auch er war Ungar, aber aus ganz anderem Holz als Hódossy. Flatterhaft, streitsüchtig, für Pferde und Frauen eine Geißel! Ein Marodeur in Glacéhandschuhen! Der beste Fechter der Klasse, ein Mann, der keine Furcht kannte, als Offizier zu jenen gehörend, die immer als Erste aus der Deckung hervorbrechen und ihre Leute ins feindliche Sperrfeuer jagen, um nach dem Tode die Goldene Tapferkeitsmedaille verliehen zu bekommen. Wenn einer *entbehrlich* war, dann er!

Dugonich! Seine Erscheinung hob sich deutlich vor der Dunkelheit hinter seinen Lidern ab: lang, mager, ein toller Kerl im Sattel. Über seine Talente im Schlafzimmer waren Witze gerissen worden. Während alle anderen Lehrgangsteilnehmer abends völlig erschöpft gewesen waren, hatte Dugonich immer noch die Zeit gefunden, sich zu amüsieren. Alles war ihm leicht gefallen, diesem reichen serbischen Schweinehund, der im Sattel groß geworden war und dem das Geld seines Vaters den Weg geebnet hatte. *Entbehrlich!*

Reichten acht Zirkulare? Acht einschließlich Hedry, der aus taktischen Erwägungen auf der Liste stand? Dorfrichter merkte, dass er immer wieder Gustav Messemer ausgelassen hatte. Es musste daran liegen, dass es sich um keine sehr beeindruckende Persönlichkeit handelte, sonst hätte er ihn nicht so völlig vergessen können. Die Armee würde ganz bestimmt leicht ohne Messemer auskommen!

Als er mit der Aufzählung der Namen fertig war, gestand er sich, dass er Richard Mader von Anfang an unter die Entbehrlichen gerechnet hatte, Mader, der ihm das Leben gerettet hatte, der Zeuge eines der beschämendsten Augenblicke in seinem – Peter Dorfrichters – Leben gewesen war. Noch Monate danach hatte ihn stets der gleiche Traum gequält: Während er ertrank, stand Mader am Ufer, krümmte sich vor Lachen und rührte keine Hand. Je lauter er um Hilfe schrie, desto lauter lachte Mader, bis sich Lachen und Schreien zu einem einzigen ohrenzerreißenden Schrillen vereinigten, das ihn weckte. Nach der Kriegsschule hatten er und Mader in verschiedenen Garnisonen Dienst getan und sich hin und wieder zufällig getroffen. Am liebsten wäre er jeder Begegnung aus dem Wege gegangen. Die anderen drei Teilnehmer an dem Picknick waren Landsberg-Löwy, Hoffer und Gabriel gewesen. Hoffer hatte sich entgegenkommenderweise selbst umgebracht, Gabriel den Dienst quittiert. Und was Landsberg-Löwy betraf, so stand sein Name, obwohl er damals in Sarajevo nicht hatte durchblicken lassen, dass er sich noch an den Vorfall erinnerte, doch auf der Liste der «Entbehrlichen».

«Hatten Sie nicht das Gefühl, zu weit zu gehen, als Sie Mader auswählten, der Ihnen schließlich das Leben gerettet hat?», platzte Kunze heraus.

«Ich habe zugegeben, ihm das Gift geschickt zu haben. Genügt das nicht?»

«Ich muss gestehen, dass Sie mir ein Rätsel sind, Dorfrichter! Sie wollen mir weismachen, Sie hätten die Morde mit nahezu wissenschaftlicher Unbeteiligtheit geplant. Das nehme ich Ihnen nicht ab. Warum stehen auf Ihrer Liste so viele Kavallerieoffiziere? Hat das nicht doch etwas mit Ihrer persönlichen Aversion zu tun?»

Dorfrichter lehnte sich zurück und schloss die Augen. Kavallerie! Er sah sich an der Spitze seiner Männer die Straße entlangmarschieren, die von Linz nach Sommerau führte. Die Sonne brannte unbarmherzig. Er schwitzte, hatte das Gefühl, seine Füße, wund gerieben in den derben Infanteriestiefeln, seien amputierte Stümpfe. Und dann bildete sich dort, wo der Horizont in den Himmel überging, plötzlich eine kleine gelbe Wolke, und als sie sich vergrößerte, zeigte sich, dass ihr Kern aus einer Schwadron in Enns stationierter Husaren bestand. Sie galoppierten an seinem Zug vorüber, und die Hufe ihrer Pferde rührten Staubfontänen auf. Er fühlte den Schmutz im Gesicht, der sich mit seinem Schweiß vermischte.

«Zwischen Infanterie und Kavallerie herrscht keine große Sympathie», räumte er ein. «Aber das hat meine Wahl nicht beeinflusst.»

«Wie stand es mit Hódossy? War die Affäre mit Fräulein Brassay nicht mit ein Grund, warum Sie ihn ausgewählt haben?»

«Ich glaube nicht. Es waren politische Erwägungen. Ich sagte Ihnen ja bereits, dass ich den Ungarn in unserem Heer nicht traue.»

«Und Landsberg-Löwy? Das Zyankali, das Sie benutzt haben, gehörte Vanini, und Landsberg-Löwy wusste, wie Sie zu Vanini standen.»

«Vermutlich werden Sie mir auch noch die Frage stellen, warum ich Vanini kein Zirkular geschickt habe?»

«Also warum nicht?»

«Weil ich nie erwartet hätte, dass er mich verrät. Wir waren Freunde, und ich habe ihm vertraut. Cäsar und Brutus.»

Er hatte Vanini in Linz nur selten gesehen. Ein Generalstabsanwärter musste vorsichtig sein, mit wem er umging. In Sarajevo waren Vaninis Vorgesetzte willens gewesen, das Verhalten des jungen Mannes auf das elende Leben in der Garnison zu schieben, in Linz fanden sie keine solche Entschuldigung für ihn, und er wurde als Mann ohne Zukunft angesehen.

«Unmittelbar vor seiner Abreise aus Linz hat Vanini Sie nach dem Zyankali gefragt. Sie haben ihm geantwortet, Sie hätten es nicht mehr. Hatten Sie das Gefühl, dass er Ihnen das glaubte?», fragte Kunze.

«Ich habe ihm nie Veranlassung gegeben, an meinen Worten zu zweifeln.»

«Was war das Geheimnis Ihrer Macht über Vanini?», bohrte der Hauptmann weiter.

«Ich hatte keinerlei Macht über ihn. Wir waren Freunde.»

«Na gut. Und womit haben Sie die Zirkulare vervielfältigt?»

«Am 8. November hatte ich Dienst in der Kaserne», antwortete der Oberleutnant. «Zufällig fiel mir ein kleiner Schreibraum ein, in dem ein Hektograph stand. Der Schlüssel dazu hing im Zimmer des Unteroffiziers vom Dienst. Ich gab dem Unteroffizier den Befehl, die Magazinvorräte zu kontrollieren, und ging in das Büro hinüber und machte mir zehn Abzüge.»

«Und keiner hat es gemerkt?»

«Keiner, Herr Hauptmann», sagte Dorfrichter.

Als er um Urlaub nachsuchte, hatte er Salzburg als Bestimmungsort angegeben, doch mit ein bisschen Glück sollte es ihm gelingen, ungesehen den Zug nach Wien benutzen zu können. Im Regimentsjournal würde stehen, dass er in der entscheidenden Stunde, als die Zirkulare aufgegeben wurden, 313 Kilometer vom Tatort entfernt gewesen war.

Doch die Sache lief nicht so glatt, wie er gehofft hatte. Ein Major aus seinem Regiment bestieg am Abend des 13. November denselben Zug wie er nach Wien. Ferner hatte er in einem spontanen Entschluss Troll mitgenommen, und der Hund war in der ganzen Garnison bekannt, aber er hatte es nicht übers Herz gebracht, ihn allein bei Aloisia zurückzulassen, die das Tier nicht mochte.

Pünktlich um 6 Uhr 30 war der Zug in Wien eingelaufen. Er hatte die Zirkulare zuerst am Bahnhof aufgeben wollen, es sich dann aber anders überlegt und beschlossen, die Briefe in den Briefkasten an der Mariahilferstraße zu werfen. Troll hatte er dahin nicht mitgenommen, sondern vor einer Bäckerei gegenüber vom Bahnhof warten lassen. Nachdem er ihn dort wieder abgeholt hatte, war er in den Omnibus in den 9. Bezirk gestiegen, wo seine Schwiegermutter wohnte.

«Sie haben, ehe Ihre Frau wach wurde, mit den Kindern ihrer Schwester gespielt», unterbrach Kunze.

«Jawohl, Herr Hauptmann!»

«Wie haben Sie das fertig gebracht?»

«Was fertig gebracht?»

«Himmel noch mal, Dorfrichter, Sie hatten soeben zehn Menschen zum Tode verurteilt! Haben Sie sich wenigstens unbehaglich gefühlt angesichts der Kinder, die Sie vermutlich lieben und die Ihnen vertrauen?»

Dorfrichter erwiderte mit einem trockenen Auflachen: «Unbehaglich? Glauben Sie doch nicht auch nur einen Moment, Herr Hauptmann, dass diese Kinder das, was ich getan hatte, nicht gutgeheißen hätten! Kein Tier ist so grausam wie ein kleines Kind!»

«Noch eine Frage», sagte Kunze und bedeutete Leutnant Heinrich, die Antwort nicht zu Protokoll zu nehmen. «Haben Sie denn gar keine Reue empfunden? Sie haben mir zwar einmal gesagt, das sei nicht der Fall gewesen, aber das kann ich nicht recht glauben. Sie sind kein Barbar, sondern ein zivilisierter Mensch, ein Christ. Sie empfinden Zuneigung für Ihre Frau, Ihre Freunde, Ihren Hund. Wie konnten Sie sich so vollständig jedem Mitleid verschließen?»

Dorfrichter rieb sich nachdenklich die Stirn. Als wolle er abschätzen, in welchem Maße er von Kunze Verständnis erwarten durfte, ließ er diesen nicht aus den Augen.

«Ich bin Berufsoffizier», sagte der Gefangene schließlich. «Von Beginn meiner Ausbildung an war Morden mein Hauptfach. Trotz all dem noblen Drum und Dran, das meinen Beruf umgibt, bin ich in Wirklichkeit nichts anderes als ein gedungener Söldner, mehr noch, ein Gladiator. Wenn mein Kaiser es befiehlt, bringe ich meinen eigenen Bruder um.»

«Kein Kaiser hat Ihnen das befohlen!»

«Nein. Aber wenn er es getan hätte, so hätte ich gehorcht. Und alle meine Kameraden hätten genau das Gleiche getan. Als der Schatten eines Verdachts mich in Linz zum ersten Mal streifte – ein bloßer Schatten, nichts weiter –, fand ich in einer offenen Schreibtischschublade die Dienstpistole eines Kameraden. Dieselbe freundliche Geste hat auch General Wencel mir gegenüber gemacht. Und nicht nur mir gegenüber, sondern schon vorher zu all denen, die eine Ehrenschuld nicht hatten bezahlen können, die sich oder die Armee durch eine Gedankenlosigkeit entehrt hatten. Vergessen Sie nicht die Duelle. Ein Mann betrinkt sich, lässt eine unbedachte Bemerkung fallen, und zwei Tage später wird entweder er oder der, den er beleidigt hat, getötet, wobei vier Sekundanten seelenruhig zuschauen. Von dem Tage an, an dem ein Mann die Offiziersuniform anzieht, hat er nur noch die Wahl, zu töten oder getötet zu werden. Mindestens fünf von meinen zehn vorgesehenen Opfern sind binnen eines Jahres tot, wenn morgen der Krieg ausbricht! Ich habe ihre Wartezeit im Vorzimmer des Todes abgekürzt.» Er zuckte die Schultern. «Nun habe ich meine eigene abgekürzt!»

Kunze schüttelte den Kopf. «Sie sind wahnsinnig.»

«Sie wiederholen sich, Herr Hauptmann. Aber wie sollten Sie mich auch verstehen? Sie gehören nun einmal nicht zu den Gladiatoren.»

Kunze zog seine Uhr und warf einen Blick darauf. «Zehn nach zehn.» Sie saßen seit mehr als fünf Stunden in seinem Büro. Die beiden Leutnants machten einen völlig erschöpften Eindruck. Aber es waren noch einige Details aufzuklären, und so klingelte er dem Dienst tuenden Unteroffizier und wies ihn an, ein paar Flaschen Bier und etwas zu essen zu holen.

In den vergangenen Monaten hatte sich Kunze – obwohl er sonst nicht zum Träumen neigte – oft ausgemalt, wie es sein würde, wenn Peter Dorfrichter schließlich doch ein Geständnis ablegte. Tränen und Gefühlsausbrüche hatte er sich vorgestellt, aber nicht diesen gemütlichen Imbiss zu vorgerückter Stunde, bei dem es nach heißen Würstchen und Bier und frisch geriebenem Meerrettich roch.

Mitternacht war längst vorüber, als die endgültige Fassung des Geständnisses protokolliert war und Dorfrichter es unterzeichnen konnte.

«Komisch», sagte er und betrachtete die Schreibfeder, «von dieser Sorte habe ich an Leutnant Dielmann ein ganzes Schächtelchen voll geschickt.» Er grinste Kunze an. «Einer von meinen Fehlern!»

«Viele haben Sie nicht gemacht.»

«Nein, dafür aber große! Nicht nur an Hedry, sondern auch an mich selber hätte ich ein Zirkular schicken müssen.

Ich habe es mir noch überlegt, aber dann sagte ich mir, lieber die eigene Person aus dem Spiel lassen. Ein anderer Fehler war, für die Adressen Kartenschrift zu nehmen. Und vor allem habe ich die Reaktion der Armee falsch eingeschätzt. Ich war eigentlich sicher, dass man die Untersuchung sofort einstellen würde, sobald auch nur der Hauch eines Verdachts auf einen Offizier fiel.»

«Sie kommen der Wahrheit verflucht nahe», murmelte Kunze.

«Ich bin nach wie vor der Meinung, dass es falsch war, mich zu überführen. Die Armee profitiert nicht von meiner Verurteilung. Im Gegenteil. Dadurch fällt auf das makellose Bild des gesamten Offizierskorps ein Schatten. Und das zu einer Zeit, in der das Ansehen der Armee für die ganze Monarchie von großer Bedeutung ist.»

Die Szene bekam allmählich etwas Unwirkliches, dachte Kunze. In leichtfertigem Ton, als befänden sie sich in einer schnitzlerschen Komödie, unterhielt sich der Täter mit seinen Richtern über das Verbrechen. In keinem anderen Land hätte eine derartige Unterhaltung sich abspielen können – sie war nur denkbar zwischen Angehörigen der k. u. k. Armee. Es fehlte nur die Zigeunerkapelle mit ihren Weisen.

Hauptmann Kunze verbrachte seine Hochzeitsnacht in der Traungasse. Als er das Garnisonsgericht verließ, war es ein paar Minuten nach eins, und obwohl er wusste, dass Rose auf ihn wartete, war er nach dem langen Tag, an dem so viel geschehen war, froh, dass er gerade in dieser Nacht mit seinen Gedanken allein sein konnte. Die Kirche mit ihren flackernden Kerzen schien tausend Meilen weit entfernt zu liegen, einem anderen Jahrhundert anzugehören, der Mann jedoch, der soeben sein eigenes Todesurteil unterschrieben hatte, stand ihm in Raum und Zeit näher.

Als er Rose am nächsten Morgen mitteilte, dass sie ihre Reise auf unbestimmte Zeit verschieben müssten, stieß sie zwar einen leisen Klagelaut aus, aber sie protestierte nicht, und ihr Ehemann kam zu dem Schluss, dass sie sich über Nacht in eine vorbildliche Offiziersfrau verwandelt hatte.

General Wencel nahm die Meldung von Dorfrichters Geständnis mit gemischten Gefühlen entgegen. Er gratulierte Kunze herzlich, klopfte ihm anerkennend auf den Rücken, doch der Hauptmann kannte ihn zu genau, um nicht das heimliche Unbehagen hinter den lobenden Worten zu spüren. Der General mochte noch so viel davon reden, wie sehr er es bedauerte, dass ausgerechnet die Hochzeitsreise ins Wasser fallen musste, in Wirklichkeit waren seine Gedanken ganz woanders. «Ich bringe seiner Kaiserlichen Hoheit die Nachricht lieber persönlich», sagte er, als er Kunze zur Tür begleitete. Gemeint war der Thronfolger, Erzherzog Franz Ferdinand. «Seine Kaiserliche Hoheit hat immer größtes Interesse für den Fall gezeigt und möchte uns bestimmt mit Rat und Tat zur Seite stehen.»

«Ich wüsste nicht, inwiefern er das könnte. Der Gang der Dinge wird durch die Vorschriften bestimmt.»

«Vielleicht fällt ihm etwas ein», erwiderte der General lahm. «Ihm fällt immer etwas ein. Er hält sich derzeit in Böhmen auf, und wir müssen, da seine Hoheit erst Ende des Monats wieder nach Wien kommt, herausfinden, wie man am besten nach Konopischt gelangt. Bis Beneschau fahren wir mit der Eisenbahn, von dort müssen wir einen Wagen nehmen.»

Kunze zog die Brauen zusammen. «Sagten Sie ‹wir›, Herr General?»

«Ja, natürlich. Ich möchte, dass Sie mitkommen, Herr Hauptmann. Schließlich haben Sie diesen Fall bearbeitet und können seiner Hoheit sehr viel ausführlicher berichten als ich.

Sowie ich weiß, wann wir in Beneschau eintreffen, telegraphiere ich an Oberst Bardolff, den Adjutanten seiner Kaiserlichen Hoheit.»

Kunze war dem Erzherzog Thronfolger bisher nie begegnet und hatte auch keinerlei Bedürfnis danach gehabt. Die Gunst allerhöchster Personen war keine besonders haltbare Ware, und Franz Ferdinand stand in dem Ruf, am wetterwendischsten von allen zu sein. Man hielt seine Marotten für eine Folge der ständigen Enttäuschungen, denen er als Thronerbe, der sich auf bedeutungslose Repräsentationspflichten zu beschränken hatte, ausgesetzt war. Seit zwanzig Jahren schäumte er ungeduldig an der Kandare, während der Achtzigjährige auf seinem Thron sitzen blieb, unbeweglich, unbelehrbar – als sei er sein eigenes, aus massivem Fels gehauenes Monument.

«Wir nehmen am besten den Zug morgen Nachmittag», sagte Wencel zwei Tage später zu Kunze, «und übernachten in Beneschau. Man hat mir berichtet, dass rund um Konopischt weite Gebiete überschwemmt sind, und wir müssen vielleicht große Umwege machen, um zum Schloss zu kommen.»

Wencel war schlechter Laune. Ein Reporter der sozialistischen *Arbeiterzeitung* war irgendwie dahinter gekommen, dass Peter Dorfrichter ein Geständnis abgelegt hatte, und heute Morgen hatte das Blatt groß darüber berichtet. Wencel wusste, dass der Erzherzog Thronfolger es höchst ungern sah, wenn Nachrichten erst dann zu ihm gelangten, nachdem das Publikum sie bereits kannte. Dass es dazu gekommen war, machte Wencel dem Hauptmann zum Vorwurf.

Kunze musste nicht nur Wencels Missfallen über sich ergehen lassen, er hatte an diesem Abend auch zum ersten Mal einen Ehestreit. Rose hatte ihn aufgefordert, das breite Ehebett in ihrem Schlafzimmer mit ihr zu teilen, er aber bestand darauf, in dem kleinen Zimmer zu schlafen, in dem er als ihr Untermieter gewohnt hatte. Sie überschüttete ihn mit Tränen und Vorwürfen, und er erfuhr, wie gewiss schon so mancher Ehemann vor ihm, dass aus gefügigen und anspruchslosen Mätressen nicht notwendigerweise gefügige und anspruchslose Ehefrauen werden. Trotzdem verbrachte er die Nacht in seinem angestammten Einzelbett, Troll lag am Fußende.

Als Kunze am nächsten Morgen das Vorzimmer seines Büros betrat, erhob sich von der an der Wand stehenden Bank ein Mann. Das Gesicht kam Kunze bekannt vor, aber der Name des Mannes fiel ihm nicht ein. Unerklärlicherweise verdüsterte sich seine ohnehin trübe Stimmung.

Der Besucher erhob sich. «Kann ich Sie bitte einen Moment sprechen, Herr Hauptmann?»

«Friedrich Gabriel!», rief Kunze aus und fragte sich, wieso er ihn nicht sofort erkannt hatte.

«Zu Befehl, Herr Hauptmann», sagte Gabriel, verneigte sich leicht und schlug die Hacken zusammen.

«Was kann ich für Sie tun?», fragte Kunze brüsker als beabsichtigt.

«Kann ich Sie bitte fünf Minuten allein sprechen, Herr Hauptmann?»

Gabriel war ordentlich gekleidet, der leicht speckige schwarze Anzug frisch gebügelt, das weiße Hemd tadellos sauber, die Schuhe geputzt. Weder Zorn noch Feindseligkeit zeigten sich in seinem Gesicht, und obwohl er seit ihrer letzten Begegnung etwas gealtert war, ließ seine Haltung auch im Zivilanzug deutlich den Offizier erkennen.

«Aber selbstverständlich. Kommen Sie herein, Herr Gabriel», sagte Kunze und öffnete die Tür zu seinem Büro. Auf der Schwelle streiften sie einander, da jeder dem anderen den Vortritt lassen wollte. Drinnen bot Kunze seinem Besucher einen Stuhl und eine Zigarette an.

«Wie ist es Ihnen ergangen, Herr Gabriel?», fragte er.

«Danke gehorsamst, Herr Hauptmann, sehr gut», erwiderte Gabriel förmlich.

Nicht ein Wort der Klage. So viel Reserviertheit hatte für Kunze etwas Beunruhigendes.

«Wie ich höre, sind Sie nicht mehr bei der Post. Ich nehme an, Sie haben etwas Passenderes gefunden?» *Es macht mir anscheinend Spaß, andere zu quälen*, schalt er sich innerlich.

«In gewissem Sinne ja, Herr Hauptmann. Ich bin in einem Molkereigroßbetrieb in Hadersdorf angestellt. Ungefähr eine halbe Stunde von hier. Buchhalter, Aufseher, Faktotum, alles in einer Person. Kein übler Posten. Ich habe meine Freiheit, eine anständige Wohnung und mit angenehmen Leuten zu tun. Trotzdem –» Er stockte und schien nach Worten zu suchen. «Um zur Sache zu kommen, Herr Hauptmann, ich habe Sie aufgesucht, weil ich Ihre Fürsprache brauche. Ich möchte gern wieder zum Militär.»

Kunze sah ihn starr an. «Wirklich?» Er hätte am liebsten hinzugefügt: *Nach allem, was man Ihnen angetan hat?*

«Gestern Abend habe ich in der Zeitung gelesen, dass Herr Oberleutnant Dorfrichter gestanden hat. Damit bin ich von jedem Verdacht frei, mit der Sache etwas zu tun zu haben. Ich habe die Armee mit einer tadellosen Conduite verlassen und auch als Zivilist auf meinen guten Ruf geachtet. Ich möchte Sie um Ihre Unterstützung bitten, Herr Hauptmann, wenn ich meinen Antrag auf Wiederaufnahme in den aktiven Dienst einreiche.»

«Sie haben meine uneingeschränkte Unterstützung», sagte Kunze. «Was ich tun kann, wird geschehen. Doch darf ich mir eine Frage erlauben, Herr Gabriel? Und ich hoffe, Sie empfinden sie nicht als zudringlich. Was hat Sie zu diesem Entschluss veranlasst?»

«Ich bin Ihnen im Gegenteil sehr dankbar für Ihr Interesse,

Herr Hauptmann. Ich möchte wieder zur Armee, weil ich dort hingehöre. Ich war jetzt vier Jahre lang Zivilist, und mir ist es gewesen, als lebte ich im Exil. Sie müssen bedenken, dass ich von meinem zehnten bis zu meinem sechsundzwanzigsten Lebensjahr eine Uniform getragen habe, alle in meiner Umgebung hatten eine Uniform an. Ich habe ihre Sprache gesprochen, ihren Befehlen gehorcht, mich nach ihren Vorschriften gerichtet.»

«Aber wie können Sie diese Vorschriften gutheißen, nach allem, was man Ihnen angetan hat?» Obwohl Kunze fest entschlossen gewesen war, die Vergangenheit nicht zu berühren, entfuhr ihm dieser Einwand.

«Ich bin nicht dazu erzogen worden, etwas gutzuheißen, sondern es zu akzeptieren. Das ist vermutlich der Grund, warum ich mich im Zivilleben nicht zurechtfinde. Dort wird man ständig mit der Frage konfrontiert: Recht oder Unrecht? Man muss ein Urteil abgeben, und wenn man das vermeidet, wird einem Mangel an Tatkraft vorgeworfen. Sie dürfen mich einen Feigling nennen, Herr Hauptmann, aber ich habe es satt, dauernd zu hören, ich sei ein erwachsener Mensch und müsse alles selbst verantworten. Ich möchte wieder wie in meiner Knabenzeit andere für mich denken, urteilen, die Dinge richtig stellen lassen. Können Sie das begreifen, Herr Hauptmann?»

«Ja und nein», antwortete Kunze.

Als er am Nachmittag mit General Wencel im Zug nach Prag saß, brachte Kunze die Rede auf Gabriel. Der General zog die Augenbrauen in die Höhe. «Der Kerl ist nicht bei Trost!», wetterte er. «Leute wie er gehören nicht in die Armee.»

«Was meinen Sie mit ‹Leute wie er›, Herr General?», fragte Kunze irritiert.

«Er war in einen Skandal verwickelt!»

«In welchen Skandal, Herr General? Man hat ihn zu Unrecht beschuldigt und verhaftet und seine Frau in den Selbstmord getrieben.»

«Seine Frau – die hat herumgehurt, oder etwa nicht? Angenommen, der Mann trägt wieder die Uniform und stößt zufällig auf Moll oder Hohenstein oder Gersten? Auf Männer, die ihm Hörner aufgesetzt haben? Kann er so tun, als wüsste er nichts, nachdem alle Welt es weiß? Als Offizier ist er verpflichtet, sie zu fordern. Tut er es nicht, ist er ein Feigling. So oder so wirft es ein schlechtes Licht auf die Armee.»

Nur mit größter Selbstbeherrschung unterdrückte Kunze eine spöttische Bemerkung über gehörnte Ehemänner, die ihm auf der Zunge lag. Der General wechselte das Thema, und Gabriels Name wurde nicht mehr erwähnt.

Sie kamen spät abends in Beneschau an und logierten im ‹Hotel zum Löwen›, einer Bleibe, die keinesfalls in die Kategorie des ‹Ritz› gehörte. Aus guten Gründen hatte Wencel seinen Burschen mit dem Auftrag vorausgeschickt, Wanzenpulver auszustreuen und unter die Bettpfosten mit Petroleum gefüllte Schüsselchen zu stellen.

Am nächsten Morgen holte ein Fiaker sie am Hotel ab. Die Fahrt nach Konopischt – durch frischen Märzwind – dauerte mehrere Stunden. Das Land rings um die erzherzogliche Residenz stand unter Wasser.

General Wencel war schon einmal im Schloss gewesen und machte seinen Begleiter, als sie in die Besitzung einfuhren, auf einige Sehenswürdigkeiten aufmerksam.

«Dort drüben ist das Privatmuseum seiner Kaiserlichen Hoheit», sagte er und zeigte auf ein quadratisches, zweistöckiges Gebäude, das mit Sandsäcken gegen die Überschwemmung geschützt war.

«Ich habe gar nicht gewusst, dass seine Hoheit Kunstliebhaber ist.»

«Das ist er im Grunde auch nicht. Aber er sammelt Statuen und Gemälde, die den heiligen Georg darstellen, den Drachentöter. Er verehrt den Heiligen.»

«Ja, jetzt fällt es mir auch ein», sagte Kunze. «Hat es nicht vor Jahren einmal einen kleinen Skandal gegeben, als seine Hoheit ein von einem alten Meister stammendes Gemälde erwarb und das Gesicht des heiligen Georg übermalen ließ, damit es ihm ähnlich sah?»

Stocksteif saß General Wencel da und warf dem Hauptmann einen vorwurfsvollen Blick zu. «Davon weiß ich nichts», sagte er brüsk.

Sie trafen eine halbe Stunde zu früh im Schloss ein und nahmen in Oberst Bardolffs Dienstzimmer Platz. Die Wartezeit kam ihnen ganz gelegen, denn sie mussten erst auftauen.

Um Punkt zwölf wurden sie ins Arbeitszimmer des Erzherzogs Thronfolger geführt, einen langen, schmalen Raum, dessen ganze Länge man durchmessen musste, ehe man zu dem Mann hinter dem Schreibtisch gelangte. Sie blieben stehen und schlugen die Absätze zusammen. Franz Ferdinand erhob sich halb von seinem Sitz und bot zuerst General Wencel, dann Hauptmann Kunze die Hand.

«Ich danke Ihnen, dass Sie gekommen sind, meine Herren», sagte er mit gelangweilter, monotoner Stimme. «Bitte, nehmen Sie Platz.» Er wandte sich an den Oberst. «Sie auch, Bardolff!»

In den nächsten paar Minuten sprach niemand ein Wort. Der Erzherzog hielt seinen Blick an die Decke gerichtet und ließ ihn verträumt dem Muster des Stucks folgen. Franz Ferdinand war ein großer, korpulenter Mann. Seine lässige, unmilitärische Haltung ließ seine Schultern gebeugt erscheinen und hob sein Embonpoint noch hervor. Dem Gesicht mit dem Doppelkinn, dem dichten, bürstenartigen Schnurrbart und den kalten Augen mangelte es an Distinktion. An diesem Gesicht war nichts Majestätisches, und keine juwelenbesetzte Krone würde ihm je dazu verhelfen. Die Mütze eines Küchenchefs oder die Kappe eines Hotelportiers würde besser auf diesen Kopf passen, ging es Kunze durch den Kopf.

«Ich habe vom Geständnis des Oberleutnants Dorfrichter gelesen», sagte Franz Ferdinand endlich. «Eine höchst unangenehme Geschichte.» Er betrachtete noch immer die Decke. «Schlimm, wenn man solche Sachen aus der Zeitung erfahren muss!» Schließlich wandte er seinen Blick von der Decke ab und richtete ihn auf General Wencel. «Ich wünschte, Sie hätten mich informiert, ehe Sie die Nachricht an diese Schmierfinken weitergaben.»

«Unglücklicherweise ist es zu einer Indiskretion gekommen, Kaiserliche Hoheit. Wir können nichts dafür», erklärte Wencel. «Es ist einfach unmöglich, heutzutage etwas vor der Presse geheim zu halten.»

Der Erzherzog erhob sich. Sofort sprangen die drei Offiziere von ihren Sitzen. Franz Ferdinand ging zu dem riesigen Kachelofen hinüber und legte die Hände daran.

«Die Presse!», sagte er. «Durch und durch korrupt, Liberale und Juden. Sie haben nur ein einziges Ziel: die Monarchie zu untergraben. Man muss etwas dagegen tun, ehe es zu spät ist! Leider müssen wir noch warten. Trotzdem kann man nicht einfach müßig dasitzen und zusehen, wie alles zugrunde geht.» Er wandte sich an seine Besucher. «Dieses Geständnis muss widerrufen werden!»

General Wencel zwinkerte nervös und sah dann fragend Kunze an, ob er das Edikt gehört hatte. Der Hauptmann hielt die Augen, spöttisch und leicht amüsiert, weiterhin auf den Thronfolger gerichtet.

Als deutlich wurde, dass General Wencel es vorzog zu schweigen, sagte Kunze: «Erlauben gehorsamst, Kaiserliche Hoheit, ich weiß nicht, wie das möglich sein sollte.»

«Ganz einfach, Herr Hauptmann», sagte Franz Ferdinand. «Er hat unter Zwang gestanden. War in einem Zustand geistiger Verwirrung. Unter Hypnose! Nun kommt er einfach wieder zu sich und widerruft sein Geständnis!»

«Erlauben gehorsamst, Kaiserliche Hoheit, dass ich widerspreche. Er hat weder unter Zwang noch in Hypnose gehandelt. Er war im Vollbesitz seiner geistigen Kräfte», betonte Kunze.

«Ich weiß», erwiderte der Erzherzog gereizt. «Das ist unerheblich!»

«Seine Kaiserliche Hoheit will damit sagen», versuchte Oberst Bardolff zu erläutern, «dass Sie sich jeder seiner Vorschläge bedienen dürfen, wenn Sie die Nachricht vom Widerruf des Geständnisses an die Presse geben.»

Kunze tat, als sei er begriffsstutzig.

«Was für einen Widerruf, Herr Oberst? Und wenn Oberleutnant Dorfrichter nichts widerruft?»

«Zwingen Sie ihn dazu», schnauzte der Erzherzog.

«Wie?»

«Sie wissen schon, wie! Sie haben ihn doch auch dazu gezwungen zu gestehen, oder?»

«Nein, Kaiserliche Hoheit. Er hat unter der Last der gegen ihn aufgetauchten Indizien gestanden. Als wir den letzten und wichtigsten Beweis in Händen hatten – nämlich woher das Zyankali stammte –, kam Dorfrichter zu dem Schluss, dass weiteres Leugnen sinnlos sei. Außerdem hatten die Vernehmungen ihn zermürbt. Er wusste, dass er auch ohne Geständnis schuldig gesprochen würde.»

«Und wenn er nun nicht schuldig gesprochen wird?»

«Aber er ist schuldig, Kaiserliche Hoheit. Daran besteht auch nicht der leiseste Zweifel.»

Der Erzherzog trat auf Kunze zu und blieb so dicht vor ihm stehen, dass ihre Körper sich fast berührten.

«Ich bestehe darauf, dass der Mann sein Geständnis widerruft! Ich dulde diesen Schandfleck nicht auf meinem Offizierskorps! Ich lasse es einfach nicht zu!»

Kunze sah unverwandt in die großen blassblauen Augen des Erzherzogs. Er selber war etwas kleiner als der Erzherzog Thronfolger, aber die gebeugte Haltung des anderen glich diesen Unterschied aus. *Noch ist es nicht dein Offizierskorps*, dachte er. *Noch nicht.*

«Erlauben, Kaiserliche Hoheit», sagte er, «der Schandfleck ist da. Ist vorhanden seit dem Tage von Hauptmann Maders Tod. Nichts wird ihn je wieder entfernen.»

Der Erzherzog ließ ihn stehen und wandte sich an General Wencel.

«Der Hauptmann scheint nicht zu begreifen, worauf es mir ankommt. Begreifen Sie es?»

Wencel stand stramm. «Jawohl, Kaiserliche Hoheit.»

Franz Ferdinand zuckte die Achseln. «Also, dann besteht kein Anlass, noch weiter über dieses Thema zu sprechen. Sind Sie gut gereist?»

«Sehr angenehm, Kaiserliche Hoheit», erwiderte Wencel beflissen.

«Stehen die Straßen um Beneschau noch immer unter Wasser?»

«Zum Teil. Der Kutscher hat ein paar Umwege machen müssen.» Und dann rasch, um den hoch gestellten Gastgeber wissen zu lassen, dass man die Einladung als Ehre empfand: «Ein schönes Land! Wundervoll! Und diese Luft! So belebend. Man bekommt buchstäblich neue Kräfte.»

Falls man nicht vorher erfroren ist, dachte Kunze bissig.

Trotz der anfänglichen Ungehaltenheit des Erzherzogs Thronfolger über die Begriffsstutzigkeit des Hauptmanns wurden die beiden Herren gebeten, zu Tisch zu bleiben. Das Essen wurde im Speisezimmer der Familie serviert. Die Herzogin von Hohenberg, geborene Gräfin Chotek, des Erzherzogs morganatische Gemahlin, präsidierte bei Tisch.

Sie war eine schöne Frau mit wohlproportionierten runden Formen und der kühlen, vorwurfsvollen Würde einer entthronten Königin. Ihr Verhalten den Gästen gegenüber – vermutlich aller Welt gegenüber – war von angespannter Wachsamkeit; seit ihrer Heirat vor zehn Jahren lebte sie unter Menschen, die ihren Sturz entweder wünschten oder damit rechneten. Sie konnte kein neues Gesicht erblicken – ob hoch oder niedrig –, ohne hinter der devoten Maske einen Feind zu wittern. Sie war einmal ein sonniges, strahlendes Mädchen gewesen, jetzt, mit zweiundvierzig, nachdem sie die beste Partie der Monarchie gemacht hatte, war sie eine verbitterte Emigrantin, gestrandet im Niemandsland, das sich zwischen ihrer Welt, die sie für immer verlassen hatte, und der Welt ihres Gatten erstreckte, einer Welt, zu der zu gehören sie jede Hoffnung aufgegeben hatte. Konopischt war der einzige Ort, wo sie sich zu Hause fühlte. Hier war sie die Mutter ihrer drei Kinder und die Frau des Mannes, den sie über alles liebte. Kaum setzte sie den Fuß aus diesen Mauern, sah sie sich den grausamen und demütigenden Regeln der spanischen Etikette gegenüber, die nur den einen Zweck zu haben schien, sie beharrlich an ihren niederen Rang zu mahnen.

Sie waren neun bei Tisch: der Thronfolger, seine Gemahlin, Oberst Bardolff, der Schlosskaplan, die Hofdame der Herzogin, ein weiterer Adjutant des Erzherzogs, General Wencel, Hauptmann Kunze und noch ein Gast, ein englischer Botaniker namens Linton.

Der Kaplan sprach das Tischgebet, nicht das übliche kurze Gebet, sondern einen recht ausgedehnten Sermon. Der Erzherzog und seine Gemahlin saßen regungslos, die Augen geschlossen wie in Trance, mit dem Ausdruck versunkener Verzückung im Gesicht. Schließlich ging das Gebet zu Ende, alle bekreuzigten sich mit Ausnahme des Engländers, und Gastgeber und Gastgeberin kehrten ins irdische Leben zurück.

Mit Rücksicht auf Mr. Linton wurde die Unterhaltung in englischer Sprache geführt, die der Erzherzog Thronfolger schlecht und seine Gemahlin recht gut sprach. Der Botaniker war nach Konopischt eingeladen worden, um Franz Ferdinand bei etwas zu helfen, das ihm sehr am Herzen lag: eine schwarze Rose zu züchten.

«Vorigen Sommer glaubten wir schon fast, wir hätten sie», verkündete die Herzogin. «Leider aber waren, als die Knospen aufgingen, die inneren Blütenblätter dunkelpurpurrot.»

«Eine herrliche Blüte», setzte der Erzherzog hinzu, «aber noch nicht schwarz.»

Die Hofdame, eine ältliche tschechische Gräfin, mischte sich ins Gespräch. «Gibt es nicht irgendeinen Aberglauben mit einer schwarzen Rose?»

Der Erzherzog runzelte die Stirn, und die Herzogin legte den Finger auf ihre Lippen zum Zeichen, dass sie schweigen sollte. Aber die Gräfin merkte es offenbar nicht, denn sie fuhr munter fort: «Ach ja, jetzt fällt es mir ein!», zwitscherte sie. «Heißt es nicht, wenn die schwarze Rose blüht, geschieht ein Mord, und es gibt Krieg?»

«Das ist das Dümmste, was ich je gehört habe», fuhr Franz Ferdinand sie auf Deutsch an. «Lassen Sie bitte künftig derlei Scherze, Gräfin.»

Dem Erzherzog Thronfolger war offensichtlich für den Rest der Mahlzeit die Stimmung verdorben; sein Groll richtete sich nunmehr gegen Kunze.

«Stimmt es, Herr Hauptmann, dass Sie dem Oberleutnant Dorfrichter beim ersten Verhör eine Pistole gegeben und ihm nahe gelegt haben, sich selbst zu richten?»

Die Frage machte Kunze einen Moment sprachlos.

«Bedauere, Kaiserliche Hoheit, mir ist kein solcher Vorfall erinnerlich», sagte er schließlich.

Der Erzherzog ließ das nicht gelten.

«Er wäre ohne die Sterbesakramente gestorben. Ich bin erstaunt, dass Sie es verantworten wollten, einen Christen der ewigen Verdammnis anheim zu geben.»

«Erlauben, Kaiserliche Hoheit, ich habe dem Oberleutnant Dorfrichter keine Waffe gegeben und ihm auch nicht nahe gelegt, sich zu erschießen!»

«Aber Sie haben ihn für schuldig gehalten, ehe jemand anderes darauf kam?»

«Jawohl, Kaiserliche Hoheit, gestützt auf das Gutachten eines Schriftsachverständigen.»

«Ihre Karriere hängt davon ab, dass er schuldig ist, wie?»

«Gewiss nicht, Kaiserliche Hoheit. Kein Auditor dieser Armee würde seine Karriere dadurch fördern wollen, dass er einen Unschuldigen zum Tode verurteilt.»

«Er war ein wertvoller Offizier, nicht wahr?»

«Das war er. Hoch begabt. Er wäre ein ausgezeichneter Generalstäbler geworden. Es ist ein Verlust für die Armee, dass er nicht ins Generalstabskorps aufgenommen wurde.»

«Wäre er nicht im Falle eines Krieges eine Stütze für die Armee?»

«Sicherlich, Kaiserliche Hoheit.»

Das Fleisch wurde gereicht, und Franz Ferdinand konzentrierte sich für ein Weilchen aufs Essen. Unvermittelt wandte er sich an den Botaniker.

«Was hält man in Ihrem Lande vom Kriege, Mr. Linton, ganz allgemein?»

Der Engländer schien verblüfft. «Von welchem Krieg, Sir?», fragte er.

«Von einem künftigen Krieg. Zum Beispiel zwischen England und Deutschland.»

«Ich glaube nicht, Sir, dass es dazu kommt. Ich meine, das Volk denkt nicht daran. Warum sollten Engländer gegen Deutsche kämpfen?»

«Und wenn es Krieg zwischen Deutschland und Frankreich gibt?»

«Das ginge uns nichts an, oder, Sir?»

«Kaum», bestätigte Franz Ferdinand.

Mr. Linton atmete tief auf. «Darf ich mir eine Frage erlauben, Sir?»

«Bitte?»

«Erwarten Eure Kaiserliche Hoheit, dass in nächster Zukunft ein Krieg zwischen den Großmächten ausbricht?»

Der Erzherzog überlegte einen Moment.

«Ja», sagte er. «Er ist unvermeidlich. Mehr noch, er ist notwendig. Europa ist wie ein Mensch mit einer bösen Pestbeule. Einer Pestbeule, die man Liberalismus nennt. Besser gesagt, mit einer Menge kleiner, aber bösartiger Beulen. Man muss sie aufschneiden, oder die Bakterien gelangen in die Blutbahn, und der Mensch verfault bei lebendigem Leibe.»

«Aber braucht man denn nicht triftige Gründe für einen Krieg, Sir?»

«Ach, es lässt sich leicht ein Zwischenfall oder ein Konflikt finden, der an sich harmlos ist, den aber die Seite, die den Krieg will, leicht hochspielen kann, vorausgesetzt, Zeitpunkt und Umstände erscheinen günstig.»

Mr. Linton hatte keine Fragen mehr, er starrte schweigend und bestürzt auf seinen Teller. Für den Rest der Mahlzeit sprach man von Dingen, die dem Verständnis eines Botanikers näher lagen, zum Beispiel von den verschiedenen Methoden, wurmlose Äpfel und ungezieferfreie Zimmerpflanzen zu züchten.

Wencel und Kunze verabschiedeten sich kurz nach Tisch.

«Wie wollen Sie vorgehen, damit Dorfrichter sein Geständnis widerruft?», fragte der General, als der Wagen das Schlossgelände verließ.

«Überhaupt nicht, Herr General.»

Wencel hob die Stimme. «Was, überhaupt nicht?»

«Ich lasse ihn sein Geständnis nicht widerrufen. Das wäre ein Hohn auf die Justiz, Herr General.»

Es dauerte eine Weile, bis Wencel Kunzes Antwort geschluckt hatte.

«Sie haben Seine Kaiserliche Hoheit gehört, verdammt noch mal! Es ist sein Wunsch, dass wir den Mann laufen lassen.»

«Ich weiß.»

«Sie können seinen Wunsch doch nicht einfach übergehen. Morgen schon kann er Kaiser sein!»

«Stimmt, Herr General. Aber heute ist er es noch nicht.»

19

Hauptmann Kunze hatte den Wecker auf sechs Uhr gestellt, doch er war längst wach, als er rasselte. Er stand auf, öffnete das Fenster und tat ein paar tiefe Atemzüge. Der Hauch der Morgenfrühe war wie die Liebkosung einer rauen Hand auf seinen Wangen. Von den weinbedeckten Hügeln Grinzings herab wehte die Verheißung eines verfrühten Sommers. Bald würden grüne Girlanden die Tore der buckligen Häuschen schmücken und anzeigen, dass die Besitzer ihren Heurigen ausschenkten. Tische und Bänke würden in die schattigen Höfe gestellt werden, und Tausende würden – besonders an Sonntagen – durch die verwinkelten Gässchen Grinzings schwärmen: wie Ameisen, die über ein auf den Boden gefallenes Stück Kuchen herfielen. Nüchtern würden sie kommen, berauscht vom Wein wieder gehen, die Straßenbahnen erfüllt sein von Ziehharmonikaklängen und die Luft schwer von Weindunst.

Kunze schlug die Morgenzeitung auf. König Eduard VII. von England sollte morgen beerdigt werden, und die Vorbereitungen für das in London stattfindende Staatsbegräbnis waren das Thema des Tages, wodurch glücklicherweise die Kriegsgerichtsverhandlung gegen Dorfrichter in den Hintergrund gedrängt wurde. Seine Kaiserliche Hoheit, Erzherzog Thronfolger Franz Ferdinand, war vor einigen Tagen nach England abgereist, um den Kaiser zu vertreten. Neun gekrönte Häupter und Prinzen und Prinzessinnen, Staatsminister, Amerikas früherer Präsident, Theodore Roosevelt, sie alle sollten dem Sarg zu Pferd oder im Wagen folgen. Als Kunze die Anekdoten, den Klatsch und die Sottisen las, die bei solchen Anlässen nie ausblieben, hatte er das Gefühl, der lebendigste Teilnehmer an dieser Versammlung erlauchter Persönlichkeiten sei der Mann, den sie begruben. Er war ihm persönlich dankbar. Sein Tod rief den Erzherzog Thronfolger zu einem Zeitpunkt von Wien ab, an dem seine Gegenwart die Dinge ernsthaft erschwert hätte.

Kunze fragte sich, wie Peter Dorfrichter sich wohl an diesem milden Morgen fühlte. Seit der Fahrt nach Konopischt hatte er den Oberleutnant zweimal gesprochen. Einmal, als Dorfrichter die mit seiner Scheidung zusammenhängenden Dokumente unterzeichnete, und ein weiteres Mal, als er dem Gefangenen die Liste mit den Namen jener Offiziere überbrachte, aus denen sich das Gericht zusammensetzen würde. Er hatte Dorfrichter in seiner Zelle aufgesucht, ohne sich darüber klar zu sein, ob er ihm nahe legen sollte, sein Geständnis zurückzuziehen. Dieser Versuchung war kaum zu widerstehen. Das Bild des jungen, in Sarajevo exekutierten Soldaten verfolgte Kunze mit erschreckender Beharrlichkeit. Und in einer anderen Vision, die er immer wieder vor sich sah, schlenderte der Oberleutnant den Ring entlang, den Tschako schräg und flott aufgesetzt, mit klirrenden Sporen, ein freier Mann, überschwänglich dankbar dafür, dass er lebte.

Dorfrichter war, als der Hauptmann die Zelle betrat, in *Die Wahrheit über Port Arthur* von E. K. Nojine vertieft gewesen, eine soeben erschienene Abhandlung. Seit er gestanden hatte, bekam der Oberleutnant Bücher zum Lesen, durfte schreiben und den Besuch seiner nächsten Familienangehörigen empfangen: Vater, Mutter, Schwester und Schwager. Marianne Dorfrichter war nicht mehr im Sanatorium; sie wohnte bei ihrer Mutter, hatte aber noch keinen Versuch unternommen, ihren Mann zu sehen.

Dorfrichter machte einen ruhigen, gelösten, heiteren Eindruck. Alle Heftigkeit war fort, sogar sein Aussehen hatte sich verändert; vielleicht lag es daran, dass er keine Gymnastik mehr betrieb. Stattdessen las er mit wahrem Heißhunger die angeforderten Bücher und arbeitete an einem Traktat über den Einfluss der in diesem Jahrhundert auf dem Gebiet der Metallurgie, Chemie und Biologie gemachten neuen Entdeckungen auf die moderne Kriegführung. Obwohl die Arbeit ihm Auftrieb gab, lagen tiefe Schatten unter seinen Augen. Er hatte abgenommen, und seine Blässe ließ ihn, so fand Kunze, vornehm, romantisch und vom Tod gezeichnet aussehen.

Kunze war über eine Stunde geblieben. Er hätte nach zehn Minuten gehen können, denn Dorfrichter hatte für die Männer, die seine Richter sein würden, nicht das geringste Interesse bekundet. Doch Kunze hatte sich nicht losreißen können. Er liebte diesen Menschen. Er liebte die Art, wie die Augen des jungen Mannes aufleuchteten, wenn er sich für ein Thema erwärmte, wie er die Beine beim Hinsetzen übereinander schlug, die Bewegungen seiner langfingrigen, schmalen Hände. Kunze hatte den Punkt erreicht, wo er sich seiner Gefühle nicht mehr schämte. Sie konnte bestimmt keine Sünde sein, diese Zuneigung, die beinahe völlig frei war von fleischlichen Begierden, eine Zuneigung, die ihn zugleich mit bebender Lebensfreude und tiefem Schmerz erfüllte.

Sie sprachen in erster Linie über Themen, die mit dem Beruf des Oberleutnants zusammenhingen. Nach vier Monaten vollständiger Isoliertheit war das Lesen für Dorfrichter so etwas wie Wasser in der Wüste für einen Verdurstenden. Er war immer aufgeschlossen gewesen, jetzt aber sprühte er geradezu. Er hoffte, neben seiner gegenwärtigen Arbeit noch die Zeit zu finden, eine weitere zu beenden: eine größere Abhandlung über die Anwendung von Projektilen – Geschossen und Minen – bei der Schützengrabenverteidigung.

Kunze, der sich für Fragen der Strategie und Taktik im Grunde nicht interessierte, hörte nicht, was gesprochen wurde, sondern nur die musikalische Stimme. Sie wiegte ihn in einen euphorischen Zustand, der nur kurz dauerte und nie mehr wiederkehren würde. Diese Stimme würde bald schweigen, der schlanke Körper begraben sein, und er würde weiterleben müssen in dem Bewusstsein, dass ein Wort von ihm den Gefangenen hätte retten können.

Als Kunze die Tür geöffnet hatte und sich verabschieden wollte, legte Dorfrichter ihm sekundenlang die Hand auf die Schulter. Noch nach Jahren spürte Kunze, wenn er sich diesen Augenblick ins Gedächtnis rief, die zarte, gewichtslose Berührung.

Heute war der 19. Mai. Um 6 Uhr 30 war Kunze – in Paradeuniform mit Säbel und Tschako – auf dem Weg zum Kriegsgericht. Trotz der frühen Stunde waren die Straßen bereits erstaunlich belebt. Die überraschend milde Luft hatte die Menschen aus ihren stickigen Wohnungen ins Freie gelockt. Sie saßen auf den Parkbänken und wandten das Gesicht der Sonne zu, wie die Gläubigen im Dom von St. Peter in Erwartung des päpstlichen Segens.

Für die Verhandlung hatte man einen kleinen Saal im zweiten Stock gewählt. Keinem Unbefugten war hier der Zutritt gestattet. Zahlreiche Zeitungsreporter hatten sich vor dem Gebäudeeingang versammelt, und eine neugierige Menschenmenge drängte sich auf dem Viadukt über dem Hernalser Gürtel.

Um Punkt 8 Uhr bliesen zwei an der Saaltür postierte Hornisten ein Signal, die von Baron Hadauer, dem Wiener Garnisonskommandanten, ernannten Mitglieder des Tribunals betraten hintereinander den Raum, angeführt von einem Oberst im Generalstab, der den Vorsitz führen sollte. Ihm folgten Kunze, zwei Hauptleute, zwei Oberleutnants, zwei Leutnants, sämtlich in Paradeuniform mit Tschako. Sie marschierten zu dem langen Tisch, an dessen einer Längsseite acht Stühle standen, einer mit einer etwas höheren Lehne auf einem kleinen Podest. Der Oberst nahm den Stuhl mit der höheren Lehne, Kunze ließ sich links von ihm nieder, er und der Oberst wurden von den beiden Hauptleuten flankiert, danach kamen die Oberleutnants; die Leutnants saßen jeweils am Ende des Tischs. Dies alles geschah in feierlicher Pantomime, unter Sporenklirren und dem Scharren von Stuhlbeinen. Die Bankreihen gähnten leer: Die Öffentlichkeit war von der Verhandlung ausgeschlossen.

Ein zweites Hornistensignal war das Zeichen für Profos Koller, den Angeklagten vorzuführen. Das Trio – der Gefangene, der Profos und die Wache – marschierte bis vor die Tür des Gerichtssaals. Dort blieb die Wache postiert, während der Profos kehrtmachte und sich entfernte. Peter Dorfrichter betrat allein den Raum.

Er trug seine Regimentsuniform mit Tschako, aber keinen Säbel. Er schien gefasst, nur seine Wangen brannten, als hätte er Fieber. Eine Barriere mit einer kleinen Pforte trennte das Gerichtstribunal von den leeren Bankreihen. Dorfrichter durchschritt die Pforte. Vor dem Oberst blieb er stehen und nahm Haltung an. Die Mitglieder des Kriegsgerichts erhoben sich und quittierten seinen Gruß mit einem kurzen Nicken. Dann setzten sie sich wieder, und der Oberst warf Dorfrichter ein halblautes «Ruht!» zu.

«Oberleutnant Peter Dorfrichter!», sprach der Oberst ihn an. «Hat man Sie von der Zusammensetzung dieses Kriegsgerichts unterrichtet? Sind Ihnen Namen und Regimentszugehörigkeit der einzelnen Mitglieder bekannt?»

«Ich bin von der Zusammensetzung dieses Kriegsgerichts unterrichtet worden, Herr Oberst», erwiderte der Angeklagte mit vorgeschriebener militärischer Kürze.

«Haben Sie gegen ein Mitglied oder mehrere Mitglieder dieses Kriegsgerichts etwas einzuwenden?»

Dorfrichters Augen wanderten die acht Gesichter entlang, die ihn über den langen Tisch hinweg unbeweglich anstarrten. Als sein Blick sich mit dem von Kunze kreuzte, blieben ihre Augen sekundenlang aneinander hängen.

«Melde gehorsamst, ich habe keine Einwände gegen ein oder mehrere Mitglieder des Kriegsgerichts.» Dorfrichter rasselte die Antwort im üblichen militärischen Stakkato herunter.

Der Oberst tat einen kleinen Seufzer. So weit war alles in Ordnung. Er machte den Offizieren ein Zeichen, und alle erhoben sich. Leutnant Heinrich, der zum Protokollführer bestimmt worden war, trat vor. Die Versammelten leisteten den Eid.

Die Offiziere nahmen wieder ihre Plätze ein. Hauptmann Kunze, der von einem Stoß sauber gestapelter Akten vor ihm auf dem Tisch den obersten Hefter in die Hand genommen hatte, blieb stehen. Er begann die Anklageschrift zu verlesen. Nach der Schilderung der Straftat zählte er die Beweise auf und zitierte aus dem Geständnis des Angeklagten.

Dorfrichter hatte mit der höflichen Ungeduld eines Menschen zugehört, dem man einen Witz erzählt, zu dem er noch eine viel bessere Variante weiß. Kunze hatte schon eine ganze Weile aus den Akten zitiert, da forderte ihn der Oberst auf, sich zu setzen, damit auch der Angeklagte Platz nehmen konnte. Dorfrichter bedankte sich für diese Rücksichtnahme, bat aber, stehen bleiben zu dürfen, was ihm, wenn auch mit erstauntem Stirnrunzeln, gestattet wurde.

«Herr Oberleutnant Dorfrichter, bestätigen Sie die Richtigkeit des Geständnisses, das Sie dem Herrn Hauptmannauditor Kunze am 5. März 1910 gemacht haben?», fragte der Oberst.

Dorfrichter sagte langsam, jede Silbe betonend: «Gestatten, Herr Oberst, ich weigere mich hiermit, meine vor dem Herrn Hauptmannauditor Kunze am 5. März 1910 gemachte Aussage zu bestätigen.»

Kunze war der Erste, der die volle Bedeutung dieser Worte erfasste.

Der Oberst blinzelte ein paar Mal und ließ das Monokel aus dem linken Auge fallen. Die sechs Offiziere in ihren prächtigen Paradeuniformen blieben regungslos sitzen wie Puppen in einem Wachsfigurenkabinett.

Dann wetterte der Oberst los. «Zum Teufel, Herr Oberleutnant, wollen Sie damit sagen, dass Sie Ihr Geständnis zu ändern wünschen?»

«Gestatten, Herr Oberst – ich bekenne mich *nicht* schuldig», verkündete Dorfrichter laut und deutlich.

«Sie widerrufen Ihr Geständnis? Warum?»

Dorfrichter sah dem Oberst direkt in die Augen. «Ich widerrufe mein Geständnis, weil ich es unter Zwang und im Zustand geistiger Verwirrung abgelegt habe», verkündete er.

Kunze warf den Kopf in den Nacken und schloss die Augen. Der Wortlaut kam ihm bekannt vor, doch etwas fehlte. Dann fiel es ihm ein: Der Oberleutnant hatte «unter Hypnose» weggelassen.

Der Oberst hob das Monokel wieder ans Auge und klemmte es ein. «Wünschen Sie noch eine zusätzliche Erklärung abzugeben?»

«Gestatten, Herr Oberst, ich möchte festhalten, dass ich die mir zur Last gelegten Verbrechen nicht begangen habe. Ich hatte keine Kenntnis von der Tat bis zu dem Tag, an dem ich zum ersten Mal in den Zeitungen davon las, und ich stehe in keiner wie immer gearteten Verbindung mit dem Täter oder den Tätern.»

«Mann, Sie haben doch gestanden! Freiwillig!»

Langsam schüttelte Dorfrichter den Kopf und wandte dabei den Blick nicht vom Gesicht des Vorsitzenden.

«Ich möchte wiederholen, dass ich mein Geständnis unter Zwang und im Zustand völliger geistiger und emotioneller Erschöpfung abgelegt habe.»

Der Oberst wandte sich fragend an Hauptmann Kunze, der nur unehrerbietig die Schultern zuckte.

Die unter Maria Theresia festgelegte Strafprozessordnung verlangte, dass der Beschuldigte das Verhandlungsprotokoll jetzt unterschrieb, aus dem Saal geführt und am Schluss des Prozesses erneut vorgeführt wurde, um das Urteil entgegenzunehmen. Alle acht Mitglieder des Tribunals waren sich der Absurdität dieses Gesetzes voll bewusst, aber machtlos, es zu ändern oder sich auch nur dagegen aufzulehnen. Das gleiche Gesetz, das Verteidigung und Anklage in die Hand ein und desselben Mannes legte, nämlich des Auditors, schrieb vor, dass der Angeklagte abwesend zu sein hatte, wenn die Frage seiner Schuld oder Nichtschuld den sieben Offizieren vorgelegt wurde, die über sein Schicksal entschieden, wobei der Auditor nunmehr als Mitglied des Kriegsgerichts fungierte.

Der Bericht über die Vorgänge des Vormittags wurde in tödlicher Stille zu Ende verlesen. Leutnant Heinrich erhob sich und trug ihn zu Hauptmann Kunze hinüber, der damit vor den Angeklagten trat. «Herr Oberleutnant Dorfrichter, bitte lesen Sie dieses Dokument durch.»

«Wie Sie wünschen, Herr Hauptmann», sagte Dorfrichter steif.

Er griff nach dem Protokoll, ohne Kunze anzusehen. Rasch überflog er die Seiten und reichte sie dem Hauptmann zurück.

«Haben Sie festgestellt, dass der Bericht den Tatsachen entspricht?», fragte ihn Kunze.

«Er entspricht den Tatsachen.»

«Würden Sie ihn dann bitte unterschreiben?»

Sie traten an das Pult des Schreibers, wo Kunze einen Federhalter nahm, die Feder in die Tinte tauchte und dem Angeklagten reichte. Bei diesem Vorgang berührten sich ihre Hände. Kunze bemerkte, dass die Handfläche des Oberleutnants kalt und feucht war.

«Danke, Herr Hauptmann», murmelte Dorfrichter und kritzelte seinen Namen unter das Protokoll.

Der Oberst entließ den Angeklagten. Wie durch Zauberschlag erschien der Profos, und die Wache mit dem aufgepflanzten Bajonett trat von ihrem Posten bei der offenen Tür ein paar Schritte nach vorn. Dass die Tür zu dem leeren Korridor offen blieb, war ein symbolischer Akt, durch den dem Gesetz, die Verhandlung müsse öffentlich sein, Genüge getan wurde.

Dorfrichter salutierte forsch, machte kehrt und begab sich zu der ihn erwartenden Eskorte. In völligem Schweigen hörte das Tribunal seine Schritte in der Ferne verhallen.

Danach bat Hauptmann Kunze den Vorsitzenden um eine Pause bis nachmittags um drei Uhr. Der Oberst stimmte dem Vorschlag zu, und Kunze ging hinauf in den dritten Stock in sein Büro und machte sich unverzüglich an die Arbeit. Er fluchte laut vor sich hin, als ihm einfiel, wie herrlich sicher er sich gefühlt hatte bei der Vorstellung, dass Franz Ferdinand von Wien abwesend war. Auf die Idee, dass die geschickte Hand des Erzherzogs Thronfolger die Karten seit langem neu gemischt hatte, wäre er nie gekommen. Nun musste er in knapp vier Stunden die Arbeit von zwei Monaten umwerfen. Hätte nicht Stoklaska zwei Frankfurter Würstchen und ein Glas Wein für ihn aus einem in der Nähe gelegenen Kaffeehaus geholt, er hätte den ganzen Tag nichts zu essen bekommen.

«Ich kenne des Rätsels Lösung!», berichtete Stoklaska, während Kunze eilig aß. «Vor zwei Wochen hat doch General Wencel den Oberleutnant Dorfrichter in seiner Zelle aufgesucht. Aber Wencel war nicht allein. In seiner Begleitung befand sich Oberst Bardolff.»

Dem Hauptmann fiel die Gabel aus der Hand.

«Woher weißt du, dass es Oberst Bardolff war?»

«Einer der Wachsoldaten hat in seinem Regiment gedient. Bei den 15. Dragonern. Der hat ihn erkannt.»

«Verflucht und zugenäht!» Kunze stieß einen saftigen Fluch gegen Wencel hervor. Danach wurde ihm leichter, und er griff wieder nach der Gabel. «Ich hab's mir schon gedacht, dass so was passiert ist. Gott helfe diesem Land, wenn dieser Mann erst Kaiser ist! Störrisch wie ein Maulesel und so viel Hirn wie ein Spatz!»

An diesem Nachmittag, an allen anderen Werktagen dieser Woche und in der darauf folgenden Woche noch einmal von Montag bis Mittwoch saß Kunze dem Kriegsgericht gegenüber und las die Ergebnisse seiner sechsmonatigen Untersuchung vor. Seine Stimme murmelte und dröhnte in die Ohren der sieben Männer und machte sie benommen und schläfrig. Kunze versuchte, lebhaft zu sprechen, er war entschlossen, sie wach zu halten, und auch sie waren entschlossen, wach zu bleiben, doch trotz der redlichen Bemühungen sank dem einen oder anderen mitunter plötzlich das Kinn auf die Brust, und ein durchdringender Schnarchlaut entfuhr dem offen stehenden Mund. Solange das Gesetz von 1768 über die militärgerichtliche Prozedur nicht geändert wurde, konnten auch die Prozessmethoden nicht geändert werden. Während er so Seite für Seite herunterlas, fragte sich Kunze, ob vor hundertfünfzig Jahren die Mitglieder eines ähnlichen Tribunals wohl mehr Ausdauer und Vitalität besessen hatten als die von heute.

Der Sonntag war eine willkommene Ruhepause sowohl für das Tribunal wie auch für Hauptmann Kunze. Am Samstagabend hatte er kaum noch Stimme gehabt und nur mehr in heiserem Flüsterton vorlesen können. Zur Enttäuschung von Rose und auch von Troll blieb er den ganzen Tag in seinem Zimmer und arbeitete. Am Spätnachmittag machte er einen kleinen Versöhnungsspaziergang und wurde daraufhin von Troll wieder in Gnaden aufgenommen, nicht aber von seiner Frau. Sie ging zwar mit, schalt aber unaufhörlich.

«Nie hast du Zeit für mich. Du redest nicht einmal mehr mit mir. Glaubst du denn, deine Arbeit interessiert mich nicht?», sagte sie, und ihre Augen wurden feucht. «Wie ist er?»

«Wie ist wer?», fragte Kunze.

«Peter Dorfrichter!»

Kunze blieb stehen, wandte sich halb um und sah ihr ins Gesicht.

«Er ist ein Mensch mit Talent, Mut, Phantasie, Ausdauer und so gut wie keinem Gewissen. Ein Mann, der sich durch eine Phalanx römischer Legionäre hindurchkämpfen würde, um Christus vom Kreuz abzunehmen, aber nur, um ihn anschließend umso fester wieder daranzunageln. Damit er nicht auferstehen kann! In Dorfrichters Augen ist allein ein toter Pazifist etwas wert, und wer die Worte ‹Friede auf Erden› in den Mund nimmt, verdient seiner Meinung nach die Todesstrafe.»

Rose runzelte missbilligend die Stirn.

«Ich wollte, du führtest nicht solche lästerlichen Reden. Das mag ich nicht!»

Die Verhandlung ging am Montagmorgen um acht Uhr weiter mit der Verlesung der Akten durch Kunze. In den Morgenstunden des Dienstags wurde das Kriegsgericht über die entsprechenden Paragraphen des Militärstrafgesetzbuches und die Strafnorm für derartige Vergehen belehrt. Endlich konnte der Hauptmann den vor ihm auf dem Tisch liegenden Aktenstapel beiseite schieben und das zusammengetragene Belastungsmaterial mit seinen eigenen Worten würdigen. Er sprach ungehemmt und manchmal *ex tempore*, ohne einen Blick auf seine Notizen zu werfen. Nach vier Tagen größter Weitschweifigkeit vertrieb seine mit Beredsamkeit und in klarer Form vorgetragene Rede die Lethargie des Kriegsgerichts: Die sieben Männer hörten ihm konzentriert und interessiert zu.

Er beschrieb den Charakter des Angeklagten, seine Herkunft, Kindheit, Erziehung, seine Leistungen auf der Kriegsschule und später als Truppenoffizier in verschiedenen Garnisonen. Er schilderte Dorfrichter als einen außergewöhnlich begabten Menschen. Einen Mann von so hervorragenden geistigen Fähigkeiten und solcher Pflichtbesessenheit übergangen zu haben, als man Neuberufungen in den Generalstab vornahm, sei ein Verlust für die Armee gewesen. Ein System, das körperliche Tüchtigkeit höher schätzt als intellektuelle Fähigkeiten, sei eine veraltete Einrichtung, eine aus vergangenen Jahrhunderten stammende Vorstellung, als Schlachten noch Mann gegen Mann ausgetragen wurden. Die moderne Kriegführung verlangte Offiziere wie Dorfrichter, nicht Haudegen, sondern Wissenschaftler, Diplomaten, phantasiebegabte Männer, die mit den großen Entdeckungen des neuen Jahrhunderts Schritt zu halten vermöchten.

Nachdem er das Porträt des Angeklagten in den leuchtendsten Farben geschildert hatte, sprach Kunze über Dorfrichters Motive und Überlegungen, die ihn zur Ausführung des Verbrechens veranlasst hatten. Trotz der Behauptung des Angeklagten, er sei unschuldig, betonte Kunze wiederholt seine Schuld. Das Geständnis entspreche der Wahrheit, es zu widerrufen sei eine Lüge! Selbst ohne das Geständnis, argumentierte Kunze, reichten die Beweise aus, Dorfrichter zu verurteilen. Er sei ein pathologischer Egoist, ein Fanatiker, seine überragenden Talente paarten sich mit dem Ehrgeiz eines Napoleon und der Überzeugung, dass er außerhalb der Norm stehe. Keineswegs jedoch entbinde ihn die Tatsache, dass er unfähig sei, das Verwerfliche seiner Tat einzusehen, von der Schuld.

Am Mittwochmorgen beantragte Kunze die Strafe. Das Fehlen unmittelbarer Beweise und die Tatsache, dass der Angeklagte seine Unschuld beteuerte, wodurch sein Geständnis null und nichtig wurde, schlossen laut Paragraph 212 des Militärstrafgesetzes sowohl die Todesstrafe wie lebenslängliche Haft aus. Angesichts der niederschmetternden Indizienbeweise beantragte Kunze zwanzig Jahre schweren Kerkers in einer Militärstrafanstalt. Als er sich nach seinen Ausführungen setzte, fühlte er sich so ausgepumpt und zu Tode erschöpft wie noch nie in seinem Leben.

Zwanzig Jahre verschärfte Haft in einem der kerkerähnlichen Gefängnisse der Monarchie bedeutete, das wusste er, fast so viel wie ein Todesurteil. Selbst der robusteste Gefangene holte sich nach kurzer Zeit eine tödliche Krankheit oder erlitt einen Nervenzusammenbruch. Nur wenige Jahre genügten, um einen kräftigen jungen Mann in ein menschliches Wrack zu verwandeln. Wurde er begnadigt, so erholte er sich doch nie mehr ganz; Begnadigungen wurden ohnehin selten ausgesprochen, die meisten Insassen saßen ihre ganze Zeit ab oder verließen das Gefängnis in ein Bahrtuch gehüllt in einer Holzkiste. Kunze versuchte sich Dorfrichter nach zwanzig Jahren vorzustellen: ein gebrochener Mann? Vorzeitig gealtert? Tuberkulös? Kaum noch am Leben? Er war hin und her gerissen zwischen dem Wunsch, den Schuldigen verurteilt zu sehen, und dem Wunsch, das Gericht möge seinem, Kunzes,

Antrag nicht stattgeben und Dorfrichter freisprechen. Kunze zweifelte nicht daran, dass einigen Mitgliedern des Gerichts nahe gelegt worden war, ein Freispruch käme dem Erzherzog Thronfolger sehr gelegen, und er war gespannt, wie der Konflikt zwischen Untertanengeist und Rechtschaffenheit ausgehen würde.

Der Oberst dankte Hauptmann Kunze für die so vorbildlich geführte Verhandlung und erklärte, das Kriegsgericht sei nunmehr bereit, das Für und Wider abzuwägen und einen Urteilsspruch zu fällen.

Gemäß den Bestimmungen des Militärstrafgesetzes wurde jeder der sieben Richter allein in einen Raum eingeschlossen, um in völliger Abgeschiedenheit, unbeeinflusst von äußeren Einwirkungen, einzig und allein auf die Stimme seines Gewissens hörend, zu einer Entscheidung zu kommen. Hatte ein Richter seine Entscheidung gefällt, so klopfte er an die Tür und sagte der davor postierten Wache Bescheid. Er musste jedoch so lange in dem ihm zugewiesenen Raum bleiben, bis jedes einzelne Mitglied des Tribunals zu einem Urteilsspruch gelangt war.

Es war fünf nach elf, als die sieben Männer, angeführt vom Oberst, im Gänsemarsch in den Gerichtssaal zurückkehrten. Hauptmann Kunze, der seit über einer Stunde auf sie wartete, blickte forschend in ihre Gesichter. Die Entscheidung bestimmte nicht nur Dorfrichters Schicksal, sondern auch das seine. Er hatte, während die anderen um die Urteilsfindung rangen, über seine eigenen Probleme nachgegrübelt. Ihm war klar geworden, dass er, wollte er aus dem Irrgarten von Ungewissheit herausfinden, als Allererstes Roses weiches Bett, das nach verwelktem Flieder roch, verlassen musste. Er musste mit sich ins Reine kommen, musste jenen Punkt erreichen, wo er sagen konnte: Ich bin, wie ich bin.

Die sieben nahmen ihre Plätze ein und warteten darauf,

dass Kunze ihnen den Fortgang der Prozedur erklärte. Jeder der hier um den Tisch Versammelten hatte eine Stimme, einschließlich Kunze. Nur der Vorsitzende hatte zwei. Der rangjüngste Offizier war als Erster an der Reihe – es stand ihm frei, ein härteres oder ein milderes als das vom Auditor beantragte Urteil zu fällen, ohne dass er seinen Entschluss hätte erklären oder rechtfertigen müssen. Entsprechend der Rangordnung gab jeder seine Stimme ab, der Vorsitzende als Letzter, und erst dann folgte der Auditor. War das Urteil nicht einstimmig, so wurden die abgegebenen Stimmen in einer Reihenfolge geordnet, vom mildesten Strafmaß bis hinauf zum strengsten: Die fünfte Stimme gab den Ausschlag. Stand das Urteil fest, verpflichteten sich die Mitglieder des Gerichts durch Eid, niemals irgendjemand davon Kenntnis zu geben, welches Stimmenverhältnis geherrscht hatte.

Auf ein Zeichen des Obersten hin erhob sich der jüngste Leutnant und sprach mit lauter Stimme: «Nicht schuldig.» Als er wieder auf seinem Stuhl saß, sah er herausfordernd zu den leeren Bankreihen hinüber, als erwarte er von dort Protest. Totenstille folgte auf diese Befürwortung eines Freispruchs, dann nickte Auditor Kunze dem Oberst zu, der nun den zweitjüngsten Leutnant aufforderte, seinen Urteilsspruch abzugeben. «Schuldig», sagte er und fügte hinzu: «Zwanzig Jahre Gefängnis.» Die beiden Oberleutnants waren in puncto Schuld einer Meinung, hielten aber zehn Jahre Gefängnis für eine angemessene Strafe. Von dem jüngeren der beiden Hauptleute wurde Dorfrichter freigesprochen, alle anderen folgten Kunzes Strafantrag.

Das endgültige Urteil lautete auf zwanzig Jahre Militärstrafgefängnis.

Kunze hatte das Gefühl, die Gerichtsverhandlung habe nicht sechs Tage, sondern sechs Jahre gedauert. Eigentlich hätte er mit dem Ausgang zufrieden sein können. Der grausame Tod von Richard Mader war, wenn auch nicht ganz, so doch in gewissem Sinne gerächt. Es war dem Erzherzog Thronfolger nicht gelungen, das Kriegsgericht zu beeinflussen, so wenig wie es ihm gelungen war, Kunze unter Druck zu setzen, damit er auf Freispruch plädierte.

Noch vor der Urteilsverkündung musste der Spruch General Versbach von Hadauer vom 2. Armeekorps zur Genehmigung vorgelegt werden. Der Kommandant der Wiener Garnison hatte das Privileg, das Urteil entweder zu bestätigen, es abzumildern oder den Angeklagten zu begnadigen. Der rangälteste Hauptmann und ein Subalternoffizier wurden mit dem Dossier zum Korpskommandanten geschickt.

Es war kurz vor vier Uhr am Nachmittag, als sie zurückkamen. Auf dem Dokument stand in der Handschrift des Wiener Garnisonskommandanten: «Genehmigt, Urteil verkünden und veröffentlichen.»

Dem Befehl «Urteil veröffentlichen» wurde symbolisch dadurch Folge geleistet, dass man beide Fenster des Gerichtssaals und die Tür zum Korridor öffnete. Die beiden Hornisten bliesen ein Signal, um das Herannahen des Angeklagten mitsamt seiner Eskorte zu verkünden, und dieses Signal ertönte noch dreimal, als Dorfrichter, wie zuvor, allein eintrat. Er trug noch immer die Uniform eines Oberleutnants. Mit gemessenen, gleichmäßigen Schritten ging er auf den Richtertisch zu, vor dem er in drei Meter Entfernung, dem Vorsitzenden zugewandt, stehen blieb. Er hielt sich gerade, den Kopf zurückgeworfen, seine Augen blickten starr geradeaus, vorbei am Kopf des Obersten, sogar vorbei an der gerahmten Photographie des Kaisers. Er wirkte beherrscht, nur die krankhafte Blässe verriet die Angst in seinem Innern. Mit einer einzigen jähen Bewegung nahm er den Tschako ab, hielt ihn an der linken Hüfte und nahm ruckartig Haltung an, wobei er das Tribunal mit einem mechanischen Nicken grüßte.

Einen Augenblick lang herrschte Schweigen, dann schob der Oberst den Stuhl zurück und stand auf, und die sieben am Tisch taten es ihm nach. Der Vorsitzende griff nach dem versiegelten Dossier, das das Urteil enthielt, und reichte es Hauptmann Kunze. Der Oberst zog den Säbel. Das war das Zeichen für das Hornistensignal: Der klagende, feierliche Ton hallte dreimal durch Gerichtssaal und Korridor, entwich aus den geöffneten Fenstern und wurde draußen vom Straßenlärm verschluckt.

Dem Hornistensignal folgte ein Trommelwirbel. Während dieser ganzen Zeremonie blieb Peter Dorfrichter stramm stehen. Kunze schlug das Dossier auf, nahm die lose darin liegenden Blätter in die Hand und las mit absichtlich ausdrucksloser, eintöniger Stimme den Urteilsspruch vor.

«Das Kriegsgericht erkennt den Angeklagten für schuldig und verurteilt ihn zu einer Haftstrafe von zwanzig Jahren in einer militärischen Strafanstalt.»

Dorfrichters Augen waren auf Kunze gerichtet. Die Lider bebten ganz leicht, ein kaum merkliches Zucken ging während der Verlesung über sein Gesicht, sonst zeigte er keinerlei Reaktion. Als ein Hornistensignal das Ende des Zeremoniells anzeigte, leistete er die Ehrenbezeigung, vollführte eine vorbildliche Kehrtwendung und verließ den Gerichtssaal. Das Stakkato der sich auf den Steinfliesen des Korridors entfernenden Schritte verklang rasch. Dann hörte man das vertraute Rasseln der schweren Eisentür, die hinter dem Gefangenen und seiner Eskorte ins Schloss fiel.

Die Verhandlung war zu Ende.

Die Avancementsliste, die am 1. Juni im Militärverordnungsblatt veröffentlicht wurde, meldete, dass Hauptmann Emil Kunze in Anerkennung seiner hervorragenden Leistungen von höchster Stelle außer Rangtour zum Major befördert worden sei. Außerdem wurde ihm die silberne Ehrenmedaille für besondere militärische Dienste im Frieden verliehen. Diese Ehrung machte es nötig, dass er dem Kaiser in einer Privataudienz seinen Dank abstattete, diesmal nicht zu früher Morgenstunde in Schönbrunn, sondern in einer feierlichen Handlung in der Hofburg.

Dies alles war ein großer Schritt vorwärts, und man hielt Major Kunze allgemein für den kommenden Mann beim Garnisonsgericht. Am meisten beeindruckt von der ihrem Mann zuteil gewordenen Ehrung war Rose, am wenigsten er selber.

Die Frau eines hoch geachteten Auditors zu sein, angesehenen Militärkreisen anzugehören und zu jedem gesellschaftlichen Ereignis von Rang eingeladen zu werden, entschädigte Rose für die Enttäuschungen in ihrer Ehe. Die Kunzes waren zu einer gewissen Détente gelangt. Wie in jeder Ehe gab es auch bei ihnen Höhen und Tiefen. Doch ihre Höhen waren nie wirklich hoch und ihre Tiefen nicht allzu tief.

Die Tage nach der Verhandlung waren nicht leicht für Kunze. Sechs Monate lang war Peter Dorfrichter der Mittelpunkt seines Lebens gewesen, und Kunze spürte, dass nichts die hinterlassene Leere würde ausfüllen können.

Nach der Urteilsverkündung begegnete er dem ehemaligen Oberleutnant nur noch ein einziges Mal, an jenem Junitag, an dem der Gefangene nach Mollersdorf verlegt wurde.

Dorfrichter wurde in Kunzes Büro im Garnisonsgericht gebracht. Er trug für die Fahrt Zivil – einen schlecht sitzenden grauen Anzug, einen Regenmantel und einen grünen Hut mit Gamsbart. Man wartete auf seine Familie, die ihm Lebewohl sagen wollte, und Kunze musste in offizieller Eigenschaft anwesend sein. Entweder verspätete sich die Familie, oder Dorfrichter war zu früh heraufgebracht worden, jedenfalls blieben die beiden Männer eine halbe Stunde lang miteinander allein. Es war eine beklommene halbe Stunde: Während Kunze mit nichts sagenden Redensarten ein Gespräch in Gang zu halten suchte, gab der Gefangene nur einsilbige Antworten und wurde unerwartet bitter und ausfällig.

«Major Kunze klingt ja wirklich viel besser als Hauptmann Kunze. Das ist wohl auch der Grund, warum Ihnen an meiner Verurteilung so viel lag?»

Sekundenlang wusste Kunze nichts zu erwidern. «Was heißt, ‹so viel lag›? Sie sind doch schuldig!»

«Das ist unwesentlich. Ohne Sie, *Major* Kunze, hätte man mich freigesprochen!»

«Aber Dorfrichter, wir beide wissen doch, dass Sie der Täter sind. Es ist zwar richtig, Sie haben Ihr Geständnis widerrufen, aber ich weiß nur zu gut, was Sie dazu veranlasst hat. Und ich weiß auch, dass ich vermutlich zum letzten Mal avanciert bin, weil ich den Wünschen einer gewissen hoch stehenden Persönlichkeit nicht nachgegeben habe. Geben Sie sich also keinen Illusionen hin: Sie sind nicht das Opfer meines Ehrgeizes. Ich bin nicht wie Sie, Peter Dorfrichter: Aus Ehrgeiz würde ich noch keine Katze umbringen, geschweige denn einen Menschen!»

«Sie hätten mich hinrichten lassen, wenn ich mein Geständnis nicht zurückgezogen hätte!»

«Vermutlich!»

«Wollten Sie mich deshalb umbringen, weil ich auf andere Weise nicht zu kriegen war?»

Kunze hätte fast gefragt: Auf welche andere Weise?

«Wir standen uns als Angeklagter und als Richter gegenüber. Nicht anders. Und auf dieser Grundlage habe ich meine Pflicht erfüllt.»

«Ich finde Ihre Rechtschaffenheit zum Kotzen!», rief Dorfrichter aus. «Zugegeben, ich habe einen Menschen getötet, aber was haben Sie getan? Kein Jago hätte derartige Tricks angewandt wie die, mit denen Sie mich in die Falle gelockt haben!»

«Nun langt's aber, Dorfrichter», fuhr Kunze auf. Ein Gefühl der Niederlage nahm seinem Unmut die Schärfe. «Gleichgültig, was Sie von mir halten: Ich bedaure Sie aufrichtig, und ich wünsche Ihnen alles Glück, was Sie in Ihrer Lage nur haben können»

«Vielleicht geht Ihr Wunsch rascher in Erfüllung, als Sie denken. Ich bleibe keine zwanzig Jahre in Möllersdorf, so viel ist sicher. Noch am selben Tag, an dem der Krieg ausbricht, bin ich frei!»

Das also waren die Bedingungen für den Widerruf! Nicht sehr nobel. Das von der Gegenseite gemachte Angebot war für Seine Hoheit charakteristisch: schäbig und raffiniert.

«In diesem Fall unterlasse ich es, Ihnen Glück zu wünschen», sagte Kunze. «Wie Sie wissen, bin ich überzeugter Pazifist.»

Das Urteil bestimmte, dass Dorfrichter das erste Jahr seiner Gefängnisstrafe in Einzelhaft verbrachte. Vergünstigungen waren nicht vorgesehen. Seine Zelle lag im ersten Stock, hätte aber mit den schimmelnden Wänden und den schmalen Fenstern genauso gut im Keller liegen können. Unmittelbar nach dem Urteilsspruch war er ohne militärisches Zeremoniell aus der Armee ausgestoßen worden und hatte seinen Waffenrock mit einer einfachen Jacke vertauschen müssen. Dreimal wöchentlich durfte er im Hof einen kurzen Spaziergang machen. Einmal wöchentlich bekam er nur Wasser und Brot. Wie zu Anfang seiner Haft war es ihm verboten, zu schreiben, zu lesen oder sonst einer Tätigkeit nachzugehen, die das Einerlei der Tage unterbrochen hätte.

In den ersten Wochen rief Major Kunze mehrmals in Mollersdorf an und erkundigte sich beim Gefängniskommandanten nach dem Häftling. Ob dieses ungewöhnliche Interesse den Gefängniskommandanten wunderte oder nicht, kümmerte Kunze nicht. Es kümmerte ihn ganz allgemein nicht mehr vieles, auch die Zerrüttung seiner Ehe nicht. Er hatte sich angewöhnt, erst kurz vor den Mahlzeiten heimzukommen und sich, wenn sie nicht ausgingen, anschließend sofort in sein Arbeitszimmer zurückzuziehen. Da Rose eine fromme Katholikin war, wurde eine Scheidung nie in Erwägung gezogen. Selbst eine Trennung war für sie unannehmbar, doch Kunze hoffte, sie würde sich schließlich erweichen lassen und ihn freigeben.

Für gewöhnlich schlief Rose lange und stand erst auf, wenn er schon ins Amt gegangen war, aber an einem milden Tag Ende Juni erwartete sie ihn in ihrem verführerischsten Negligé am Frühstückstisch, das Gesicht diskret gepudert und geschminkt, schenkte ihm Kaffee ein und strich die Kipferln.

«Ich habe dir etwas mitzuteilen», sagte sie, es klang feierlich, fast tragisch. Er hielt den Atem an. Er hatte nicht den geringsten Zweifel, dass sie jetzt das Zauberwort sprechen würde, das ihm die Freiheit wiedergab. Stattdessen teilte sie ihm mit, sie erwarte ein Kind.

Einen endlosen Augenblick lang starrte er sie sprachlos an. Diese Möglichkeit war ihm nie in den Sinn gekommen. Sie war achtunddreißig, er neununddreißig.

«Ja, aber – in deinem Alter?», sagte Kunze leicht benommen von der überraschenden Enthüllung.

Rose brach sofort in Tränen aus. «Wie meinst du das – in meinem Alter? Ich bin schließlich noch keine siebzig, obwohl du das manchmal anzunehmen scheinst.»

«Aber Rose, so sei doch vernünftig. Wenn das Kind zwanzig ist, gehst du auf die sechzig.»

«Das klingt, als wolltest du, dass ich es loswerde», sagte sie mit leiser Stimme. «Es ermorden – ist es das, was du willst?»

Er verlor die Geduld. «Himmel noch mal, Rose, sei doch nicht immer so melodramatisch! Du kannst mir doch nicht übel nehmen, dass ich überrascht bin! Wie lange weißt du es denn schon?»

«Seit ungefähr sechs Wochen, aber ich wollte ganz sicher sein, ehe ich es dir sage»

«Du musst zum Arzt gehen!»

«Ich war gestern dort.»

«Was hat er gesagt?»

«Dass ich im dritten Monat bin.»

Endlich nahm sein Bewusstsein das eben Gehörte auf. Sie würden ein Kind haben. Nicht nur Rose – es würde auch sein Kind sein. Allein der Gedanke benahm ihm den Atem.

Rudolf Kunze – so getauft nach General Hartmanns ältestem Sohn – kam am 11. November 1910 zur Welt. Das Kind wog über vier Kilo, und Mutter und Sohn überstanden das Ereignis ausgezeichnet. Als man dem Major das kleine, schreiende Bündel zeigte, das sein Sohn sein sollte, betrachtete er es nicht neugieriger als im Zoo ein seltenes exotisches Reptil. Er versuchte sich über die Ursachen seiner absoluten Gleichgültigkeit klar zu werden und kam schuldbewusst zu dem Schluss, er sei eben kein Vater und würde auch nie einer werden. Er dachte an seine eigene vaterlose Kindheit, und das kleine Wesen, dem das gleiche Schicksal blühte, tat ihm Leid. Selbstverständlich gelobte er, seine Verpflichtungen als Vater gewissenhaft zu erfüllen und seine Gleichgültigkeit vor dem Kind zu verbergen.

Seine Einstellung änderte sich plötzlich und unerwartet, als Rudolf etwa acht Monate alt war. Kunze hatte sich angewöhnt, allabendlich einen Blick ins Kinderzimmer zu werfen.

Der Junge lag wie immer in einem kurzen Strampelhöschen in seinem Bett, offenbar damit beschäftigt, seine Zehen zu zählen. Er war ein kräftiges, waches Kind für sein Alter. Als er Schritte hörte, ließ er seinen Fuß los und drehte sich zur Seite, um zu sehen, wer da kam. Kunze blieb am Bettchen stehen und schaute auf seinen Sohn nieder. Plötzlich streckten sich ihm zwei Ärmchen entgegen.

Vorsichtig nahm er das Kind auf, als sei es zerbrechlich wie eine zarte Blüte, doch der kleine Körper war zu seinem Erstaunen fest und muskulös. Rudolfs winzige Händchen spielten mit den Knöpfen an der Uniform und mit dem Stern am Kragenspiegel.

«Er liebt dich», verkündete Rose, als sie kurz danach ins Zimmer kam.

«Das ist doch Blödsinn! Wie sollte er? Er kennt mich doch kaum», murrte Kunze. Er wollte Rose um alles in der Welt nicht merken lassen, wie verwirrt und gerührt er war.

«Er weiß, dass du sein Vater bist», beharrte Rose.

«Ach was. Es ist die Uniform. Kinder lieben alles, was funkelt.»

20

Es versprach ein schöner Sommer zu werden. Der Major hatte eine Villa auf einem Hang in Strobl gemietet, von der aus man über den Wolfgangsee blicken konnte. Rose, der kleine Rudolf, die Köchin und das Stubenmädchen waren schon Anfang Juni abgereist, und Kunze wollte im August nachkommen und in Strobl seinen Urlaub verleben.

Es machte ihm nichts aus, dass er allein in Wien bleiben musste. Troll leistete ihm Gesellschaft, ein Troll, der bereits grau um die Schnauze wurde und sich ruhig und würdevoll benahm. Seit einiger Zeit nahm Kunze ihn mit ins Büro, wo niemand Einwände erhob, dass er haarte, obschon sich Rose im Laufe der Jahre damit abgefunden hatte, dass sie den Hund dulden musste, wenn sie den Mann behalten wollte.

In diesen Sommerwochen führte Emil Kunze wieder das Leben eines Junggesellen. Er aß meist in einem kleinen Gasthaus in der Weihburggasse, und wenn es ein warmer Abend war, fuhr er mit der Straßenbahn hinaus in den Wienerwald. Er las viel, Strindberg, Galsworthy, Thomas Mann, Franz Werfel, d'Annunzio, und entdeckte Proust. Wenn er sich nach Jahren dieses denkwürdigen Monats erinnerte – denkwürdig, weil es der letzte heile und gesunde Juni in seinem und dem Leben seiner Generation gewesen war –, sah er sich in einem schattigen Hof beim Heurigen sitzen, einen Krug kühlen Wein vor sich, Troll zu seinen Füßen, die Seiten des aufgeschlagenen Buches blätterte der vom Kahlenberg herunterwehende jasminduftende Wind um. Ein paar späte Hühner pickten nach den Brotkrumen unter den Tischen, das Tageslicht verblasste, der Mond kam herauf, und der Wirt brachte eine flackernde Petroleumlampe aus dem Hause. Irgendwo zupfte jemand eine Melodie von Leo Fall auf der Zither, in einem Nachbarhof stimmte ein Schrammelquartett den Walzer von der «schönen, blauen Donau» an, und weiter straßabwärts erklang eine Weise von Offenbach, auf einer Ziehharmonika gespielt. Die verschiedenen Melodien verbanden sich mit dem Rauschen der Lindenbäume und dem Klappern der Pferdehufe auf dem Pflaster vor dem Haus zu einem fröhlichen Geräusch.

In ebendiesem Garten war es, wo die Nachricht von der Ermordung des Erzherzogs Thronfolger ihn erreichte. Kunze war gleich aus dem Büro hierher gekommen. Er war mit Gersten und Prinz Hohenstein verabredet. Zu dritt wollten sie im Wagen des Prinzen zum Kahlenberg hinauffahren und auf der Terrasse des Schlosshotels, von wo aus man einen herrlichen Blick über die Stadt hatte, zu Abend speisen. Um sieben hatten sie losfahren wollen, doch gegen acht kam Gersten angeprescht mit der Nachricht, die bereits wie Giftgas in alle Winkel und Ecken Wiens drang: Franz Ferdinand und seine Gemahlin waren in Sarajevo ermordet worden!

Kunze überlegte als Erstes, ob er seine Familie heimholen sollte.

«Krieg?», fragte er.

Gersten schüttelte den Kopf.

«Ich glaube nicht. Wer in diesem Kaiserreich wäre bereit, Franz Ferdinand zu rächen und für ihn zu sterben? *De mortuis nil nisi bene*, aber seien wir doch ehrlich: Geliebt wurde er von niemand.»

Der Besuch auf Schloss Konopischt kam Kunze in den Sinn, die Frage des englischen Botanikers, wie denn ein solcher Kriegsausbruch zustande kommen solle, und des Erzherzogs Thronfolger barsche, zynische Antwort: «Es lässt sich leicht ein Zwischenfall oder ein Konflikt finden, der an sich harmlos ist, den aber die Seite, die den Krieg will, leicht hochspielen kann.» In der Erinnerung hatten diese Worte etwas erschreckend Prophetisches.

«Denn wer das Schwert nimmt, soll durch das Schwert umkommen», murmelte Gersten. «Hast du gewusst, dass Franz Ferdinand sich eigens ein doppelläufiges Mannlicher-Gewehr hat bauen lassen? Die Photographien, auf denen er neben Bergen von erlegtem Wild zu sehen ist, waren mir immer mehr als zuwider.» Recht herbe Worte für den Gewinner einer Silbermedaille im Tontaubenschießen, dachte Kunze.

«Ich hoffe nur, dass gewisse Kreise ihn jetzt nicht zum Märtyrer machen», sagte Kunze nachdenklich. «Wundern würde es mich nicht. Wenn es ihnen gelegen kommt –»

Die anfängliche Panikstimmung legte sich jedoch nach wenigen Tagen, und Rose blieb mit Rudolf in Strobl. Ihre Briefe waren fröhlich, wenn auch leichte Klagen herauszuhören waren über das Wetter (es regnete zu viel), die Dienstboten (sie nahmen den Ausdruck «Urlaub» zu wörtlich) und die Geschäftsleute des Ortes (sie verlangten zu hohe Preise). Dann plötzlich wurde Serbien ein Ultimatum gestellt und die Mobilmachung befohlen. Kunze erbat einen Tag Urlaub und bestieg den Zug ins Salzkammergut, um seine Familie nach Wien zurückzuholen.

Obwohl er nicht telegraphiert hatte, dass er käme, war Rose reisefertig und hatte die Koffer gepackt. Ihr weibliches Ahnungsvermögen erfüllte ihn wieder einmal mit Überraschung und Respekt. Dieselbe Rose, die wegen eines zusammengefallenen Soufflés hysterische Anfälle bekam, war angesichts der schwersten Bedrohung ihres Lebens ruhig und gefasst.

Die Fahrt von Strobl nach Ischl war ein Albtraum und die von Ischl nach Wien noch schlimmer. Die Abteile waren überfüllt. Eine Reise, die normalerweise sechs Stunden dauern sollte, dauerte jetzt zehn, weil man auf jeder Station hielt, um Truppentransporte durchzulassen. Auf den Bahnsteigen spielten sich jene Szenen ab, die jedem während der folgenden Jahre nur zu vertraut werden sollten: Frauen, alte und junge, in Tränen aufgelöst, die ihre Männer, einige davon schon in Uniform, an den Zug brachten. Der Kontrast zwischen den verweinten Gesichtern der Frauen und der lärmenden Fröhlichkeit der jungen Leute, die in den Krieg zogen, verlieh dem Bild etwas Makabres. Je mehr sie sich Wien näherten, desto mehr fiel der patriotische Überschwang auf. Die Stimmung war überall die gleiche, ob nun ein Regiment Bosniaken, auf ihren Köpfen den roten Fes, oder ungarische Husaren, schon in Hechtgrau, einen der Güterwagen bestieg, auf dem stand: «6 Pferde, 40 Mann». Männer verwandelten sich in Knaben, die einem wundervollen Ferienabenteuer entgegenstrebten, einem herrlichen Ausflug ins Blaue.

Sie kamen erst spät nachts in Wien an, aber niemand schien schlafen gegangen zu sein. Auf dem Ring drängte sich das Volk, die Menge sang und schwenkte Fähnchen mit den Abbildern von Kaiser Franz Joseph, dem deutschen Kaiser und König Viktor Emmanuel von Italien. Man hätte glauben können, zwischen Österreich und Russland herrsche bereits Krieg. Drohungen gegen den Feind mischten sich mit Hochrufen auf den alten Kaiser, der plötzlich zum Inbegriff aller Weisheit und Güte geworden war. Das Wort «Krieg» schien die Massen in einen Rauschzustand zu versetzen, ging es Kunze durch den Kopf, als er das Meer strahlender, leuchtender, jubelnder Gesichter vor sich sah. Die Menschen taten, als sei ihnen der Sieg bereits sicher.

Die Erregung auf den Straßen flammte am 6. August, dem

Tag der Kriegserklärung an Russland, ein weiteres Mal auf. Inzwischen hatten bereits Frankreich, Belgien und England zu den Waffen gerufen. Plötzlich eine Insel in einem Meer von Feindseligkeit zu sein hatte eine ernüchternde Wirkung auf die militärischen Oberkommandos sowohl in Deutschland wie in Österreich. Je lauter die Begeisterung auf den Straßen wurde, desto rascher schwand sie in den amtlichen Räumen dahin. Das ruhmreiche Abenteuer wollte trotz sorgfältig ausgearbeiteter Pläne nicht sogleich gelingen; eine Millionenarmee in den Krieg zu führen ging nicht so glatt wie erwartet. Gelegentlich drohte die ganze Maschinerie ins Stocken zu geraten. Es war eine neue Art der Kriegführung, insbesondere für Österreich, eine Art, wie sie noch nie praktiziert worden war: kompliziert, brutal, dem jahrhundertealten System des «Fortwurstelns» diametral entgegengesetzt.

Die böseste Überraschung war, im Osten wie im Westen, der verbissene Widerstand des Feindes: Er schoss mit bemerkenswerter Treffsicherheit zurück.

Der August war für Kunze ein Monat des Abschiednehmens. Er selber tat nach wie vor seinen Dienst im Garnisonsgericht, doch die meisten seiner Freunde wurden an die verschiedenen Fronten versetzt.

Eines Morgens gegen Ende August bekam er Besuch. In der Felduniform eines einfachen Reservisten – auf dem Wege an die Front – trat Friedrich Gabriel ins Zimmer; er gab vor, sich verabschieden zu wollen, aber Kunze glaubte, dass es Gabriel mehr darum ging, bittere Erinnerungen aufzufrischen – Kunze hatte seinerzeit bei dem Versuch, Gabriels Rehabilitierung durchzusetzen, eine Niederlage erlitten.

Sie waren sich zuletzt im Juni 1910 begegnet, als Gabriels Gesuch um Wiederaufnahme ins Offizierskorps endgültig abgelehnt worden war. Kunze hatte es auf sich genommen, Gabriel die Nachricht persönlich zu überbringen. Dieser hatte sie ruhig, ja gelassen entgegengenommen; vielleicht sei es so am besten, hatte er gesagt. Jetzt stand er Kunze gegenüber, in einer schlecht sitzenden Uniform, ein ironisches Lächeln auf den Lippen.

«Wie sie mich eingezogen haben, hab ich sie gewarnt: Ich sei eine Schande für die Armee.» Er lachte leise. «Sie haben gesagt, als Kanonenfutter sei ich gut genug.»

Kunze war empört.

«Das ist eine verdammte Schweinerei», murmelte er ärgerlich, ging ans Telefon und rief Hauptmann Stolz an, einen der Adjutanten des Kriegsministers.

Eine halbe Stunde später saß er ihm in dessen Büro gegenüber, einem glanzvollen Raum, in dem hundertfünfzig Jahre zuvor Maria Theresia ihrem Kriegsrat präsidiert hatte. Als Kunze nach einer Stunde den Raum verließ, war Friedrich Gabriel wieder im Rang eines Oberleutnants mit dem Befehl, sich bei seinem ehemaligen Regiment, den Deutschmeistern, zu melden.

«Ich habe gute Nachrichten für Sie», sagte Kunze zu Gabriel, der im Militärgericht auf ihn gewartet hatte. «Auf Ihrem Grabstein wird Oberleutnant, vielleicht sogar Hauptmann Gabriel stehen. Vorausgesetzt, dass man Sie nicht vorher in einem Massengrab beerdigt.»

Gabriel grinste. «Sie scheinen den Krieg nicht zu lieben.»

«Sie etwa?»

«Nein. Ich liebe das Militär und hasse den Krieg. Ich muss ein Monstrum sein!»

«In dem Fall bin ich ebenfalls ein Monstrum!»

«Das finde ich nicht, Herr Major. Ich glaube, Sie haben das Militär nie gemocht. Ich habe mich immer gefragt, warum Sie zur Armee gegangen sind.»

Kunze seufzte. «Über diese Frage habe ich mir auch schon oft den Kopf zerbrochen!»

Peter Dorfrichters Gnadengesuch, das es ihm im Falle eines positiven Bescheids ermöglichte, an die Front zu kommen, um «für Gott, Kaiser und Vaterland» und eine bessere Zukunft für seinen Sohn zu kämpfen, lag eines Tages Mitte Oktober auf Major Kunzes Schreibtisch. Das Gnadengesuch war an den Souverän gerichtet, aber Baron Bolfras, der Chef der Kaiserlichen Militärkanzlei, hatte es an den Major weitergeleitet und ihm damit die Entscheidung zugeschoben.

Er hatte Dorfrichter seit über vier Jahren nicht mehr gesehen. Nicht dass er ihn nicht hätte sehen wollen. Es hatte Zeiten gegeben, wo er sich damit herumgequält hatte, nach Wegen zu suchen, diesen Mann freizubekommen. Irgendwie war es ihm dank seinem gesunden Menschenverstand – er nannte es Feigheit – immer gelungen, sich an die Kandare zu nehmen und entsprechende Schritte zu unterlassen. Mit den Jahren war der Wunschtraum langsam zu einem tauben Schmerz in der Tiefe seines Unterbewusstseins geworden.

Nun lag das Gesuch Dorfrichters mit der schön geschwungenen Handschrift, die ihn verraten hatte, auf seinem Schreibtisch.

Seit Ausbruch des Krieges war eine ganze Anzahl Offiziere und Soldaten, die in Militärgefängnissen inhaftiert gewesen waren, begnadigt worden; sie hatten sich freiwillig an die Front gemeldet. Was vor vier Jahren eine Geste des Erzherzogs Thronfolger gewesen war, kam jetzt jeden Tag vor. Dennoch war der Major nicht bereit, das Problem Dorfrichter mit einem simplen Ja oder Nein zu lösen. Er musste den Mann vorher sprechen, musste herausfinden, ob er es verdiente, auf freien Fuß gesetzt zu werden. Da sein überfüllter Terminkalender es ihm nicht erlaubte, nach Möllersdorf hinauszufahren, ließ er den Häftling in sein Amtszimmer im Garnisonsgericht bringen.

Die vier Jahre waren nicht spurlos an Dorfrichter vorübergegangen. Sein Haar hatte die Farbe von mattem Graubraun angenommen, und mit den hohlen und blassen Wangen glich er einem schlechten Passbild des Menschen, der er früher gewesen war. Die Augen lagen tief in ihren Höhlen, feine Runzeln umgaben sie. Der Anzug, es war derselbe, in dem er vor vier Jahren Wien verlassen hatte, saß schlecht. Der Gefangene schien zugenommen zu haben.

Als sie allein waren, nahm Dorfrichter das Wort: «Sehr freundlich von Ihnen, Herr Major, mich kommen zu lassen. Selbst die kurze Fahrt vom Bahnhof bis hierher war wie ein Traum!»

Kunze war auf Arroganz und Beleidigungen gefasst gewesen. Die Sanftmut im Ton dieses Mannes kam ihm unerwartet. Er hätte gern gewusst, ob das Gefängnisleben ihn so verändert hatte oder ob es vorgetäuscht war. Der frühere Dorfrichter hatte nie Servilität gezeigt, er war frech gewesen, selbstgefällig, hochmütig – aber nie berechnend. Hatte Mollersdorf ihn seelisch zermürbt?

Er bot dem Häftling einen Stuhl und eine Zigarette an, doch dieser nahm nur Platz, die Zigarette lehnte er ab. Er habe sich in der Einzelhaft das Rauchen abgewöhnt.

«Ich konnte doch nicht ein ganzes Jahr verstreichen lassen, ohne mich in irgendetwas zu vervollkommnen», setzte er hinzu, und in seinem Lächeln lag ein schwacher Abglanz seiner einstigen Persönlichkeit.

Kunze beobachtete ihn genau und gleichzeitig sich selbst. Ihm war, als sei er in zwei Hälften gespalten, die eine saß dem Besucher gegenüber, die andere hatte sich als heimlicher Lauscher in die hinterste Ecke zurückgezogen. Er hatte dieser Begegnung mit Vorfreude, aber auch mit Bangen entgegengesehen und stellte jetzt verblüfft fest, dass er überhaupt nichts empfand.

«Hätte man mich im ersten Jahr doch bloß lesen lassen – wenigstens die Zeitungen! Es war so arg, nicht zu wissen, was in der Welt geschieht.» Dorfrichters Stimme hatte einen klagenden Unterton. «Und keine Briefe, keine Besucher. 1912 hat mich mein Schwager kurz besucht, sonst niemand. Einmal ist meine ehemalige Schwiegermutter, Frau Gruber, gekommen. Sie war zu einem kurzen Besuch in Österreich. Marianne, sie und das Kind leben jetzt in Bayern. Frau Gruber hat mir erzählt, dass es Marianne besser geht – gut noch nicht, aber immerhin und besser. Sie hat mich nie besucht, der Arzt erlaubt es nicht. Er fürchtet einen Rückfall. Frau Gruber hat mir angeboten, mir den Kleinen zu bringen, aber das wollte ich nicht. Damals nicht. Nicht einmal Bilder von ihm hab ich sehen wollen. Jetzt ist das natürlich alles anders.»

«Inwiefern?»

Dorfrichter sah ihn erstaunt an. «Vor dem Krieg war ich für ihn so wenig vorhanden wie er für mich. Es ist nichts Rühmliches daran, der Sohn eines Sträflings zu sein. Aber das wird sich jetzt ändern! Es wird der Tag kommen, an dem ich zu ihm sagen kann: Ich bin dein Vater, und er wird sich meiner nicht zu schämen brauchen.»

Kunzes Augen wanderten vom Gesicht des Mannes zu dem Gnadengesuch, das noch auf seinem Schreibtisch lag. *Der Narr hält es für selbstverständlich, dass man ihn begnadigen wird*, dachte er und spürte, wie sich sein Rückgrat versteifte.

«Im ersten Jahr», fuhr Dorfrichter fort, «war es schwer, nicht verrückt zu werden. Es hätte Krieg sein können, und ich hätte nichts davon gewusst. Einer von den Wachleuten hat mich ständig verhöhnt. Immer hat er gesagt, der Krieg sei ausgebrochen, aber ich dürfe das nicht erfahren, weil man mich eingesperrt lassen wolle. Ich verdammter Idiot hatte ihm einmal von dem Versprechen Seiner Hoheit erzählt.»

«Jetzt haben Sie *Ihren* Krieg!», sagte Kunze kurz.

Dem in Gedanken versunkenen Dorfrichter entging die Bitterkeit in der Stimme des Majors. «In der letzten Woche habe ich meine Denkschrift beendet, wie die Mittelmächte diesen Krieg führen sollten. Was bisher falsch gemacht worden ist: Man hat zu lange gewartet. Wir haben Oktober. In Kürze werden die Wege unpassierbar sein. Haben Sie übrigens je den Namen Oberst Burstyn gehört?»

«Nicht dass ich wüsste», erwiderte Kunze.

«Das dachte ich mir. Vergeblich habe ich in den Zeitungen seinen Namen gesucht. Vor fünf Jahren, als ich ihn das letzte Mal sah, hat er mir von seiner Erfindung erzählt. Eine großartige Erfindung! Ein gepanzerter Maschinengewehrträger, der auf Raupenketten fährt. Verstehen Sie, das Problem bei allen von Verbrennungsmotoren getriebenen Fahrzeugen ist, dass sie nur auf festem Boden vorwärts kommen. Raupenketten würden da Abhilfe schaffen. Da bei uns im Kriegsministerium keiner begriffen zu haben scheint, worauf es Burstyn ankam, wollte er das Ding den Deutschen anbieten. Aber bei denen hat er offensichtlich auch nicht viel Glück gehabt, sonst hätte man davon gehört. Warum rüsten unsere Leute immer nur für den *vorigen* Krieg?»

«Das ist beim Gegner genau das Gleiche.» Kunze zuckte die Schultern. Dorfrichters Eifer erfüllte ihn mit Staunen, aber auch mit Widerwillen.

«Unsere Chance für einen raschen Sieg ist mit Sicherheit vertan», erklärte Dorfrichter. «Was wir jetzt tun sollten, ist, unsere Stellungen befestigen und uns aufs Frühjahr vorbereiten. Und am ersten Frühlingstag einen entscheidenden Angriff starten! Nicht bloß gegen die Fronten des Feindes, sondern gleichzeitig auch gegen sein Hinterland. Die Mittelmächte, von allen Seiten eingekreist, sind verloren, wenn sie die Methoden des 19. Jahrhunderts anwenden. Sie müssen unerwartet und mit aller Kraft zuschlagen. Die Hauptstädte des

Feindes müssen aus der Luft – mit Flugzeugen und Zeppelinen – bombardiert, die Fabriken, die Bahnhöfe, die Krankenhäuser und Kirchen zerstört werden! Kein feindlicher Soldat wird weiterkämpfen, wenn er hört, dass seine Frau und seine Kinder in der Heimat umgekommen sind. Ein kurzer, massiver Schlag, und der Krieg ist in einer Woche vorbei!»

Seine Worte waren ein erregtes, heiseres Flüstern, und Kunze fragte sich, ob der Mann vielleicht Fieber oder in der moderigen Zelle in Möllersdorf den Verstand verloren hatte. Doch wenn er wahnsinnig war, dann konnten auch andere es sein: Schlieffen, Joffre, Conrad von Hötzendorf, Wilhelm II. Oder verwandelte er sich ganz einfach immer, wenn er vom Krieg sprach, in einen zerstörungswütigen Dämon?

Was Kunze anging, so hatte sich Dorfrichter für die Verherrlichung des Krieges einen schlechten Tag ausgesucht. In den letzten sechs Wochen hatte der Tod unter seinen Freunden und Bekannten schreckliche Ernte gehalten. Nicht nur ihm, auch Millionen anderer war klar geworden, dass die Welt nie wieder so sein würde, wie sie gewesen war. Er fürchtete sich, die Gefallenenlisten zu lesen. Kein Tag verging, ohne dass er einen vertrauten Namen darin fand. Hilflosigkeit und Angst griffen in den Militärdienststellen um sich, wo noch vor zwei kurzen Monaten eitel Jubel und Frohlocken geherrscht hatten.

Titus Dugonich war in Galizien in einem der letzten großen Kavallerieangriffe dieses Krieges gefallen; Prinz Hohenstein lag in einem Massengrab irgendwo vor Przemysl, Baron Landsberg-Löwy, der Verbindungsoffizier zur 5. deutschen Armee gewesen war, in den Ardennen, in Frankreichs Erde, die er so sehr geliebt hatte.

Und an diesem Morgen hatte Kunze zwei sehr schmerzliche Nachrichten bekommen: Hauptmann von Gersten war an der bosnisch-serbischen Grenze gefallen und Major Hartmann, der jüngere Sohn von General Hartmann, an der russischen Front, in einem Gefecht südlich der Weichsel. Ihm war, als sei mit dem Tod dieser zwei Kameraden aus der Kindheit ein Teil von ihm selbst dahingegangen. Zu spät erkannte er, wie viel sie ihm stets bedeutet hatten.

«Ich fürchte, Ihre Theorien basieren zu einem großen Teil auf Selbsttäuschungen», sagte der Major zu dem ehemaligen Oberleutnant. «Der Feind kann auch Bomben auf *unsere* Kinder werfen.»

Dorfrichter zuckte die Schultern. «Man kann nicht siegen, wenn man nicht bereit ist, etwas zu riskieren.»

Kunze hatte plötzlich das Gefühl, sein Kragen sei zu eng.

«Vorige Woche ist Hauptmann von Gersten an der serbischen Front gefallen», sagte er schroff.

Dorfrichter sah ihn fragend an. «Wie meinen, Herr Major?»

«Ich habe heute Morgen die Nachricht bekommen, dass Hauptmann von Gersten an der serbisch-bosnischen Grenze gefallen ist», wiederholte er. «Er war der 2. Armee zugeteilt und sollte in der Gegend von Valjevo Telephonkabel legen. Er ist mit seinen Männern auf feindliches Gebiet vorgedrungen, wo sie in einen Hinterhalt gerieten. Das hätte er nicht gebraucht, er hätte hinter der Front bleiben können.»

Die Andeutung eines selbstgefälligen Lächelns zog über Dorfrichters Gesicht. «Der Dienst weit über die Pflicht hinaus. Wie typisch für Gersten. Wenn ich mich recht erinnere, haben wir einmal über diesen – diesen Drang zum Heldentum gesprochen. Sie haben wissen wollen, warum ich gerade diese zehn ausgesucht hatte, warum nicht Ahrens oder Einthofen. Ich bin sicher, dass sich Ahrens niemals unnötig opfern wird.» Er hielt inne, um Atem zu holen. «Ich gehe mit Ihnen jede Wette ein, dass Gersten nicht der Einzige von meinen zehn sein wird, der ins Gras beißen muss.»

Kunze nickte. «Sie haben die Wette gewonnen.» Noch vor einer Minute war ihm warm gewesen, jetzt schauderte ihn. «Prinz Hohenstein und Landsberg-Löwy sind ebenfalls tot. Ich muss sagen», setzte er mit tonloser Stimme hinzu, «dass der Krieg Sie noch übertroffen hat. Sie haben nur einen von zehn erwischt und der Krieg bereits drei. Nun sind Sie Nr. 14, Dorfrichter. Wenn Sie kein Mörder wären, so wären Sie jetzt Anwärter für den Generalstab.»

Dorfrichter wollte etwas erwidern, spürte dann aber mit sicherem Instinkt, dass er sich auf schlüpfrigem Boden befand, und wechselte rasch das Thema.

«Ich hoffe sehr, Herr Major, dass Sie meine untertänigste Bitte, an die Front zu dürfen, erfüllen. Ich brauche Sie gewiss nicht davon zu überzeugen, dass ich meinen Verpflichtungen nach bestem Vermögen nachkommen werde. Ich bin, wie Sie wissen –»

Der Major war noch immer nicht bereit, über eine Begnadigung zu sprechen. Er fiel Dorfrichter ins Wort und fragte: «Haben Sie je Reue empfunden?»

«Reue?», fragte Dorfrichter mit heller Stimme zurück. «Ach, Sie meinen wegen der Zirkulare, Herr Major?»

«Weshalb denn sonst?»

«Natürlich, Herr Major.» Er sprach rasch, fast eifrig. «Tiefe Reue. Ich würde es nicht wieder tun, wenn es das ist, was Sie meinen. Es war eine Wahnsinnstat, ich hätte wirklich auf nicht schuldig infolge zeitweiser geistiger Verwirrung bestehen sollen. Natürlich sucht man immer nach einer Rechtfertigung für sein Handeln – ich habe etliche Gründe gefunden. Obwohl ich gestehe, dass ich Richard Maders Tod herbeigeführt habe –»

«Warum sollten Sie es auch nicht gestehen? Sie sind in Sicherheit. Man kann Sie nicht zweimal wegen des gleichen Verbrechens vor Gericht stellen.»

«Er ist am 17. November 1909 gestorben. Wäre es damals nicht geschehen, so doch bestimmt jetzt. Im Krieg gefallen – genau wie Gersten und der Prinz. Was habe ich ihm also genommen?»

«Fünf Jahre! Fünf Sommer und fünf Winter, fünfmal den Frühling, fünfmal die schönen Herbstmonate, die gerade hier in Österreich so herrlich sind.» Er erhob sich. «Gut, Dorfrichter, das ist alles. Ich wollte, ich könnte sagen, dass es mich gefreut hat, Sie wieder zu sehen, aber das wäre unter den gegebenen Umständen unwahr.»

Dorfrichter stand ebenfalls auf; zum ersten Mal sah er besorgt aus. «Wollen Sie damit sagen, Herr Major, dass man mich nicht begnadigen wird?»

«Das habe ich nicht gesagt. Das muss ich mir noch überlegen.»

«Was ist da zu überlegen?», fragte Dorfrichter grob. «Seine Kaiserliche Hoheit hat mir einen Handel angeboten. Ich habe sein Versprechen. Ohne das hätte ich mich nicht von Ihnen vier Jahre ins Gefängnis werfen lassen. Ohne sein Versprechen hätte ich den Strick gewählt.»

«Seine Kaiserliche Hoheit ist tot», sagte Kunze.

«Oberst Bardolff lebt! Er weiß Bescheid! Fragen Sie ihn!»

«Das brauche ich nicht. Ich wusste von dem Handel, noch ehe man ihn Ihnen vorschlug.»

«Nun, dann ist die Frage gelöst.»

«Ganz recht, Dorfrichter. Die Frage ist gelöst.»

«Wie haben Sie sich also entschieden?»

Kunze sah ihn lange spöttisch an.

«Vergessen Sie nicht, Dorfrichter, dass wir hier beim Militär sind. Ihr Gesuch wird wohlwollend geprüft werden, und man wird Sie von der Entscheidung der Kaiserlichen Militärkanzlei in Kenntnis setzen. Mehr kann ich Ihnen leider nicht sagen.»

Er klingelte nach dem Profos. Dorfrichter stand mit hängenden Schultern und totenbleichem Gesicht da. Sein Blick folgte dem Major, als dieser an den Schreibtisch ging. Einen Augenblick sah es so aus, als überlegte er, ob er zur Tür hinausstürzen oder über Kunze herfallen sollte. Doch als der Profos in den Raum trat, löste sich die gespannte Atmosphäre, es wurde ein kühler, undramatischer Abgang.

Kunze sah dem Häftling und dessen Bewacher gedankenverloren nach; erst jetzt merkte er, wie erschöpft er war. Ihm schwindelte, und er beschloss, nach Hause zu gehen, ein heißes Bad zu nehmen und Peter Dorfrichter bis zum folgenden Morgen zu vergessen.

Doch als er sich anschickte, zur Tür zu gehen, ließ ihn etwas innehalten. Er hätte nicht zu sagen gewusst, was es war; ein klagendes Hornsignal, das vom Gefängnishof herauftönte, oder jener Strahl der für Oktober viel zu hellen und heiteren Sonne, der auf Dorfrichters Gnadengesuch fiel. Rasch entschlossen ergriff er den Federhalter, tauchte die Feder in die nachtblaue Tiefe des Tintenfasses und kritzelte drei knappe Wörter unter die letzte Zeile der Petition:

«Abgelehnt. Major Kunze.»

Er [illegible] [illegible] [illegible] [illegible] [illegible] [illegible]
[illegible] [illegible] [illegible] [illegible] [illegible] [illegible]
[illegible] [illegible] [illegible] [illegible] [illegible]
[illegible] [illegible] [illegible] [illegible] [illegible]
[illegible] [illegible] [illegible] [illegible] [illegible]
Probe [illegible] [illegible] [illegible] [illegible] [illegible] [illegible]
[illegible] [illegible] [illegible] [illegible] [illegible]

[illegible] [illegible] [illegible] [illegible] [illegible] [illegible]
[illegible] [illegible] [illegible] [illegible] [illegible] [illegible]
[illegible] [illegible] [illegible] [illegible] [illegible] [illegible]
[illegible] [illegible] [illegible] [illegible] [illegible] [illegible]
[illegible] [illegible]

[illegible] [illegible] [illegible] [illegible] [illegible] [illegible]
[illegible] [illegible] [illegible] [illegible] [illegible] [illegible]
[illegible] [illegible] [illegible] [illegible] [illegible] [illegible]
[illegible] [illegible] [illegible] [illegible] [illegible] [illegible]
[illegible] [illegible] [illegible] [illegible] [illegible] [illegible]
[illegible] [illegible] [illegible] [illegible] [illegible] [illegible]
[illegible] [illegible] [illegible] [illegible] [illegible] [illegible]
[illegible] [illegible] [illegible] [illegible] [illegible]
[illegible] [illegible] [illegible]